한국어문학
여성주제어 사전 3

제도와 이데올로기

한국어문학
여성주제어 사전 3

제도와 이데올로기

김미현 최재남 최형용 곽승미 김경숙 박나리 양현진
유정선 이은정 임정연 전진아 정선희 조경하 조남민

보고사

최초이자 최대인 한국어문학
여성주제어 연구의 보고(寶庫)

세상의 절반은 여성이지만, 그 절반의 세상에서 여성은 전체이기도 하다. 남성도 마찬가지이다. 세상의 역사는 이 절반과 전체의 교집합과 차집합이 만들어 내는 합집합의 심화와 확대로 구성된다. 가장 비슷하면서도 가장 다르기에 가장 이중적인 대화를 여성과 남성이 나눌 수밖에 없는 이유도 여기에 있다. 그리고 그 목소리에 귀 기울일 수밖에 없는 것이 바로 문학의 소명일 것이다. 소명은 거부할 수 없는 자들의 몫이다. 그래서 맹목적이기도 하고 편파적이기도 하다. 위험하지만 생산적인 여성의 목소리를 담는 것이 '절반의 실패'가 아닌 '절반의 성공'으로 자리매김 될 수 있는 것 또한 이런 문학적 소명 때문이다.

여기에 선보이는 『한국어문학 여성주제어 사전』 다섯 권은 한국 문학 현장에서 여성의 삶을 농축한 주제어들을 발굴해 그들의 삶을 재구한 방대한 기록이자 실체이다. 고전과 현대의 시간을 아울러 여성의 시대정신을 투사한 문학 언어를 어학과 접속시키고 문화 체계 안에 배치하고자 한 유례없는 시도이기 때문이다. 그래서 이 책은 여성의 정신사이자 문학 주제론으로 분류되어도 좋고 언어문화학적 글쓰기를 실천한 사례로 인용되어도 좋을 것이다. 그만큼 연구의 부피가 커서 여러 영역과 닿아 있기 때문이고, 시간의 질량과 밀도가 그 부피를 능가할 만큼 높은 작업이기 때문이기도 하다.

그러면 다시, 이 책은 왜 기획되었으며, 이 책에서 무엇을, 어떻게 읽어야 할까.

하나, 『한국어문학 여성주제어 사전』은 '여성'을 읽을 수 있는 책이다.

한국어문학 텍스트를 '여성' 중심으로 읽는다는 것은 새삼스러운 일이 아니다. 포스트모던의 지평에서 근대성 극복의 방편으로 '여성적인 것'에 대한 관심이 대두된 이래 어문학 연구 영역에서는 이미 다양한 방식으로 '여성'을 읽어왔기 때문이다. 남성과 여성의 경계를 가변적으로 보는 최근 젠더 연구 경향에 비추어 보더라도 이런 식의 접근방식은 순진하기 이를 데 없어 보인다. 바야흐로 성차를 앞세우는 페미니즘의 시각이 더 이상 문학적 정의(正義)로 인정받을 수 없는 시대를 살고 있는 것이다.

그러나 이 모든 전방위적인 견제에도 불구하고 이 책의 시각과 태도는 여전히 '여성적'인 것에 기초해 있다. 기획 단계부터 여성 연구자들의 경험과 지식, 감수성으로 여성의 텍스트를 읽어보자는 순정한 의지가 이 연구를 견인해 왔기 때문이다. 여성을 표현하고 여성적 의미를 객관화하는 일의 난점은 이러한 작업의 수단이 되는 학문 형식이 여전히 그리고 아직도 '여성적'이지 않다는 데 있다. 어학이든 문학이든 모든 학문 체계는 '남성 중심적'이며, 이 안에서 '여성적'인 것을 표현하고자 하는 시도는 운명적으로 내용과 형식이 충돌하는 모순에 처하게 된다. 그래서 여성은 자신의 이야기를 생래적 기질과 동떨어진 해석에 기대어 전할 수밖에 없었던 것이다. G. 짐멜의 말을 빌리자면 '여성적'인 존재는 항상 자신을 '이방인'으로 경험할 수밖에 없기 때문이다.

하지만 바로 그 이방인의 경험이야말로 여성들의 집단적 감정 구조(structure of feeling)를 형성시키는 핵심이다. 감정 구조는 그 안에 녹아있는 사회적인 경험들에서 비롯되며 그 경험은 다시 집단 문화와 시대감각을 형성시킨다. 문학 속 여성들이나 그 여성을 표현하고자 했던 또 다른 여성들, 그리고 그 이야기를 읽는 우리의 감각은 모두 유사한 문화적 경험에 연루되어 있다. 그녀들이 여성이기에 겪어야 했던 잠재적 불평등과 내면적 균열은 여전히 지금 우리의 문제이며 이것은 동일한 감정 구조를 발생시킨다. 그런 의미에서 그녀들은 우리와 명시적인 경험을 공유하지는 않았지만 공동의 운명을 꾸려가는 심층적 공동체, 즉 타자 공동체를 형성하고 있는 셈이다. 어떤 지적 세례를 받았든, 어떤 문화 경험과 문학 훈련을 해왔든 간에 우리가 체화한 감각의 동일성, 이것이 바로 동어반복을 무릅쓰고 이 연구를 기획할 수 있었던 윤리적 근거이며 미학적 자원이다.

둘, 『한국어문학 여성주제어 사전』은 '주제어'를 통해 여성을 읽을 수 있는 책이다.

‘주제어’를 중심으로 여성을 읽는다는 것은 여성의 감정이 어떤 식으로든 구조화되고 응축되어 언어에 반영되어 있다는 관점에 기반을 둔다. 여기서 여성주제어는 여성의 감정 구조와 관련한 모티프, 소재, 이미지, 상징을 함축하는 개념이라 할 수 있다. 그래서 주제어는 때론 구체적인 모티프로, 때론 추상적인 이념 혹은 상징으로 모습을 드러낸다.

그런데 모든 여성주제어들은 여성들에게 유사한 감정 구조를 야기한 배경으로 ‘가부장제’를 지목하고 있다. 가부장 제도와 의식이야말로 여성 문제를 파생시킨 진원지로, 한 시대 여성의 삶에 깊은 외상을 남기고 뒤이은 시대의 지층을 관통하면서 여성의 삶에 광범위하게 영향을 미치기 때문이다. 그러므로 여성주제어는 가부장 의식에 맞서 인정투쟁을 벌이며 고단하게 살아온 여성들이 보여주는 삶의 세목 그 자체라고도 할 수 있다. 여성주제어는 그 자체로 여성의 인식과 감정을 구성하는 정신적 질료이면서 여성의 삶을 증언해줄 자료인 셈이다. 이 책의 여성주제어들은 이러한 여성의 역사를 압축적으로 개관하고 효과적으로 요약해 준다.

다만 문학이 불변의 실체가 아니듯 주제어의 의미 역시 당대의 사회 역사적 조건이나 독자의 심리에 의존해 다채롭게 변한다. 때문에 주제어 연구의 관건은 변화의 지류를 찾아내 그 흐름이 어떻게 순환, 반복, 지속, 굴절의 양상을 보여주는지 간파하는 데에 있다. 이렇게 해서 여성주제어는 각 시기 여성에 대한 지식담론 해부와 문화적 성찰, 그리고 문학 분석을 가능하게 하는 매우 타당하고도 유용한 장치로 기능할 수 있는 것이다.

셋, 『한국어문학 여성주제어 사전』은 ‘사전’ 형식으로 여성주제어를 읽을 수 있는 책이다.

여성주제어를 총괄하고 주제어를 읽는 방법을 체계적으로 안내해 준다는 점에서 이 책은 ‘사전’의 성격을 지닌다. 사전으로서 이 책은 선별된 주제어를 모아 일정한 순서대로 배치하고 어원, 의미, 용법 등을 상술하고자 했다. 그리고 어학과 고전 및 현대문학의 용례를 광범위하게 수집해 국어학, 고전문학, 현대문학 세 영역의 자료를 효율적으로 확인할 수 있게 했다. 한국어문학에서 여성과 관련된 거의 모든 것의 역사와 의미, 개념과 상징을 한자리에서 대비할 수 있는 최초의 한국어문학 사전 형식이라고 할 수 있다.

그러나 이 책은 사전이기에 다음과 같은 점을 좀 더 세심하게 고려했다.

우선 전문성과 보편성을 동시에 추구했다. 문학의 언어는 심미화된 언어이기에 이를 해독하기 위해서는 관습, 기교, 장르적 특성에 대한 이론적 지식과 더불어 훈련된 감수성과 인식력이 필요하다. 그래서 어학, 고전문학, 현대문학의 전문 연구자들이 각자의 학문적 배경에서 축적된 젠더 지식과 감각을 동원해 공정하게 기록하고자 했다. 그러나 동시에 문학의 언어는 현실적인 언어이기에 이를 해명하기 위해서는 한국 여성의 보편적 삶에 대한 공감과 시대감각이 필요하다. 그래서 각 연구자는 '집단으로서의 개인'이 지녀야 할 시각을 견지하면서 객관성과 형평성을 유지하도록 노력했다.

또한 실용성과 편의성을 염두에 두었다. 개념을 확정하기보다 예문과 용례를 다양하게 수록해 학술 활동에서의 실효성을 도모하고자 했다는 뜻이다. 문학 연구의 본령은 원칙을 제시하는 데 있지 않고 질문을 생성함으로써 다양한 해석의 가능성을 열어주는 데 있다고 믿기 때문이다. 이 책에 수록된 주제어들은 앞으로 한국 여성어문학 연구의 코퍼스(corpus)로 자리매김함으로써, 일차적인 자료로서의 가치뿐만 아니라 이차적인 해석의 기준이 되는 '상징적 사건'으로서의 의의를 지니게 될 것이다.

『한국어문학 여성주제어 사전』은 범주별로 다음과 같은 구성과 체제를 갖추고 있다.

먼저 이 책의 거시구조를 이루는 다섯 개의 표제는 모든 주제어들의 상위 범주에 해당한다. 〈제1권: 인간 관계〉는 인간관계로 규정되는 여성의 정체성을, 〈제2권: 몸〉은 정신과 육체의 주체로서 여성 존재를, 〈제3권: 제도와 이데올로기〉는 이념과 제도의 산물로서 여성의 위상을, 〈제4권: 공간과 사물〉은 여성 공간의 젠더적 성격을, 〈제5권: 자연〉은 여성의 심리적 상관물로서 자연을 다룬다.

다음으로 다섯 개의 표제에 해당하는 주제어들이 하위 범주를 구성한다. 주제어는 여성들의 일상, 체험, 정서, 인식 등을 형상화하는 어휘들을 유형별로 분류해 상위 개념으로 통합해가는 추상화 과정을 거쳐 선별되었다. 즉 여성주제어들은 연역적인 방법이 아니라 텍스트에 대한 공시적, 통시적 접근을 통해 공통분모를 추출해가는 귀납적 방법으로 선정된 것이다.

마지막으로 주제어는 다시 몇 개의 소제목들로 구성된다. 주제어가 하나의 텍스트라 하면 하부텍스트(subtext)를 구성한 셈인데, 이는 잠재된 텍스트들이 중첩되어 또 다른 의미를 파생시키는 문학 텍스트의 특징을 그대로 재현한다는 의미가 있다. 따라서 소제목들을 따라 읽다보면 주제어의 의미가 변화하는 양상을 일목요연하게 파악할 수 있을 뿐 아니라 의미가 스스로 분열하고 충돌하는 흔적 또한 감지할 수 있을 것이다.

앞선 연구 성과들과 비교해 특히 강조하고 싶은 이 책의 특징이 있다면 다음 세 가지일 것이다.

첫째, 주류 문학 연구가 누락시켰거나 배제해 왔던 주제어를 추가하고 이에 대해 재독을 시도했다는 점이다. 이것은 남성적 시각에서 만들어진 여성 표상을 해체하고 재구축하는 일과 밀접한 관련이 있다.

예를 들면, 〈몸〉 편에서 '얼굴'과 '머리카락'은 여성의 아름다움을 표상하는 대표적인 신체 부위임에도 불구하고 이들이 독립적인 테마로 주목받은 경우는 드물었다. 있다 하더라도 젠더 차이를 고려하지 않은 관습적 해석이거나, 대상화된 여성 이미지에 대한 비판적 관점에서였다. 이 책은 얼굴과 머리카락을 별도의 주제어로 내세워 여성 스스로가 이들에 대한 문화적 관습 혹은 문학적 은유에 어떻게 반응하는지 세심하게 읽어내고자 했다. 무엇보다 고전문학과 현대문학 텍스트의 풍성한 사례들은 상대적으로 여성들이 얼굴과 헤어스타일의 변화를 통해 자신의 실존 상황을 고백하는 경우가 많다는 상식을 문학적 사실로 증명해 주었다. 나아가 이것이 타인의 내면 변화를 감지하는 데 익숙한 여성적 감수성의 정체를 해명하는 단서가 될 수 있다는 가능성 하나를 추가할 수 있었다. 뿐만 아니라 자기 몸의 자율권을 행사하는 여성들의 능동적 행보를 따라가다 보면, 얼굴과 머리카락이 여성미를 가름하는 절대불변의 표식이 아니라 얼마든지 변형 가능한 수단이 되고 있는 장면을 목격하게 된다. 여성들은 사회적 시선을 역이용하는 페르소나를 계발하는 데 능숙할 뿐 아니라(정이현 「순수」), 더 이상 '페이스 오프(face off)'에 대한 욕망을 감추지도 않는다(정수현 『페이스 쇼퍼』). 머리카락을 '격정적으로' '넌출대는 춤'(이경림 『머리카락 이야기』) 혹은 '선물'로 받은 '날카로운 털'(성미정 「불멸의 털2」)로 긍정하는 여성들에게 여성의 아름다움은 불온한 관능의 상징이 아니라 여성 고유의 역동적인 힘이자 무기일 뿐이다. 이처럼 여성과 관련되는 주제 영역을 확장하고 주제어의 세부 목록을 덧붙임으로써 자기 몸의 이력을 주체적으로 읽고 써 온 여성들의 이야기를 좀 더 밀도 있게 풀어나갈 수 있으리라 생각한다.

둘째, 여성주제어에 대한 어학과 문학의 통합적 연구를 시도했다는 점이다. 결국 주제어란 어휘의 사전적 의미와 확장된 의미의 총화라 할 수 있을 텐데, 이를 통해 어학과 문학은 상호 교섭하고 문학 전통은 굴절과 변이를 노출하게 된다.

가령 〈공간과 사물〉 편에 속해있는 주제어 '부엌'의 경우를 보자. '브섭', '브섭', '브석'이라는 형태의 어원을 거슬러 살펴보면 부엌은 본래 '불(火)'과 관련해 신성함의 의미가 부각된 공간이었다는 사실을 알게 된다. 그러므로 부엌이 '밥 짓고 음식 만드는' 여성의 노동과 희생을 대표하는 공간으로 젠더화한 배경에는 필연적으로 사회 공동체의 합의 과정이 개입했다고 추정해 볼 수 있다. 또한 1960년대 이후 서양식 스위트 홈을 표상하던 유행어 '주방'의 흔적을 좇다 보면 주방이 이미 17세기 문헌자료에 등장하고 있다는 사실을 발견하게 된다. 그러니 주방은 신조어가 아니라 부엌이 상징하는 전근대적 이미지를 상쇄하고 이국적이고 세련된 주거 스타일을 강조하기 위해 호출된 '키친'의 차용어라 할 수 있다. 이는 고전·현대문학에서 부엌과 주방이 가족애를 상징하는 성스럽고 이타적인 공간으로 형상화되고 있는 사실과 무관하지 않다. 이렇듯 어학과 문학의 협력은 공간이 성별 경계를 강화하고 권력을 영토화하는 알레고리로 작용하는 한국어문학의 역사와 현재를 비판적으로 성찰하는 데 힘을 실어준다.

셋째, 고전문학과 현대문학의 연계를 통해 지속성과 변화를 통시적으로 파악하고자 했다는 점이다. 이렇게 각 시대의 젠더 구조가 생산되고 유통되는 경위를 훑어가다 보면 특정 주제어에 대한 관습적 정의가 산출되는 방식에 반론을 제기할 수 있게 된다.

〈인간 관계〉 편에서 '딸'과 '아내'라는 주제어를 예로 들어보자. 두 주제어는 고대와 현대를 발전적으로 인식하고 각 시대 여성의 위상을 선험적으로 규정해 버리는 태도가 얼마나 위험할 수 있는지를 보여주는 사례이다. 아내나 딸을 지칭하는 다양한 어휘들은 그들이 집 안에서 부차적이고 잉여적인 존재라는 통념을 뒷받침한다. 그러나 실제로 고전문학 속에서 딸과 아내는 이 같은 통념에 반하는 모습을 하고 있다. 고전소설『소현성록』과 고전시가「팔부답가」에서는 딸이 가권(家權)을 물려받을 정도의 높은 위상과 스스로 귀한 존재라는 자존감을 지니고 있었음을 볼 수 있다. 또한 김삼의당의 한시「與夫子書」나 고전소설『박씨전』, 이사호의 시가「부여교훈가」에 등장하는 당당한 아내들의 모습에서는 남편과 동등한 지위의 동반자이자 멘토로서 집 안의 한 축을 담당한다는 자부심을 읽을 수 있다. 이로써 현대 문학에서 익숙하게 재현되어 온 딸과 아내의 모습이 사실은 근대 초기 보수적 여성 교육과 통념에 속박된 결과임을 다시 한 번 확인할 수 있다. 이렇게 고전문학의 지원을 받으며 현대문학은 여성이 강요된 정체성과 자의식의 욕망 사이에서 고투하는 모습을 의미 있게 주목하고, 나아가 자기 서사를 회복해가는 과정을 폭넓고도 새롭게 조망할 수 있게 된다.

『한국어문학 여성주제어 사전』 총 5권은 '여성의, 여성에 의한, 여성을 위한' 이야기를 발굴하고 증언한 총체적 기록이다. 물론 아무리 순도 높은 해석을 지향한다 한들 대문자 여성의 이야기가 소문자 여성들의 그것을 빠짐없이 대변하거나 여성들 내부의 차이와 충돌을 온전히 설명할 수는 없을 것이다. 그러나 적어도 성실히 읽고 성실히 목격하고 성실히 전달할 수는 있다는 믿음으로 연구를 진행했다. 이 연구를 통해 여성을 둘러싼 통념은 언제나 풍문으로 얼룩져 있으며 그렇기에 언제든 다시 의문을 제기할 수 있어야 한다는 진실을 재확인할 수 있었다. 어쩌면 이것이 연구팀의 가장 큰 수확일 수 있다. 이 책을 읽는 동안 독자들 역시 낯익은 장면들을 만날 수도, 거북한 진실들과 마주칠 수도 있을 것이다. 그러나 이를 통해 이론이 상식을 비판하고 경험이 상식을 배반한다는 사실에 공감하게 될 것이다. 이 같은 사실은 배타적으로 연구해왔던 주제들을 교차시켜 새로운 주제를 발굴하고자 하는 한국어문학 전공자들에게도 참조점이 될 수 있을 것이다.

이 책은 통독해도 좋고 필요에 따라 각 권의 특정항목을 골라 읽어도 무방하다. 한 주제어에서 다른 주제어로, 텍스트에서 텍스트로, 텍스트 내부에서 외부의 컨텍스트로 자유롭게 넘나들면서 읽어도 좋겠다. 전통적 지식 규범이 교란되고 통합 지식을 창출하는 일에 시선이 모아지고 있는 이때, 이 책이 사유와 사유, 사유와 현실 사이에 해석학적 순환이 이루어지도록 하는 데 기여할 수 있기를 기대한다.

이 책은 많은 사람들의 손길을 거쳤다. 5년여 동안 이어진 연구에 참여하면서 해석과 토론으로 하나의 연구공동체를 이뤘던 저자들의 경험은 그 자체로 문학적 드라마였다. 그리고 그런 저자들의 작업을 그림자처럼 수행하며 도와준 강수진, 권정혜, 김소륜, 김아영, 김옥천, 김현진, 김혜림, 박경현, 박구비, 박진아, 성세정, 손달임, 신지혜, 신혜수, 오윤경, 우현주, 이금진, 이한민, 이혜원, 이효린, 장보영, 정수희, 최지혜, 최희은, 한은주, 허윤 등 연구보조원들에게 다시 한번 감사의 말을 전한다. 기초연구지원사업으로 선정된 이래 지원을 아끼지 않은 한국연구재단과, 이화여대 국어국문학전공 및 국어문화원의 배려와 관심에도 힘입은 바 크다. 무엇보다 이 책의 모든 지면에 기꺼이 이름을 빌려준 무명, 유명의 여성 작가들에게, 그리고 이 책의 질료와 형상이 되어준 그들의 삶에 경의를 표한다.

2013년 5월에
저자 일동

차례

3
성장

4
결혼

5
가족·가문

6
민족·국가

7
교육

8
일

12
죽음

13
말

일러두기

1. 모든 분야의 작품은 여성이 창작한 여성문학 작품으로 한정한다.
   단, 고전소설의 경우 작가 미상의 작품이 많으므로 모든 작품을 대상으로 했으며, 고전시가의 경우 시집살이 민요, 규방가사, 기녀시조를 중심 자료로 삼았다. 현대문학은 1920년대 이후 2012년까지 발표된 작품을 대상으로 한다.

2. 작품 인용은 부분 인용을 원칙으로 하고 전문(全文) 인용일 경우만 따로 밝힌다. 예문 인용 시 짧은 생략은 '중략'으로, 긴 생략은 '//'로 표기한다.

3. 예문 표기 원칙은 각 분야별로 다음과 같다.
   • 국어학 분야에서 인용한 예문은 해당 문헌의 표기 방식을 그대로 따랐다.
   • 고전소설은 한글 고어인 경우 원문을, 한자인 경우에는 원문과 번역문을 같이 제시했다.
   • 한문학은 원문과 번역문을 함께 제시하되, 다른 장르와의 통일성을 고려해 작가 이름은 한글로 표기했다.
   • 현대문학은 고어의 경우 원전의 의미를 살리되, 뜻이 잘 전달되도록 하기 위해 현대어 표기로 바꾼 부분이 있다.

4. 예문 뒤에 명기된 숫자는 작품 발표 연도이며, 본문 괄호 안의 작품 제시 순서와 예문의 배열 순서는 이 순서를 따르되 각 분야의 세부 원칙은 다음과 같다.
   • 국어학은 시대별로 여러 가지 표기가 공존하는 경우 표기 형태가 같은 용례를 함께 제시하는 것을 우선시했다.
   • 고전소설의 작품 창작 시기는 학계의 추정을 고려해 대략적으로 밝혀 썼다.
   • 고전시가 규방 가사 중 화전가 계열 작품들은 동일한 제목의 작품들이 다수

이므로 작가명과 창작 추정연대를 부기하고 일련번호를 매겨서 구분했다.

- 현대소설은 단·장편 공히 발표 연도를 기준으로 하되, 연재물의 경우 처음 발표를 시작한 연도를 표기했다. 발표 연도가 확인되지 않는 경우, 단행본 수록 연도로 대신했다. 본문 괄호 안의 작품 제시 순서는 예문의 순서를 따르되, 같은 작가의 작품은 연달아 제시했다.
- 현대시의 연도 표기는 시집 및 게재집 수록 연도를 기준으로 하였으며, 예문은 내용 전달의 효율성을 고려해 진술 순서대로 배열했다.

5. 색인에 수록한 작품 출전은 발표 게재지가 아닌 수록 작품집명과 작품집 출간 연도를 기준으로 했다.

6. 국어학 분야에서 참고한 사전, 저서, 논문 및 기타 자료는 참고문헌에 제시했다.

1
사랑

사랑의 속성상 그 사전적 정의는 모호하고 순환적인 경향을 띠지만, 사랑은 신체적 증상과 관련해 생리적 환유로, 다양한 대상을 통한 은유로 개념화되고 있다. 특히 '연애'는 영어 'Love'를 일본어로 번역하는 과정에서 유래한 개념으로, 1900년대 초 신문, 소설 등의 문헌에서 남녀 간의 사랑을 가리키는 용어로 사용되기 시작한 이래 1910년대 후반 '애(愛), 애정(愛情), 친애(親愛), 상사(想思), 사랑' 등과 경쟁하다 1920년대에 이르러 하나의 유행어로 자리 잡았다.

사랑을 말하는 가장 고전적인 방식은 유일한 대상인 남편을 '님'으로 호명함으로써 사랑의 욕망을 제도권 안에서 승인받는 것이다. 그러나 고전소설에서 볼 수 있듯 부부간의 애정은 남성의 사회적 성취를 위해 유보되거나 다른 조건들에 의해 방해받는 경우가 많았다. 이에 대해 고전시가는 남편에 대한 아내의 감정을 세밀하게 전달하는 데 초점을 맞춤으로써 사랑을 통해 자신의 존재가치를 확인하고 싶은 여성의 본원적 욕망을 반영하고자 했다. 이와는 달리 기녀시조나 애정소설이 보여주는 대담하고 파괴적인 사랑은 유폐된 공간과 신분적 질곡에도 불구하고 정서적으로는 예속되지 않고자 하는 감성의 자유로움을 지향한 결과라 할 수 있다.

사랑에 대한 여성의 자의식은 나선적 생장(生長)을 거듭하는 한편 나르시시즘의 사랑이 제공하는 환상과 위안에 기대어 세계의 폭압과 파행을 견디고자 하는 유토피아적 희구에 포섭되기도 한다. 이것은 사랑의 신성(神性)에 대한 대중적 숭고의 관념과 믿음에 기반하고 있으며, 이에 따라 사랑에 대한 판타지 역시 끊임없이 자기증식될 수 있었다.

문학에서 금기 '너머'를 꿈꾸는 사랑은 전복적인 저항의 상상력 속에서 탄생한다. 정절 이념을 위반하고 신분의 벽을 뛰어넘는 고전문학의 여성인물들에서부터 불륜, 근친상간, 동성애의 추문에 시달리는 현대문학 속 여성들에 이르기까지 여성문학은 금기를 넘어서는 사랑의 욕망을 통해 제도와 규범에 반기를 드는 모반과 월경(越境)의 언어를 구사해왔다. 나아가 현대문학은 '낭만적 사랑'이 여성의 주체적인 삶을 방해하고 여성에게 억압적인 이데올로기로 작용하는 국면을 비판적으로 드러냄으로써 그 보수성을 고발한다. 현대소설과 현대시는 사랑의 아우라를 조롱하며 영악하고 냉소적인 문법으로 낭만적 사랑의 허구성에 응대하고 있다.

그러나 사랑에 대한 회의적인 시선 한편에서 문학은 불가항력적인 사랑의 힘과 진정성을 끊임없이 탐색해간다. 사랑에 대한 극단적인 부정이나 환멸 대신 사랑의 누추하고 비극적인 속성을 인정하고 타자성을 긍정하는 가운데 '관계'에 대한 기대를 통해 사랑을 사유하고 성찰하고자 하는 것이다. 그리고 이 같은 과정을 통해 여성은 자신이 타자화되었던 사랑의 역사를 비판적으로 인식하면서 수동적 자기인식과 상실감을 극복한다.

1.1. 사랑의 의미

사랑의 사전적 정의　　　사랑은 문학과 예술의 영원한 주제이며, 우리의 감정을 표현하는 데 있어 필수적인 어휘 가운데 하나이다. 감정은 인간이 자신이 속한 세계에서 일어나는 사건과 자신이 인지하는 대상을 여러 가지 형태로 경험하는 태도를 포함하는데 사랑은 인간이 느끼는 기본적이고 일차적인 감정에 속한다. 사랑의 의미를 살펴보기 위해 『표준국어대사전』의 뜻풀이를 보면 다음과 같다.

> ① 이성의 상대에게 끌려 열렬히 좋아하는 마음. 또는 그 마음의 상태
> ② 부모나 스승, 또는 신(神)이나 윗사람이 자식이나 제자, 또는 인간이나 아랫사람을 아끼고 소중히 여기는 마음
> ③ 남을 돕고 이해하려는 마음
> ④ 어떤 사물이나 대상을 몹시 아끼고 귀중히 여기는 마음
> ⑤ 열렬히 좋아하는 이성의 상대

사전에 나타난 사랑의 대상은 '이성, 부모/자식, 스승/제자, 신/인간, 윗사람/아랫사람, 사물'이다. 우주 삼라만상을 아끼고 귀중히 여기는 것을 사랑이라고 풀이하고 있다. 이와 같은 '사랑'의 정의는 명시적이지 않고 모호할 뿐만 아니라, 지나치게 포괄적으로 유의어가 반복되어 있는 문제점을 지니고 있기도 하다. 또한 이러한 사전상의 뜻풀이는 사랑의 감정을 이해하는 데에 있어 필요충분하다고 하기도 어렵다. '사랑'과 같은 감정어의 사전적 정의는 모호하고 순환적인 경향을 띠고 있기 때문에 추상적인 감정을 개념적 은유를 통해 파악할 때 그 감정을 구체적으로 이해할 수 있다. 이 은유이론의 핵심은 은유가 어떤 개념 영역(근원 영역)에 대한 경험을 다른 개념 영역(목표 영역)에 대한 경험에 투사하여 이해하는 우리의 인식 및 사고 기제라는 것이다.

사랑의 은유와 환유　　　사랑의 감정에 대해서는 인지언어학적인 접근이 유용하다. 여기서는 사랑에 대한 은유와 환

유의 체계가 사랑 감정에 대한 우리의 통속 이론에 근거하여 정교화된다고 주장하였다. 사랑 중인 사람은 상대편을 보면 가슴이 설레고 두근거리고, 사랑하는 대상이 다른 곳에 있으면 늘 그 대상에 대해 생각하고 보고 싶은 감정을 느끼며, 사랑하는 사람들이 같이 있을 때 상대편과의 신체적 접촉을 원한다. 이와 같이 사랑하는 사람들이 보이는 가장 두드러진 특성은 두 사람 사이의 물리적 근접성 즉 신체적 접촉인데, 이것을 나타내는 언어 표현이 개념적 환유이다. 어떤 감정의 생리적 반응이 그 감정을 대신한다는 이러한 개념적 환유는 한국어 사랑 표현에도 그대로 반영되어 있다. 이 이론에 따르면 사랑의 감정과 그 반응 간에는 인과관계가 성립한다. 이것은 곧 사랑의 생리적 반응 즉 신체적 증상은 사랑의 감정을 대표한다는 것을 뜻하는데 이러한 관계를 사랑의 생리적 환유라고 한다.

한국 현대 장·단편 소설과 카이스트의 말뭉치를 분석한 결과 사랑의 신체 외부적 증상에 대한 감정 표현은 '얼굴, 뺨·볼, 눈, 귀, 입술, 이, 고개, 젖, 손, 다리, 몸'의 부위와 연관되어 나타나는데 이중 '얼굴, 눈, 몸'이 주요 반응 부위이다. 얼굴에 나타나는 신체적 증상의 언어 표현은 다음과 같다.

> 얼굴이 새빨개지다 / 얼굴이 발갛게 물들다 / 얼굴에 발그레한 기가 돌다 / 얼굴이 붉어지다 / 얼굴이 빨갛게 되다 / 얼굴에 핏기가 돌다 / 얼굴이 달아오르다 / (얼굴에) 웃음을 띠다

눈에 나타나는 신체적 증상의 언어 표현은 다음과 같다.

> 눈이 번쩍 띄다 / 눈이 이글거리다 / 눈이 부시다 / 눈앞에 불이 튀다 / 눈앞이 훤해지다 / 눈 언저리께가 주홍빛으로 물들다 / 눈길을 떨구다 / 눈길을 돌리다 / 눈꺼풀이 떨리다 / 눈시울이 부드러워지다

몸에 나타나는 신체적 증상의 언어 표현은 다음과 같다.

> 몸이 달다 / 몸이 달아오르다 / 전신이 달아오르다 / 온몸이 불붙어 오르다 / 전신으로 뜨거움이 퍼지다 / 온몸이 저리다 / 몸에 (찌르르) 전기가 통하다 / 전신이 찌르르하다 / 몸을 (부르르) 떨다 / 온몸이 움츠러들다 / 전신이 오싹하다 /

몸이 (옴짝달싹) 못하게 얼어붙다

    사랑의 신체 내부적 증상에 대한 감정 표현은 '가슴, 배, 심장, 간, 애(창자),
애간장, 핏줄'의 부위와 관련되어 나타나는데 이 중 '가슴'이 주요 반응 부위이
다. 아래와 같이 가슴에 나타나는 신체적 증상의 언어 표현은 신체 내부적 증상
에 대한 감정 표현의 대다수를 차지한다.

        가슴이 설레다 / 가슴이 저리다 / 가슴이 찌르르하다 / 가슴이 (찌릿) 울리다 /
    가슴이 두근거리다 / 가슴이 두근대다 / 가슴이 뛰다 / 가슴이(쿵쿵) 울리다 /
    가슴이 요동치다 / 가슴이 꿈틀하다 / 가슴이 고동치다 / 가슴이 울렁거리다 /
    가슴이 벌떡거리다 / 가슴이 들끓어 오르게 하다 / 가슴이 화끈거리다 / 가슴이
    타오르다 / 가슴에서 불길이 일다 / 가슴이 내려앉다 / 가슴이 얼어붙다

    사랑의 감정을 느낄 때, 우리 몸에 나타나는 생리적 현상은 체온이 올라가고
심장박동수가 증가하는 것으로 나타난다. '얼굴, 입술, 전신, 간'이 뜨겁게/화
끈/불덩어리처럼/열기로 달아오르고, '온몸'이 후끈 달아오르고 불붙어 오르
며, '가슴'에 불길이 활활 일고, '간'을 녹이며, '가슴'이 뛰고 두근거리고 울렁거
리고 벌떡거리며, '심장'과 '핏줄'이 뛴다는 데에서 확인된다. 또 혈액 순환이
활성화되어 '얼굴, 눈언저리, 귀밑'이 붉어지는 현상이 일어나고 '눈꺼풀, 어깨,
손가락, 몸'이 떨리며, '몸, 가슴, 뱃속'이 저리다. 또한 '온몸'이 움츠러들고 오
그라지며, '가슴'을 오그리게 된다. '입, 다리, 가슴, 몸'이 얼어붙으며, 멈칫 서
버리고, '말'이 더듬거려지며, '목소리'가 떨린다. '숨소리'가 잦아지며, '숨결'이
가빠지고, '숨'이 막히며, '숨'을 쉬지 않는다. 사랑에 눈이 어두워지고, '정신'이
아찔하고, 아득해지고, 혼미해지고, 집중되지 않으며, '정신'을 아련하게 하며
혼곤하게 하고 뒤흔들고 잃으며, 미치고 환장할 지경이며, '넋'을 놓거나 잃으
며, '마음'이 흔들리며, 신경 쓸 여지가 없게 된다.
    사랑할 때 느끼는 생리적 행동 반응은 사랑의 개념을 구조화하는 많은 은유
의 근거로 쓰인다. 특히 신체적 근접이라는 행동 반응은 사랑 개념을 밝혀주는
데 중심적 역할을 하는 은유인 '사랑은 두 물건의 결합체'가 기초가 된다. 즉
이 결합체 은유는 '두 사람이 늘 붙어 있음은 두 사람이 사랑하고 있음'이라는
환유에 바탕을 두고 있다.

'사랑은 두 물건의 결합체' 은유는 한국어 사용자들이 사랑을 이해하고 개념화할 때 중심적 은유로 나타난다. 사랑의 대상을 지시하는 '반려자'와 '배필'이라는 표현은 연인을 가리키는 것 이상의 의미를 지니는데, 즉 두 사람은 각각 불완전한 조각으로 둘이 결합할 때 비로소 완전한 것이 된다는 것이다. 원래 '伴, 侶, 配, 匹'의 글자 그대로의 의미는 두 개의 구체적 물체로 이루어져 전체를 이루는 결합체의 한 쪽을 가리킨다. '한 쌍'과 '찰떡궁합'은 두 개의 물체가 결합한 하나의 결합체를, '하나가 되다'는 그 결합체를 이룬 결과를, '짝짓다'는 그 결합체를 이루는 과정을, '사슬'(사랑의 사슬)은 그 결합체를 만드는 데 쓰이는 도구를 가리킨다. 이렇듯 추상적 개념인 사랑이 구체적인 물건의 결합체로 은유화되는 것은 목표 영역인 사랑을 두 물건으로 이루어진 결합체의 관점에서 이해하는 것이다.

한국어에서 사랑은 '그릇 속의 액체(차다, 넘쳐흐르다, 빠지다, 빠져들다, 끓어오르다, 뜨겁다, 식히다, 식다, 솟다, 쏟다), 물건(나누다, 주다, 건네다, 보내다, 담다, 무거워지다, 받다, 차다, 쌓아가다, 팔다, 지키다, 잃다, 빼앗기다, 움직이다), 식물((뿌리를)내리다, 키우다, 싹트다, 커가다, 피어나다, 맺어지다, 무르익다, 시들다)' 등으로 은유화된다.

사랑 또는 사랑과 관련된 감정은 사랑하고 있는 바로 그 사람의 몸(특히 가슴) 속에 들어 있는 것으로 표현된다. 일반적으로 우리의 신체(의 일부인 가슴)는 여러 감정을 담는 그릇으로 이해되고 그 감정은 그릇 속에 담겨 있는 액체로 파악되는데 이렇게 볼 때, 사랑은 그릇 속에 담긴 액체로 개념화된다고 하겠다.

사랑의 대상인 연인을 다양한 물건(식욕을 돋우는 음식, 비둘기, 신, 귀중품 등)으로 은유적으로 개념화하는 기제는 한국어에도 적용된다. 식욕을 돋우는 음식은 생명유지에 필요한 필수품이지만, 단순히 배를 채우기 위해 먹는 그런 음식이 아니라 자신이 좋아하는 음식을 나타낸다. 즉 음식의 맛은 연인에 대응한다. 성욕은 식욕을 통해 개념화되는데, '성욕은 굶주림' 은유는 성적 욕망의 대상을 맛있는 음식으로 개념화하도록 해준다. 연인을 구체적인 음식으로 개념화할 때, 한국어에서는 여성이 남성을 맛있는 음식으로 개념화하지 않는다. 이것은 유교 문화의 가부장적 측면의 반영이라고 할 수 있다.

한편 사랑의 과정이 가지는 점진적 특성은 위와 같이 '사랑은 식물' 은유를 통해 드러난다. '움트다, 싹트다, 심다'는 사랑의 시작을 암시하고 '꽃이 피어 있음'은 사랑이 진행되고 있음을 나타낸다. 또한 '눈물'은 사랑이라는 나무의 열매를 의미하는데 이것은 사랑의 파경으로 인한 고통에 대응하고, '시든 꽃잎'은 최고조에 이르렀던 연인 관계가 원만하지 못한 상태로 되돌아감을 보여준다. 즉 이 은유에서 연인은 꽃·나무를 가꾸는 사람들에, 사랑의 원인은 꽃·나무의 묘목이나 씨앗에, 사랑의 시작은 꽃·나무의 싹이나 움이 트는 것에, 사랑의 진행은 나무가 자라나 꽃이 피고 열매를 맺음에, 사랑의 강도가 서서히 약해짐은 꽃이 시들어감에 각각 대응한다. 요컨대 '사랑'의 환유 및 은유적 개념화 양상은 우리의 신체 및 일상적 체험과 긴밀히 연관되어 있다.

사랑의 의미 변화   현대어의 '사랑'은 15세기에 'ᄉᆞ랑'이었다. 그럼 이 'ᄉᆞ랑'은 어디에서 왔을까? 'ᄉᆞ랑'을 중국의 백화문 'ᄉᆞ량(思量)'과 관련을 지어서 설명하기도 한다. 'ᄉᆞ량'은 '깊이 생각하며 헤아린다'의 의미를 가지는데 'ᄉᆞ랑'과 의미와 소리가 유사하여 연관성을 추측해 볼 수도 있으나, '량〉랑'의 변화를 쉽게 설명할 수 없다는 문제가 있다. 16세기에 나타나는 'ᄉᆞ량'이 그 근거가 되는 것으로 보일 수도 있지만(그지업슨 모딘 이를 思ᄉᆞ量량ᄒᆞᄂᆞᆫ다라 『금강경삼가해(金剛經三家解)』) 제2음절의 모음 'ㅑ'가 15세기 이전에 'ㅏ'로 바뀌었다는 것을 합리적으로 설명할 수 없는 것이 흠이다. 'ᄉᆞ랑'은 오히려 '思量'의 한자음을 따른 표기로 보는 것이 온당하다.

> 子細히 ᄉᆞ랑ᄒᆞ야(思惟) (『능엄경언해(楞嚴經諺解)』 1(1462))
> ᄉᆞ랑ᄒᆞ며 공경홀 相 잇ᄂᆞᆫ ᄯᆞ롤(愛敬相之女) (『능엄경언해(楞嚴經諺解)』 6(1462))
> 賢聖 ᄉᆞ랑ᄐᆞᆺ ᄒᆞ띠(如慕賢聖) (『법화경언해(法華經諺解)』 5(1463))
> 江漢을 ᄉᆞ랑ᄒᆞ노니(思江漢) (『두시언해(杜詩諺解)』 초간본 7(1481))
> 술 ᄉᆞ랑호ᄆᆞᆫ 晉人山簡이오(愛酒晉山簡) (『두시언해(杜詩諺解)』 초간본 7(1481))
> 먼 드르홀 恐尺만 흔가 ᄉᆞ랑ᄒᆞ노라(日廣野懷恐尺) (『두시언해(杜詩諺解)』 초간본 7(1481))
> 오직 내 ᄌᆡ조롤 ᄉᆞ랑ᄒᆞᆼ놋다(只愛才) (『두시언해(杜詩諺解)』 초간본 7(1481))
> 人間애셔 ᄀᆞ른 사ᄅᆞ믈 ᄉᆞ랑ᄒᆞ노니(人間好妙耳) (『두시언해(杜詩諺解)』 초간본 8(1481))
> 六關을 ᄉᆞ랑ᄒᆞ야 해 슬허ᄒᆞᆼ놋다(戀關浩酉妟年) (『두시언해(杜詩諺解)』 초간본 8(1481))

네 사뎐 짜홀 스랑ᄒ노라(念携金助) (『두시언해(杜詩諺解)』 초간본 15(1481))

스랑ᄒ욘 히이 恩惠ᄅ왼 비츨 (愛日恩光蒙借貸) (『두시언해(杜詩諺解)』 초간본 17(1481))

그치시와 뎌 스랑ᄒ놋다(人憶止) (『두시언해(杜詩諺解)』 초간본 20(1481))

스랑ᄒ논 수리(愛酒) (『두시언해(杜詩諺解)』 초간본 25(1481))

녯 길홀 스랑코(憐舊路) (『두시언해(杜詩諺解)』 초간본 22(1481))

ᄆᅀᆞ매 너기며 스랑ᄒ야(心想思惟) (『금강경삼가해(金剛經三家解)』 上(1482))

　15세기의 '스랑'은 현대국어의 '애(愛)'의 의미만을 가진 것이 아니라 여러 의미를 가지는 다의어였다. 15세기의 문헌자료에 나타난 '스랑ᄒ다'를 살펴보면, 위와 같이 [好], [念], [思], [憶], [憐], [愛], [懷], [戀], [慕]라는 한자의 번역 표현으로 나타났다. '사회(思懷), 념(念), 사(思), 사유(思惟), 연(戀), 사량(思量)' 등과 대응되는 '스랑ᄒ다'의 공통적인 기본 의미는 '생각하다'라고 할 수 있다. 현대국어의 '사랑'의 의미보다는 오히려 '생각'의 의미를 가진 경우가 더 많다. 15세기 문헌에서 출현한 빈도를 살펴보면 '스랑ᄒ다'는 [愛]보다 [思]의 의미가 주된 의미로 쓰인 것으로 보인다. 15세기에는 '스랑ᄒ다'가 현대어의 '생각하다, 사랑하다'의 두 가지의 뜻을 가지고 있었으나, 16세기 말 문헌부터는 일반적으로 '사랑하다'의 뜻만을 가지게 되는 것으로 보인다. 17세기에 '스랑ᄒ다'가 '思'의 뜻으로 쓰였는가는 확실치 않다. '思'의 뜻으로 쓰인 『두시언해』 중간본의 예는 초간본을 그대로 답습한 것이기 때문이다. 『두시언해』 중간본에는 중세국어와 같이 '애정을 갖다(愛), 그리워하다(戀), 좋아하다(好)'의 의미가 모두 나타난다. 18세기에는 '愛'와 '好'의 뜻으로 쓰인 것만 나타나며 19세기에는 이 의미가 'ㆍ'가 소실된 표기인 '사랑하다'로 나타난다. 이와 같이 '스랑'의 의미는 '사(思)〉애(愛)'로의 변화 과정을 거친 것으로 보인다.

　그렇다면 '스랑'의 의미는 왜 이런 변화를 보였을까? 중세국어에 '사(思)'의 의미를 가진 단어로는 '스랑' 외에 '싱각'도 있었다. '스랑ᄒ다'가 지녔던 다의적 성격은 '둧다, 괴다, 둏다, 싱각ᄒ다'와 점차 상호충돌을 야기하게 되고 그 결과 점차 의미 영역이 축소되어 가는 과정을 겪게 된다. '스랑ᄒ다'는 15세기 국어에서 [好], [念], [思], [憶], [憐], [愛], [懷], [戀], [慕]의 의미를 언해하는 데 쓰였는데 '스랑ᄒ다'의 의미 중 [好]라는 의미는 점차 '스랑ᄒ다'로 언해하기보다는 '둏다'로 언해하는 경우가 늘어나 '스랑ᄒ다'가 [好]의 의미를 잃게 된다.

15세기 국어에서 '스랑ᄒ다'는 [念], [思]를 언해하는 데 다른 낱말보다 그 쓰임이 컸으나 점차 '싱각ᄒ다'가 동일한 의미를 언해하는 데 빈번하게 쓰였다. 이 결과 [念], [思]를 언해하는 자리에 '스랑ᄒ다'와 '싱각ᄒ다'가 충돌하게 되어 결국 '싱각ᄒ다'가 그 자리를 차지하고 '스랑ᄒ다'는 [念], [思]의 의미를 잃게 되었다. 이와 더불어 '스랑ᄒ다'는 [思], [念]과 유사한 의미인 [憶], [懷]의 의미도 상실하게 됨으로써 '둣다, 괴다'와 동의 관계에 놓이게 되었다. 그러나 동일한 의미를 가진 두 단어의 공존은 화자의 언어 선택에 혼란을 주므로 변화가 초래되어 '사랑하다'의 의미를 가진 '괴다'와 '둣다'는 16세기 이후 소멸하게 된다. 그 결과 '애(愛)'의 의미를 모두 '스랑'이 담당하고, '스랑'이 가지고 있던 '사(思)'의 의미는 '싱각'이 담당하게 되면서 17세기 이후 '스랑'은 '애(愛)'의 의미만을 가지게 된다.

1.2. 연애의 탄생

'연애(戀愛)'는 '戀'과 '愛'라는 한자어를 합성한 신조어였는데 한자어 '戀'과 '愛'는 각각 넓은 의미의 그리움과 사랑을 뜻하는 동시에 남녀 간의 사랑을 가리키는 글자였다. 『악부시집』의 '春別猶春戀, 夏還情更久(봄에 이별하니 더욱 그리워지고, 여름에 돌아오니 정이 다시 오래다)'와 같은 용례에서 '戀'은 남녀 간의 그리움을 나타낸다. 『전국책(戰國策)』에는 '孟嘗君舍人有與君之婦人相愛子 固琇注 愛猶通也(맹상군의 사인 가운데 그 군의 부인과 더불어 서로 愛하는 자가 있었다. 고수 주에 愛는 사통이라고 한다)'는 구절이 나오는데 여기서 '愛'는 성관계를 의미하는 동사로 쓰였다. 이는 '戀'은 그리움의 뜻이 강했고 '愛'는 성적인 사통의 의미가 강했음을 보여준다.

남녀 간의 사랑을 가리키는 한자어에 대해서 『한어대사전』 7권(한어대사전편집위원회, 三聯書店(香港) 有限公司, 1992)과 『교학대한한사전』(교학사, 1998)에 실린 '愛'와 '戀' 편들을 참고하여 살펴보면, 이 두 한자어를 이용한 조어로 '애경(愛敬), 애고(愛顧), 애련(愛憐), 애연(愛戀), 애모(愛慕), 애민(愛怋), 애열(愛悅), 애총(愛寵), 애행(愛幸), 애호(愛好), 연모(戀慕), 연연(戀戀), 연애(戀愛)' 등이 사랑을 지칭하는 말로 두루 사용되었다. 이때 '연애(戀愛)'는 '애연(愛戀)'보다 드물게 쓰였던 것으로 '사랑하다, 그리워하다'의 뜻을 지니고 있었지만 하나의 관념을 형성하여 쓰이는 독립된 어휘는 아니었다.

연애의 유래, 일본어의 차용

연애는 남녀 간의 사랑을 가리키는 용어로, 영어 'Love'를 일본어로 번역하는 과정에서 유래한 것이었다. 근대화 속도가 늦었던 한국의 경우, 당시 대부분의 개념어는 일본을 통해 수입되었는데 '연애' 역시 중국에서 먼저 만들어진 개념이지만 보급과 정착을 주도한 것은 일본이었다. 19세기 초 중국에 와 있던 서양 선교사들이 'Love'의 번역어로 '연애'를 택한 일이 몇 차례 있었다고 한다. '연애'라는 한자어가 등장한 최초의 용례는 선교사 메드허스트가 『영화사전(英華辭典)』(1847~48)을 펴낼 때 'Love'를 '연애'라고 번역한 것에서 찾을 수 있다. 명사 'Love'는 애정(愛情), 총(寵), 인(仁) 등으로 번역되었으니 이때의 '연애'는 동사적 용법에 한정된 말이었지만 차츰 'Love'의 번역어로 광범위하게 활용되면서 명사적 용법으로도 쓰이게 되었다.

등장이라는 정도를 넘어 '연애'라는 단어가 본격적으로 쓰이기 시작한 것은 19세기 말 일본에서이다. 일본에서 '연애(戀愛)'라는 번역어의 최초 용례는 대략 1870~71년에 나온 나카무라 마사나오(中村正直)의 번역서 『서국입지편(西國立志編)』에서였다고 말해진다. 1890년에 이와모토 요시하루(嚴本善治)가 육체의 사랑이 아니라 영혼의 사랑이라는 새로운 관념을 표시하기 위해 '연애'라는 단어를 사용하였고 이후 일본에서는 연애란 표현이 일반화되기에 이르렀다. 일본에서 'Love'가 '연애'로 번역된 것은 남녀 간의 관계와 관련하여 불결한 연상을 일으키는 일본 통속 단어들과 영어 'Love'를 구별하기 위해서였다고 한다. 일본의 전통 속에서 남녀 간의 사랑은 육체적 결합과 분리되지 않는데, 남녀의 사랑을 성적인 결합으로 연결하는 사유 방식 속에서 성적 접촉을 기피하거나 생략하고 상대로부터 멀리 떨어진 곳에서 영혼의 사랑을 바치는 서구의 기사도식 사랑 등은 이해되기 어려웠기 때문에 그러한 사랑을 표현하는 말은 기존의 남녀 간의 사랑을 가리키는 표현과는 달라야 한다고 생각되었던 것이다.

동아시아의 일원으로서 식민지 조선에서도 비슷한 양상이 나타났다. 일본과 중국에서 그러했듯이 식민지 조선에서도 '연애'라는 말은 근대 이전에 존재하지 않았다. 이러한 사실은 "연애는 조선 사람이 창작한 것이 아니라 수입한 말"로서 "일본에서도 이 용어가 사용된 것은 30년 내외"(유억겸 외 1935 : 40)라거나, "연애라는 용어는 그 유래가 비교적 근대에 속한 것"으로 "서양류의 문화가 동점(東漸)을 한 이후의 일"(이훈구 1938:16)이라는 지적을 통해서 확인할 수 있다. 1920년대 중반에 이르러 김기진은 "연애라는 말은 근년에 비로소 쓰이게 된 말"이라고 설명하였는데 이에 기대면 '연애'가 일반화된 것은 1910년대 말 이후였다는 말이 된다. 비슷한 맥락에서 박순천(朴順天)은 "조선에 연애가 들어오기는 기미년(1919) 이후"로 "그 전에는 연애라는 말도 못 들었"다고 지적하면서, 도쿄 유학 시절에 이 말을 처음으로 들었을 때의 당혹감을 피력한 바 있었다.

연애의 등장

'연애'가 '남녀 간의 사랑'이라는 의미로 한국에 처음 등장한 시기는 1910년대로 추정된다. 그러나 '연애'라는 말이 언제 출현했는지 정확히 짚어내기는 어렵다. 현재까지 알려진 바에 의하면, 소설에서 '연애'라는 어휘가 처음 사용된 것은 1912년 『매일신보』에 연재된 조중환의 「쌍옥루」이다.

이 남ᄌᆞᄂᆞᆫ 편이라 ᄒᆞᄂᆞᆫ 것은 즉 육욕이라 ᄒᆞ며 더욱이 의학상의 지식으로 육욕 이외에ᄂᆞᆫ 편이라 ᄒᆞᄂᆞᆫ 것슨 업다고 쥬창ᄒᆞᄂᆞᆫ 사ᄅᆞᆷ이니 신셩ᄒᆞ며 ᄯᅩᄂᆞᆫ 고상ᄒᆞᆫ 취미가 그 ᄉᆞ이에 잇슴은 모르ᄂᆞᆫ 연고로 결빅ᄒᆞᆫ 남의 녀ᄌᆞ의 몸을 더럽혀 놋ᄂᆞᆫ 거시 곳 그 심령에 다시 썻지 못ᄒᆞᆯ 흔젹이 되ᄂᆞᆫ 줄은 조곰도 모르ᄂᆞᆫ 터이라 오졍당은 청년남여의 연이라 ᄒᆞᄂᆞᆫ 것은 극히 신셩ᄒᆞᆫ 일이라고 가르쳐 주어 아ᄆᆞ조록 경ᄌᆞ로 하여곰 남녀의 인졍이라 ᄒᆞᄂᆞᆫ 쯧을 ᄭᅢ닷도록 힘을 쓰니 셔병삼과 오졍당 두 사ᄅᆞᆷ 사이에 ᄉᆞ로잡힌 비 된 가련한 리경ᄌᆞᄂᆞᆫ 임의 함졍에 ᄲᅡ진 몸이라 졸연히 ᄲᅢ져나오기 어렵게 되얏더라 / 의심스럽고 밋을 슈 업ᄂᆞᆫ 것은 남녀 간에 사랑이라 이것을 비유ᄒᆞ건ᄃᆡ 물 우에 쓴 부평초갓ᄒᆞ야 이것을 싱각ᄒᆞ고 져것을 싱각ᄒᆞ야 쟝ᄅᆡ까지 싱각ᄒᆞᆯ ᄉᆞᄂᆞᆫ ᄇᆞ라ᄂᆞᆫ ᄆᆞ음이 졈졈 더ᄒᆞ고 질거운 마음이 지극흠을 마지 못ᄒᆞᄂᆞ니 이 ᄅᆞᆷ을 인ᄒᆞ여 청년남녀의 편이라 ᄒᆞᄂᆞᆫ ᄆᆞ음이 비로소 일어남이라 리경ᄌᆞᄂᆞᆫ 더욱 이 이와 ᄀᆞᆺ혼 상상이 만은 사ᄅᆞᆷ이라 그럴 고로 심중에ᄂᆞᆫ 고상ᄒᆞᆯ 편이를 리상ᄒᆞ며

편이라 ᄒᆞ는 거시 극히 신셩ᄒᆞᆫ 일인 줄로 밋고 의심치 안이ᄒᆞᆫ다

―조중환 「쌍옥루」, 『매일신보』(1912)

이 소설의 초반에는 2~3면에 걸쳐 '사랑', '연애', '편애'라는 어휘가 서로 경쟁하듯 펼쳐져 있다. 이는 당시 '연애'라는 어휘가 충분히 독립된 의미를 형성하지 못하고 있었음을 보여준다. '연애'와 '편애'는 거의 같은 뜻으로 쓰였고 '편애'가 사용 빈도에서 우위에 있다. 또한 '연애'나 '편애'라는 어휘에는 '고상', '신성' 등의 높은 정신적 가치를 표현하는 어휘들이 함께 나타난다. 1913년 『매일신보』에 연재된 같은 작가의 소설 「국의 향」에서도 '연애'라는 어휘를 간혹 발견할 수 있는데 여기에서도 '신성'이라는 수식어가 자주 따라다닌다.

처음으로 있는 자유결혼(自由結婚)을, 리현셥이라 ᄒᆞ는 남ᄌᆞ 학싱과, 믹졋더라, 그 남녀 두 사름 ᄉᆞ이에, 불꼿이듯 ᄒᆞ던 련이가, 몇히를 지닉지 못ᄒᆞ야, 어름굿치 식엇스니, 한번식은, 련이가 어나 곳으로브터, 다시 더워지리오/ 국향의 어름굿치, 식엇덧 련이는 이제 다시 열렬(熱熱)ᄒᆞᆫ 긔원을 회복ᄒᆞ얏더라

―조중환 「국의 향」, 『매일신보』(1913)

여기에서 연애는 관계보다는 감정을 나타낸다. 오늘날 한국 사회에서 '연애'는 일반적으로 남녀가 서로의 열정을 바탕으로 하여 일정 기간 만나는 일을 의미하는 것으로 '교제'의 뜻이 강하다. 현재의 연애가 '관계'의 문제인 것에 반해 1910년대 '연애'는 '감정'과 관련된 것으로 많이 쓰였음을 알 수 있다. 또 당시 연애가 관계를 의미할 때에도 관계의 형식보다는 관계를 형성하는 감정 쪽에 더 비중이 있었다. 연애를 개인의 '정신'에 위치한 것으로 표현하는 경우도 있는데 이것은 연애가 '감정'을 가리키는 어휘에 가까웠음을 가장 명확하게 보여준다.

신문에서 연애라는 단어가 출현한 시기는 조금 늦다. 예컨대 1914년 6월 『매일신보』 소재 남녀의 사연에 붙은 제목은 「애愛! 애哀!」인데 명백하게 연애담을 다루고 있음에도 이 기사에는 '애愛'라는 표현을 쓰는 데 그쳤다. 이 시기 가끔 보인 연애라는 말은 「연애의 오국 황제」나 「견犬과 규수 화가의 연애담」과 같은 식으로 외국에서 일어난 특별한 사건을 전해 주거나 자유결혼을 주장할 때 조금씩 쓰이기 시작하였으나 그 의미는 여전히 불투명했다. 이국에서 일

어난 신분 높은 외국인의 고상한 사랑을 표시하는 기호로서 연애라는 말을 사용하거나 미국 여성 화가와 그녀가 그리는 개 사이의 특별한 애정을 기술하면서 둘의 관계에 연애라는 표현을 사용했다.

번안 소설을 위시한 몇몇 소설의 선구에도 불구하고 '연애'가 정착되기까지는 몇 해의 세월이 더 필요했다. 1910년대 후반의 글들에서 '연애'는 '애(愛), 애정(愛情), 친애(親愛), 상사(想思), 사랑' 등과 경쟁하면서 조금씩 사용되기 시작했으나 1920년대에 이르러 하나의 유행어로 자리 잡게 되었다. 연애와 가장 가까운 뜻으로 사용된 우리말은 '사랑'과 '상사(想思)'였다. 그러나 '상사'는 '연애'가 세력을 확대하면서 점차 용례가 줄어들었고 1920년대에 이르러서는 '연애'와 '사랑'이 이성애를 가리키는 데 가장 많이 사용되었다. 1920년대 중반까지 '연애'는 '사랑'과 거의 동의어로 쓰였다.

1.3. 제도권 안의 사랑, 본원적 욕망

사랑을 말하는 여성문학의 가장 고전적인 방식은 남편을 '님'으로 호명하는 것이었다. 이러한 호명 방식을 통해 사랑의 욕망을 승인받고 사랑을 문학 전통 내에 안착시킬 수 있었다. 그래서 조선시대 남녀의 사랑은 집안 간 결합을 통해 혼인으로 귀결되는 제도권 안의 사랑이 가장 보편적인 형태이다.

고전소설에서 남녀의 애정은 당사자의 사적인 감정에 기반하면서도 그 애정의 성취 여부는 객관적인 사회적 조건 속에서 결정된다. 특히 혼인 전의 애정 관계는 혼인으로의 귀결 여부로, 혼인 후의 애정 관계는 집안의 인정 여부로 애정의 성취가 이루어지는 것이 보통이다. 이때 애정 당사자 중 남성의 공명성취 여부가 애정성취 여부의 관건이 된다. 그러므로 두 애정 당사자는 대체로 공명의 성취를 위해 애정을 지연시키는 데 합의하며 공명의 성취가 애정의 성취로 구현되는 경우가 많다. 그리하여 가족구성원이나 부인의 권유로 사랑하는 부인을 두고 과거를 보러 떠나고 이것이 애정서사에서 갈등의 주요 빌미가 되곤 한다. (「심생전」, 「숙영낭자전」) 또 부부의 사랑은 당사자만의 문제가 아니라

가족 구성원 전체의 관찰의 대상이자 가문 차원에서 관리되어야 할 감정으로 여겨진다. 가족의 의지로 이루어진 혼인의 경우에는 애정 없는 부부관계가 가문의 문제로 부각되지만, 당사자들의 애정을 바탕으로 이루어진 혼인인 경우 부부간 애정은 가족구성원의 훼방을 받기 십상이다. (『조씨삼대록』)

한편 부부간의 사랑에서 남성이 부인 이외의 애정 대상을 갖는 것이 상대적으로 자유로웠던 것에 비해 남편만을 애정의 대상으로 삼았던 여성들에게 유일하게 공인된 사랑은 부부간의 사랑이었다. 그럼에도 불구하고 그 사랑이 남성의 사회적 성취를 위해 유보되거나 다른 가족 구성원에 의해 간섭 당한다는 것은 여성이 자신의 존재가치를 남편이나 가문에 투사할 수밖에 없었던 당대 현실의 문학적 형상화라고 할 수 있다.

고전시가에서도 당대의 유교 이념에 따라 여성에게 사랑의 행위는 사회적 제도로서의 혼인을 통해서 성취된다. 그러나 시가에서는 남편을 향한 아내의 사랑의 감정이 좀 더 초점화되어 있다. 아내에게 남편은 공인된 한 사람의 남자로서, 남편에 대한 사랑은 한 여성으로서 자신의 존재가치를 확인하고 싶은 본원적인 욕망의 성격을 띤다. 그리하여 규방가사와 민요에는 여성이 남편의 부재로 인한 사랑의 결핍 속에서 갈등하는 양상을 드러내는 경우가 많다. 여성이 남편을 그리워하는 가장 전형적인 형상은 깊은 밤 방안에 외롭게 깨어 있는 '독수공방(獨守空房)'의 형상이다. 남편과의 육체적·정신적 소통의 부재, 정서적 교감의 결여는 매우 고통스러운 체험이다.

이때 남편이 부재하는 이유는 남편의 부정(不貞), 입신을 위한 학업, 사별 등으로 여성을 억압하는 일방적인 성격을 띠는 경우가 많다. 여성은 남편의 사회적 성취를 위한 사랑의 유보에는 적극적인 동조를 보이며, 남편의 부정에 의한 부재에는 심각한 정신적인 갈등을 겪는다. (「이별한탄가」, 「신학식 못배운 여자탄」, 「전남 장성 시집살이 노래(진주 낭군가)」) 당시는 일부종사(一夫從事)의 이념이 지배하던 시기이므로 여성에게 남편의 죽음은 사랑하고 사랑 받는 즐거움에 대한 단절을 의미한다. (「망부가」, 「공규이별가」) 동시에 사회 활동이 남성에게 한정되어 있었으므로, 남편의 죽음은 험난한 삶의 역정을 예고하는 절망적인 현실이기도 하다. 따라서 이 시기 여성의 남편에 대한 사랑은 제도권 이데올로기에의 긴박만으로는 설명될 수 없는 것으로, 전면적이고도 본원적인 성격을 띤다.

[궐녀와 심생은] 같이 동침을 하게 되었다. 애타게 사모하던 끝에 그 기쁨이야 오죽하였으리요. 그날 밤 방에 들어간 이후로 심생은 저물녘에 나갔다가 새벽에 들어오지 않는 날이 없었다.

궐녀의 집은 본래 부유하였다. 그로부터 심생을 위하여 산뜻한 의복을 매우 훌륭하게 마련해주었으나, 그는 집에서 이상하게 여길까봐 감히 입지 못하였다. 그러나 심생이 아무리 조심을 하여도, 집에서는 그가 바깥에서 자고 오래 돌아오지 않는 데 의심하지 않을 수 없었다. 그리하여 절에 가서 글을 읽으라는 명이 내려졌다. 심생은 마음이 불만스러웠지만, 집의 압력을 받고 또 친구들에게 이끌려 책을 싸들고 북한산성으로 올라갔다.

선방에 머문 지 근 한 달 가까이 되었을 때, 심생에게 궐녀의 언문 편지를 전해주는 사람이 있었다. 편지를 펴보니 유서로 영영 이별하는 내용이 아닌가. 궐녀는 이미 죽은 것이었다.

仍與女同寢 渴仰之餘 其喜可知 自是夕始入室 又無日不暮往晨還 女家素富 於是爲生 具華衣服甚盛 而生恐見異於家 不敢服 生雖秘之深 而其家疑其宿於外 久不還 命往山寺做業 生意怏怏 而迫於家 且牽於儕友 束卷上北漢山城 留禪房將月 有來傳女諺札於生者 發之 乃遺書告訣者也 女已死矣

—「심생전」(18세기)

잇쩌 빅공이 마음의 고이히 너겨 다시 동별당의 가 귀를 기우려 드른 즉 쏘 남즈의 슈작ᄒᆞ는 소리 분명ᄒᆞᆫ지라 빅공이 헤아리되 고이ᄒᆞ고 고이ᄒᆞ도다 ᄂᆡ 집이 장원이 놉고 상하 이목이 번다ᄒᆞᄆᆡ 외인이 간ᄃᆡ로 출입을 못ᄒᆞ거늘 엇지 슈일롤 두고 ᄂᆞᄌᆞ의 방의셔 남즈의 소리 나니 이 반다시 흉악ᄒᆞᆫ 놈이 이셔 낭즈로 통간ᄒᆞᄆᆡ로다 ᄒᆞ고 처소로 도라가 즈탄 왈 낭즈의 졍졀노 이런 힝스를 ᄒᆞ니 일노 볼진ᄃᆡ 옥셕을 분간키 어렵도다ᄒᆞ며 의혹만단의 유예 미결이라. (중략) 낭즈 안쉭이 씩씩ᄒᆞ며 왈 아모리 늑녜 빅냥을 갓초지 못ᄒᆞᆫ 즈뷔온들 니런 말슴을 ᄒᆞ시ᄂᆞ잇가 발명 무료ᄒᆞ오나 셰셰 통촉ᄒᆞ옵소셔 이 몸이 비록 인간의 잇스온들 빙옥갓튼 졍졀노 더러온 말슴을 듯ᄉᆞ오리잇가 영쳔슈가 머러 귀를 씻지 못ᄒᆞ오미 한이 되옵ᄂᆞ니 다만 죽어 모로고져 ᄒᆞᄂᆞ이다 빅공이 분노ᄒᆞ여 노즈를 호령ᄒᆞ여 낭즈를 결박ᄒᆞ라 ᄒᆞ니 노지 일시의 다라드러 낭즈의 머리를 산발ᄒᆞ여 계하의 안치니 그 경상이 가장 가련ᄒᆞ더라

—「숙영낭자전」(미상)

츳셜 쇼경쉬 즈염으로 더브러 금슬항려의 진중ᄒᆞᆫ 졍이 산히 갓트ᄃᆡ 구시와 가니시 셔로 싀투ᄒᆞ고 이황 니녀와 연쉬 이슈 등으로 모계ᄒᆞ여 젼졍을 맛고져 ᄒᆞ므로

조시 스스의 블평홈과 극경이 비길 딕 업스딕 더욱 덕을 닥그며 인을 힝ᄒ여 적인을 쉬투ᄒ미 업슬 쑨 아냐 (중략) 쇼샹세 츄연쟝탄의 다시 부인의 손을 잡고 년년ᄒ여 춤아 니지 못ᄒ니 견권지졍이 비길 곳이 업는지라 조시는 흔ᄎ 셩녜라 텬셩의 졀직ᄒᆫ 심덕분이니 이 ᄀᆺ튼 쟝부의 여산은졍은 엇지 감격지 아니리오 잠간 취미롤 동ᄒ고 셩안을 나죽이 ᄒ여 두어 번 거듭 써 샹셔의 풍광이 환탈ᄒ고 의용이 슈척ᄒᆯ 보ᄆᆡ 우려ᄒᆫᄂ 빗치 이시니 어리로온 틱도와 쇄락ᄒᆫ 광염이 실즁의 조요ᄒᆫ지라 샹셰 더욱 경복황홀ᄒ여 참아 니러ᄂᆞ지 못ᄒ더니

ー「조씨삼대록」(18세기)

고운님 싀로만나 신졍이 마흡도다 교틱ᄒ고 사랑터니 이즈영영 이져신가 구졍신졍 할것업시 닉가못난 타시로다 규즁여ᄌ 도리로셔 예졀을 몰나든가 그러할줄 어라스며 죽어도 이별안닉 기소영슈 차ᄌ가셔 목욕직기 ᄒ여볼가 (중략) 하일하시 오마든니 아조영영 이것는야 하지업고 다졍터니 싹사랑이 틱여구나 허허탄식 그만두고 나도좀관 이져리라 혀아리도 슬틱업고 싱각하니 화가난다

ー「이별한탄가」(미상)

원통하다 이신세야 안해되여 남편에게 사랑한번 맛못보고 사라서 무엇하노 사람되여 이세상에 사람노릇 못해보고 살면오직 길이잇다 염나사자 원망일세 나를 어서 다려다가 평화를 안겨주소 못이즐새 우리쌍친 금옥갓치 나를양육 만복을 바라다가 덩치도 못보시면 얼마나 원통할가 먼나라도 무서우며 살기도 괴롭도다 시세가 행난하니 이일을 어이할고 사람이 귀치안탄 초목금수 부러우며 육축이 되엿던들 만사에 자유로써 귀케낙원 구할 것을 사람이 왜되엿나 억제가슴 진정하고 세월을 길게 믿고 임의 팔에 안기여서 하해갓흔 동정사랑 태산같이 바라보고 죽음으로 써날끝까지 열손으로 빈다한들 그것이 무엇인가

ー「신학식 못배운 여자탄」(20세기 전반)

울도담도 없는집이 시집에 삼년을 살고보니 시어마니 하시는말쌈 미눌아가 미눌아가 진주낭군을 볼라거든 진주남강에 빨래질가라 진주남강에 빨래질가니 독도좋고 물도좋네 검정빨래 검게빨고 흰빨래는 희게빨아 옆눈으로 살짝보니 구름같은 갓을쓰고 백옥같은 말을타고 본치만치 지내가네 집이라고 돌아오니 시어마니 하시는말쌈 미눌아가 미눌아가 진주낭군을 볼라거든 아랫방으로 건너가라 아루방으로 건너가니 진주낭군 거동보소 진주낭군 거동보소 기상첩을 옆에놓고 아홉가지 술에다가 열두가지 안주에다 저금땡땡 울리면서 권주가를 하시더니 다녹는다 다녹는다 본처일처 간장이 다 녹는다 열었던 문을 굳쳐닫고 아룻방으로 나러와서

밍주베석자 목에걸고 아홉가지 약을먹고 목을메어 죽었다네 진주낭군 이 소식
듣고 보신발로 뛰어나와 에라하고서 못난 여자 이말을 듣고서 죽는너냐 내말 한자
리 들어보재 본처정은 백년이요 첩은 정은 삼년인디 에라하고선 못난여자야 앞노
적 헐어라 뒷노적 헐어라 치상척이나 하여보자

—「시집살이 노래(진주 낭군가)」, 전남 장성군 남면(미상)

야속하다 녀ᄌ팔ᄌ 부모형제 이별ᄒ고 일가친척 니별ᄒ고 일기군ᄌ 싸라가니
산천마다 눈선곳에 어이ᄒ야 가잔말가 날수마는 녀ᄌ힝실 여필종부 구쳐업서 시
딕이나 ᄎᄌ간이 아난이 난군이라 만단셜화 다모타야 이별이 또잇더라 살아서
성이별은 싱초목에 불이타고 죽어서 역니별은 남되도록 살건마ᄂ 이팔청춘 녀자
몸이 독수공방 어이홀고 동지섯달 긴긴밤에 독수공방 홀노누어 곰곰히 싱각하니
세상천지 부부인졍 낭군박게 쏘잇는가 쳔지로 신을삼아 틱산가치 미듣더니 쳔싱
연분 아니런가

—「망부가」(미상)

소녀의 철석간장 누라서 푸오리까 천지만물 생긴후에 금슬지락 제일이오 유자
유손 고사하고 금슬지락 허사되니 한심하고 분한마음 제일원통 하나이다 오늘올
까 내일올까 규중고생 하단말가 영화같이 못보오니 노중고혼 적실하다 성현옛법
다버리고 심사대로 하여볼가 가자세라 가자서라 춘색을 가자서라

—「공규이별가」(미상)

1.4. 순연(純然)의 사랑, 유폐된 공간의 회로(回路)

사랑을 향한 여성들의 순연한 열정은 은폐되지 않은 채 고전문학의 다채로운
풍경들을 만들어내고 있다. 존재의 폐쇄성을 부인하듯, 문학에서 사랑은 더 대
담하고 매혹적인 것으로 상상되었다.

고전소설의 애정은 두 남녀의 결합을 방해하는 현실적 질곡에도 불구하고 그
것을 극복하는 인간의 의지를 통해 구현된다. 고전소설의 애정소설들에서 다루
는 애정의 양상은 대부분 혼전이거나 부부관계 이외의 사랑이다. 부부의 사랑
이 당사자들만의 감정의 문제로 다루어지지 않고 가족 구성원 모두의 관찰의

대상으로 여겨지기도 하던 문학적 관습을 생각할 때 부부관계가 아닌 남녀의 사랑은 상대적으로 더 개인적 감정에 주목하고 있다고 할 수 있다. 개인적인 감정에 주목하였다는 점에서 근대적 개인주의 질서와 유사한 면모가 있어 당대의 가부장적인 사회 질서에 문제를 제기하고 있다고 평가되기도 한다. 그러나 대부분의 애정소설에는 여전히 가부장적 질서와 남성중심적 시각이 강하게 드러난다.

정숙한 부인의 입장에서 바라본 남녀의 애정사건은 명예를 더럽히는 부정적인 대상이었지만 애정소설에 등장하는 여성들은 급작스럽고 혼란스러운 열정적인 사랑은 경계하면서도 사랑에 대한 낭만적인 기대를 버리지 않고 있다. 애정소설에 등장하는 남녀는 신분의 벽이나 전쟁과 같은 장애물의 심각성에 비해 쉽게 사랑에 빠져드는 것이다. 이처럼 접근해오는 남성을 쉽게 받아들이는 여성의 형상은 이상적인 이성에게 매혹당하고 싶은 여성들의 내재적 욕망이 형상화된 것이다. 그리고 여성들의 이러한 욕망은 깊숙한 규방이나 궁궐과 같은 유폐의 공간에서 자라난다. (「주생전」, 「위경천전」, 「운영전」, 「심생전」)

그런데 연애 과정에서 적극성을 띤 매력적인 여성이 한 번 관계를 맺은 후에는 정절을 지키는 열녀로 변신하는 이중적인 모습을 보이기도 한다. 유폐된 공간에 억압당했던 자신의 욕망을 이성에 대한 막연한 동경과 상상을 통해 자신의 미래에 온전히 투사하는 것이다. (「이생규장전」, 「열녀춘향수절가」)

조선시대 기녀시조는 남녀의 애정에 대한 진지한 성찰을 보여준다. 기녀들의 시조문학은 지순한 사랑의 정념을 표현하고 있다. 조선 전기 기녀시조에 투영된 사랑의 표현 방식은 쌍방적 사랑에 근거하여 적극적이고 대담한 감성을 보여준다. 이는 기녀라는 신분이 남성 사회에 예속된 위치임에도 불구하고 정서적으로는 분방함을 추구한 결과이다. (황진이 시조) 조선 후기 기녀시조는 사랑하는 임에 대한 기다림을 읊은 내용이 대부분이다. 사랑의 성취를 향한 내면적 욕망이 무조건적인 기다림으로 표출되고 있다. 이는 예속적 신분을 지닌 기녀에게는 사랑이 자신을 성찰하고 자아를 실현하는 하나의 방식이 되고 있기 때문이라고 할 수 있다. (송이, 강강월, 입리월, 매화 시조)

　　박명한 첩 선화는 몸과 마음을 깨끗이 하고 주랑께 글월을 올립니다. 저는 본래
　　약질로 깊숙한 규방에서 자라면서, 매번 젊은 청춘이 쉬이 흘러가는 것을 생각할

때마다 거울을 가리고 홀로 안타까워했습니다. 님을 그리는 꽃다운 마음을 품었다가도 님을 대하면 부끄러움이 일어났습니다. 길가 언덕의 버드나무를 보면 님을 그리는 마음이 넘쳐흐르고, 나뭇가지 위에서 우는 꾀꼬리 소리를 들으면 새벽녘 꿈에 본 님 생각이 몽롱하게 피어났습니다. 그러던 어느 날 아침, 채색 나비가 소식을 전하고 산새가 길을 인도하여 동방에 달이 떠오를 때 어여쁜 그대가 문간에 있었습니다.

薄命妾仙花 沐髮淸齋 上書州郞足下 妾本弱質 養在深閨 每念韶華之易邁 掩鏡自惜 縱懷行雨之芳心 對人生羞 見陌頭之楊柳 則春情駘蕩 聞枝上之流鶯 則曉思濛朧 一朝 彩蝶傳信 山禽引路 東方之月 姝子在闥

—「주생전」(17세기)

제 성은 소가이고 이름은 숙방이며 옛날 송나라 때의 학자였던 소자첨의 후예입니다. (중략) 저는 깊은 규방에서 생장하여 아직 애정에 관한 일을 알지 못합니다. 그러나 무르익은 매실은 서리에도 떨어진다고 시인이 풍자했으며, 나는 북처럼 빨리 흘러가는 세월은 젊고 고운 얼굴을 남겨두지 않습니다. 저는 버드나무에 봄바람이 불어오는 정원에서와 가을비가 오동잎에 떨어지는 밤에는 외로운 침실에서 홀로 잠을 자며 꽃다운 나이를 원망했습니다. 그런데 오늘 저녁은 어떤 저녁이기에 이렇게 좋은 분을 만나서 제 소원을 이루게 되었는지요?

妾姓蘇 名淑芳 古宋學士子瞻之後也 (중략) 妾生長深閨 未諳情事 然而摽梅霜落 詩人有諷 飛梭歲月 不貸紅顔 春風楊柳之院 秋雨梧桐之夜 孤眠洞房 恨負芳年 今夕何夕 見此良人 邂逅相逢 適我願乎

—「위경천전」(17세기)

은섬이 말했습니다. "남녀의 정욕은 음양의 이치에서 나온 것으로 귀하고 천한 것의 구별이 없이 사람이라면 모두 다 갖고 있는 것입니다. 그런데 저희는 한 번 깊은 궁궐에 갇힌 이후 그림자를 벗하며 외롭게 지내왔습니다. 그래서 꽃을 보면 눈물이 앞을 가리고, 달을 대하면 넋이 사라지는 듯하였습니다. 저희들이 매화 열매를 꾀꼬리에게 던져 쌍쌍이 날지 못하게 하고, 주렴으로 막을 쳐서 제비 두 마리가 같은 둥지에 깃들지 못하게 하는 것도 다름이 아닙니다. 저희 스스로 쌍쌍이 노니는 꾀꼬리와 제비를 부러워하고 질투하는 마음을 견딜 수 없었기 때문입니다."

銀蟾曰 男女情欲 稟於陰陽 無貴無賤 人皆有之 一閉深宮 形單隻影 看花掩淚 對月消魂 梅子擲鶯 使不得雙飛 簾帳燕幕 使不得兩巢 無他 自不勝健羨之意

妬忌之情耳

-「운영전」(17세기)

　궐녀는 윗방으로 가서 자기 부모를 모시고 나왔다. 그 부모는 심생을 보고 크게 놀랐다. 궐녀는 말을 꺼내었다. "놀라지 마시고 제 말을 들어보세요. 제 나이 열일곱으로 발걸음이 일찍이 문밖을 나가지 못하옵다가, 월전에 우연히 임금님의 거둥을 구경하고 돌아오던 길에 소광통교에서 덮어쓴 보자기가 바람에 날려 걷히었습니다. 마침 그때 한 초립 도령과 얼굴이 마주쳤어요. 그날 밤부터 도련님이 안 오시는 날이 없이 이 방문 밑에 숨어 기다린 지 이제 이미 삼십 일이 지났답니다. 비가 와도 오시고, 추위도 오시고, 문에 자물쇠를 채워 거절해도 역시 오시었어요. (중략) 제가 만일 도련님을 따르지 않으면 하늘이 반드시 싫어하시어 복을 제게 주시지 않을 거예요. 저는 마음을 정하였습니다. 부모님께서는 근심하지 마옵소서."

　遂向上堂去 引其父母而至 其父母見生大驚 女曰 毋驚 聽兒語 我生年十七 足未嘗過門矣 月前 偶往觀駕動蹕 到小廣通橋 風吹袱捲 適與艸笠郎君相面矣 自其夕 郎君無夜不至 屛跡於此戶之下 今已三十日矣 雨亦至 寒亦至 鎖戶而絶之 而亦至 (중략) 然而不從郎君者 天必厭 之福必不及於兒矣 兒之意決矣 願父母勿以憂

-「심생전」(18세기)

　최 처녀는 이 소식을 듣고 너무나 상심하여 병이 나서 침상에 쓰러졌다. 그녀는 음식을 먹지 못하고 말도 두서가 없었으며 피부는 핏빛을 잃었다. 그녀의 부모는 이를 이상히 여겨 병의 증상을 물어 보았으나 딸은 묵묵히 말이 없었다. 그들은 딸의 상자 속을 들추어 보았다. 거기에는 딸이 이 서생과 주고받은 시가 들어 있었다. 그녀의 부모는 그제야 놀라면서 무릎을 쳤다. "아이구 까딱 잘못했더라면 귀한 딸을 잃을 뻔했구나."

　일이 이 지경에 이르게 되니, 최 처녀는 더 이상 숨길 수 없었으므로 목구멍에서 간신히 나오는 목소리로 부모님께 사뢰었다. "저를 고이 길러 주신 아버님과 어머님께 어찌 감히 사실을 숨기겠습니까? 가만히 생각하옵건대 남녀가 서로 사랑을 느끼는 것은 인간의 정리로서 가장 중대한 일입니다. 그러므로 혼기를 늦추어서는 안 된다는 것이 〈시경〉의 주남 편에도 나타나고, 여자가 정조를 지키지 못하면 흉하다는 것이 〈역경〉에도 경계되어 있습니다. 저는 냇버들 같은 연약한 자질로서 용색이 시드는 것은 생각하지 않고서 절개를 지키지 못하여 옆 사람의 비웃음을 받게 되었습니다. 새삼 덩굴과 여라 이끼가 다른 나무에 의지해서 살듯이 벌써 위당의 처녀 행세를 하게 되었으니, 죄가 이미 가득 차 수치가 가문에 미치고 말았습니다. 저는 장난꾸러기 도련님과 정을 통한 후에야 도련님께 대한 원망이 첩첩이 쌓이게 되었습니다. 저의 연약한 몸으로 괴로움을 참고 살아가려는데 사모하는 정은 날로 깊어 가고 아픈 상처는 날로 더해 가서 죽을 지경에 이르렀으니 원한 맺힌 귀신으로 화해 버릴 것 같습니다. 부모님께서 제 소원을 들어주신다면 남은 생명이나 보전되겠습니다만, 만약 저의 이 간곡한 청을 거절하신다면 죽음만이 있을 뿐입니다. 도련님과 저승에서 다시 함께 만날지언정 다른 가문에는 시집가지 않겠습니다."

女聞之 臥疾在床 輾轉不起 水漿不入於口 言語支離 肌膚憔悴 父母怪之 問其病狀 暗暗不言 搜其箱篋 得李生前日唱和詩 擊節驚訝曰 幾乎失我女子矣 問曰 李生誰耶 至是 女不復隱 細語在咽中 告父母曰 父親母親 鞠育恩深 不能相匿 竊念男女相感 人情至重 是以摽梅迨吉 咏於周南 咸腓之凶 戒於羲易 自將蒲柳之質 不念桑落之詩 行露沾衣 竊被傍人之嗤 絲蘿托木 已作娼兒之行 罪已貫盈 累及門戶 然而彼狡童兮 一偸賈香 千生喬怨 以眇眇之弱軀 忍悄悄之獨處 情念日深 沉痾日篤 濱於死地 將化窮鬼 父母如從我願 終保餘生 倘違情款 斃而有已 當與李生 重遊黃壤之下 誓不登他門也

-「이생규장전」(15세기)

이윽키 안자던이 사또이 당초의 츈향을 불르시지 말고 미파을 보늬여 보시난 게 올른 거슬 이리 좀 경이 되야소마는 이무 불너쓰니 아미도 혼사할 박기 수가 업소 사또 딕히하며 춘향다려 분부하되 오날부텀 몸단장 졍이 흐고 수쳥으로 거흥하라 사또 분부 황송하나 일부종사 바리온이 분부시힝 못하것소 사또 우어 왈 미지 미지라 게집이로다 네가 진졍 열여로다 네 졍절 구든 마음 엇지 그리 예어쑌야 당연한 말이로다 그러느 이수직는 경성 사딕부의 자졔로셔 명문귀족 사우가 되야쓰니 일시 사랑으로 잠간 노류장화하던 너를 일분 싱각하건넌야 너는 근본 절힝 잇셔 견수일졀 하여짜가 홍안이 낙조되고 빅발이 난수하면 무졍셰월 양유파를 탄식할 졔 불상코 가련한 게 너 안이면 뉘가 기랴 네 아무리 수졀한들 열여 포양 뉘가 하랴 그는 다 바리두고 네 골 관장의게 미이미 올으나 동자놈으게 미인게 올은야 네가 말을 좀 하여라 춘힝이 엿자오되 충불쏫이군이요 열불경이부졀을 본밧고자 하옵난듸 수차 분부 이러한이 싱불여사이옵고 열불경이부온이 쳐분딕로 하옵소셔

-「열녀춘향수절가」(19세기)

어져 내일이야 그릴 줄을 모로드냐

이시라 ᄒ더면 가랴마ᄂ 제 구틱야
보내고 그리ᄂ 情은 나도 몰라 ᄒ노라

—황진이 『진청 6』(16세기 전반)

남은 두 ᄌᄂ 밤에 내 혼ᄌ 니러안쟈
輾轉反側ᄒ야 님 둔 님 그리ᄂ고
ᄎ라리 내 몬져 츼여서 제 그리게 ᄒ리라

—송이 『청가 303』(18세기 중반)

千里에 맛나다가 千里에 離別ᄒ니
千里 꿈속에 千里님 보거고나
꿈ᄭ야 다시금 生覺ᄒ니 눈물겨워 하노라

—강강월 『시전 2759』(18세기 후반)

1.5. 나르시시즘의 환영, 자의식의 생장(生長)

　사랑에 관한 한 여성문학은 몰아(沒我)와 자의식의 생장(生長) 사이에서 진동
하며 사랑의 스펙트럼을 끊임없이 확대해 왔다고 할 수 있다. 그래서 사랑을
의심하고 경계하는 한편에서 사랑에 대한 판타지 역시 끊임없이 자기증식되어
왔던 것이다.

　특히 현실의 역사가 암울하거나 절망적일수록 문학은 사랑을 초월적이고 신
비로운 구원의 도구로 소환해 유토피아적 위안을 제공하곤 했다. 대중소설의
상투적인 문법 안에서 사랑이 성(性), 물질 등의 세속적 항목과 대립되는 종교적
가치로 신성시되었던 것도 이와 같은 맥락에서이다. '애정의 삼각관계'라는 대
중소설의 공식을 따라 진행되는 이들 서사에서 사랑은 극적인 계기를 통해 시험
대에 오르지만 기존의 상식체계에 의존해 갈등, 조정, 화해의 국면들을 재생산
해낸다. 이때 사랑은 주로 여성인물의 아가페적 희생과 헌신 혹은 이를 위반한
여성의 죽음이라는 결말에 힘입어 사랑의 정신주의적 원칙과 윤리적 관념을 전
파하는 방식으로 이상화된다. 또한 비극적 세계의 찰나성과 대비되는 영원한

사랑만이 의미가 있다는 낭만적 사랑관을 드러내고 있다. (김말봉『찔레꽃』, 박계주「순애보」, 정연희『아가』『석녀』『목마른 나무들』, 박경리『영원한 반려』『성녀와 마녀』『애가』)

사랑의 낭만성과 맹목성을 강조하는 관념은 1950년대와 60년대 소설의 보수 이데올로기를 낳았다. 여기서 여성인물들은 현실의 질곡에서 탈피해 구원에 이르고자 낭만적 사랑에 집착한다. 즉 정신적·육체적으로 희생당한 여성일지라도 기존의 권위에 도전하기보다 현실 속에 표류하다 궁극적으로는 사랑으로 회귀하는 모습을 보인다. 이렇게 사랑의 순정함과 절대성을 옹호하는 러브 스토리는 1970, 80년대를 거쳐 영원을 약속하는 사랑의 환상 속에서 부활한다. 이들 사랑 이야기에서 여성인물은 외부의 고난과 박해에 대항해 자기 사랑에 대한 순정한 믿음에 투신하는 모습을 보여준다. 그리고 현실과 비현실을 넘나드는 시간과 공간의 확장을 통해 영원한 사랑을 성취해간다. (김말봉『별들의 고향』, 임옥인「봉선화」,『들에 핀 백합화를 보아라』,『힘의 서정』, 한말숙「낙조전」, 「낙루부근」, 「여수」, 「검은 장미」, 손소희「태양의 계곡」, 「남풍」, 손장순「불타는 빙벽」, 강신재「강물이 있는 풍경」, 서영은「먼 그대」, 양귀자『천년의 사랑』, 김채원「겨울의 환」)

현대소설에서 사랑은 지나치게 몰아적이면서 피학적인 형태로 수행되고 있어 여성 자의식을 퇴행시키고 있다는 의심과 경계의 시선을 받기 충분하다. 그러나 사랑에 대한 이 같은 마조히즘적 투신(投身)은 존재의 비극성에 갇혀 연애조차 사치스러운 여성들이 타자와 접촉하는 유일한 탈출구이며 지난한 자기 확인의 과정이라고도 할 수 있을 것이다. 나아가 사랑에 미혹(迷惑)된 이 시기 문학은 세계의 폭압과 파행을 사랑이 제공하는 위안에 맡겨 견딜 수밖에 없던 불우한 시대의 산물이기도 하다.

근대 초기의 현대시는 사랑을 향해 자신의 감정을 토로하는 격정적 어조와 자의식의 각성 사이에서 시작된다. 순애보를 고수하거나 지고지순한 사랑을 갈구하며 열렬한 감정을 고백하는 내용들이 주조적이며, 화자는 사랑의 절대성을 희구하거나 이루어질 수 없는 사랑 앞에서 슬픔과 비애를 드러낸다. (김명순「고혹」, 「저주」, 노천명「비련송(悲戀頌)」, 모윤숙「이 생명을」) 여성화자들은 사랑을 통해 여성으로서의 자기 삶을 다시 인식하지만 이를 자아정체성을 자각하는 통로나 계기로 삼지는 못한다. 여성화자들은 사랑하는 대상을 이상화하거나 신격화하면서 그 대상을 그리워하고 수동적으로 기다린다. 이는 당시 내면의 열정과 의지를 다른 방식으로는 표출할 길이 없었던 여성들의 삶과 사랑의 태도를 드러내는 것이기도 하다.

주목되는 점은 이 시들에 드러나는 사랑이 반드시 어떤 구체적인 대상을 상정한 사랑의 감정은 아니라는 것이다. 다시 말해서, 사랑을 갈구하는 여성 화자의 목소리 안에는 사랑의 감정을 억누르지 않는 자신의 포즈와 격정적으로 사랑을 하고 있는 자신의 모습에 빠진 나르시시즘을 즐기고 있는 욕망이 내재되어 있다. 이 시들에서 여성은 사랑의 주체가 되기보다는 늘 타자적이고 수동적이며, 자신의 사랑을 이루려는 현실적인 상상보다는 달콤하고 쓰라린 자기감정에 탐닉한 사랑의 변주곡들에 집중한다. (홍윤숙 「사랑아」, 김남조 「사랑하리, 사랑하라」, 김초혜 「사랑굿1」, 신달자 「열애」) 1950, 60년대 이르러 여성시의 사랑은 고양된 감정, 비현실적인 세계를 지향하는 몰아적인 정서, 가파르게 치닫는 환희와 격정의 송가들로 이어진다. 낭만적 사랑의 젠더성을 자각하거나 여성의 주체적 인식이 부재한다는 점에 이르지 못하고 가부장제 이데올로기를 내면화해 사랑의 고통과 갈등을 사랑의 본래적인 속성이라고 이해한다. 그러나 이 같은 인식은 점차 자신의 사랑을 들여다보는 자의식의 생장을 맞게 된다. (김상이 「즐거운 사랑」, 서이정 「사랑은 야채 같은 것」)

> 가지 위에 나부끼는 눈송이 다음 송이가 와서 앉을 동안 자취없이 스러지는 눈송이! 그것은 하염없이 흩어지는 찔레꽃 화변의 하나하나이다. 아니 덧없는 인생행복… 정순의 가슴을 길이 가시처럼 할퀴어주고 간 민수의 사랑이 아닐까?
> —김말봉 『찔레꽃』(1937)

> 그는 세상에서 가장 중하고 무서운 죄명을 쓰고 이 세상을 끝마치련다. 이것은 암만하여도 믿을 수 없는 꿈만 같고나. 만일 그가 과연 이러한 죄악을 지었다면? 지었다고 헐지라도 그는 나의 나이다. 나는 그의 그다. (중략) 사랑은 죽음과 같이 강하다.
> —박계주 「순애보」(1939)

> 우리들 모두 낙엽 같은 인생이… 하는 것이 아니라 낙엽이 지닌 소중한 생명과 그 존재 이유와 낙엽이 아니면 가지지 못하는 구수한 인간적인 사상. 이러한 실존적인 인간가족. 인간부락 인간세계—이러한 것을 생각했던 것이다. 낙엽이 청청 푸른 잎사귀가 되려 해도 어울리지 않을 것이고 낙엽이 낙엽이 아닌 다른 모습을

모방하고 발버둥쳤대야 이것도 우스운 일이고 낙엽은 낙엽끼리 모여 낙엽답게 낙엽처럼 살 때 낙엽으로서의 강한 정과 생명을 지니게 된다는 생각이었다. 이시로서 나는 나의 세계가 이웃에서 이웃으로 번져나가야 하는 하나의 방향선을 발견했던 것이다.

-임옥인 『들에 핀 백합화를 보아라』(1957)

은옥은 그녀의 심경을 처음부터 말해야 되겠다고 생각하였다. 그냥 결과만 말하면 누가 듣든지 은옥은 벌받아 마땅한 여인인 것이 아닐까. 은옥은 벌이 두렵지 않았다. 다만 그녀의 그토록 헛하고 외로웠던 심경과 인생에 단 한 번 사랑하였다는 것, 그것을 말하고 싶었다. 사랑한 것이 어째서 나쁘고, 괴로워한 것이 어찌해서 죄가 되는지. 은옥은 그것이 가실 수 없는 죄라고 생각되면 될수록 더욱 어찌해서 죄가 되는지 알고 싶었다. 그녀가 꼼짝할 수 없는 절대적인 이유를 듣고 싶었다.

-한말숙 「낙조전」(1958)

세영은 그녀의 손을 잡았다. 남희의 손은 감동적으로 떨고 있었다. 이렇게 어두운 밤이 아니고 환한 대낮에 그의 눈을, 눈동자를 들여다보고 싶었다. 눈동자를 들여다보면 행복이라는 것이 무언지 알 수 있을 것 같았다. 그녀는 손을 잡힌 채 한참을 망설이다가 겨우 입을 떼었다. "모든 것이 갑작스럽게 달라져버렸는데 달라져버린 것 같지 않아요. 벌써 며칠 밤씩이나 이렇게 집을 나오곤 하는 일도 그렇구."

-손소희 「남풍(1963)

그가 살아 있는 동안에 만들어 놓은 울타리는 너무도 너무도 견고하다. 지금까지 매사에 수동적이기만 했던 세련의 손으로 부숴버리려고 하기에는 너무도 굳은 담벽일 뿐이다.

「그렇습니다. 나는 한우경의 아내였습니다. 아직도 한우경의 아내입니다.」

세련은 자기 자신에게 타이르고 자신을 달래고, 또 그 사실을 잊지 않도록 스스로에게 강요했다. (중략) 그러는 동안, 그 여자는 자기가 왜 한우경의 기억에 매달리며 몸부림치려 하는가를 명백하게 알았다.

그실, 유세련 자기는 강지운에게서 도피하기 위하여 그 애매한 고행(苦行) 속으로 뛰어드는 것 같다.

-정연희 『아가』(1963)

사랑은 자기도 알 수 없는 사이에 그 자리에 이미 있어지는 운명이지 선택은 아니라고 생각합니다.

나는 그것을 거부하고 사람을 선택했던 것입니다. 나의 어떠한 약점 앞에서도 큰소리를 치지 못할 사람. 어떠한 경우에도 그앞에 나의 군림(君臨)이 있어질-.
어쨌거나 나의 자존심이 채찍을 떨어뜨리지 않을 상대를-.

  그 선택이 가져올 필연적인 결과, 즉 나 자신을 책임지게 될 나머지의 무거운
짐과 비극을 나는 계산하지 못했던 것입니다. 사랑과 선택을 바꿔치고 거기에서
편리를 얻고자 했던 것입니다.

—정연희 『석녀』(1968)

  민혜에게 인간으로서, 여성으로서 있을 수 없는 죄와 허물이 있을 수 없으리라.
있다고 하더라도 그건 인간으로서 있을 수 있는 일에 불과하리라.

  민혜에게 문둥병이나 암과 같은 병이 있다고 해도 웅건은 그런 조건을 넘어서서
역시 연애하고야 말 것 같았다. 정신적으로 그 이상의 것이 있다 해도 그 모든
것을 함께 용납할 것 같았다.

—임옥인 『힘의 서정』(1972)

  훈정의 눈은 축축한 물기를 머금고 영롱하게 빛나고 있었다. 나는 순간 자신도
의식하지 못하는 사이에 훈정의 상체를 와락 끌어안았다. (중략) 잠시지만 석별의
안타까움은 가슴을 찌르르하게 울리어 그녀를 포옹하지 않고는 견딜 수 없다. 나
의 품 속에 얼굴을 묻던 훈정은 나의 볼에 볼을 부비며 언제까지나 떨어질 줄을
모른다. 훈정과의 뜨겁고 달콤한 긴 입맞춤은 주위의 빙설조차 녹아 내릴 것 같다.

—손장순 「불타는 빙벽」(1977)

  "고통이여, 어서 나를 찔러라. 너의 무자비한 칼날이 나를 갈가리 찢어도 나는
산다. 다리로 설 수 없으면 몸통으로라도, 몸통이 없으면 모가지만으로라도. 지금
보다 더한 고통 속에 나를 세워놓더라도 나는 결코 항복하지 않을 거야. 그가 나에
게 준 고통을 철저히 그를 사랑함으로써 복수할 테다." //

  문자는 그가 미처 문을 두드리기도 전에 이미 그의 발걸음 소리를 알아듣고
미리 나가서 그를 맞아들였다. 그녀가 그의 옷을 벗기면 그 옷이 금빛으로 물들었
고, 양말을 벗기면 양말이 그러했다. 뜨거운 물이 담긴 대야를 가져와 그의 발을
씻기면 그 발 역시 금빛이 났다.

—서영은 「먼 그대」(1983)

  당신이 저를 어둠 속에서 불렀을 때, 갑자기 거리의 많은 사람들, 모든 것이
다 물러가고 당신과 나, 아니 내가 아닌 내 눈만이 거기에 있던 것과도 흡사합니다.
그것은 인생에 있어서 어떤 것, 인생이라고 하는 것 속에서 우리가 뽑아낼 수 있는

가장 최선의 것을 순간적으로 맛보게 해준 것이었을까요. 순간이 영원으로 변하는 그 가능성, 아니 무엇인가를 만들어나갈 수 있는, 열리고 더욱 열리며 아름다운 자유의 개념 같은 것, 인간이 근본적으로 갖고자 하는 조건 같은 것, 그런 것에의 형상화가 아니었을까요. //

누구인가 제게 따뜻한 밥상을 차려주고 끝까지 기다려주었으면 하는 저의 소망의 마음을 이제 제 편에서 누군가에게 해주는 사람으로 자리잡은 때문입니다.

—김채원 「겨울의 환」(1989)

이렇게 말할 수는 있다. 먼저 대상이 나타나고 그 다음에 사랑의 마음이 쌓이는 것이 세상의 사랑이라면, 나의 사랑은 특별했다. 먼저 알지 못할 누군가를 사랑하는 마음부터 쌓였고 그 다음 사랑해야 할 대상이 나타났다. 그리곤 시작과 처음이 자로 잰 듯 여일한 간절한 사랑이 내게 시작되었다. 속력을 줄일 수도, 제동을 걸 수도, 그만 멈춰버릴 수도 없는 격렬한 사랑의 마음이 나를 두들겨 댔다. 그 사랑은 예정된 것이었다. 아주 먼 시간 저편에서부터 결정지어진 특별한 사랑이었다. 그것은 지금의 나, 백 년 전의 나, 천 년 전의 나, 겹겹의 세월 속의 내가 포개져서 발현된 영혼의 사랑이었다. 나는 그 영혼의 사랑을 경험한 것이었다.

—양귀자 『천년의 사랑』(1995)

꿈나라의 애인이시여
지금 이 세상 아닌 감미甘味의 노래에
고요히 잠든 귀를 기울였나이다
(중략)
부세浮世를 운들 그대와 나
내 앞의 대로를 걷지 않고
그대 앞의 동굴을 찾지 않았도다
(중략)
애인이시여 애인이시여
사람 모르는 그곳에
길 있으니 날개를 펴십쇼.

—김명순 「고혹」(1922)

길바닥에, 구르는 사랑아
주린 이의 입에서 굴러 나와
사람 사람의 귀를 흔들었다

'사랑'이란 거짓말아.

처녀의 가슴에서 피를 뽑는 아귀야
눈먼 이의 손길에서 부서져
착한 여인들의 한을 지었다
'사랑'이란 거짓말아.

—김명순 「저주」(1925)

사랑은 괴롭고 슬프기만 한 것인가

사랑의 가는 길은 가시덤불 고개
그 누구 이 고개를 눈물 없이 넘었던고
영웅도 호걸도 울고 넘는 이 고개

기어이 어긋나고 짓궂게 헤어지는
운명이 시기하는 야속한 이 길
아름다운 이들의 눈물의 고개

—노천명 「비련송(悲戀頌)」(1958)

님이 살라시면 사오리다
먹을것 메말라 창고가 비었어도
빚 더미로 옘집 채찍 맞으면서도
임이 살라시면 나는 살아요.

죽음으로 깊을 길이 있다면 죽지요
빈 손으로 님의 앞을 지나다니오
내 님의 원이라면 이 생명을 아끼오리
이 심장의 온 피를 다 **빼어** 바치리다.

—모윤숙 「이 생명을」(1933)

사랑아
늙지 않아 죽어도 늙지 않아
서러운 사랑아
이천년을 살아도

검은 머리 청청한
머리 풀어 산발하고
벌판을 달리는 젊은 사랑아
(중략)
사랑아
철없이 늙지 않아
늙지 않아 서러운 사랑아
이천년도 더 산
방부제에 절인 사랑아

- 홍윤숙 「사랑아」(1983)

아니라 하는가
사랑이란 말, 아니 비련이란 말에조차
황홀히 전율 이는
순열한 감수성이
이 시대에선 어림없다 하는가
(중략)
누구라 막을 것인가
사랑하리, 사랑하라
그대의 순정과
그대 사랑하는 이의 순정으로
그, 더욱 사랑하리, 사랑하라

- 김남조 「사랑하리, 사랑하라」(1995)

오랜 잊히움 같은 병이었습니다
저녁갈매기 바닷물에 휘어 적신 날개처럼
피로한 날들이 비늘처럼 돋아나도
북녘 창가에 내 알지 못할 이름의
아픔이던 것을

하루 아침 하늘 떠받고 날아가는 한 쌍의
떼기러기를 보았을 때
어쩌면 그렇게도 한없는 눈물 흐르고 화살을 맞은 듯

갑자기 나의 병 이름이 그 무엇인가를 알 수가 있었습니다

－김남조 「사랑」(1953)

나의 눈물이 당신인 것을
알면서도 모르는 체
감추어 두는
숨은 뜻은
버릴래야 버릴 수 없고
얻을래야 얻을 수 없는
화염 때문임을 압니다
(중략)
두 마음이 맞비치어
모든 것 되어도
갖고 싶어 갖지 않는
사랑의 보(褓)를 묶을 줄 압니다.

－김초혜 「사랑굿1」(2002)

며칠 그 상처와 놀겠다
(중략)
딱지를 떼어 다시 덧나게 하고
군것질하듯 야금야금 상처를 화나게 하겠다
그래 그렇게 사랑하면 열흘은 거뜬히 지나겠다
(중략)
입술 꼭꼭 물어뜯어
내 사랑의 입 툭 터지고 허물어져
누가 봐도 나 열애에 빠졌다고 말하겠다

작살나겠다.

－신달자 「열애」(2007)

난 참 낮게 낮게 사랑에 빠졌다
참 평안하게

언젠가는 질 꽃인 줄 알았기에
허망하듯

부드럽게 옷을 벗었다
(중략)
투명한 높은 생각들은
절대 건드리지 않았다
낮게 낮게 마주치는 사고와
그 사고 밑의 욕심을 탐하지도 않았다

헛되이 웅크리지 않고
내사랑, 매달리는 그 아래
즐겁게 즐겁게 누워만 있었다
참 순진하게 참 겸허하게

                                 -김상미 「즐거운 사랑」(1993)

그는 야채뿐인 식탁에 불만을 가졌다
그녀는 할 수 없이 고기를 올렸다

그래 사랑은 오이 같기도 고기 같기도 한 것
그녀는 그렇게 생각했다

그녀의 식탁엔 점점 많은 종류의 음식이 올라왔고
그는 그 모든 걸 맛있게 먹었다

결국 그녀는 그렇게 생각했다
그래 사랑은 그가 먹는 모든 것

                         -성미정 「사랑은 야채 같은 것」(2003)

1.6. 금기의 사랑, 앙티 오이디푸스의 욕망

문학에서 금기 '너머'를 꿈꾸는 사랑은 전복적인 저항의 상상력 속에서 탄생한다. 특히 여성문학에서 그것은 추문(醜聞)에 맞서 '욕망하는 존재'로서 여성을 비호하고, 여성의 삶을 속박하던 제도와 규범에 반역하는 모반과 월경(越境)의 언어이다.

19세기에 이르면 순수한 정념으로서의 사랑도 아니며, 유교 이데올로기에 입각한 부부 간의 견실한 사랑도 아닌 새로운 유형의 사랑 이야기가 서울을 배경으로 펼쳐진다. 서로 신분계층이 다를 뿐만 아니라 기혼인 남녀가 사랑의 심리에 휩싸이는 서사들이다. 이 이야기들에서 여성 주인공은 대상화될 뿐이고 금기시되는 자신의 사랑을 완성할 수 있을 것인가에 대한 남성 주인공의 안타까움이 서사의 중심이 되기도 하지만, 유부녀인 여주인공이 자신의 자존감을 위해 금지된 사랑에 자신을 던지는 자기파괴적 사랑도 드러난다. (「절화기담」, 「포의교집」) 이제 애정의 장애 요소는 이전 시대의 소설에서처럼 전란이나 신분의 벽이 아니고 여주인공의 남편이거나 오해에서 비롯되는 여주인공 자신의 마음이다. 금지된 사랑을 통해 남주인공이 사랑을 이룰 수 없는 안타까움에 취해 있을 때 여주인공은 금기의 위반을 통해 자신을 둘러싼 사회의 통념과 규범을 전복하려 한다.

조선 후기 사설시조에도 여성 주체의 금기된 사랑이 등장한다. 조선시대 여성에게 남편에 대한 정절은 여성에게 일방적으로 부과된 윤리 규범으로서, 여성 억압의 이데올로기로 작동한다. 하지만 여성 억압의 '정절' 이데올로기는 기혼 여성의 육체적 욕망과 자기존중의식에 의해 전복된다. 여성에게 남편에 대한 정절은 무조건적으로 순응해야 하는 윤리가 아니며, 상호 교감 속에서 자연스럽게 생성되는 사랑에 근거한 것이라고 할 수 있다. 그러므로 남편의 무능과 불구적 속성으로 인한 부부간 소통의 단절은 정절의 이념을 부정하게 만들기도 한다. 여성의 욕망이 우선하면서 가부장제에 근거한 정절 이념에 대한 위반이 이루어지는 것이다. (「술이라 ᄒᆞ면」)

이때 유교이념에 대한 위반은 특히 성적 욕망의 긍정을 통해 수행된다. 하층민으로 보이는 여성 화자가 등장하는 사설시조에는 성적 욕망을 긍정한 작품들이 있다. 성적 욕망에 대한 적극적인 긍정은 성애의 현장을 구체적이고 생생하게 묘사하는 것으로 나타난다. 이러한 여성 형상에는 일부종사(一夫從事)와 정절의 이데올로기를 통해 여성의 욕망을 억압했던 남성 중심의 가부장제에 대한 비판이 깔려 있다. (「청울치 뉵늘 메토리 신고」)

현대소설에서 불륜이나 근친상간 등 금기의 사랑을 향한 욕망은 서사의 갈등구조를 심화시키고 연애의 비극성을 심화시키는 모티프로 활용되었다. 여성작가들은 가족의 경계를 이탈하여 일견 부도덕적이면서도 도피적인 사랑을 추구하는 여성인물을 통해 전근대적인 아버지의 법과 질서를 균열시키려는 탈주 욕망을 드러내었다. 이때 금기의 사랑은 결혼과 가족이라는 제도적 성에 대한 도전이자 일탈로서, 보수적인 가부장 이데올로기가 여성 섹슈얼리티를 억압하고 왜곡시켜 온 데 대한 심리적 저항감을 함축한다고 볼 수 있다. (강신재 「젊은 느티나무」, 배수아 「병든 애인」, 방현희 「바빌론 특급열차」)

이 같은 금기와 일탈의 사랑은 1990년대 이르러 적극적으로 서사화되었다. 이 시기 연애서사의 주요 모티프였던 불륜의 사랑은 여성이 자신의 몸과 그 몸의 욕망을 수긍하는 자아 탐색의 도정과 맞물리면서 여성의 자기 발견과 온전한 삶에 대한 회복의 의지를 담아낸다. (신경숙 「풍금이 있던 자리」, 공지영 「사랑하는 당신께」, 배수아 『부주의한 사랑』, 권지예 「꿈꾸는 마리오네트」, 차현숙 「유리구두」, 「이브의 거울」, 은희경 「명백히 부도덕한 사랑」, 「내가 살았던 집」, 전경린 「사막의 달」, 『내 생애 꼭 하루뿐일 특별한 날』 『난 유리로 만든 배를 타고 낯선 바다를 떠도네』, 서하진 「라벤더 향기」, 「불륜의 방식」, 「회전문」, 「그림자 외출」, 「제부도」, 김인숙 「물 위에서」)

뿐만 아니라 1990년대 이후 동성애 코드를 내장한 소설들은 동성애를 단순히 서사적 장치로 삼는 것을 넘어서 동성애를 기성 질서와 규범을 넘어서고자 하는 위반의 기획으로 형상화하거나 성적 소수자들에 대한 사회적 탐사를 시도한다. 이들은 전도된 육체성을 통해 이성애 규범을 교란시키고 지배담론의 이데올로기를 흠집 낸다. 여성들은 서로의 내면을 공유하며 모든 억압과 폭력과 차별에 예민하게 반응하고 분노하고 아파한다. 그것은 오르가슴을 넘어 여성끼리 나누는 소통과 연민이며 공허에 대한 저항이면서 나아가 가부장적 질서에 대한 퀴어들의 연대적 저항이라는 적극적이고 정치적인 의미로 확장되기에 이른다. (이남희 「플라스틱 섹스」, 「여자가 여자일 때」, 「어두운 열정」, 서영은 『그녀의 여자』, 정이현 「무궁화」, 김연 『그 여름날의 치자와 오디』, 방현희 「연애의 재발견」, 「붉은 이마 여자」, 「13층, 수요일 오후 3시」, 「녹색 원숭이」, 권지예 「내 가슴에 찍힌 새의 발자국」, 배수아 『훌』, 신경숙 「딸기밭」, 윤이형 「절규」, 이화경 『나비를 태우는 강』, 차현숙 「나비, 봄을 만나다」)

현대시에서 사랑의 금기는 불륜이나 치정의 서사를 통해 자신에게 억압된 욕망을 시험하거나 감행하는 방식이 아니라 사랑의 이데올로기 안에서 여성의 보수적이고 순종적인 역할을 거부하는 것으로 시작된다. 여성 화자들은 사랑 안에서 자신이 타자화되거나 순종적으로 길들여지고 있다고 깨달으면서 사랑을 말하던 기존의 언어를 스스로 전복한다. 사랑을 향해 거침없이 나아가는 여성의 욕망은 금기와 위반의 태도 혹은 가혹하고 자학적인 양상으로 표현되는데, 사랑에 관한 기존의 이데올로기 안에서 수동적이었던 여성이 철저하게 극적으로 변화하게 된다. 특히 주목되는 것은 여성의 자의식과 사랑의 환상이 충돌할 때 여성 자신의 육체를 해체하고 자해하면서 가사(假死)의 상상을 드러내고 폭력적이고 파괴적인 환상으로 이 딜레마를 관통해나간다는 점이다. (최승자 「그리하여 어느 날, 사랑이여」, 「사랑 혹은 살의랄까 자폭」, 김혜순 「저 붉은 구름」)

이는 1970,80년에 시대적 상황에 대한 불안과 공포를 여성 육체의 자기파괴적인 충동으로 비유해 드러낸 것이기도 하고, 기존에 여성의 수동적이고 억압적이었던 사랑시에 대한 저항과 반항을 표현한 것이기도 하다. 사랑의 폭력적 속성 안에서 자기 육체의 해체 혹은 분열을 드러냄으로써 여성이 전연 새로운 존재로 재탄생하는 이 시기의 사랑시들은 여성 섹슈얼리티에 대한 기존의 보수적이고 수동적인 관념을 전복하는 극단적인 상상으로 드러나게 된다. (성미정 「대머리와의 사랑」, 문혜진 「도마 위의 사랑」, 박연준 「속눈썹이 지르는 비명」, 김언희 「오지게, 오지게」)

> 미처 보기 전에는 그리움이 더욱 간절하더니 보고 나니 기쁨이 끝이 없다가 갑작스레 깨어지니 슬프고 아쉬운 외에 또 아슬아슬하고 두려운 마음도 있었다. 몸소 호랑이굴을 지나 스스로 통금을 어기고 나서 생각이 여기에 미치자 도리어 자신도 모르게 오싹했다. 이렇게 좋은 약속이 문득 뜬구름이 되어 버리자 억지로 마음을 크게 먹고 잊어버리려 했으나 그렇게 되지도 않았다.
>
> 未及見而思益切 已之見喜極 忽焉散 而憂愁之外 又有危怖之情 身蹈虎穴 自犯夜禁 思之及此 還不覺凜然 從此好約 便成浮雲 强自寬懷 置諸忘域 而亦不可得也
> ─「절화기담」(19세기)

> 달금이 말하였다. "서방님께서 절에 올라가신 후에 양파는 먹거나 마시지도 않고 다만 먼 산만 바라보며 걱정하고 슬퍼하면서 많은 날을 보냈습니다. 시댁 조카인 나이 열넷 되는 희자가 양파의 남편에게 옥지환을 몰래 건네준 말을 고자질하자, 양부는 매우 노해 드디어 양파를 잡아 수도 없이 마구 때렸습니다. 심지어는 '어째서 이서방님을 쫓아가지는 않았느냐?'고 하더니 다듬잇돌을 들어 양파를 쳐 죽이려는데 행랑채의 여러 부인네들이 함께 손을 막았지요. 다시 칼을 가지고 베

어 유혈이 낭자하자 그 시아버지가 아들을 나무라서 소란이 그쳤습니다. 그 남편은 큰 소리로 '양반은 법도 없나? 어떻게 유부녀를 간통하고도 무사할까 보냐. 이 서방님이 오기만 하면 반드시 사생결단을 내고 말테다.' 그러지 뭡니까."

達今日 自書房主上寺以後 楊婆絶不食飮 但望遠山 愁感悲傷 如是多日 其媤侄女 年十四 名喜者 告楊婆之夫以潛通玉環之說 楊夫大怒 遂操楊婆 無數亂打 至曰 何不隨李書房主去耶 又擧砧石 將欲擊殺之 廊之諸婦女 幷皆遮手 又持刀刺之 流血狼藉 其媤父老楊責其子 而解紛矣 其夫又大談曰 兩班獨無法乎 豈有有夫女通奸而無事也 李書房主若來 吾必決一死生矣

─「포의교집」(19세기)

술이라 ᄒ면 물 믈 혀 듯ᄒ고 飮食이라 ᄒ면 헌 믈등에 藥 타오 듯
兩 水腫다리 잡조지 팔과 흘긔눈에 안팟 곱장이 고쟈 남진을 망석즁이라 안쳐두고 보랴
門 밧긔 桶 메옵쇼 ᄒ고 웨ᄂ 匠事 쟝ᄉ 녜나 자고 니거라

─『악학습영 1062』(18세기)

청울치 뉵눌 메토리 신고 휘대 長衫 두루혀 메고
瀟湘斑竹 열 두 ᄆᄃ를 불ᄒᆺ재 ᄲ혀 집고 므르 너머 재 너머 들건너 벌건너 靑山石逕으로 횟근 누은 누은횟근 횟근동 너머 가옵거늘 보온가 못 보은가 긔 우리 난천 禪師 즁이
눔이셔 즁이라 ᄒ여도 밤즁만 ᄒ여셔 玉ㅅ 갓튼 가슴우희 슈박 ᄀᆺ튼 머리를 둥글 껄껄 둥굴둥굴 둥실둥 굴러 긔여 올라올져긔ᄂ 내사 죠해 즁 書房이

─『진청 480』(18세기)

그때 숲속에서의 일은 우리에게는 어찌할 수도 없는 진실이었다. 우리는 이 일을 잊을 수도 없고 이제 이 일을 부정하고는 살아가지도 못할 게다. 우리는 만나기 위해서 헤어지는 것이야. 우리에겐 길이 없지 않어. 외국엘 가든지…」

그는 부르쥔 손등으로 얼굴을 닦았다.

"내 말을 알아 줄까, 숙희?" (중략)

나는 젊은 느티나무를 안고 웃고 있었다. 펑펑 울면서 온 하늘로 퍼져가는 웃음을 울고 있었다. 아아, 나는 그를 더 사랑하여도 되는 것이었다.

─강신재 「젊은 느티나무」(1960)

당신, 저를 용서하세요.

이 말을 하지 않으면, 제 말이 모두 당신에게 오리무중일 것만 같으니, (중략) 언젠가, 우리 집… 그래요, 우리 집이죠… 거기로 들어와 한때를 살다 간 아버지의 그 여자… 용서하십시오… 제가… 바로, 그 여자들 아닌가요? //

여기에 오지 말았어야 했습니다. 이 마을은 저를, 저 자신을 생각하게 해요. 자기를 들여다봐야 하다니요? 싫습니다! 저는 지쳤어요. 여기에 오지 말았어야 했습니다. 이 마을은 저를, 저 자신을 생각하게 해요. 자기를 들여다봐야 하다니요? 싫습니다! 저는 지쳤어요.

—신경숙 「풍금이 있던 자리」(1992)

도망가고 싶은 의무감과 당신 쪽으로 끌려가고 싶은, 팽팽히 이어진 내 마음의 망설임이, 그 팽팽한 현이 제 가슴속에서 툭, 끊어져버렸습니다. 의처증에 걸린 남자의 아내를 저는 잘 알고 있었습니다. 그건 저의 어머니였습니다. 제가 중학교 때였던가요, 사료값도 안 되는 값으로 소를 팔아버린 후 아버지에게서 도지기 시작한 그 병… 한 사람이 한 사람을 터무니없이 의심할 때 오는 불행을 누구보다 잘 알고 있는 저였기에 당신을 받아들일 수 있었던 겁니다. 그리고 뜬눈으로 새운 제 귓가에 밤새 파도소리가 들렸습니다. 내 귓가에서 처음으로 겨울바람이 사라졌습니다. 저는 당신의 목에 팔을 두르고 말했었지요.

"전 당신에게 좋은 여자가 되고 싶어요."

그래요, 그 밤에 당신이 먼저 잠드셨을 때 저는 혼자 다짐했습니다. 좋은 여자가 되겠다고 말예요.

—공지영 「사랑하는 당신께」(1993)

나에게 그렇게 말해준 나이 많은 사람들이 말한 것은, 사촌이 단지 결혼한 몸으로 나와 사랑하게 되었다거나, 아니면 어느 날 가난하고 지친 나를 말없이 떠났다거나, 내 남자아이와 나와 그리고 사촌이 같은 침대와, 같은 목욕타월과, 같은 병에 담긴 물과, 같은 방의 창으로 스며들던, 같은 아침빛에 대해서 생각하게 된 것, 그런 것이 아니다. 의도하지 않고 만들어지는 슬픔처럼 생의 어느 순간에 그렇게 있게 된 하나의 인상일 뿐이다. 연필로 그려진 황혼녘 발레리나의 모습과 그리고 아름다운 붓터치. 사람들은 나와 내 남자아이와 사촌의 생이 한때의 인상으로만 남아 있었다는 것은 알지 못했다. 그 다음에 생은 창백하게 사라져버린다. 그래서 나는 아름다웠다.

—배수아 『부주의한 사랑』(1996)

"하지만 그렇게 사랑과 섹스가 확연하게 구분 지을 수 있는 것일까? 근데 이

나이를 먹도록 나도 꽤 여러 번 연애를 해봤는데 말이지, 여지껏 제대로 통한다고 느껴지는 상대가 없었어. 사랑한다면 적어도 일체감을 느껴야 제대로 된 거 아닌가? 제대로 된 섹스라고 해도 마찬가질 테구. 내가 지나치게 바라고 있는 것일까? 정말 알 수가 없어. 내가 확실하게 말할 수 있는 건 이거뿐인데 사람끼리의 완전한 일치란 없어. 아무리 좋아하는 사이라도 그래. 한구석에는 뭔가 오해되고 잘못 대해지고 있다는 느낌이 조금씩이라도 있는 거 있지. 마치 앙금이 가라앉는 것처럼. 도대체 진솔하게 통한다는 느낌이 안 들거든. 어쩌면 남자와 여자는 영원한 평행선인지도 몰라. 사소한 차이라고는 하지만 그게 때로는 국경을 만드는 강처럼 엄청난 갭으로 벌어져 좁혀지지 않는거. 그래서 연앨 해도 마찬가지로 외롭다는 거. 그게 삼십여 년을 살아본 내 결론이지…"

—이남희 「플라스틱 섹스」(1997)

초록이와 사귀었다는 여자를 만나려고 카페에 갔던 참이었다. 은명은 질투로 부대껴하다가 문득 날아든 그 말을 듣고 멍해져서 앉아 있었다. 부서진 거울조각에 반사된 햇빛이 어지러웠다. 너무나 환한 빛은 어둠으로 보인다. 눈이 부셔 한참을 껌뻑거렸다. 은명은 생각했다. 애증의 물결은 밀려갔다가는 또다시 밀려오곤 한다. 그대로 멈춰서 있는 일은 없다. 그렇지만 어느 것도 인간끼리의 사랑을 뛰어넘을 만큼은 강렬하지 않을 것이다. 나이를 먹는다는 건 그런 사실을 깨닫는다는 것이다, 라고…

—이남희 「여자가 여자일 때」(1997)

Q씨, 세상 사람들이 말하는 불륜으로 내가 남모르게 괴로워한 심경을 당신도 잘 알지요. 남편을 다시 만난다는 게 왠지 두렵기만 했어요. 그토록 이곳에선 그를 그리워했던 걸 당신도 짐작했을 줄 알아요. 난 사실 남편에게 우리 관계를 고백하고 용서받고 싶었어요. 아니 남편이 주는 형벌을 달게 받고 싶었어요. 망설이던 며칠이 지나고 우연히 서랍장을 정리하다가 프랑스제 콘돔상자를 발견했지요. 열두 개짜리 상자 속엔 세 개의 콘돔만이 남아 있더군요. 처음엔 오히려 너무도 담담했답니다. 정말로 면죄부라도 받는 양 내 죄의 무거움에서 좀 벗어나는 듯 싶었어요. 그래 나 혼자만 그런 건 아냐. 그도 피가 뜨거운 남잔데. 아아 그래 이해할 수 있어. 정말로 한 인간으로서 그를 이해할 것 같았어요. 그때부터 난 진정으로 그를 받아들일 수 있었어요. 결벽증이 있는 그가 에이즈의 천국인 이곳에서 콘돔까지 마련해놓고 있다니 얼마나 외로웠을까.

—권지예 「꿈꾸는 마리오네트」(1997)

그런 남자와 여자가 있지 않은가. 언제나 새로운 상대를 만나면 처음 연애를 해보는 것 같은, 처음 순결이나 동정을 상대에게 바치는 것 같은, 그래서 영원히 사랑할 것 같은 그 순간의 정직한 감정을 가진 여자와 남자 말이다. 내가 지금 기다리는 남자가 바로 이런 유형의 남자이다. 그래서 나는 내가 만난 이 남자에 대해 운이 좋다고 생각한다. //

어둠 속에서 말없이 흐르는 강물의 소리를 듣는다. 강물이 흐르고 시간이 흐르고 인생이 흐르고 나 자신조차 흘러가는 이 모든 것들에 외롭고 외롭고 또 외로운 마음을 풀어놓는다.

－차현숙 「유리구두」(1997)

나하고 살면 인생이 바뀔 것 같아요? 그래. 왜요? 너는 내가 사랑하는 여자니까. 그럼 12년 전에는 사랑하지 않는 여자하고 결혼했던 거예요? 물론 그때는 사랑한다고 생각했으니까 결혼을 했었지. 하지만 그건 진짜가 아니었어. 당신이 나하고 결혼한다고 해요. 그러면 12년 뒤에 똑같은 말을 하지 않을 것 같아요? 그때 어떤 기회가 오면 당신은 또 이번이 진짜 사랑이고 진짜 마지막이라고 생각하면서 나를 떠나겠죠. 지금 아내한테서 떠나려는 것처럼요.

－은희경 「명백히 부도덕한 사랑」(1997)

"이제 아프지 않아. 그리고 상처도 거의 다 나았어. 병원에서도 이제는 치료할 필요가 없다고 했어. 그러니 신경 쓰지 말아."

마지막으로 만났을 때 남자는 말했다. 그리고 내 머리의 흰 리본핀을 바라보면서도 물었다.

"새로운 핀인가? 남자친구와는 다시 시작하기로 했나 보지."

"그 아이는 사촌이에요."

"나는 아무렇지도 않은데 왜 자꾸 너는 변명하고 있나."

남자는 상처가 다 나았다고 말했지만 내가 만져 본 상처는 그렇지 않았다. 출혈도 그쳤고 찢겨진 피부도 다 아물었지만 피부 아래의 흑색종은 날이 갈수록 단단해지고 있었다. 나는 그 종양에 입술을 갖다 댔다.

가벼운 입맞춤이나 선인장 따위로는 전염되지 않아.

남자는 나에게 마지막 인사를 하러 온 것이었다. 그리고 나는 아무런 이의가 없었다.

－배수아 「병든 애인」(1999)

그 일이 일어나기 전에는 절대로 상상할 수 없는 종류의 일이 있다. 그 일은 나에게 그런 일이었다. 남편이 아닌 남자와 육체관계를 가진다는 것. 그 일이 어떻게 시작될 것이며, 어떻게 옷을 벗고 어떻게 전개되고 그리고 마지막에 휴지는 어떻게 처리될 것인가까지… 그러나 생은 그 모든 것을 태연하게 꿀꺽 삼킨다. 혼돈과 불안과 죄책감과 두려움과 흔적과 그토록 선명하고 충격적이던 생경한 육체의 감각까지도. 처음에 나는 나 자신에게가 아니라 오히려 생의 태연함에, 육체의 포용력에 조용히 경악했다.

─전경린『내 생애 꼭 하루뿐일 특별한 날』(1999)

어둠이 점점 깊어간다. 시간이 지날수록 술은 깨어가고 정신은 또렷해진다. 거울 속엔 파탄 난 얼굴이 있다. 세상은 이해하지 못한다. 내게 있어 연애란 그저 모닝 커피 같은 거라는 것을. 삶의 긴장과 활력을 갖기 위해, 그에 따른 우울과 고독이 필요한 것뿐이지 진부한 사랑이니, 불륜이니 하는 것이 아니라는 걸 말이다. 물론 섹스의 문제도 아니다. 아무도 내 생각에 동의하지 않으리라는 것도 안다. 절대 이해하려고 들지도 않을 것이다. 오직 불륜이라는 말 속의 진부한 의미만으로 세상은 나를 보려 할 것이다. 낭만적인 사랑을 기대하고, 믿고 있는 사람이라면 더욱더 나를 가혹하게 볼 것이다. 정상 참작의 여지가 없다는 것이 그들의 꿈자리를 어지럽힐 거다.

─차현숙「이브의 거울」(1999)

한 여사는 소연을 안고 있는 팔에 힘을 주며 고개를 끄덕였다. 마음 구석구석까지 퍼지는 햇살 같은 안도감. 아프게 패인 마음 그득히 가득 들어와 있는 존재의 충만한 포개짐. 성의 오르가슴을 넘어서는 그 무엇. //
내가 사로잡혀 있는 것이 너의 환영이라고? 그러나 나는 나를 풍차처럼 미친 듯이 돌려주는 너라는 환영을 사랑한다. 그 사랑에서 깨어나고 싶지 않아. 거짓투성이, 의미 없는 삶으로 돌아가고 싶지 않아. 이 미친 질주 자체가 삶이 감추고 있는 저 메스꺼운 공허에 대한 통렬한 도전이다.

─서영은『그녀의 여자』(2000)

그가 처음 내 몸을 만졌을 때, 그때 그 느낌이 그랬다. 초음파 검사를 위해 내 배 위에 젤을 바르고 무언지 알 수 없는 기구를 든 그의 손이 마사지하듯 배 위에 둥근 원을 그리기 시작했을 때, 전기 오른 듯 찌릿한 느낌이 배꼽을 타고 빠른 속도로 아래로 번져 나갔다. (중략)
발가벗고 멱 감던 시절, 서로 야윈 궁둥이를 본 적조차 있는, 언제나 오빠처럼 대했던 그의 손이 불러낸 그 느낌은 근친간의 음욕처럼 몹시 수치스러웠다. //

모든 것을 토해내고, 모든 것을 물로 흘려내도 내 안의 냄새는 가시지 않았다. 도둑고양이처럼, 정 선생처럼, 현미 엄마처럼, 충격요법을 충격적으로 받아들인 그의 아내처럼 그것은 절로 움직이는, 살아있는 물체였다. 내 숨 끝에 달라붙어 나를 숨 쉬게 하는, 혐오스럽고 두려운, 그러나 친근해진 물체.

─서하진 「불륜의 방식」(2000)

─나는 네가 그 사람과 사랑을 하는 거라고 생각하지 않았으면 좋겠어.

윤숙의 충고는 한동안 내게 유효했다. 적어도 그와의 관계가 시작되었던 초반의 얼마 동안은. 나는 그가 사랑 때문에 나를 만나는 거라고는 생각하지 않았고, 오히려 권태 때문에 나를 만나는 것일지도 모른다고 생각했다. 어떻게 생각하든 상관없었다. 그 시간들에 나를 원하는 쪽은 그였으니까. 그리고 나는 그가 나를 원하는 만큼의 공간에서 그가 편안했던 것이다. 한때 그는 유부남이었고, 나는 그의 숨겨진 여자였다. 내가 숨겨진 여자로서의 자리만 지켜준다면 그는 나와 밥을 먹을 수 있었고 술을 마실 수 있었고 그리고 같이 잠을 잘 수가 있었다. 내가 그에게 그런 것처럼 그 역시 내가 자신을 그리워한다는 것을 용인했다. 적어도 그때까지는 아무런 문제도 없었다고 생각된다. 그 사람은 너를 사랑한 게 아니야라는 윤숙의 말 따위에 상처를 받을 필요도 없었고, 그런 충고를 받아야 할 이유도 없었던 것이다. 내가 윤숙의 말을 믿을 수가 없는 것은 윤숙의 말이 틀려서가 아니었다. 때로 그건 그저 믿고 싶지 않은 일에 속하게 되는 문제인 것이다.

─김인숙 「물 위에서」(2001)

그녀의 틈새.

눈을 감으면 그녀의 냄새를 맡을 수 있다. 어린 꽃잎에 번성하는 목화진딧물의 냄새, 갓 말린 바다 냄새, 처녀 양의 젖으로 만든 치즈 냄새, 혀끝이 열리고 온몸이 아리아리해지는 냄새, 태초의 냄새. 세상의 모든 냄새.

너의, 너 자신의 냄새.

─정이현 「무궁화」(2002)

너를 향한 나의 감정이 사랑일 수 있는 걸까. 세상의 그 흔한 사랑이 너와 나에게는 가능하지 않다는 걸, 네가 하늘이, 내가 땅이, 네가 달이, 내가 해가, 네가 나비가, 내가 꽃이, 네가 물이 네가 불이 아니듯 그래, 이건 사랑이 아닐 거야. 사랑이란 발에 채이듯 지천으로 널려 있어 고개만 돌리면 눈에 띄고 손만 뻗으면 잡을 수 있는, 흔천만천 넘쳐나는 것이어야 해. //

아, 나는 이제 화해할 수 없었던 나의 과거를, 혐오스러웠던 내 자신을 연민의 시선으로 돌아볼 용기가 생겨난다. 이렇게 첫 걸음을 떼면 나도 내 자신이 너무나 자랑스럽고 사랑스럽다고 세상을 향해 소리칠 날도 뚜벅뚜벅 다가와주지 않을까.

—김연『그 여름날의 치자와 오디』(2006)

등 뒤의 여자가 입술을 뗐다. 여자가 떠나가자 축축한 등줄기가 금세 서늘해졌다. 그녀는 너무 아쉬워 눈자위가 벌게졌다. 떠나간 여자 대신 손바닥 가득 자신의 젖가슴을 움켜쥐고 물었다. 너는 여자? 아니, 남자? 아, 너는 사람. 여자이고 남자이며 할아버지이기도 한 너는 사람. 그녀는 고개를 끄덕거리며 가슴을 더욱 꼭 끌어안았다.

—방현희「붉은 이마 여자」(2006)

붉은 이마 여자,

그 여자와 그녀는 무슨 까닭인지 눈이 마주치자마자 서로에 대해 맹렬한 적개심을 품었다. 놀라운 속도로 카펫을 짜던 여자는 단숨에 그녀를 끌어당겼다. 끌려가고 싶지 않았지만 힘에 부친 그녀가 여자의 힘에 이끌려 카펫 위에 올라서자 카펫은 그녀를 태운 채로 펄럭거리며 산등성이를 날아다녔다.

—방현희「13층, 수요일 오후 3시」(2006)

가거라, 사랑인지 사람인지,
사랑한다는 것은 너를 위해 죽는 게 아니다.
사랑한다는 것은 너를 위해

살아,
기다리는 것이다,
다만 무참히 꺾여지기 위하여.

그리하여 어느 날 사랑이여,
내 몸을 분질러 다오.

—최승자「그리하여 어느 날, 사랑이여」(1984)

한밤중 흐릿한 불빛 속에
책상 위에 놓인 송곳이
내 두개골의 살의(殺意)처럼 빛난다.
고독한 이빨을 갈고 있는 살의,
아니 그것은 사랑.

쳐라 쳐라 내 목을 쳐라.
내 모가지가 땅바닥에 덩그렁
떨어지는 소리를, 땅바닥에 떨어진
내 모가지의 귀로 듣고 싶고
그러고서야 땅바닥에 떨어진
나의 눈은 눈감을 것이다.

—최승자 「사랑 혹은 살의랄까 자폭」(1981)

모든 기억이 사라져도 세상에서
제일 가벼운 노래만은 남는 법
불러도 불러도 핏줄기에 땀방울이 맺히도록
그렇게 슬프거들랑
그만, 이 붉은 벼랑에서 뛰어내릴래

내 몸 속에서 너와 다니던 길들이 터져
검은 피, 흐르기 전에

—김혜순 「저 붉은 구름」(2004)

사랑은…… 그러니까 과일 같은 것 사과 멜론 수박 배 감…… 다 아니고 예민한
복숭아 손을 잡고 있으면 손목이, 가슴을 대고 있으면 달아오른 심장이, 하나가
되었을 땐 뇌수마저 송두리째 서서히 물크러지며 상해 가는 것 사랑한다 속삭이며
서로의 살점 뭉텅뭉텅 베어 먹는 것 골즙까지 남김없이 빨아 먹는 것 앙상한 늑골
만 남을 때까지…… 그래, 마지막까지 함께 썩어 가는 것…… 썩어갈수록 향기가
진해지는 것……

—강기원 「복숭아」(2006)

몸 밖으로 나오면 똥이 되는
시, 똥이 되는
사랑

털 빠진 담요 위에서, 오지게
똥이 똥을 먹는다

똥의 입 속의 똥, 똥의 염통 속의 똥을

봐라, 나는 사랑에 미쳐 날뛰는 오물의 분수

우리 노래 부르자 반쯤 베어먹은
베어먹힌 얼굴로

미친, 사랑의 노래
—김언희 「오지게, 오지게」(2000)

대머리를 위하여 그녀는 머리카락을 뽑는다
대머리를 위하여 그녀는 음모를 잡아 뜯는다
대머리를 위하여 그녀는 겨드랑이 털을 깎는다
검은 털이 수북하다 밖에는 비가 내리고 있다 그녀는
추억 속의 벗겨진 머리가죽 말라붙은 가죽 위에
털들을 꼼꼼히 심는다 대머리가 만족할 만한 가발을
만들기 위해 촘촘히 바느질한다 비가 거세게 내리고 있다
시간은 좀 걸렸지만 그녀는 완성된 가발을 가지고
대머리에게 간다 진짜 머리털보다 더 진짜 같은 가발을
대머리에게 준다 이걸 만드느라 일찍 오지 못했어요
—성미정 「대머리와의 사랑」(1997)

그가 부르면 달려가서 도마 위에 눕는 나는 생체 요리, 그는 나의 요리사 내 눈물에 레몬 가루를 뿌려 셔벗을 만드는가 하면 달달 볶다가 내 뛰는 심장을 바짝 태우기도 하고, 팔팔 끓여 국물을 우려내는가 하면 한동안 독에 처박아놓고는 묵은 김치처럼 꼼짝 말고 있으란다. 그래? 그래주지 나는 독 안에 웅크리고 앉아 네 마음의 경로를 좇아본다 (중략) 너는 오랜 칼질을 마치고 일어나 걸어보라 한다. 얼마나 지져웠던지 나는 겨우 뼈를 맞추고 도마에 누워, 칼질하는 횟수를 세다가 잠들었는지 몰라
—문혜진 「도마 위의 사랑」(2004)

내 나쁜 몸이 당신을 기억해
온몸이 그릇이 되어 찰랑대는 시간을 담고
껍데기로 앉아서 당신을 그리다가
조그만 부리로 껍데기를 깨다가
나는 정오가 되면 노랗게 부화하지

나는 라벤더를 입에 물고 눈을 감아
감은 눈 속으로 현란하게 흘러가는 당신을
낚아! 채서!
내 기다란 속눈썹 위에 당신을 올려놓고 싶어
내가 깜박이면, 깜박이는 순간 당신은
나락으로 떨어지겠지?

―박연준 「속눈썹이 지르는 비명」(2007)

1.7. 낭만적 사랑의 젠더성과 허구성

'연애'라는 기호가 근대문학에 이식된 이래, 사랑을 말하는 여성연애서사의 문법은 순진하거나 간단치 않았다. 이는 연애라는 근대적 사랑의 형식이 여성의 자아를 구성하고 일상과 의식을 조직하는 진보적인 이념으로 작용하는 한편, 보수적이고 차별적인 젠더 이데올로기로 여성의 주체적인 삶을 방해하고 여성성(sexuality)을 재생산함으로써 여성을 가정적 종속으로 이끌었기 때문이다. 이에 여성소설은 이 같은 낭만적 사랑 담론의 보수성과 허구성을 간파하고 사랑에 덧씌워진 낭만성의 아우라를 벗겨내고 사랑과 결혼의 연결고리를 끊어내는 방식으로 연애를 서사화한다.

1920년대 이후 소위 신여성 작가들은 집 '안'의 속박에서 벗어나 집 '밖'에서 자유연애를 추구하는 주체적이고 의지적인 여성인물을 등장시켜 이들의 자유로운 연애가 어떻게 부정(不貞)의 추문(醜聞)에 휩싸이게 되는지를 비판적으로 사유하고자 했다. 여기에는 남자들과의 관계를 결혼이라는 제도와 결부시키지 않고 심지어 '동거'의 형태를 시도하는 적극적인 여성들이 등장하기도 한다. 유독 연애서사가 많이 등장했던 1960년대에 이르러 여성소설은 낭만적 사랑이 제공한 스위트 홈(sweet-home)의 환상이 여성에게 속박과 억압으로 작용하는 비판적인 국면을 드러내는 데 주력한다. 즉 사랑이 전통적인 가족제도와 어떻게 부딪치는지, 결혼이라는 제도에 흡수된 사랑이 여성에게 어떠한 폭력을 행사하는지, 그리고 이 과정에서 남성이 어떻게 보수성을 드러내는지를 구체적으로 성찰하기 시작하는 것이다. (김명순「돌아다 볼 때」, 나혜석「현숙」, 한말숙「신화의 단애」, 장덕조『다정도 병이련가』, 강신재『그대의 찬손』)

사랑의 서사가 탈(脫)낭만화되는 경향이 다시 두드러지는 것은 1990년대에 이르러서이다. 이 시기 사랑을 말하는 여성들의 화법은 냉소와 조롱, 불신과 회의로 점철되어 있다. 이들 소설에는 낭만적 사랑과 그에 기반하는 가족 대신 자유로운 성관계를 선택하는 생소하고 이질적인 여성인물이 등장한다. 이들은 남성적 간섭이 지배하는 세계에서 독자적인 삶의 형태를 구축하려고 분투한다. 낭만적 사랑을 조롱하고 의식적으로 거부하는 이 여성들에게 더 중요한 것은 연애를 통한 안정감이 아니라 자기 존중과 자기 성취감이다. 그래서 이들은 일부일처의 배타적 결혼제도의 폭력성을 고발하고 결혼으로 매개되지 않은, 제도를 넘어선 사랑을 꿈꾼다. (은희경『새의 선물』「특별하고도 위대한 연인」, 『마지막 춤은 나와 함께』, 차현숙「기다림이 없는 풍경」「이브의 거울」, 전경린「첫사랑」, 『난 유리로 만든 배를 타고 낯선 바다를 떠도네』, 배수아『나는 이제 니가 지겨워』, 양선미「사월의 눈」)

나아가 2000년대 사랑과 연애의 개념은 열정의 진정성을 부인하고 거부하는 자리에서 새롭게 정립되고 있다. 이 시기 여성작가들은 연애가 사적인 감정의 내밀한 교감이 아니라 일종의 소비전략이며 시장의 교환 원리에 입각한 경제활동이라는 사실을 간파한다. 그래서 여성인물들은 제도를 거부하기보다 제도 안에 진입하여 연애라는 기호가 지시하는 계급적 속성과 권력의 역학에 따라 자신을 연기하거나 자신을 상품으로 탈바꿈시키는 전략을 구사함으로써 지배담론을 교란시킨다. 이들에게 사랑은 결혼을 위한 필요충분조건이 아니며, 오직 낭만적 연애결혼의 각본에 충실하기 위한 알리바이일 뿐이다. 이에 따라 성(sex)의 문제 또한 개인의 기호와 취향의 문제로 치부된다. 여기서 연애는 현실적 필요와 실리적 목적에 의해 운영되고 전략적으로 활용되고 있는 것이다. (김윤영「블루오션 연애학」, 정이현『달콤한 나의 도시』, 이홍『걸프렌즈』, 고예나『마이 짝퉁 라이프』, 서유미『쿨하게 한 걸음』, 박주영『냉장고에서 연애를 꺼내다』, 정수현『압구정 다이어리』)

2000년대 이후 현대시에서는 사랑에 대한 회의와 사유가 시작되자 사랑이라는 감정 자체에서 오는 고통 혹은 사랑의 유희와 희열은 점차 휘발된다. 서사장르에서 '낭만적 사랑'이라는 이데올로기가 연애와 스위트홈에 대한 구체적이며 현실적인 사건으로 이어지는 것이 비해, 시에서 '낭만적 사랑'은 결혼이라는 제도나 연애를 추구하는 심리로 드러나지는 않는다. 사랑은 오히려 대상이 모호한 욕망이거나 자신의 내면 안에서 가파르게 치닫는 환(幻)을 향한 송가이며, 대상을 향한 전인격적인 감정이라기보다는 변형된 자기애 혹은 미혹의 욕망이었음을 인식한다.

사랑이 환(幻)이거나 미망임을 먼저 알아버린 여성들은 사랑의 신성함이나 영원성을 회의하고 사랑의 비인격성을 비판한다. 이는 또한 사랑을 유희로 인식하거나 희화화하고, 사랑의 진부함에 닳아버려 더 이상 상처받지 않고 사랑을 연기(演技)하는, 따라서 사랑에 대해 조로해버린 여성 화자들의 등장으로 드러난다. (김민정 「솔직해집시다」, 김혜순 「다시, 불쌍한 사랑 기계」, 강기원 「연애」, 박연준 「얼음을 주세요」)

> 그 후로 그는, 도저히 잊지 못할 번민을 가지게 되었다. 그는 길거리에서라도(그이가 자기를 찾아와 본다고 하였으므로) 혹여 넓은 가슴을 가진 준수한 남자의 쾌활한 걸음걸이를 볼 것 같으면 그이가 아닌가 하게 되었다. 그럴 동안에 그는 점점 수척해 가고 모든 일에 고달픔을 깨닫게 되었다. 그는 단 한 번이라도, 다시 효순을 만나고 싶었다. 그의 그리워하는 효순에게 대한 동경은 드디어 감성으로부터 영성까지 믿게 되어 그는 새로이 과학에 대해서도 취미를 가지게 되었고…. 영원한 길나들이에서라도 만나리라고 기도했다. 잠깐 동안이었을지라도 그 아름다운 순결을 표시한 듯한 감성이 정결한 마음속에 잊지 못할 추억의 보금자리를 치게 하였던 것이다. (중략) 그는 드디어 밤과 낮으로 기도하던 보람도 없이 만나지지 못함으로, 시름시름 병을 이루게까지 되었다. 그 처녀의 마음에서는 송효순 이외에 모—든 남자들이 초개같이 보였다.
> ─김명순 「돌아다 볼 때」(1925)

> "그리고 당신은 오후 3시까지 여기 와주셔요! 언제든지 열쇠는 주인집에 맡겨둘 터이니, 우리 둘이 여기서 살 수는 없어요. 당신은 잘 노선생을 위로해 드리세요. 네? 우리가 이렇게 된 것을 당분간 선생에게는 이야기 아니하는 것이 좋아요. 우리 둘은 반년간 비밀 관계를 가져요. 반년 후 신계약에 대해서는 다시 생각할 필요가 있어요. 그러면 우선 우리가 미리 준비할 필요가 있어요."
> ─나혜석 「현숙」(1936)

그래서 가정 생활이라는 것에는 항상 불만이 따르기 마련인지도 몰랐다. 연애시대에는 사랑할 때도 미울 때도 목숨을 돌보지 않으나 가정을 이루고 아이가 태어나면 사랑하는 아이들의 아버지든가 혹은 어머니로 애인이 변모하기 때문에 애인이 애인일 수 없고 애인만이 되어 줄 수 없는 데서 오는 부족감이 불만으로 변질하는지도 모른다.

-한말숙 「신화의 단애」(1957)

두려움 없는 사랑-의심도 거리낌도 없는 사랑을 그들은 전에 주고 받았었다. 동화 속의 왕자와 공주같이. 지금 현실의 조건이 윤세를 괴롭히고 있다. 자기는 그를 위하여 무엇을 해줄 수 있을까. //
약혼이라는 형식이 아직도 가끔 그런 모양으로 성립된다는 말을 지인은 듣고 있었다. 그 속에 섞여 살아왔으나 그러나 한번도 그녀가 방안 깊이까지 들어가 앉아 본 일은 없었던 한국의 가정에서는 실지로 그렇게 집안의 의사로 모든 것이 결정되고 있는지도 모를 일이었다.

-강신재 『그대의 찬손』(1963)

나에게 있어 사랑은 거의 마음먹은 대로 생겨나고 변형되고 그리고 폐기된다. 삼십대 중반을 넘긴 나에게 지금까지 사랑으로 인한 가벼운 비탄과 회한이 없었다고는 할 수 없지만 어쩌면 그것도 달콤한 구색이었을 뿐이다. 나는 사랑이란 것은 기질과 필요가 계기를 만나서 생겨났다가 암시 혹은 자기최면에 의해 변형되고, 그리고 결국은 사라지는 것이라고 생각해왔다. (중략)
나의 분방한 남성편력은 물론 사랑에 대한 냉소에서 온다. 사랑에 대해 아무것도 기대하지 않는 사람만이 쉽게 사랑에 빠지는 것이다. 그리고 사랑을 위해 언제라도 모든 것을 버리겠다는 나의 열정은 삶에 대한 냉소에서 온다.

-은희경 『새의 선물』(1995)

나는 알 수 없다. 서로가 아니면 안 될 것처럼 서로를 향해 달려오다가 갑자기, 어느 한순간에 서로 비껴가며 외롭게 걸어야 하는지를. 어쩌자고 이미 깨져버린 사랑에 한쪽은 여전히 사랑의 감정이 식지 않아 지옥에서 살아가야 하는지를…왜 사람들은 이렇게 깨지고 시시해질 사랑을 놓고 영원할 거라고 믿는지를.
그와 헤어지고 나는 수면제를 먹고 사흘 동안 잠을 잤다. 오랜 잠에서 깬 나는 정성껏 양치질을 했다. 미칠 듯한 그 그리움은 나의 사랑에 대한 그리움이지 그에 대한 그리움은 아닐 거라고 생각을 한다. 시간이 지나면 잊혀질 것이다. 그와 연관된 거리와 음악과 우산… 나를 금방이라도 불러 세울 듯한 그의 목소리도.

-차현숙 「기다림이 없는 풍경」(1995)

사랑의 존위와 진실성에 대해서 유난히 신중하거나 의심 많은 사람은 아직도 그들 감정의 특별하고도 위대한 점을 인정하지 않을지도 모른다. 사랑에 빠지면 누구나 상대를 그 정도로 미화하는 기술쯤은 저절로 터득하는 법이니까. 사실 연인들은 사랑이라는 최면과 자기암시를 기회가 닿을 때마다 자주 실험해보며 그러는 가운데 그 효과를 극대화하는 몇 가지 방법을 알게 된다. 몇몇 그 방면에 뛰어난 사람들은 마치 전문의가 일회용품이자 소모품인 처녀의 피막을 바느질로 재생해내듯 자신의 지나간 모든 사랑을 봉합함으로써 감정의 순결을 새것처럼 수선하여 바치는 기교까지 익히게 된다. 그렇게 되면 '나는 사랑에 빠졌어'라는 자기 암시와 '저 사람은 특별한 사람이야'라는 최면에다가 '이것이야말로 나의 진짜 첫사랑이야' 하는 망상의 세 가지 구색이 다 갖춰지는 셈이다.

— 은희경 「특별하고도 위대한 연인」(1996)

그러므로 내가 셋에 대해 말하는 것은 셋을 맞추려고 애쓴다는 뜻이 아니다. 다만 마음속에 셋 정도의 균형감을 갖고 있어야 한다는 의미이다.

무거운 짐을 처리할 때의 방식과 같다. 여러 개의 가방 안에 나눠 담으면 사랑도 덜 무거워진다. 그 가방을 들고 어디로 갈 것인지에 대해 선 채로 잠깐 궁리하기만 하면 된다. 그리고 더 이상 그 가방 안의 내용물이 마음에 들지 않으면 그 자리에 가방을 그대로 두고 돌아와 버리면 그만이다. 한 개의 가방에 담았다가 잃어버리면 모든 것을 잃지만 여러 개라면 상실에도 단계가 있고 고통에도 완충이 생겨날 것이다. //

나는 사랑의 소모를 두려워했다. 마치 광합성으로 스스로 제 먹이를 만드는 녹색 식물처럼, 햇빛을 받아들이고 물을 길어올려 자기 안에서 스스로 먹이를 만드는 사랑을 원했다. 내 몸속에서 혼자 사랑이라는 먹이를 만들고 그것을 먹으며 생존해가기를 말이다. 주린 배를 움켜쥐고 황량한 겨울 들판을 헤매며 타인을 찾아 울부짖고 싶지는 않았다.

— 은희경 『마지막 춤은 나와 함께』(1998)

사람들은 첫사랑을 떠올릴 때 화들짝 놀라고 이어 얼굴을 약간 붉힌 뒤, 막막하고 허술한 표정이 된다. 그리고 흔히 이런 관용구로 첫사랑에 관한 말을 시작한다. '글쎄 그걸 첫사랑이라고 할 수 있을지 모르지만…' 첫사랑이란 실은 둘 사이에 아무 일도 일어나지 않은 어떤 억눌린 감정에 관한 추억인 것이다. 하지만 그렇지 않은 사람도 간혹은 있다. 첫사랑이 생애에 유일한 사랑인 사람들. 그런 확신이 단 한 번으로 영원히 자신을 사로잡을 때, 명료하지도 않고 약속도 없는 하나의 이미지가 존재의 결계가 되기도 하는 것이다.

-전경린 「첫사랑」(2000)

"그래, 이제 결혼은 비즈니스니까. 진실된 사랑의 감정만으로 결혼하는 사람은 없어. 그러니 네가 그렇게 생각하는 것도 무리는 아니지." //

대개 미덕이라고 생각되는 것들, 더 마음이 끌린다거나 나를 더 생각해 준다거나 도덕적으로 장애가 없다거나 순수하다거나 심지어는 사랑한다거나 하는 것은 모두 다 무의미한 핑계일 뿐이다. 결국 인간은 자기 자신 말고는 아무것에도 관심이 없기 때문이다. 섹스에 명분은 필요 없다. 사랑하지 않는 섹스에 죄의식을 느낄 필요는 없다. //

겁낼 것이 무엇인가. 나는 연애라는 게임에서 패배하지 않는 방법을 안다. 그것은 '脫戀愛主義'이다.

-배수아 『나는 이제 니가 지겨워』(2000)

나는 사랑에 대한 과대망상 따위 없다. 삶이 그렇듯 사랑 역시 매우 사적이고 애매하고 미결정적이며, 성향에 따라 운명에 따라 깊이도 형태도 비중도 천차만별인 것이다. 진실이나 거짓, 품위와 욕망, 고급과 저급, 물질과 정신, 이성 간과 동성 간, 이중연애와 삼각관계, 정상적인 것과 도착적인 것, 고상한 것과 음란한 것…. 삶이 깊어지면 개념은 없어진다. 삶을 살아가는 사람은 이미 규정된 관념이 아니라 그 너머 저마다의 낯선 벼랑길을 걷는다. 그래서 생은 여전히 미확인적인 유혹을 생산해내는 것이다. (중략)

그들의 진실이 어디에 있든, 그 시간 동안 나는 사랑에 빠져 있었다. 그토록 이상한 관계 속에서 사랑을 했다고 주장하다니, 사람들은 나를 무도덕하다고 말할지도 모른다. 하지만 이런 사랑이 전에 없었다고 해서, 상처를 주고 아무런 결과도 맺지 못했다고 해서 나의 사랑이 의심받을 수는 없다. 실제로는 이렇게 불쾌하고 의혹에 가득 찬 숱한 사랑들이 침묵 속으로 가라앉는다는 것을 나는 안다.

-전경린 『난 유리로 만든 배를 타고 낯선 바다를 떠도네』(2001)

남자를 바꾸는 건 오일교환과도 같다. 독자적 상품으로 키워볼 만한 상대인지 그 여부가 윤리적 결함을 좌우할 수 있다. 내 경쟁우위가 지속되는 한, 즉 내 상품성을 해치지 않는 한도 내에선 난 아직도 게임을 즐길 수 있다. 나는 연애의 경제학을 신봉한다. 철저히.

-김윤영 「블루오션 연애학」(2006)

'비밀'과 '연애'는 서로 상냥하게 스며드는 단어다. 연애는 철저히 개인적인 세계의 비즈니스다. 그러나 사귀고 있는 남자를 부모 앞에 데려가는 것은 다르다. 그것은 새로운 세계로 진입하겠다는 각오를 담고 있다. 주머니 속의 연애를, 광장에 세우겠다는 것이다. 공인을 받겠다고, 사회적 승인의 최초 단계를 통과하겠다고, 스스로에게 다짐하는 것이다. //

쇼핑과 연애는 경이로울 만큼 흡사하다.

한 개인의 파워를 입증하는 장(場)일뿐더러, 그 안에서 자신과 비슷한 취향을 가진 공동체에 속해 있다는 정서적 안도감을 느낀다. 여유로운 시간과 젊음이 있을 때는 경제력이 받쳐주지 않고, 경제력이 생겼을 때는 여유로운 시간과 젊음을 돌이킬 수 없다. 그리고 무엇보다, 한 사람이 사용할 수 있는 재화의 양이 한정되어 있다.

-정이현 『달콤한 나의 도시』(2006)

그렇지? 모든 사람은 결핍이 있잖아. 그런데 왜 그 결핍을 보완하기 위해 섀도는 서너 가지를 바르면서 여러 사랑을 함께하면 안 된다고 강요하는 거지? 왜 꼭 한 사람이, 한 사람을 다 채울 수 있다고 자만하는 거지? 사실 그럴 수 없잖아. 내가 미처 채울 수 없는 부분, 다른 사람이 대신 채워주면 어때서? 난 상관없다고 했어. 누구를 만나든 말해주면 솔직히 말해서, 여럿 사랑하는 게 전혀 가능성 없는 일은 아니잖아?

-이홍 『걸프렌즈』(2007)

나는 더 이상 누군가와 사랑을 하기가 싫어졌다. 누군가를 내 사람으로 만들고 내가 누군가의 사람이 되는 것이 역겹다고 느껴졌다. 나는 사랑이란 감정의 뿌리를 죄다 뽑아버렸다. 다신 사랑하지 않을 사람. 사랑받지 않을 사람. 사랑주지 않을 사람. 사랑이란 게 있는지도 모르는 사람. 내 정신과 내 몸이 기억하고 있는 이 심장을 갈아 버리고 싶다. 한 번도 사랑해보지 않은, 앞으로도 사랑하지 않을 사람의 것과 교환하고 싶다.

-고예나 『마이 짝퉁 라이프』(2008)

이년 전 연애를 끝으로 아직 애인이 없는 희주는 또 선을 보았다. 내가 애인과 헤어졌다고 했을 때 열심히 위로하면서도 가장 즐거워하던 친구다. 삼십대의 싱글이 어때서? 요즘은 그게 트랜드야. 웃으면서 나의 싱글 입성을 축하했지만 희주는 자의반 타의반으로 계속 선을 보고 있다. 한두 달 만에 만나면 적어도 두 건 이상의 맞선 소식을 전하곤 한다. (중략)

"느낌 같은 소리 한다. 그러니까 안 되는 거야. 결혼은 생활이야. 결혼할 거면 느낌을 찾지 말고 성격을 보란 말이야. 남자는 성격이야. 그다음이 경제력이고. 얼굴은 자기가 제일 싫어하는 스타일만 아니면 돼. 알았어?"

답답한지 민경이 독하게 쏘아붙였다. (중략)

"그래 결혼해보니까 연애는 할 수 있을 때 많이 해야 해. 그게 다 추억이고 재산이거든. 안 그러면 나중에 엉뚱한 데서 터져. 연수야, 너도 빨랑 잊고 연애 시작해라."

—서유미 『쿨하게 한 걸음』(2008)

연애도 사랑도 인생도 요리처럼 레시피가 있으면 얼마나 좋을까. 재료는 무엇무엇을 준비해야 하고, 만약 재료 중에 없는 게 있으면 다른 것으로 대체해도 되지만 이것이 빠지면 요리가 안 된다는 걸 명심하고, 처음에는 어떻게 해놓았다가 시간이 얼마쯤 지나면 어떻게 하고, 불 높이는 이렇게 조절하고, 재료는 이것부터 넣어야 하며, 뚜껑을 덮어둘 것인가 말 것인가, 혹은 조리 시간은 어느 정도가 적당하며, 익었는지 안 익었는지 알 수 있는 방법은 무엇이고, 어떤 그릇에 어떻게 담아서 내고, 먹을 때 이렇게 하면 더 맛있다, 까지. (중략)

해보지 않고는 아무 것도 장담할 수 없다. 욕심부리지 말고 차근차근 하다보면 어느새 내가 원하는 요리가 신기하리만치 맛있게 완성되어 있는 것처럼, 사랑 또한 언젠가는 그렇게 되지 않을까.

—박주영 『냉장고에서 연애를 꺼내다』(2008)

사정 후 덜 싸맨 콘돔을 창에 던지는 건
그 남자의 오랜 투구법
창을 만나 창에 안겨 창을 더럽히는 계란 흰자
축농증의 콧물로 마사지하는 건
그 여자의 오랜 미용법

서로 마주한 채 쪼그려 앉은 그들이
하얀 침대 시트 위에 오줌을 누기 시작한다
누가 더 노랄까 누가 더 지릴까 김을 내며
오롯이 합이 되는 유일한 찰나,

남자가 엊저녁 스포츠 신문을 시트 위에 깐다
밥이 왔으므로 서둘러 밥상을 차려야 하므로

배가 부르지 않고서는 절대
여자는 남자를 사랑할 수 없으므로

—김민정 「솔직해집시다」(2009)

너는 밤마다 이 기계를 하러 온다
문이 하나도 없는 기계
너는 어느 순간 공처럼
이 기계 속으로 뛰어들 수는 있다
그러나 들어오는 순간 너는 죽음을 먹게 된다
이 기계는 너를 먹고, 먹을 뿐
(중략)
너는 이 기계의 서랍을 열어본 적이 있는가
서랍 속에는 너와 같은 모양의 쇠공들이
백 개 천 개 들어 있다
모두 불쌍한 사랑 기계 자체의 물건들이다

—김혜순 「다시, 불쌍한 사랑 기계」(2000)

네 눈으로 내가 보는 거
널 칭칭 감고 다니는 거
하루 종일 널 신고 사뿐사뿐
내 목을 은근히 조르기
내 마음대로 키우는 거
갈아 먹어도 시원찮을 너지만
먼지처럼 무게 없이
네 속에 웅크리는 거

—강기원 「연애」(2006)

이제 나는 남자와 자고나서 홀로 걷는 새벽길
여린 풀잎들, 기울어지는 고개를 마주하고도 울지 않아요
공원 바닥에 커피우유, 그 모래빛 눈물을 흩뿌리며
이게 나였으면, 이게 나였으면!
하고 장난질도 안 쳐요
더 이상 날아가는 초승달 잡으려고 손을 내뻗지도
걸어가는 꿈을 쫓아 신발끈을 묶지도

오렌지주스가 시큼하다고 비명을 지르지도
않아요, 나는 무럭무럭 늙느라

— 박연준 「얼음을 주세요」(2007)

1.8. 환(幻)의 긍정, 타자성의 성찰

사랑에 대한 회의적인 시선 한편에서 현대소설은 불가항력적인 사랑의 힘과 진정성을 끊임없이 탐색해간다. 사랑에 대한 극단적인 부정이나 환멸 대신 사랑의 누추하고 비극적인 속성을 인정하고 타자성을 긍정하는 가운데 '관계'에 대한 기대를 통해 사랑을 사유하고 성찰하고자 하는 것이다. (전경린 『아무 곳에도 없는 남자』『언젠가 내가 돌아오면』, 김연경 「「우리는 헤어졌지만, 너의 초상은」 그 시를 찾아서」, 윤효 『노러브 노섹스』, 김사과 『풀이 눕는다』) 때때로 이 같은 과정에는 '편지'라는 고백의 형식이 동원되는데, 이는 사랑을 통한 자기 성찰과 관계에 대한 탐구라는 주제를 전달하는 데 효과적이기 때문이다. (신경숙 「풍금이 있던 자리」, 공지영 「사랑하는 당신께」, 윤효 「삼십세」 「오래된 연서」, 권지예 「고요한 나날」, 김채원 「가을의 환」)

이런 인식 가운데 진정한 사랑은 완전히 자신의 의식을 포기하는 극단적인 형태가 아니라 타자 안에서 스스로를 소멸시키는 윤리적 과정을 통해 분열된 자아를 확인하고 통합해감으로써 자기를 보존해가는 것으로 이해된다. 동시에 사랑은 자신의 가치로 타자를 환원시키는 것이 아니라 타자를 총체적으로 재구성하려는 노력 속에서만 이루어질 수 있다는 성숙한 시선을 보여준다. (신경숙 『깊은 슬픔』『기차는 7시에 떠나네』, 김인숙 『꽃의 기억』『핏줄』『불꽃』『긴 밤, 짧게 다가온 아침』『그래서 너를 안는다』『그늘, 깊은 곳』, 김채원 「가을의 환」)

그리고 이를 통해 인간 내면 깊은 곳에 존재하는 사랑에 희망을 걸라는 메시지를 강하게 전하고 있다. 그것은 삭막한 도시 한가운데 불안전하고 소외된 이들끼리의 공감이며 위로이다. 사랑만이 불가항력인 금기를 넘어설 수 있는 무기이며, 한 인간의 실존적 질문에 대한 유일한 답이 된다는 것이다. 그런 의미에서 상호 타자성에 입각한 사랑은 교환가치가 횡행하는 타락한 사회에 맞서는 자기희생적 모럴이 된다. (이경자 「꼽추네 사랑」, 「머나먼 사랑」, 양귀자 「1980년의 사랑」, 윤영수 「사랑하라, 희망 없이」, 황정은 『백의 그림자』)

현대시에서 이 같은 성찰은 사랑에 대한 부정과 거듭된 회의에서 시작해 위악적인 자기 몸짓으로 갈등을 극복하려는 태도로 그려진다. (김승희 「죽도록 사랑해서」, 이근화 「나의 사랑 김철수」) 사랑을 응시하고 성찰하면서 주체적인 사랑관을 체득해가는 과정을 통해 사랑의 비극성은 관계나 욕망과 무관하게 사랑에 내재한 속성이라고 이해하게 되며, 또 사랑이란 자기 상실과 고통의 노정이기도 하지만 동시에 자신이 주체가 되어가는 연단과 성장의 과정이라고 인식한다. 이처럼 자신이 타자화되어왔던 사랑의 역사를 비판적으로 인식하면서 여성의 자기 상실과 비하는 비로소 극복된다. (김행숙 「공진화하는 연인들」, 진은영 「연애의 법칙」, 김소연 「불귀 2」, 강기원 「연애에 대한 기억」)

> 꼽추는 웃으며 아내의 말을 듣고 나서,
> "당신이 맘 내키는 일을 하게. 당신 맘이 내 맘이라."
> 하였다.
> 영숙은 남편의 무릎에 얼굴을 묻었다.
> 당신이 없는 데선 몸이 무거워 일이 되지 않고 아무 뜻도 없었지유.
> 그리고 이렇게 속으로 말했다.
> 이 편안함, 이렇게 소중한 것…
> 영숙은 이제 잠이 왔다. 처음 꼽추를 만났을 때 몇 날 며칠을 잠만 잤던 것처럼, 그리하여 마침내 새 힘을 얻었던 것처럼.
>
> ─이경자 「꼽추네 사랑」(1990)

> 사랑은, 사랑은 불가항력이라고 여기는 여자. (불가항력이란 얼마나 불가항력적이란 말인가. 인간의 힘으로는 어찌할 수 없는 일이라니. 사회통념으로 방지할 수 없는 힘이라니, 정치도 권력도 끼어들 수 없다니. 그저 심금을 울리는 그 아름다운 자유)
> 불가항력적이라고 스스로 느끼는 상태에 이른다는 건 행복한가, 불행한가? 서로 그러기로 하자고 약속한 질서를 무너뜨리는, 진실로 자신마저 제어할 수 없는 힘이 사람에게 존재하는 게 살아가는 데 힘일까, 아닐까?
>
> ─신경숙 『깊은 슬픔』(1994)

언니와 박선생님은 한 운명이다! 옆 사람들이 아무리 이해하지 못한다 해도, 당사자들조차 이해하지 못한다 하더라도. 사랑은 조건이나 형식을 뛰어넘어 그냥 운명처럼 거기 있는 것이다!//

허전하고 씁쓸한 한편으로 나는 어쨌든 행복하다는 생각이 든다. 사랑이라는 낱말의 실체를 오늘밤 처음 본 것 같은 느낌. 그리고 사랑이란, 희망이라곤 전혀 없는 상처투성이 연인들의 이마에 슬며시 그어주는 하늘의 축복 같은 것.

「윤희야, 너 이제 보니 키 많이 컸다?」

본격적인 장마가 시작되려는 모양인지 나무들에서는 진한 수액의 냄새가 난다. 내 어깨에 두르는 현수의 팔을 나는 구태여 뿌리치지 않는다. 사랑하라, 희망 없이. 눈감은 채 마주 선 연인들이여. 가장 깊은 진실은 눈을 감아야 보이나니. 사랑하라, 희망 없이, 사랑하라.

─윤영수 「사랑하라, 희망 없이」(1994)

우리는 헤어졌지만, 너의 초상은, 으로 시작하는 시가 있다. 네가 내 방에 와서 하룻밤을 보내고 나를 떠났던 그 새벽, 이 시가 생각난 것이었다. 하루종일, 우리는 헤어졌지만 너의 초상은, 이 뇌리를 떠나지 않았다. 나 자신은 전체가, 우리는 헤어졌지만 너의 초상은, 으로 재구성된 듯한 기분이었다. (중략)

아무튼, 우리는 두 번의 만남 후, 영원한 이별을 결정한 것이다. 그래, 우리는 헤어졌지만, 너의 초상은… 나는 아직도 이 시의 전문(全文)을 찾아보지 않았다. 도대체, 너의 초상은 어떻게 됐을까. 단편소설이 될 법한 이 글은, 너의 초상에 대한 내 기억으로 이루어질 것이다. //

우리는 헤어졌지만, 너의 초상을 간직하면서, 나는, 조만간 내 가슴을 찾아올, 다른 열정에 몸을 맡길 나를 상상하면서, 더불어 완성된 너의 초상을 음미하면서… 가끔은 값이 싸지 않은, 단지 저렴할 뿐인 눈물도 흘리면서, 그렇게…

따라서, 이 소설은 이렇게 끝나는 것으로 충분하다:

"우리는 헤어졌지만 너의 초상은…"

─김연경 「「우리는 헤어졌지만, 너의 초상은」 그 시를 찾아서」(1996)

설핏 잠이 깰 적마다 나는 그의 손을 찾아 쥐고 그의 턱에 내 뺨을 갖다 대었다. 그런 어떤 순간에 내 마른 입술에 그의 입술을 갖다 댔다. 그의 입술은 따뜻했다. 아직도 비가 내리는가 보았다. 나는 몸을 뒤척여 그의 가슴에 얼굴을 묻었다. 그가 내 가슴을 찾아 쥐었다. 그의 몸이 내 몸 같다. 우리는 빗소리를 들으며 한 번 더 서로의 몸속으로 파고들었다. 당신 몸이 내 몸 같아, 그가 중얼거렸다. 익숙한 체위, 춥고 불안했던 마음이 그의 체취로 인해 가라앉고 있었다. 사람의 몸이 이처럼 위로가 되었던 적이 있었는지. 그와 나는 동시에 다시 잠 속으로 **빠져들었다**.

―신경숙 『기차는 7시에 떠나네』(1997)

사랑의 속성은 파멸이지. 사랑은 본질적으로 불가능한 것이오. 어쩌면 그것은 생과 반대편에 있는 것 같애. 그래서 사람들은 사랑이냐, 생이냐의 갈림길에서 종종 생으로의 투항을 강요당하는 것이고. 행복한 생이란 자기의 사랑과 상대의 사랑, 그리고 유실되는 시간에 대한 기만을 무거운 관용으로 끌어안고 가는 서글픈 미학이지.

―전경린 『아무 곳에도 없는 남자』(1997)

그러나

돌아서서 걸어오며 난 자각할 수 있었습니다. 바로 다섯해 전의 이별의 의미를, 그때 난 왜 슬픔 속에서도 그토록 선선히 동의했을까. 네, 한 시기의 끝을 직감했기에… 그래, 이 이별도 괜찮다. 이 핏물 흥건한 살덩이, 실체를 내어주고 투명하고 바삭한 이미지만을 갖기로. 그런 무의식적 타산이… 그렇지요. 삶이란 생과 죽음이 등을 꽉 맞대고 한 몸처럼 걸어가고 남자와 여자가 한 몸처럼 걸어가는 길이듯 현실과 환상이 한 몸처럼 절뚝거리며 걸어가는 길이라는 것. 아니 이 완강한 환상 역시 하나의 절박한 현실이라는 것.

아마도 내 혼은 부단한 거리를 떠돌 것입니다. 오늘과 같은 돌연한 해후를 꿈꾸며. 그를 거치지 않고선 회억 속으로 들어설 수도 없는 청춘의 환(幻)같은 존재인 당신. 어쩜 당신일 수도 아닐 수도 있는 그 누군가를 찾아서.

―윤효 「삼십세」(1997)

어쩌면 그날 나는 그와 자고 싶었으리라. 살을 섞은 뒤에라도 그 이름이 무엇인지 물어보고 싶어지지 않을 것 같은 남자, 오르가슴의 순간에도 결코 사랑한다는 말을 의무적으로 내뱉지 않아도 될 것 같은 남자, 아니 어쩌면 가장 동물적인 체위로 성교를 나누고 싶었던 남자… 이름을 알지 못하는 그와… 그러나 자고 난 뒤에는 혼자 베개에 얼굴을 묻고 어쩌면 말하고 싶었으리라. 당신은 내 피라고, 내 살이고, 내 숨결이라고. 당신은 내 집에 스며든 게 아니라 내가 알지 못하는 내 피돌기의 흐름 속에, 내 살의 어느 알 수 없는 주름 사이에, 그리고 내 숨결의 마디 사이에 스며든 거라고.

―김인숙 『꽃의 기억』(1999)

환자복 주머니에 손을 넣으니 핸드폰과 작은 잔돌 같은 알약들이 손에 잡히더군요. 난 주머니에서 핸드폰을 꺼냈어요. 기계 속에서 영원히 살지도 모를 당신의 목소리. 숨소리의 떨림마저 생생하게 귓바퀴 속을 간질이는 그 목소리들을 재생시켜 들었어요. 하지만 난 눈을 꽉 감고 하나씩 삭제버튼을 꾹꾹 눌러버렸습니다.

(중략)

산다는 것은 무언가에 익숙해진다는 의미인가봐요. 불행이든 고통이든 말이지요. 어떤 호르몬의 화학작용인지는 몰라도 살아간다는 것은 고통이나 불행에 대한 항체를 만들어가는 과정이 아닐지요. 그러니 익숙해지지 않는 고통이란 없을 거예요.

－권지예 「고요한 나날」(2001)

비록 사랑이라는 덧없는 생에서 잠시 서로에게 맺혀본 것이라 해도 죽음에 맞설 만큼 강력한 것은 그뿐이 아닐까요. 욕망이 많은 어느 사내가 안간힘을 다해 왕국을 축조했다 해도 그가 죽을 때도 또 다른 사내의 욕망에 의해 정복될 그것을 가져가려 할까요. 오히려 한 여자를 죽음의 연도를 함께 밟을 동행으로 구하지 않을까요. 만약 세상에 마지막 날이 온다면 사람들이 하는 몇 가지 행위 중엔 마지막 연인을 찾는 행위도 끼어 있을 겁니다. 헤어진 옛 연인의 소식 한 조각이라도 들으려고 기웃거리는 사람들로 거리는 북적거리겠지요. 그래서 나도 밤을 꼬박 새워 이토록 긴 편지를 쓴 것이 아닙니까.

－윤효 「오래된 연서」(2002)

꿈… 그것은 어디까지나 꿈일 뿐 이루어지지 않았기에 꿈인 것일 뿐 이루어진다면 그것은 이미 꿈이 아니지 않는가. 마찬가지로 존재감의 일치 또한 같은 이치가 아닐까. 존재가 일치한다면 그것은 이미 타인이 아니지 않는가. 일치된 타인이란 '너와 나'가 아니지 않는가. 우리는 타인일 때 서로 끌어안을 수 있고 그 감동을 가질 수 있는 게 아닐까. (중략)

꿈이 이루어지면 그것은 꿈이 아니라고 하지만 '꿈꾸다'라는 말의 정체를 나는 알아낸 기분이다. 어떻게 감히 무엇을 꿈꿀 수 있는가 하던 내가 꿈을 꾼 것이다. 너로 인하여….

그렇게도 늘 묻고 싶은 것이 많다고 하던 너.

사랑에 대해 쓰라고 꼭 써야한다고 의무감마저 지워주던 너.

내 눈에 눈물이 핑 돈다.

－김채원 「가을의 환」(2003)

어쩌면 거짓말이 전혀 없는 사랑은 세상에 없을지도 모른다. 사랑하는 사람은 어느 정도 거짓말을 하게 된다. 상대에게, 스스로에게. 사랑은 눈을 가린 장님 놀이 같은 성격이 분명히 있다. 아무리 사랑한다 해도 절대적 가치를 가진 상대를 사랑하는 것이 아니라, 우리가 절대적 가치를 부여한 상대를 사랑하기 때문이다. 그래서 가차 없는 미움보다 오히려 관대한 사랑 속에서 진실은 오리무중이 되기 쉬운 것이다. 진실만을 요구하는 사랑이야말로 그 불가능성으로 인해 오히려 더 많은 거짓을 만들 수도 있다. 그리고 거짓에 점유되어 버린 사랑은 공허하고 누추한 것이다. 열정과 진실과 관용과 거짓의 적절한 비율과 종속 관계가 진정으로 사려 깊은 사랑인지도 모른다.

－전경린 『언젠가 내가 돌아오면』(2006)

그렇다면 또 무엇으로 사랑이냐 아니냐를 알아차릴 수 있는가. 아니, 사랑의 형상은 무엇인가. 관능의 핵 속으로 더 깊이 몸을 들이미는 게 사랑인가. 아니면 관능 따위는 훌쩍 넘어서 버리는 게 사랑인가. 이건 짐작일 뿐이지만, 애정의 리트머스 시험지는 바로 시간이 아닐까. 세월이 흐른 후 호감과 그리움의 대상으로 남는 사람이 연인이다. 아니다. 누군가는 반박할 수도 있다. 거꾸로 애정이 어떤 편집 작용을 해서 연인에 관한 기억들만을 살려놓는 거라고.

－윤효 『노러브 노섹스』(2007)

"사랑은 책임을 뜻하지 않는다. 그건 가장 살아 있다는 걸 뜻했다. 그리고 살아 있다는 것은, 과거와 미래를 망각한다는 뜻이다. 끝없이 이어지는 지금 이 순간만을 바라보겠다는 약속이다. 그게 바로 사랑이다. 한편 책임이란 과거에서 미래로 이어지는 가느다란 쇠사슬에 현재를 묶어놓겠다는 뜻이고, 그래서 그건 사랑의 반대였다. 사랑은 쇠사슬이 아니다. 중요한 것은 함께하는 시간 자체이지, 그것에 대한 대비나 계획이 아니다. 그러니까 돈 따위가 우리의 사랑을 파괴하도록 내버려두지 않겠다는 것, 사랑 안에서 굶어죽겠다, 아름답게. 그게 내 꿈이었다."

－김사과 『풀이 눕는다』(2010)

은교 씨는 갈비탕 좋아하나요.
좋아해요.
나는 냉면을 좋아합니다.
그런가요.
또 무엇을 좋아하나요.
이것저것을.
나는 쇄골이 반듯한 사람이 좋습니다.

그렇군요.

좋아합니다.

쇄골을요?

은교 씨를요.

… 나는 쇄골이 하나도 반듯하지 않은데요.

반듯하지 않아도 좋으니까 좋은 거지요.

—황정은『백의 그림자』(2010)

죽도록 사랑해서

죽도록 사랑해서

정말로 죽어버렸다는 이야기는

이제 듣기가 싫다

(중략)

죽도록 사랑해서

죽도록 사랑해서

핏방울 하나하나까지 남김없이

셀 수 있을 것만 같은

이 투명한 가을햇살 아래 앉아

사랑의 창세기를 다시 쓰고 싶다

또다시 사랑의 빅뱅으로 돌아가고만 싶다

—김승희 「죽도록 사랑해서」(1995)

이해한다는 말, 이러지 말자는 말, 사랑한다는 말, 사랑했다는 말, 그런 거짓말을 할수록 사무치던 사람, 한 번 속으면 하루가 갔고, 한 번 속이면 또 하루가 갔네, 날이 저물고 밥을 먹고, 날이 밝고 밥을 먹고, 서랍 속에 개켜 있던 남자와 여자의 나란한 속옷, 서로를 반쯤 삼키는 데 한 달이면 족했고, 다아 삼키는 데에 일 년이면 족했네, 서로의 뱃속에 들어앉아 푸욱푹, 이 거추장스런 육신 모두 삭히는 데에는 일생이 걸린다지, 원앙금침 원앙금침, 마음의 방목 마음의 쇠락, 내버려진 흙가, 산에 들에 지천으로 피고 지는 쑥부쟁이, 아카시아, 그 향기가 무모하게 범람해서, 나, 그 향기 안 맡고 마네, 너무 멀리 가지 말자는 말, 다 알 수 있는 곳에 있자는 말, 이해한다는, 사랑한다는, 잘 살자, 잘 살아보자, 그런 말에도 멍이 들던 사람, 두 사람이 있었네,

—김소연 「불귀 2」(2006)

너는 나의 목덜미를 어루만졌다
어제 백리향의 작은 잎들을 문지르던 손가락으로.
나는 너의 잠을 지킨다
(중략)
그리고 우리는 서로의 존재를 포옹한다
수요일의 텅 빈 체육관, 홀로, 되돌아오는 샌드백을 껴안고
노오란 땀을 흘리며 주저앉는 권투선수처럼

— 진은영 「연애의 법칙」(2008)

나는 공간 감각이 없었구요
그 앤 평형 감각이 없었어요
(중략)
그 앤 내게로 오는 동안
자주 멀미를 일으켰고
난 그 애에게 가는 동안
자주 길을 잃었어요

눈 가린 술래들처럼

— 강기원 「연애에 대한 기억」(2006)

철수가 보면 어쩌죠?
이렇게 말해 버렸다고
화를 내겠지요
자기가 진짜 김철수인데
김철수가 사랑이라고 하면
사람들이 사랑을 믿겠느냐고
나는 철수의 사랑으로서
얼마나 손해겠어요
하지만 김철수 나의 사랑
철수도 어쩔 수 없죠
철수가 봐도
철수도 나도 괜찮아요
영호 같은
세상의 많은 철수를

두루 사랑하는 영희로서
나는 순희 같은
사랑을 한 거니까
그러나 사실입니다
나는 김철수뿐입니다
많은 김철수의 마음속에
나는 빛나는 영희로서
내 사랑은 김철수로서
순희 같은
영자 같은
미숙이 경숙이 같은
철수가 오늘은 많이 없어요
정말 화가 났나 봐요
내 사랑이 자기인 줄도 모르고
어른 김철수의 사랑이
무엇인지도 모르고

—이근화 「나의 사랑 김철수」(2006)

네가 손을 내밀자 춤이 시작되었다
또 한 쌍이 만들어졌군, 언제나 구경꾼처럼 말하는 사람들이 있다
그러나 가장 먼 곳에서 뛰어와서 포옹을 하는 연인들
혼자서는 할 수 없는 일이었어
(중략)
두 개의 손이 오른손과 왼손으로 처음 분열되었을 때
모른 척 하기로 했던 것을
정말 모르게 되었을 때
영원한 수수께끼처럼
사랑은 자꾸자꾸 답을 내놓지, 너를 사랑해
그리고 너를 미워해도 이야기는 계속된다

—김행숙 「공진화하는 연인들」(2010)

2
성

한국어문학에서 성(性)은 사적 경험인 개인의 성욕부터 삶의 습속과 문화제도, 그리고 공적인 사회구조에 작용하는 권력의 문제까지 결부되어 있는 핵심적인 주제이다. 이럴 때 성은 섹스(sex), 젠더(gender), 섹슈얼리티(sexuality)를 포함하는 개념이라 할 수 있다.

우리 문화에서 성(性)은 직접 드러내어 언급하기를 꺼리는 금기의 성격이 강했다. 따라서 성에 대해서는 이를 완곡하게 표현하는 말이나 비유적으로 표현하는 어휘가 사용되었다. 성을 개념화하는 방식은 직접적인 경험과 깊이 관련되어 있다. 성관계를 할 때 경험하는 체온의 상승에 토대를 두고 성을 열기의 관점에서 인지하거나, 음식을 먹는 행위에 투사하여 인식하는 식이다. 그런데 성행위를 직접적으로 표현하지 않는 관습적 금기와 반대로 한국어에는 성과 관련된 욕설이 많다. 특히 여성의 성기와 성행위를 지칭하는 어휘가 욕설의 근간을 이루고 있다.

고전문학에서 여성이 표현하는 성에 대한 유일한 언급은 초야(初夜)의 환희와 일체감을 노래하는 규방가사에서 발견된다. 조선시대 여성이 보편적으로 이성과의 육체적인 결합을 경험하는 것은 혼인 후의 첫날밤이기 때문이다. 그러나 이 경우에도 양반가 여성에게 성에 대한 감정은 직설적으로 표현할 수 있는 성격이 아니었으므로 우회적이고 완곡하게 표현된다.

순결 콤플렉스에 의한 여성의 성적 억압과 부자유는 여성의 몸과 섹슈얼리티와 관련해 현대문학의 중요한 주제를 형성해왔다. 현대소설과 현대시는 남성에 의해 광범위하게 행해지는 성적 폭력과 착취를 묵인할 수밖에 없었던 여성의 고통과 분노와 상처를 드러냄으로써 성에 대한 통념을 문제 삼고 있다.

특히 여성의 삶을 통제하고 조절하는 강력한 문화적 기제로 작동하는 여성의 성은 각 시대가 생성하는 정조 판타지와 결합해 봉건적 윤리와 전통적 성규범에 의해, 가족·사회·민족담론에 의해, 때로는 종교의 계율에 구속되었다. 특히 전통 가부장 사회에서 여성에게는 종법 질서와 가족 제도의 구성에 기여하는 '재생산을 위한 성'만이 허용되고 '쾌락을 위한 성'은 철저히 금지되었다. 여성의 몸은 스스로의 권리를 지니지 못한 채 공적 영역에서 관리되며 당대 이데올로기와 권력에 의해 도구화되고 타자화되었던 것이다.

이에 현대문학은 성적 억압과 부자유에 대항해 여성의 성 욕망을 긍정적으로 검토하는 가운데 여성의 에로티시즘을 어떻게 구성할 것인지를 모색해간다. 그리하여 문학 속 여성들은 자유롭게 성 욕망을 분출하며 성적 판타지를 추구하고 제도적 성에 대한 일탈과 위반을 감행하기도 한다.

또 한편으로 현대문학은 섹슈얼리티에 대한 비판과 해체적 인식을 거쳐 비로소 자기 몸과 성에 대한 주체적인 체감과 긍정적인 인식에 다다르고자 한다. 그리하여 여성의 성 인식은 의존적이거나 수동적이 아니라 자기 몸의 희열을 긍정하고 자발적인 욕망을 드러내는 건강한 방식으로 표출되기에 이른다. 체념적인 순결의식이나 강박적인 저항의식 모두에서 자유로운 성 욕망을 통해 여성 육체의 주권이 회복되고 있는 것이다.

2.1. 성 관련 어휘

성(性)은 "남녀의 육체적 관계. 또는 그에 관련된 일"을 말하며 비슷한 말로는 섹스가 있다. "남녀가 성기(性器)를 결합하여 육체적 관계를 맺음"을 의미하는 단어는 성교(性交)인데 성교와 비슷한 말로는 성행위 외에도 교구(交媾)·교합(交 合)·구합(媾合)·구합(遘合) 등이 있다. 남녀의 육체적 결합을 나타내는 표현은 다양하게 존재한다. 부정적 의미를 담지 않고 다만 무표적으로 남녀의 성적 결합을 의미하는 단어로는 방사, 통정, 상관, 교통 등이 있다. 육체적인 사랑의 행위 그 자체는 정사(情事)라 한다.

이와는 달리 남녀가 몰래 정을 통하고 성관계를 가질 경우를 뜻하는 말은 '내통, 야합, 사통, 간음, 음간, 간통, 간범, 통간' 등이 있다. 내통은 남녀가 몰래 정을 통함을 뜻하며 두 사람의 관계가 부부 사이인지를 문제 삼지 않는다. 반면에 부부 사이가 아닌 남녀의 성교는 '야합, 사통, 간음, 간통' 등으로 표현된다.

우리 문화에서 남녀의 성교는 드러내어 직접 언급하기를 꺼리는 금기의 성격이 강했으므로 이를 완곡하게 표현하는 말이나 비유적으로 표현하는 말이 쓰였다. 관계(關係)는 남녀 간에 성교(性交)를 맺음을 완곡하게 이르는 말로 주로 '관계를 가지다, 관계를 맺다'의 연어 관계를 보인다. '성교'를 비유적으로 이르는 말에는 행사(行事)가 있다. 생식을 하기 위하여 동물의 암컷과 수컷이 성적(性 的)인 관계를 맺는 일은 교미(交尾)라 하며, 비슷한 말로는 '교접(交接)·흘레' 등이 있는데 이 단어들은 사람의 성교를 지칭하는 데에는 쓰지 않는다.

성행위를 직접적인 표현으로 잘 드러내지 않는 금기와는 반대로 한국어에는 성과 관련된 욕설이 많다는 점이 특징적이다. 이것은 오랫동안 한국 사회에 뿌리를 내려왔던 유교 사상과도 관련이 있다. 유교에서는 성을 긍정적으로 보지 않았고 오히려 성적 욕망을 통제해야 할 것으로 치부했다. 따라서 전통적으로 한국 사회에서 성이란 공개적으로 말할 만한 화제로 취급받지 못했다. 성은 금압의 대상이요, 금기의 대상이었다.

특히 여성과 성이 만났을 때의 욕설은 더욱 강력해진다. 여성의 성기와 성행위를 지칭하는 어휘가 욕설의 근간을 이룬다. 여성의 음부가 되는 성기를 '보지'라고 하며 더 비속하게 부르면 '씹'이다. 이를 비유적으로 표현한 것에는 '조개, 냄비, 살구, 홍합, 옥문, 꽃두덩이, 가리비' 등이 있다. '보지'와 관련된 욕설로는 '보지 같은 년, 보지년, 보지나 빨아라, 보지 쑤신다, 빽보지, 보쥐다' 등이 있다. '씹할'이라는 말은 말 그대로 '씹'이라는 명사에 '하다'라는 동사화 접미사가 붙은 파생어이다. 씹이라는 것은 성인 여자의 성기를 가리키는 말이고 '씹을 한다'는 것은 성행위를 한다는 뜻인데 여기에서 유래한 '씨팔, 씹팔, 씨발' 등과 이들에서 변형된 수많은 표현들이 현재 가장 대표적인 욕설로 사용된다. 또한 성행위와 관련된 어휘들도 욕설로 기능한다. '후다'란 성관계를 해봤다는 의미의 단어이고 순결한 처녀라는 뜻으로 사용된 단어로는 '생아다(처녀)'가 있다. 더욱이 성경험이 많은 여성을 비유적으로 표현한 '걸레'라는 표현은 남자는 성행위를 해도 표가 안 나는데 여자는 관계를 많이 하면 할수록 걸레처럼 닳아진다는 의미로 성적으로 불평등한 남녀의 위치를 보여준다. 이 역시 욕으로 사용된다.

이외에 성 행위와 관련된 욕설에 '네미랄, 제미랄' 등이 있다. '네미랄'은 '네미'와 '씹'에 동사 '하다'의 관형사형 '할'이 합쳐진 말로써 이 속뜻을 살펴보면 '네 어미와 씹할 사람'이라는 뜻이다. 이처럼 어머니와의 육체적 사랑이라는 것은 금기시되는 일이다. 그래서 이 금기시 되는 것을 하는 사람은 질타 받아 마땅할 것이다. 그렇게 질타하고 멸시하는 것이 바로 어머니와의 관계를 말하는 욕, '네미랄'인 것이다. 또한 네미(=네 어미), 제미(=제 어미)의 형태로 표현되기도 하는데, 어떠한 일이 아주 못마땅할 때 사용하며 그 형태로는 '네미, 니미, 제미, 지미'가 있으며, '네미'를 '니기미'라고 하기도 한다.

2.2. 성욕의 은유화 방식

성욕은 식욕 한국인들은 음식 먹기에 대한 경험을 성의 영역에 대한 경험에 투사함으로써 성과 관련된 개념들을 이해한다. 오랫동안 음식을 먹지 못했을 때, 배고픔을 느끼며 음식을 먹고 싶어하는 것처럼 오랫동안 성적 관계를 가지지 않은 사람은 자신이 오랫동안 음식을 먹지 못한 것처럼 얘기하고, 무언가 가슴이 비어 있음을 느낀다. 또한 이성과의 성 관계를 통해 그 허전함을 채우고 싶은 욕망을 느끼게 된다.

> "자네도 굶고 살아서 그런지 짠득짠득하니 먹을 만하네"라고 하대치는 장터댁에게 포만감에 취해 말했다. (조정래 『태백산맥』(1989))
> 방문을 닫자마자 채옥과 일민은 목마름에 허덕이듯 서로의 입술을 찾았다. (조정래 『한강』(2007))
> 그들은 너무 오랜만의 만남에 굶주림에 주려 왔던 배를 채우기에 정신이 없었다. (조정래 『한강』(2007))

위의 예는 [성욕은 식욕] 은유이다. 성욕을 발산하고자 하는 사람의 입장에서 성적 상대자는 자신의 배고픔을 채울 수 있는 필수품(즉, 음식)으로 개념화한다. 또한 '보기 좋은 떡이 맛도 좋다'라는 속담처럼 음식의 맛은 성적 상대자의 아름다움에 대응한다.

식욕을 돋우는 음식을 앞에 두고 있을 때, 음식에 대해 다양한 심리적 반응과 생리적 반응을 보이는 것처럼 어떤 남성이 아름다운 여성, 특히 성적 매력이 넘치는 여성을 눈앞에 두고 있을 때, 그는 여성에 대해 강한 성욕을 느끼며 여러 가지 심리적 반응과 행동적 반응을 보인다. 그런데 성욕을 식욕으로 개념화하기 때문에 그 남자에게 여성은 맛있는 음식이 된다. 이러한 이유에서 [성적 상대자는 음식] 은유가 가능하다. '먹음직스럽다, 감칠맛 나다, 입맛 다시다, 육감적이다, 탐스럽다, 목마르다' 등의 표현은 한국인들이 맛있는 음식인 성적 상대자에 대해 느끼는 다양한 심리적, 행동적 반응을 묘사하는 것들이다.

한국어에서 성적 상대자로서 여성은 일반적인 수준에서 음식으로만 개념화하는 것이 아니라, 더 구체적인 종류의 음식으로 세분화되어 고기, 생선, 떡, 다양한 종류의 과일 등으로 개념화된다. 여성의 몸의 일부인 성기가 음식으로 개념화되기도 한다. 이것은 [성적 상대자는 음식] 은유가 이 개념적 환유 [성기는 성기의 소유자를 대표함]과 결합하여 [성적 상대자의 성기는 음식]이라는 개념적 은유를 이끌어내기 때문이다. 성과 관련이 있는 맥락에서 성기는 각각 자연스럽게 환유적으로 남성과 여성을 대표한다. 그 중에서 여성의 성기는 조개류, 떡, 과일 등으로 개념화된다.

외서댁 그것 참말 졸깃졸깃 찰꼬막 맛이시. (조정래 『태백산맥』(1989))

평생에 딴 조갑지 맛 한 번 보고 살기는 글러 묵은 것이제. (조정래 『태백산맥』(1989))

"호호호, 내 눈이 보배여, 보기 좋은 떡이 먹기도 좋더라고, 외서댁을 딱 보자말 자 가심이 찌르르 하더라고." 말하며 염상구는 입맛을 다셨다. (조정래 『태백산맥』(1989))

니미럴 거기가 맛대가리도 잔생이도 없는 풋과일이시, 요것 데리고 평생 살려면 갑갑허시. (조정래 『태백산맥』(1989))

그런데 남성이나 여성이 서로의 성적 파트너를 음식으로 이해하는 이 개념화에는 비대칭이 내포되어 있다. 위 예들은 거의 다 [성적 상대자로서의 여성은 음식물] 은유를 예시한다. 그러나 [성적 상대자로서의 남성은 음식물] 은유는 맛이 있고 없음만을 논평하는 표현인 '고소하다, 맛있다, 달다' 등을 제외하고는 거의 언어로 실현되어 있지 않다. 성기가 음식물로 개념화되는 경우에도 남성과 여성의 비대칭은 존재한다. 남성의 성기가 음식으로 개념화된 실례는 여성의 성기를 음식으로 개념화하는 실례보다 그 수가 훨씬 더 소수이다.

성적 상대자는 식욕을 돋우는 음식, 성욕은 굶주림과 그로 인한 강한 식욕으로 개념화되고, 이러한 맥락에서 성행위는 성욕의 소유자가 음식을 먹는 행위로 개념화된다. 굶주린 사람이 음식을 찾아 나서거나, 한 가지 음식만 계속 먹으면 새로운 음식을 먹고 싶어하는 것처럼, 오랫동안 성 관계를 하지 않아서 성욕을 느끼는 사람은 성적 상대자를 찾아 나서거나, 오랫동안 관계를 가진 성적 상대자에게 싫증을 느끼고 새로운 성적 상대자를 찾아 나선다. 음식을 구하는 방법이 다양하듯이, 성적 상대자를 찾는 방식도 다양하다. 성적 상대자 찾기는 낚시질(여자를 낚다), 과일 수확(따다), 사육의 방식(키워서 잡아먹다)에 의해 이루어진다.

성 영역과 식사 영역의 유사성은 이 두 영역 사이의 경험적 유사성이다. 체험적 유사성이 이와 관련된 은유에 동기를 부여한다. 한국인의 문화와 사고 속에 내재하는 성에 대한 통속 모형에 따르면, 성에 대한 생리적, 심리적 경험과 음식에 대한 그러한 경험 사이에 상당한 상관관계가 있다. 즉 음식 먹기의 영역과 성행위의 영역 사이에서 한국인들은 도식적인 동질성을 경험한다. 음식과 식사에 대한 반복된 경험의 근본적인 패턴은 성과 성욕, 성행위에 대한 반복적 경험의 패턴과 구조적인 유사성을 지닌 것으로 지각한다. 그래서 음식 먹기는 자연스럽게 성(욕)과 성행위에 대한 유용한 은유적 원천 영역을 작용하게 되는 것이다.

또한 음식 먹기와 성행위 사이에서 인식되는 어떤 심리적 연상이 성행위를 음식 먹기의 측면에서 은유적으로 개념화하는 근본적인 동기를 부여한다. 음식을 신체 내부로 빨아들이고 영양소 섭취 후 신체 밖으로 배출하는 과정인 음식 먹기와 다른 사람의 신체를 자신의 신체 안으로 받아들이고 내보내는 성행위는 신체의 내부가 외부 세계와 상호작용하는 가장 현저한 방식이다. 이러한 심리적 연상이 [성행위는 음식 먹기]라는 은유의 중요한 토대가 된다.

성은 불

한국인들은 흔히 성을 열기의 관점에서 개념화한다. 그런데 열기는 곧 불과 관련이 있으므로 성이 불의 관점에서 이해된다고 할 수 있다. 이러한 개념화는 성관계를 할 때 직접 경험하는 체온의 상승에 그 토대를 두고 있다. 성이 열기, 불에 대응하고 성욕의 보유자는 뜨거워질 수 있는 물건에 해당하기 때문에 성행위가 그러한 두 물건의 결합으로 이해된다. 또한 뜨거워질 수 있는 두 물건의 결합은 열기의 배가, 불의 피어오름으로 이어지게 되므로 성행위는 불태우기의 관점에서 이해되고 성적 결합의 강도는 불의 세기에 의해 측정된다.

> 그들은 만나기만 하면 뜨겁게 달아오른다. (조정래 『태백산맥』(1989))
> 소화는 뜨거운 불덩이가 전신을 태워 오는 현기증을 느꼈다. (조정래 『태백산맥』 (1989))
> 그는 문득 성욕이란 무엇인가를 떠올렸다. 실체가 완전히 타버린 자리에 남는 것, 성욕은 허무의 재였다. 그런데 어찌하여 허무의 재가 다시 불길로 살아나는 가 (조정래 『태백산맥』(1989))

'불타버리다'와 '재'의 의미는 열기의 부재와 관련된 것으로 성행위의 끝과 성욕의 부재를 나타낸다. '불씨, 피우다, 불이 일다'는 성욕의 발현과 낮은 강도의 성욕을 묘사한다. '타오르다, 태우다, 달아오르다, 뜨겁다'는 성행위로 인한 흥분의 정도가 높아지고 있거나 이미 높아져 있음을 묘사한다.

2.3. 초야(初夜), 환희와 일체감

조선시대 여성이 보편적으로 이성과의 육체적인 결합을 경험하는 것은 혼인 후의 첫날밤인 초야이다. 그래서 규방가사에서 혼인 후 맞게 되는 초야의 경험은 성에 대한 유일한 표현이 된다.

그러나 양반가 여성에게 성에 대한 감정은 직설적으로 표현할 수 있는 성격이 아니었으므로 규방가사에서는 '운우지락(雲雨之樂)'·'금슬지락(琴瑟之樂)' 등으로 우회적이고 완곡하게 표현된다. 이러한 초야는 부부 간 사랑의 근간이 되는 의식으로서, 의례적 행위를 넘어선 의미를 갖는다. 여성에게 초야는 남편의 존재를 기억하게 하는 장면으로 나타나는데, 이는 이성과 정신적·육체적으로 일체가 되는 경험이다. 이러한 경험은 원초적이면서도 기쁜 행위로 기억되며 여기서 육체적 욕망은 긍정되고 있다. 그리고 육체적 결합이 동시에 깊은 정서적 교감을 형성하는 행위로 의식되었음을 알 수 있다. (「여자자탄가」, 「공규이별가」, 「청상가」, 인동댁 「동뎨미유희가」, 이애례 「춘흥화전가」)

교비석이 나갈적이 남스럽고 붓그럽다 그리ㅎ난 이자리이 옛법을 이절소냐 서동부서 마조서서 잠관보니 싱명부지 우습도다 예필후이 들어가니 남스럽기 그지없다 화축동방 정막흔듸 조이드러 간혹ㅎ야 안집손님 빗조흔청 차면하고 이러서서 빅리박이 오신손님 엇지그리 치근흔고 악수ㅎ고 ㅎ신말슴 붓그러이 ㅎ지마오 안면은 처음이나 빅년동안 ㅎ오리다 금침이 누엇스니 이성지합 분명ㅎ다 붓스럼이 머리우로 지고이고 걸어온다 깁고깁혼 그인정은 창해이 비할소냐
　　　　　　　　　　　　　　　　　　　　　　　　－「여자자탄가」(미상)

범절있는 우리집에 범절잇게 자라나서 열칠팔세 들엇더니 혼인발설 나는구나 친정인연 맺인후에 단자바다 허혼이라 수대많은 여자행실 부모명령 어이할고 매파왕래 연길잡고 길일양신 택일하니 요요명화 좋은때에 요지요락 시절이라 교배례 한잔술로 서동부서 갈라서니 꽃다운 고운태도 저의단장 황홀하다 동에는 청포관대 서에는 녹의홍상 절개있는 청호잎을 백옥병에 꽂아놓고 합근례 한잔술로 환배연지 하온후에 백년가약 맺앗든니 일락서산 되엿세라 분별사창 동방안에 산수병풍 둘러치고 월명사창 깊은밤에 하해로도 적어잇고 태산도 부족이라 금슬지락 좋은날은 오늘밤에 제일이라 장하신 호인예법 누가누가 내엇는고 요순우탕

옛법일가 청추만세 중한예법 오늘밤에 돌아왔네 창송노리 놀라깨니 우러명성이
분명하다

-「공규이별가」(미상)

　만병만첩 모인손님 만고일담 칭도ㅎ며 이웃집 늘근신니 등을치며 하난말리 복도
만타 이싀시야 너인물이 이려커든 요조숙여 여긔두고 군자호구 이듸가리 일낙셔산
히가진니 동방홧촉 불밝키ㄹ 초경이경 사오경에 밤이이미 깁펏난듸 홍상녹의 가진
복식 큰머리 긴단장에 부용갓탄 두귀밋틔 연지분 가라씩고 평싱으로 안볼듯시
등을지고 마조안자 안여자에 염치로셔 현쳐이사 볼슈잇나 등잔불 그림자에 넙눈으
로 살큼본니 빅옥으로 깍가신니 진늬기도 전혀업다 삼오야 명월인가 침침칠야
셔기난다 준수홈도 쥰슈ㅎ다 듯든말리 참말일시 월노젹셩 불근실노 우리연분 믜질
리라 아황여영 외에수에 우슌시가 믜자신가 롱옥션여 진누상에 소사난다 반가올수
오동추월 가지우에 봉황이 짝이로다 옥경션ㅊ 천연으로 우리부부 만닌단가 금실존
고 조혼흥황 화락코도 차담코나 도지요요 기엽진진 지자우귀 직쵹이라

-「청승가」(미상)

　그렁저렁 당혼ㅎ여 빅연연분 즐길젹의 신랑직화 엇더ㅎ며 싀듸범졀 엇더한고
남모라난 이늬심수 간졀ㅎ고 자쥭ㅎ늬 교비쳥 힝에거럼 동방화촉 첫날밤이 지향
업시 가량업시 가슴이 두군두군 외면ㅎ고 도라안ㅊ 목고긔가 쌔지난닷 말근코랄
홀젹이니 소릭날젹 져허ㅎ고 목구무가 간졀간졀 기침날가 겁나도다

-인동댁「동뎨미유희가」(미상)

　세연(歲年)이 이십세라 고성인(古聖人)이 지은 범(範)을 뉘라서 면(免)할손가
좌우빈객(左右賓客) 만좌중(滿座中)에 청의홍의(靑衣紅衣) 으뜸 삼고 양수사배
례(揚手四拜禮)를 서로 건너 백년고락(百年苦樂) 허락(許諾)하니 이성지합(二姓
之合) 이 아닌가 운우지락(雲雨之樂) 분명(分明)하다 호군자(好君子)의 귀구(貴
逑)로다

-이애례「춘흥화전가」(1954)

2.4. 순결 콤플렉스와 수동적 성의식

남성 가부장제에서 남성과 여성의 성적 욕망과 표현에는 제한과 차별이 있었다. 남성 중심의 성 담론은 남성의 성적 자유를 보장하는 반면 여성 섹슈얼리티와 성 욕망을 열등하고 위험한 것으로 치부해 왔다. 이 같은 이중의 성 윤리에 의해 여성에게 성은 자율적이고 능동적 욕망의 영역이 아니라 침묵하고 기피하며 무지해야 하는 대상이 되었다. 여성의 몸이 교환가치를 지니는 소유대상으로 간주됨에 따라 육체적 순결은 여성의 몸을 통제하고 지배를 강화하는 가장 강력한 이데올로기로 작용했다.

순결 콤플렉스에 의한 여성의 성적 억압과 부자유는 여성의 몸과 섹슈얼리티와 관련해 여성소설의 중요한 주제를 형성해왔다. 여성소설은 남성에 의해 광범위하게 행해지는 성적 폭력과 착취를 묵인할 수밖에 없었던 여성의 고통과 분노와 상처를 드러냄으로써 성에 대한 통념을 문제 삼고 있다. 성에 대한 지배와 차별의 수직적 구도가 형성된 상황에서 여성들은 강제적이고 일방적인 성 행위에 대해 무기력하게 노출되거나 수동적으로 대응한다. 그래서 여성에게 첫 성관계는 대부분 상처와 폭력의 기억으로 남는다. 뿐만 아니라 가정 내에서도 아내는 남편에게 성적 대상으로만 이용되고 일방적으로 정절을 요구받았다. 정절의 의무가 부과된 여성은 설령 일방적인 폭력 상황이었다 할지라도 성적 순결성을 의심받는 상황 아래 놓였다는 사실만으로 주홍글씨 같은 낙인이 찍힌다. (강경애『인간문제』, 박순녀「마리아의 간통」, 박완서「도둑맞은 가난」, 오정희「순례자의 노래」, 이남희「당신이 말한 것에 대해 그녀가 말하는 것」, 공지영『착한 여자』, 정연희「순결」, 손숙희『사랑의 아픔』, 이명랑『나의 이복형제들』『꽃을 던지고 싶다』)

물론 여성을 순결에 옭아매는 시선에 저항해 의도적으로 처녀성을 버리거나, 급기야는 자신의 처녀성을 상품으로 내세워 영리하게 활용하는 전략적 인물이 등장하기도 한다. 그러나 의도적 저항이든 전략적 수용이든 간에 처녀성 보존과 상실은 여성인물의 운명과 결부되어 매우 중요한 문제로 인식되고 있다. (함정임「사랑처럼」, 정이현「낭만적 사랑과 사회」)

이런 의미에서 성폭력이나 강간은 여성의 육체가 외부에 의해 침투당하고 유린되는 공간임을 극명하게 드러내는 소재라 할 수 있다. 여성소설은 강압적인 성폭력을 경험한 여성인물들이 고통과 분노, 수치심과 적대감 등의 내면을 스스로 드러내 발화하게 함으로써 그것이 얼마나 고통스럽고 치욕스러운 기억이며 나아가 어떻게 여성의 존엄성과 정체성을 상실하게 만드는지 기록하고자 한다. 여성인물들은 진실을 은폐하고 묵인하는 가족들에게 상처받고 극심한 트라우마에 시달리다 우울증과 히스테리 등의 이상 징후를 보이고, 성 정체성을 거부하고 남성처럼 사는 삶을 택하거나 사회로부터 자신을 스스로 격리, 고립시켜 단절된 삶을 살아간다. 또 아이러니하게도 낙태의사가 되어 생명을 죽이면서 자신을 파괴시키기도 하고 가해자를 직접 처벌하고 복수하거나 스스로 삶을 모색하고 사회에 대한 화해를 시도하는 등 개인적 차원에서 능동적으로 대응하는 모습도 보여준다. (박완서 「그 가을의 사흘동안」, 오정희 「바람의 넋」, 이경자 「미역과 하나님」, 신경숙 「지붕과 고양이」, 공선옥 「몸을 위하여」, 권지예 「사라진 마녀」, 하성란 「기쁘다 구주 오셨네」, 전경린 「낙원빌라」, 김형경 「사랑을 선택하는 특별한 기준」, 공지영 『우리들의 행복한 시간』)

현대시 역시 여성의 성 욕망이 여성 정체성의 근원이나 자족적인 주체의 욕망으로 인식되지 못하고 늘 수동적인 것으로 받아들여 왔던 것을 비판적으로 탐사한다. 여성은 자신이 욕망을 갖거나 반응을 한다고 느껴도 자신의 성 욕망을 긍정하지 못하고 죄의식을 갖거나 사회의 지배적인 시선이나 남성적 욕망에 의해 착취되어 왔다. 여성이 성을 통해 자아정체성을 증명하려고 하는 것은 여성의 성적 수동성에 대한 회의로 귀결되거나 자신의 섹슈얼리티를 공포스러운 것으로 인식하게 했다. (문정희 「생명의 시」, 박연준 「흔적」, 김민정 「젖이라는 이름의 좆」, 최영미 「마지막 섹스의 추억」)

이처럼 성은 육체를 통해 자신의 존재를 실감하며 증명하는 방법임에도 불구하고, 여성의 육체는 물화되거나 자발성을 갖지 못한 채 도구적인 몸으로만 인식되어 왔다. 이에 여성문학은 여성의 육체를 지배하고 유린하는 남성의 폭력성과 자기 몸에 대한 권리를 행사하지 못하는 여성의 패배감을 통해 가부장 사회의 순결 이데올로기와 이중적 성윤리를 통렬히 고발한다.

> 탄력 있는 침대가 나를 반쯤 묻었다. 그가 내 옆에 눕는 것을 느꼈다. 나의 여러 곳에 빠짐없이 그의 입술과 손길이 닿았다. 그는 마술사처럼 나에게 깊이 감추어진 감각들을 찾아내어 나에게 푸짐한 육감의 향연을 베풀어주고 있었다. 그의 숨

결이 점점 고르지 못하게 흩어졌다. (중략)

하여튼 나는 그의 능숙한 애무를 예민하고 성숙한 감각으로 받아들였을 뿐 결코 도취하지는 못했다. (중략)

나는 그가 어둠 속에서 거침없이 사나운 짐승 같은 얼굴을 하고 있으려지 싶어 몸이 오그라들었다. 아주 추한 모습으로 변모해 있을 것 같아서 두려웠다.

-박완서 「도둑맞은 가난」(1975)

아무리 정당 방위라지만… 어쨌든… 그랬으니까. 이혼했다지? 그럴 거야, 어떻게 같이 살겠어. 무서워서… 정절을 지키기 위해서였을까? 얼결에 자기도 모르게 한 짓이 아니었을까. 아마 공포 때문이었을 거야. 후에 걔가 정신병원에 들어간 걸 봐도 알지. 남들의 얘기 속에서는 죽은 것은 언제나 도둑이 아닌, 남자였다. 남편도 그랬다. 뭣인가 자꾸 알아내고 싶어했다. 그가 단순히 낯털이 도둑인가 전부터 알던 사이까지는 아니더라도 적어도 지나치며 낯이 익은 사내는 아닌가를 교묘히 우회하며, 그러나 집요하게 캐물었다. 처음 보는 남자였어요. 무슨 일이 있었냐구요? 보는 그대로지요. 제발 날 내버려줘요. 도대체 뭘 알고 싶어서 그러는 거예요. 그녀는 그녀의 생각으로는 수천 번 이상 했었던 말을 되풀이하며 입을 틀어막고 울었다. 그녀가 속치마 바람이었고 사내가 흉기를 지니고 있지 않았다는 것이 끝내 석연치 않은 의혹으로 자랐던 것이리라.

-오정희 「순례자의 노래」(1983)

그러나 나는 그것을 찢어 버리는 걸로, 질식할 듯한 노린내, 율동할 때마다 내 얼굴을 빗자루처럼 쓸던 가슴팍의 무성한 털, 동아줄처럼 서리서리 길고 질기게 내 몸을 감던 유연하고도 힘센 사지, 내 몸의 중심부를 관통하는 날카로운 통증……이런 것들이 내 몸에 일시에 생생하게 되살아나는 걸 막을 순 없었다. //

그 일을 할 때마다 되살아나던, 꽃다운 나이가 박해받은 기억과 박해를 또 다른 박해로써 갚으려는 비밀스러운 보복의 쾌감까지도 그 작은 눈은 꿰뚫고 있었다.

-박완서 「그 가을의 사흘동안」(1985)

뻣뻣이 경직된 몸을 사내는 거칠고 성급한 손길로 헤쳤다. 억척스럽고 집요한 낯선 몸, 낯선 냄새에 진저리를 치며 은수는 고개를 돌렸다. 스커트는 허리 위까지 말려 올라가고 사내의 체중에 짓눌린 허리 아래는 완전히 알몸이었다. 나는 왜 기절도 하지 못하는가. 눈과 귀를 환히 열고 이 모든 냄새, 모든 소리, 풍경을 기억 속에 각인해야 하는가. 무거운 추를 단 듯 몸은 한없이 한없이 아래로 떨어져 내리고 있었다. 마침내 가 닿는 밑바닥은 무엇인가. 바닥을 보지 않으려는 노력으로 은수는 눈을 감았다. 감은 눈에도 햇살은 눈부시고 벼랑의 진달래는 선연히 붉었다. 그리고 햇빛 아래 널브러진 자신의 모습이, 사지를 핀에 꽂혀, 아직 죽지 않은 의식으로 퍼들대는 해부용의 개구리처럼 떠올랐다.

—오정희 「바람의 넋」(1986)

사장만 주냐? 그리고 그는 나를 먹었다. 이때의 내 기분을 뭐라고 설명해야 할까. 나라는 존재가 똥둑간에 나뒹구는 밑씻개처럼 느껴졌다. 그래서 나는 집에 갈 수가 없었다. 우리 가족은 가난하기 짝이 없었으나 누가 누구를 똥둑간의 밑씻 개로 여기지도 않을뿐더러 그렇게 생각지도 않았다. 그러나 이제 나는 숨길수 없 는 밑씻개가 되었으므로 가족 속에 끼어들 수가 없었다. (중략)

밑씻개가 된 여자가 이제 무엇이 될지 당신은 잘 알 것이다. 다방 레지로 취직했 다. 잠을 재워 준다고 해서 얼씨구나 들어간 것이다. 이상하게 집이 싫어졌기 때문 이다. 가족에게 부끄러워지니까 자연스럽게 집이 싫어졌다. 참으로 구질구질한 공식(公式)이다. 이런 공식을 자꾸만 만들어 내는 것들이, 나야 잘은 모르지만 웬일인지 유식하다는 먹물들의 일인 것 같다. 수많은 사내들을 겪으면서 슬그머니 얻어진 확신이 그렇다!

—이경자 「미역과 하나님」(1988)

기도에 빠져 성당문이 열리고 곰배팔이가 가까이 오고 있다는 것을 원희는 전혀 몰랐다. 안고 있는 국화꽃 냄새가 향긋하게 맡아졌을 뿐, 원희가 눈을 떴을 때 벌써 곰배팔이는 원희의 어깨를 거칠게 잡아 끌었다. 안고 있던 국화꽃이 후두둑 바닥으로 떨어졌다. 혼자 있어서는 안 된다는 어머니의 말을 떠올렸지만 이미 원 희는 혼자였다. 사나워진 곰배팔이는 뒷자리 어두운 곳으로 원희를 끌고 갔다. 무 슨 소린가 질러야 한다고 생각했으나 겁에 질려 목이 잠기고 소리는 입 안에서 웅웅거렸다. 곰배팔이가 소름 끼치게 흉한 꼴의 얼굴과 오그라붙은 팔 부근을 내 보이며 짓눌러 왔다. 꿈틀거리는 지렁이 같은 흉터가 원희의 온몸의 힘을 빼갔다. 제단 위성유가 담긴 항아리 안에 가득 꽂아 놓은 국화들이 노란 얼룩점처럼 잠깐 보였다. 남아서 품에 안고 있던 꽃들은 사방으로 흩어지고 짓밟혔다. 비명도 못 지르고 원희는 까무러쳤다.

—신경숙 「지붕과 고양이」(1990)

순결 교육—그때 성교육을 그렇게 불렀다—시간의 그 참을 수 없는 뜨뜻미지근한 분위기. 오줌이라도 뒤집어쓴 것처럼 찝찝한 뒷말. 화가 나고 울고 싶어지는, 근원 모를 분노가 가슴 밑바닥에서 꿈틀거리는 그 이상한 느낌들…. 그건 우리가 열등한

육체에 묶여있기 때문에 열등한 존재일 수밖에 없다고 일깨워주는 것이었다. //

"순결, 순결…"

인자는 그 말이 낯설게 느껴질 때까지 몇 번이고 되풀이 말해본다. 정말 알 수가 없다.

이제 어떻게 해야 하는가? 정말 내 인생은 끝장나버린 걸까? 이제 난 쓰레기나 다름없는 인간이 된 걸까? 하지만 후회하지는 않을 테야. 절대 후회 안 해. 아낌없이 주는 게 사랑이잖아. 후회하지 않는 것. 난 그이를 사랑하고 있어. 언제까지나. 죽을 때까지 그이만 사랑할 거야. 그이가 비록 딴 여자랑 결혼하더라도…. 아마 그건 어쩔 수 없어서….

인자는 와락 울음을 터뜨리고 만다. 그리곤 나무 우둠지에 얼굴을 묻고 서럽게 운다.

―이남희 「당신이 말한 것에 대해 그녀가 말하는 것」(1997)

어떻게 인간과 인간이 입을 맞추고 혀를 교환하여 침을 섞을 수 있는지 정인은 소설을 볼 때마다 의아해하곤 했었다. 하지만 이를 악물고 저항을 해도 현준의 혀는 밀려들어온다. 밀려 들어와서 정인의 붉은 잇몸을 핥아내고 있는 것이었다. 정인은 얼결에 그 입술을 방치하고 있다가 현준을 떼밀었다. //

현준은 이번에는 다가와 정인을 끌어안고 다시 한 번 입을 맞추었다. 뜨거운 입술이었다. 저항하려고 생각하면서도 정인은 마치 뜨거운 욕조에 몸을 담근 것처럼 꼼짝하지 못한다. 현준의 한 손이 정인의 등줄기를 따라 내리다가 가슴을 어루만지기 시작했다.

―공지영 『착한 여자』(1997)

첫 번째, 두 번째, 그리고 세 번째 아이 차례가 왔을 때에야 마구 떨렸다. 첫 번째 아이가 난주 살을 파고들었다. 그때는 무감각했다. 난주는 반듯이 누운 채로 하늘이 꼭 어머니 빤짝이 치마 같다고만 생각했다. 두 번째 아이가 부스럭대며 바지 혁대를 푸는 소리를 들으면서는 빤짝이 치마 생각을 했다. 세 번째 아이가 눈앞에 다가왔을 때에야 사지가 떨렸다. 무감각한 통증 같은 것이 전신을 아프게 찔러댔다. 난주는 비틀거리며 교정을 나섰다. 새벽이 오고 있었다.

―공선옥 「몸을 위하여」(1998)

함께 있을 때면 광하는 타오르는 불길이었다. 입술을 허락하는 것이 그렇게 타오르는 광하의 전신에 기름을 끼얹는 일이라는 것을 나는 알고 있었다. 길들여진 감각 위에 무르익어 가는 여체가 발돋움하는 호기심을 나는 애써 감추어야 했다.

그러나 그날, 그는 야수였다. 나는 제우스에게 쫓기는 처녀 에우로페처럼 그를 피하여 달아나려고 했다.

—정연희 「순결」(1999)

승호에게 시달린 탓이다. 마치 허기진 젖먹이 어린애마냥 밤새 가슴을 못살게 했고 두 번씩이나 몸을 원했던 그 때문이었다. 그것도 온몸의 진을 몽땅 뽑아내야 하는 사람처럼 이를 악물고. 그는 몸짓은 거칠고 난잡하기만 했다. 허리를 부러뜨리고 말 것같이 죄어들다가 젖꼭지가 피가 나도록 빨아대거나 귓바퀴를 물어뜯곤 했다. 아프다고 하지 않았더라면 그는 기어이 피를 보고서야 뒤로 물러섰을 것이다.

—손숙희 「사랑의 아픔」(1999)

「제일 견딜 수 없는 것은, 바로 나 자신이에요. 그의 트럭에 올라탄 순간 나는 더 이상 내가 아니었어요. 그런데 트럭을 내려서부터는 그 나가 문제 되는 거예요… 처녀성? 그런 것이 있기나 한가요?」

「분명 누구를 위한 처녀성은 없겠지. 그러나 그것이 자기 자신과 연결될 때는 달라지지. 그건, 우리가 막다른 지점에 이르렀을 때 매달릴 수 있는 최소한의 자존심이니까.」

「자존심, 그래요. 그러나 그 자존심조차 죄의식 앞에서는 힘을 잃게 되죠. 전…, 죄를 지었거든요. 생명을 저버렸거든요. 제가 괴로워하는 것은 바로 그 때문이에요.」

재인의 얼굴은 걷잡을 수 없이 흐르는 눈물로 일그러져 있었다. 그 얼굴을 감싸주기 위해 손을 올렸다가 힘없이 내렸다. 인연도 사랑도 아닌 우연의 끈으로 옥죄인 마음의 감옥을 달래줄 길이 없다.

—함정임 「사랑처럼」(2000)

그때 이후로 나는 나를 받아들일 수가 없었어. 세상이 무서웠어. 여자인 나를 조롱하고 무시하고, 복수하고 싶었어. 내가 열다섯 살. 여자라는 자각이 들기 전부터 어처구니없이 당한 그 남자들의 폭력에, 세상의 폭력에. 남자들보다 더 똑똑하고 씩씩하게 살아야겠다고 이를 악물었지. 아무도 날 여자로 여기지 말기를. 나 자신도 여자임을 잊고 싶었어. 우먼이 아닌 휴먼으로 살고 싶었을 뿐이야. 이렇게라도 살아 있는 내가 얼마나 지독한지…… 나 한 번도 맘 놓고 울어본 적 없이 살았어. 이런 모습 네게 처음이야. 하지만 내게도 사랑이 찾아오면, 난 어째야 하는 건지…… 이런 날이 오게 될까봐 두려웠어.

—권지예 「사라진 마녀」(2002)

깜깜한 어둠속에서 나는 누군가 내 엉덩이를 더듬는 것을 느꼈다. 팔을 들어올
릴 기운조차 남아 있지 않았다. 자꾸 잠이 쏟아졌다. 약혼자의 손이라는 것을 알
수 있었다. 세 사람은 모두 집으로 돌아간 게 확실했다. 커튼이 쳐진 어두운 방안에
서는 아무것도 알 수 없었다. 이번에는 후끈한 입김이 내 목덜미에 느껴졌다. 술냄
새와 군내가 났다. 뜨거운 입술이 목덜미에 와 닿았다.

─하성란 「기쁘다 구주 오셨네」(2002)

두 달 전에 나는 한 남자를 감금시키는 데 성공했다. 그를 추적하는데 꼬박 사
년이 걸린 셈이다. 육체에 가해진 상처는 의외로, 결코, 망각되지 않는다. 정신에
가해진 상처의 주거지처럼 영원히 기억을 점거하며 영혼을 잠식해간다. 더구나
폭행은 절대로 번복될 수 없는 성질의 것이다. 너무나 무방비하고 순진한 육체에
납득할 수 없는 힘으로 가해진 것이기에 단 한 번의 폭행도 영원으로 이어지는
것이다.

몸 속에 새겨진 폭력은 다른 폭력을 부르는 힘을 가지고 있다. 상대가 결국 후려
치도록 도발하는 폭력적 매혹이라 할 기이한 속성을 가지게 되는 것이다. 순환하는
폭력적 고리. 그것을 나는 폭력에의 오염이라고 이름 붙인다. 오염은 또다른 오염
을 부른다. 나는 내가 두렵다. 내가 얼마나 더 많은 폭력을 불러들이게 될지……

─전경린 「낙원빌라」(2003)

나는 간절히, 절실하게 원하게 되었다. 우리의 잠자리가, 아니 그가 나를 갖는
일이 어차피 매일 밤 이루어져야만 하는 통과의례라면 차라리 그것이 기쁨이나
쾌락이 되기를……. 그것은 체념이나 방관의 자세라기보다는 내가 나를 구원하고
자 하는 몸부림이었다.

─이명랑 『나의 이복형제들』(2004)

사촌오빠에게……
잠시 목이 메어왔다. 나는 잠시 감정을 억누르느라고 입을 다물었다.
가슴이 갈라지는 듯 통증이 느껴졌다. 나는 다시 입을 다물고 그 통증을 견뎠다.
강,간을 당한 적이 있었어요. 큰집에 심부름을 갔다가였죠. 그때 그 사촌오빠는
이미 부인이 있었고 아이까지 둔 가장이었죠.
내 입으로 그 사건을 이야기하는 것은 처음이었다. 강간이라는 객관적인 용어를
쓴 것도 처음이었다.

─공지영 『우리들의 행복한 시간』(2005)

시간이란 한낱 美文
그 부끄러움 위에
떠돌게 하소서
달빛 꾀어내는 풀피리에도
몸이 달아
냄새와 능멸로 살아나는
배암이게 하소서
천하고 무지한 신명들려
햇빛이 직선으로 쏟아지는
거친 돌밭에 입으로는 말고
몸으로만 몸으로만 소리치게 하소서
생각이란 생각은 죄다 벗고
무서운 비밀을 본 者처럼
두 눈도 없이 시간의 황홀한 江가에 내내
비늘로 떠돌게 하소서

―문정희 「생명의 시」(2004)

그날, 엎질러진 밤은 환하게 어두웠다
밤이 환할 수 있다니
내 무덤가에서 밤새 뒤척이던 손가락들은
아침이 되자 무덤 속으로
아예, 아예 들어가버렸다

혼자 목욕을 하는 저녁이 찾아왔을 때
외로운 팔과 다리, 등, 배, 가슴, 흐린 얼굴
도저히 내것이라고 하기 어려운 각각의 개체들이
거울 속에서 서로 어색하게 꿈틀대고 있을 때
하얗고 둥그런 왼쪽 가슴에 난 이빨자국
보랏빛으로 선명하게 찍힌 당신의 자국

―박연준 「흔적」(2007)

네게 좆이 있다면
내겐 젖이 있다

그러니 과시하지 마라
유치하다면
시작은 다 너로부터 비롯함일지니

어쨌거나 우리 쥐면 한 손이라는 공통점
어쨌거나 우리 빨면 한 입이라는 공통점
어쨌거나 우리 썰면 한 접시라는 공통점

(아, 난 유방암으로 한쪽 가슴을 도려냈다고!
이 지극한 공평, 이 아찔한 안도)

섹스를 나눈 뒤
등을 맞대고 잠든 우리
저마다의 심장을 향해 도넛처럼,
완전 도-우-넛처럼 잔뜩 오그라들 때
거기 침대 위에 큼지막하게 던져진
두 짝의 가슴이,
두 쪽의 불알이,

어머 착해

—김민정 「젖이라는 이름의 좆」(2009)

아침상 오른 굴비 한 마리
발르다 나는 보았네
마침내 드러난 육신의 비밀
파헤쳐진 오장육부, 산산이 부서진 살점들
진실이란 이런 것인가
한꺼풀 벗기면 뼈와 살로만 수습돼
그날 밤 음부처럼 무섭도록 단순해지는 사연
죽은 살 찢으며 나는 알았네
상처도 산 자만이 걸치는 옷
더이상 아프지 않겠다는 약속

그런 사랑 여러번 했네
찬란한 비늘, 겹겹이 구름 걷히자
우수수 쏟아지던 아침햇살
그 투명함에 놀라 껍질째 오그라들던 너와 나
누가 먼저 없이, 주섬주섬 온몸에
차가운 비늘을 꽂았지

살아서 팔딱이던 말들
살아서 고프던 몸짓
모두 잃고 나는 썹었네
입안 가득 고여오는
마지막 섹스의 추억

－최영미 「마지막 섹스의 추억」(1994)

2.5. 전시된 몸, 제도화된 성

여성의 몸은 스스로의 권리를 지니지 못한 채 당대의 이데올로기와 권력에 의해 도구화되고 타자화되었다. 여성의 몸은 본능의 배설이나 혈육의 재생산, 만족을 위해 제공되는 도구나 수단으로서만 의미를 부여받았다. 이런 상황에서 여성의 성적 욕망은 위험한 것으로 분류되고 여성의 섹슈얼리티는 남성들이 관리해야 하는 소유물로 전락한다. 이렇게 성별화된 성적 욕망은 여성을 순결한 성녀와 타락한 악녀로 나누는 이분법적 도식에도 적용된다.

전통 가부장제 사회에서 여성에게는 종법 질서와 가족 제도의 구성에 기여하는 '재생산을 위한 성'만이 허용되고 '쾌락을 위한 성'은 금지되었다. 17세기의 애정전기소설에는 성과 사랑을 서로 구분할 수 없는 요소로 상상하는 작품들이 있다. 그러나 이 경우 남성주인공의 성적 충동만을 강조하며 여성주인공은 반응하는 대상으로서만 관찰된다. (「주생전」) 인식과 쾌락의 주체일 수 없었던 여성에게는 재색(才色)은 억압되고 가문의 대를 잇는 재생산의 의무만이 부여될

뿐이었다. (「사씨남정기」, 「현씨양웅쌍린기」)

이처럼 여성의 성은 각 시대가 생성하는 '정조(貞操) 판타지'와 결합해 공적 영역에서 관리되고 통제되었다. 즉 여성의 본원적 성 욕망은 봉건적 윤리와 전통적 성규범에 의해 차단당하고, 종교의 계율로 억압되었으며, 가족과 사회, 민족 담론에 구속되어 왔던 것이다. 현대문학은 자신의 성 욕망을 금지당했던 과부와 양반가 여인들, 쇠락해가는 기생들의 고통을 통해 전통적 습속의 부당함을 상기시킨다. 또 매춘 모티프를 통해 가난으로 여성의 성이 금전으로 매매되고 여성의 몸이 교환 가능한 상품이 되는 현실을 고발한다. 특히 남성에 의해 한번 순결을 잃은 여성이 반강제로 매춘을 길을 선택할 수밖에 없다는 점, 이렇게 존엄성을 상실한 여성은 끊임없이 사회로부터 소외되는 물체의 삶을 살 수밖에 없다는 사실에 주목해 성 관념의 모순과 차별의 시선을 파헤치고자 했다. (강경애 「동정」, 한무숙 「월운」, 「송곳」, 『유수암』, 박경리 『성녀와 마녀』, 강신재 「해방촌 가는 길」, 「해결책」, 「관용」, 강석경 「밤과 요람」, 이경자 「미역과 하나님」, 이명랑 『꽃을 던지고 싶다』)

한편 양공주를 형상화하는 여성작가의 시선은 종종 남성 주체의 시선과 겹치기도 한다. 일반적으로 남성 소설에서 양공주의 몸이 담지한 부정성의 코드는 양공주의 훼손된 몸이 한국과 미국 어느 곳에도 소속되지 않는 지점에 존재한다는 사실에 기인한다. 양공주는 민족의 단일성을 해치고 남성 주체를 분열시키는 위험한 존재로 인식되었던 것이다. 양공주가 '자극적인 생김새와 유혹적인 차림'과 같이 성애화된 대상으로 정형화되어 등장하는 것도 이 때문이다. 그래서 이들의 비극적 운명은 불완전한 시대상과 도덕성 파괴의 현실을 지적하는 증거로 사용된다. (한말숙 「별빛 속의 계절」, 「신화의 단애」, 「귀뚜라미 우는 무렵」, 최정희 『끝없는 낭만』, 정연희 「천 딸라 이야기」, 박순녀 「엘리제 초(抄)」)

그러나 한편으로 양공주 스스로가 자신을 구속하는 '고삐'를 끊고 주체성을 확보해가거나 양공주끼리 결속감을 통해 여성 연대를 꿈꾸는 모습을 그리는 작품도 있다. 또한 양공주, 위안부와 같은 성적 타자들의 수난을 사회의 편견과 이중적인 성규범 체계와 연결시켜 공창제 폐지운동의 정당성을 전달하고 인간 존엄에 대한 질문을 던지려는 시도도 있었다. (김말봉 『화려한 지옥』, 『별들의 고향』 『푸른 날개』 『생명』, 윤정모 「에미 이름은 조센삐였다」, 「고삐」, 강석경 「낮과 꿈」)

현대시의 여성시인들은 여성의 성을 둘러싼 폭력성을 고발하는 한편, 인간의 성적 욕망이 아예 신성함을 잃은 것을 자조하면서 새로운 언어로 여성의 저항적 섹슈얼리티를 추구하게 된다. 성 욕망이나 섹스 자체를 물화하고 포르노그래피적인 사물처럼 전시하여 성 욕망과 섹스를 사랑이나 감정이 거세된 기계의 폭력적인 행위처럼 표현하는 것이다. 이때 여성은 남성중심적 시선이나 관음증을 충족시키는 타자적 존재가 아니라 노골적으로 기존의 성을 전복하는 존재로 등장하며, 여성 육체를 극단적으로 사물화하여 성행위를 저항과 반역의 극단적 은유로 드러낸다. (김언희 「한다」, 김지유 「암소공포증」, 양정자 「가엾은 性」)

이처럼 여성에 내재된 성 욕망이나 자발적인 성애를 사랑과 성에서 인격적 의미를 무자비하게 거세한 공포스러운 상상은 지금까지 억압되어온 여성의 성을 반어적으로 그로테스크하게 고발한다. (이연주 「매음녀 1」, 김언희 「음화」, 김이듬 「막」) 이 지독한 통과제의는 여성이 남성중심적 섹슈얼리티의 대상에서 자신의 주체적인 욕망을 체화해가는 존재로 거듭나는 과정이라고 볼 수 있다. 이 혹독하고 과격한 시적 상상을 거친 후 여성은 비로소 자신의 섹슈얼리티를 자유롭게 체득하면서 스스로의 욕망을 재발견하는 노정으로 나아갈 수 있었다.

> 선화는 짐짓 못 들은 체하면서 즉시 촛불을 끄고 잠자리에 들었다. 주생은 방안으로 들어가 선화와 동침을 하였다. 선화는 나이가 어리고 몸이 허약해 정사를 감당하지 못하였다. 그러나 옅은 구름 속에서 가랑비가 내리고, 버들가지가 하늘거리며 꽃이 교태를 부리듯이 향기로운 울음소리로 속삭이는가 하면, 잔잔하게 미소를 짓거나 얼굴을 살짝 찌푸리곤 하였다. 주생은 벌이 꿀을 탐하고 나비가 꽃을 사랑하듯이 정신이 혼미하고 화락하여 날이 새는 것도 깨닫지 못했다.
> 仙花佯若不聞 卽滅燭就睡 生入與同枕 仙花稚年弱質 不堪情事 微雲細雨 柳嫩花嬌 芳啼軟語 淺笑輕顰 生蜂貪蝶戀 意迷神融 不覺近曉
>
> —「주생전」(17세기)

> 잇썩 교예 방츈화시를 당ᄒ야 한님이 입번ᄒ고 집의 업는 고로 이의 가랑을 쳥ᄒ야 쥬비를 갓초와 놋코 술을 부어 잔을 날녀 즐기며 가곡을 갓초와 셔로 즐겨 빈반이 낭ᄌ하더니 문득 시비 이르러 사부인의 명을 젼ᄒ고 가기를 직쵹ᄒ니 교녜 연망이 쥬안을 취ᄒ야 업시ᄒ고 이의 시비를 짜라 화원의 이르니 스부인이 조혼 낫츠로 좌를 쥬어 안치고 그 미인이 엇던 계집인지를 무르니 교예 이의 딕왈 그 녀ᄌ는 져의 스촌 아오믈 고ᄒ니 스부인이 졍식 왈 녀ᄌ의 힝실을 츌가ᄒ미 구고

봉양과 군주 셤기는 여가의 남녀 ᄌ식을 엄슉히 가르치고 비복을 은혜로 부리ᄂᆞ니 녀ᄌ 음률을 힝ᄒ고 노릭로 소일ᄒ면 가되 ᄌ연 어지러워지ᄂᆞ니 그듸는 익이 싱각ᄒ야 두 번 그른 딕 ᄂᆞ아가지 말고 그 녀ᄌ를 집으로 보닉고 ᄯ한 나의 말은 허물치 말나 교씨 딕왈 빈혼 빅 격고 좌실을 ᄭᅵ닷지 못ᄒᆞ옵더니 부인의 경계ᄒ시는 말슴을 듯ᄌᆞ오니 말슴이 올ᄒᆞᆫ지라 각골명심ᄒᆞ리이다

─「사씨남정기」(17세기)

어사 부부가 대희 과망하여 주찬을 내와 대접하고 날이 저물매 여서를 신방에 들이고 부인이 친히 향방을 규시하니 서랑은 동벽 하에 좌하고 여아는 서벽 하에 좌하여 마치 참선하는 도사 같으니 어찌 반점 소년 부부의 거동이 이쓰리오 부인이 대경하여 오래도록 세세히 보니 야심 후 한림이 단의로 침상에 눕되 소저를 돌아보지도 않으니 부인이 차마 착급하여 여아의 외로이 앉은 거동을 보매 아끼고 통한하여 침소에 돌아오니

─「현씨양웅쌍린기」(조선후기)

나는 그를 말끄러미 보면서,
"글쎄… 부인이겠지…?"
어딘가 모르게 그의 전체에서 화류계의 냄새가 나는 듯 나는 문득 깨달았습니다. 그리고 다시 보니 그의 버들잎같이 곱게 지은 눈썹이 새삼스럽게 내 눈에 거치었습니다. 나는 갑자기 환멸에 가까움을 느끼는 동시에 그가 한층 더 불쌍하게 보였습니다.
"그래 뭐요?"
"흥! 매소부, 매음부 아시지요!"
그의 입은 비쭉하면서 비웃음을 가득 띠었습니다. 나는 갑자기 뭐라고 할 말을 잊으며 멍하니 바라보았습니다.
"그렇게 더러운 계집이라요. 이담부터 조심하세요."
"누가 되고 싶어 되는가. 다 환경이 그리 맨들었지요."

─강경애 「동정」(1934)

맘에 부정하면서도 이이상 더 버티어볼 힘이 없어졌다. 사형에 처하리라는 위협도 겁이 났다. 그보다도 더 견딜 수 없는 고통은
"창기 따위가 그럴수도 있는게지…"
하고 놀리는 말

"창기 따위가 무슨 양심이 있어."

하는 이런 말들은 당장에 피를 토하고 죽어도 시원치 않게 채옥의 신경을 칼질하는 것이다.

"창기였지만 지금은 사람답게 살아볼려고 애쓰고 있어요."

채옥이 정색을 하고 이런말 하면 할수록 경관은 비웃는다.

－김말봉 『화려한 지옥』(1952)

창열은 찬물을 끼얹는 듯한 오한을 느끼면서 그는

『도대체 누구에게서 배상을 받아야 옳으냐 이 치명적 손실을… 의리도 없고 진실도 없는 창기를 따져도 쓸데없는 일이다. 병이 있는 연심이를 공공연하게 매음을 하도록 손님 앞에 내놓는 유곽의 포주들이 죽일놈들이지, 그보다도 이런 불안전한 제도를 못본척하고 가만이 방임하는 정부가 썩은 놈들이야… 그런 곳에로 날 끌고간 피덕칠이가 괴심하거든, 빌어 먹을 놈의 자식! 종놈의 종자란 할 수 없어』//

『땅 우의 별이냐니요? 땅우에 별이 어디있어요?』

하고 득순이가 이상한 듯이 물었다. 영주가 빙그레 웃으며

『땅우의 별은 득순씨 당신이지요』

『네? 제가요? 제가요?』

『네－득순씬 분명 별입니다. 그리고 영숙씨도 또 창열군도 분명 별입니다. …나도 한 개 작은 별이구요』

득순의 눈에서는 눈물이 고였다. 영숙이가 득순의 손을 꼭－쿤다.

－김말봉 『별들의 고향』(1953)

홍여사는 그때부터 그렇게 왈칵 몰켜 핀 꽃이 징그러워졌고, 또 그만큼 색시가 잡스럽게 생각되는 것이었다. 이십 안 청상 고부로 고스란히 수절해온 결벽에서인지 혹은 동물이나 식물이나 생식행위라는 것은, 산다는 것과 마찬가지로 무언지 죄 같은 것을 풍기는 까닭인지 알 수 없으나, 하여튼 홍여사는 색시에 대해선 그만 생각이 전도되는 것이다… 좀처럼 바랄 수 없는 입에 맞는 떡이라고도 할 수 있는 색시한테 방을 빌려주는 것이 그렇게 유세스러운 것이다.

－한무숙 「월운」(1955)

그는 이영희를 미워했었다. 그녀가 걸을 때마다 수선스레 흔들리는 허리통에서부터 흡사히 쇠고깃간에 걸린 고깃덩이 같은 엉덩이가 흐느적거리는 것이, 질색이

었다. 한때는 멋진 걸음걸이라고 무척 신기하게 여긴 적이 없는 것은 아니지만, 그보다도 말할 때마다 생각을 품은 듯이 꿈쩍거리는 젖은 듯한 커다란 눈을 아름답게 여긴 일도 있기는 있다. 그러나 경자의 머리채를 휘어잡고 난리를 핀 후로는 영식은 도무지 그 눈이 구정물에 젖은 유리알같이만 보였고, 더구나 뒤흔드는 엉덩이를 보면 구역이 나올 것 같았다. 그 시뻘겋게 칠한 얄팍한 입술 사이로 쏟아지는 욕설 또한 정 떨어지는 것이었다.

─한말숙 「별빛 속의 계절」(1956)

새까만 거리에는 헤드라이트의 행렬이 한결 뜸해졌다. 시간은 마구 흘러간다. 진영은 별로 초조해지지도 않는다. 애당초에 댄서로 취직할 것을 잘못했다는 생각도 해본다. 그러나 한 달 동안 일을 한 연휴에야 겨우 월급을 탄다는 것은 안 될 말이다. 오늘 저녁을 먹고 이 한 밤을 여관에서 자기 위한 돈이 ─그것도 단 돈 이천 환이면 되지만─필요한데 한 달 후가 다 무엇이야.

─한말숙 「신화의 단애」(1957)

소위 양부인이라는 건 해방의 부산물이라고 하고 나서 우리 사회가 아직 정돈되어 있지 않기 때문에 직업 여성 통계란에 팔십 퍼센트를 그들이 차지하고 있다는 것을 말했습니다. 그리고 상매는 어른처럼 동방예의지국을 자랑하던 우리 나라 여성들이 왜 이다지도 맥을 못추고 흘러가는지 모르겠다고 한탄했습니다.

─최정희 『끝없는 낭만』(1958)

"(전략) 옛날에 저는 선생님을 사랑하면서도 왜 그런지 선생님을 희롱해보고 싶었어요. 그땐 정신적인 요부였고, 육체는 그야말로 성처녀였나 봐요. 자신이 만만한, 흐흠……."

형숙은 수영을 선생님이라 불렀다가 당신이라 했다가 하면서 웃었다.

"그러나 그 이야기를 당신의 아버지한테서 들은 후, 지금은 육체의 요부가 되고 정신은 성처녀가 된 거예요. 흐흠……."

─박경리 『성녀와 마녀』(1960)

불빛을 받고 서서 얘기하는 여자는 무척 아름답다. 몸집이 표준보다는 자칫 작은 편이어서 둘쳐입은 유·엔 잠바가 언뜻 고양이한테 우장을 씌워논 만화를 연상케 했지만 이른바 양갈보라고 이름붙이기엔 정말 아깝다는 생각이 든다.

찬수는 반사적으로 곁에 있는 또한 여자에게로 시선을 돌렸다.

〈이건 너무한데? 숫제 절구통이군!〉

얼굴은 꽉 쥐었다가 동댕이 친듯 제 멋대로 생겨 있었다.

이 묘한 대조를 이루고 있는 여자들이 동행이 되어 위험하기 짝이 없는 최전방으로 가겠다는 이유가 찬수에게 얼른 납득이 되지 않는다. 왜냐면 도심지에서 팔리지 않고 전혀 시세가 없거나 그짓으로도 입에 풀칠이 어려운 따라지 양색시들의 막판 씨름이라고 들었기 때문이다. 위험하긴 했지만 그 지대의 돈벌이는 적지않은 것이라고 했다. 그러나 이 비록 고양이 우장 쓴 모습을 하고 있지만 무척 아름다운 여자가 그렇게까지 시세가 없다는 것, 그래서 필사의 모험을 해가며 일선지구로 잠입하려고 한다는 것은 믿어지지가 않는다.

─정연희 「천 딸라 이야기」(1960)

기생이 되기까지─형형색색 같지만, 기실 비슷비슷하다는 것이 옳을 것이다. '가난이 원수'─이 한마디로 족할지도 모른다. 아편쟁이가 되어버린 전라도 기생 산월이는 열 살 때 광대(廣大) 집에 팔려 가 잔뼈가 가무(歌舞)를 익히는 데 굵어졌다. 가난이 원인이었다. //

몸 속 깊은 곳에 병균을 기르며 분 바른 얼굴로 웃는 그들을 어리석고 위험한 것들이라고 비웃은 일도 없다. 좀 지나치게 말하면 병을 기르기 위하여 살아가는 어이없는 삶들이라고도 하겠지만, 사람이란 성(性)을 허무는 독(毒)이 아니라 저마다 제 내부에서 얼마만큼의 독을 기르며, 그것으로 조금씩 조금씩 목숨을 좀먹히는 동시에, 또 그것으로 삶을 이어가는 것이 아니겠는가.

─한무숙 『유수암』(1963)

"난 세 번이었으니까─" 혜련이도 입을 열었다. 그것은 지난밤 지아이들에게 세 번 육체를 제공했다는 뜻이었다. "십이 딸라에다가 수면제랑 피임약이랑 사느라구 이 딸라 오십 센트 쓰고 육 딸라는, 자 언니에게 줘야 하고, 어제 콜드크림하구 로숀 한 병식 샀어요. 그러니 남는 건 일 딸라 이십 센트뿐이야." 그녀는 중얼거리면서 혹자는 있었지만 일 딸라 선을 넘지 못했으니 수입이 이래서야 어디 살겠느냐고 역시 불만을 털어놓았다.

─박순녀 「엘리제 초(抄)」(1965)

"내게 이 생활이 맞기도 하고 안 맞기도 해."

마크의 시선을 의식했으나 선희는 앞만 바라보았다. 잠시 후 마크가 선희의 손을 잡았다. 손바닥을 펴게 하고 마크는 손가락으로 글씨를 썼다. 입으로 알파벳을

또박또박 발음하며,

"에스…에이…아이…엔…티, 세인트군, 당신은."

선희의 시야로 순간 불빛이 흔들렸다. 강물이 바람에 일렁였는지도 모른다. 이번엔 선희가 마크를 바라보았다. 세인트… 성녀라구? 마크의 얼굴은 조각처럼 움직임이 없었다.

"마크, 기분이 묘해. 나도 자신이 싫어. 나는 뛰어나지도 못하면서 평범하지도 못해. 순간순간은 취해 살지만 끝에 맛보는 것은 공허감뿐이야. 난 오픈게임만 수없이 치르고 나가떨어진 권투 선수와 같아. 처음엔 세상이 나를 받아주지 않았지만 이제는 내가 그 속에 끼어들 수가 없어. 난 응시자가 된 거야."

-강석경 「밤과 요람」(1983)

갑자기 허벅지에 격통을 느꼈다. 그것은 분명 물리적인 아픔이었다. 송곳으로 허벅지를 찍어야 하는 것은 이쪽이 아닌가고 느낀 순간의 일이었다.

한 줄기 눈물이 감은 눈꼬리를 타고 흘러내렸다. (중략)

"그것보다두 말씀이에요. 어머님 이제 생각하니 제 송곳은 의무감과 허영이었어요. 아들을 길러내구 훌륭한 어머니란 말을 듣구."

노인은 의혹과 놀라움으로 눈을 크게 떴다. 이미 육십을 넘은 며느리는 개의치 않고 말을 이었다.

"어머님의 송곳은 그 험한 일에 거칠어진 손이셨지요? 허벅지를 찍는 대신 그 고운 가슴을 가리신."

-한무숙 「송곳」(1986)

우선 내 손등과 팔에는 칼자국과 담배로 지져서 살을 태운 자국들이 무수히나 있다. 그리고 진통제 없이는 하루도 살지 못하게 되었다. 아마 사장은 머지않아 나를, 나도 모르는 값으로 588이나 옐로하우스 같은 데로 보내 버릴 것이다. 호텔이나 살롱에서는 나같이 늙고 질겨진 창녀는 팔리지 않기 때문이다.

좋다!

대폿집이면 어떻고 용주골이면 어떠랴! 부녀 보호소도 좋고 교도소도 좋다.

다만 아직도 삭지 않은 치욕감이 있어서 담뱃불로 내 살을 태우게 되는 게 너무나도 지겹다. 하나님이란 작자만 떠오르면 속에서 불길이 치솟는데, 그 불길을 잡으려면 피를 보거나 살 타는 내를 맡아야 하는 것이다. (중략)

사실 나는 부끄러움을 느낄 줄 모른다. 날이 가면 갈수록 똘똘하게 자라나는 것은 증오뿐이다.

지금 내 이 핏빛 증오감 곁에는 독한 술과 진통제, 때때로 히로뽕이 있어서 위로해 준다.

―이경자 「미역과 하나님」(1988)

내 자신이 얼마나 변했는지는 나도 알고 있었다. 따라서 그의 머릿속에 박혀 있는 고향 처녀 같은 내음이 내겐 이미 오래 전에 사라졌다는 것도… 그렇지만 나의 변한 모습을 왜 꼭 위안부 노릇을 했기 때문이라고만 여길까. 나는 그것이 안타까웠다. 내가 변한 것이 살아 남기 위해 내 스스로 변모한 것이라고는 왜 생각지 못했을까. 사람은 누구나 변한다. 어떻게 변한다 해도 내가 조선 여자란 사실만은 전혀 변할 수가 없지 않겠니. 그 양반은 왜 내가 조선 여자란 사실만을 보지 못했을까. 그저 조선 여자라는 것만… 자기와 똑같은 말을 하고 똑같은 피부를 가진 그것만 염두에 두기를 간절히 바란 적도 있었다. 그리고 나는 마음속으로 외쳤다. 당신이 화가 나는 이유도 안다. 내가 성욕 처리장이 되었다는 것, 수많은 왜놈 정액을 풀처럼 뒤집어썼다는 것, 그것이 당신 가슴에 자꾸 불을 지른다는 것도 안다. 그러나 당신이 용서할 수도, 잊을 수도 없는 것은 당신 자신이 피해의식에 사로잡혀 있기 때문이란 걸 당신은 알아야 한다.

―윤정모 「에미 이름은 조센삐였다」(1988)

어쩌면 그 중심부는 권력 배설지의 간이역이었던 것일까. (중략)
그래, 일제에서, 남한 단독정부, 민생고를 해결한다는 군정으로 바뀌어가도 유흥이라는 배설지 역할은 조금도 수정되지 않았다. 엄마가 두고두고 최고의 자랑거리로 삼게 된 박정희 대통령도 한땐 단골로 모셔봤다는 것, 그 대통령을 보필하는 이아무개도 열여섯 살짜리 동기의 머리서방이 되었다는 것, 유명한 조간 신문사 사장도 가끔 내려와 기생놀이를 즐기고 특수층 고위층들이 배설한 향락의 찌꺼기만큼이나 이름을 흘리고 가는 곳. 민생고 해결 운운하자마자 사라호 태풍이 불어닥쳤고, 주민들은 쌀 배급을 타기 위해 동회 앞에 장사진을 치거나 말았거나 밤이면 어김없이 되살아나는 풍악소리…

―윤정모 『고삐』(1988)

극장 기도는 미라를 죽인 이유를 순순히 말했다는데 '찌꺼기를 주었기 때문'이 그 이유였다.
"미군하고 실컷 놀다가 섹스도 찌꺼기로 주었다. 미군들 입던 옷이며 달러를 잘 주었지만 그것도 찌꺼기다. 그년은 양놈 찌꺼기만 내게 갖다주었다. 이랬대."
"나쁜 새끼. 기둥서방인 주제에 힘없는 여자 기둥 뽑으려 했어. 찌꺼기 먹은

게 어디 저 하나야? 대한민국 전체가 남의 나라 찌꺼기 먹고 살았는데."
"죄는 밉지만 자존심은 있네."

—강석경 「낮과 꿈」(1989)

　나조차도 내 몸을 움직일 수 없었다. 머릿속에 있는 소 한 마리가 음매하고 긴 울음을 뿜어낸 것은 그때였다. 길게 울음을 뿜어내는 소잔등 위에는 홀딱 벗은 우리 동네 미친년이 두 다리 사이에 볼품없는 검은 털을 그대로 드러낸 채 웃고 있었고, 미친년 뒤쪽에 앉은 양공주 할머니는 사방에다 대고 나쁜 놈들, 나쁜 놈들 (중략) 미친년과 양공주 할머니와 경진의 얼굴 뒤로 곧 하얀 물방울이 맺혔고 그들의 입술 위로, 머리카락 사이로, 하얀 성에가 끼었다. 그들은 냉동창고 안에서 서서히 얼어갔고 곧 쇠꼬챙이로 꿰어져 냉동창고의 천장에 걸렸다.

—이명랑 『꽃을 던지고 싶다』(1998)

한다
한시간이고
두시간이고한다
물을먹어가며한다
하품을해가며꾸벅꾸벅
졸아가며한다
한다깜빡
굴러떨어질뻔하면서그는
그가왜하는지
모른다무엇
과, 하고 있는지도
부르르진저리를치면서그가
한다무릎과팔꿈치가벗겨지면서이제는
목을졸라 버리고싶지도
않으면서, 한다
한다밤새도록걸어다니는침대위에서
칠십네바늘이나꿰맨그가
죽다살아난그가
한다한다
한다천번이넘는

—김언희 「한다」(1995)

인형이

있었다 눕히면 눈을

감았다 치마를 들치고 사내아이들이

연필심으로 사타구니를 쿡쿡 찌르며 킬킬거릴 때

눈을 감고 미동도 않던 인형이

있었다 죽어, 죽어, 죽어,

책상 모서리에

패대기쳐지며

터진 뒤통수에서 지푸라기를 꺼내 보이던

비명도 한번 안 지르던 인형이

있었다 머리채를 끄집혀

질질 끌려가며

희미하게 웃어 보이던

걸레쪽처럼 칼질 된 얼굴이

있었다 쓰레기더미 위에서

제 몸이 불타 없어지는 것을 끝까지

지켜보던 둥근

눈이

……있었다

ㅡ김언희 「음화」(1995)

벽 하나를 사이로 놓인 여자의 침대가 흐느끼는 순간, 불안이 쓰러진 음모를 세우고 벌떡, 발기된 성욕이 불안을 죽이는 한 순간 창밖으로 매달려 나오는 여자의 몸뚱어리를 억센 심줄이 잡아당긴다 살려 달라 애걸복걸하면서도 엉덩이를 대주는 그녀의 울음 섞인 탄성, 용두질이 밤의 숨통을 끊는다 세면대 위에 올려앉혀져 도리질 치는 여자의 교성이 양변기 물 내리는 소리로 흘러나간다 현관을 열고 닫는 버튼음이 사라진 차가운 벽에 귀를 박는 밤은 달팽이관 속에 피어난 꽃이다 얌전하던 속살이 덜컹 망상의 벽을 비집고 꽃무늬 벽지처럼 번지는 관세음보살이다

ㅡ김지유 「암소공포증」(2008)

무얼하리, 한밤중
새파란 의식의 눈 홉뜨고 누웠은들

무얼하리, 또 살 비비고
서로 잠시 열열히 허우적거려본들

숨길 수 없는 정직한
고통스런 그대들의 살의 욕망

도취된 살이 홀로 쾌락의 소리를 내지를 때
그대들 더욱 외로워진 혼은
칠흑 같은 절망 속에 빠져든다

—양정자 「가없은 性」(1990)

그녀의 허벅지 밑으로 벌건 눈물이 고인다.
한번의 잠자리 끝에
이렇게 살 바엔, 너는 왜 사느냐고 물었던
사내도 있었다.
이렇게 살 바엔—
왜 살아야 하는지 그녀도 모른다.
쥐새끼들이 천장을 갉아댄다.
바퀴벌레와 옴벌레들이 옷가지들 속에서
자유롭게 죽어가거나 알을 깐다.
흐트러진 이부자리를 들추고 그녀는 매일 아침
자신의 시신을 내다버린다, 무서울 것이 없어져버린 세상.
철근 뒤에 숨어사는 날짐승이
그 시신을 먹는다.

—이연주 「매음녀 1」(1991)

껌껌한 정미소에서 나왔을 땐 막이 사라진 후였지 한 여자가 울었네 그 관객은
혼자였으나 별들은 약올리듯 반짝거렸지 객쩍은 바람이 불고 극단 정미소의 분장
실은 변소만큼 좁아 우리는 남자 화장실에서 입 맞추었네 오 베이비핑크 루즈는
내 입술을 보호하지 못하고 오오 나의 브래지어는 네 입술을 차단하지 못하고
미끈한가 스타킹 제기랄 나는 무엇으로 나를 감쌀 것인가

죽어가는 동안만 살아 있는 우리는 죽일 것처럼 서로를 핥아대는 우리는 닦으면
고결해지는가 그리고 싶은가 사랑은 어떤 먼 곳에서 오는 복수 렌즈 빼고 서로의

장막을 걷자 우리는 순결하게 섞인다 아아 그러고 싶지만 또 다른 비닐이 필요하다
나는 커피 자판기처럼 일회용 콘돔 자판기도 널린 도시를 설계한다 막이 있어
우리는 초월을 꿈꾸지 않고 콘돔을 끼운 채 우리는 사라져간다 충실히 소모될
것이다 너를 사랑해 이 기막힌 재난과 함께

―김이듬 「막」(2007)

2.6. 에로스와 타나토스, 놀이로서의 성

　여성소설에서 리비도의 해방과 에로스 판타지는 여성 정체성의 확립이라는
아젠다와 밀접한 관련이 있다. 여성작가들은 성적 억압과 부자유에 대항해 여
성의 성 욕망을 긍정적으로 검토하는 가운데 여성의 에로티시즘을 어떻게 구성
할 것인지를 모색해간다. 이들은 자유롭게 성 욕망을 분출하는 여성인물을 통
해 성적 판타지를 추구하고 제도적 성에 대한 일탈과 위반을 감행하고자 한다.
　여성작가들은 섹스가 임신이나 출산의 억압으로부터 벗어나 유희인 동시에
인간 사이의 순수한 관계 맺음의 형태일 수 있다는 가능성을 제시하고자 했다.
현대소설에 등장하는 여성인물들은 성적 주체로서 낭만적 사랑이나 결혼 제도
와 결부된 성 이데올로기를 조롱하고 거부한다. 생식과 재생산의 의무에 속박
되지 않는 리비도를 추구하는 이들에게 섹스는 관습과 금기에 대한 조롱이자
명분 없는 유희일 뿐이다. 그리고 이렇게 성에 탐닉하는 행위는 여성인물이 처
해 있는 존재의 상실감이나 위기감과 결부되어 있다. 오지 쾌락에서만 자기 존
재를 확인할 수 있는 이들에게 섹스는 고독과 환멸 가운데 스며들어 삶을 뒤흔
들어놓는 파괴적인 충동인 동시에 삶에 대한 열정이고 욕망인 것이다. (서영은
「살과 뼈의 축제」, 은희경 『새의 선물』, 구경미 「동백여관에 들다」, 배수아 『나는 이제
네가 지겨워』)
　자신의 존재를 증명하기 위한 여성들의 에로스적 욕망은 자기 파괴라는 타나
토스적 충동으로 전환되기도 한다. 즉 리비도의 해방과 자유라는 강박이 성에
대한 불안정하고 히스테리컬한 열정과 집착으로 변질되어 드러난 경우이다. 이

쾌락 없는 에로티시즘에는 마조히즘과 사디즘적 욕망이 뒤엉켜 있고 페티시의 대상을 향한 그로테스크한 욕망이 드러난다. 성에 대한 여성의 일탈과 반역의 욕망은 육체의 모든 에너지를 탕진해가며 죽음에 이르기까지 성에 탐닉하는 인물을 통해 바타이유적인 낙원을 창조하는 소설적 실험을 하는 데 이르고 있다. (서영은 「야만인」, 김인숙 『꽃의 기억』, 배수아 『붉은 손 클럽』, 김형경 『성에』, 천운영 「명랑」, 「세번째 유방」, 김숨 「육(肉)의 시간」)

또 한편에서 현대소설은 동성애와 근친적 성을 통해 이성애를 정상적인 것으로 규정하고 강요하는 이데올로기를 거부하는 새로운 성 풍속도를 담아낸다. 그리고 의도적으로 남성과 여성의 성적 수직 구도를 전복시켜 성 고정관념을 탈피하고자 한다. 그럼으로써 섹스가 인간 사이의 순수한 열정이며 위로일 수 있다는 사실을 암시한다. 나아가 자웅동체의 몸을 가진 양성적 존재의 가능성을 탐색하거나 무성의 섹슈얼리티를 모색함으로써 고정된 섹슈얼리티에 의문을 제기하고 재생산의 요구로부터 해방된 다양한 성 정체성을 수용해간다. (배수아 「바람인형」, 이남희 「플라스틱 섹스」, 「여자가 여자일 때」, 「어두운 열정」, 신경숙 「딸기밭」, 서영은 『그녀의 여자』, 천운영 「소년 J의 말끔한 허벅지」, 한지수 「자정의 결혼식」)

이처럼 현대소설은 합법화되지 않은 성 욕망과 제도 바깥의 잉여적이고 예외적인 성에 대한 자유로운 상상력을 보여주고 있다. 이런 가운데 여성작가들이 그리는 성 판타지는 충동적이고 인위적이면서 발랄하고 대담하기까지 하다. (은미희 「통증」, 김이설 「세트플레이」, 이평재 「크로이처 소나타」)

현대시에서 여성들은 섹슈얼리티에 대한 여성의 인식과 경험이 자신의 정체성을 정직하게 증명해줄 수 없다는 것을 인식한 후, 성을 통해 자신을 증명하는 방식으로 오히려 자기파괴적 상상을 감행한다. 도착적이고 비정상적이며 일탈적인 충동을 통해 자신의 성적 욕망을 실현하게 되는데 이는 남성적 성충동을 모방하는 양상으로 드러나기도 한다. (김상미 「그녀와 프로이트 요법」, 박서원 「간음」) 여성에게 있어서 성적 욕망의 자기파괴적 실현은 자신의 몸을 실감하고 응시하려는 자학적인 통과의례이기도 하고, 자신의 성 욕망을 더 이상 제어하지 않으려는 폭력적 방식의 자해이기도 하다. (김종미 「불타는 여자」, 김언희 「그라베」, 김이듬 「푸른 수염의 마지막 여자」)

현대시에서 성 욕망을 극단으로까지 추구해보는 것, 자기파괴적 성 충동으로 욕망을 실현하려는 이 같은 양상들은 지금까지 억압되어온 여성의 성에 대한 통렬한 인식의 반어적인 변주라고 할 수 있다.

「이년아, 빨리 일어나 옷 벗어.」

그런데 참 이상하더군요. 새벽 두시가 가까운 시각에 천장에선 금실로 엮어진 비단폭 같은 불빛이 강물처럼 쏟아져 내리는데 구릿빛 알몸이 불 속에 선 듯 우뚝 서 있는 것을 보니 마치 요술을 부리는 듯한 느낌이었어요. 나는 취한 듯이 그이가 시키는 대로 순순히 따랐죠. 그이는 무엇인가 손에 든 것으로 나의 맨살을 마구 문질렀어요. 살갗이 벗겨지는 듯이 쓰리고 아픈 그 고통조차도 요술이 일부인 양, 반은 고통으로 반은 야릇한 쾌감으로 전신을 누비는 듯했어요. 이윽고 내 온몸은 불덩이처럼 달아오르는가 싶었어요. 그이는 손에 쥐었던 것을 방바닥에 휙 내던지고⋯ 그때에 나는 뭔가 작은 물건 떨어지는 소리를 들은 것 같았어요 ―야릇한, 동물같은 소리를 지르며 내게 달려들었어요. 으르렁거리며 달려든 숫표범에 꽉 물린 채 나는 천천히 암표범으로 변신하는 듯한 느낌에 사로잡혔어요. 아, 나는 여태까지 그토록 완전한 환희가 이 세상에 있으리라곤 상상도 못 했어요. 어쩌면 나는 울면서 소리 쳤을 거예요.

「힘, 힘, 신 같은 힘이여.」

―서영은 「야만인」(1974)

그는 오늘 너무 격렬하고 난폭해서 마치 사디즘 환자 같다. 나는 고통스런 느낌 때문에 만족을 못 느낀다. 섹스마저도 이 지경이 되자 나는 몹시 우울하다. 그래서 좀 더 누워 있었을지도 모르는 것을 일어나 옷을 걸치고 담배를 집어 문다. 그의 목소리가 미지근한 물처럼 흘러 들어온다.

"결혼식은 내달 이십일로 정하려고 하는데 괜찮겠어?"

나는 갑자기 표독스럽게 그를 향해 돌아앉는다.

"난 변했어요. 내가 당신에게 바라는 것은 섹스와 한 달 생활비밖에 없단 말예요."

―서영은 「살과 뼈의 축제」(1977)

한 마디로 나는 성을 시시하게 여기게 되었으며 봉희네가 어른스럽게 보이려 함으로써 되레 어린애임을 노출시키는 것과 마찬가지로 성 역시 금지되었기 때문에 매력을 갖는 삶의 오류라고 단정지어버렸다. 내가 아이들이 '침대놀이'라고 명명한 난교파티에 초대받은 것은 바로 그 즈음이었다.

침대는 영화에서나 볼 수 있는 물건이었지만 아이들은 그 놀이에 대한 명명을 할 때 침대에서 이미지를 빌려왔다. 물론 여자애들끼리의 제한된 내부자 모임이었다. 워낙 은밀하고 금지된 놀이였기 때문에 내부자가 되기에는 꽤 조건이 까다로웠다. 금지된 놀이를 할 만한 배짱과 반항성, 그것을 어른들에게 비밀로 할 수 있을 만큼의 주의력과 지능 등등.

— 은희경 『새의 선물』(1995)

헝겊 인형은 오랫동안 방에서 남자와 같이 지냈다. 남자는 손톱이 푸르게 변하고 몸이 기울었다. 헝겊 인형은 남자의 오래된 상처, 남자도 기억하지 못하는 시간이 잠들어 있는 목의 상처를 안는다.

(중략)

헝겊 인행은 창밖의 바람에게 묻는다. 나는 어디에서 죽었을까. 쓸쓸한 산비탈의 옥수수밭, 오랫동안 앓고 있던 열병. 빈 그네 위에 언제까지나 앉아 있고 싶어하던 작은 여자 아이. 사람들은 줄을 타고 여자 아이가 정말 중국의 공주라고 생각하고 신비해하였다. 죽은 남자의 목의 상처에 헝겊 인형은 입맞추고 입맞추고 또 입맞춘다. 안녕 내 사랑.

— 배수아 「바람인형」(1996)

금기를 범할 때의 재미란 대단했다. 어쩌면 그것이 놀이로서의 섹스에서 재미의 핵심일지도 몰랐다. 비록 자신들이 그어놓은 선이었지만 그 선을 넘어가게 되면, 서로 잔뜩 흥분된 상태에서는 그러기가 쉬웠지만, 그들은 더욱 흥분했고 때때로 머리 뒤쪽에서 냉정하게 관찰하고 있는 자의식을 잊어버리는 경우까지 있었다. 그 정도로 재미있었다.

혼자 있을 때 조용히 생각하다 보면, 그런 섹스가 대단히 재미있고 어색하지도 않다는 사실을 깨닫고 놀라곤 하였다. 좋은 점도 많았다. 같은 성이기 때문인지 서로의 욕망에 민감했고 같은 감정에 빠져드는 때가 많았으며 굳이 말로 표현하지 않더라도 서로를 아주 잘 이해할 수 있었으며 서로에 대한 배려도 어디까지나 동등하게 주고받는 편이었다. 남자와 관계할 때의 미진한 느낌, 때로는 맛보게 마련인 굴욕적인 느낌은 이런 섹스에서는 없었다. 적어도 '누가 누구를 범한다'는 굴욕적인 표현은 전혀 적용되지 않는 것이다. '그것만 해도 대단하잖아.' 은명은 감탄하였다.

— 이남희 「플라스틱 섹스」(1997)

"글세, 그보다는 더 순수한 동기였다고 해야 할걸요. 그냥 한번 만나보고 싶었어요. 섹스는 부차적인 것이죠. 거기까지 서로 맞을 수 있다면 그건 행운이고….

성 117

희완이에게 은명씨가 초록이를 찾아다닌다는 말을 들었을 때 왠지 모르는 사람 같지 않았어요. 일단 우리에게 공통분모가 있는 셈이잖아요. 초록이라는. 나도 한땐 그렇게 초록이를 찾아다녔죠… 만나면 나쁘지 않겠다고 생각했어요. 둘이 웅성웅성 불평도 하고 한탄도 하는 거 괜찮을 거 같았어요. 아마 위로가 되겠다고 생각했죠… 난 사람들이 상처입을까봐 지나치게 두려워하고 있는 게 아닌가 싶어요."

—이남희 「어두운 열정」(1997)

"저 그림엔 내 욕망이 들어 있어요."
"자기 자신을 찢어발기고 싶은."
"글쎄요… 어쩌면 그럴지도… 그래도, 아마 그럴 거예요."
"좋소. 그렇게 합시다."
"그럴 수 있으시단 말이죠?"
취중이긴 했지만 나는 농담처럼 물었다. 그가 결코 그러지 않으리라고 믿고 있었기 때문이다. 그러나 바로 그 순간에 그는 벌떡 일어서서 자기 바지춤을 까내려 버리는 것이었다. (중략) 아직 오줌이 뚝뚝 떨어지고 있는 성기를 내 쪽으로 향한 채, 그는 곧 내 몸을 덮쳐왔다. 저항할 수가 없었다. 온몸의 기운이 나른하게 빠져 버려서가 아니라 그 정반대의 느낌으로, 나는 그의 어깨를 한 손으로 끌어안고 그리고는 거칠게 내 옷을 벗겨내는 그의 등에 미친 듯이 손톱 자국을 새겼다.

—김인숙 『꽃의 기억』(1999)

처녀는 유의 밝은 귓불에 혀를 갖다 댄다. 유의 흰 목덜미에 처녀의 손자국이 빨긋하다. 처녀는 유의 목에 나 있는 자신의 손자국을 따라 유를 애무한다. 유의 천진함. 처녀가 유의 약간 벌어진 입 속에 혀를 밀어넣을 때까지도 유는 저항하지 않는다. 나직하다. 평화롭다. 적의가 없다. (중략) 처녀는 눈을 감아 버린다. 뺨에서, 배에서, 허벅지에서 딸기가 으깨어지는 감촉이 유를 거부할 수 없게 한다. 유의 감미로운 손가락이, 입술이, 아무것도 남지 않는다. 어떠한 찌꺼기도. 엎치락뒤치락거리는 욕망 속으로 모든 것이 빠져들어간다. 엷은 땀 냄새도 딸기를 키운 흙냄새도 그 남자와의 행위 뒤에 남겨지던 고독까지도.

—신경숙 「딸기밭」(1999)

그는 몸을 기울여서 내 엉덩이와 축축한 허벅지 안쪽 부분을 깨물었다. 쾌락을 위해서 이빨을 쓴 것이 아니고 사정 보지 않고 있는 힘껏 깨물어버린 것이다. 나는 육체적인 고통을 별로 느껴보지 못하고 자랐다. 수술을 받아본 적도 없고 화상이

나 살갗이 찢어지는 상처를 입은 적도 없다. 나는 그렇게 격렬한 고통을 피부에 직접 느껴본 것은 처음이었다. 하이에나가 미처 죽지 않은 짐승을 물어뜯을 때 짐승이 그렇게 느낄까. 고통이란, 더구나 성관계 중의 고통이란 그 상황상 묘하게 달콤한 것이 아닐까 막연히 생각하고 있었다. 그런데 그렇지 않았다. 신음을 참기 위해서 나는 뜨거운 냄비 뚜껑에 가슴을 갖다 댔다.

－배수아 『붉은 손 클럽』(2000)

한 여사는 소연을 안고 있는 팔에 힘을 주며 고개를 끄덕였다. 마음 구석구석까지 퍼지는 햇살같은 안도감. 아프게 패인 마음 그득히 가득 들어와 있는 존재의 충만한 포개짐. 성의 오르가슴을 넘어서는 그 무엇. //

"알겠니? 그때의 내 감정은 결코 죄의식 같은 것이 아니었어. 한 남자를 두고, 그녀는 남편으로, 나는 연인으로 관계를 맺기는 했지만, 그리고 그녀의 눈 속에서 내가 바로 그 사람이란 것을 그녀가 알고 있다는 사실을 내가 알았다 해도, 죄의식은 아니었어. 뭐랄까, 그때 나는 온몸이 아프도록 저렸고, 그것은 너무도 격렬한 욕정 같은 것이었어. 어쩌면 그녀 속에 빠져 죽고 싶다고 생각했을 때, 내 몸의 어떤 부분이 영원한 남성으로 전환했는지도 몰라.

－서영은 『그녀의 여자』(2000)

절망도, 무력감도, 허무도 아닌, 설명할 수 없는 조마조마하고 아슬아슬하고 간질거리는 느낌, 가슴을 가로질러 거미줄같은 금이 가는 파괴의 조짐이 느껴지기도 했다. 그럴 때의 성은 손쉽게 자학과 가학의 아슬아슬한 경계까지 치닫곤 했다. 세중과 입을 맞추다가 문득 그를 머리부터 삼키고 싶다는 느낌이 들던 때가 있었다. 그때 연희는 암컷 사마귀가 왜 교미 중에 수컷을 머리부터 삼키는지, 어떤 기생충이 왜 숙주의 몸에 들어가는지, 전갈이 짝짓기 할 때 왜 그토록 상처투성이가 되는지 이해할 것 같았다. 몸이 산산히 부서져 터져나가려 할 때 연희는 실제로 울음소리에 가까운 소리를 내며 애원했다.

"깨물고 싶어. 무엇이든 깨물 수 있는 거 하나만 줘."

－김형경 『성애』(2004)

나는 여태 그녀의 발을 기다렸다. 담배와 음식 냄새에 누렇게 뜬 방에서 어머니가 이불을 밟으며 건너다니는데도 모른척하고 누워 있던 것은 그녀의 발이 나오기를 기다렸기 때문이다. 달팽이처럼 미끈하고 조그만 발이 그녀 몸의 다른 부분을 끌고 나오기를, 그리하여 이 방을 온통 그녀의 냄새로 가득 채우기를 바라고 있었다. (중략)

흰 버선조차 그녀의 발에 비하면 옥수수 껍질처럼 뻣뻣하고 거칠게 느껴진다. 곧고 가지런한 발가락 끝마다 살포시 앉은 발톱 하나하나는 채 여물지 않은 옥수수 작은 알갱이 같다. 그녀가 버섯을 벗고 발을 씻을 때면 그녀의 발에서는 달짝지근하면서도 비린 풋내가 풍기는 듯하다. 나는 향긋한 풀냄새를 맡으며 버선을 벗긴다.

－천운영 「명랑」(2005)

너와 여자는 연못 근처 벤치에 자리를 잡았어. 조용한 밤이었어. 마침 구름도 없고 달도 제법 차 있어 주위가 환했어. 네 웃음소리가 들리고 소곤소곤 이야기 소리도 들렸지. 나는 마른침을 삼키며 너와 여자를 훔쳐보고 있었어. 풀잎들이 부딪치는 작은 소리조차 내겐 너무 크게 들려왔어. 그런데 갑자기 네가 옷을 벗기 시작하는 거야. 외투를 벗고 셔츠를 벗고 브래지어를 벗고. 그 여자도 너를 따라 옷을 벗었지. 이윽고 환한 달빛 아래 너와 여자의 젖가슴이 드러났어. 푸른 장미가 그려진 네 가슴. 그 여자가 그랬던 것처럼 먼저 젖꼭지를 잡았어. 내 머릿속은 하얗게 비어가고 있었어. 그리고 너도 손을 뻗어 여자의 가슴을 만졌지. 너와 그 여자는 점점 더 가까워졌어. 너와 그 여자는 서로의 가슴을 만지기 시작했어. 마법을 나누는 마녀들처럼, 비밀 집회를 갖는 마녀들처럼, 서로를 경배하는 마녀들처럼.

－천운영 「세번째 유방」(2005)

그의 애무와 사정하는 순간의 표정을 비롯해 만나서 헤어질 때까지 섹스에 관해 우리가 나눈 모든 것을 종이 위에 적었다. 가끔 그와 함께 일기를 쓰기도 했다. 똑같은 내용이잖아. 일기장을 들춰보던 그가 말했다. 이러면 재미없지. 우리는 사실의 기록이라는 방식에서 벗어나 첨삭의 칼질을 가했다. 일기는 일기가 아니어도 좋았다. 무엇이 되어도 상관없었다. 우리는 첨삭에서 멈추지 않았다. 일기를 위해 끊임없이 색다른 섹스를 연구했고, 연구 결과를 실천에 옮겼다. 그러고 나면 함께 일기를 썼다. 우리는 무엇이든 해야만 했다. 열중할 무엇인가가 필요했다. 그것을 섹스와 일기에서 찾았고 집요하게 파고들었다. 그뿐이었다. (중략) 꼭 10년이 지난 지금, 그는 우리의 결실을 향해 포르노라 말한다. 결별을 선언한다. 그는 자신의 과거를 부정하는 걸까. //

그러고 보니 남자친구는 내게 아무것도 아닌 게 아닌 모양이었다. 어쩌면 모르는 사이 내 가슴 속에 나란 존재보다 그가 더 크게 자리하고 있었던 건 아닐까. 육체가 행동이라는 기능을 포기할 정도로. 하지만 가능한 일인가. 그와 많은 시간을 같이 보냈지만 주로 대화보다는 섹스를 위해서였다. 그는 순결을 비웃었고 나는, 그랬다, 소중하게 지키고 싶은 것이 없었다.

－구경미 「동백여관에 들다」(2005)

그는 그들의 육체를 어떻게 해서든 훼손시키고 타락시키고 싶어진다. 남자의 성기를 세우고 여자의 가슴을 부풀리고 서로의 몸을 탐하고 교성을 지르고 (중략) 촬영을 하는 내내 그는 감탄하고 시기하고 두려워했다. 그래서 그는 그 몸을 더욱 더 적대시하고 부정하고 음해하려 애를 썼다. 결국 그에게 남은 감정은 깊은 죄의식이었다. 파괴시키고 싶은, 그러나 보존되어야 할 순수한 육체, 그 존재 자체만으로도 불길하고 위태로운 이 낯선 육체.

－천운영 「소년 J의 말끔한 허벅지」(2006)

　남편이 미라의 육체 위로 기어 올라갔다. 한껏 발기된 살덩어리를 미라의 그곳에 버둥거리며 집어넣었다. 3천 년이라는 장구한 시간 동안 부패하지 않은 미라의 육신 속에, 그는 자신의 정액을 충만히 쏟아놓고는 만족스러운 탄식을 내질렀다. 나는 정액의 비릿한 냄새를 맡으며 꿈에서 깨어났다. 꿈에서 깨어나는 순간 나는, 남편의 정액이 미라의 육신에서 새 생명으로 싹트기를 주술처럼 기원했는지도 모르겠다.

－김숨 「육(肉)의 시간」(2007)

　남자의 질린 얼굴은 점차 아래로 퍼져 내려가면서 그의 몸을 새파랗게 물들인다. 파란 몸 가운데에서 노릇한 줄기가 생겨나더니, 막 돋아난 섬세한 잎맥이 순식간에 몸 전체로 뻗어나간다. 남자는 이제 커다란 나뭇잎이 되어 당신 앞에 우뚝 서 있다. 그러자, 당신의 입이 벌어지기 시작한다. 점점 더 커다랗게 벌어지더니 나중에는 머리 부분까지 모두 입으로 변해버린다. 당신은 남자 앞에 무릎을 꿇는다.
　어디선가 세찬 빗소리가 들려온다.
　당신은 어느새 하얗고 통통한 누에가 되어, 나뭇잎을 갉아 먹고 있다. 사각사각. 끈끈이 같은 당신의 입이 쉴 새 없이 오물거린다. 환형동물이 인간의 살 속으로 파고들듯이 당신의 몸짓은 필사적이다. 이미 무릎을 지나 고환을 차례로 먹어치우더니, 심장을 파먹기 시작한다. 당신 몸은 쑥쑥 자라난다. 뇌수를 갉기 전에 당신은 잠시 고개를 든다. 그리고 몸통을 길게 한번 꿈틀거리고는 뇌수 속으로 들어간다. 잎은 순식간에 앙상한 잎맥만 남는다.

－한지수 「자정의 결혼식」(2010)

　합일. 가장 아름다우면서도 가장 처절한 몸부림. 우주의 완벽한 합일은 남녀의 교접이었다.
　그녀는 그 순간 보노보를 떠올렸다. 보노보 원숭이는 종족 번식이 아닌 쾌락을 위해서도 섹스를 한다고 했다. 배면위가 아닌 마주 보며 서로의 사랑을 확인한다고 했다. 지금 이 순간, 보노보도 좋고 네이키드 스시도 좋고 한 여자여도 좋다. 그의 숨결을 느낄 수만 있다면. 그와 한 몸으로 뒤엉켜 이 생을 마감할 수 있다면. 그의 여자일 수 있다면.

그의 동작은 차라리 몸부림에 가까웠다. 무언간에 단단히 화가 난 듯 그는 다른 때보다도 더 격렬하게 그녀를 공격해 들어왔다. (중략)

할 수만 있다면 이 순간에 그녀는 숨이 다하고 싶었다. 그와 함께 숨이 멎고 싶었다. 다시 둘로 분리되지 않고 그렇게 하나로, 하나의 몸으로 이 생을 마감하고 싶었다. 비록 허망한 몸짓일지라도 이대로 그를 안은 채 삶을 끝내고 싶었다.

─은미희 「통증」(2012)

햇살이 찬란하다. 나뭇잎 사이로 보이는 하늘은 눈이 부시고, 초록색 커튼이 바람에 날린다. 그 아래 하얗고 긴 두 육체가 입술을 맞닿은 채, 가슴을 맞닿은 채, 다리를 맞닿은 채 눈을 감고 있다. 서로의 숨결을 은밀하게 희롱하며, 서로의 마음길이 활짝 열리기를 기다리고 있다. 한순간, 男의 페니스가 女의 음순을 열고 안으로 절로 미끄러진다. 빈틈없는 삽입에 女가 몸을 뒤튼다. (중략) 男과 女의 숨소리만 점점 달아올라 크로이처 선율과 하나가 된다. 마침내 초록색 커튼이 크게 펄럭인다. 따가운 햇살이 男의 등뼈를 찌른다. 그것을 신호로 거짓이 없는 男이 위아래로 움직인다. 거짓이 없는 女가 거짓 없는 男의 허리에 다리를 휘감는다. 숨을 헐떡이며 속삭인다. 비명을 지르게 해줘!

─이평재 「크로이처 소나타」(2012)

입술이 새빨간
그녀는
날마다 시달리는 환각에서
벗어나기 위해
의사를 찾았다

프로이트 추종자인
그 의사는
모든 것에
성적(性的) 과잉 반응을 보였다

날마다 그녀는 성욕에 시달리고
햇빛 속을 달리는

자전거 바퀴살만 보아도
온몸에
화상을 입었다

어느 날
그녀는 진찰실 문을 밀고 들어가
삽시간에
의사를 덮쳐버렸다

정말 예민한
프로이트 요법이었다

—김상미 「그녀와 프로이트 요법(1993)

그 자식의 머리통은 냉장고처럼 잔뜩 저장해 놓은 음식물로
가득 차
젊어도 고장난 따발총처럼 착한 생식기의 소유주

나도 석유로 가득 들어찬 주유소 같은 머리통

설탕으로 아낀다

여인들이여 간음하라
선사받은 꽃다발을 쓰레기통에 처박고
축대를 쌓아 낚시바늘이 되어 사슬을 풀어주고

벗겨진 코르셋이 쥐새끼가 되어 달아나기 전에
간음하라

—박서원 「간음」(1995)

오뉴월 땡볕에 붉은 털스웨터를 입고 거리로 나온 여자
'그녀는 미쳤다'고 사람들은 말한다
나는 '그녀는 불탄다'고 말한다 아마도
그녀의 생은 발자국 하나하나 모두 사랑의 시작이었을 것이다

그녀의 생은 발자국 하나하나 모두 사랑의 끝이었을 것이다
바짝 마른 그녀의 몸뚱아리는 심지처럼 붉은 털스웨터 안에 꽂혀있다

사랑하는 그 사람과 일 분 일 초도 안 쉬고
키스만 해야 한다면
사랑하는 그 사람과 일 분 일 초도 안 쉬고
섹스를 해야 한다면
그리고 죽을 수도 없다면

사랑이라는 지옥 속에서
사랑해라는 말을 남용한 혓바닥이 타오른다
타오르는 붉은 스웨터를 감고 타오르는 그녀의 긴 머리카락
                                        ─김종미 「불타는 여자」(2006)

그 여자의 몸속에는 그 남자의 시신(屍身)이 매장되어 있었다 그 남자의 몸속에
는 그 여자의 시신(屍身)이 매장되어 있었다 서로의 알몸을 더듬을 때마다 살가죽
아래 분주한 벌레들의 움직임을 손끝으로 느꼈다 그 여자의 숨결에서 그는 그의
시취(屍臭)를 맡았다 그 남자의 정액에서 그녀는 그녀의 시즙(屍汁) 맛을 보았다
서로의 몸을 열고 들어가면 물이 줄줄 흐르는 자신의 성기가 물크레 기다리고
있었다 이건 시간(屍姦)이야 근친상간이라구 묵계 아래 그들은 서로를 파헤쳤다
손톱 발톱으로 구멍 구멍 붉은 지렁이가 기어나오는 각자의 유골을 수습하였다
파헤쳐진 곳을 얼기설기 흙으로 덮었다 그는 그의 파묘(破墓) 자리를 떠도는 갈
데 없는 망령이 되었다 그녀는 그녀의 파묘(破墓) 자리를 떠도는 음산한 귀곡성(鬼
哭聲)이 되었다
                                        ─김언희 「그라베」(2000)

나의 눈에서 물이 흐릅니다 한쪽 눈알은 말라빠졌습니다 두 다리의 무릎까지만
털이 수북합니다 음부의 반쪽에선 피가 나오고 오른쪽 사타구니엔 정액이 흘러내
립니다 백년에 한 번 있는 일입니다만

죽은 장미가 그랬죠 너는 아름답구나

내게 없는 걸로 주세요 가령 고통이니 절망 허무랄까 뭐 한 번도 경험하지 못
한 사전에만 있는 그 말뜻이 통하게요 안 될까요 그럼 견딜 수 없을 것 같은 혼해

빠진 문구를 써먹을 수 있는 상황이랄까 혹은 질투라는 단어에 적합한 대상을
보내주세요

누가 봤을까요 나도 날 못 봤는데
그러나 나는 아름다워요

—김이듬 「푸른 수염의 마지막 여자」(2007)

2.7. 자발적 욕망, 자기 몸의 순수 응시

성은 오랫동안 은폐된 밀실의 경험이자 주관적 체험의 영역으로 간주되어 왔
다. 특히 여성은 성에 관한 한 무지와 침묵으로 대응하면서 제도화된 성 이데올
로기를 체화해야 하는 존재였다. 따라서 여성의 성은 낭만적 사랑을 완성시키
는 도구이거나 성 이데올로기에 대한 의도적인 저항의 계기로만 의미를 부여받
았던 것도 사실이다.

그러나 현대소설은 어떤 사회적 조건이나 생물학적 차원을 벗어나 아무것도
결부되지 않는 지점에서 성 담론들을 재구성한다. 성에 관한 관조적인 시각을
확보한 소설에서 성의 의미는 운명의 장소이자 축제의 장소라는 양면성 속에서
파악되거나, 도착적 욕망에서 벗어나 억압을 풀어내는 계기이자 종교적 구원의
과정으로 탐색되기 시작한 것이다. (한무숙 「감정이 있는 심연」, 「축제와 운명의 장
소」, 『유수암』)

또한 현대소설은 사랑하는 대상과의 능동적인 성 체험을 통해 자기 몸에 대
해 적극적으로 사유하는 여성들을 등장시킨다. 그리고 이들을 통해 여성의 몸
이 열리고 타인과 교감하게 되는 세밀하고 예민한 순간의 감각들을 포착한다.
여기서 여성인물은 자기 몸의 언어에 반응하여 성에 대한 욕망을 자발적으로
발견하고자 한다. 이렇게 새로 발견한 관능의 세계 앞에서 여성들은 황홀한 쾌
락을 경험하고 그 에너지를 통해 존재감을 복원해간다. 그래서 이들에게 섹스
는 자신의 성 에너지를 속박하는 모든 제도와 이데올로기로부터 벗어나 자기
몸 안의 신을 찾는 구도(求道)의 과정으로 드러난다. 성이 더 이상 제도와 권력

에 수렴되지 않고 오직 개인의 선택이자 운명이며 개체의 지표가 되고 있는 것이다. (강신재 「제단」 「해방촌 가는 길」, 김인숙 『그늘, 깊은 곳』, 김별아 『내 마음의 포르노그라피』, 전경린 『내 생애 꼭 하루뿐일 특별한 날』 『열정의 습관』, 김형경 『사랑을 선택하는 특별한 기준』 『외출』)

여성인물은 단지 훼손된 자아를 복원하는 데 그치지 않고 성을 통해 타자를 발견하고 타자와 소통하는 '몸의 길'을 만들어간다. 이럴 때 섹스는 관계의 완성형이 아니라 타자와의 새로운 관계를 탐색하는 계기이자 타자와의 합일에 이르는 길이며, 또한 타자를 기억하고 보존하는 형식이 된다. (김연경 『「우리는 헤어졌지만, 너의 초상」 그 시를 찾아서』, 윤효 『노러브 노섹스』, 전경린 『황진이』, 김별아 『미실』)

2000년 이후 현대시에서는 여성의 성적 욕망이 은폐되지 않으며 매음이나 죄의식으로 인식되지도 않는다. 섹슈얼리티에 대한 비판과 해체적 인식을 거쳐 비로소 자기 몸과 성에 대한 주체적인 체감과 긍정적인 인식에 다다르고 있다. 성은 의존적이거나 수동적이 아니라 자기 몸의 희열을 긍정하고 자발적인 욕망을 드러내는 건강한 방식으로 표출된다. 가령, 자락(自落) 혹은 자위를 감추거나 숨기지 않고 오히려 '바람이 꽃대를 흔드는 것'이 아니라 자기 안의 격정이 스스로 바람을 만든다고 표현하는 등 성을 여성의 몸이 지닌 적극적이고 자립적인 욕망이라고 표현할 수 있게 된다. (김선우 「얼레지」, 최정란 「키스」)

또한 이 시기에 이르러 '좋은 여성(Good Woman)'이란 성적 욕망이 없는 무성적(sexless) 존재라는 오래된 이데올로기를 유쾌하게 전복하는 여성시인들의 목소리가 높아진다. 여성에게 성 욕망과 성행위가 순결이나 절대절명의 가치를 상실한 것이 아니라는 이해에서 출발하여, 스스로 성을 욕망하고 추구하고 실현하는 과정이 당당하고 자유롭게 자기 자신을 찾는 일이라는 생각에 도달한다. 오르가즘을 '오, 가슴'으로 표현해 섹스를 단지 몸만이 아니라 정서와 결합하는 새로운 명명, "나하고 하고 싶어?"라는 질문에 "응"이라고 답하면서 '눈부신 언어의 체위'를 사랑을 나누는 육체의 체위로 바꾸는 유머, 불감증의 '불감과 감'에 관한 언어유희, 여러 남자와 잠을 자도 여전히 숫처녀라는 '암컷'에 대한 전복적인 예찬 등으로 표출되고 있다. 자신의 몸이 지닌 자발적인 성적 욕망을 인식하면서 여성들은 비로소 자기 안의 건강한 자아와 화해하고 긍정적인 자기 인식을 체득할 수 있게 된다. (김선우 「아욱국」, 김민정 「그녀의 동물은 질겨」,

문정희 「"응"」, 양애경 「암컷」)

이렇게 현대문학은 여성이 자아를 인식하고 주체성을 형성하는 매개로 성을 재탐색하며 체념적인 순결의식이나 강박적인 저항의식 모두에서 자유로운 성 욕망을 통해 여성 육체의 주권을 되찾고 있음을 보여주고 있다.

순정이의 몸 속에는 한 마리의 동물이 살고 있다….
맨 처음 순정이를 보았을 적에 나는 선 듯 그런 느낌이 든 것을 기억합니다. 그는 별로 아름다울 것도 없는 얼굴이기는 하나 커다란 입이나 역시 크고 좀 튀어 나온 두 눈이 무엇을 열심히 느끼려고 긴장되어 있는 듯한 특징있는 표정을 하고 있었습니다.

-강신재 「제단」(1955)

근수의 억센 한 팔이 기애의 등을 끌어당겨 자기의 가슴팍에 묻어버렸다. 목 언저리에 그의 입김이 뜨거웠다. 기애의 머리는 그의 말을 분석하고 있지 않았다. 그는 자기를 마비시킬 듯한 이상한 감각 속에서 숨가쁘게 허덕이며 혼자 생각을 더듬고 있는 것이었다. (이건 무얼까 이건 무얼까)
남자의 육체를 알고 있다고 생각하고 있었지만 여기에는 판이한 무엇이 있었다. 언젠가 오랜 옛날에, 그렇다 아마도 사변 그때에 다락 속에 숨은 근수에게서 받은 어떤 강렬한 느낌과 이것은 상통하는 것이었다.

-강신재 「해방촌 가는 길」(1957)

나는 전아를 범한 것은 아니다. 사실 우리는 어느 쪽에서 먼저 끌어안았는지 몰랐던 것이다. 내 품속에서 그녀는 불타는 여인의 목숨 그것이었다. 내가 범했던 것이라면 그녀는 피해감과 분노와 원한을 가졌을 따름 거기에 죄악감을 느끼지는 않았으리라. 대체로 성(性)의 교합이란 서로 사랑하는 부부 사이에 있어서까지 어떤 처창한 감정이 따르는 것인지 모르겠다. 그러나 성은 생체(生體)의 내용의 하나가 아니겠는가. 구태여 죄라면 그 죄를 거듭함으로써 구원을 받을 수도 있는 것이 아닐까.

-한무숙 「감정이 있는 심연」(1957)

그 때 그녀는 미연을 통하여 다시 바른 삶을 멋들어지게 살아보겠다는 도착(倒着)에 빠져 바둥대었던 것이었으나, 봄처럼 다사로운 늦가을의 햇살 아래 타는 단풍을 멀리 보고, 발 아래 인간의 영위하는 소리들을 들으며 어렴풋이 떠오르는 상념을 그녀는 더 밀어 낼 수가 없었다. 그것은 점점 또렷해져 와서 확신으로 굳어갔던 것이다.

미연이 그 청년에게서 순결을 바쳤는지 아닌지는 잘 모른다. 그러나 언젠가는 일어난 일이고, 그 관능과 환희의 절정이 곧 부검에 이르는 여자의 운명에 직결되는 일이 있다 할지라도, 어느 시인이 말하듯 성이란 인간의 귀속(歸屬)을 확증하는 축제의 자리임에 틀림이 없을 것이었다.

전옥희 여사는 자신에게 다시 한 번 인생이 주어진다 하더라도, 역시 같은 치우(癡愚), 같은 실수와 고통에 찬 길을 되풀이할 수밖에 없을 것이라는 것을 뼈저리게 실감하였다. 그것은 패배를 정당화함으로써 인생을 긍정하려는 뜻이라기보다는, 죽음 앞에 선 사람만이 가지는 하나의 깨우침이었다.

－한무숙 「축제와 운명의 장소」(1963)

불경의 말씀대로 끈끈하게 비린 육취(肉臭)를 풍기며 얽혀드는 색(色)이란 결국 공허한 것이나, 공(空)이란 또 비어 있기 때문에 만상을 어리는 것이고, 따라서 색도 역시 수시로 거기 깃들 수 있다는 것이리라. 말하자면 영원과 수유(須臾)와의 교환, 그리고 영원한 정신의 존엄과 수유를 불태우는 관능(官能)이 교차하는 것이라고나 할까? 그러므로 종교란 어느 것이고 간에 그 비의(秘義)에 있어 얼마만큼의 음밀(陰密)함을 지니는 것이고, 홍등가의 간드러진 가락 소리에 어쩌다가 처절한, 오히려 종교적인 것이 스미기도 하는 것이 아닐까? 그리고 보면 흔히 화류항(花柳港)에서 보는 양미암이라든가 현화암 같은 관능과 환락, 타죄(墮罪)와 육욕의 어지러운 유흥의 집이, 정토(淨土)의 정화(淨化)를 지키는 거룩한 불보살(佛菩薩)의 뜻에서가 아니고, 인간사(人間事)의 본연을 직시한 연후에 지어진 까닭이라고도 할 수 있을 것이다.

－한무숙 『유수암』(1963)

첫 번째의 섹스는 격렬했다. 그들은 서로의 살과 서로의 숨결이 깊이를 찾아볼 시간 같은 것은 조금도 없는 사람들처럼, 곧 떠날 막차를 잡아타기 전에 기차 그늘 아래에서 나누는 섹스처럼 급하고 격렬할 뿐이었다. (중략) 은은한 기쁨과 몽환 같은 그리움은 두 번 빼 섹스 때부터 찾아왔다. 말 못할 그리움과 같은 갈증으로 그녀는 그의 등을 쓸었고, 그는 그녀의 이마에 입술을 맞추었다.

－김인숙 『그늘, 깊은 곳』(1997)

우리는 서로의 쾌감과 성적 의식을 솔직하게 털어놓는 대화를 시작할 때까지 서로에 대해 철저히 무지했을 뿐 아니라 자기 자신에게도 무지했다. 우리는 지금껏 누구를 위해 가짜 오르가즘을 흉내내고 거짓 신음 소리를 내뿜고 스포츠에

가까운 갖가지 불편한 체위를 실험했던가. //

누가 에로티시즘을 춤 같은 것이라고 했던가. 마돈나는 포르노 배우가 아니다. 하지만 그녀의 뮤직 비디오는 성기가 적나라하게 드러나는 포르노 비디오보다 더 선정적이다. 마돈나는 정치가가 아니다. 하지만 그녀의 몸짓은 어느 정치가의 연설보다 선동성이 강하다. 나는 땀에 젖어 헐떡이는 그녀의 춤이 출산과 같다고 생각했다. 산고로부터의 해방, 배설의 쾌감, 그래서일까? 그녀의 육체와 영혼이 폭발하는 비디오를 보고 나면 가슴 한켠이 짜아해진다. (중략)

하지만, 이제야 비로소 나는 내가 얼마나 아름답고 소중한 존재인지를 깨닫는다. 나는 세상에서 가장 아름답고 신비한 소리를 낼 수 있는 악기이며 어떤 가뭄에도 마르지 않는 우물이다. 여태껏 나는 다만 연주법을 모르고 두레박을 사용할 줄 몰랐을 뿐이다.

–김별아 『내 마음의 포르노그라피』(1995)

정후, 그러므로 우리는 헤어져야 했다. 그러나, 너의 초상은 사라져서는 안 된다. 내 기억에서 사라지더라도 다른 형식 속에서 보존되어야 한다. 나는 다시 너의 초상화를 그려간다. (중략)

그리고, 알코올과 뒤섞인 상황에서 나는 속으로 조용히 말했다, 하지만 나는 혼자서 이미 오르가즘을 경험했어요. 내게 새로운 것은 성감이 아니었다. 나는, '둘이 있음' '둘이서 하나가 될 수 있음'을 동경하고 있었던 것이다. 타인의 손으로 데워지는 내 육체에, 타인의 입김으로 흥분하는 내 뺨에, 타인의 혀와 뒤엉키는 내 혀에 감동하고 있었던 것이다. 그래서 너의 키스는 그 순간만은 가치가 있었다. 네가 손을 들어 조심스럽게 내 턱을 거머쥘 때, 내 얼굴이 온통 너의 손에 들어가버렸을 그때. 너는 내 안경을 벗기고 서서히 내게 다가왔다. 이 흔해빠진 그림 앞에서 나를 감동시킨 것은 그 순간 너의 말,

–눈을 크게 떠요, 였다.

그것은, 이 순간을 잘 기억해둬요, 처럼 들렸다.

–김연경 「「우리는 헤어졌지만, 너의 초상은」 그 시를 찾아서」(1996)

'그대'는 '나'를 '그대'의 방으로 데리고 간다. '나'는 '그대'가 이끄는 대로, '그대'의 공간 속으로 들어간다. '나'의 여성(女性)은 건강한 남성(男性)으로 변하고, '그대'는 그런 '나'를 받아들일 몽상하는 공간이 된다. '나'와 '그대'의 물리적인 성(性)이 3차원으로 치환된다. 남성화된 '나'는 여성화된 '그대'를 향해, '그대'의 존재 양태를 향해, 추상의 붉은 팔루스를 서서히 흔들기 시작한다.

–김연경 「바스러지는, 어그러지는 하루」(1997)

내 몸은 변했다. 나 자신마저도 낯설어하는 깜짝 놀라는 위험한 관능이 그 속에 은닉되어 있었다. 그건 참으로 낯설어서 어떻게 다루어야 할지 불안한 것이었다. 생을 어둡고 질척한 밑바닥으로 끌어내리는 동물적인 몰입. 이것은 평범한 여자에게 무상으로 주어진 선물일까, 혹은 극복해야 할 재앙일까. 규와 섹스를 할 때면, 더 이상 먹지도 말고 잠들지도 말고, 낮이 되지도 말고, 밤이 되지도 말고 그 순간이 영원히 계속되었으면 하는 꿈에 빠진다. 규를 생각하자 불안하고, 자극적인 이상한 활기가 머리끝부터 발끝까지 나의 몸을 감쌌다. 내 몸은 절정에 이르러 밤의 숲이 울리도록 커다랗게 소리를 냈다.

―전경린『내 생애 꼭 하루뿐일 특별한 날』(1999)

전남편과의 성행위는 한 점 온기를 얻기 위해 그에게 매달려 있었던 듯한 느낌이었다. 아마도 심리적 의존성에서 비롯된 감각이 아니었나 싶었다. 진찬과의 섹스는 몸과 몸이 서로 물처럼 스미는 느낌이었다. (중략) 또 어떤 사람과의 섹스는 마치 수틀에 한 땀 한 땀씩 수를 놓는 듯 했다. 가벼운 손짓으로 시작해서 천천히, 부드럽게 몸동작으로 이행되던 과정은, 그것이 다 끝나고 나서야 비로소 화려하고 멋진 수예품이 완성되었음을 알아보게 되었다. 또 어떤 이와의 섹스는 마치 그가 가지고 있는 칼을 빼앗아 주머니에 넣는 듯한 기분으로 끝난 적도 있었고, 또 어떤 이와의 섹스는 내내 진흙탕에서 온몸을 뒹굴며 씨름하는구나 싶은 느낌을 주기도 했다. 정서적인 공감이나 섬세한 감각의 조응 없이 육체와 육체가 맞부딪쳐서 자극과 반응, 작용과 반작용을 반복하는구나 하는 느낌을 주는 사람도 있었다.

인혜에게는 그 각각의 성이 개성 있고 고유했다. 인혜가 원하는 것은 성을 나눌 때 체험되는 자신의 육체, 자신의 욕망, 그 욕망의 살아있음을 느끼는 일이었다.

―김형경『사랑을 선택하는 특별한 기준』(2001)

말을 할 때조차 둘은 서로의 육체의 질감을 느꼈다. 정신이 육체화되고 육체가 정신이 되는 동안에 자신들이 고르는 일상적인 언어와 문장의 구조마저 정신과 육체에 물리적·화학적 작용을 불러일으키는 것 같았다. 전화선을 통해 말을 하면서도, 마치 살을 만지는 것 같은, 두 겹으로 포개져 끌어안고 있는 것 같은, 삽입된 것과 같은 관능적인 황홀을 공유하며 말을 멈추게 되는 것이다.

언어란 영혼의 몽타주일지도 모른다. 또한 정신은 언어의 몽타주이며 육체는 정신의 몽타주인 것이다. 4위 일체의 사랑, 그 중에서 진성이 가장 원하는 사랑은 성적 사랑이었다. 모든 통합의 구체적 행위이고 시작이면서 동시에 끝이기 때문이었다.

―전경린『열정의 습관』(2002)

"진아, 네게서 몸은 무엇이더냐?"

진의 눈에 일순간 눈물이 번쩍였다.

"제게 몸은 길과 같은 것이었습니다. 한 걸음 한 걸음 길을 밟으면서 길을 버리고 온 것처럼 저는 한 걸음 한 걸음 제 몸을 버리고 여기 이르렀습니다. 사내들이 제 몸을 지나 제 길로 갔듯이 저 역시 제 몸을 지나 나의 길로 끊임없이 왔습니다. 길이 그렇듯, 어느 누가 몸을 목적으로 삼고 누가 몸을 소유할 수 있으며 어찌 몸에 담을 치겠습니까? 길이 그렇듯, 몸 역시 우리 것이 아니지요. 단지 우리가 돌아가는 방법이지요."

—전경린 『황진이』(2004)

그곳에서 그녀가 집착했던 건 오르가즘이 아니었다. 그녀는 그의 살에 닿고 그와 여러 가지 페팅을 하고 또 그의 페니스를 받아들이는 것, 그 모두가 좋았다. 전혀 낯설지 않았다. 가끔은 그의 페니스의 감촉이 그의 얼굴이나 캐릭터보다 익숙했다. 그리고 그와 섹스를 하다 마주치는 그의 큰 눈… 섹스에 탐닉하고 있으면서도 또 그것과는 전혀 상관없어 보이는, 해독할 순 없지만 너무 많은 말을 하고 있는 듯한 그 간절한 눈에 빨려 들어가면서 그녀는 얇은 홑꺼풀의 서늘한 눈을 가진 남자를 좋아했던 자신의 취향이 바뀔지도 모른다는 생각을 했다. 그리고 또 한 가지, 지난 반 년 동안 지나치게 침울하거나 지나치게 담담했던 자신의 정서가 바뀐 걸 깨달았다.

—윤효 『노러브 노섹스』(2004)

그런 마음 때문이었을까. 막상 인수를 안았을 때는 마치 깃털이나 풍선 같은 것을 안고 있는 느낌이었다. 무게나 부피감이 전혀 느껴지지 않았다. 조금만 세게 힘을 주면 비눗방울처럼 터져 흔적도 없이 사라질 것 같았다. 그 안타까움과 아까움 때문에 서영은 더 세밀하게, 더 부드럽게 그를 안았다.

인수는 서영을 안았을 때 그녀의 몸에서 나는 음악 소리를 들었다. 낮은 숨결, 부드러운 호흡, 가느다란 신음……. 서영의 몸은 인수의 손길에 반응하면서 높이나 길이가 다른 다양한 소리를 냈고, 인수에게 그것은 음악처럼 들렸다. 서영의 몸에서 나오는 음악을 듣고 있으면 거기서 빛이 보였고, 다채로운 빛 속에 몸을 담그고 있으면 거기서 다시 미묘한 사랑의 감정이 솟았다.

'도레미파솔라시도'에 대응하는 '빨주노초파남보'만 있는 게 아니었다. 그 색과 음에 대응하는 일곱 가지 감정이 있었다. '희로애락애오욕' 인수는 서영을 안은 채 인간이 느낄 수 있는 다양한 감정들이 내면에서 고루 체험되는 것을 감지했다.

—김형경 『외출』(2005)

미실은 작은 새가 지저귀듯 사다함의 귓가에 미어(美語))를 속삭이었다. 그렇게 말하지 않으면, 표현하여 드러내지 않으면 가슴이 벅차 터질 것만 같았다. 하늘과 땅, 추위와 더위, 낮과 밤, 짝을 지어 대립하고 융화하는 모든 것처럼 미실은 사다함을 갈구하고 있었다.

　사다함 역시 엉겨드는 미실의 팔다리에 옥죄인 채 미지의 세계로 치닫고 있었다. 여체는 죄악을 낳는 불길하고 불온한 것이라 믿었다. 하지만 어둠 속에 껍질을 벗어 던진 여인은 결이 고운 비단처럼 부드럽고 섬세하였다. 미실의 혀에서 솟아오르는 천지수(天地水)는 마실수록 달콤했다. 수밀도(水蜜桃)같이 탄력 있고 풍만한 젖가슴에 코를 비비노라니 수레바퀴만큼이나 크다는 극락의 연꽃을 완상하며 노니는 듯 미묘하고도 향기로웠다. 그는 솟구쳐 오르는 탈주와 탈옥의 충동을 느꼈다.

　벗어나고 싶다! 육신을 통해 육신을 벗어나 도저한 쾌감의 영지에 뛰어들고 싶다!

―김별아 『미실』(2005)

옛 애인이 한밤 전화를 걸어왔습니다
자위를 해본 적 있느냐
나는 가끔 한다고 그랬습니다
누구를 생각하며 하느냐
아무도 생각하지 않는다 그랬습니다
벌 나비를 생각해야만 꽃이 봉오리를 열겠니
되물었지만, 그는 이해하지 못했습니다
얼레지……
남해 금산 잔설이 남아 있던 둔덕에
딴딴한 흙을 뚫고 여린 꽃대 피워내던
얼레지꽃 생각이 났습니다
꽃대에 깃드는 햇살의 감촉
해토머리 습기가 잔뿌리 간질이는
오랜 그리움이 내 젖망울 돋아나게 했습니다
얼레지의 꽃말은 바람난 여인이래
바람이 꽃대를 흔드는 줄 아니?
대궁 속의 격정이 바람을 만들어
봐, 두 다리가 풀잎처럼 눕잖니
쓰러뜨려 눕힐 상대 없이도

얼레지는 얼레지
참숯처럼 뜨거워집니다

—김선우 「얼레지」(2000)

두 개의 혀가 만나 고해성사를 올리고 있다 가시 박힌 독설을 내뱉은 죄, 달콤하게 아첨한 죄, 거짓말로 판단을 흐린 죄, 감언이설로 유혹한 죄, 쓰다달다 중언부언 간섭한 죄, 몽상의 요설로 세상을 어지럽힌 죄, 오독과 통화권이탈 사이를 오가며 쓰디쓴 서로의 밑바닥을 고백하고 있다

가장 지독한 방언으로 혀와 혀가 서로의 죄를 드나드는 동안, 어긋난 목 뒤에 다가온 신의 손끝, 불끈 솟은 등뼈 마디를 하나씩 짚어나간다 세상의 입술과 귀에 누적된 습관들, 마디마디 굳은 관절을 푼다

—최정란 「키스」(2009)

—엄마, 오르가슴 느껴본 적 있어?
—오, 가슴이 뭐냐?
아욱을 빨다가 내 가슴이 활짝 벌어진다
언제부터 아욱을 씨 뿌려 길러 먹기 시작했는지 알 수 없지만
—으응, 그거! 그, 오, 가슴!
자글자글한 늙은 여자 아욱꽃빛 스민 연분홍으로 웃으시고
(중략)
오르가슴의 힘으로 한 상 그득한 풀밭을 차리고
슬픔이 커서 등이 넓어진 내 연인과
어린것들 불러 모아 살진 살점 떠먹이는
아욱국 끓는 저녁이네 오, 가슴 환한.

—김선우 「아욱국」(2007)

여자에게 고민이란 바로 이런 것
왜 나의 不感은 感이 되지 않는 걸까
이렇게 쉽게 펑, 젖으면서도 말이지
왜 나의 感은 不感이 되지 못하는 걸까
이렇게 체중계가 휘청, 하는데도 말이지

—김민정 「그녀의 동물은 질겨」(2009)

성 133

햇살 가득한 대낮
지금 나하고 하고 싶어?
네가 물었을 때
꽃처럼 피어난
나의 문자
" 응 "

동그란 해로 너 내 위에 떠있고
동그란 달로 나 네 아래 떠있는
이 눈부신 언어의 체위

-문정희 「"응"」(2007)

마돈나는 노래했죠
그이와 함께 자면
숫처녀가 된 것 같다구요.

여러 명의 남자와 수백 번 자고서
다시 마음에 드는 새로운 남자를 만나
"나 다시 처음인 거 같아요. 왜 이리 떨리죠?"
라고 말하다니 뻔뻔스럽죠

자기 남자를 만나면 최고의 선물이
처녀성을 주는 것이라고 배우고서
오래도록 지켜 온 노처녀 버진들은
그럼 뭐란 말이에요?

(중략)
하지만 난 암컷인 게 자랑스러워요
가족의 양식과 따뜻한 잠자리
사랑하는 사람이 핍박받게 되면
발톱을 곤두세워 앙칼지게 지켜 내는

그래요, 난 암컷이에요

-양애경 「암컷」(2005)

3
성장

성장은 태어난 이후의 신체적, 정신적 성숙의 과정을 의미한다. 사회에서 부여하는 특별한 의미를 지닌 성장의 단계가 있는데, 출생, 성년, 결혼, 사망 등과 같이 사람의 일생 동안 새로운 상태로 넘어갈 때 겪어야 할 의식을 통틀어 통과의례 또는 통과제의라고 한다. 특히 그 사회의 성인이 되기 위해 치르는 의례를 입회식, 성년식, 성인식이라 하는데, 한국의 전통 사회에서는 남성의 '관례(冠禮)'와 여성의 '계례(筓禮)'가 있었다.

남자는 관례 때 상투를 틀고 망건을 쓴 다음, 그 위에 갓을 쓰고 새 옷을 차려 입었고, 여자는 허혼(許婚)이 되면 계례를 올렸는데 땋은 머리를 풀고 쪽을 찌어 비녀를 꽂았다. 성인식을 치르면 '성인', 즉 '어른'이 되었다. '어른'은 다 자란 사람, 또는 다 자라 자기 일에 책임을 질 수 있는 사람을 의미한다. '어른'이 '결혼하다'의 의미인 '얼우다'에서 기원하였다는 사실로 볼 때, '결혼을 한 사람'을 성인으로 대우했음을 알 수 있다.

고전시대 여성작가의 작품에서 성년식에 관한 시문은 오직 조선후기 김삼의당에게서 나타난다. 그는 성년식을 하면서 바르고 정숙한 몸가짐을 하고 시부모와 남편을 잘 섬기면서 순종을 하고 성인의 가르침에 따라 남녀유별을 지키며 바깥일에 관심을 두지 않겠다고 맹서를 했다. 여성에게 성년식이란, 주체적 생각을 접고 가부장에 순종하는 가문의 일꾼이 되기 위한 준비였다. 이는 가부장제 사회에서 여성에게 주입된 논리였다.

현대문학에서 여성에게 성장의 노정은 아웃사이더 혹은 자발적인 소외를 지향하는 방외인의 양상으로 드러난다. 기존 체제에 통합되지 않으려는 반(反)성장의 노선을 추구하는 것이다. 현대소설에서 여성인물의 성장은 결혼·이혼, 임신·출산 등의 체험과 관련해 일어나면서 전인생의 단계에 걸쳐 있다. 세계는 여성의 이상적 자아와 화합할 수 없는 타락한 세계이기 때문에 여성인물이 안정과 정상성으로부터 이탈하려 하며, 세계와 불화하고 성장을 거부하는 것은 본질적인 성장을 위한 필연적 과정이다. 현대시에서는 여성되기에 대한 두려움, 입사(入社)에 대한 공포, 기성세계의 거부 등이 성장을 향한 지배적인 정서로 나타난다. 현실과 타협하거나 세계에 순응하지 않으면서 성년으로 진입하려는 의지는 지금까지와는 다른 여성성, '소녀'와 '여자'의 거부, 세계와 쉽게 화해하지 않으려는 태도 등으로 드러난다. 또한 성장과 반성장의 궤적은 자신의 경험을 다른 여성들의 삶 속에서도 발견함으로써 여성들의 공감 혹은 연대를 이룬다.

지배담론과의 불화 속에서 자신의 정체성을 확립하지 못한 채 미완의 결말에 만족해야 했던 여성 성장의 서사는, 2000년대 중후반부터 지배질서를 넘어 대안적 세계를 구축하는 전복적 상상력으로 나아간다. 이것은 미성숙한 자와 성숙한 자가 분화되지 않고 서로가 서로에게 멘토가 되는 다각적 성장의 구조를 지니고 있다. 그리고 이 상상력 가운데 여성은 감성과 열정, 불안정과 개성으로 채워진 대안적 가족의 구성원으로서 결핍을 긍정하는 명랑한 아웃사이더의 모습을 보여준다.

3.1. 성장의 의미와 변화

성장의 의미

사람이 성장한다고 하는 것은 다양한 의미를 내포한다. 본래는 생물체가 물리적으로 점점 커지거나 증가하는 현상을 가리키는 발육(發育), 생장(生長) 등의 의미로 사용되면서 자연스럽게 발달(發達), 발전(發展) 등의 의미를 갖게 되었다. 이것은 물리적인 부피나 중량의 증가뿐 아니라 신체, 정서, 지능 등도 성숙해짐을 의미한다. 따라서 보통 인간의 출생과 성장이라고 함은 '태어남'과 그 이후의 '신체적, 정신적 성숙의 과정'을 의미한다고 볼 수 있다.

> 청소년기는 성장이 매우 빠른 시기이다. (『표준국어대사전』)
> 그의 출생과 성장에 대한 역사적인 기록은 거의 없고, 신화(神話)의 형태로만 조금씩 전한다. (이문열 『사람의 아들』(1987))

또한, 의미가 확장되어 규모나 세력이 커지는 현상 등을 의미하는 번영(繁榮), 번성(蕃盛) 등의 의미도 함축한다.

> 큰 폭의 마이너스 성장 (『표준국어대사전』)
> 일본의 급속한 성장과 몰락해 가는 청나라의 형편 등 국제 정세를 설명하며 (송기숙 『녹두장군』(1994))

인간은 출생부터 사망에 이르기까지 한 개인의 삶이 진전함에 따라 한 종류의 집단에서 다른 종류의 집단으로 옮겨가기도 하고 지위가 바뀌기도 한다. 인간의 삶 전 과정 속에서 중요한 사건이 되풀이 될 때 인간은 그 사건에 특정한 의미를 부여하고, 세월이 흐르면서 집단으로 일정한 의례를 치르게 되는데 이것을 '통과제의(通過祭儀)'라고 불렀다. 특히 어떤 문화권에서든지 그 사회의 한 성인이 되기 위해 통과해야 하는 상징적인 입회식(initiation)이 존재하는데 이것이 일명 성년식, 성인식이라 불리는 의례들이다. 우리나라에도 전통적으로 통과제의적 의미를 갖는 성년식이 있었으며 지금까지도 현대적 의미의 성년식이 그 명맥을 유지하고 있다.

성인과 어른　　　　　　　　사람을 가리키는 지칭어는 사람의 일상생활과
　　　　　　　　　　　　　밀접한 관련을 갖는 경우가 많다. 한국 사회는
전통적으로 종적인 인간관계가 중시되었으므로 사람을 가리키는 지칭어 또한
사회구조의 체계를 반영한다. 사람 지칭어 중 '어른'은 고유어로서 다음과 같은
사전적 의미를 갖는다.

　　① 다 자란 사람
　　② 장가들거나 시집간 사람
　　③ 나이나 지위가 자기보다 높은 사람
　　④ 남의 아버지를 조금 높여 일컫는 말
　　－『우리말 큰사전』(1992)

　이처럼 어른은 본래 다 자라서 혼인을 한 사람을 의미했다가 후에 나보다 나
이나 지위가 높은 사람을 지칭하는 표현으로 확장되었을 것이다. 이와 같은 의
미는 어른의 어원이 어떻게 발달되어 왔는가를 살펴봄으로써 알 수 있다.
　일반적으로 '어른'이 소급되는 최초의 형태는 15세기의 '얼운'이다. '얼운' 혹
은 '얼운사람' 등이 나타나지만 '얼우-'라는 용언은 문헌에 자주 나타나지 않는
다. 중세 문헌에서는 '아비 怒ᄒᆞ야 구틔여 얼우려커늘 孫氏 ᄀ마니 댓수헤에 가
목믜야 돌엿거늘 (『속삼강행실도』 烈(1432))'이 유일한 듯하다. '얼운'은 '얼우다'
에 관형사형 어미 '-ㄴ'이 결합된 어형이 명사로 굳어진 것으로 볼 수 있다. 15
세기에 보이는 '얼운'은 근대국어 시기에 '얼운, 어룬, 어론' 등의 형태로 나타
났으며, 19세기 이후 지금의 '어른'이 되었다. 그러므로 성적인 결합을 의미하
는 '교합(交合)'의 뜻을 가진 '얼우다'에서 파생한 '얼운(〉어른)'이 혼인을 통해 장
가나 시집을 간 사람을 지칭하는 말로 사용되었고, 지금의 성인(成人, 大人)을
의미하는 말이 되었다고 하겠다.

통과제의의 의미　　　　　　'통과제의'란 통과의례라고도 부르며 출생, 성
　　　　　　　　　　　　　년, 결혼, 사망 따위와 같이 사람의 일생 동안
새로운 상태로 넘어갈 때 겪어야 할 의식을 통틀어 이르는 말로 아놀드 반 주네
프(Arnold Van Gennep)가 처음 사용한 용어이다. 곧 통과제의 혹은 통과의례는

개인의 성장과정에서 행해지는 인생의례를 가리키며, 개인이 일생을 살면서 치르게 되는 중요한 사건과 관련하여 가족을 중심으로 행하게 되는 일련의 의식 절차를 의미하게 되었다. 넓은 의미로는 강을 건너거나 마을을 통과하는 것과 같이 장소로의 통과나 국왕 혹은 족장의 재관이나 취임으로 인해 신분의 변화가 일어나는 경우에 행해지는 의례를 가리키기도 한다.

우리 사회에서는 이러한 통과의례를 가족을 중심으로 행하기 때문에 가정의례라고 부르기도 한다. 가정의례는 시대와 사회에 따라서 종류가 다른데, 현재 우리 사회에서 중요한 가정의례로는 혼례, 상례, 제례 및 회갑연 등이 있다. 특히 통과의례 중 그 사회의 한 성인이 되기 위해 치르는 의례를 입회식(initiation), 성년식, 성인식 등이라 하는데, 한국의 전통 사회에서는 남자들의 성인 의례인 '관례(冠禮)'가, 여성들의 성인 의례인 '계례(笄禮)'가 존재했다.

성년식의 유래 통과제의는 이전의 상태에서 분리되고 격리되는 상징적인 '죽음'을 경험하는 분리의례(rites de separation) 단계로부터 새로운 지위를 획득하게 되는 통합의례(rites de degregation) 단계로 이루어진다. 그리고 그 중간의 경계 지점을 조정이 이루어지는 과도의례(rites de demarge) 단계라고 부르는데, 이 단계에서는 세속의 질서나 가치관이 전도되는 경험을 하게 된다. 이때 새로운 지위를 획득하게 되며 각 문화마다 다른 방식의 의례를 거행함으로써 상징적으로 표현된다.

그러나 모든 사회에서 그리고 모든 의식에서 이러한 세 가지 절차가 똑같이 적용되는 것은 아니다. 예컨대 분리를 위한 의식절차는 상례에서 가장 잘 나타나고, 통합을 위한 의식절차는 혼례에서 가장 잘 나타난다. 또, 과도적인 이행을 위한 의식절차는 성년의식에서 가장 중요한 부분을 이루고 있다. 이밖에 혼례나 상례, 새로운 육십갑자(六十甲子)가 시작되는 회갑연 등도 모두 인생의 전 과정에서 단계적으로 새로운 지위로 옮겨 가면서 거행하는 의식이다. 여기에는 세 가지 국면 곧, 분리, 과도, 통합 단계 각각이 그 비중은 다르지만 모두 상징적으로 포함되어 있다.

통과의례는 모든 사회에 존재한다. 그러나 사회 구조 및 문화의 차이에 따라 사회마다 강조되는 의례의 종류가 다르고, 그 규범 절차 또한 다르다. 삶의 주기를 어떻게 구분하는가에 따라서 강조하는 의례의 종류가 서로 다르며, 그러한 의례에 부여하는 의미에 따라서 행위양식을 달리하고 있기 때문이다. 고대의 주요한 통과의례로서는 혼인과 사망에 따른 의례에 관해서만 단편적으로 그 면모를 파악할 수 있다.

고려시대에는 성종 때에 『예의(禮儀)』가 제정되었으며, 의종 때에는 『상정고금례(詳定古今禮)』 50권이 편찬되었다고 한다. 이들 책에는 중요한 가정의례가 포함되었을 것으로 생각되지만 모두 전해지지 않고 있어 내용을 알 길이 없다. 그러나 성종 대에는 국가의 주요제도를 유교적으로 개편한 것으로 보아 통과의례로서의 가정의례도 이 시기부터 한걸음 더 유교적인 것으로 바뀌기 시작하였을 것으로 생각한다. 하지만 인종 때에 송나라 사신으로 고려에 왔던 서긍(徐兢)이 지은 『고려도경(高麗圖經)』에 의하면 혼인은 그때까지도 유교적인 예를 의미하는 전례(典禮)를 따르지 않고 있었다고 한다. 그러나 고려에서는 국가체제의 힘을 통해 특히 상례와 제례를 유교의 의식절차로 점차 바꾸어갔다. 조선사회에서도 관례와 혼례를 유교적인 것으로 바꾸는 데 크게 관심을 기울이지 않아서 이에 대한 유교적인 제도화는 크게 진전되지 않은 것으로 보인다.

관례와 혼례를 상례, 제례와 함께 가정의례로서 학자들이 다루기 시작한 것은 16세기 말경부터 17세기 초에 걸쳐 편찬된 김장생(金長生)의 『가례집람(家禮輯覽)』, 이항복(李恒福)의 『사례훈몽(四禮訓蒙)』, 신식(申湜)의 『가례언해(家禮諺解)』, 조호익(曺好益)의 『가례고증(家禮考證)』 등이다. 그 뒤에 나온 가례에 관한 저술들은 대개 관혼상제를 함께 다루고 있다. 이것으로 보아 관례와 혼례가 상례, 제례와 함께 유교의 제도로서 발전한 것은 17세기 무렵부터라고 추측한다. 이 무렵에 『가례언해』가 편찬됨으로써 유교적인 가정의례를 우리글로 풀이하여 지식수준이 낮은 일반 민간에 보다 널리 퍼지게 하였다. 관례와 관련하여서는 다음과 같은 기록이 보인다.

> 두 아ᄃᆞᆯ를 冠禮ᄒᆞ거늘 冠禮ᄂᆞᆫ 나히 스믈히어든 첫 곳갈 쓰이는 禮라 (『삼강행실도 (三綱行實圖)』忠 (1432))
> 冠禮며 昏례며 (『가례언해(家禮諺解)』(1632))
> 冠禮ᄂᆞᆫ 만히 司馬氏를 取ᄒᆞ시고 昏禮ᄂᆞᆫ 可馬氏 程氏를 參쟉ᄒᆞ시고 (『가례언해(家禮諺解)』(1632))
> 관녜를 힝ᄒᆞ니 (『오륜행실도(五倫行實圖)』 2 (1797))

3.2. 통과제의로서의 성년식

관례와 계례　　　　전통적으로 성인이 되는 데는 남자는 관례, 여
자는 계례를 행했다. 언제부터 이 관례가 시작
되었는지 명확하지는 않으나 조선시대에 이르러 왕족, 양반을 포함한 선비와
지식계급 사이에서 널리 행해졌다.

여자가 허혼(許婚)이 되면 올리는 성인례(成人禮)를 '계례(笄禮)'라고 불렀는데,
이는 남자가 머리를 빗어 올려 상투를 틀고 망건을 쓴 다음, 그 위에 갓을 쓰고
새 옷을 차려 입음으로써 성인이 되었음을 나타내는 의식인 '관례(冠禮)'와 같은
것으로, 땋은 머리를 풀고 쪽을 찌어 비녀를 꽂는 의식이었다. 그 유래도 관례
의 경우와 같이 고려시대부터 비롯된 것으로 보인다.

계례는 관례와 달리, 어머니가 주가 되어 예(禮)를 잘 아는 여자를 주례자로
청하였고, 가관계(加冠笄)의 절차는 남자의 관례와 같으나 가례(加禮)는 1차로써
끝났다. 이때 계를 올리는 당사자는 머리를 두 가닥으로 묶는 쌍계(雙紛)에 삼
자(衫子), 즉 당의(唐衣)를 입고 서 있다가 절차에 따라 땋은 머리를 풀고 합발(合
髮)하여 쪽을 쪘다. 이것은 미혼 처녀의 머리를 쪽을 찌서 머리털이 풀어지지
않도록 하기 위한 것으로 대개는 허혼이 된 약혼한 여자가 올렸지만 15세가 되
면 올리기도 했다.

이처럼 갓이나 비녀는 대외적으로 성인의 표징이 되었고, 원칙적으로 사회
적 지위를 보장하는 장치가 되었다. 옛날에는 남녀 모두 15세에 이르러서야 비
로소 혼약이 성립되었으므로 대개 관례와 계례는 혼약이 성립된 후 비로소 행
하게 되는 경우가 대부분이었으며, 대개 혼례하기 수일 전에 좋은 날을 택하는
것이 통례로 되어 있었다. 그러므로 갓을 쓰지 못한 자는 상대가 아무리 자기보
다 나이가 아래라 하더라도 언사를 하대할 수 없었으며, 여성은 계례가 끝났다
하더라도 허혼이 되지 않아 집에 있어야 할 때는 쪽을 찌지 않고 땋은 머리로
되돌아갔다.

관례, 계례를 치른 것은 성인, 즉 어른이 되었음을 의미했다. '어른'은 다 자
란 사람, 또는 다 자라서 자기 일에 책임을 질 수 있는 사람을 의미하는데, 본래
'결혼하다'의 의미를 갖는 '얼우다'에서 기원한 것임을 고려할 때, '결혼을 한 사

람'을 성인으로 대우했음을 알 수 있다.

현대에 이르러 관례나 계례는 '성년식'이라 부르며 5월 셋째 월요일을 '성년의 날'로 제정하고 있다. 현대에 성인(成人)은 자라서 어른이 된 사람을 의미하며 보통 만 20세 이상의 남녀를 말한다. 이와 같은 성인과 미성인의 분류 기준은 어른들의 보호 대상인가 아닌가 하는 것에 따른 것이다. 따라서 그 나이를 '성년'이라 하고, 이 시점을 기준으로 법적 권리를 지니는 사람을 지칭하기도 한다. 성년이 되었음을 기념하여 현대에는 전통적인 관례, 계례와는 다른 의미의 '성년식'을 치른 뒤 어른의 보호가 법적으로 필요하지 않은 성인으로 대접받는다. 성년의 날을 기념함으로써 성인이 된 젊은이들에게 한 사회의 구성원으로서 의무와 권리를 일깨워 주고, 어른이 되었음을 축하하고 격려하는 것이다. 그러나 과거에 혼례보다 더 중요시 하던 전통적인 관례나 계례의 의식 및 의미와 비교해 볼 때, 1973년에 제정된 성인의 날은 성인이 된 젊은이들의 자축 자리와 같은 사적인 모임이나 가정에서 기념하는 정도로 그 의미가 퇴색하였고 의식 또한 간소화되었다.

여성의 성년식 여성은 남성에 비해 여성의 육체적 성숙, 곧 생식활동의 가능성이 월경을 통해 뚜렷이 드러나기 때문에 초경을 성인의 기준으로 삼고 있는 것이 일반적이다. 다만 한국의 경우에는 여성의 초경을 기준으로 성인의례가 치러졌다는 기록을 현재 찾아볼 수는 없고, 가족 내의 양육차원에서 어떤 변화가 있었을 것으로 여겨진다. 유교 전통이 강한 한국사회에서는 여성이 초경을 맞이하면 가족 내에서조차(특히 남성에게) 알리기를 꺼려했는데, 특히 남녀유별을 강조하는 내외법으로 인해 남성이 여성의 월경에 관심을 가지거나 입에 담는 일은 철저히 금지되어 왔다. 그리하여 초경을 시작한 여성을 격리시키기 위해 공동 오두막을 마련하는 습속이 있었는데, 일부 섬지방을 중심으로 전승되고 있었던 해막(海幕), 피막(避幕), 산막(産幕)이 바로 그것이다.

초경은 단순히 태어날 때의 해부학적 성기의 모양으로써 여자, 남자를 구분하던 시기를 지나 성숙한 여성의 몸으로의 성장을 의미함과 동시에 여성다움을 구분짓는 사회적 성, 즉 여성으로서의 정체성을 키워가는 계기가 되는 여성 고

유의 생리적 현상이다. 또한 이후의 임신, 출산과 연결되는 재생산 활동의 기초가 된다는 의미를 가지고 있기도 하다. 그런데 이러한 초경과 관련해서 그것을 기념하거나 축하해 주는 공적인 문화적 의례는 찾아볼 수 없다. 다만, 혼인으로서 성적인 교합(交合)을 통해 임신할 수 있는 시기가 되었을 때, '계례'라는 성년식을 치름으로써 성인 혹은 어른으로 사회적인 인정을 받았다.

3.3. 성년식, 순종하는 삶을 위한 맹서

고전시대 여성의 성년식인 계례(笄禮)의 '계(笄)'는 비녀를 뜻하니, 계례를 하고 나면 비녀를 꽂을 수 있는 나이가 되었다는 의미이다. 계례를 하는 나이 곧, 계년(笄年)을 『내칙(內則)』에서는 12, 3세라 하였고 「곡례(曲禮)」에서는 15세라고 하였는데, 일반적으로 15세를 의미했던 것으로 보인다.

여성이든 남성이든 성년이 된다는 의미는 혼인을 할 수 있는 나이가 되었다는 것, 한 가문을 책임질 수 있는 나이가 되었다는 것을 함의하기 때문에 성년식은 중요한 행사였다. 그럼에도 불구하고 여성작가의 작품에서 성년식에 관한 시문은 오직 김삼의당의 「머리를 올리는 날에 笄年吟」 한 편뿐이다. 수많은 여성작가들이 자신들의 성년식에 대해 혹은 자신이 성년이 되었다는 것에 대해 전혀 작품을 남기지 않은 것이다. 이는 물론 고전시대 여성의 삶과 밀접하게 관련 있다.

성년이 된다는 것은 외모도 아름다워지고 말솜씨도 조리 있게 되는 것이라고 했다. 이는 『내칙』과 몸단장을 어머니와 이모(혹은 고모) 등 여성 스승에게서 배웠기 때문이다. 일견 양자는 상반되어 보이지만 이때의 몸단장은 조선 후기 여성들이 중요시한 정숙한 몸단장을 말하는 것이었다. 그리고 바른 몸단장이란 얌전히 천성을 지키는 것, 요조숙녀(窈窕淑女)처럼 반듯하게 사는 것이다. 이를 통해 가문의 일을 익혀 집안을 돌볼 수 있게 된다는 것인데, 여기서 가문이란 혼인 전에는 친정이지만 혼인을 한 뒤에는 시댁을 의미하는 것으로, 부모/시부모와 남편을 잘 섬기는 것이었다. 그런데 여성에게 요구된 덕목이란 잘하는 것

도 그른 것도 없이(無儀亦無非), 오직 순종을 정도(正道)로 삼아야 하는 것이라고
보았다. 이는 『시경(詩經)』 「소아(小雅)」 〈사간(斯干)〉의 '그릇됨도 없고 잘함도
없이 오직 술과 밥 짓는 것을 익힌다네[無非無儀, 唯酒食是議]'에서 온 것이다. 여
성에게 자신의 생각을 가지지 않고, 어떤 일에 나서지 않으며, 오직 정해진 대
로 일을 처리하라는 의미이다. 그러면서 오직 남녀유별(男女有別)을 최상의 가
치로 생각해 여성은 바깥일을 말하지 않는다고 했다. 이러한 점은 삼의당 개인
만의 맹세가 아니라 조선후기 여성들에게 부여된 보편적인 삶의 길이었다. 여
성이 태어나 어린 딸로 살다가 성년식을 맞이하게 되었을 때 주입되는 논리로
작동하였다. 따라서 여성에게 있어 성년식이란 주체적 생각을 접고 바른 몸가
짐을 지니며 가부장에 순종하는 가문을 위한 일꾼이 되기 위한 준비였다고 할
수 있다. (김삼의당 「笄年吟」)

　　　열세 살 얼굴 꽃 같더니
　　　열다섯 말솜씨 조리 있네
　　　내칙은 이모께 배웠고
　　　몸단장 어머니께 배웠네
　　　머리 묶어 겨우 쪽머리 이루니
　　　지성으로 남편 공경할 수 있겠네
　　　매실을 따니 열매 세 개 남아
　　　광주리 기울여 모두 담았네

　　　깊은 규방 속에서 자라나
　　　얌전하게 천성을 지켰네
　　　일찍이 내칙편을 읽었고
　　　가문의 일 꿰뚫어 안다네
　　　어버이에게 효도를 다하고
　　　남편에게는 공경을 으뜸으로 하며
　　　잘하는 일 없지만 잘못도 없이
　　　순종을 정도로 삼을 뿐이네

　　　어려서부터 성인의 글을 읽어
　　　성인의 가르침 능히 아네
　　　삼천 가지 예의 가운데

남녀유별이 가장 상세하네
남자는 안살림 말하지 않고
여자는 바깥일을 말하지 않네
안과 밖 구별 있으니
성인의 가르침 따라가리
十三顔如花 十五語如絲 內則從姆聽 新粧學母爲
束髮纔成髻 擧案能齊眉 標梅已三實 傾筐又墍之

生長深閨裏 窈窕守天性 曾讀內則篇 慣知家門政
於親當盡孝 於夫必主敬 無儀亦無非 惟順以爲正

早讀聖人書 能知聖人禮 禮儀三千中 最詳男女別
男不言乎內 女不言乎外 內外旣有別 當遵聖人戒
                              －김삼의당 「머리를 올리는 날에 笄年吟」(1784)

3.4. 입사(入社)의 거부, 반(反)성장

    현대문학 속에서 여성 성장의 노정은 반(反)성장을 지향하는 아웃사이더 혹은 자발적인 소외를 지향하는 방외인의 양상으로 드러난다. 남성의 성장이 격리와 불안을 거쳐 사회에 통합되는 통과제의의 과정을 겪는 것과 달리, 여성은 기존 체제에 통합되지 않으려는 반성장의 노선을 추구하는 것이다. 이는 특히 사춘기의 반항 심리와 성장 거부로 시작된다.

    현대소설에서 남성인물의 성장이 주로 10~20대에 집약적으로 일어나는 반면, 여성인물의 성장은 결혼·이혼, 임신·출산 등의 체험과 관련하여 일어나면서 전인생의 단계에 걸쳐 있다. 남성인물이 갈등과 고통을 거쳐 지배담론과 화해하고 사회에 통합되는 것과 달리 여성인물은 오히려 안정과 정상성으로부터 이탈하는 양상을 보인다. 세계는 여성의 이상적 자아와 화합할 수 없는 타락한 세계이기 때문이다. 그런 점에서 여성인물이 세계와 불화하고 성장을 거부하는 것은 본질적인 성장을 위한 필연적 과정이 된다. 남성인물을 중심으로 하는 성장소설이 비교적 안일하고 보편적인 가치를 드러내는 반면, 여성인물을 중심으로 한 성장소설은 세계와의 미심쩍은 화해를 거부하고 아웃사이더로서의 삶을 지속하면서 완료되거나 편입되지 않는 반(反)성장의 서사를 일구어낸다. (서영은 「노란 반달 문」, 김채원 「애천」, 정이현 「소녀시대」, 은희경 『새의 선물』) 여성인물은 특히 어머니와 같은 삶에 대한 거부와 불안 속에서 정체성의 위기를 겪는다. (강경애 『어머니와 딸』, 오정희 「중국인 거리」, 「유년의 뜰」, 박완서 『나목』, 전경린 「바닷가 마지막 집」, 정이현 「이십세기 모단걸-신 김연실전」, 한강 『바람이 분다, 가라』) 또는 세계와 자신을 향한 질문을 안은 채 생을 마감하거나, 죽음에 필적하는 고립된 삶을 산다. (정이현 「무궁화」, 김숨 「지진과 박쥐의 숲」 『백치들』, 전경린 「천사는 여기 머문다」)

현대시에서 성장을 향한 여성의 지배적인 정서는 여성되기에 대한 두려움, 입사(入社)에 대한 공포, 기성세계에 대한 거부 등으로 나타난다. 이 같은 반(反)성장의 지향에는 청춘에 대한 시니컬한 태도와 청년기에 대한 갈망이 혼효되어 있다. 현실과 타협하거나 세계에 순응하지 않으면서 성년으로 진입하려는 의지는 지금까지와는 다른 여성성 곧, '소녀'와 '여자'의 거부, 세계와 쉽게 화해하지 않으려는 태도 등으로 드러난다.

1930년대 여성 화자들이 수동적이고 폐쇄적인 '소녀'들의 목소리(김명순 「기도, 꿈, 탄식」, 김남조 「소녀를 위하여」, 홍윤숙 「童話가 있는 방」, 허영자 「청춘에게」)와 '산도야지'와 '씨름꾼'의 발칙한 소녀들의 목소리(노천명 「소녀」, 「소녀」)로 공존했다면, 1980년대 이후 여성 화자들은 한층 주체적이고 능동적이며 도발적이라고 할 수 있다. 즉, '소녀'와 여성의 성장담을 둘러싼 순결하고 수동적인 이미지를 다시쓰기하고 전복하는 것(양정자 「첫 뜨개질」)은 물론, 여성 성장의 수난사를 '훌쩍' 뛰어넘고(김민정 「나는야 폴짝」) 어른들의 세계를 빤히 들여다보면서 인생의 비의를 일찍 알아버린 조로하고 어둡고 불량스러운 소녀들이 등장한다. (박연준 「일곱살」, 김행숙 「소녀들-사춘기 5」, 김민정 「소녀닷컴」, 이제니 「발 없는 새」, 이영주 「성인식」, 「소녀는 던진다」)

여성시에서 성장과 반성장의 궤적은 자신의 경험을 다른 여성들의 삶 속에서도 발견하는 시선으로 나아간다. 즉, 자신의 반성장에 대한 욕망의 기원을 다른 여성들의 삶에서 읽는 셈이다. 여성으로 성장하면서 겪게 되는 고통과 슬픔을 발견하고 공유하면서 서로 암묵적인 멘토와 멘티가 되기도 한다. 이러한 발견은 여성들의 공감 혹은 연대로 나아가며, 이때 여성 성장의 수난사는 의연하고 담대하며 명민한 여성화자들의 목소리로 자매애 속에 기존의 제도와 이데올로기들을 관통해 나간다.

> 영실은 갑자기 걱정이 되었다. 그의 뒤를 따라갔다. 두려움과 격렬함과 그리고 무언지 모를 혼탁함에 휩싸이며 따라 걸어갔다.
> 홈집이 큰 털벙거지의 사나이는 연방 우오오 하고 어둡고 무거운 바다를 향해 소리지르고 있었다.
>
> ─강신재 「파도」(1963)

> 내가 낮잠에서 깨어났을 때 어머니는 지독한 난산이었지만 여덟 번째 아이를 밀어내었다. 어두운 벽장 속에서 나는 이해할 수 없는 절망감과 막막함으로 어머니를 불렀다. 그리고 옷 속에 손을 넣어 거미줄처럼 온몸을 끈끈하게 죄고 있는 후덥덥한 열기를, 그 열기의 정체를 찾아내었다.
> 초조였다.
>
> ─오정희 「중국인 거리」(1979)

> 나는 삶을 너무 빨리 완성했다. '절대 믿어서는 안 되는 것들'이라는 목록을 다 지워버린 그때, 열두 살 이후 나는 성장할 필요가 없었다.
> 누구의 가슴 속에서나 유년은 결코 끝나지 않는 법이지만 어쨌든 내 삶은 유년에 이미 결정되었다. 그리고 그 순수한 시절에 내 인생을 결정하도록 해준 것은 애초부터 선의라고는 갖지 않은 삶의 그나마의 호의일 것이다.
>
> ─은희경 『새의 선물』(1995)

> 나는 내가 가는지, 가지 않는지, 가면 어디로 가는지도 작정도 없으면서 희미하게 드러나는 길만 쳐다보며 마을 바깥을 향해 걷는다. 떠나는 사람은 다 이럴까. 이런 마음으로 자신도 놀라면서 한 걸음 한 걸음 길을 잃듯이 어두운 마을에서 다른 어두운 마을로 떠나는 것일까……
>
> ─전경린 「바닷가 마지막 집」(1998)

> 아직도 숲속의 검은 길 안을 헤매고 있습니다. 어둠이 찾아오면 글로리아는 검은 길 안에 쓰러져 잠이 듭니다. 그리고 꿈을 꿉니다. 오래 전에 꿈에서처럼 아나는 검은 털실로 목도리를 뜨고 있습니다. 아무런 무늬가 없는 목도리를…… 어머니 아나의 발 아래로 펼쳐져 있는, 끝없이 긴 목도리를 바라보는 글로리아의 마른

입술이 절망적으로 벌어집니다.

　어머니, 검은 길이에요…….

—김숨 「지진과 박쥐의 숲」(2001)

　길을 떠난 그녀가 그뒤 어떻게 되었는지는 확실하지 않습니다. 입산 수도 끝에 한국 고백체 소설의 효시가 되었다는 설, 유부남과 연애하다 사생아를 낳았다는 설, 결국엔 행려병자가 되어 동경 시립 정신병원에서 생을 마감했다는 설 등등 미확인된 가설들이 조선 천지에 분분하였으나 진실은 오직 하나, 그녀가 흔적 없이 사라졌다는 것뿐. 모든 걸 끊고, 모질게 끊고 먼 길을 떠났다는 것뿐이었습니다. 아무도 간 적 없는.

—정이현 「이십세기 모단걸—신 김연실전」(2002)

　트롤리버스와 부띠끄와 레스또랑이 늘어선 파넬 빌리지의 빅토리아풍 건물들과 오클랜드의 울퉁불퉁한 구릉들, 와이테마타 항구와 하우라키 만을 가득 메운 범선들의 행렬이 약국 유리창 밖으로 펼쳐진다. 그러면 나는 곰곰이 생각해본다. 도대체 나는 무슨 잘못을 했을까.

—하성란 「푸른 수염의 첫 번째 아내」(2002)

　섹스 없이, 서로 다른 언어를 사용하면서 깊은 마음을 제 속에 간직한 채, 아이도 만들지 않고, 친척도 없이, 나로 인해 아무도 상처 받는 사람도 없고, 더 이상 아무것도 이루려는 것 없이 함께 살아가는 일은 그리 어려울 것 같지 않았다.

—전경린 「천사는 여기 머문다」(2006)

　사람들은 내 이야기를 귀 기울여 듣지 않았다. 사람들은 고독해했고, 고독의 기운은 바위처럼 무겁게 사람들의 귀를 틀어막고 있었다. 나는 이후로 누구에게도 실을 뽑는 남자 이야기를 하지 않게 되었다. 그리고 나는 실을 뽑는 남자를 까맣게 잊어버렸다. 그런데 어느 날, 'ㄱ'으로 불리는 사람이 내게 불쑥 실을 뽑는 남자에 대해 물어왔다. ㄱ은 내게 '실을 뽑는 남자 이야기'를 잊지 않고 있다고 말했다. //

　나는 당황했고, 내가 언제 '실을 뽑는 남자 이야기'를 했느냐는 표정으로 ㄱ을 멀뚱히 바라보기만 했다.

—김숨 『백치들』(2006)

　어머니가 이 세상에서 가진 단 한 사람, 무언가를 요구할 수 있는 존재는 나였다. //

성장　149

그녀들은 똑같은 눈을 가졌습니다.
그녀들은 살아남지 못했습니다.

—한강 『바람이 분다, 가라』(2010)

거울 앞에 밤마다 밤마다
좌우편에 촛불 밝혀서
한없는 무료를 잊고 지고
달빛같이 파란 분 바르고서는
어머니의 귀한 품을 꿈꾸려
귀한 처녀 귀한 처녀 설운 신세 되어
밤마다 밤마다 거울 앞에
(중략)
착한 처녀 착한 처녀 호올로 되어
꿈마다 꿈마다 애련당 못가에

—김명순 「기도, 꿈, 탄식」(1925)

그가 너를 찾을 땐
태어나기 전
다른 별에서
항시 함께 있던 습관
예까지 묻어온 메아리려니

그가 너를 부른다
지금 그 자리에서
대답하여라

—김남조 「소녀를 위하여」(1995)

그곳은
내 어린 딸들이
날마다 금빛 사다리를
걸어놓고
하늘만큼 오르는 꿈의 畵室

작은 아씨들이
外出한 방에는

낯익은 날마다의 싱싱한 해가
窓마다 황금빛 해바라기를
무더기로 쏟아놓고
기나긴 꽃놀이에 지쳐
돌아갈 때면
벽에 걸린 聖母님도
피곤하여 잠시

　　　　　　　　　　　　　　-홍윤숙 「童話가 있는 방」(1971)

이마에는 선명한
붉은 표지(標識) 찍고
또 네 깊은 몸 속에는
앵혈(鶯血) 한 방울
꽃처럼 맺혔으리니
(중략)
청춘이여
네 순결은 부디
티 한 점 없이 맑고 푸르러라.

　　　　　　　　　　　　　　-허영자 「청춘에게」(1995)

'어디를 가십니까'
노타이 청년의 평범한 인사에도
포도주처럼 흥분함은
무슨 까닭입니까
머지않아 아가씨 가슴에도
누가 산도야지를 놓겠구려

　　　　　　　　　　　　　　-노천명 「소녀」(1938)

뺨이 능금 같을 뿐 아니라
다리가 씨름꾼 같애

내가 슬그머니
질투를 느낌은
그 청춘이 내게 도전을 하는 까닭이다

　　　　　　　　　　　　　　-노천명 「소녀」(1945)

꽃송이 같은 소녀들
한 코 한 코
떴다 풀었다 풀었다 떴다
갖가지 자기다운 운명 엮어나간다
푸른 꿈은 구름같이 퍼오르는데
아직 서툰 손놀림은 언제까지나 이 지상에 남아
빠른 꿈 따르지 못한 채
시작하고 또다시 어렵게 시작할 뿐이다
수만리 앞길 가도 가도 보이지 않고
번민에 가득찬 너희들
한 발자욱씩 조심 조심
삶의 뒤얽힌 매듭 풀어나간다

—양정자 「첫 뜨개질」(1990)

태어나서 처음
울었을 때
그때부터 내 인생의 실은
감기기 시작했지
걸음마를 배우고
일기를 쓰고
그리고 초경을 할 때도
나의 실은 감기고 있었지
마치 끝도 없이 감기는 시계 태엽처럼
인생의 실묶음은 점점 무거워졌지
과거는 그렇게 굴러와
쉴새없이 감겨버렸지
(중략)
만약 내 인생의 실 감기를
멈추게만 할 수 있다면
더 이상 감기지 않게만 할 수 있다면
넘어진 나를 다시 일으키지 않아도 된다면
부끄러워 우는 날 보고
깔깔 웃는 저 여학생의 희디흰

이빨도 벌려진 채
멈춰서게 되겠지

—김혜순 「깔깔 웃는 저 여학생을 바라보며」(1985)

레이스가 길어지고 있다
그 누구도 원치 않는 무가당 소녀가
그 누구든 쓸 수 있는 글을 쓱쓱 써나가는 것처럼
레이스를 짜고 있다
가슴이 미어지고 있다
고시원에서 먹고 자고 편의점 계산대에서 일하는 소녀
희끄무레한 소녀
소녀가 가습기의 수증기로 면사포를 짜고 있다
소녀가 면사포를 쓰고 있다
수천 억 개의 구멍이 뚫린 레이스가 소녀를 감싸고 있다
소녀가 레이스에 파묻히고 있다
이제 틀어져 날리는 솜이불처럼 하얘진 소녀가
축축한 레이스 무덤 속에서 새하얀 거품을 물고 있다
미소가 많은 소녀가 시 창작 수업 시간엔 내리깐 눈썹을 파르르
떠는 소녀가
흑백사진 속 어린 할머니처럼 희끄무레한 소녀가
그렇지만 이 겨울밤 흔하디흔한 소녀가
아무도 알아채지 못하는 소녀라는 걸 알아채지 못하는 바보 같은
소녀가
이 세상에서 제일 무색무미무취무명무한 소녀가

—김혜순 「그녀의 레이스와 십자수에 대한 강박」(2011)

나는 꼭 그 언니처럼 되고 싶었어요
내 침대는 한번도 일어서지 않았어요
날마다 누워서 여러 가지를 상상하곤, 나보다도 먼저 잠들었어요
글쎄, 일곱살 때 나는 꼭 만세를 부르는 자세로 자는 척 했어요
어른들은 웅크리고 자는 걸 못 견디어했죠
울고 있어도 만세만 부르면 안심하곤 사라졌어요
봐요, 만세잖아요 만세, 아무 문제 없다니까요
나는 일곱살만큼 늙어 있었고, 토큰가게 주인이 꿈이었어요

성장 153

작은 가게 안으로 이따금 들어오는 낯선 손에서
토큰 두 개씩 떨어뜨려주고는, 꾸벅꾸벅 졸고 있고 싶었죠
이빨 빠진 바람처럼 순한, 일곱살이었어요

—박연준 「일곱살」(2007)

여자애들은 모두 즐거워 보였다. 열두 살이 되면,

좋아하는 상점이 생길 거라고 말해주었다. 너희는 매일 상점에 들러서 몇 가지 물건을 쓰다듬을 거야. 그때의 기분과 손길을 잘 기억해두렴.
열네 살이 되면, 그렇게 백 번 만지고 몇 가지 물건을 사는 동안 열네 살이 된 여자애를 친구로 사귀겠지. 너흰 둘 다 상점에서 물건을 훔친 경험이 있지.
이제는 전부 시시해졌어, 그 애가 울면서 말할 거야.

—김행숙 「소녀들—사춘기 5」(2003)

소녀다
웨이브 펌이지만
싸구려 가발이다
소녀다
화장이 진하지만
곤두선 솜털이다
소녀다
가슴이 왕이지만
오그라든 어깨다
소녀다
초미니스커트를 입었지만
허벅지에 신신파스다
소녀다
아니면 말고

—김민정 「소녀닷컴」(2009)

줄이 돌아간다 줄 돌리는 사람 없이 저 혼자 잘도 도는 줄이 허공을 휘가르며 양배추의 빽빽한 살결을 잘도 썰어댄다 나 혼자 폴짝 줄 넘고 있었는데 두 살 먹은 내가 개똥 주워 먹다 말고 폴짝 줄 넘고 있었는데 다섯 살 먹은 내가 아빠 밥그릇에다 보리차 같은 오줌 질질 싸다 말고 폴짝 줄 넘고 있었는데 아홉 살

먹은 내가 팬티 벗긴 손모가지 꽉 물어뜯다 말고 폴짝 줄 넘고 있었는데 열세
살 먹은 내가 빨아줘 빨아주라 제 자지를 꺼내 흔드는 복순이 할아버지한테 침
퉤 뱉다 말고 폴짝 줄 넘고 있었는데 열여섯 살 먹은 내가 본드 불고 토악질해대는
친구의 뜨끈뜨끈한 녹색 위액 교복 치마로 닦다 말고 폴짝 줄 넘고 있었는데 열아
홉 살 먹는 내가 국어 선생이 두 주먹에 날려버린 금 씌운 어금니 두 대 찾다
말고 폴짝 줄 넘고 있었는데 스물두 살 먹은 내가 두 번째 애 떼러 간 동생 대신
산부인과에서 다리 벌리다 말고 폴짝 줄 넘고 있었는데 스물다섯 살 먹은 내가
나를 걷어찬 애인과 애인의 그 애인과 셋이서 나란히 엘리베이터 타 오르다 말고
폴짝 줄 넘고 있었는데 스물여덟 살 먹은 나 혼자 폴짝 줄 넘고 있었는데 줄 돌리는
사람 없이 저 혼자 잘도 도는 줄이 돌고 돌수록 썰면 썰수록 풍성해지는 양배추처
럼 도마 위로 넘쳐나는 쭈글쭈글한 내 그림자들이 겹겹이 엉킨 발로 폴 짝 폴
짝 줄 넘어가며 입속의 혀 쭉쭉 뽑아 길고 더 길게 줄을 잇대 나간다

─김민정 「나는야 폴짝」(2005)

청춘은 다 고아지. 새벽이슬을 맞고 허공에 얼굴을 묻을 때 바람은 아직도 도착
하지 않았지. 이제 우리 어디로 갈까. 이제 우리 무엇을 할까. 어디든 어디든 무엇
이든 무엇이든. 도착하지 않은 바람처럼 떠돌아다니지. 나는 발 없는 새. 불꽃
같은 삶은 내게 어울리지 않아. 옷깃에서 떨어진 단추들은 다 어디로 사라졌나
난 사라진 단추구멍 같은 너를 생각하지. 작은 구멍으로만 들락날락거리는 바람처
럼 네게로 갔다 내게로 돌아오지. 우리는 한없이 둥글고 한없이 부풀고 걸핏하면
울음을 터뜨리려 해. 질감 없이 부피 없이 자꾸만 날아오르려고 하지. (중략) 다다
르지 못한 온도를 노래할 수 있는가. 다다르지 못한 온도를 아낄 수 있는가. 우리의
대답은 질문으로 시작해서 질문으로 끝나지. 청춘은 다 고아지. 헛된 비유의 문장
들을 이마에 새기지. 어디에도 소용없는 문장들이 쌓여만 가지. 위안 없는 사물들
의 이름으로 시간을 견뎌내지.

─이제니 「발 없는 새」(2010)

저는 문 뒤에 있었어요. 박쥐처럼 거꾸로 매달려 있었죠. 오줌 줄기가 가느다랗
게 새어 나오는 신부님의 다리에 얼굴을 묻고 싶었답니다. 모든 역사는 말하는
순간 거짓이 되어 버리는 걸까요. 심장만 도려낸 어린아이들을 피라미드 밑으로
던져 버렸다는 어떤 꼭대기도 저의 기원에는 다다르지 못할 겁니다. 어머니는 화
석에서 꺼내지 못한 저의 심장에 대해 말했어요. 그때 그것을 꺼냈더라면, 너를
사막에 두고 오지는 않았을 거야. 저는 어른이 될 때까지 차가운 유방만 가지고
살았습니다. 이상하죠, 집으로 가는 골목에 들어서면 제 가슴 근처에서는 검은

손톱이 자라났어요. 저는 점점 더 뾰족하고 두꺼운 몸을 가진 박쥐가 되었습니다.
　　　　　　　　　　　　　　　　　　　　　　　　－이영주 「성인식」(2010)

　리코더 합주 소리가 울린다. 성산중학교 담벼락에는 붉은 피가 번져 있다. 새벽
의 진통은 끝나지 않았어. 소녀는 창밖으로 깨진 이빨을 던진다. (중략) 몸속으로
던진 면도날이 상처였다면, 다리 잘린 새들은 사랑하지 않는다고 말하는 남자처럼
멋졌을 거야. 교문을 일찍 나서면서 소녀는 치마를 돌려 입는다. 뒷골목이 날 지켜
주길 기도했어. 차가운 손을 햇살 속으로 던지며 소녀가 달린다. 미래를 기다리는
것은 지하방으로 떨어지는 고양이처럼 새로운 투척. 영원히 멈추고 말겠어. 소녀
는 왼쪽 뺨의 칼자국을 긁어낸다. 세탁소 옷걸이에 몸을 걸어둔다.
　　　　　　　　　　　　　　　　　　　　　－이영주 「소녀는 던진다」(2010)

3.5. 명랑한 아웃사이더, 결핍의 긍정

　지배담론과의 불화 속에서 자신의 정체성을 확립하지 못한 채 미완의 결말에
만족해야 했던 여성 성장 서사는 2000년대 중후반부터 지배질서를 넘어 대안
적 세계를 구축하는 전복적 상상력으로 나아간다. 그리고 이성과 질서, 안정과
전체성으로 점철된 부계 사회에 대응하여 감성과 열정, 불안정과 개성으로 채
워진 대안적 사회를 도모한다. (윤성희 「유턴지점에 보물지도를 묻다」) 이들은 극
렬한 체제 비판이나 부정 대신 미온적이고 유머러스한 아웃사이더의 세계를 표
방하는 서사를 보여준다. (하성란 「1984」)
　남성적 성장소설은 미성숙한 자와 그를 성숙케 하는 조언자의 대응 구도로
진행되는 반면, 여성 성장소설은 미성숙한 자와 성숙한 자가 분화되지 않고 서
로가 서로에게 멘토가 되는 다각적 성장의 구조를 갖는다. 자신의 불완전함을
인정하는 엄마와 성숙하려는 열정을 지닌 딸이 서로를 반사하며 성장하는 이야
기는 기존의 질서와 위계를 거부하고 유머와 공감으로 작동하는 새로운 세계이
다. (전경린 『엄마의 집』, 공지영 『즐거운 나의 집』, 강영숙 『라이팅 클럽』) 이때의 새
로운 세계는 새로운 '가족'이기도 하다. 이것은 혈연과 부계적 권력으로 구성된

가족이 아니라 각자가 겪은 고통과 슬픔에 공감할 수 있는 감성과 그것을 이겨낼 수 있는 삶의 유머를 아는 자들이 모여 구성하는 대안적 공동체이다. (김애란 『두근두근 내 인생』)

고등학생은 저녁에 일을 시키지 않았다. 대신 검정고시학원에 보냈다. 일 년 만에 고등과정을 마치더니 그 다음해에 대학에 입학했다. 날 닮아서 머리가 좋은 거야. 나와 W와 Q가 서로 우겨댔다. 우리 셋은 돈을 모아 대학등록금을 대주었다. 우리와 비슷한 이름을 내건 만두가게들이 생겨나기 시작했다. 하지만 맛을 따라오지 못했다. 고등학생이 대학을 졸업하던 해에 우리의 재산은 작은 아파트 네 채와 소형차 네 대로 불어났다.

─윤성희 「유턴지점에 보물지도를 묻다」(2004)

나는 첫 직장에서 십이 년 동안 일했다. 근면 성실함은 모계 유전인 듯했다. 그 동안 일곱 살이던 막내가 자라 1984년 그때의 내 나이가 되었다. 그때 난 내가 어른이라고 생각했었는데 막내를 보니 어설프기 짝이 없는 나이였다. 짧고 까불었지만 어른들의 눈에는 어설픈 애어른 정도로 보였겠다. 십이 년간의 직장 생활에서 깨달은 게 있다면 성적도 각종 자격증도 156센티미터 이상의 키도 중요한 게 아니라는 거다. 우리는 취직을 위해 지나치게 많은 것을 준비한다.

─하성란 「1984」(2005)

마음이 아주 무거워 있었는데 뜻밖에도 내 입에서 푸하하하 웃음이 나왔다. 고난을 당할 때 필요한 건 유머라는 말이 더욱 실감이 났다. 그리고 웃음이란 좋은 것이었다. //
그런데 혹시, 그러니까 어른이 되어도, 몸도 마음도 커다랗게 변하긴 하지만, 우리는 여전히 결점을 가지고 그것을 드러내 보일 수밖에 없는 사람들인 거라면, 내가 어른들한테 했던 기대가 실은 완벽에 대한 요구였다면…… 그렇다면 혹시, 나도 조금은 잘못된 생각을 하고 있는 것인지도 모른다는 생각이 들었다. 그래서 이 어른 저 어른 흉보고 자라다가 막상 자기가 어른이 되면 그러니까, 외로워지는 걸까? 이제 흉보고 탓할 사람도 없어져서.

─공지영 『즐거운 나의 집』(2007)

자식들이 아무리 속을 썩여도 참고 자식 잘되길 기도하는 게 엄마들의 습성이었다.
그런데 우리는 반대였다. 내가 김 작가의 작고 큰, 그 숱한 사고 수습만도 몇 차례를 했는지 기억하고 싶지도 않다. 따지고 보면 김 작가는 평생토록 제멋대로 살았다. 좋게 말하면 순수했고 나쁘게 말하면 머리가 아주 나빠서 한 치 앞도 못 보고 사고부터 치는 천치였다.

—강영숙 『라이팅 클럽』(2010)

　부모는 부모라서 어른이지, 어른이라 부모가 되는 건 아닌 모양이라고. 그러고 는 사진 속 두 사람의 모습을 오래도록 바라봤다. 눈도 어리고, 목도 어리고, 머리 카락도 어린 내 부모. 그들은 어딘가 불량해 보이고 가슴이 시리도록 젊었다. 나는 한 세계에서 다른 세계를 향해 손을 뻗듯 손가락을 들어 그들의 머리를 조심스레 쓰다듬었다.

—김애란 『두근두근 내 인생』(2011)

4
결혼

결혼은 남녀의 신체적, 심리적, 사회적 결합을 말한다. 결혼은 동거와 달리 일정한 법적, 사회적 구속력을 지니는데, 결혼의식과 혼인신고 제도는 결혼의 사회적 성격을 잘 보여준다. 전통사회에서 결혼은 정해진 예법에 따라 거행되는 통과의례적인 성격을 지니며, 혼례의식은 그 모든 과정의 어려움과 난관을 극복하고 성인이 되었음을 사회 공동체에서 인정하고 축하해 주는 의미 있는 잔치였다.

　　성리학적 가치관이 성했던 조선 중기 이후의 여성에게 결혼은 여필종부의 예법에 따라 출가외인을 의미하는 것이기도 했다. 그리하여 고전문학에서 혼례는 새로운 삶에 대한 기대보다 부모 형제와의 이별에 따른 슬픔을 묘사하는 경우가 많았다. 때문에, 혼인 후에 새로운 가족관계에 편입되면서 친정과 시댁 사이에서 갈등하거나 친정을 그리워하는 것이 문학 속에 그대로 나타났다. 친정에 대한 그리움은 조선 중기 이후 한문학 작품에서 많이 다루어졌고, 가사노동의 과중함, 직임에 대한 심리적 부담감 그리고 시집식구들과의 인간관계에서 오는 어려움은 규방가사와 민요에서 많이 다루어졌다.

　　현대문학은 낭만적 사랑 담론을 냉소적으로 해체하며 결혼제도의 상투성과 통속성을 신랄하게 고발한다. 따라서 결혼과 관련해 현대소설과 현대시가 주목한 것은 사랑이라는 동화 같은 마법의 시간이 지나간 후 결혼이라는 제도와 길항하며 일상에서 여성들이 느끼는 소외와 환멸의 감정이다. 이를 통해 결혼이 평화를 위장하고 타인과 자신을 기만함으로써 유지될 수 있는 황폐한 사막 같은 시간일 수밖에 없음을 시사한다. 이에 대해 여성들은 결혼이라는 일상의 무상함 혹은 허물어진 사랑의 비루함, 그리고 결혼 속에 잃어버린 자아에 대한 불안함에 대한 시적 성찰을 보여주기도 한다.

　　나아가 현대소설은 결혼제도의 모순과 결혼의 원리를 능동적으로 탐색하는 여성들을 등장시키고 있다. 여성은 이혼, 재혼을 계기로 불평등한 가부장 억압구조에 반기를 들고 사회적 편견과 맞서며 홀로서기를 모색하는가 하면, 교환가치가 지배하는 결혼의 속물적 속성에 자신을 철저히 적응시킴으로써 결혼이 생존과 생활의 세계라는 영악한 현실감각을 드러내기도 한다. 또 한편으로 현대시에서는 남편에 대한 모성적인 용서와 연민 가운데 남편을 인생의 지우(知友)로 이해하려는 의식을 드러냄으로써 여성이 소외되지 않는 결혼의 방식을 모색해간다.

4.1. 결혼의 의미와 관련 어휘

결혼의 정의

'결혼(結婚)'은 남녀가 정식으로 남편과 아내라는 부부관계를 신체적, 심리적, 사회적으로 맺는 것을 말한다. 정식으로 부부관계를 맺는다는 것은 결혼이 사회적, 법적으로 구속적인 성격을 갖는다는 것을 뜻한다. 이는 사회적, 법적 구속력을 갖지 않는 동거와 결혼의 차이점이기도 하다.

결혼이 가진 사회적, 법적인 성격은 결혼예식과 혼인신고 제도에서 잘 나타난다. 결혼예식은 일반적으로 혼인 당사자만의 참여로만 이루어지지 않는다. 결혼식은 의식을 이행하고 집정하는 주례자(내지는 결혼 집정자)가 다수의 하객 앞에서 신랑과 신부의 혼인을 공식적으로 선포하고 하객들 앞에서 결혼하였음을 확인받는 대사회적인 의례이다. 전통사회에서의 결혼식이 마을 공동체의 잔치였던 것도 이 때문이다. 결혼식을 하는 당사자는 혼인신고라는 법적 절차를 통해 비로소 국가적, 법적으로 부부관계임을 승인받게 된다. 이 법적 절차에는 두 사람의 결합으로 앞으로 출생할 자녀들에 대한 일정한 권리와 의무를 포함하게 되며, 이들 자녀 역시 그들의 부모가 행한 혼인신고를 통해 합법적인 자녀로서 상속권과 같은 일정한 법적 권리를 얻을 수 있다.

결혼과 혼인, 그 상관관계

결혼과 비슷한 어휘로 '혼인'이 있다. 결혼이 혼인 당사자뿐 아니라 부모, 집안까지 관련되어 쓰이는 데 반해, 혼인은 주로 혼인 당사자와 관련되는 개념으로 쓰인다. 그리하여 중세국어에서는 남녀 간에만 결혼하는 것이 아니라 남자와 남자 사이에도 결혼이라는 용어가 사용되었다. 이는 혼인 당사자끼리 혼례식을 거쳐 부부가 됨을 의미하는 혼인과 다른 점이었다.

> 현령 죵니권이 이웃 현령 허군으로 더브러 결혼해 죵니의 쫄이 쟝촛 츌가호디라. (『죵덕신편언해(種德新編諺解)』下 15(1758))
> (뉴은이) 그 쏘흔 김치묵으로 더브러 결혼흔 후로 혼야의 샹죵ᄒ야 구샹과 샹묵으로 더브러 술 먹고 (『명의록언해(明義錄諺解)』上 39(1777))

뉴시왈 뎡개 명이 삼스셰의 션슉슉과 결혼ᄒ여 이제 셩혼ᄒ매 경이히 작희홀 조각이 업서 (『명주보월빙(明珠寶月聘)』 주 1(19세기))

집안과 집안 간에 혼약을 맺는다는 의미에서 혼인 당사자끼리 결혼한다는 것으로 결혼의 의미가 변화된 것은 결혼하는 사람을 혼인 당사자로 바꾸어 표현한 데에서 유래한 것으로 보인다. 그리하여 18세기 이후의 근대국어에서는 오늘날의 의미와 같이 결혼이 결혼식 자체를 가리키는 것으로 의미가 정립됨을 볼 수 있다.

아홉제 죄ᄂ 위랑이 오시ᄒ 결혼홀 줄 엇디 알니잇가. (『빙빙전(聘聘傳)』 137 (18세기))

텬쥬ㅣ 결혼흠을 뎡ᄒ야 셰우심은 부부ㅣ 서로 돌보고 서로 사름의 사랑ᄒ고 서로 공경하고 (『셩교졀요(聖敎切要)』 교 8(1864))

맛쑬은 일죽이 젼 덕국 황뎨와 결혼ᄒ야 지금 황뎨 윌님을 나핫고 (『신학월보(新學月報)』 1(1900))

황제 보시고 가라사대 경의 쓸이 잇다 하니 낭목의 아들과 결혼하라 하시거늘 (『권익중실긔(權益中實記)』 176(19세기))

결혼과 혼인은 모두 사회적이고 법적인 성격을 갖지만 법률적인 영역에서는 혼인이라는 용어가 사용되는 데 반해, 결혼이라는 용어는 사용되지 않는다는 것도 흥미로운 점이다(예. 혼인신고, *결혼신고, 혼인관계, *결혼관계). 중세국어에서 혼인이 혼약이라는 제도적인 측면을 가리키는 맥락에서 쓰였던 반면에, 결혼이 혼인으로 파생되는 다양한 인간관계(시부모, 장인, 장모, 처남 등)를 말할 때 주로 사용되었던 쓰임새가 남아있는 것이라 하겠다.

혼인의 어원에 대해서는 두 가지의 설명이 있다. 신라나 고려시대에는 저녁 무렵의 혼시(조선시대 기준으로 해가 진 후 2.5각, 곧 37분 30초가 지난 시점)에 혼례를 시작했고, 조선시대까지 이 풍습이 전해져 왔는데, 이러한 혼인 풍습에 근거하여 '혼시(婚時)'의 '혼(婚)' 그리고 혼인식을 치룬 그때부터 아내가 남편에게 의지한다는 의미인 '인(姻)'이 결합하여, 결국 '혼인'이라는 어휘가 생겼다는 설명이 그 하나다. 한편 '혼인'의 '혼'이 사위 쪽에서 며느리 쪽 집을 일컫고, '인'은 며느리 쪽에서 사위 쪽 집을 일컫는 말로서, '혼인'이 결국 양가 결합을 의미하는 것이라고 보는 견해도 있다.

> 사회 녀긔서 며느리 덕 지블 婚이라 이르고 며느리 녀긔셔 사회 덕 지블 姻이라
> 니르ᄂᆞ니 댱가들며 셔ᇦ 마조믈 다 婚姻이라 ᄒᆞ다 ᄒᆞᄂᆞ니라 (『석보상절(釋譜詳節)』
> 6(1447))

　어느 쪽이든 혼인과 결혼이 남녀의 결합에 초점을 둔 표현이라는 점에서는
공통적이다. 결혼과 동일한 개념을 뜻하되, '장가들고(가고), 시집간다'라는 표
현은 신랑과 신부 입장이 각각 따로 표현된다는 점에서 특이하다. 장가가고 시
집간다는 표현은 전통 혼례식 절차에서 유래하였다. 전통 혼례식에서 신랑은
혼례를 치르기 위해 장인이 될 사람의 집에 들어가야 했고, 신부는 이 신랑을
맞이해야 했기에 신랑을 맞는다고 표현한 것이었다. '장가'는 중세어 표기로
'댱가'였다. '장가(丈家)'는 장인, 장모가 사는 집을 말한다. 남자가 장인, 장모의
집으로 들어가는 것은 원시 모계사회의 풍습이 남아 있는 것이었는데, 일단 혼
인을 하기로 양쪽 집안이 합의를 보면 신부의 집 바로 뒷마당 서쪽 방향에다
신랑의 거처를 마련하여 두었다. 신랑은 신부 집에 와서 혼례식을 올린 후, 일
정 기간 바로 그 처가의 거처인 서옥에 머물렀다가 첫아이가 태어나면 본가로
식솔을 데리고 가는 것이 풍습이었다. 신랑을 서방이라고도 하는데, 이때의 '서
방(西方)'은 이러한 남귀여가혼(男歸女家婚)의 풍습에서 신랑을 위해 처가에서 마
련한 거처가 처가 본(本) 가옥의 서쪽에 위치해 있었던 것을 가리키는 데에서
유래했다. 남귀여가혼의 풍습은 조선 초까지 계승되었으나, 조선의 개국을 주
도한 유학자들의 반대로, 신부가 남자의 집으로 시집살이를 오는 친영제(親迎
制)가 유교적인 가부장적 가치관의 기치 아래 국가 차원에서 강력히 주도되었
다. 민간에서는 남귀여가혼과 친영제의 혼합형인 반(半) 친영제가 이어지다가,
18세기에 들어와서 비로소 친영제가 굳어졌다.
　신랑이 장가드는 것에 대(對)를 이루어 신부 쪽에서는 '시집을 간다'고 표현
하는데, 이때의 시집이란 장가와 대가 되는 '새(新)/싀+집'을 의미한다. 새집에
서 모셔야 할 새 부모와 새댁 식구들에게 붙여지는 접두사 '시(媤)'는 우리나라
에서 만들어진 우리 고유의 한자로서, 특별히 더 신경을 써야 한다는 의미에서
계집녀 변에 생각 사를 붙인 것으로 해석된다.
　혼인과 같은 의미로 15세기 문헌에 '가취(嫁娶)'라는 어휘도 사용되었고, 이

에 대응하는 고유어인 '어르다'도 사용되었다. '가취'와 '어르다'는 본래는 남녀의 육체적인 성교행위를 의미하는 어휘였는데, 이것이 의미확장을 일으켜 남녀의 육체적, 심리적, 사회적 결합관계를 의미하는 '혼인'을 뜻하게 된 것으로 보인다.

> 嫁ᄂᆞᆫ 겨지비 남진 어를시오, 聚ᄂᆞᆫ 남진이 겨집 어를시라 (『내훈언해(內訓諺解)』 (1475))
>
> 그뒷 형뎨 다 죄 니버 죽고 어마님도 ᄒᆞ마 주고 겨집도 다ᄅᆞᆫ 남진 어르니 (『삼강행실도(三綱行實圖)』 6 (1481))
>
> 감동ᄒᆞ야 죽ᄃᆞ록 다ᄅᆞᆫ 겨집 아니 어르니라 니시 닐오ᄃᆡ 내 엇찌 두 남진 어르료 ᄒᆞ고 (『삼강행실도(三綱行實圖)』 10 (1481))

통과의례의 혼인관 전통사회에서 혼인은 사회를 존속시키는 기능을 했고, 한 개인의 역사에서는 가장 중요한 고비요 관문인 통과의례를 의미했다. 그리하여 전통사회에서는 혼인을 해야만 비로소 성인으로 대접 받을 수 있었는데, 우리나라에서 성인식을 의미하는 관례(남자)와 계례(여자)가 독자적인 구별 없이, 혼례와 결합하여 나타나는 현상도 이러한 전통적인 가치관이 그대로 반영된 것이라 할 수 있다. 혼인에 대한 이러한 전통적인 가치관은 단군신화에도 잘 나타난다.

단군신화에서 웅녀는 동굴 속에서 쑥과 마늘로 삼칠일을 참고 견딘 후에 드디어 인간의 새 몸을 입게 되고, 새 몸을 얻은 후(성년)에는 곧바로 환인과 혼사를 치르게 된다. 이는 성년식과 혼례라는 두 가지 통과의례가 앞뒤로 연이어져 결합되고 일원화됨을 보여주는 것이다. 온달 설화, 백제무왕 신화, 알영 신화 등에서도 신랑뿐만 아니라 신부까지도 격심한 시련과 고비라는 통과의례를 거친 후에야 비로소 결혼이 이루어지는 것을 볼 수 있다.

전통 혼례식의 절차에서도 이러한 통과의례적인 성격은 그대로 나타난다. 전통 혼례식은 '의혼(議婚)-신랑초행(初行)-신랑입장-대례(大禮)-신방 차리기'의 순서로 진행된다. 의혼 단계에서 함진아비가 혼사함을 지고 신부 집에 갈 때, 신부 측에 그 혼사함이 전달되기까지 상당한 수준의 옥신각신이 벌어진다든가 신부 집으로 가는 신랑의 초행길 중간 중간의 길목에서 신랑의 문재(文才)

나 시재(詩才)를 알아본다는 구실 아래, 신부 측 가족이 신랑에게 시제(試製)를 시험으로 준다든가 대례(大禮) 과정의 하나로 교배례가 끝났을 때, 신부 측 가족들이 소뼈를 신랑 입에 밀어 넣으면서 먹으라고 하는 등의 장난을 친다든가 하는 것은 신랑 측에서 볼 때 적지 않은 어려움이 아닐 수 없다. 이러한 고비와 관문을 거친 다음에야 신랑은 비로소 신부를 쟁취할 수 있었다. 전통사회에서 혼례식이 축제요 잔치였던 것은 이러한 어려운 관문들을 통과하여 비로소 성인(成人)이 되었다는 것에 대한 사회적 인정이요, 신부를 쟁취한 신랑에 대한 위로와 축하의 의미가 담긴 것이었다.

한편, 신부가 시가로 들어가 살기 위해 시부모께 가는 길(于歸)에, 신부가 탄 꽃가마에는 널따란 굵은 천을 X자 모양으로 동여매는 풍습이 있었는데, 이는 승전 후에 전리품을 취하여 가지고 올 때 했던 고래(古來)의 풍습과 같은 것으로, 혼례가 지닌 통과의례적인 성격을 다시금 확인할 수 있는 대목이다.

혼례의식 자체뿐만 아니라 혼인에 이르는 보다 거시적인 과정에서도 혼례의 이러한 통과의례적인 성격을 찾아볼 수 있다. 전통적인 혼인 절차는 크게 '의혼(議婚)−납채(納采)−납폐(納幣)−친영(親迎)'으로 이루어진다. 일단 혼사를 치르기로 양가가 합의를 하면(議婚), 신랑 측에서는 신부 측에 공식적으로 혼인을 청하는 글을 전하면서, 신랑이 태어난 생년월일과 시간을 포함한 신랑의 정보를 담은 사주와 사성을 전한다(納采). 신부 측에서 결혼을 허락해야만(許婚), 혼사가 진행되는 것이기에, 신부 측에서 결혼의 열쇠를 거머쥐고 있는 셈이었다. 뿐만 아니라, 신랑의 사주를 받은 답례로 혼인하기 좋은 날을 택일하고 신랑 측에서 신부 측에 선물을 보내는 것(納幣) 역시 신랑 측에서 보면, 신부라는 전리품을 취하기 위한 통과의례적 고비와 관문이었다. 이러한 통과의례적 관문은 혼인을 완성시키는 성혼(成婚, 혼례식)에서 완결되는 것처럼 보이기도 하지만, 첫날밤 이후, 신랑이 다시 신부로부터 떨어져서 거처를 옮겨야 했고, 신부 측 가족이나 친척에 의해 신랑이 잡히는 동상례(東床禮)의 풍습이 있었다는 것은 혼례식 이후에도 혼인이 가진 통과의례인 성격이 간헐적으로 남아 있음을 잘 보여준다.

요컨대, 전통적인 의미에서 혼례는 남아와 여아가 혼인에 이르는 모든 어려움과 고난을 극복하고 통과하여, 이제 성인으로 거듭났음을 축하해 주는 축제의 정점이요 잔치였다. 한국인이 치러야 했던 관혼상제의 의례 가운데 혼인의 규모가 가장 크고 가장 중시되었던 까닭에, 혼인을 인륜지대사라고 했던 것도 혼례에 대한 이러한 통과의례적 가치관이 있었기 때문이다.

결혼의 반대적 의미들
-이혼, 파경, 돌싱족, 리본족, 미혼 그리고 비혼

결혼의 반의어는 '이혼'이다. 이혼의 문자적인 의미는 '혼사(婚)를 옮긴다(離)'는 것이다. 결혼했던 두 사람이 다른 대상자를 구하여 결혼생활을 옮겨갔다는 의미로 해석된다. 법적으로 보면, 이혼은 법률상으로 유효하게 성립된 혼인관계를 결혼당사자들이 모두 생존하고 있는 동안에 합의 또는 재판으로 인위적으로 소멸시키는 것을 말한다.

조선시대에 이혼을 지칭하는 용어로는 이이(離異), 출처(出妻), 이혼(離婚), 기별(棄別), 기처(棄妻) 등이 있었는데, 혼인이 파기되는 요인이나 방법 등에 따라 용어가 쓰이는 맥락이 조금씩 달랐다. '이이(離異)'는 이혼 관련 용어 중에서 가장 빈번하게 쓰인 것으로, 국가가 이혼을 강제하거나 허락할 때 주로 사용되었다. 이혼을 강제할 때에는 처와 간통한 간부(奸夫)에게 처를 팔거나 처를 다른 사람에게 돈을 받고 빌려주었을 경우 등이었다. '출처(出妻)'는 남편이 처를 내쫓는다는 뜻으로 아내가 형법상의 죄를 저지르지 않았으나, 전통적으로 요구되어 온 부덕을 저버린 행위를 했을 때, 남편이 아내를 내쫓을 수 있다는 가부장적 권한이 반영된 용어이다. 또다른 이혼 관련 용어로는 기별(棄別)이 있다. 기별은 혼인관계의 완전한 청산을 가리키는데, 이혼을 위한 어떤 공식적인 절차를 밟은 사실을 주로 가리켰지만, 남편이 일방적으로 처를 쫓아낸 부당한 경우에도 사용되었다. 즉, '기별'은 실질적인 이혼상태를 지칭하는 용어로 쓰였다고 할 수 있다. 한편 '기처(棄妻)'라는 용어도 있었는데, 이는 '처를 버린다'는 뜻으로 공식적이든 비공식적이든 처와의 혼인관계가 파기된 경우를 나타낼 때 쓰이는 용어였다. 기처는 주로 자의적으로 처를 유기(遺棄)한다는 의미로서, 첩을 두어 유기하거나 불법적인 중혼 상태에서 유기한 것을 탄핵할 때 주로 사용되었다.

이혼과 관련된 용어로 최근 언론매체에서 자주 사용되는 '파경'이 있다. '파경'은 부부의 금실이 좋지 않아 서로 갈라서는 것을 뜻하는데, 문자 그대로의 의미는 '깨어진 거울(破鏡)'을 말한다. 이는 『태평광기(太平廣記)』에 나오는 서덕언과 낙창공주의 설화에서 유래하였다. 중국 위진남북조 시대, 진(陣) 나라에 수(隋) 나라가 쳐들어오자 진 나라 서덕언이 조각낸 거울 한쪽씩을 정표 삼아 그 아내인 낙창공주와 잠시 헤어져 있었는데, 낙창공주가 변심하자 그녀가 가지고 있던 거울 조각이 까치가 되어 서덕언에게로 날아갔다는 설화에서 부부가 갈라섬을 의미하는 '파경'이 나왔다.

최근 이혼율이 높아짐에 따라, 이혼과 관련된 신조어도 속속 등장했는데 '돌싱, 리본족'이 그러한 예이다. '돌싱'은 '돌아온 싱글'에서 어절의 첫음절을 따서 만든 두자어(頭子語)로서, 결혼과 이혼을 겪은 뒤 다시 독신으로 돌아와 독신생활을 시작한 남녀를 이르는 말이다. '리본족'은 'reborn'과 '족(族)'의 결합형으로, 경제력을 갖춘 이혼남 가운데 재혼을 희망하는 남성을 지칭하는데, 초혼의 실패를 반성하며 행복한 결혼생활을 위해 다시 태어난 남성이라는 함축적인 의미를 가진다.

한편, 여성계에서는 결혼의 반의어로 '비혼(非婚)'을 사용하자는 움직임이 일어 학문 용어로 정착하고 있는 추세이다. 비혼은 '아직 결혼을 하지 않았음'을 의미하는 '미혼(未婚)'과 달리, '자발적으로 아직 결혼을 선택하지 않음'을 의미한다. 일정한 나이가 되면 결혼을 해야 하고, 결혼을 해야만 비로소 성인(成人)이 된다는 전통적인 가치관이 변화하면서 다양한 삶의 양식이 가능하다는 현대의 가치관이 언어현상에서 그대로 반영된 신조어라고 할 수 있다.

4.2. 정해진 예법, 부부지례(夫婦之禮)의 실천

전통사회에서 결혼이란 남녀의 결합을 통해 후손을 생산하고 양육하는 제도적 장치였다. 즉, 위로는 종묘제사에, 아래로는 가문계승을 위한 후사의 출산에 혼인의 목적이 있었던 만큼 결혼은 결혼 당사자만의 문제가 아닌 가문 차원의 문제였다. 특히 조선조 양반사회에서 혼인은 혼주(婚主)를 내세운 중매혼의 형식으로 이루어지는 것이 지배적이었으며, 부모와의 협의 전에 결합 당사자의 의사에 기반하여 이루어지는 남녀의 결합은 예법에 어긋난 '불고이취(不告而娶)' 또는 '야합(野合)'으로 인식되었다. (「숙향전」) 이럴 경우, 여성은 사회적으로 공식적인 배우자의 지위를 인정받지 못하고, 시댁에 받아들여진다고 할지라도 첩

이상의 지위를 차지하기는 힘들었다. (「숙영낭자전」)

혼인 이후 부부의 생활은 사적인 차원에 놓이지 않고 공적인 차원에서 가문 구성원의 관리의 대상이 되었으며, 여성은 남성의 가문에 편입되는 존재로 여겨졌기 때문에 여성에게는 삼종지도(三從之道)와 같은 순종의 미덕을 기반으로 하는 부덕(婦德)의 실천이 요구되었다. (「유씨삼대록」) 부위부강(夫爲婦綱)의 논리에 의하면 여필종부(女必從夫)는 남편의 도덕성을 전제로 하고 있었지만, (「박씨전」, 「소현성록」) 남편에게 요구되는 도덕성이 부인에 대해서만 한정되는 것이 아닌 보편적 인간으로서의 도덕성이었던 것에 반해, 여성에게 강조되는 부덕의 실현은 남편이나 시댁으로 그 실현 대상이 한정되어 있었다.

규방가사에서도 결혼은 집안 간 결합으로 예절을 갖추어 일정한 절차에 따르는 의례로서의 성격을 가진다. 사대부 가문의 여성들은 혼인을 선험적으로 주어진 예법으로 인식한다. 결혼은 예법에 따라 '중매', '허혼', '택일', '혼례'의 절차를 거치는 의례이다. 곧, 혼인이란 선현이 지은 예법에 따라 일정한 나이에 이르면 마땅히 치러야 하는 의례이자 운명인 것이다. (「녀자힝신가」, 「여자경계가」) 작품 속에서 혼인에 대한 기억은 혼례 장면으로 대변되고 있으며, 혼례는 기쁘고 성대한 형상으로 세세하게 재현되고 있다. (「이별가」, 안동 김씨 부인 「이부가」) 이는 혼례가 일생의 중대사로서 신성한 의례인 동시에 신랑을 처음 대면하는 장이며, 나이가 차면 당연히 거쳐야 할 절차이기 때문이다. 그리하여 일생을 해로할 신랑과 혼인하게 된 것은 주어진 운명으로서 기쁘게 치르는 의례인 것이다. 동서양을 막론하고 현대 이전의 사회에서 결혼 계약의 기초가 된 것이 서로의 성적 매력이나 사랑의 감정이 아니었던 것을 다시 확인할 수 있다.

> 싱이 디회ᄒᆞ여 혼기를 고ᄒᆞ되 부인 왈 네 부친이 녜법을 슝상ᄒᆞ여 즈젼ᄒᆞᄂᆞᆫ 비 업ᄉᆞ니 너의 불고이취ᄒᆞᄂᆞᆫ 쥴 알면 반드시 죄칙이 즁ᄒᆞ리니 너는 집의 가 잇다가 그날 당ᄒᆞ거든 니 집의 와 ᄎᆞ려가되 혼구ᄂᆞᆫ 니 쥰비ᄒᆞ리라 싱이 깃거ᄒᆞ여 본부의 도라왓다가 당일 녀부의 가셔 길복을 가초아 한미 집으로 가니 한미 쪼ᄒᆞᆫ 위의를 셩비ᄒᆞ여 니랑을 마즐시 포진과 긔용범졀이 인간의셔 못뵈던 비라 싱이 견안지 녜를 맞고 동방화쵹의 냥인이 합근ᄒᆞᆯ시 싱이 밧비 눈을 들어 보니 낭ᄌᆞ의 요조션연ᄒᆞᆫ 틱도 요지의셔 보던 션녀와 일호도 드르미 업ᄉᆞ미 견권지졍이 더욱 비홀 데 업더라
>
> —「숙향전」 (17세기)

낭즈 안식이 씩씩ᄒᆞ며 왈 아모리 뉵녜 빅냥을 갓초지 못ᄒᆞ온 즈뷔온들 니런 말숨을 ᄒᆞ시ᄂᆞ잇가 발명 무료ᄒᆞ오나 셰셰 통촉ᄒᆞ옵소셔 이 몸이 비록 인간의 잇스온들 빙옥갓튼 졍졀노 더러운 말숨을 듯스오리잇가 영쳔슈가 머러 귀를 씻지 못ᄒᆞ오미 한이 되옵ᄂᆞ니 다만 죽어 모로고져 ᄒᆞᄂᆞ이다 빅공이 분노ᄒᆞ여 노즈를 호령ᄒᆞ여 낭즈를 결박ᄒᆞ라 ᄒᆞ니 노지 일시의 다라드러 낭즈의 머리를 산발ᄒᆞ여 계하의 안치니 그 경샹이 가장 가련ᄒᆞ더라

—「숙영낭자전」(미상)

이윽고 신낭이 외뎐의 니르믈 보호니 공이 승샹을 뫼셔 신낭을 마자 뎐안지녜를 파ᄒᆞᆫ 후 금거옥눈의 구술 뎡을 메여 등뎡의 노코 쇼져를 븟드러 올니며 공이 츄연 왈 녀ᄋᆞᄂᆞᆫ 경심계지ᄒᆞ여 군즈를 잘 셤겨 슉야의 명을 닛디 말나 쇼졔 직비 슈명ᄒᆞ니 댱부인이 감샹ᄒᆞᄂᆞᆫ 쥬뤼 만면ᄒᆞ여 쇼져의 손을 잡고 슉흥야미ᄒᆞ며 필경필계ᄒᆞ믈 니른 후 신낭이 금쇄를 가져 뎡문을 줌그고 승샹과 진공긔 하딕고 도라갈ᄉᆡ 일노의 고악이 훤텬ᄒᆞ고 위의 십니의 버러시며 신낭의 신치 풍광을 흠탄치 아니 리 업더라 힝ᄒᆞ여 소아의 니르러 당의 올나 합환교빅를 뭇고 진쥬션을 아스며 둘 굿흔 광치와 히 굿흔 용광이 만좌홍샹을 탄싀게 ᄒᆞ니 엇디 셰쇽 연분의 쑤민 미식으로 비우ᄒᆞ리오 브라보매 히 굿고 나아오매 꼿 굿ᄒᆞ여 쳔디의 무빵ᄒᆞ고 단뎍 녜졀의 합도ᄒᆞ미 슉완셩녀의 풍이 ᄀᆞ죽ᄒᆞ니

—「유씨삼대록」(18세기)

또한 시빅을 불너 쑤지져 왈 딕범헌 스람이 덕을 모로고 싀만 취ᄒᆞ면 신상의 복이 업고 집안이 망허니 네 이졔 박씨를 얼골이 곱지 안타 ᄒᆞ여 구박허니 범졀이 얼어 ᄒᆞ고 엇지 슈신졔가ᄒᆞ리요 옛날 졔갈공명의 쳐 황씨는 인물이 비록 취비ᄒᆞ나 덕힝이 어질고 쳔지죠화 무궁헌지라 이러무로 공명이 화락ᄒᆞ여 어려온 일을 의논ᄒᆞ여 만고의 어진 일홈을 유젼허여스니 박씨는 신션의 쌀이요 덕힝 이시며 ᄯᅩ한 조강지쳐는 불화당이라 ᄒᆞ여시니 무죄ᄒᆞ고 덕잇는 스람을 엇지 박딕ᄒᆞ리요 비록 금슈린도 부모 사랑허시면 즈식이 ᄯᅩ한 스랑헌다 ᄒᆞ니 허물며 스람이야 일너 무엇 헐리요 네 만일 일양 박딕ᄒᆞ면 이는 날을 박딕ᄒᆞ미라 헌딕 시빅이 쓸에 나려 스죄ᄒᆞ여 왈 불효ᄂᆞᆫ 즈식이 부모의 명을 거역ᄒᆞ여스오니 죄스무셕이로소이다 ᄒᆞ고 물너나와 그날 밤붓텀 닉방의 드러 거쳐허라 ᄒᆞ고 드러가면 박씨의 얼골을 보믹 문득 취비헌 마음이 과연 동침헐 듯이 업셔 한편 구셕의 등도라 안져다가 나와 다른 방의 즈고 계명 후면 붓친 게신딕 문안ᄒᆞ니 상공은 연고를 모로고 닉방의 거쳐ᄒᆞ는 양으로 알아 깃거허더라

—「박씨전」(17세기)

셕패 쏘 닐오딘 이 말은 올커니와 쇼년 낭군이 슉뇨혼 부인을 두고 외당의 듀야 독쳐흐고 자고시븐 째 창첩 딘졉듯 드러가 두어 졍은 잇다가 새박 문안 펑계흐고 내도라온 후는 나지는 드리미러도 보디 아닐 녜 이시리오 부인이 쟝촛 크게 넘녀흐 시느니 낭군은 즐기나 부인긔는 불회로다 싱이 옥면의 우음을 씌여 딘왈 셔뫼 말솜을 이리 무례히 흐시느닝잇가 나히 졈은들 무움이야 노쇠 이시리잇가 독쳐흐 믈 부인이 근심흐신다 흐니 내 비록 즈로 드러가고 시브나 셔모의 말솜 굿틔야 내 외로온 자최로 혈긔미뎡흔디 호싁흐야 병을 어드면 모친긔 큰 넘녀를 깃치올가 두리오니 이러므로 졍은 둥흐디 몸이 샹홀가 두려 조심흐느이다 졍실을 셜만이 못홀식 공경흐야 싁싁흐고 밤의 모친긔 혼뎡흐고 녹운당의 가 자고 신셩흐라 계죠 명의 니러나더니 셔뫼 창첩 딘졉 듯흔다 흐시니 듀야 씨고 이셔 써나디 아니면 공경흐미니잇가

-「소현성록」(17세기)

역역히 비운후이 침선방직 의복쌜니 치산음식 졍결흐게 가지가지 잘비와라 익 기가 장셩흐야 십육칠식 딘오면 고문귀족 조혼가문 쳔졍으로 인연미져 길일양신 가퇵흐야 만복딘례 힝흔후이 즈가을 이별흐고 시딕으로 가난이라

-「녀자힝신가」(미상)

십팔세가 들어서면 쳔장비졍 자연있어 부모승오 하신후에 여관동서 닉왕하니 고문일가 퇵일해서 좋은날을 완졍하면 출입행동 조심되야 규문안에 단장하세 밧 어버이 촌목바다 치혼범절 미란하니 안어버이 좋은솜씨 일이말고 졀이말아 푸시 라고 제서주면 분벽사창 혼자앉아 몸조심도 하것마는 치혼졀속 썰어닉서 찬찬일 십 마련하야 상자안에 디디발바 졍곡이사 넉넉히도 식물유염 조심되여 혼인신부 딘자하니 보고듣고 견문이제 치혼범절 햇건마는 식물준비 하자하니 치혼식물 가 지각색 부모님께 책임되야 혼인일자 당햇나니 집안족친 모여들어 안밧노소 오여 앉아 히히낙낙 하신모양 주셕이 낭자히서 비상을 들인후에 오후신시 당햇이니 가마소리 들린다고 초행혼다 새초졍히 손님미서 졉대하라 졈잔하고 출입좋은 손 님졉대 하여보식 양친부모 같이있는 쳥년인물 가려닉서 신랑졉딘 하시라고 부모 님이 명령하니 셕반상 들리라고 사랑에서 호통하니 중딘반 밧드러서 상객실랑 차리드려 집안족친모여앉아 한잔부라 두잔부라 시간이 바쁘도다 상물리고 예서채 려 혼수하인 거동보소 혼수진바 늘쳐지고 딘릭청에 들어서니 황홀소리 조심되야 사모관딘 저실랑은 평생가약 미질식라 부션제비 서답일비 약주삼배 노나스니 거 창졀차 예필후에신랑신부 갈라앉아 고법으로 해햇도다

-「여자경계가」(미상)

십칠팔세 되여오이 혼인예절 하는구나 인연을 매질나도 허혼사주 왕내하내 수
래만혼 여자팔자 부모명영 엇지하리 실냥신부 자라내여 길일양신 택일하이 됴자
용 시절이요 요요명난 길월이라 솟방석에 되자하야 서동부서 길나서이 솟다운
여자태도 저에단장 관중한대 동에는 쳥포관대 서에는 녹의홍상 절게잇는 쳥대잎
은 백옥병에 솝아노고 청실홍실 걸어놓고 쑥달암달 마주놋고 꼿고제배 하온후에
쳥배주 두잔술에 한배이진 하오면서 백연기약 매젓구나 전전불매 백옥병을 벽상
에 걸어두고 금실우지 홍고낙지 오날밤이 제일이라 장할시고 혼인예절 누구누구
내시는가 요순우탕 여절인가 공자맹자 예법인가 천추만세 전한예절 오날밤에 돌
아왓내

―「이별가」(미상)

가문 물어 정혼하고 실냥취해 허혼하고 강서오고 의양온후 전안일자 가릴적의
택일관 불너다가 일월도수 칙역노코 다남장수 하울날과 부귀영화 조혼시을 주당
살 고과살을 알쓸살쓸 골라내여 연분이라 하올적예 원근친척 모엿도다 병풍넘이
들인소문 빅연행차 드려온다 구름갓탄 장록교난 장부실낭 타여시며 금안준마 조
혼말은 상깃손임 타싯도다 남대바다 드려노코 아홉가닥 머리갈나 반월소로 쌧겨
닉여 금봉차을 질너노코 성도에 조혼분과 월수예 뿔근연지 차차로 닉여다가 가진
단장 분주하다 화관을 슉이쓰고 삼지여 손에걸고 주인출령 전난후에 교비석애
닉달나서 서동부서 마조서서 교비향비 힝예한이 옛법쏫차 조컨마는 조롱듯기 붓
그렵다

―안동 김씨 부인 「이부가」(미상)

4.3. 새로운 가족관계에의 편입과 갈등

조선시대 이래 여성에게 혼인은 여필종부(女必從夫)의 예법에 따라 출가외인
(出嫁外人)이 되는 것을 의미했다. 그리하여 결혼은 혼인 의례의 기쁨을 누리기
도 전에 출가하여 낯선 타향의 시집으로 떠남을 뜻했다. 출가외인이 특히 고통
스러운 것은 부모 형제, 유년 시절의 친구들과 헤어져야 하는 것이다. 그러면서
새로운 가족관계가 생성되고, 친정과 시댁이라는 이분법적 가족 범주가 형성된

다. 혼인 후 여성은 두 가지 모습을 보인다. 하나는 친정과 시댁의 사이에서 갈등하는 경우이고, 다른 하나는 친정을 그리워하는 경우이다.

16세기 고전문학 속의 여성은 남편이 친정의 일을 도와주지 않는다고 비난하는 모습을 보였다. 자신은 혼인한 뒤 시어머니 상(喪)을 예법에 맞게 치렀는데, 친정 부모의 상을 당했을 때 남편은 유배를 가 있었기 때문에 3년 동안 한 번도 제상을 올리지 못했으니 친정 부모의 은혜를 저버린 처사라고 하였다. 물론 어쩔 수 없어 그랬다 하더라도 이제 친정 부모의 묘에 비석을 세우려 하고, 이것이 친정아버지의 유언이기도 한데, 남편이 이를 도와주지 않으니 처의 부모에게 차등을 두는 처사라고 했다. 이로 볼 때 이 시기에는 혼인을 한 딸이 친정의 일에 관여를 하였음을 알 수 있다. 또한 18세기 초반 한문학 작품에서 여성은 부모와 시부모에게 갚지 못할 큰 은혜가 있다고 하며 친정 부모나 시부모를 섬김에 차이가 있을 수 없다는 인식을 드러낸다. 그러면서도 혼인하기 전 행복했던 시절을 회상하며 형제들을 그리워한다. 이는 "비록 여자의 몸이라도 부모가 낳아 길러주신 은혜를 입고 명문에서 생장하여 어찌 어줍지 않게 금수의 무리와 더불어 길고 짧은 것을 다투겠는가."로 함축된다. 여자로, 딸로 태어났지만 자긍심을 지니고 있었는데, 혼인으로 생성된 관계로 말미암아 남편의 일가와 불편한 관계가 형성되었고 그로 인해 갈등과 번민이 심화되는 것이었다. 곧, 딸은 혼인을 한 후, 시집의 혹은 남편 집안의 질서 속에 편입되어 자신을 남편 집안에 맞추기 위해 울분을 삭혀야 했다. 또한 자신이 혼인 전에 친정에서 수행했던 역할을 제대로 혹은 더 이상 할 수 없게 되어, 친정과 시집을 똑같이 대하고자 하나, 그럴 수 없는 현실로 인해 갈등하였다. 혼인한 딸은 근심을 지니고 살고 있으며 더불어 자신이 불효한다고 개탄했다. (송덕봉 「斲石文」, 김호연재 「付家兒」)

그래서 여성들의 문학에는 친정에 대한 그리움이 절절하게 드러난다. 이는 16세기에도 그러하였지만 특히 18세기 후반 이후에 더욱 많이 나타난다. 친정 부모 특히 어머니와 형제자매들에 대한 그리움을 표현한 작품이 많다. 어머니의 경우에는 늙으신 어머니가 외로워하실 것을 걱정하는 반면에, 아버지의 경우에는 수발을 들어드리지 못함을 걱정한다. 형제자매의 경우, 오라버니와 언니를 그리는 시문이 많은데 이별한 뒤 몇 년이 흐르도록 얼굴 한번 볼 수 없음을 슬퍼한다. 혼인으로 인해 자신의 고유한 가족관계가 무너지고 시집의 가족

관계 속에 편입되어 정작 자신의 가족과 멀어짐을 한탄하는 것이다. 더욱이 18세기 이후 작품에서는 친정 일에 관여한 흔적이 찾아지지 않는다. 오히려 친정 일에 관여하지 못하고 친정식구들을 만나기 힘들었기 때문에 친정부모와 시집 부모가 똑같다는 주장을 펼쳤던 것으로 보인다. (신사임당 「踰大關嶺望親庭」, 홍유한당 「次杜江上」)

규방가사에서 성대했던 혼례의 회상에 이어지는 내용은 새로운 삶의 시작에 대한 기대보다는 부모 형제와의 이별로 인한 비탄인 경우가 많다. (김순자 「여자 탄식가」, 「귀소술회가」) 이는 부모에게 양육의 은혜를 갚지 못하고 떠난다는 자책 감과 다른 가문으로 들어가는 것에 대한 부담감을 동시에 내포한다. 여필종부 (女必從夫)의 이데올로기에 따라 시집으로 들어가면서 시집 식구들에 대한 어려 움, 친정 부모에 대한 죄의식을 갖고 있다. (「부녀가」, 이씨 부인 「애향곡」, 오천 정씨 부인 「정부인자탄가」)

또한, 규방가사와 시집살이 민요는 조선 후기 이래 여성이라면 누구나 겪어야 했던 시집살이의 고통을 노래한다. 혼인은 낯선 시집에서 사는 시집살이로 특징 되며, 가사노동의 과중함과 소임에 대한 심리적 부담감으로 인해 고단한 일상으로 다가온다. 시집살이의 일상은 봉제사(奉祭祀), 접빈객(接賓客), 사구고(事舅姑) 등 가사노동의 연속이었으며, 낯선 시집식구들과 지내며 겪는 어려움이 컸다. 규방가사에는 시집식구들과의 소통의 어려움과 가사노동의 고달픔에 대해 자탄 하는 내용이 많다. (「녀ᄌ탄」, 인동댁 「동례미유희가」, 김순자 「여자탄식가」)

반면에 여성화자로 설정된 시집살이 민요에서는 서사적 요소가 삽입되어 시집살이 중에서 가장 힘든 부분이었던 시집식구들로부터의 박대 속에서 갈등을 겪는 양상이 구체적으로 발화된다. 적대적인 시집식구들에게 며느리가 핍박 받는 양상은 '뙤약볕에서 밭을 매는 며느리'와 '끼니조차 제대로 주지 않는 시집식 구들', '가마솥을 깬 며느리와 솥 값을 물어내라는 시집식구' 등이 대표적이다. 이러한 시집살이에 대한 재현은 고통스럽고 부당한 시집살이에 대한 항변을 내 포한다. (「경북 영덕 시집살이 노래」, 「경북 선산 시집살이 노래」, 「경남 거창 시집살이 노래」)

게다가 당신께서는 만 리 밖 종산에 유배되어 계실 때 제 부모님이 돌아가셨다는 소식을 듣고 오직 채식만을 했을 뿐 3년 동안 한 번도 제상을 올리지 못했으니,

전일 장가드셨을 때 간곡하게 대접해 주시던 뜻에 보답했다고 하실 수 있겠습니까. 만약 염증과 번거로움을 없애고 비석을 세우는 일을 억지로라도 도와주신다면 지하에 계신 부모님께서 감동하시어 결초보은을 하시려 할 것입니다. 저 또한 당신께 야박하게 대하면서 후하게 대접받기를 바라는 것이 아닙니다. 시어머님이 돌아가셨을 때 마음과 힘을 다하여 예법에 맞게 장사를 지냈고, 예법에 맞게 제사를 지냈으니, 저는 남의 며느리 된 자의 도리에 부끄러움이 없습니다. 당신은 이 뜻을 생각하려 하지 않으시는 겁니까. 만약 당신께서 저로 하여금 이 평생의 소원을 이루지 못하게 하신다면 저는 비록 죽어도 지하에서 눈을 감을 수 없을 것입니다. 이것은 모두 지극한 정성에 느껴 나온 것이니 글자마다 자세히 살펴 주시면 매우 다행이겠습니다.

且君在鍾山萬里之外 聞吾親之歿 惟食素而已. 三年之內 一未祭奠 可謂報前日款接 東床之意耶. 今若掃厭煩 而勉救斲石之役 則九泉之下 先人哀感 欲結草而爲報矣. 我亦非薄施而厚望於君也. 姑氏之喪 盡心竭力 葬以禮祭以禮 余無愧於爲人婦之道 君其肯不念此意耶. 君若使我不遂此平生之願 則我雖死矣不瞑目於地下也. 此皆至誠感發 字字詳察 幸甚幸甚.

—송덕봉 「돌을 깎아 비석을 세우는 문제 斲石文」(16세기 후반)

슬프다 네 어미 귀신의 장난으로
반평생 계획이 어긋나 잃어버림 많도다
나이 겨우 십오 세에 양친을 잃으니
인간 세계에 외로운 이슬 같은 몸 되어 오래 피눈물 흘렸네
산골로 시집와 두 고향이 멀어지니
양산에 비바람 쳐 돌아갈 꿈 끊어졌네
평생 속운에 맞추지 못해
자못 높은 가문의 시가에서 기뻐하지 않은 일이 많았네
눈썹 낮추고 조심하여 노고를 달게 여겼으나
울분이 창자 안에서 끓고 있음을 깨닫지 못했네
분분한 세상일 서로 공격하는데
근심과 빈한함이 서로 잠시도 멈추지 않았네

嗟乎汝母見神戲 半生身計多差失 年纔十五失雙親 孤露人間長泣血
于歸峽裏兩鄕隔 風雨梁山歸夢絶 平生自無適俗韻 頗與高門多不悅
低眉小心甘勞苦 不覺煙焰腸內熱 紛紛世事互相擊 憂戚貧寒不暫歇

—김호연재 「아들에게 付家兒」 41-52구(18세기 전반)

머리 하얗게 센 어머니 강릉에 계시는데
서울 향해 홀로 가는 마음이여
때때로 머리 돌려 고향 바라보니
흰 구름 나는 곳 아래 저녁 산만 푸르네
慈親鶴髮在臨瀛 身向長安獨去情 回首北坪時一望 白雲飛下暮山靑
　　　－신사임당 「대관령을 넘으며 친정을 바라보다 踰大關嶺望親庭」(16세기 전반)

돌아가는 기러기는 구름가에 울며 나는데
강가의 가을 추위 놀라워라
찬 서리가 변새의 눈을 재촉하니
늙은 길손은 갖옷을 그리워하네
물결 출렁이며 오두막에 바람 일고
구름 걷히니 달빛이 누각으로 드네
친정 생각에 잠 못 이루고
꿈에서도 그리는 마음 언제 그치려나
歸鴈雲邊叫 驚寒江上秋 嚴霜催塞雪 老客戀貂裘
波動風侵檻 雲開月入樓 思家仍不寐 夢想幾時休
　　　　　　－홍유한당 「두보의 '강상'에 차운하여 次杜江上」(19세기)

　혼인중미 권할적에 면약ᄒ고 강셔오니 속쇽셩예 날을받아 안동권씨 츔졔ᄌᆞ손
빅옥갓혼 그실낭이 월노홍승 불로실리 쳔싱비필 연분이라 셔동부셔 교빈ᄒ고 화쵹
동방 깁혼밤에 녹슈원앙 극혼잠이 일평싱이 흔쯸너라 작작도화 피난쩌예 우귀ᄒ여
신힝가니 옛법이 고이ᄒ다 여필종부 무삼일고 만복지원 혼인되ᄉ 츌가외인 되든말
고 싱부모의 양육은혜 버린ᄃᆞ시 쩔쳐주고 동싱삼춘 오륙촌을 남본ᄃᆞ시 이별ᄒ고
　　　　　　　　　　　　　　　－김순자 「여자탄식가」(미상)

　차홉다 여ᄌᆞ유힝 삼종예 고법이요 츌가함이 예졀이라 종사진진 우리종반 남다
르게 잘아나셔 광풍의 날인목엽 지향업시 쩌러지듯 산지사방 훗터지니 일셕상봉
어려워라 ᄌᆞ이하신 부모존안 숨결의 매양잇고 동기슉질 그모습이 눈압헤 삼삼컨
만 슈자어안 난감하니 자조상봉 바랄손가
　　　　　　　　　　　　　　　　　　　　　　－「귀소술회가」(미상)

　뒨듯만듯 츌가하야 숨일신힝 뒤밋좃ᄎ 건구들기 쥬즁한니 불ᄉᆞᆼᄒ다 여ᄌᆞ신명
부모형ᄌᆡ 다바리고 여필종부 업을쪼츠 싱면부지 나무가문 어른만코 법도만타
　　　　　　　　　　　　　　　　　　　　　　　－「부녀가」(미상)

우리어마 날길을제 치위더위 갈여가며 수족갓치 여기시고 쥬옥갓치 사랑하사 잠시라도 안잇다가 백니타양 떠나가니 그간장 그회포를 뉘가잇셔 위로할고 이십 년 키운공이 허무코도 가소롭다 수십년 깊은은덕 무엇스로 갑자오리 내간뒤 어마 생각 호천망극 이안이냐 (중략) 맹종이 죽순꺽고 왕상이 잉어낙거 감든머리 히도 록 노래자에 옷을입고 평생양지 중자성효 내하리라 맹서터니 이몸이 원슈로다 내어이 여자인고 날아가는 져공중에 삼족묘야 말듯거라 내일홈 반포로다 새중에 중자이니 우리양친 더듸늘금 너에게나 원하노라 쥬욕정이 풍불지요 자욕양이 친 불제라 새상인줄 알것만은 안타깝고 가엽서라 잔인ᄒ다 동생들아 형아형아 셔로 불너 짤은손 길게뺏쳐 소매긋 마조잡고 슈이오라 우난거동 참아어이 헤어질고 젹은눈 잠긴눈물 앙중코 에쳐롭다 뜰아래 노복들아 두로다 잘잇거라 상양코 온순 하든 너이들공 이즐소냐 벗님이별 다다르니 에달고도 어렵도다 우리셔로 담소할 제 각오는 하엿건만 막상지금 당코보니 진정애석 엇지할고 손꼽아 헤아리니 어나 날에 재봉할고 여자유행 이런것가 치마폭 다졋난다

-이씨 부인 「애향곡」(미상)

좀시라도 여가업셔 말슘한번 못히보고 엉동등동 지니가니 신힝나리 닷치구나 연츳바리 노복빅와 고마말 등듸하고 하인지쵹 음히할지 한임두쌍 조곤빅와 무지 군 두칙바리 영을바다 드러셔고 짐바리도 시려니고 고마말도 단송하니 가진단중 고히하고 가마안이 드란진이 어린동싱 큰동싱은 구비구비 눈무리요 늘건종과 졀 문종은 목을노코 실피운다 형지슉질 가니동유 잘가거라 하직한다 가마안이 드려 안즈 옛날이를 싱각하니 구곡간중 갈발업다 우리어마 나키울지 밤니면 한비개요 나지면 한즈리이 슈족갓치 씨니시고 쥬옥갓치 스랑하여 좀시라도 아니잇고 스랑 드니 빅니타향 이지가면 우리어마 날바리고 어니할고

-오천 정씨 부인 「정부인자탄가」(미상)

초야한슨 부녀되어 가난조차 심홀시고 조셕반감 ᄒ올 젹의 힝ᄌ치마 면홀소냐 헛튼길삼 잔누비질 이간댱을 다셕이고 쓰지기 보션 깁기 괴롭기 그지업다 규듕의 미여이셔 영일만 겨요 보이 흑산도 유리안치 이에셔 더홀손가 족도관 마쳘영도 긔여가도 넘으련만 엇디흔 듕문밧글 일싱을 못보ᄂᆞᆫ고 셔황은 어듸멘고 지옥이 여긔로다 니현경 왕홍벽의 녀화위남 ᄒ일업셔 벽사창 구지닷고 침션만 잡고 안자 가난셰월 모르거든 오ᄂᆞᆫ 시졀 어이 알니

-「녀ᄌ탄」(1928)

삼일 후의 반감할 졔 염맛맞긔 쉽죤토다 사찰ᄒ신 싀누들니 못기젼의 가라치나

동동촉촉 조심되기 되는듸로 할슈업다 맛보즈니 미안하고 안보즈니 호슈ㅎ다 김
치한쪽 먹즈ㅎ니 와삭와삭 소리 나고 쌈을 싸셔 먹즈ㅎ니 입 버리긔 불공ㅎ니
조석이라 치운 후의 신방으로 도라가셔 살이 혹시 보일셰라 허리띄랄 단속ㅎ니
음식소화 할슈업셔 트림이라 절로 난다

—인동댁 「동예미유희가」(미상)

ㅅ창을 구지닷고 슈물증질 못츠는다 여즈몸이 되여나셔 긴들안이 원통한가 누
듸죵가 죵부로셔 봉졔ㅅ도 조심이오 통지즁문 호가ㅅ에 졉빈긱도 어렵드라 모시
낫키 삼비낫키 명쥬ㅆ기 무명ㅆ기 다담이러 뵈을보니 직임방젹 괴롭더라 용정ㅎ
여 물여듸가 졍구지임 귀츤터라 밥잘짓고 슐잘비져 쥬ㅅ시예 어렵드라 함담을
맛기ㅎ여 반감분기 어렵더라 셰목중목 골나늬여 푸지싸듬 괴롭더라 즈쥬비듼 잉
물치마 염싴ㅎ기 어렵드라 춘복 짓고 ㅎ복 지여 쌜늬ㅎ기 어렵드라 동지장야 ㅎ지
일에 ㅎ고마는 져셰월에 첩첩히 ㅆ인 일을 ㅎ고ㅎ들 듸할숀가 닙분 잠 듸못자고
놀고져워 어이할고

—김순자 「여자탄식가」(미상)

형님형님 사촌형님 시집살기 어떻드뇨 야야야야 그말마라 꼬치당초 맵다캐도
시집겉이 매울소냐 신동겉이 맵다캐도 시집겉이 맵을소냐 도리도리 수박식기 밥
담기도 어렵더라 메기겉은개송판에 수저놓기 어렵더라 야야야야 말도마라 금강산
호랑이 무섭다해도 시어마님만치 무서울소냐 하늘이 높다해도 시부모만치 높을소
냐 시동상이 두렵다캐도 보름달가 두렵드라

—「시집살이 노래」 경북 영덕군 달산면(미상)

시집가던 사흘만에 버리밭을 매러가라 버리밭을 매러가서 보리밭을 가래질고
광천밭을 한골내고 두골내고 삼사골 거덜매고 다른저심 다나와도 이내저심 안나
오네 집에라 돌아서서 시금시금 시아부지 진대설대 가는물고 온마당 띠굴리미
어제왔는 이미는라 아레왔는 이미느라 밭다싯골 밋골맷노 한골매고 두골매고 삼
시골 거덜맷소 에라요년 물러쳐라 그길사 일이라고 저심참 찾아왔나 마리끝에
올라시니 시금시금 시오마니 절대설대 가는물고 어제왔는 이미느라 아레왔는 이
미느라 밭다싯골 밋골맷노 한골매고 두골매고 삼시골 거덜맷고 에라요년 물러쳐
라 그길사 일이라고 저심참을 찾아왔나 그소리가 딛기싫어 정지구설 썩딜가이
채칼겉은 시아재비 어제왔는 지수씨 아레왔는 지수씨 밭다싯골 밋골맷소 한골매
고 두골매고 삼시골 거덜맷소 에라요보 눌러치소 그길싸 일이라고 저심참 찾아왔
소 그소리 딛기싫어 정지구석 떡들가이 혼들혼들 만동시가 이리개민 혼들치고

저리개민 혼들치고 그소리 딛기실어 뱁이라 주는거는 어제지녁먹던 찬밥을 사발
국에 말아주고 쟁일사 주는거는 삼년묵은 꼬랑장을 접시국에 발라주고

—「시집살이 노래」 경북 선산군 장천면(미상)

　　시집가던 샘일만에 참깨닷말 들깨닷말 열에닷말을 내티리네 이솥저솥 볶은게
양가매가 갈라졌네 시오마씨 거동을 보라 호령호령 호령함서 너거집에 자주 나가
서 양가매값을 물어오게 시아바씨 거동을 봐라 너거집에 자주 나가서 양가매값을
물어오자 시누애기 거동을봐라 정지문앞을 뚜드리면서 너거집에 자주 나가서 양
가매값을 물어오게 우리님의 거동을 보소 자네집을 가거들랑 소리없이 나댕겨오
게 내가왔소 내가왔소 시집갔다가 내가왔소 우리부친 거동을 보소 시비쟁기를
내티림서 이기나마 가주왔다꼬 양가매값을 물어조라 우리어머니 거동보소 명지닷
돈 내티림서 이기나마 가주왔다꼬 양가매값을 물어조라 우리올키 거동을 보소
구실서말을 내티림서 이기나마 가주왔다고 양가매값을 물어조라 바리바리실고
한모롱 두모롱 돌아와서 마당우에 덕석피고 덕석우에 명주피고 아부님도 여았으
소 어머님도 여았으소 시누오소 여게앉게 시아바씨 앞엘랑은 시비쟁기 댕기놓고
물어왔소 물어왔소 양가매값을 물어왔소 시오마씨 앞엘랑건 명지닷돈을 앵기놓고
물어왔소 물어왔소 양가매값을 물어왔소 시누애기앞엘랑은 구실닷돈을 앵기놓고
물어왔네 물어왔네 양가매값을 물어왔네 저게가는 저중님아 요내머리를 깎아주소
이방저방 곰돌아들어 아홉폭 주리치매 한폭을 따서 바랑을짓고 한폭따서 승낙짓
고 한쪽머리를 깎고 나니 비오듯이 눈물나네 양쪽머리를 깎고나네 대성통곡이
절로 난다

—「시집살이 노래」 경남 거창군 마리면(미상)

4.4. 동화(童話)의 종말, 실종된 낙원

　　현대문학은 낭만적 사랑 담론을 냉소적으로 해체하며 결혼제도의 상투성과 통
속성을 신랄하게 고발한다. 여성작가는 여성들이 꿈꾸는 스위트 홈(sweet-home)
이 결코 현실에서는 실현될 수 없는 판타지라는 사실을 직시하고 결혼생활의
실상을 구체적으로 형상화한다. 그리고 사랑이라는 동화 같은 마법의 시간이
지나간 후 일상에서 여성들이 느끼는 소외와 환멸의 감정에 주목한다.

1920년대 이후 현대소설 속에 전경화된 결혼풍토는 전통적인 정혼제도와 자유연애사상이 착종된 형태로서, 신여성들은 제도와의 갈등 속에서도 결혼에 관한 한 최종적인 의사결정권을 가지고 능동적으로 대상을 선택하는 선진적인 의식을 보여준다. 이들이 결혼 상대자의 중요한 조건으로 '취미'의 공유를 내세우는 데에서 알 수 있듯이, 이들은 전통적 결혼관에 반기를 들고 자신의 의지와 노력에 의해 주체적인 결혼생활을 할 수 있을 것이라는 기대를 지니고 있었다. (나혜석 「경희」, 김일엽 「어느 소녀의 사(死)」, 최정희 「가버린 미례(美禮)」, 임옥인 「봉선화」)

　　그러나 순결한 사랑과 행복한 가정을 삶의 진실이자 생의 전부로 받아들였던 여성인물들의 순진한 믿음은 남편의 변화와 외도, 시댁과의 갈등, 자녀 양육과 경제적 문제 등에 직면하면서 지극히 현실적 문제 앞에 파탄 나고, 비로소 결혼제도의 불합리함과 허상에 눈뜨게 된다. 완전한 가정의 필요충분조건이라 믿었던 결혼이 결코 행복에 이르는 출입구가 아님을 알게 된 여성들은 정체성의 갈등을 겪으면서 가정 내 자신의 위치를 모색해간다. (강경애 『어머니와 딸』, 백신애 「광인수기」, 이선희 「처의 설계」, 손소희 「이주(移住)」, 임옥인 「후처기」 「전처기」 「산」 「살림살이」, 한말숙 「신과의 약속」, 『모색 시대』 『하얀 도정』, 송원희 「화사」)

　　여성은 결혼하기 전에 어떤 재능이나 능력을 가졌건 간에 결혼으로 인해 아내와 어머니와 가정주부의 역할에 종속되고, 이 같은 종속 구조 속에서 한 여성의 인간적 삶의 질이 결정된다. 여성인물들은 가정 안에서 자아가 소모되고 마멸되어 감을 느끼고 '사랑받는 아내'라는 환상 속에서 자신이 온실 속 화초처럼 길들여지고 일과 성, 사랑에서 점점 소외되어 왔음을 깨닫게 된다. 그 속에서 여성은 남편의 무관심과 폭행, 시부모로부터 받는 냉대, 불임을 결핍으로 바라보는 주위의 시선 등 남성 중심의 결혼제도가 갖는 불합리성을 체현하며 정서적 고립감을 견뎌야 한다. 회의와 환멸 가운데 여성들은 결혼이 양부(養父)의 집에서 다른 양부(養父)의 집으로 몸을 옮기는 것에 불과하다는 사실을 절감한다. (이남희 「밥그릇」, 서하진 「그림자 여행」, 전경린 『난 유리로 만든 배를 타고 낯선 바다를 떠도네』, 공지영 『무소의 뿔처럼 혼자서 가라』, 이혜경 「그집앞」 「봄날은 간다」, 권지예 「우렁각시는 어디로 갔나」, 이청해 「머물고 싶은, 떠나고 싶은」, 정지아 「양갱」)

　　이런 사실 앞에서 여성인물들은 가면을 쓰고 행복을 위장함으로써 자신의 자리를 보존하거나 그 가면을 벗어던지고 탈출을 감행하는 두 가지 선택 앞에 놓

이게 된다. 그러나 여성인물들은 대부분 이 같은 선택 앞에서 갈등하며 제도에
의 순응과 거부의 분열적 양상을 보인다. 가정에 동화되지도 가정을 변화시키
지도 못한 채, 무덤과 같은 공간에서 결혼이라는 제도의 중력을 그대로 떠안고
살아가는 것이다. 자유와 구속 앞에서 갈등하는 여성인물의 혼돈스런 내면은
그 자체로 결혼 이데올로기의 모순을 드러내는 것이라 할 수 있다. (한말숙 「어
느 여인의 하루」, 「아기 오던 날」, 강석경 「물 속의 방」, 신달자 『물 위를 걷는 여자』,
김이연 『가시로 사는 여자』, 김형경 「담배 피우는 여자」)

　　현대시에서도 이처럼 사랑에 대한 환상과 열정이 곧 결혼이라는 제도로 이어
지지 않는다는 사실에서 결혼의 꿈과 사랑의 동화는 끝난다. 결혼은 가사와 육
아와 가족 이데올로기와 동의어이며 사랑의 완성이 아니라 종말이었음을 깨닫
게 되면서 여성 시인들은 결혼의 통속성과 남루함을 묘사한다. 결혼의 신성하
고 지고한 의미를 애써 찾는 것으로 사랑의 숭고함과 정당성을 발견하려고 애
쓰지만 그것 또한 자기 자신에 대한 기만 혹은 자위임을 숨기지 못한다. '일렬
횡대의 족보인 서방님', '어둠에 물든 혼례의 베일', '낚시 바늘 같은 성기로 평
생 아내를 물고 있는 남편'으로 표현되듯 결혼이라는 이름으로 기만의 시간이
시작된다. (문정희 「퇴근시간」, 노혜경 「결혼식」, 이영주 「결혼기념일」) 결혼을 해도
'자기 먹이'는 자기가 구해야 한다는 진리, 그리고 마침내 결혼은 여성 내면의
'사자와 마녀'를 가두는 '옷장' 같은 것임을 깨닫고 탄식하면서, 결혼이라는 제
도와 길항하는 자아의 갈등을 인식하게 된다. (황인숙 「생활!」, 김소연 「옷장 속의
사자와 마녀」)

　　　그렇게 좋고 좋던 우리 사이도 시집을 가고 보니 그 여우 같은 시누이년 까닭에
　　싸움할 때가 있게 되었지요.
　　　그러다가 그이가 고등보통학교를 졸업하고 일본으로 공부하러 갈 때만 해도
　　나는 안타까워서 하룻밤을 뜬 눈으로 새우면서 그이를 떠나서 그 무서운 시집에서
　　나 혼자 어떻게 살까를 생각하며 자꾸 울었답니다.
　　　아이고 배고파라. 벌써 저녁때가 넘었나 보다. 아이 추워라. 비는 경치게도 온
　　다. 옷이 함빡 젖었네.
　　　아이고 빌어먹다 자빠져 죽을 년, 시어미, 시누이 그 두 년과 무슨 원수가 맺었
　　던가….

　　　　　　　　　　　　　　　　　　　　　　　　　　-백신애 「광인수기」(1938)

혜경은 글 읽기와 글쓰기를 즐기지만 가정살림을 더 잘할 수 있는 성능을 가졌는지도 모른다. 무엇이나 가정일에는 취미가 깊었다. 장 담그는 법, 떡 만드는 법도 죄다 배워두고 반찬 만든 것도 자기가 하면 더 맛있는 것 같기도 했다. 밥도 몇십 년 동안 짓던 어머니보다도 물 맞추어 맛있게 되는 듯하였다. 다만 걱정은 늘 적은 밥을 짓다가 시집가서는 적어도 열 식구나 되는 밥을 지을 텐데 여기서 할 때와 같이 잘 될까가 문제였다. 그래서 그는 갑산 있는 외삼촌이 장사일로 해서 간혹 오면 한 동리에서 사는 이모까지 청하고 이웃집 덕순네 할머니며, 복순네 어머니며 모두 청해서 흥성흥성하게 잔치처럼 채려본 일도 있다. 밥은 많이 짓는 것이 훨씬 맛있게 된다는 것을 혜경은 체험하고 그 후부터는 밥 짓는 데도 자신을 얻어다. 혜경은 어떤 환경에서든지 쓸모 있는 여자가 되려고 힘썼다. 자기 자신을 완전히 닦는 것이 얼마나 주위의 사람을 기쁘게 하고 행복하게 할 것을 믿고 더욱 힘썼다. 그릇 한 개 부셔도 그렇고 바늘 한 땀 옮겨놓을 때에도 정성스런 소망이 있었다. 응식과의 새살림이 그림과 같이 떠돈다. 그는 빙그레 웃었다. 혜경의 가슴은 기쁨과 소망과 새 생활에 대한 힘찬 계획으로 가득 찼다. 어딘지 모르게 애수를 띠인 그의 성격도 새날이 가져올 기쁨을 생각할 때 명랑해졌다.

―임옥인 「봉선화」(1939)

오년 전 그들은 '사랑은 절대적'인 것으로 밋고 또 태초 이후로 아직 아모도 자기네처럼 사랑한 사람은 업으리라 햇다. 이것은 어떠한 연인들이고 한번은 가지는 신앙이다.

그러나 이들 결혼 생활 오년 동안에 그 사랑은 모래로 싸혼 탑이런지 솔솔 밋트로 새여 나리기를 시작하야 이제는 아조 평지와 가튼 감이 업지 안타.

그들은 이제 사랑이 아니라도 얼마든지 먹고 십흔 것이 잇고 입고 십흔 옷이 잇고 가고 십흔 구경꺼리와 가지고 십흔 호사가 수두룩햇다.

"돈이 잇서야 살지." //

그러나 청재나 소라는 도저히 그들이 희망하는 문화생활을 할 수 잇도록 돈을 벌 재주는 업다. 여기에 현대가정의 필요 이상의 고민이 잇는 것이라고 그들은 생각햇다.

―이선희 「처의 설계」(1940)

그녀는 펜을 들었다. 그러나 한 자도 써지지 않는다. 머릿속이 뒤죽박죽이다. 가슴에서 뜨거운 것이 치밀어 폭발할 것 같다.

"어째서 써야 하나?"

"너 때문이다."

결혼 181

"어째서 쓸 수 없는가!"

"네 탓이다."

그녀는 자문자답한다.

"속세와 영의 세계를 함께 살려고 하는 네가 원인이다. 히히."

—한말숙 「어느 여인의 하루」(1966)

그러나 집안에서 아이들 돌보기며 남편만을 바라보고 산다는 것이 마치 도를 닦느라고 깊은 산 속의 나무 밑에 앉아서 움직이지 않는 도사를 연상시킨다. 도사는 앉아서 진리를 깨닫는지 모르나 영희는 다만 질식할 것이다. 도대체 사랑을 위해서 인간은 어디까지 헌신해야 하는지. 그 한계가 무엇일까. 나는 남편과 자식을 위해서 어디까지 시간을 빼앗겨야 하는지. 그 한계가 무엇일까.

—한말숙 「신과의 약속」(1968)

통금해제를 공표할 때 역사적 사건이나 되듯 온 신문이 들떠 보도했지만 가만 생각해보면 그건 희수 같은 주부와는 무관한 일이다. 자정 이후에도 차 소리가 들려 오고 남편이 두세 시에도 집에 들어오는 것으로 통금해제를 실감할 뿐 닭장 같은 아파트 안을 맴돌며 사는 희수가 밤늦게 다닐 일은 없는 것이다.

그렇더라도 크리스마스 망년회 때 친구와 짝을 지어서라도 공연히 밤거리를 배회했던 처녀 시절을 떠올리곤 문득 한밤에 나가 보고 싶은 충동을 느낀 적도 있다. 남편이 한시가 되도록 돌아오지 않고 잠도 오지 않았던 어느 날은 문을 잠그지 않은 채 밖으로 나섰다. 목적지가 있을 리 없으나 지갑까지 손에 들었다.

그러나 막상은 두려움 때문에 택시도 못 타고 아파트단지 안만 맴돌았다. 얼굴에 표정이라곤 없는 노인이 한밤에 스피츠를 끌고 가로등 밑으로 걸어오는 것을 보고 뒷걸음치듯 집으로 돌아왔다. 자신도 의식하지 못했지만 희수는 어느새 온실에 길들여져 있었다.

—강석경 「물속의 방」(1984)

시집은 친정보다는 형편이 나았으나 그 여자는 시집오기 전보다 훨씬 고되게 일해야 했다. 큰며느리가 있음에도 군에 있는 작은 아들을 부랴부랴 장가들인 것은 큰며느리가 병으로 누워 제구실을 못해 일손을 필요했기 때문이었다. 그 여자는 새벽이면 배 타러 나가는 시아버지와 시숙보다 먼저 일어나야 했고 하루종일 부엌일이며 빨래, 줄줄이 있는 시동생이며 조카들의 뒤치다꺼리에서 헤어나지 못했다. 배는 여전히 고팠다. 그나마 시집에선 정해진 자기 밥그릇도 없어 양푼이나 양재기에 다른 식구들이 남긴 밥을 거둬먹기가 예사였다. 시어머니는 뒤주 열쇠를 허리춤에 찼고 잘 때도 끌러놓는 법이 없었으며 때때로 양식이 헤프다며 그 여자의 허벅지를 푸릇한 자국이 남도록 매섭게 꼬집곤 했다.

―이남희 「밥그릇」(1990)

그는 매일 밤 한 가지씩 나로 인해 겪은 고통들을 늘어놓았다. 부모의 극렬한 결혼 반대에 부딪쳐 그가 결국 집을 나와야 했던 일. 살림을 차린 후 나를 끌고 다시 집으로 들어가 반강제로 어머니의 승낙을 받아내던 날의 기억. 그가 포기할 수밖에 없었던 학업의 길. 생계를 위해 들어간 직장. 도피하듯 선택한 미국 지사 근무. 그리고 어렵게 낳았던 아이의 죽음까지.

그의 입을 통해 나오면 모든 불행한 일들은 나로부터 비롯되는 듯했다. 그의 이야기 속에서 나는 저주를 불러오는 마녀처럼 그 모든 불행이 시발점에 서 있었다. 나는 그의 삶에서 행복과 평온을 앗아간 유일하고도 확실한 원인이었다.

―서하진 「그림자 여행」(1996)

이제 무얼 할 것인가. 교외로 나가 달래서 차를 한잔 마시자고 할까. 내일이면 시어머니는 돌아올 것이다. 그때 그 강변에서 그의 부재가 환기시킨 사랑의 완성이라 믿어 한 결혼, 시어머니의 임재는 사랑이라는 너울이 덮고 있던 다른 부분을 드러내는 것일까. //

어쩌다 다락에 올라갔다가 잡동사니 틈에 처박힌 인형을 보면 어린아이를 유기하고 달아난 어미처럼 꺼림칙했다. 결혼도 그러했다. 사랑해서 결혼했지만, 결혼은 이미 만들어진 인형을 손에 쥔 듯한 낭패감을 때때로 선물했다. 대체 나는 어쩌자고 이런 걸 만들었담.

―이혜경 「그집앞」(1997)

결혼한 뒤 몇 년 동안 내 인생에서 처음으로 행복했었다. 어쩌면 효경과 함께 사니까 행복해야 한다고 행복하지 않을 이유가 없다고 믿었던 것 같다. 무엇보다도 나는 그의 냄새를 사랑했다. 그의 냄새가 나는 공간에서는 세상을 향해 긴장을 풀 수 있었고 세상이 어디로 흘러가든 내 인생에 몰두할 수 있었다. 나의 꿈은 그런 것이었다. 스물한 살에 만난 남자가 그의 전 생애 동안 오직 나만을 사랑하고 나 또한 단 하나의 남자만을 사랑하며 평생 동안 하나의 생을 온통 함께 사는 것, 우리의 냄새를 다른 냄새와 뒤섞지 않는 것, 나의 꿈은 그것뿐이었고 그것은 흡사 하나의 이념과 같이 지킬 가치가 있는 것이었다.

―전경린 『내 생애 꼭 하루뿐일 특별한 날』(1999)

내가 전에 애기했는지 모르겠다. 나, 결혼하고 나서 주말마다 시댁에 가서 밥 지어 바치고 살았어. 그때 우리 시어머니 쉰 살도 채 안됐는데. (중략) 처음엔 아프기보다는 어이가 없었어. 도무지 상상도 못해본 일이었으니까. 뭐든 그렇지. 처음이 어렵지 나중엔 이력이 붙더라. 이유? 그거야 때리는 사람 마음이지. 맞을 땐 당장 떨어지는 매 때문에 아무 생각 없어. (중략) 어혈을 풀고 뭐고 이전에, 그냥 나를 위해 뭔가를 하지 않으면 그대로 내가 벌레가 되어버릴 것 같았어. 그때 그 부추 냄새에 질려서 내가 지금도 부추전을 안 먹잖아.

—이혜경 「봄날은 간다」(2002)

그런데 그녀는 이제 우렁각시에서 격상하여 여자로 변신하는 꿈을 꾸는 걸까. 아니 그럼 나는 여자에서 무엇으로 변신하고 싶어하는 걸까. 내가 이렇게 힘들게 사는 것은 늘 변신을 꿈꾸기 때문일까. 남자에게 의존하는 삶이 아니라 함께 인생을 개척하고 싶었던 나는 가난한 고학생 남자를 만나 연애를 하고 계산 없이 그를 남편으로 선택했다. 남자보다는 나 자신을 믿고 살리라는 무모한 자신감 때문이었는지 모른다. 후회는 없었지만 대가는 만만치 않았다. 인간으로 살고 싶었던 내게는 가사노동뿐 아니라 '공동부양책임'이란 이중 족쇄가 따라다녔다. 결혼하고서도 직장을 다니며 맘 편히 쉬어본 적도 없이, 또 프랑스에서는 생계를 위해 아르바이트를 하며 공부를 하면서도 다른 여자들과 똑같은 가사의 짐을 지고 살지 않았던가. 나는 무엇을 위해 그렇게 살았던 걸까. 찬란한 백조의 나날을 꿈꾸며? 아이를 안고 집으로 돌아오면서 공연히 처량한 생각에 마음이 울적해졌다.

—권지예 「우렁각시는 어디로 갔나」(2005)

그러나 그는 여자가 같이 살아본 남자 중 유일하게 여자와 결혼하지 않은 남자였다. 여자는 남자들과 조금씩 조금씩 사귀다가 헤어지는 짓은 해보지 못했다. 사귀기 시작하여 어느 날 잠을 같이 자면, 일단 무엇인가 더 도모할 것이 있을 것 같고, 그것이 현실적으로는 결혼이었으며, 그녀는 결혼을 통해서 완성을 꿈꾸었다. 한 번도 완성된 적든 없지만.

—이청해 「머물고 싶은, 떠나고 싶은」(2005)

남편도 그렇게 불렀다. 숙아, 라고. 오랜만에 고모가 어린 시절처럼 숙아, 라고 다정하게 부르자 그런 생각이 들었다. 남편을 사랑하게 된 것은 그 다정한 호칭 때문이 아니었던가 하고. 나는 남편을 만난 후 세상 밖을 기웃거리지 않았다. 나만의 외딴 동굴에 칩거하는 것, 그것은 나의 오랜 꿈이기도 했다. 아주 어린 시절

〈해저 2만 리〉를 읽은 후 나는 땅 밑 세계를 꿈꾸었다. (중략) 깊은 어둠 속, 사람 하나 웅크리면 간신히 들어갈 만한 작은 동굴, 그곳은 어머니의 자궁 속처럼 원초적으로 평화로울 것 같았다. (중략) 저 사람이라면 지구의 한가운데, 서로 다른 동굴로 내려가더라도, 그래서 만년을 홀로 살더라도 숙아, 하고 부르는 그 다정한 음성에 외롭지는 않을 것 같다고 나는 생각했다. 결혼이라는 녹록치 않은 현실로 뛰어들 결심을 한 것은 그 때문이었다. 혼자 사는 것이나 다름없이 우리의 결혼생활은 편안했다. 적어도 나에게는, 솔직히 말하면 남편의 귀가가 점점 늦어지고 혼자 있는 시간이 많아지면서 조금은 쓸쓸한 적도 있었다.

—정지아 「양갱」(2005)

저녁 현관문이 열리고
결혼이 들어온다
기다리던 남편이 퇴근했다
무더위 속에서도 굳건한 고려와 조선과
일렬횡대의 전주 이씨 족보가
우리의 든든한 서방님이 돌아오셨다
신사임당이 어우동에게
시詩를 숨기고 잠깐 나가 있으라 눈짓한다
신사임당이 소매를 걷고 부엌으로 들어간다
풋고추 도마 위에 난도질하여 찌개를 끓인다
오, 우리의 하늘이 전쟁터에서
오늘도 무사히 돌아오셨다
몇 가지 전리품을 챙겨 넣었는지
그의 어깨가 유난히 무거워 보인다
종요로운 가화만사성 속에
찌개가 요동을 치며 끓어 넘친다

—문정희 「퇴근시간」(2006)

태어나기 전 같은 어둠 속에서
신부는 베일을 가린 채 운다
그녀의 태를 거쳐 가야 할 긴 행렬이
앞자리를 서로 다투며 와글거리는 사이로 눈물이 떨어져
잠든 것들을 깨우는 매운 눈물이 떨어져

아기들이 태어나기도 전에 비늘이 돋는다
푸른 물고기의 냄새가 난다
이 내 자궁의 문은 너무 좁아
내가 버려야 할 아기들 때문에 나는 운다
혼례의 베일은 어둠에 물들고
망개 열매의 쓴 맛이
저녁놀을 타고 퍼져 간다

ー노혜경 「결혼식」(1999)

결혼한 친구가 보낸 편지에
이런 구절이 있었다.
"일해서 벌어먹고 사는 일을 운명으로 받아들이는 데
수삼년이 걸렸다…… 나는 일을 해야만 한다.
그것이 처음엔 미칠 듯 외로운 일이었다."

자기 먹이를 자기가 구해야만 한다는 것.
이 각성은, 정말이지 외로운 것이다.
(결혼을 한 여자에게는 더욱이나.)

ー황인숙 「생활!」(1998)

다른 통로로 가기 위해 그들은 결혼을 한다 옥상에서 고양이들이 한데 엉켜
뒹군다 장마는 모두 태양의 뒤편으로 사라졌다 이제 우주는 천천히 알아 가자
남편은 아내의 불행한 손금을 혀로 핥은 후 퉤퉤 침을 뱉는다 그거 알아? 수고양이
는 낚싯바늘 같은 성기로 한번 사랑한 암고양이를 절대 놓지 않는대 아내는 철제
계단을 작은 끌로 슥삭슥삭 긁어낸다 당신 머리 위에 있는 고양이는 이곳에 두고
가야 해요 러닝셔츠를 둘둘 말고 남편이 문을 연다 여보 당신은 입을 모두 버렸는
데? 캄캄한 전구가 모든 빛에 부리를 달아주며 웃고 있는 밤 남편은 웃통을 벗고
문 앞에서 전깃줄을 당긴다

ー이영주 「결혼기념일」(2010)

하루에도 몇 번씩,
이불을 꺼내고 속옷을 꺼내고 남자의 외투를 꺼내기 위해 여닫는 이 문이 삐걱이
다 망가져 주저앉기 전에, 이불을 꺼내는 척 속옷을 꺼내는 척 남자의 허리띠를
꺼내는 척하며 넣어준, 나의 사식을 날름날름 받아먹던

사랑하고 사랑하는 옷장 속의 사자와 마녀
뛰어나와 포효하라
사자는 날뛰고 마녀는 날으라

사람인 듯 뒤집어쓴 가면을 벗고
이제는 나의 일부가 아닌
너희들의 험한 얼굴로 울부짖어라

-김소연 「옷장 속의 사자와 마녀」(2006)

4.5. 황폐한 사막, 위장된 평화

　현대문학에서 결혼은 여성을 소외시키는 제도이자 모순투성이의 가부장 이데
올로기라는 비판적 관점에서 접근된다. 여성들은 결혼이 해피엔딩의 달콤한 환
상 속에 타인과 자신을 기만함으로써만 유지될 수 있는 시간일 수밖에 없다는
인식을 보여주고 있다.

　현대소설은 결혼제도의 속물성과 중산층 가족관계의 위선적 행태를 다양한
각도에서 조명함으로써 스위트 홈의 실체와 현실성에 의문을 던진다. 여성작가
들은 부르주아 중산층 가정에서 당연한 가치로 요구되던 부부간의 애정이 사실
상 환상에 불과하다는 것을 밀도 있게 그림으로써 '스위트 홈'이라는 결혼 이데
올로기의 균열 지점을 노출한다. 결혼은 열정 없는 부부관계만큼이나 습관과
관성에 의해 유지되고, 겉으로 이상적인 모습을 띠고 있는 가정은 불신과 증오,
위선과 방종으로 맺어진 비정상적인 가족관계에 의해 해체 위기에 놓여 있다.
남편과 아내의 동상이몽 속에서 '언덕 위의 푸른 집'이라는 이상적 가정의 상징
은 남루하고 구차한 일상을 은폐하는 가면에 불과하다는 것을 보여주는 것이다.
(김명순 「나는 사랑한다」, 임옥인 「해바라기」, 한무숙 「수국」, 강신재 「이브의 변신」, 「황
량한 날의 동화」, 「녹지대와 분홍의 애드벌룬」, 오정희 「바람의 넋」, 조경란 「사소한 날들
의 기록」)

　특히 대부분의 소설은 사랑과 결혼에 대해 행복과 평화의 알리바이를 제공하

며 부부간에 야기되는 근원적인 갈등을 봉합해 가는 인물들의 허위의식을 형상화하는 데 할애하고 있다. 이들은 결혼과 사랑이 괴리된 상황에서 부부의 타성적인 관계에 잠복해 있는 균열이 얼마나 심각한지를 보여주면서 겉으로는 성공한 듯 보여도 허위를 내포하고 있는 부부의 불안한 관계를 체험하게 한다.

이때 여성인물은 결혼이 제공할 안락한 생활을 기대했던 스스로를 자책하며 불안하게 평화를 위장한 채 사막 같은 현실을 견디고자 한다. 아내는 가정의 균열을 봉합하고 거짓 평화를 유지하기 위해 남편의 위선과 가식, 폭력과 무책임을 견디면서 환멸과 권태 속에 살아간다. 또 남편의 부정과 부도덕을 침묵으로 은폐하며 서로의 불륜을 묵인하기도 하면서 기만적 부부관계와 위선적 결혼생활을 이어간다. 부부는 이제 사랑 대신 '동거인으로서의 윤리'만을 지키며 각자의 내면에 비밀을 품고 고립되고 무미건조한 생활을 하면서도 '완전한 가정'의 실현을 위해 기꺼이 공범이 되기를 자처한다. 이는 경제적 안정과 사회적 지위, 단란한 가정이라는 '표준적' 행복이 얼마나 집요하게 여성들을 옭아매고 있는지를 보여주는 것이라 할 수 있다. (오정희 「안개의 둑」, 「어둠의 집」, 이경자 「가면」, 전경린 「부인 내실의 철학」, 서하진 「푸른 폭포 너머로」, 「추일서정」, 이혜경 「그 집 앞」, 김인숙 「칼에 찔린 자국」, 「칼날과 사랑」, 「그림 그리는 여자」, 「양수리 가는 길」, 차현숙 「나비, 봄을 만나다」, 「유년의 강」, 정이현 「어금니」, 「어두워지기 전에」, 「익명의 당신에게」, 심윤경 「토로로의 집」, 김윤영 「그린 핑거」, 김이설 「하루」)

이럴 때 여성인물의 외도는 결혼이라는 제도적 삶과의 마찰을 최소화하면서 불화를 견디기 위한 자기방어 기제이며 필요악으로 이해된다. 아내들의 외도는 일회성이며 이들은 결국 다시 제 자리로 돌아오기 때문이다. 이는 외도와 불륜이 가부장제의 안정성을 조롱하고 위협하는 동시에 가족제도의 일부로 존재하는 역설을 보여주는 것이라 할 수 있다. (서하진 「그림자 외출」, 「그림자 당신」, 「제부도」, 「책 읽어주는 남자」, 전경린 『내 생애 꼭 하루뿐일 특별한 날』, 차현숙 「유리구두」, 「이브의 거울」, 『안녕 사랑이여』, 김숨 「육(肉)의 시간」)

현대시에서도 결혼이 사랑의 완성과 환상이 될 수 없음은 물론, 오히려 지독한 '제국주의'적 억압이 되고 있음을 비판하는 성찰적 시선은 드러난다. 그러나 결혼이 지니고 있는 제도적인 모순과 개인적인 선택 사이에서 여성들은 회의하고 또한 숙고한다. 결혼이란 '흰 장갑을 낀 제국주의'와 동일한 구조라는 것(김승희 「사랑 5 — 결혼식의 사랑」), 가부장적 결혼 제도 속에서 '살의를 양념'으로 밥을 짓는 것(김소연「학살의 일부 7」), '미치면서 미치지 않는 생존하는 방법을 터득'하는 것(양정자「행복한 생활」), 더 이상 날카롭지 않은 '크고 뭉툭한 칼'이 되어 '정주(定住)의 삶을 예찬'해야 하는 것(문정희「파 뿌리」) 등으로 묘사하면서, 설령 관성과 견딤으로써 지속되는 결혼일지라도 결혼이란 으레 이런 것이라고 자위하고 합리화하면서 '늘 다른 생각에 잠겨' 일상을 이어간다.

그리고 결혼 후 '혼자' 있는 시간 동안, 여성시인들의 자아는 확장되어간다. 결혼이라는 지진(地震)은 여성 삶의 빌딩을 무너뜨리고 '동굴'들이 솟아오르게 하며, '정작 나의 길을 분별'하지 못하게 하기도 하지만, 부산한 일상 속에서 '단 한 사람'으로서 자신의 존재에 대해 절실히 체감하게 하고, '혼인 속의 독방'에 대한 갈망을 갖게 한다. (노혜경「파란 색 전주(前奏)의 웨딩마치」, 정이랑「버스정류소 앉아 기다리고 있는」, 이진명「단 한 사람」, 김경미「기혼의 독방」) 결혼의 억압과 일상의 폐허에 대한 회의가 드러나지만 결혼 제도 자체에 대해 비판적으로 일관하기보다는 결혼이라는 일상의 무상함 혹은 허물어진 사랑의 비루함, 그리고 결혼 속에 잃어버린 자아에 대한 불안함에 대해 성찰하고 있다.

> "순희야, 내가 지금 어찌하면 좋으냐. 나는 시방 앉으나 서나 편안치 못할 뿐이다. 그는 지금에도 나를 퍽 주목은 하시지만 그렇다고 내가 그의 마음 전부야 어찌 알겠니. 또 그때만 하더라도 그이가 돈 많은 이어서 나를 동정해 주셨는지 나는 도무지 헤아릴 수 없다. 그러면서도 내가 그이를 못 잊고 있는 것은 사실이다. 아아, 그이를 나는 사랑한다. 또 그이가 나를 사랑하도록 희망한다."
> 하고 영옥이는 한 곳에 이른 흥분으로써 하소하였다.
> "영옥아, 영옥아, 너는."
> 하고 순희는 그 벗을 위하여 울면서
> "너는 서씨에게서 나와야 한다. 애정 없는 부부생활은 매음이 아니냐."
> 하고 그는 그 벗에게 의리부터 가르쳤다.
> ─김명순「나는 사랑한다」(1926)

일루의 희망은 모든 것이 다 자기의 오해가 그려 낸 악몽에 지나지 않기를 바라는 마음이었다. 그러나 자동차를 떠나 보낸 후 자기에게 보인 남편의 그 얼굴 ─열 없은 웃음 ─언제 증오로 변할지 모르는 남편의 양심이 보인 복잡한 표정이었다. 가슴이 터질 듯했다. 순간 아내로서의 긍지도 어머니로서의 기쁨도 자랑도 귀찮았다. 그녀는 일어서서 창을 열었다. 물같은 달빛이 마당에 가득 찼는데 구름같은 수국 송이가 달빛을 안고 창백하게 웃고 있었다.

— 한무숙 「수국」(1949)

　식모도 부엌 계집애도 둘만의 생활에는 오히려 방해가 되었다. 결혼 첫 해에 데리고 있던 시동생이 외지로 유학한 후로는 김 부인은 정갈한 집에서 단둘만의 생활을 즐겨왔다.

　생활 그 자체가 김부인에게는 소꿉장난 같이 규모가 적고 재미있었다. 그릇도 작고 예쁜 것은 꼭 쌍으로 사들인다. 아담하고 값나가는 세간들. 동란 삼 년 동안의 피란 생활에 있어서도 김 부인은 그러한 환경을 만들고 이러한 심정으로 살아왔다.

　그러나 남편은 그렇지 않았다. 피란 생활을 구실로 가정에 대한 관심을 하루하루 잃어가는 것만 같았다. 술도 친구들과 어울려 몇 잔 그것도 대개는 억지로 마시던 것인데 이제는 제법 술꾼이 되었다. 술맛을 안 것이다. (중략) 저녁때가 되면 퇴근 시간이 바쁘게 돌아오던 남편, 며칠에 한 번씩은 장에 들러 찬거리나 다과 같은 것도 사들고 들어오던 남편이 요사이에 이르러서는 눈에 뜨이게 가정에 대한 취미를 잃었을 뿐 아니라 김 부인이 그런 것을 나무라는 눈치라도 보일라치면 짜증을 더럭더럭 내는 것이다.

— 임옥인 「해바라기」(1953)

　아내와 나는 지난 오 년 동안 정말 개미처럼 일했다. (중략) 내가 아내와 결혼한 것은 사랑보다도 그녀가 아이를 가졌기 때문이었다. 그러나 아내는 혼전에 가진 아이를 지웠다. 셋방살이를 하는 처지에서는 아이를 가질 수 없다는 것이었다. 조그만 집을 마련하자, 손바닥만한 마당에 빨랫줄을 매고 울긋불긋한 옷가지들을 가득 널자, 아이가 울면 스스로 그칠 때까지 실컷 울게 내버려두자, 마당엔 그네를 매고 아이가 좀 크거든 세발자전거를 사주자, (중략) 나는 아내의 소시민적인 꿈을 비웃을 생각은 없었다. 세 번째 유산 이후 그녀는 눈에 띄게 몸이 불기 시작했다. 그리고 그녀는 점점 변해갔다. 마치 우리 호흡의 입자들이 끊임없이 쌓여 먼지의 켜를 이루듯, 모래시계의 모래가 조금씩 흘러내려 통을 채우듯 바위의 닳아지는 살들이 잘디잔 모래로 흘러내리듯 그렇게 변했다. 그녀는 한잠 자고 두 잠 자고 석잠 잔 누에처럼 엄청나게 달라졌다. 우리는 거의 말을 하지 않고 지냈다.

— 오정희 「안개의 둑」(1976)

　그 여자는 느릿느릿 마루의 전등 스위치를 올렸다. 불이 들어오기까지의 일 초 나 이초, 혹은 그보다 짧은 순간 그 여자는 어둠 속을 섬광처럼 지나치는 무엇을 보았다. 그것은 무언가 차갑고 날카로운 이물스러움이 그녀의 생애를 꿰뚫고 지나간 느낌이기도 했다. 아마도 일생을 동반해 온 벗이었을까. 그것은 바로 그녀보다 앞서 이집에서 웃고 숨 쉬며 떠들며 살아갔던 사람들, 아니 그들보다 앞서 살았던 사람들, 또한 그 여자의 혼적, 비탄, 막연한 불안과 분노, 비애 따위를 한 번의 페인트칠로 말끔히 지우고 천연덕스럽게 살아갈, 미래의 사람들의 가면처럼 냉혹하고 창백한 얼굴들이었다.

—오정희 「어둠의 집」(1981)

아이와 남편, 자잘한 일상생활로 이어지는 현실이 뿌리 없이 부랑하는 삶으로 불투명하게 흐려지며, 현재의 삶을 환상으로 밀어낸 자리에 대신 가슴 밑바닥에 단단히 매몰된 기억의 촉수가 살며시 고개를 들곤 했다. (중략)

자신은 이곳이 아닌 삶, 다른 곳을 꿈꾸고 있는 것일까.

가슴 속에 한 조각의 투명하고 차가운 얼음을 지닌다는 것이 얼마나 불가능한 일이었던가.

때없이 덜미를 잡아 내치는 것, 바람 소리를 이기지 못해 펄럭이며 문밖으로 나서게 했던 것. 그것은 어쩌면 생활 속에 생활이 아닌 다른 공간을 지니고자 하는 안간힘은 아니었던지.

—오정희 「바람의 넋」(1986)

처음 얼마 동안은 이런 것도 좋았다. 남편의 사랑은 여전해서 자신은 '사랑받는 아내'라는 믿음이 생겼던 것이다. 물론 이런 '사랑의 확인'도 한두 달에 한 번, 남편이 '은총'을 주고자 할 때만 가능했고 아내에겐 선택권이 주어지지 않았다.

정신없이 치러낸 성교가 끝나고 남편이 돌아가고 나면 그때야 민희의 몸은 꿈틀대기 시작했고, 이런 '살아난 몸'으로 그는 성교를 하고 싶었다. 그러나 남편의 방문은 닫힌 성곽 같았고 '마감에 쫓기는' 몸이었다.

—이경자 「가면」(1990)

어쨌든 우리의 결혼생활은 시간이 흐를수록 점점 더 무미건조해져가고만 있는 것 같았다. 우리에겐 아직 아이도 없었고, 물론 더 이상은 서로를 열렬히 원하는 마음도 없었다. 나는 가끔씩, 내가 그와 함께 살고 있는 이유를 스스로에겐 묻곤 했는데, 그럴 때 가장 정확한 대답한 오직 그와 헤어질 이유가 없어서라는 것이었다. 맙소사…… 나는 그와 헤어질 이유가 없어서 그저 살고 있는 것뿐이었다.

—김인숙 「칼날과 사랑」(1993)

남편과의 사이는 좋지는 않았지만 나쁘지도 않았다. 그냥 건조했을 뿐이었다. 그녀는, 남편이 원했던 '그림 그리는 여자'로서의 모든 능력을, 남편이 원했던 것처럼 집안에다만 쏟았다. 그녀의 아파트는 늘 세련된 장식들로 가득 차 있어서 남편을 찾아온 남편의 친구들을 놀래켰다. 그 집안의 모든 세련된 장식들은 사실 길거리 아무데서나 살 수 있는, 아주 값싼 것들이었다. 그 값싼 것들이 그토록 아름답고 세련되게 보일 수 있었던 것은 그녀가 그것들의 자리를 정확히 찾아주었기 때문이었다. 그것들과 어울리는 자리 그것들과 어울리는 색깔, 그것들과 어울리는 짝꿍들. 그녀의 집안은 빈틈없는 아름다움으로 가득 찼다. 어울리지 않았던 것은 유일하게 그녀와 남편의 관계였다.

—김인숙 「그림 그리는 여자」(1995)

그의 완강한 어깨가 명희의 한숨을 자아내게 한 것이 처음은 아니었다. 밤마다 돌아누운 상우의 벽처럼 보이는 등을 향해 그녀가 쏟아낸 한숨을 가두어두었더라면 그 마개를 뽑기가 무섭게 하늘 어딘가로 휘돌아 달아나는 거대한 고무풍선이 생겼을지도 모를 일이었다. 그러나 어느 때부터인가 명희는 등 돌린 남편을 보고 한숨을 쉬기도 전에 먼저 잠드는 자신을 발견했다. (중략)
그러나 상우의 그런 면이 아니더라도 결혼 십 년이 넘어서면서 다른 부부들도 다 그저 그렇게 살아가고 있다는 것을 모를 만큼 그녀가 아둔한 여자는 아니었다. 결혼이란 것이, 다른 모든 일이 그렇듯이 습관과 타성에 의해 이어지는 관계라는 것을 깨닫기에는 십 년이라는 긴 세월이 필요한 것도 아니었다. 습관적으로 사랑을 나누고 잊을 만하면 부부 싸움을 하고 또다시 아무일 없었던 듯 잠자고 먹고 잘 다녀오라거나 오늘 뭐 했느냐 묻는 아침저녁을 보내고….

—서하진 「푸른 폭포 너머로」(1996)

그래, 나는 언제나 남편을 기다려왔다. 그가 나에게 오기를… 연애 시절로 돌아가고자 하는 그런 욕심을 부리는 것은 아니다. 단지 최소한 한 남자와 십 년을 살면서 나의 마음을, 나의 갈망을, 나의 욕망을 알아주기를 바랐던 것이다. 일에 빼앗긴 남편을, 도시의 현란한 불빛에 빼앗긴 남편을, 다른 여자에게 빼앗긴 남편을 나는 일부분만이라도 붙잡고 있고 싶었다. 하지만 내 손에 잡힌 것은 바람핀 와이프를 가지고 있는 질투심 많은 남자이다.

—차현숙 「유리구두」(1997)

어둠이 점점 깊어간다. 시간이 지날수록 술은 깨어가고 정신은 또렷해진다. 거울 속엔 파탄 난 얼굴이 있다. 세상은 이해하지 못한다. 내게 있어 연애란 그저 모닝커피 같은 거라는 것을. 삶의 긴장과 활력을 갖기 위해, 그에 따른 우울과 고독이 필요한 것뿐이지 진부한 사랑이니, 불륜이니 하는 것이 아니라는 걸 말이다. 물론 섹스의 문제도 아니다. 아무도 내 생각에 동의하지 않으리라는 것도 안다. 절대 이해하려고 들지도 않을 것이다.

─차현숙 「이브의 거울」(1999)

그들은 너무 오래 한 가지 일에만 매달려 살아왔다. 그는 교수가 되는 일에, 그리고 아내는 교수가 되어야 하는 남편이 비워버린 자리를 오직 자기 수입만의 가계부로 채워가는 일에….

─당신은 교수가 되고 난 교수의 마누라가 되는 거야. 저속하고 끔찍하지 않아? 당신이나 내 꿈이라는 게.

오래전의 냉전 중에 아내는 그에게 말했었다.

─그렇지만 그것 말고 다른 게 뭐가 있어? 사는 게 결국, 이 모양 이 꼴이 되어버렸는데, 다른 게 아무것도 없는데.

그랬다. 그들은 너무 오래 한 가지 일에만 매달려 살아왔다. 그것말고는 다른 것이 완전히 불가능한… 그리고 그런 삶 속에 가라앉은, 그들의 무거운 추. 그런데, 왜 그래야 했을까. 왜 그것 말고는 다른 것이 아무것도 없었던 걸까. 노부모의 기대, 자식들에게 주고 싶은 아비의 상, 곁에서 오래 지켜본 지인들의 시선… 오직, 그런 것들이었을까. 그와, 그의 아내에게 주어진 약속이란 건 그것밖에는 없었던 것일까.

─김인숙 「칼에 찔린 자국」(2000)

"제발 내게 무슨 일이 일어났으면 좋겠어."

"연애해. 그러면 그 병은 금방 나."

"누가 유부녀를 좋아하겠어?"

"그런 생각은 하지 마. 중요한 것은 네가 더 이상은 이렇게 살 수 없다는 거야. 나쁜 사랑이라도 이보다는 나을걸."

─차현숙 『안녕 사랑이여』(2002)

내가 삼십분이나 샤워를 하고 거실로 와 앉았을 때도 그는 텔레비전에 시선을 고정하고 있었다. 그리고 혼자 계속 뭐라고 중얼거렸다. 그는 기분 나쁠 때면 일부러 내가 알아들을 수 없는 영어를 썼다. (중략)

부부가 한집에서 이틀이나 냉랭하게 지낸다는 건 고역이었다. 그와 말하기 싫어 나는 혼자 힘으로 연못을 만들 구덩이를 파기 시작했다. 삽질에 꽤 익숙하다고 자부하지만 모종삽이 아닌 큰 삽은 힘에 부쳤다. 누가 건드리면 왈칵 눈물이라도 날 것 같았다. 이틀 동안이나 각방을 쓰고 제대로 눈을 붙이지도 못해 더 그런지도 몰랐다.

—김윤영 「그린 핑거」(2006)

우리는 마흔에 접어들면서 서로의 육체를 그다지 갈망하지 않게 되었다. 한때 서로의 육체에 안달했던 적도 있지만, 자연스럽게 덤덤해져 갔다. 우리가 기껏해야 서로의 육체에 보이는 배려라고는, 서로의 목을 덤덤히 쓰다듬어주는 것 정도였다. (중략)

여자가 나타난 뒤로 남편은 간혹, 내게 괜찮으냐고 물어오고는 했다. 나는 그때마다 괜찮지 않을 이유가 없다는 대답을 해주었다. 그것은 사실이었다. 집은 평화로웠고, 질서는 더없이 잘 유지되고 있었으며, 나는 질서 속에서 더없이 평온했다. 남편과 나, 그리고 여자. 우리 셋은 태양을 중심으로 공전하는 행성들처럼 서로를 떠돌며 적절한 거리와 그 거리가 주는 적당한 긴장감, 그리고 적당한 안정감을 유지했다. 집에서 내 평온을 깨뜨릴 만한 것은 없었다. 굳이 한 가지라도 찾아야 한다면 그네뿐이었다.

—김숨 「육(肉)의 시간」(2007)

―술을 다 하자고 하고, 웬일이야?

아무 말 없이 남편의 유리잔에 포도주를 따른다. 일을 수습하기 위해 그가 자행했을 여러 가지 '노력'에 대하여 얼마든지 짐작할 수 있었다. 용서할 수도 있었다. 그가 현우의 아버지이듯 나는 그 아이의 엄마이므로. (중략)

쉰 번째 생일까지는 삼백오십여 일이 남아 있었다. 그사이에 닳아빠진 어금니를 빼게 될지, 인공 치아를 박아넣게 될지 지금으로선 확신하기 어려웠다. 쉰 번째 생일 아침에 또 어떤 대단한 결심을 일기장에 적게 될지… 와인 잔을 입술에 가져다 대며 쓴 웃음을 삼켰다.

―자, 건배.

남편이 다정하게 잔을 부딪쳐왔다. 아마도 나는, 나와 영원히 화해하지 못할 것이다.

—정이현 「어금니」(2007)

그래, 언제나 딱 여기까지였다. 물고 뜯고 찢고 부수고 피 흘리는 전투는 우리와 거리가 멀었다. 한쪽 눈을 감고 한쪽 귀를 막는 태도가 공동생활에 합당한 지혜라고 믿어왔다. 평화적 거리를 유지하자는 무언의 약속. 그것이야말로 우리의 격렬한 부부 관계인지도 몰랐다.

　남편은 침실로 들어갔다. 바보처럼, 문을 쾅 닫지도 않았다. 그는 한국에서 시판되는 침대 중 가장 커다란 킹사이즈 베드의 가장자리에 모로 누워 자는 체하고 있을 것이다. 나는 욕실로 갔다. 칫솔을 입에 물고 어금니를 박박 문댔다. 맵싸한 치약 거품이 자꾸만 목구멍 속으로 넘어갔다. 이를 다 닦고 나면 미지근한 물로 세수를 할 것이다. 순면 수건으로 물기를 씻고, 심호흡을 한 뒤 침실 문을 열 것이다. 그리고 불을 끄고는 남편이 바라보는 쪽과 반대 방향을 향해 누워 잠들 것이다. 사랑도 증오도 꿈도 환멸도 기화되어버린, 늙은 광대처럼. 우리의 조로(早老)는 이미 충분했다.

−정이현 「어두워지기 전에」(2007)

　걱정거리가 없이 산다고 부러움을 받는 건 좋다. 그러나 그런 오해가 가끔은 숨 막히게 했다. 세상에 고민 없는 사람이 어디 있다. 남편 몰래 만든 마이너스 통장, 치매가 의심스러운 엄마, 분홍색에 병적으로 집착하는 아이, 인물값 하는 남편. 그걸 다 꺼내 보일 수는 없었다. 섬처럼 외롭더라도 내 안의 이야기를 꺼내지 않는 것이 나를 위하는 길이었다. 그들에게 동정을 받거나 충고를 들을 바에야, 오해를 받으며 선망의 대상이 되는 게 차라리 나았다. 큰 걱정 없이 편안하고 무난하게 사는 여자처럼 보이고 싶었다.

−김이설 「하루」(2009)

　성채를 흔들며 신부가 가고
　그 뒤에 칼을 든 군인이 따라가면서
　제국주의가 시작되었다고 한다

　부케를 흔들며 신부가 가고
　그 뒤에 흰 장갑을 낀 신랑이 따라가면서
　결혼 예식은 끝난다고 한다

　모든 결혼에는 흰 장갑을 낀 제국주의가 있다
　그렇지 않은가?

−김승희 「사랑 5−결혼식의 사랑」(2000)

　그 남자
　정갈한 방에서 담배를 피우며 시집을 읽을 때
　나는 부엌에서 살의를 양념으로

결혼　195

밑반찬 만듭니다
양파를 토막내며
이놈의 흰 살처럼 맵게
바스러지고 싶기만 합니다
고기 다지며 이놈 살처럼
문드러지고 싶은 겁니다

얄팍한 살의로 이 가을, 국화차를
끓입니다 독약을 몇 방울 떨어뜨립니다
자아, 쭈욱 들이켜옵소서
이 아침, 이부자리에서 일어서는 그는
한결 더 눈부셔져 있습니다

—김소연 「학살의 일부 7」(1996)

때 맞춰 밥해야 하고 치워야 하고
한시도 쉬지 않고 어린애들을 돌봐야 하고
무엇이나 명령만 하면 대령해야 하는 남편 밑에서
마치 묶인 노예 같은 행복한 세월이었지

생활에 자신을 맞춰보려고 맞춰보려고
아둥바둥하면서
또 한편 벗어나려고 몸부림치면 칠수록
수갑처럼 목에 조인 끈이 더욱 아프게 조여왔지

숨막혀, 헐떡이면서
갇힌 영혼의 메마른 아픔 속에서
서서히 생존하는 방법을 터득했지
미치면서 미치지 않는
묶이면서 묶이지 않는
들판의 자유로운 바람 꿈꾸기
높이 높이 비상하는 하늘의 새 꿈꾸기
그러니 몇십 년이 가도 진정으로 나는
아무의 아내도 아무의 엄마도 될 수 없었지

—양정자 「행복한 생활」(1990)

결혼은 왜 새를 닮으면 안 되는가
질기게 붙잡고 늘어져야 하는가
뿌리 없이 가볍게 날아다니는 깃털이란
그토록 두렵고 불안하기만 한 것인가
언제나 정주(定住)만을 예찬해야 하는가
가축처럼 번식과 무리를 필요로 하고
영원히 동반이어야 하는가
검은 머리는 언제 파뿌리가 되는가

나 오늘 파 뿌리를 잘라낸다
부엌칼 중 제일 크고 뭉툭한 칼로
남은 파를 숭숭 썰어
펄펄 끓는 찌개에 쓸어 넣는다

—문정희 「파 뿌리」(2004)

나는 남편과 말다툼 끝에 그곳을 나왔다
여자란 결혼하고 나면 갈 곳이 없다는 생각으로
버스정류소 앉아 나뭇잎 한 장 주워 잎맥을 살핀다
손바닥의 손금과 흡사한 길들이 선명하다
지나가는 저 사람 또 스쳐가는 이 사람의 길
바라보고 있으려니 정작 나의 길을 분별하지 못하겠다
횡단보도를 건너 갈 것인가 724번 버스 타고
관음동에 닿으면 가야할 길이 보일 것인가
나뭇잎들도 가야할 길 따라 떠나는 10월,
버스정류소 앉아 기다리고 있는, 나는
잠시 결혼한 것을, 아이 낳은 것을, 십년의 세월을
원망하고 억눌러 보지만 소용없이 넘쳐나는 눈물방울들
꺼이꺼이 나를 보고 울고 있는 가로등 불빛마저 희미하다

—정이랑 「버스정류소 앉아 기다리고 있는」(2011)

결혼식들의 거리로
나 내려가네
색색의 풍선들

가슴은 두둥실 하늘로 날고

신부는 벌써 새끼들을 낳아
치마가 빨갛게 물드네

저쪽 끝에서 이쪽 끝까지
빌딩들 꼭대기로 자잘자잘 금이 생기네
동굴들이 솟아 오르네

—노혜경 「파란 색 전주(前奏)의 웨딩마치」(1999)

일주일째 마르고 있다
내 눈은 아무 말 안 하고 있다
내 입도, 내 손도 아무 말 안 하고 있다
별일이 아니기에, 별일이 아니기도 해야 하기에
코도 아무 말 안 하고 있다
그동안 할 만큼 하더니 남처럼 스치고 있다

가스레인지 위에 눌어붙은 찌개국물을 자기 일처럼 깨끗이 닦아줄 사람은
언제나 단 한 사람
어젯날에도 그랬고 내일날에도 역시 그럴
너라는 나, 한 사람
우리 지구에는 수십 억 인구가 산다는데
단 한 사람인 그는
그 나는
별일까
진흙일까

—이진명 「단 한 사람」(2004)

누구와도 섞이고 싶지 않은 시간, 그런
방이요, 창호지같이 제 불빛에 은은해지다가
빈둥대다가 울다가
수녀들 기도 소리에 몰래 마음을 달래다가
삿된 사랑에 마음 서성이다가 그 아무도 모르는 독백같이
혼인 속 독방은 왜 자꾸 필요한지요, 아침마다

지상에 없는 주소 들고 그녀, 평생의
반려자인 듯 복덕방 아저씨와 세상의
모든 방문들을 그녀, 자꾸만
열고 또 열어보네

−김경미 「기혼의 독방」(2001)

4.6. 파경(破鏡), 불구의 비상

현대소설은 사막 같은 결혼생활의 종말을 선언하고 새로운 비상을 준비하는 여성들의 모습을 의미 있게 주목한다. 여기서 여성들은 여성의 희생만을 강요하는 가부장적 억압구조에 반기를 들고 남편에게 예속된 수동적이고 굴욕적인 삶에서 벗어나 주체로서 자기를 정립해가는 긍정적 모습으로 형상화된다.

가부장 가족문화의 폐해에 운명적으로 순응하지 않고 스스로 독립된 길을 개척하는 여성인물은 근대 초 여성소설에서부터 등장했다. 이 시기 여성작가들은 자유연애가 열병처럼 퍼져나가던 현상 한켠에서 이혼 풍조 역시 일종의 유행병처럼 번져갔던 현실을 흥미롭게 서사화하고 있다. 이 소설들은 아예 결혼이 와해되어가는 과정을 묘사하거나 와해된 상태에서 서사가 시작되기도 한다. 여기서 여성인물은 가난과 남편의 무능력, 외도에 대해 책임을 묻고 남편에게 사랑을 느끼지 못한다는 이유로 이혼을 청구하기도 하며, 애인과의 새로운 결합을 시도하기도 하는 등 애정 없는 결혼생활에 적극적으로 대응한다. (나혜석 「부처(夫妻) 간의 문답」, 「원한」, 김일엽 「자각」, 최정희 「곡상」, 「적야」, 「인맥」, 「아기별」, 강경애 『어머니와 딸』, 백신애 「혼명에서」, 장덕조 「저돌(猪突)」, 「어떤 이혼소」, 임옥인 「현실도피」)

아내들의 반란은 남성 중심의 가족주의가 갖는 모순과 결혼 제도의 악습이 그들을 얼마나 피폐하게 만들었는가를 증명하는 사건이다. 아내들은 '짐승 같은 시간들'로부터 탈주해 홀로 당당히 살아갈 것을 선언한다. 결혼제도로부터의 탈주는 단순한 가출에서부터 이혼, 자기만의 방을 찾아 떠나는 독립의 여정, 그리고 자유로운 여행까지 다양한 양상으로 나타난다. (이경자 「황홀한 반란」, 『절반의 실패』, 강신재 「포말」, 서영은 「술래야 술래야」, 김진옥 「나신」, 강석경 『세상의 별은 다, 라사에 뜬다』, 서하진 「그림자 여행」, 전경린 『염소를 모는 여자』, 공지영 『무소의 뿔처럼 혼자서 가라』, 차현숙 「2와 2분의 1」, 『블루 버터플라이』)

여성작가들은 이혼 후 사회적 편견과 맞서며 홀로서기를 모색하거나, 불완전하지만 타인과 새로운 관계를 모색해 가는 여성들을 지지하는 한편, 그들의 새로운 출발을 염려스러운 시선으로 지켜본다. 이들 여성들은 세상의 편견에 맞서 자기만의 방을 지키며 힘겹게 홀로서기를 해가면서 새로운 사랑을 꿈꾸고 조심스럽게 연애를 시작하기도 하고 재혼을 시도하기도 한다. 이런 맥락에서 재혼 가정의 문제 역시 여성소설의 주요 소재가 되고 있다. (박화성 『내일의 태양』 『창공에 그리다』, 이선희 「연지」, 최정희 「천맥」 『끝없는 낭만』, 임옥인 「후처기」, 박경리 「타인들」 『재혼의 조건』, 박완서 『그대 아직도 꿈꾸고 있는가』, 김채원 「겨울의 환」, 강석경 『내 안의 깊은 계단』, 공선옥 『오리지에 두고 온 서른 살』 「꽃 진 자리」, 은희경 『마지막 춤은 나와 함께』, 김인숙 『꽃의 기억』)

뿐만 아니라 이혼이라는 계기는 결혼 제도 자체의 모순과 결혼의 원리를 비판적 거리에서 성찰하는 계기를 제공한다. 이혼을 통해 가정과 심리적 거리감을 확보한 여성들은 결혼 제도 자체의 속성과 모순을 성찰하고 한 인간으로서 남편이란 존재를 이해하면서 사랑과 결혼에 대한 남다른 통찰을 드러낸다. 나아가 자신이 '관습의 희생자'인 동시에 가부장제의 공모자였음을 고백하는 성숙한 인식을 보여주기도 한다. (임옥인 「전처기」, 이경자 「살아남기」, 박완서 『살아 있는 날의 시작』, 김형경 「민둥산에서의 하룻밤」, 공선옥 「홀로어멈」, 정지아 「양갱」, 정길연 「울산엄마」, 전경린 『엄마의 집』, 공지영 『즐거운 나의 집』)

> 처: 그러니까 무엇이든지 다 각각 자기 앞이 남에게 꿀리지 않을 만치 늘 준비하고 살잔 말이지. 그렇게 살수록 서로 떨어질 수 없게 되는 것이오. 아내가 남편에게 늘 끌려 살고, 남편이 늘 아내를 업수이 보기 때문에 거기에 자칫하면 싸움이 일어나고 그것이 심하면 세속에 소위 이혼까지 되는 것이지. 하여간 누구든지 적극적 행동을 하는 곳에 자유와 평등과 평화가 유지되는 줄 아니까요.
>
> 부: 그래, 그대는 그러한 태도로 살아가오?
>
> 처: 그러믄이오. 항상 그러한 마음 준비가 있지요.
>
> —나혜석 「부처(夫妻)간의 문답」(1923)

나는 자식의 사랑으로 인하여 나의 전 생활을 희생할 수는 절대로 없나이다. 자식의 생활과 나의 생활을 한데 섞어 놓고 헤매일 수는 없나이다. 물론 남의 부모가 되어 자식을 기르고 교육시켜서 한 개 완전한 사람을 만드는 것이 당연한 직무겠지요. 그러나 부모의 한 사람인 아이 아버지가 아이의 양육을 넉넉히 할 수 있음도 불구하고 여지 없는 모욕을 당하면서 자식 때문에 할 수는 없나이다.

-김일엽 「자각」(1926)

종로에서 영실을 보낸 옥이는 자긔의 과거를 곰곰이 생각하며 걸었다. '나는 엇더한 길을 걸엇나? 안이 나도 사람인가?' 밥을 먹고 옷을 입을 줄 아니 사람이랄가, 울고 웃을 줄 아니 사람이랄가? 웅! 안이다! 울엇다면 나를 위하야 울엇더냐 웃엇다면 진정한 나의 웃음이 엿더냐—모도가 봉준을 위하얏슴이엿다. 두루뭉수리 삶이엿다! 이러한 삶을 계속 식히려고 안타갑게 울었던 것이엿다. '불상한 인간!' 그는 이렇케 부르짖고 대문으로 드러섰다.

-강경애 『어머니와 딸』(1931)

이혼! 이것은 과연 중대한 문제이지요. 그러나 나는 이혼이란 그것이 중대한 까닭에 괴로워한 것은 아니랍니다.

나의 이혼은 제삼자의 눈에는 중대한 문제로 보였을지 모르나 나로서는 급작스런 무리라고는 하나도 없는 가장 자연스러운 해결이라고 생각되었기 때문입니다.

하늘을 우러러 던진 돌멩이는 반드시 그 높이에서 떨어져 땅에 땋을 때까지의 얼마간의 시각만이 문제이지 반드시 도로 땅 위에 떨어짐은 자연법칙입니다.

나의 결혼은 하늘을 향하여 돌멩이를 던진 것과 같은 결혼이었어요. (중략)

그러므로 나의 이혼은 나에게 평화와 안심을 일시에 가져온 것이 됩니다.

하늘로 올라갔던 돌멩이가 이제 제가 있어야 할 자리로 모진 비바람 속을 뚫고 땅 위에 내려앉은 셈이 됩니다. 모든 고난(苦難)이 해소된 셈이에요. 나에게 괴로움이 될 이치가 없습니다.

-백신애 「혼명에서」(1939)

어리석은 넋두리입니다. 제 운명을 모르는 무지한 계집임에 틀림없습니다. 당신! 이 마음을 이다지 아프게 하는 원인을 당신도 나도 잘 알고 있습니다. 그러나 이 사실이 과연 절대적으로 피하지 못할 길이었으리까? 당신의 힘만으로 당신의 결단만으로는 이 불행을 막을 길이 없었단 말씀입니까? 목숨을 걸고 이룬 사랑의 성공이 아니었습니까? 자식이란 그다지도 필요한 것이었습니까? 당신의 늙으신 부모님의 종족번식욕에 그다지 사로잡히잖으면 안 되었습니까? 아내란 자식을 낳는 도구여야 한다는 윤리는 어디서 배웠습니까? 그리고 당신을 남에게 주어버리고 당신의 아내란 간판만을 지킴으로 견디어 나갈 수 있는 저로 아셨습니까? //

계집으로선 반편인 제가 그래도 인생을 실망하지 않는 것이 우습기까지 합니다. 그러나 제가 세상에 태어난 것을 원망하지 않는 듯이 아이 못 낳는 일도 안타까워 아니 하겠습니다.

아이 못 낳는 까닭에 당신을 이렇게 여의게 된다는 일보다도 저는 아직도 '관습의 희생자'일 터입니다.

－임옥인 「전처기」(1941)

'과거는 모다 죽은 것이다.'

옥경은 자리에서 일어나 책상 앞에 와 앉았다.

펜과 원고지를 모았다.

그는 오늘 밤차로 혼자 서울을 향해 떠나리라 생각한다.

그러나 그것은 결코 남편을 찾아가려는 것이 아니다.

그는 다시 과거의 생활로 돌아갈 마음은 털끝만큼도 없었다.

신변을 간단하게 하기 위해 아이들은 어머니 곁에 남겨 놓은 채 그는 그의 길을 돌진하려는 것이다.

옥경은 이제 한 개 남편의 안해가 아니었다.

아이들의 것도 아니다.

종훈의 것은 물론 아니다.

그는 펜을 꼭 쥐어 보았다. 눈시울이 뜨거워 왔다.

－장덕조 「저돌(猪突)」(1949)

'아빠에게 떠맡기자.'

어느 날 아침 거의 나은 웅아를 시어머니가 빼앗아 안자 추희는 어떤 해방감에 가슴이 시원했다.

아기의 고무신이랑 옷 보따리를 챙겨놓고 때를 기다렸다.

필요 없는 사람, 장애물이니 물러가야 한다.

찬란한 햇빛이 눈이 부시고 싱싱한 나무들도 고운 꽃들도 보기 싫다.

'어디로 가야 하나?'

떠나기는 떠나야 하겠는데 갈 곳이 없다.

(중략)

어두운 밤이었다. 죽은 듯이 모두 잠든 집 밖으로 나왔다. 아니 자신이 나온게

아니라 밀려나온 것이다. 이 커다란 시집이란 창자는 추회라는 이물(異物)을 소화
시킬 수 없어서 토해낸 것이라고 느꼈다.

—임옥인 「현실도피」(1966)

그 여자는 남편과의 절연감이 모든 식구들과 사물에까지 확대되어 자기를 따돌
리고 밀어내려는 것처럼 느꼈다. 남편을 포함해서 그것들은 한패였고 그 여자만
외톨이였다. 의지할 데라곤 없다는 생각이 다시 그 여자를 견딜 수 없게 했다.
　명구야, 그건 다만 부덕과 자기 자신의 양심이 정말 하고 싶은 일과의 갈등이
얼마나 심각했나 하는 소리지, 부덕을 계속해 숭상하겠다는 소리는 아니었어.
너 아까 엄마더러 뭐랬지? 부덕의 화신이라고 했었지, 아마 그건 맞는 소리였어.
엄마는 자신의 삶을 산 게 아니라 열심히 부덕을 대신 살아줬으니까. 그렇지만
이젠 아냐. 이젠 달라. 그런 말이 조금도 힘이 되지 않아. 칭찬으로 들리기는커녕
모욕적이다. 부덕이라는 게 얼마나 오래된 속임수라는 걸 알아버렸으니까.

—박완서 『살아 있는 날의 시작』(1980)

그는 이혼을 생각했다. 위자료와 아이들 문제가 걸렸다. 우영은 한 달도 수입
없이 지낸 적이 없음에도 불구하고 위자료를 받아 낼 자신이 없었다. 억울한 느낌
안 남게 받아 내자면 피투성이가 되도록 싸워야 할 것으로 지레 짐작이 갔다.
　아이들은 어떤가.
　가정이란 부모와 자식이 함께 생활하는 공동체이다. 그런데 살아 있는 부모가
원수로 헤어진다면, 아이들에겐 상처이며 고통이리라. 부모가 자식이 당할 고통을
생각지 않고 찢긴다는 것은 아이들을 능멸하는 처사가 아닐까. 이혼이 결혼처럼
사회적 관행이 되기 위해선 제도가 뒷받침되어야 한다…
　우영은 자기가 결혼하기 이전의 상태로 돌아가고 싶은 뜨거운 욕구를 느끼면서
이혼에 대해 이런 생각을 하였다.
　내가 남편에게 나도 사람이라고 외치고 싶을 때, 자식들도 부모에게 나도 사람
이라고 외치고 싶은 상황은 만들지 말자. 뻔히 알면서 잘못을 저지를 수도 없다…

—이경자 「살아남기」(1990)

「우리 결혼해요.」
「…….」
「당신을 사랑해요.」
「…결혼이라는 말을 또다시 들어 볼 줄은 상상하지 못했어요. 저도 당신을 사
랑해요. 하지만… 결혼은 아니에요. 나는, 내 의지는 아니었지만 겨우 세상에 나

왔어요. 우리가 서로를 필요로 한다는 것은 알지만 결혼은 아닌 것 같아요, 미안해요.」 //

「난 하고 있어요. 당신의 치료는 나에게 날개를 달아 주었고 그리고 조금씩 날고 있어요. 당신도 그럴 수 있어요. 당신이 그랬잖아요. 우리 모두는 각자의 날개를 달고 고독과 싸워 가며 날아오르는 거라구요. 비록 찢기기 쉬운 아름답고 여린 날개라도 말이에요. 당신이 저를 도와주었듯이 이번엔 당신을, 제가 도와드릴게요.… 당신은 누구보다도 잘할 거예요. 괴로워하지 마세요.」

—차현숙 『블루 버터플라이』(1996)

당신, 결혼제도의 소외에 대해 말했지. 나도 동의하오. 제도가 인간을 억압하고 소외시키는 측면에서, 결혼은 가장 대표적인 경우일 거요. 내가 알기에, 결혼 후 혼외정사 한두 번 경험하지 않은 사람은 없소. 가장 나쁜 경우는 결혼 형식만 유지할 뿐, 실제로는 쌍방 간에 다른 파트너를 두고 있는 부부도 있다오. 최악의 경우이긴 하지만. 문제는, 우리 사회나 관습 속에 중간지대가 없다는 걸 거요. 가정의 숭고함을 존중하는 시각과 혼외정사를 범죄시하는 시각, 그 사이에 중간지대가 없는 거요. 나는 많은 사람들이 그 중간지대에 서 있는 걸 보아왔소. 중간지대에 서서 그들은 비밀을 잘 지키며, 가정과 일, 로맨스 사이에서 아슬아슬하게 줄을 타지. (중략)

가끔, 그 가정법원에 대해 생각해요. 제도라는 것이 인간을 소외시키는구나. 그 중에서도 결혼제도는 좀 우스꽝스러운 것이구나 생각되는 가정 정점은 아마도 가정법원일 거예요. 한 번도 만난 적이 없는 사람, 우리의 삶과 아무런 관계도 없는 사람에게 우리 결혼을 마무리 짓는 걸 허락받기 위해 줄서 있던 그 복도, 당신 기억나요?

결혼생활이란 이런 여행 같은 걸 거예요. 차를 타도 밤길을 달리기도 하고 안개나 진눈깨비를 맞기도 하고, 이렇게 차를 비탈 아래로 처박기도 하고… 문제는 차창 밖의 사물들에만 정신을 팔아 정작 옆좌석에 동승한 사람에게는 소홀해질 수도 있다는 걸 거예요. 차를 버리고 걷게 되어야 비로소 곁에 있는 사람에 대해 진지하게 생각하게 되는……

—김형경 「민둥산에서의 하룻밤」(1997)

스스로 짐승 같아지는 시간들… 여자의 멱살을 잡고 남편에게 욕설을 퍼붓고 동네가 떠내려가라 소리를 지르고… 그랬겠지. 소리를 지르는 사람이나 보는 사람이나 그것은 짐승 같은 시간들이었을 것이다. 혜완은 힘겹게 입을 열어가고 있는 영선을 그저 무력하게 바라보고만 있었다. 그건 어쩌면 자신의 모습이었기 때문이었다. 옷이 찢기어지고 뺨을 맞으며 다리를 벌리고… 그런 행동을 했던 남편 역시 그날을 기억하게 될 것이다. 그나 혜완 자신이나 두 사람 모두에겐 그건 짐승 같은 시간들이었다. //

그랬다. 영선은 그 말의 뜻에 귀를 기울여야 했었다. 경혜처럼 행복하기를 포기하고, 혜완처럼 죽이기라도 해서 홀로 서야 했었다. 남들이 다 하는 남편 뒷바라지를 그냥 잘하려면 제 자신의 내증에 대한 욕심 같은 건 일찌감치 버려야 했었다. 그래서 미꾸라지처럼 진창에서 몸부림치지 말아야 했다. 적어도 이 땅에서 살아가려면 그래야 하지 않았을까.

—공지영 『무소의 뿔처럼 혼자서 가라』(1998)

행복의 땅에서 쫓겨나는 이브는 비통하나, 인습의 땅에서 걸어 나가는 서른아홉 살의 여자는 지쳐 보이지만 희망을 안고 있다. 조선시대의 한 여류시인이 대국이 아닌 작은 나라 조선에 태어났음을 한하고, 그중에서도 여자로 태어난 것을 한하고 갔다더니 평범한 현대 여자의 한도 오백년 전 여자의 그것과 다를 바 없다. 본질과는 아무 상관없이 제도의 문제로 고통 받았고 결혼을 하면서 가정의 울타리 속에 안주하려 했지만 그 속에도 사랑이 없었다. 소정이 안주하고 싶었던 것은 제도가 아니라 사랑이었다.

이제 사랑이 무엇인지 알기에 사랑을 찾아 또다른 혹성으로 떠나려 한다. 제도가 인간을 짓누르지 않는 자유의 땅으로. 문서를 문제 삼지 않고 생명을 알처럼 품어주는 다른 별로. 히로가 말해준 일본 속담처럼 버리는 신이 있으면 구해주는 신도 있다.

—강석경 『내 안의 깊은 계단』(1999)

남편의 해고는 정옥이 이혼한 직접적인 원인이 되었다. 해고를 당한 남편이, 이제 갓 셋째아이를 낳은 정옥을 두들겨 팼다. 사회에서 실패한 남자한테 가장 만만한 것이 자기 마누라인 것은 공식이고, 정옥은 자기가 그런 만만한 마누라들 중의 한사람이 되어 살아간다는 것이 소름끼쳤다. 해서 순아와 순아의 남편을 보증인으로 해서 이혼을 하고 말았다. 남편은 자신이 책임져야 할 가족이 스스로 떨어져나가는 것에 홀가분한 미소까지 흘렸다. 속으로 이혼을 안 해주면 어쩌나 걱정했던 정옥은 남편의 가증스런 미소가 차라리 고맙기도 하였다. 생각해보면 불쌍한 인생들끼리 뭉쳐도 시원찮을 판국에 또 불쌍한 인생들끼리 싸움박질을 해대는 게 이 세상이다. 남편과 이혼을 하고 나서야 정옥은 남편이 불쌍해서 눈물을 조금 흘렸다.

—공선옥 「홀로어멈」(1999)

이혼을 한 후, 나는 여러 명의 남자와 같이 잠을 잤다. 간혹은 내가 한 남자와 십 년 가까운 세월을 함께 살았다는 사실이 믿어지지 않았다. 유일한 남자와 유일하게, 법적으로 보장된 섹스만 하면서 십 년 가까운 세월을 살았다는 사실이 말이다. (중략) 혼자가 된 후, 첫 번째 남자와 한 침대 속으로 들어가기까지는 상당한 시간이 걸렸지만, 모든 이치가 다 그러하듯 처음에만 어려웠지 그 다음부터는 결코 어려운 일이 아니었다. 때로는 한 번만 자고 다시는 자고 싶지 않은 사람도 있었고 때로는 헤어진 지 열두 시간이 지나지 않아 다시 그에게 안기고 싶어 온몸이 달아오르는 상대도 있었다. 그러나 아직까지 내 일상의 곁을 주고 싶은 사람은 없었다. 더욱 분명한 것은 그 여러 명의 남자들 중 아직은 어느 누구도 내 집에서 잠이 든 적이 없었다는 사실이었다. 내 집에는 아이가 있었다. 나는 아직 그 아이와 분리된 나를 상상할 수 없었고, 그 아이와 분리되지 않은 나를 온전히 전부 다 보여줄 상대를 알지 못했다.

—김인숙 『꽃의 기억』(1999)

대학을 간 여자는 대학을 나올 때 갈 데 없는 실업자무리 중 하나였다. 많은 여대생들이 할 수 없이 결혼을 취직으로 생각할 수밖에 없는 그런 상황이었다. 여자도 그들 중 하나다. 사랑 없이 결혼하는 것은 아니지만 안 할 수 있는 다른 삶을 가질 수가 없었다. 결혼에 있어 사랑은 필요조건이지만 충분조건은 되지 않는다. 결혼은 선택일 수 없는, 할 수밖에 없는, 남자가 아닌 사회의 덫에 걸린 것이다. 남자는 그걸 잘 이용했다. 그 덫을 알기도 하고, 모르기도 하면서 잘 이용할 줄은 안다. 여자는 남자에 의존했다. 마치 타고난 본성처럼 의존적인 인간이 되어버렸다.

남자는 갑자기 과자를 빼앗긴 아이처럼 어쩔 줄 몰라 할 거다. 하지만 남자는 어린애가 아니다. 어른이다. 이제까지 어린애처럼 여자의 보호 속에 살았다. 노력하면 남자는 어른이 될 거다. 여자가 지나간 자리에서….

—차현숙 「2와 2분의 1」(2000)

사실 이런 밤이, 그리고 이런 날들이 한두 번인가. 이렇게 한 번씩 집구석이 뒤집어질 때마다 나는 마음을 어디다 둬야 할지 몰라 견딜 수 없이 외로웠다. 내가, 만약에 남편이 있어서, 육아의 어려움을 남편과 공유하면서 애를 키웠더라면, 아이도 지금처럼 제멋대로는 아닐 수 있었겠지. 그러면 나 또한 일상적으로 솟구쳐 오르는 짜증에 시달리는 삶을 살지 않아도 되었겠지. 엄마 아버지는 싫어하면서도 평생을 함께 사는데 왜 나는 별로 싫어하지도 않았던 것 같은데 남편과 헤어져버린 것일까. 내가 왜 남편과 헤어졌지? 십년도 훨씬 넘은 옛일이 되어서 나는 정말 왜 내가 남편과 헤어졌는지 가물가물해졌다.

—공선옥 「꽃 진 자리」(2006)

생각해보면, 혁명의 환상이 깨어지던 순간부터, 혁명보다 지독한 일상이 우리에게 밀려들기 시작했다. 네 아빠와 나는 점점 말이 없어져갔다. 아빠는 엄마에게 외출을 하지 말 것을 명령했어. 외할아버지에게 난생처음 뺨까지 맞은 이유가 바로 그것이었는데, 가난을 무릅쓰고 그와 결혼한 이유가 그것으로부터의 탈출이었는데, 믿을 수가 없었지. 어떻게 진보를 이야기하던 사람이 자기 부인의 일을 막을 수가 있을까. 위선자! 엄마는 소리쳤지. 아빠의 얼굴은 질려갔고, 시선은 엄마에게서 점점 멀어져갔단다.

위녕, 돌이켜 생각해보면, 네 아빠는 엄마를 사랑했었단다. 네 외할아버지도 엄마를 사랑했었지. 몹시도 사랑했단다. 하지만 자신들이 옳다고 생각하는 방식으로 그랬던 거야. 다른 것이 틀린 것이라고 믿었던 거야.

—공지영 『즐거운 나의 집』(2007)

"엄만 너를 낳아 키우는 사이에 삶에 완전히 속박당했다는 것을 깨달았어. 동네 아이들을 상대로 놀이방과 다름없는 미술학원을 열어 운영했지만, 혼자 열심인 생활은 우릴 더욱 곤란한 지경으로 밀고 갔어. 네 아빤, 여전히 돈을 비롯해 삶의 모든 것을 우습게 여겼으니까. 여섯 번을 그만두었고 실패했지. 네 아빤 지금도 변하지 않았어. 이젠 돈을 우습게 알면서 동시에 원한까지 품고 있겠지."(중략)

"우린 사랑이라는 개념의 자를 가지고 들이대는 순간, 사랑은 없단다. 어디에도 없어. 지금이라면, 난 사랑에 억압되지도 않고 기대하지도 않고 꿈꾸지도 않고 기만당하지 않았을 거야. 내가 하는 게 무엇인지 규정하지 않고 어떤 형태로든 네 아빠와 헤어지지 않고 세상의 높은 곳과 낮은 곳을 흘러갔을 거야."

—전경린 『엄마의 집』(2007)

4.7. 계약과 교환, 동거를 위한 묵계

자본주의 사회의 결혼제도는 계층끼리의 물물교환 의식에서 자유로울 수 없다. 결혼을 전제로 한 연애는 물질적인 조건에 의해 계산되고 연출된다. 현대소설은 결혼에 앞서 남편의 자격 조건을 현실적으로 점검하는 여성인물을 등장시켜 결혼상대자나 그 집안의 경제력이 결혼의 중요한 변수가 되는 상황을 보여주는 한편, 이를 통해 여성이 결혼과정에서 의사결정의 주체가 된 변화된 현실을 동시에 반영하고 있다. 이 여성들은 결혼과 무관한 사랑과 성을 추구하고 결코 사랑을 결혼과 결부시키지 않는다. 이들은 결혼이 감정의 영역이 아니라 생존과 생활의 세계라는 현실감각을 보여주고 있다. (나혜숙 「현숙」, 김일엽 「희생」 「사랑」, 이선희 「계산서」, 장덕조 『다정도 병이련가』, 손소희 「음계」, 박경리 『표류도』 『단층』)

그러나 다른 한편에서는 가문과 가문이 결합하고 교환가치가 지배하는 결혼제도의 모순이 부정적으로 그려지기도 한다. 그리고 점점 포장술과 상술이 지배하는 결혼풍속 자체를 조명해 결혼이 신분상승이나 신분유지의 수단으로 전락하고 있는 상황을 신랄하게 비판한다. 무엇보다 여성작가는 맞선 시장의 질서에 순응해 자신의 상품가치를 높이고 거기에 자신을 철저히 적응시키는 여성인물의 속물근성을 묘파하고자 했다. 여기에는 배금주의적 가치관에 의해 획일화된 생활양식에 대한 반감이 드러나 있다. (나혜석 「경희」, 김일엽 「자각」, 「헤로인」, 「믿음이 싹틀 때」, 한말숙 「결혼전야」, 박완서 「서울 사람들」, 『휘청거리는 오후』)

1990년대 이후 소설에서 이 같은 현실은 남성중심적 결혼에 대한 비판적 패러디로 다시 등장한다. 이 소설들에 등장하는 여성인물은 결혼 적령기를 넘겼지만 경제적으로 여유 있게 살아가는 여성들인 만큼 결혼의 문제가 그리 절박하지 않다. 따라서 이들은 배우자 선택과 결혼에서 강화된 여성의 발언권과 우월적 지위의 획득을 주장한다. 그리고 결혼이 '타인의 재산과 학력과 비전'을 가늠하는 단계를 거쳐 전형적 패턴에 의해 진행되는 과정이라는 사실을 간파하고 안일한 결혼에 대한 낭만적 판타지를 단호히 배제하고자 한다. 그러나 그럴수록 남녀는 낯선 얼굴을 한 타인이 되어가고 결혼에 관한 한 남녀는 동상이몽일 수밖에 없다는 사실을 씁쓸하게 보고한다. (서하진 「그림자 외출」, 강영숙 「청색 모래」, 전경린 「바다엔 젖은 가방들이 떠다닌다」, 정이현 「낭만적 사랑과 사회」 「타인의 고독」 「홈드라마」, 『달콤한 나의 도시』, 김윤영 「블루오션 연애학」 「너무 고결한 당신」, 서유미 『쿨하게 한 걸음』, 이홍 『걸프렌즈』)

한편, 여성작가의 발칙한 상상력을 거쳐 이상적인 결혼의 모델이 탄생되기도 한다. 남편은 우렁각시를 대신해 모든 집안일을 도맡아 하고, 맞춤형으로 주문되는 가변적 존재로 제시된다. 소설 속 이 같은 상황은 여성에게 불합리한 결혼제도에 대한 극단적 염오와 거부감을 드러내는 동시에 현대의 결혼이 '계약' 또는 '상품시장'임을 풍자한 것이라 할 수 있다. (송경아 「나의 우렁총각 이야기」, 구경미 「봉덕동 블루스」)

이처럼 결혼을 사랑과 분리하는 이 '발칙한 여성'들의 계산법에는 사실상 낭만적 사랑이 결혼으로 이어질 수 없다는 데 대한 무의식적 방어기제가 작동하고 있다. 그러나 독립적이고 주체적인 인물로 설정된 신세대 여성이 결혼을 매개로 자신이 노력하지 않은 부와 지위를 획득하려는 욕망을 드러낸 순간 이것은 전근대적 결혼이데올로기의 모순을 그대로 노출하는 역설에 처하게 된다.

> "그리고 당신은 오후 3시까지 여기 와주셔요! 언제든지 열쇠는 주인집에 맡겨둘 터이니, 우리 둘이 여기서 살 수는 없어요. 당신은 잘 노선생을 위로해 드리세요. 네? 우리가 이렇게 된 것을 당분간 선생에게는 이야기 아니 하는 것이 좋아요. 우리 둘은 반년간 비밀 관계를 가져요. 반년 후 신계약에 대해서는 다시 생각할 필요가 있어요. 그러면 우선 우리가 미리 준비할 필요가 있어요."
>
> ─나혜석 「현숙」(1936)

> 연애에서 오는 감격! 연애가 가져다 주는 황홀─그것을 이렇게 갈망하면서 범범한 남자와 범범한 결혼생활에 들어가지 않으면 안 될 운명을 원망하기도 했다.
> 그러나 어떤 때에는 또 즐겨 마음을 돌리기도 한다.
> 부모를 이 이상 더 괴롭혀서는 안 된다고 생각하는 것이다. (중략) 불가능한 연애를 단념하고 가능한 결혼을 취한다는 것은 스물세 살이나 된 처녀로서는 오히려 현실에 적합한 처사인지도 모른다.
> 타오르는 사랑의 불길과 구비치는 정열의 물결을 거쳐 결혼에 돌입 하는 것은 한 개의 이상이요 특별한 환경에 처해 있는 남녀의 특권이었다. 다만 한 남자의 곁에 한 여자를 앉혀보아 별로 부자연스러움을 느끼지 않으면 그것은 곧 결혼에 도달할 수 있는 중요한 조건이 아닐까.
> 상대방의 건강, 학식, 직업, 그리고 취미, 이 같은 조건이 아직도 젊은 남녀의 결합을 규정짓고 있는 것이라면 한병준은 미리에게 가장 합당한 배우자인지도 몰랐다.
>
> ─장덕조 『다정도 병이런가』(1954)

비록 현재의 직업이 운전수이긴 하지만 앞으로의 활동 여하에 따라 다른 직업으로 바꿀 수도 있지 않은가. 그러고 보면 여학교 오학년 중퇴라는 것과 천수아버지의 소학교 졸업이라는 것이 좀 걸리기는 하지만 그러한 쥐꼬리만한 학력의 차이는 피란의 도시 부산에 있어서는 그날그날의 생활을 영위하는 능력에 비하여 거의 문제가 되지 않는다. 그럴 뿐만 아니라 천수아버지는 외모나 체격이나 그 밖에 행동거조가 결코 초라하거나 상스럽지 않았다. 물론 결혼조건으로 내가 이런 여러 점을 따지게 된 동기랄까 한 것은 직장에서 듣고 본 선배나 동료들의 결혼관에서 얻은 것이었을 것이다. 언제가 찻속에서 생각한 것처럼 결혼의 조건도 대체로 경제적인 능력의 유무만으로 시세는 결정되는 판이라고 다시금 나는 결론을 맺어보았다.

—손소희 「음계」(1956)

현회씨가 나하고 결혼하겠다는 것도 또 내가 현회씨를 원하고 있다는 것도 우리들에게 공통점이 있는 때문입니다. 애정보다 마음이 맞다는 것, 생각이 같다는 것, 헤치고 나갈 세계가 같다는 것, 그런 점이 둘을 결합시켜 줄 것입니다. 상현이는 감정의 대상이요, 찬수는 지성의 대상이요, 환규는 의지의 대상입니다. 의지는 마지막의 인간의 가능성입니다. 우리는 의지의 세계를 위하여 노력해야 할 것입니다. 애정이나 일이나 죽음까지도 극복해야 할 것입니다.

—박경리 『표류도』(1959)

「체면이 다 무어냐? 그래 이 부짜리 다이아 하나 주는 신랑도 있는데 교육을 신랑만치 안 시켰나? 멕일 것을 그만치 안 멕였나. 할 건 남보다 더했는데 혼수까지 더해야 할 이유가 무어람? 응? 거지 딸 신세나 겨우 면한다니. 아니, 요새 은행원도 장가들라면 일캐럿은 하는데, 그래 대학 교수라는 게 겨우 이 부짜리 하나 불쑥 내밀고 남의 딸을 염치없이 데리고 가겠다는 거야? 이 부짜리나마 그나마 저희네 것이지 친정에다 주는 건가」

그 말에는 경숙이도 대꾸할 용기가 없었다. 시집 형편을 잘 알고 있는 경숙이나 약혼반지를 볼 때마다 무어랄 수 없는 불만이 온몸에 퍼져 갔다.

—한말숙 「결혼전야」(1962)

「왜 몰라. 요새 여성지엔 맨 그 방법뿐인데. 맞선 보는 자리에서 눈 뜨는 법, 차 마시는 법, 웃는 법, 앉는 법, 서는 법, 눈치 보는 법… 그걸 마스터하고 나면 여자의 위치가 얼마나 형편없다는 걸 저절로 깨닫게 되지. 불평등 관계는 옛날 얘기야. 불평등하다는 건 그래도 같은 인간관계에서 비롯된 얘긴데 요새 신부감은 인간도 아냐. 순 상품이지. 맞선 볼 때 여자들이 지켜야 할 법은 매너이기보다는 상품을 포장하는 상술과 하나도 다를 게 없으니까.」

-박완서 「서울 사람들」(1984)

결혼 생활에서 엘리베이터 속처럼 사람 그 자체만을 강렬하게 의식하는 동안보다는 물질적인 생활환경을 의식하는 동안이 훨씬 더 길 테고 따라서 행·불행을 결정해 주는 쪽도 물질적인 생활환경일 수밖에 없을 것 같았다. 그러자 마음이 한결 가라앉았다.

-박완서 『휘청거리는 오후』(1993)

그렇다면 계약이 정당했다고 믿는 사람은 행복한 결혼생활을 할 수 있을 것인가. 그러나 행복은 그것이 계속될 때면 야릇하게도 더 이상 행복으로 남지 않는다. 마치 계속되는 그리움이 절망으로 이어지듯 그것은… (중략) 그것은 어쩌면 사라져버린 꿈에 대한 것이 아닐까. 그네들은 계약이라는 이름으로 결혼의 일상성을 비껴가려고 한다. 그러나 이 경우에도 일상성은 다른 모습으로 여전히 남는다. 서로 상대방의 변화를 먼저 읽게 되기를, 자신의 변화는 눈치 채이지 않기를 바라면서 보내는 계약 기간. 그것은 단지 기간의 차이일 뿐 일반적인 결혼과 마찬가지가 아닌가. 그렇다면 이제 문제는 어떤 형식으로 결혼하는가 하는 것에서는 벗어나게 된다. 변하지 않고 남는 것은….

-서하진 「그림자 외출」(1994)

결혼 후 좋은 일이 많이 생겼다. 승진시험도 패스했고 상급자들에게도 좋은 평가를 얻었으며 동료들과도 좋은 관계를 유지했다. 무엇보다 내가 속한 부처에서 진행되는 일들은 언론매체나 시민단체들로부터 두들겨 맞지 않았다. 그 중에서도 가장 기뻤던 것은 드디어 나도 일제 골프채 혼마 골드 5스타를 갖게 되었다는 사실이었다. 그날 나는 동료들에게 기쁜 마음으로 술을 샀다. 원하는 것이 쉽게 이루어지는 걸 보면 인생은 그렇게 심각하게 생각할 것도 아니었다.

-강영숙 「청색 모래」(2002)

지금까지 모든 책임의 굴레를 잘 빠져나온 나였다. 이제 와서 우렁이 따위에게 포획될 수야 없지. 시댁도 없고 부담도 없지만 사회에서 아무런 지위도 가질 수 없는 우렁이. 그런 주제에 나에게 애정을 품었다는 이유만으로 나에게 새로운 관계의 부담을 지우려는 우렁이.

-송경아 「나의 우렁총각 이야기」(2003)

결혼식에 관해서도 화련과 나는 생각이 달랐다. 화련은 사촌언니가 결혼식 이벤트 사업을 한다며 거기에 맡길 것을 제안했다. 나는 그런 상품화된 결혼은 싫다고 분명하게 맞섰다. 드레스와 턱시도를 입고 덕수궁 같은 곳에서 50여 쌍의 다른 커플들 사이에서 야외 촬영을 하고 혼잡한 결혼식장에서 국화빵 찍듯 찍어내는 결혼식을 치르고 먹을 거라고는 없는 피로연을 열고 우리나라 신혼부부로 만원인 비행기를 타고 우리나라 신혼부부로 만원인 외국 섬 관광지와 호텔을 돌아다니는 일정이란 게 뻔했다. 나는 차라리 격식 없고 간소하고 자연스러운 결혼식과 개인적이고 은밀한 신혼여행을 원했다. 푸켓이든 괌이든 발리든 신혼여행지로는 다 싫었다. 이미 너무 많은 신혼부부들의 발자국으로 닳은 곳이고 무엇보다 신혼여생이란 줄을 지어 구경가는 게 아니지 않는가. 차라리 흑산도 같은 곳에서 3박 4일쯤 조용히 지내다 오고 싶었다. 게다가 나는 화련이 몇 가지 수상쩍은 일들을 해명하지 않아 마침내 화가 난 상태였다.

　　　　　　　　　　　　　　　－전경린 「바다엔 젖은 가방들이 떠다닌다」(2003)

　재혼전문 결혼정보회사의 담당자는 자신을 커플 매니저라고 소개했다. 피부가 하야스름하고 턱 선이 네모진 여자다. 그녀는 내 평점이 A가 아니라 B클래스에 속하는 것은 직업과 신장에서 살짝 점수가 깎였기 때문이라고 알려주었다. 여자의 설명에 의하면, 회사원은 더 이상 안정적인 직업이 아니며 서른네 살의 과장이라는 직함을 달고 있는 것은 그만큼 퇴직의 시기가 빨라지리라는 예고로 비쳐질 수 있다고 했다.

　　　　　　　　　　　　　　　　　　－정이현 「타인의 고독」(2004)

　맞춤형 남편이라고? 그렇게 물어놓고 그는 한동안 얼떨떨해했다. 맞춤형은 알겠고, 남편도 알겠는데, 아는 단어 두 개를 합쳐놓으니 아리송해졌다. 독신녀가 말했다.

　내가 밥 먹고 싶을 때, 장 보고 싶을 때, 여행가고 싶을 때 전화만 하면 언제든 달려와. 남편, 주부, 친구… 그런 프로그램이 있어. 1회 요금은 좀 비싸지만 한 달 이용권은 정액요금제라서 디스카운트 해줘. 한 달 최고 4회까지 이용 가능하고. 그럼… 사람을 산단 말이야? 그가 놀라서 물었다. 그런 셈이지, 몇 시간 동안만. 어떻게 그럴 수 있냐? 편하고 좋잖아. 부담도 없고. 차라리 결혼을 해라. 결혼은 싫고. 그럼 연애를 하든지. 연애도 귀찮아. 그래서 오늘 만난다고? 응, 저녁 먹을 거야. 전부터 가고 싶었던 레스토랑이 있거든. 처음 보는 사람이 눈앞에 앉아 있는데 목구멍으로 밥알이 넘어가냐. 사람이 아니라 물건이라고 생각하면 돼. 너무 비정하다. 그럼 소개팅 정도로 해두지 뭐. 그런다고 소개팅이 되냐. 잔소리라면 이제 신물난다. 남들도 그렇게 사는데 내가 뭐 증뿔나게 잘났다고.

—구경미 「봉덕동 블루스」(2005)

여자는 어쩌면 사회적 동물이 될 수 없을지도 모른다. 이삼십대까진 어찌어찌 버텨내도 결국은 한국사회에서 도태될 수밖에 없다. 그래서 나는 자문하고 근심하곤 한다. 과연 여자로 살아가는 데 가장 필요한 건 뭘까. 남는 건 결혼밖에 없을까? 이런 사회학적 질문에 철학적 답변을 요구하는 건 난센스다. 내 답변은 예스다. 한국경제가 일인당 GDP 삼만 달러 수준으로 올라가거나 여성의 지위가 세계 70위권에서 10위권으로 점프를 하거나 여성근로자의 비정규직 비율 팔십 퍼센트가 정규직 팔십 퍼센트로 바뀌는 날이 온다면 내 대답은 좀 달라질지도 모른다. 더 구체적인 근거를 원한다면 얼마든지 보여줄 수 있다.

—김윤영 「블루오션 연애학」(2006)

도덕교과서 같은 말만 읊조리는 그에게 나는 가끔 질리곤 했다. 그러나 그런 면에서 나는 그를 존경했고 내 선택이 틀리지 않았다고 확신했다. 내가 지금까지 결혼을 안 한 이유는 눈에 드는 특별한 남자가 없었기 때문이다. 내 사는 모양이 그저 그렇다고 그 비슷한 평범한 남자와 일생을 보낼 생각은 추호도 없었다. 머릿속 돌아가는 게 훤히 보일 뿐더러 늙어 줄을 때까지 빈약한 주머니를 걱정해야 하는 남자와 결혼하느니, 나는 그냥 뚱뚱한 노처녀로 남는 편을 택하겠다. 사람들이 모를 뿐이지, 나 좋다고 쫓아다닌 남자들은 꽤 있었다. 수더분하고 넉넉한 맏며느리 같은 내 인상을 좋아하는 사람이 의외로 많다. 요 근래에도 학부모들 중에 중매를 넣은 사람도 있었다. 내가 이만치나 눈이 높을 거라고 사람들은 상상하지 못한다. 이 세상은 보이는 게 다가 아니라는 걸, 너무 많은 사람들이 모르고 있다.

—김윤영 「너무 고결한 당신」(2006)

사람 마음이야, 변할 수 있는 거잖아. 언니의 감정이 다 식어 버릴 수도 있는 거고.
왜 식어?
언니는 마치 첫사랑을 만나, 구구절절한 이야기와 고비를 거친 끝에 결혼에 골인하는 사람처럼 내 의중을 모르는 척한다. 1년이 멀다 하고 남자 친구를 갈아치워 왔으면서 말이다.
요즘 사랑해서 결혼하는 사람 있니? 결혼은, 확신이야.
언니가 이렇게 말하면서 리모컨으로 텔레비전을 끈다. 무슨 확신? 그 남자가 변호사여서 드는 확신? 다른 건 몰라도 호의호식하고 살 거라는 확신?

—이홍 『걸프렌즈』(2007)

4.8. 숙명의 반려, 연민 혹은 연대

현대시는 결혼이라는 제도를 날카롭게 비판하면서도 여성이 소외되지 않는 결혼의 방식을 모색해왔다. 이 인식은 결혼으로 이어진 남편과의 관계를 숙명의 반려 혹은 인생의 지우(知友)로 이해하며 연민하고 연대하려는 의식을 동반하게 된다. 여성에 대한 일방적인 억압, 자아존중감의 결핍, 열정과 낭만의 상실, 동화의 종말, 사막 같은 일상 등은 결혼으로 묶인 남편과 아내의 관계에서 비롯된 문제이기도 하지만, 동시에 시대를 거듭해 견고하게 지속되어온 결혼이데올로기의 모순이라고 이해하게 된 것이다. 결혼이라는 제도의 정당성과 불합리성을 통찰하고 결혼과 사랑의 상관관계를 고찰해 치열한 '장미의 전쟁'을 치르는 노정을 거쳐 이르게 된 인식이라고 할 수 있다

결혼을 인간과 삶의 문제로 바라보게 되면서 결혼은 숙명의 반려 혹은 인생의 동행자를 맺게 하는 관념적인 상황으로 이해된다. '쇠사슬이든 거미줄이든' 함께 묶여 있는 아내와 남편이 서로를 연민하며 함께 '생존'해 나가야 한다는 것을 깨닫는 것 (문정희 「결혼 기차」, 나희덕 「물소리를 듣다」, 양정자 「부부」, 김소연 「불귀 2」, 노혜경 「부부관계」), 결혼이라는 제도 속에서 남편 역시 낡아가고 시들어가고 있다는 한 인간에 대한 안쓰러움과 모성적 용서 (양정자 「50대 남편」, 문정희 「평화로운 풍경」), 그리고 이제는 동화를 깨고 현실의 이야기들을 함께 써나가는 관계가 되고 있다는 인식들이다. (문정희 「부부」, 정끝별 「노란 샤쓰 입은 사나이와 빨간 구두 아가씨」, 이선영 「사랑, 그것」)

> 어떤 여행도 종점이 있지만
> 이 여행에는 종점이 없다
> 죽음이 두 사람을 갈라놓기 전에
> 한 사람이 기차에서 내려야 할 때는

묶인 발목 중에 한쪽을 자르고 내려야 한다

오, 결혼은 중요해
그러나 인생이 더 중요해
결혼이 인생을 흔든다면
나는 결혼을 버리겠어

묶인 다리 한쪽을 자르고
단호하게 뛰어내린 사람도
이내 한쪽 다리로 서서
기차에 두고 온 발목 하나가
서늘히 제 몸을 부르는 소리를 듣는다
그래서 서둘러 다음 기차를 또 타기도 한다

—문정희 「결혼 기차」(2004)

우리가 싸운 것도 모르고
큰애가 자다 일어나 눈 비비며 화장실 간다
뒤척이던 그가
돌아누운 등을 향해 말한다

당신…… 자?……
저 소리 좀 들어봐…… 녀석 오줌 누는 소리 좀
들어봐…… 기운차고…… 오래 누고……
저렇도록 당신이 키웠잖어…… 당신이……

등과 등 사이를 흘러가는 물소리를
이렇게 듣기도 한다

—나희덕 「물소리를 듣다」(2009)

살 부비며 싸워가며 같이 나눈 긴긴 세월의
밤과 잠, 다툼과 화해, 반란과 인내, 슬픔과 절망의 때가
덕지덕지 묻어 있는
이제 서로 너무 닮고 닮아 분간키 어려운 그대들

서로 부딪는 눈동자의 거울 속에서 잠시 출렁거리는
그대는 나에게서
나는 그대에게서
까맣게 잊고 있던 제 자신을 깜짝 놀라
다시 한번 바라보네

서로의 마음에 전류처럼 뜨겁게 흐르는
이 낡은 연민, 비애
깊고 아픈 삶

—양정자 「부부」(2000)

이해한다는 말, 이러지 말자는 말, 사랑한다는 말, 사랑했다는 말, 그런 거짓말을 할수록 사무치던 사람, 한 번 속으면 하루가 갔고, 한 번 속이면 또 하루가 갔네, 날이 저물고 밥을 먹고, 날이 밝고 밥을 먹고, 서랍 속에 개켜 있던 남자와 여자의 나란한 속옷, 서로를 반쯤 삼키는 데 한 달이면 족했고, 다아 삼키는 데에 일 년이면 족했네, 서로의 뱃속에 들어앉아 푸욱푹, 이 거추장스런 육신 모두 삭히는 데에는 일생이 걸린다지, 원앙금침 원앙금침, (중략) 이해한다는, 사랑한다는, 잘 살자, 잘 살아보자, 그런 말에도 멍이 들던 사람, 두 사람이 있었네.

—김소연 「불귀 2」(2006)

그러나 남편과 아내는 남자와 여자가 아니다. 오로지 생존의 고리일 뿐.
나는 남편에게 항의했어야 했다. 그 돈은 시아버님 용돈 때문에 빌린 거라고, 당신도 더불어 부담할 의무가 있다고, 조리 분명하게 따졌어야 했다.
그러나 대신 나는 웃는다. 아직도 여자이고 싶은 내 욕망 때문? 아니다, 그가 내게 이십구만 원이 든 봉투를 가져다주었을 때도 나는 웃었고 늘어나는 적자 때문에 취직자리를 기웃거리던 그때도 나는 웃었다. 내가 배가 고플 땐 그도 고프고, 그가 먹을 땐 나도 먹을 것을 믿었기 때문에. 우리 둘의 더불은 생존이 따로따로의 사랑보다 소중함을 믿었기 때문에.

—노혜경 「부부관계」(1995)

내남 할 것 없이 사내들 50대가 되면
젊은 날의 성욕, 성깔 다 가시고
인품만 오롯이 남는다고 한다
남을 인품이 있어야지

술과 담배에 쩌들은 저 낡은 몸뚱이뿐
여자들보다 더 극심한
늙음의 나락으로 곤두박질치는
숨소리조차 잦아드는 저 무언의 비애
내 아무리 여지껏 짓밟히기만 했다 한들
(잊지는 않는다, 그렇지만 용서하리라)
질긴 잡초처럼 일어나
대지의 큰 어머니답게
이제 뿌리조차 뒤흔들리고 있는
추워 떨고 있는 그대
내 남아 있는 마지막 온기로써
따뜻이 감싸주리라

-양정자 「50대 남편」(1990)

대낮에 밖에서 돌아온 한 남자가
넥타이를 반만 푼 채
거실 소파에서 졸고 있다.
침을 조금 흘리며 가랑이를 벌리고.
나와 같은 주걱으로 밥을 퍼서 먹은 지
20년이 넘은 남자
가끔 더운 체온을 나누기도 하지만
여전히 끌려온 맹수처럼
내가 만든 우리 주위를 빙빙 도는 남자
(중략)
그 남자가 조금 후 오후 1시가 되면
어떤 젊은이의 결혼식 주례를 설 것이다.
결혼은 두 남녀가 한 개의 별을 바라보며
걸어가는 것이라고 아름다운 상징을 써서
축복할 것이고
일심동체가 되어가는 과정이라고
점잖게 훈계할 것이다.
한 남자가 대낮에 들어와 넥타이를 반만 푼 채
침을 조금 흘리며 소파에서 졸고 있다.

-문정희 「평화로운 풍경」(2001)

부부란
무더운 여름 밤 멀찍이 잠을 청하다가
어둠속에서 앵하고 모기소리가 들리면
순식간에 둘이 합세하여 모기를 잡는 사이이다
너무 많이 짜진 연고를 나누어 바르는 사이이다
(중략)
결혼은 사랑을 무효화 시키는 긴 과정 이지만
결혼한 사랑은 사랑이 아니지만
부부란 어떤 이름으로도 젤 수 없는
백년이 지나도 남는 암각화처럼
그것이 풍화되는 긴 과정과
그 곁에 가뭇없이 피고 지는 풀꽃더미를
풍경으로 거느린다
나에게 남은 것이 무엇인가를 생각하다가
네가 쥐고 있는 것을 바라보며
내 손을 한번 쓸쓸히 쥐었다 펴보는 그런 사이이다
부부란 서로를 묶는 것이 쇠사슬인지
거미줄인지는 알지 못하지만
묶여 있는 것만은 확실하다고 느끼며
어린새끼들을 유정하게 바라보는 그런 사이이다

－문정희 「부부」(2010)

어머니는 노란 샤쓰 입은 사나이와 살구요 아버지는 빨간 구두 아가씨와 살아요 처음부터 그런 건 아니에요 어머니가 장바구니에 방 한칸을 들였을 때부터예요 말없는 노란 샤쓰가 무겁디무겁던 어머니의 장바구니를 들어주었다지요 어머니는 매일 장바구니를 옆에 끼고 노란 샤쓰 입은 사나이를 만나러 가요 가로등도 졸 때쯤이면 어머니는 개나리처럼 노랗게 물든 채 돌아와서는 아버지 침대에 들어요 아버지는 글쎄 오늘도 버스를 갈아타는 길목에서 똑똑똑 빨간 구두 아가씨와 주저 앉아 있다 진달래처럼 붉게 물든 채 돌아와 코를 골고 있어요 아버지는 처져만 가는 왼쪽 어깨에 코를 박고 걷다 똑똑똑 빨간 구두를 처음 보는 순간 가슴에 빨간 불이 켜졌다지요 그 불이 좀체 꺼지지 않아 그만 길 한복판에 붉은 등불을 걸고 주저앉아버렸다지요 아버지와 어머니는 나란히 깊은 잠에 빠졌다가 아침이면 말갛게 일어나 마주보며 칫솔질을 할 거예요 반평생을 그렇게 어머니는 간당간당 아버지를 노란 샤쓰 단춧구멍에 단단히 밀어넣은 채 말없는 노란 샤쓰 입은

사나이와 살았고요 아버지는 시름시름 어머니를 빨간 구두 굽에 박은 채 똑똑똑
빨간 구두 아가씨와 행복하게 살았답니다
—정끝별 「노란 샤쓰 입은 사나이와 빨간 구두 아가씨」(2008)

　그러고 보니 나는 어느덧 덜그럭거리는 철물점이 돼가고 있었다
　그렇다고 내 가게가 크기를 늘려왔던 것은 아니다
　그저 흘러들어온 것들과 때로 애써 모은 것들, 더러는 쓴웃음으로 떠안아야 했
던 것들이 누런 고철들이 되어서
　빈곳을 남기지 않았던 것뿐이었다
　잘못 벽에서 튕겨져 나온 굵은 못처럼 그때 네가
　내 심장으로 날아들어온 것은 어쩌면 우연만이 아니었을지 모른다
　그리고 너는 너를 쫓는 숙명의 쇠망치까지 불러들였다
　못과 쇠망치가 쩡쩡 철물점의 덜그럭거리는 일상을 들어엎는 소리에
　나의 얇다란 심장은 곧 멎어버릴 듯 빨라지고

　그래, 나를 부수며 계속 너를 던져다오
　내 네게 꼭 맞는 무덤이 되어주마
　너와 내가 서로 몸을 으스러지게 끌어안고 한무더기 고철로 변해간들 어떠랴
—이선영 「사랑, 그것」(2003)

5

가족·가문

전통적인 관점에서 가족은 과거의 조상으로부터 시작되어 미래의 후손에까지 연결되는 영속적인 집단으로, 조상의 유업을 어떻게 유지, 발전시켜 자손에게 물려주는가가 최대의 관심사였다. 그러나 이러한 전통적 가족제도는 조선시대에 이르러 구축된 것이었다. 여성의 지위가 낮지 않았던 고려시대의 쌍계적 방계가족제도와 처가 중심의 혼인풍습은 가족의 형태와 그 구성원의 지위가 가족 제도의 양상에 따라 달라짐을 입증해 준다.

조선시대에는 가족 한 명 한 명의 존재보다 가문 구성원으로서의 역할이 더 중요했다. 그래서 여자가 절개를 지키지 않거나 남자가 역모에 가담하려 한다면, 가문의 위상이라는 명분 아래 가족에 의해 죽임을 당하기까지 했다. 혼인한 여성에게 친정 가문에 대한 자부심은 자존감의 근거가 되고, 시집에 대한 가문의식은 사회적 통로가 막혀 있는 당시 여성의 현실에서 대외적 성취 욕구를 대리 충족시켜 주었다.

조선후기 한문학에서는 효를 충보다 우위에 두는 정치관이 발견된다. 효는 그 무엇보다도 앞서는 천륜이며 한 집안을 유지하는 정신적 신념이다. 규방가사에서는 특히 시부모에 대한 효가 강조되는데, 효부(孝婦) 또는 현부(賢婦)가 집안 흥망의 조건으로 언급될 만큼 효 이념은 사대부 가문의 여성들에게 내면화되어 있었다. 그러나 자탄가 계열 규방가사에서는 며느리로서 시부모 모시기의 실천에 따른 심리적인 어려움을 토로하며 효의 실천이 때로는 일상생활의 희생을 강요하는 억압임을 밝힌다.

지배층의 사회 존속 기제로 활용되던 열녀 만들기는 19세기 전반 여성작가의 열녀전에 이르러 다른 면모를 보이기 시작한다. 효부나 열절, 절의나 부덕 중심의 열녀가 아니라 충의, 지식, 의기, 문장, 명필, 여품, 검협 등 학문과 재예에 뛰어났던 인물을 비중 있게 다룸으로써 여성 인재를 부각시킨 것이다.

현대문학에 이르러 가족은 개인의 삶과 꿈이 실현되도록 응원하는 견고하고 친밀한 공동체로 인식된다. 그러나 가족이 친밀한 공동체인 동시에 억압하고 강요하는 구속적 울타리라는 관점 역시 주요하게 드러난다. 더욱이 산업화와 근대화가 가속화되면서 전통적인 가족의 의미가 깨지고 해체되는 징후가 포착된다. 이때 가족은 저마다의 일상에 분주한, 낯설고 이해할 수 없는 이방인이 된다. 가족의 타자적 양상을 전폭적으로 수용하면서 모든 아이는 입양아이고 모든 부모는 양부모라는 의식에 닿게 된다. 이는 혈연이나 아버지 중심의 가족이 아닌 새로운 가족의 형성을 가능케 한다. 모성과 효가 억압적인 가치로 강요되어왔던 것을 유쾌하고 정직하게 비판하면서 가족이라는 굴레의 폭력성을 고발하고, 자발적이고 주체적인 가족 관계를 지향하게 된다.

가족(家族)이란 "어버이와 자식, 부부 따위의 혈연관계로 맺어져 이루고 있는 동일한 호적 내에 있는 한 집안, 한 집안의 친족, 그 집안을 이루는 사람들, 부부와 같이 혼인으로 맺어지거나, 부모 자식과 같이 혈연으로 이루어지는 집단 또는 그 구성원"을 의미한다. 국어사전에 등재된 가족 관련 합성어는 일차적으로 핏줄의 계통, 가족이 생활해 나가는 모습, 사회적으로 담당하고 있는 지위나 역할에 따라 다시 분류된다.

혈통이라는 관점에서 분류된 가족 관련 어휘에는 '모계가족, 부계가족, 남계가족, 쌍계가족, 직계가족, 방계가족, 유가족, 결손가족' 등이 있다. '유가족, 결손가족'은 가족 가운데 특정한 구성원이 사망하거나 결핍된 상태에서 나머지 생존자의 관점에서 정의되는 가족이고, '모계가족, 부계가족, 남계가족, 쌍계가족, 직계가족, 방계가족'은 가족의 체계·계통에 따라 정의되는 가족이다.

모계가족(母系家族)은 어머니 쪽의 혈연 계통에 의하여 결합된 가족 조직이고, 부계가족(父系家族)과 남계가족(男系家族)은 아버지 쪽의 혈연 계통에 의해 결합된 가족이다. 쌍계가족(雙系家族)은 부계와 모계 양쪽의 가족을 말한다. 직계가족(直系家族)은 직계에 속하는 가족 즉, 조부모와 부모, 부모와 자녀, 자녀와 손자 등의 관계로 이루어진 가족이며, 방계가족(傍系家族)은 직계 존속과 직계 비속 이외의 친족을 포함한 가족으로 직계가족과 대칭관계에 있다.

핏줄을 공유하는 가족 가운데에는 가족의 계통을 문제 삼는 것이 아닌 다른 부류의 가족이 있다. 유가족(遺家族)은 죽은 사람의 (살아)남은 가족이라 풀이되고 결손가족(缺損家族)은 부모의 한쪽 또는 양쪽이 죽거나, 이혼하거나, 따로 살아서 미성년인 자녀를 제대로 돌보지 못하는 가족이라 풀이된다. 따라서 가족이면서 핏줄의 계통은 공유하지만 결핍된 요소가 있는 가족이라는 특성을 가진 것으로 이해할 수 있다.

가족의 생활상, 즉 거주·부양·재산의 상태를 기준으로 분류된 단어로는 '한집안, 가실(家室), 핵가족, 확대가족, 부양가족, 빈곤가족' 등이 있다. 가족이 거주를 함께한다는 의미적 특성을 공유하는 단어는 '한집안, 가실, 핵가족, 확대가족'인데, 거주 여부만을 문제 삼는 단어인 '한집안'은 한집에서 사는 가족이고, '가실(家室)'은 이에 해당하는 한자어이다. 반면에 핵가족(核家族)과 확대가족(擴大家族)은 거주의 형태가 문제가 된다. 핵가족은 한 쌍의 부부와 미혼의 자녀만이 함께 동거하는 가족을 의미하며 이러한 뜻풀이 속에는 결혼한 자녀는 동거하지 않는다는 특성이 전제되어 있다. 확대가족은 자녀가 결혼 후에도 부모와 동거하는 가족 형태이며 핵가족과 대칭관계에 있다.

부양가족(扶養家族)은 돌보거나 길러 줘야 하는 가족, 즉 부양해야 하는 가족 또는 처자나 부모 형제 등 자기가 부양하고 있는 가족을 의미하고, 빈곤가족(貧困家族)은 빈곤에 시달리는 가족이라 풀이되면서 가족의 생활상이라는 상위 범주의 특성을 갖지만 거주 여부 및 거주의 형태와는 관련이 없다. 사양족(斜陽族)은 급격하게 사회가 변함에 따라 몰락한 명문 가족, 형세가 바뀌어 기울어진 명문 가족이라 풀이되면서 가족 명칭 가운데 유일하게 가족 전체의 사회적 위치를 문제 삼는다.

식구는 한집에서 함께 살면서 끼니를 같이하는 구성원을 의미한다. 이 식구의 수가 많고 적음에 따라 소가족(小家族)과 대가족(大家族)으로 구분되며, 양자는 '적음' 대 '많음'이라는 대칭관계를 형성한다. 또한, 대가족은 직계나 방계의 친족 및 노비 따위로 이루어진 가족이라는 의미로 확장되어 전근대 사회에서 일반적으로 볼 수 있는 가장권에 의하여 통제되는 가족 형태에 적용되는 표현이기도 하다.

5.2. 가족제도의 변화

가족의 정의는 학자에 따라 다소의 차이가 있으나 '혼인이나 혈연 또는 입양의 유대로 맺어지며 단일가구를 형성하는 집단'이라는 것이 대표적인 정의의 하나이다. 가족의 형태는 가족제도와의 관련 아래서 그 본질이 파악될 수 있다. 조선 후기 이후 한국인의 이상적인 가족 유형은 가구주 부부와 가구주의 직계 비속 중 장남·장손 등의 가계 계승자 및 이들의 배우자로 구성되는 이른바 직계가족이었다. 고려시대의 가족은 쌍계적 방계가족이었는데 이러한 쌍계적 방계가족에서 직계가족으로의 전환 시기를 확언하기는 어렵지만 이러한 변화가 서류부가(壻留婦家)의 혼인제도・재산상속・제사상속・양자제도・족보 등과 관련이 있음은 분명하다. 부부가 혼인 후 어디에서 결혼생활을 하는가와 가족의 형태가 어떠한가 하는 것은 밀접한 관계가 있다.

서류부가의 기간은 고구려 시대에는 자녀가 장대(長大)할 때까지 처가에 체류하다가 그 뒤 점차로 그 기간이 단축되어 조선 말기에는 1년 또는 몇 년간으로 단축되었다. 고려시대까지 신혼부부가 신부 집에서 오랫동안 생활하다가 신랑 집으로 돌아오는 혼인풍속은 국가로부터 아무런 규제를 받지 않았다. 그러나 조선시대에 접어들어 사회제도가 점차 유교적으로 개편되면서 이 풍속이 문제시되기 시작했다. 즉, 유교의 가정의례를 규정한 주자의 『가례(家禮)』에 의하면, 신랑이 자기 집에서 신부를 맞이해야 한다[親迎]고 규정되어 있는 것이었다. 이러한 규정을 둘러싸고 당시의 유학자들 사이에서는 친영 철폐론과 우리나라의 특수성을 고려하지 않고 중국의 제도만을 따를 수 없다는 반대론이 제기되어 오랜 기간 대립하였다. 마침내 유교적 명분론이 우세하여 16세기 명종 때에는 신랑이 신부의 집에 머무르는 기간을 사흘 동안으로 크게 단축하는 안이 채택되었으나, 일반 백성들 사이에서는 이 규정이 잘 지켜지지 않았다. 사위와 딸이 오랫동안 처가에서 생활을 했기 때문에 사위와 딸을 무시하고 아들과 친손만으로 부계(父系)의 남계집단을 형성한다는 것은 조선 초까지는 어려웠을 것으로 생각된다. 이렇게 볼 때 서류부가 기간의 변화는 그 밖의 가족제도의 변화와 긴밀한 관계를 지니고 있음을 알 수 있다.

상속제도는 고려시대의 봉작(封爵)・음직(蔭職)・공음전(功蔭田)・노비・제사・토지 등의 상속에 있어서 법제상으로는 대체로 부(父)−적장자(嫡長子)−적장손(嫡長孫)의 순위로 상속되는 것으로 되어 있지만 실제로 상속할 때는 이러한 순위에 따른 것이 아니었다. 봉작・음직・공음전・노비상속은 법적 규정에 따르더라도 적장자주의(嫡長子主義)와 배치되는 조항이 발견된다. 반면에, 제사상속과 토지상속의 경우에는 적장자주의의 원리가 적용되었던 것으로 보인다. 그러나 후자의 경우도 상세히 살펴보면, 법제상으로 당나라의 제도를 모방한 것에 불과하며, 실제적으로는 적장자주의가 지켜지지 않았다고 볼 수 있다. 즉, 고려시대에는 여러 형태의 상속제도에서 친손과 외손을 거의 차별하지 않았으며, 아들이 없는 경우에는 손자에게 상속이 이어지는 것이 아니라, 생질・친조카·사위·사손(使孫 : 자녀가 없이 죽은 이의 유산을 이어받은 조카·삼촌·사촌 따위) 등으로 전승되었다. 아들과 딸(사위), 친손과 외손을 차별하지 않았던 것은 신라시대의 왕위계승에서도 찾아볼 수 있다. 신라나 고려시대에는 부계혈연집단의 존재, 동종지자(同宗支子)를 고집하는 양자제도, 종자(종손)우대의 적손주의(嫡孫主義), 상속의 자녀차대(子女差待), 제사의 적계주의(嫡系主義), 외가·처가의 차대 등이 존재하지 않았다. 고려시대의 상속원리는 부계(父系)가 우위에 서는 비단계(非單系)라고 할 수 있다. 이러한 비단계적 성격은 점차 약화 내지 제거되어 조선 후기에 이르러서는 거의 부계로만 강화된 것으로 보이며, 이러한 변화의 결정적 시기는 조선 중기인 17·18세기라고 생각된다.

약 120여 통의 재산상속 기록인 분재기를 근간으로 조선시대의 상속제도를 살펴보면, 대체로 1600년대 중엽을 경계로 하여 그 전후가 매우 다름을 알 수 있다. 즉, 1600년대 중엽 이전에는 고려시대와 같이 자녀간의 균분상속제를 취하던 것이 1700년대 중엽까지는 남녀균분상속 이외에 장남우대·남녀차별의 상속을 취하는 가족이 많이 나타나기 시작하였다. 그리하여 1700년대 중엽부터는 장남우대·남녀차별의 상속으로 기울어지는 경향이 나타난다. 한 가족의 장남의 상속분도 1600년대 중엽부터 차츰 증가하는 양상을 보인다. 한편, 제사상속의 경우, 대체로 장자봉사(長子奉祀)와 자녀윤회봉사(子女輪回奉祀)의 두 가지 형태를 취하던 것이 1700년대 초기부터는 대체로 장자봉사로 굳어지는 추세를 보인다.

친족제도의 변화에 대하여 살펴보면, 우리나라의 부계혈연집단인 씨족은 여러 측면에서 장자와 차자, 친손과 외손, 아들과 딸(사위)의 차별과 동성동본인 부계 혈연자의 입양에 의한 충원으로 성립된다고 할 수 있다. 그런데 이러한 차별이나 입양은 조선 중기인 16, 17세기에 이르러서 보편화되었으므로 그 이전에는 집단이나 조직으로서의 부계 혈연자의 강한 결합은 없었을 것이다. 친족용어·묘지명·족보에서 자손의 기재 방식·양자·항렬 사용을 중심으로 살펴보면, 고려시대에는 부계 혈연집단이 존재하지 않았음을 알 수 있다. 이러한 점은 위에서 언급한 혼인거주규정, 부락내혼의 존재, 자녀균분상속 등의 사회적 맥락에서도 찾아볼 수 있다.

이러한 사정은 조선 초기까지 변화하지 않았으나 조선 중기인 17세기에 이르러 급격한 변화를 겪게 된다. 즉, 초기까지는 친손과 외손을 동등하게 여기는 자손보(子孫譜)의 성격을 강하게 띠고 있던 족보가 동족사상의 형성·강화로 말미암아 외손의 수록범위가 축소되고 자녀의 기재순위가 출생순서를 무시하고 아들을 먼저 기록하는 선남후녀(先男後女)의 순으로 바뀌었으며, 항렬자(行列字)의 사용범위가 확대되었다. 한편, 양자의 경우 입양의 비율이 증가함은 물론 종가가상(宗家思想)이 대두하였으며, 양자결정시에 동등하게 참여하던 남편 쪽 친족과 아내 쪽의 친족 중에서 점차 처족의 참여가 제거되었다. 곧, 17세기는 양계 존중에서 부계 한 쪽만의 존중으로 기울어져가는, 말하자면 친족 성격의 전환기였던 것이다. 부계친족의 존중은 부계친족들의 유대범위를 넓히고 조직화하며, 아들에 의한 가계계승사상을 낳고 이를 강화시켰다. 이러한 친족조직의 변화는 쌍계적 성격이 강하게 남아 있던 가족제도가 점차 부계중심의 직계가족으로 변모해 가는 과정과 상응하는 것이다.

17-18세기 동안에 제사상속제에 있어서 커다란 변화를 초래한 원인으로는 조상숭배(제사)의 기풍이 강화되었다는 점을 들 수 있다. 고려 말에 주자가례가 도입되어 우리나라에 영향을 주었다 하더라도, 『경국대전』이 공포된 시기를 거쳐 1600년대 중엽까지는 그다지 강한 영향을 주지 못하다가, 1600년대 중엽부터는 한층 강한 영향을 준 것으로 생각된다. 조상숭배사상의 강화는 장차(長次)의 구별과 남녀의 차를 낳게 하였다. 제사의 강조는 그 제사의 담당자인 봉사자의 지위와 재산을 안정시킬 필요가 있기 때문에, 제사는 자녀윤회의 방식으로부터 장자봉사로 전환하고, 따라서 장남의 재산 상속분이나 장남이 가진 봉사조재산(奉祀條財産)이 증가하게 된 것이다.

전통적인 관점에서 가족은 과거의 조상으로부터 시작되어 미래의 후손에게까지 연결되는 영속적인 집단이었다. 따라서 가족의 최대의 관심은 조상의 유업을 어떻게 유지, 발전시켜 자손에게 물려주는가에 있었다. 이것은 제사에 의한 조상숭배관념의 계승과 가산의 유지·확대, 그리고 이를 계승할 아들의 출산이라는 세 가지 측면에서 주로 나타난다. 가족의 존속은 조상에서 후손에 이르는 무한한 친자관계의 연속을 의미한다. 그러므로 아들을 출산하지 못하는 것은 곧 가계의 단절을 의미하게 되는 것이다. 이에 따라 아들을 우대하는 의식이 생겨나고, 친자관계가 부부관계보다 우위에 서게 된 것이다. 조상으로부터 물려받은 집을 더욱 발전시켜 자손에게 물려주려면 통솔자인 가장이 필요하게 된다. 가장은 현실가족의 대표자인 동시에 역대조상의 대리자이다. 가족원은 이 가장을 중심으로 하여 남녀·장유의 서열에 따라 각자의 지위와 구실이 결정된다. 집은 장남에 의하여 계승되지만 차남 이하는 결혼을 하면 별개의 집을 마련한다. 이것이 분가(分家)인데 장남이 계승한 집을 '큰집', 차남 이하가 새로 만든 집을 '작은집'이라 부른다. 이와 같이 공동의 조상으로 맺어진 큰집·작은집의 집단이 동족인데, 동족은 가까운 지역에 거주하면서 서로 친밀감을 가지고 협조해야 한다. 다시 말해 동족은 하나의 커다란 가족으로서 가족원 간의 생활양식은 동족간의 관계에까지 확대 적용되는 것이다.

한편, 전통사회의 가족에서 여자의 지위는 대단히 낮았다. 남편은 아내를 잘 통솔하고 아내는 남편에게 순종하는 것이 이상적인 부부관계로 여겨졌다. 여자는 정조를 가장 소중히 해야 하기 때문에 두 남편을 섬겨서는 안 되며, 남편이 병에 걸리거나 죽더라도 재혼하지 않을 것이 요구되었다. 이혼의 권리는 남성들에게 독점되어 아내가 시부모를 잘 섬기지 못하거나 아들을 낳지 못할 경우 등 소위 칠거지악(七去之惡)의 사유 중 하나에 해당되면, 남편이 이혼을 요구할 수 있었다. 결혼한 여자에게는 남편보다 시부모에 대하여 더욱 순종하고 봉사할 것이 요구되었다. 시부모 섬기기를 친부모와 같이 하라고 말하고 있는 것이다. 또한, 며느리는 일의 대소를 불문하고 사전에 반드시 시부모의 허락을 얻은 뒤에야 착수할 수 있었다. 이것은 집의 조직의 근간이 부부에게 있는 것이 아니라 부자중심(父子中心)에 있다는 것을 보여주는 것이다.

개항 이후 우리의 전통적인 가족제도와 가족의식은 급격히 변화하기 시작하여 서구적인 가족 원리가 우리들의 일상생활에 많은 영향을 미치게 되었다. 이러한 가족의 변화는 크게 두 가지 측면에서 나타났다. 하나는 서구세계와의 접촉을 통해 우리의 사회구조가 변동함으로써 야기된 제도적 측면의 근대화이고, 다른 하나는 서구의 근대사조에 직접적인 영향을 받아 일어난 의식의 근대화이다. 전자는 우리나라가 과거의 자급자족적인 농경사회로부터 근대적인 산업국가로 변모하면서 가족집단이 이에 기능적으로 대처하기 위한 제도적·법제적 변화이다. 후자는 주로 매스커뮤니케이션 및 학교교육을 통하여 서구의 남녀평등관·개인주의사상 등이 전파되면서 일어난 가족 의식의 변화이다. 이러한 변화는 특히 광복 이후에 더욱 가속화되었다.

가족의 형태는 1960년대 이후 급격한 산업화·도시화의 진전에 따라 부부가족의 비율이 증가하고 가족원의 수가 감소하는 경향을 보이고 있다. 이러한 부부가족은 외형상으로는 서구의 핵가족과 동일하지만, 구체적인 내용은 후자와 뚜렷이 구분되는 특징을 갖고 있다. 장남 이외의 자녀들은 결혼을 하면 별도의 부부가족을 형성하지만, 집안의 경조사나 제사가 있을 때면 헤어져 살던 가족들이 다시 모여 가족 간의 유대를 다진다. 또한 장남의 가족과 차남 이하의 가족은 중요한 일이 있을 때마다 정신적으로 서로 결합된다. 재산상속의 경우 장남과 차남, 아들과 딸을 차별하는 관습은 법적으로 철폐되었으나, 실제로도 차별 없는 상속이 이루어지고 있다고 보기는 어렵다. 조상을 기리고 이를 통해 가족의 결속을 다지는 의식으로서의 제사는 오늘날에도 존속되고 있다.

5.3. 자긍의 가문, 사회적 성취 욕구의 통로

조선 시대에는 가족 한 명 한 명의 존재보다는 가문의 구성원으로서의 임무가 더욱 중요했다. 그래서 여자가 절개를 지키지 않거나 남자가 역모에 가담하면 가족으로서의 정보다는 가문의 위상을 더 중요하게 생각하는 다른 가족에 의해 죽임을 당하기까지 한다. 또 형제들은 각각 혼인하여 가족이 생겼더라도 따로 나가 살지 않고 한 곳에서 우애롭게 살기를 권장 받는다. 아버지가 죽은 뒤에도 따로 나가 살지 않겠다는 맹세를 백마의 피를 바르면서 혈서로서 하기도 하니, 그 중요성을 짐작할 수 있다. (『소현성록』)

가족은 혈연관계를 통해 맺어진 성원들이 생사고락을 함께 하는 집단으로, 한 집안 구성원들의 집합이다. 규방가사에서 가족은 집안 또는 가문을 이루고 있는 성원들로 구성되며, 집안의 어른인 가부장을 중심으로 하여 서열에 따른 위계질서를 갖춘 집단으로 나타난다. 가부장은 가족의 구성원을 거느리고 보살피며 통솔하는 위치에 있으며, 나머지 가족의 구성원들은 집안 중심인 가부장에 의지하는 관계를 형성한다. (정씨 부인 「나의 회고록」, 진성 이씨 부인 「부녀자탄가」)

직계를 포함한 방계의 가족들로 이루어진 가문은 단순히 성씨만을 표시하는 것이 아니라 한 집안의 가세(家勢), 사회적인 지위, 교육과 예의범절의 학습 등을 나타내는 척도가 된다. 규방가사에는 양반가 여성으로서 친정과 시집의 가문에 대한 자긍심이 표출된다. 사대부 가문의 여성에게 혼인이란 자신의 친정 가문에서 다른 가문으로 들어가는 것을 의미한다. 혼인한 여성에게 친정 가문에 대한 자부심은 자존감의 근거가 되고 있다. (인동 장씨 부인 「동긔별향가」, 「상계정회심」, 「사향곡」) 또한 시집에 대한 가문의식은 여성 자신의 사회적 성취 통로가 막혀 있는 현실에서 대외적인 성취 욕구를 대리 충족시켜 주는 것이기도 하다. (오천 정씨 부인 「정부인자탄가」, 정씨 부인 「나의 회고록」, 「팔부답가」)

> 모든 부인과 ᄌ딜이 다 감누를 드리워 닷살 쓰디 업스니 왕이 대열ᄒ야 즉시 빅마를 죽여 삽혈ᄒ고 혈셔로 밍셰ᄒ야 칠인이 ᄒ가지로 밍약ᄒ되 ᄎ후 가녀의 어즈러온 말이 이시면 인경을 두디 말고 다스리고 ᄆ음을 ᄒ곫ᄀᆺ티 ᄒ야 비약ᄒ면 부모의 직텬지령이 벌을 ᄂ리오리라 ᄒ니 인ᄎ로 가녀의 다시 말이 업고 지극 화평ᄒ야 규문의 묽으미 물 ᄀᆺ트며 늬외예 화흔 긔운이 츈풍의 ᄆ르녹아 딘가의 목족과 당가의 셰거를 블워 아닐너라
>
> ─「소현성록」(17세기)

> 육십고령 싀조부님 사십딕 싀부모님 층층이 계시압고 두분의 싀누님은 연전에 출가하여 싀딕의 칭찬으로 친당에 빗치되고 사형제 싀동생들 면면이 준수하니 이딕의 성한손세 조상의 여음인 듯 층석하 한집안에 권구가 아홉일세 싀조분님 놉은학문 세상이 칭송하며 걸문빈객 쎌날업고 자상하신 싀부모님 며느리 자랑이며 우애만은 싀동생들 못난형수 의지하니 소님은 지중하나 싀집사리 익어가늬 (중략) 싀조분님 명령하에 모든일 수행할제 수양업는 이늬몸이 칠정소발 업살손가 참고도 ᄯᅩ참으며 스스로 위로할길 고생ᄭᅥᆺ해 영화오며 겨울가며 봄오듯이 초연고생 달게밧고
>
> ─정씨 부인 「나의 회고록」(20세기 전반)

> 슬프다 세상살이 어이 그리 야속타냐 조물이 시기하고 귀신의 훼방이냐 난데없는 무명악질 우리 가정 침노하네 사오인 그 식구가 일시에 다 아프니 가군님 혼자 성해 혼불부신 이 아닌가 처자권솔 살리자고 주야로 애를 쓸제 물 져오고 소죽 쑤고 약 다리고 밈 쑤시며 상하 동네 무약하며 대소변을 받아낼제 그 마음이 오죽하며 그 가슴이 오죽했오
>
> ─진성 이씨 부인 「부녀자탄가」(20세기 중반)

> 호비호비 생각하니 심증나고 헛분지라 어와우리 쥬닌드라 그뒤무리 각쳐귀문

여자로서 우리집 조혼군자 각각으로 따라와서 봉제사 젹인함은 저로드려 알거시
니 손님대접 잘하시오 쥬제넘고 비우좃타 우리조상 남견북답 호가사랄 그대드려
차지하며 쥬인으로 뉴세하며 귀긱대접 아래하오 한끈힘써 하난거시 떡국그력 밥
한그력 우리마암 십분지라 동싱사촌 딜아들아 네에젼생 무산젹션 하녓건데 남아
가 태어나서 고문대셩 조혼장가 누세팔년 자손젼해 장씨로 되어잇고 리들은 무산
득죄 하여건데 조상부모 동혈바다 녀자몸이 태여나서 각기팔방 헛헛것과 봉황갓
탄 아들낫고 앵무갓탄 딸을난들 부형따라 셩을좃차 이가김가 박가이요 송가뉸가
졍가이요 최가로다 조가이라 우리한몸 죽은후에 셩은어데 젼히쥬리

―인동 장씨 부인 「동긔별향가」(미상)

여금여옥 우리일신 명문귀족 후예로셔 시시쳥가 우리집의 슈십년 자라날젹 할
양업슨 부모덕산 고회심 비홀손가 오남민 동긔중의 일남졔오 이들ᄒ다 그도 쏘혼
분졍인이 흐을ᄒ여 무엇ᄒ리 시름업슨 우리심스 우로지틱 무릅시고 여욱기인 다
셧늠민 봉황갓치 넘노던이 홀홀광음 신속ᄒ여 어느새 이팔인고 ᄒ회갓혼 싱육지
은 빅년언약 기약턴이 오흡다 우리여즈 부모시봉 얼마련고 원부모 이형데난 신황
디틱 면홀손가 명문귀족 가려닉야 차릭로 출가렴산

―「상졔졍회심」(미상)

춤지선조 후예로서 유곡촌서 슴겻시라 우리문중 집집마다 명현달실 무수하다
혁혁문호 살펴보니 참의참판 기승이라 직자가인 몃몃치며 졀식화용 뉘뉘런고 귀
가문의 만득으로 여자된일 익석할스 구십향숙 증조부모 증손여가 셥셥건만 지극
스랑 못하시고 격연구물 망극하다 빅발셩셩 조부모님 만고업난 손녀사랑 쥐면씰
가 불면날가 굿지옥엽 내몸일식 가엽슬스 증조모주 입문지초 유한일식

―권영자 「사향곡」(20세기 전반)

날마당 외당이 손님와서 중믹로다 가문도 조코 낫도 션관갓다 하난편지 동셔남
북이 오난구나 스방으로 이런혼스 다든지고 이랑스난 안동손시 존문이 일가부모
가즈잇고 낭즈도 준슈하다 가닉도 흥셩하고 빅스가 반반하다 쳥혼허혼 왕릭하여
모월모일 틱일하니

―오천 정씨 부인 「졍부인자탄가」(미상)

세워리 여류ᄒ여 츌가지인 다다르니 부모님니 거동보소 손만 나면 걱졍되고
친구보면 소회ᄒ여 현명ᄒᆫ 우리 사회 중믹을 ᄒ여쥬소 사방으로 구ᄒ러니 예안쌍
진셩 이시난 영남이 갑족이오 명현가 후예로셔 문호도 빈빈ᄒ고 셩명도 즈즈ᄒ다

이러탓 조혼 듸의 발셜이 듸단말가 의양 가고 사쥬 오며 길일이 박두ᄒ여 븩가지힝
지닌 후이 속졀업시 남이 되닉 싱휵ᄒ신 우리 부모 일수일심 먹은 마음 신힝젼
ᄒ난 인ᄉ 시듸이 향혼 지셩 어이 다 아올손고

-「팔부답가」(미상)

경ᄌ면 상원가졀 이내몸이 십육셰라 명운화열 가려내니 션산히평 화려강산 삼
한갑족 젼쥬최씨 인재션싱 후에로셔 셩덕여쳔 우리구고 태산갓치 높혼은택 가리
고 ᄯ가리여 명문화열 가려내야 둑ᄌ부가 되어셔라

-「리씨회심곡」(미상)

5.4. 최상의 천륜, 강요된 효

조선후기 여성작가에게서는 효를 충보다 우위에 두는 정치관을 발견할 수 있
다. 이는 부모에 대한 지극한 사랑을 밑바탕에 두고 있기에 가능했다. 어버이에
게 불효하면서 임금에게 충성할 수 있는 사람은 없다는 도덕적 판단에 근거한
다. 나아가 나라보다 부모에 대한 효를 강조한 것은 부모의 마음을 아프지 않게
해야 한다는, 보다 인간적인 측면에서 나온 것이었다. '충'을 위해 '불효'를 저
질렀던 많은 사대부들이 이를 어쩔 수 없었던 것이라고 주장했던 것은, 충효
사이에서 고뇌하는 그들의 갈등을 부각시키는 효과를 가져오기도 했고, 아픔을
강조할수록 역설적으로 충성심을 강하게 인식시키는 효과를 가져오기도 했다.
그러나 만류하는 어머니가 잡은 옷깃을 칼로 베고 떠난 온교(溫嶠)가 사실은 권
력욕 때문에 그렇게 했듯이, 이들도 효자는 아니었다고 임윤지당(任允摯堂,
1721~1793)은 주장했다. 효란 다른 어떤 것보다 앞서는 천륜(天倫)이었기 때문이
다. (임윤지당, 「論溫嶠絕裾」)

규방가사에서 여성에게 권장되는 덕목은 효 이념으로, 특히 시부모에 대한
효가 강조된다. 유교의 효 이념은 한 집안을 유지시키는 신념으로 자리하며,
며느리가 시부모를 모시는 측면에서 특히 권장되는 덕목이다. 며느리에게 시부
모는 순종하고 효경해야 하는 존재이다. 부모가 딸에게 주는 가사작품을 비롯

하여 일반적인 교훈을 읊은 계녀가 계열 규방가사에서는 일상에서 시부모를 어떻게 섬겨야 하는지에 대해 사례를 들어 세세하게 말해준다. 이는 그만큼 효가 마땅히 따라야 하는 도리이자 반드시 지켜야 하는 규범이라는 인식이 반영된 것으로, 시집가는 딸에 대한 친정부모의 염려에서 비롯된 것이기도 하다. (「여아 슬퍼라」, 「행신가」, 「계녀가」) 따라서 시부모 모시기는 며느리의 도리로서, 이 도리의 실천 여부가 효부(孝婦) 또는 현부(賢婦) 되기를 결정짓는 것으로 인식된다. 또한 이러한 훌륭한 며느리가 집안 흥망의 조건으로 언급될 만큼 효 이념은 사대부가 여성들에게 내면화되어 있었다.

반면, 자탄가 계열 규방가사에서는 며느리로서 시부모 모시기의 실천에 따르는 심리적인 어려움을 토로하며 효의 실천이 때로는 일상생활의 희생을 강요하는 억압임을 밝힌다. 특히 친정부모를 떠나 시부모에 대한 효만을 강요하는 것은 부당하다는 의식을 보여준다. (「화춘가라」, 「여자자탄가」, 「붕우소회가」, 「리씨회심곡」, 「내척가사」, 「긔슈곡」, 손종록씨 부인 「화전가 3」)

> 『논어』에 이르기를, "유자가 말하기를 효도와 공경은 인을 행하는 근본이 될 것이다." 라고 했고, 『고어』에서도 말하기를, "충신은 반드시 효자의 가문에서 구해야 하니, 부모에게 불효하면서 능히 그 임금에게 충성할 수 있는 사람은 없다." 라고 했다.
>
> 진나라의 온교는 본래 독실한 효성으로 향리에 이름이 났다. 서진이 망한 때를 당하여 온 세상이 물끓듯 소란하고 여러 오랑캐가 구름처럼 일어나니, 유곤, 단필제 등과 서로 희생의 피로써 동맹하고 사신을 보내고 표(表)를 올려 낭야왕에게 (함께 할 것을) 권했다. 유곤이 태진(太眞 : 온교의 字)에게 이르기를 "나는 하북 지방에서 공을 세울 테니 그대는 강남 지방에서 명예를 떨치라." 라고 하며 그를 권면했다. 태진이 드디어 명을 이행하려고 길을 떠나려 할 때, 그 어미 최씨가 태진의 소매를 잡으니, 태진이 갑자기 그 소매를 끊어버리고는 가버렸다. 어머니가 그 소매를 잡은 것은 아들을 지극히 사랑하여, 아들이 세상을 구제하는 의리를 돌아보지 못하고 혹 죽을 위험에 빠질까 염려해서이다. 아들이 소매를 끊은 것은 그 어머니가 소매를 놓지 않아 자기가 공을 이루어 당대에 이름을 드날리지 못할까 걱정해서이다.
>
> 아! 부모와 자식은 오륜의 으뜸이라서 서로 사랑하는 것이 천리(天理)이다. 공(功)은 명예와 이익의 기반이며 이를 성취하고자 하는 것은 사사로운 일이다. 사사로운 공을 가지고 천륜의 큰 은혜를 해치는 것은 비록 어질지 못한 사람도 오히려

하지 않는데, 하물며 태진같이 효자로 칭찬받는 자가 어찌 차마 이것을 했는가?

아! 남의 신하 된 자가 위급하고 어지러운 때에 임금의 명을 받는다면 의리상 사사로운 은혜를 돌아볼 수 없다. 그러나 부모의 병환을 염려하고 부모가 자기 걱정함을 생각하기 때문에 작별을 하는 경우라도 마지못해 하는 것이다. 태진의 이번 행차는 임금의 명령이 아니요, 고작 유곤의 명이다. 그렇다면 태진이 어찌해서 연로한 어머니를 내세워 사양하고 다른 사람을 보내게 하지 못했는가?

論曰 有子曰 孝弟也者 其爲仁之本歟. 古語亦云 求忠臣必於孝子之門 未有不孝於親而能忠其君者矣. 晉之溫嶠 本以篤孝 聞於鄕里 當西晉之亡 西海鼎沸 夷狄雲興 劉琨段匹磾等 相與歃血同盟 遣使奉表勸進於琅琊王. 琨謂太眞曰: 吾當立功河朔 卿其延譽江南勉之. 太眞遂將命而行 臨行其母崔氏執其裾 則太眞輒絶其裾而去. 夫母之執其裾者 愛子之至 不顧救時之義 而慮其或陷於危亡也. 子之絶裾者 懼其母之不捨 而無以成功業 而顯當世也. 嗚呼 父子五倫之元也 而相愛者天理也. 功業名利之基 而欲成者已私也. 以功業之已私而害天倫之大恩. 雖不仁者 尙或不爲 況太眞以孝稱者 其何忍爲此乎. 噫 爲人臣者 若奉君命於危亂之際 則義不得以顧私恩 然念親之疾患 想親之念已 而不忍於拜辭之時. 太眞此行 非君命也 乃劉琨之命也 則太眞胡不以老母辭 而使他人行也.

　　　　　　　　　　　-임윤지당 「온교가 옷깃을 벤 일을 논하다 論溫嶠絶裾」(18세기 후반)

수달피도 보본ᄒ고 까마귀도 반포ᄒ니 ᄒ물며 사람이야 효힝을 모를손가 부친이 나으시고 모친이 기르시니 부모가 안나시면 ᄂᆡ몸이 업서리라 구로지은 갑즈ᄒ면 호천이 망극이라 시부모로 말을ᄒ면 구로지은 업다ᄒ나 여필종부 ᄒ난법이 소중은 더ᄒ니라 역시의 닷난되로 마음이 극진토록 낫빛을 온화ᄒ게 소리을 유순ᄒ게 시시로 문안ᄒ고 화온을 슬피여 싀방이 춥지안케 시중치 안이시기 빅날이 ᄒ로갓치 어김이 업설지라 뭇난말슴 잇습거든 지체업시 ᄃᆡ답ᄒ고 씨기난일 게시거든 민첩ᄒ기 행ᄒ여라 사랑이 기푼ᄉ록 조심을 더욱ᄒ여 감ᄉ흠을 잇지말고 방심ᄒ지 말지어다 조흔일 잇드ᄅᆡ도 소리나기 웃지말고 ᄉᆞ중이 게시거든 화정무지 홀ᄯᆞᆫ이요 이미흔일 잇드라도 발명을 ᄒ즈ᄒ면 말ᄃᆡ척 ᄃᆡ난이라 조석진지 공양ᄒᆞᆷ은 정성이 지일이라 부귀가인 안이어든 진수성찬 어이ᄒᆞ랴 씨근밥을 짓드ᄅᆡ도 정결ᄒᆞᆷ을 쥬의ᄒ고 잇난ᄃᆡ로 중만ᄒ고 식성싸라 간마추어 나물국을 ᄯᆞ린ᄃᆡ도 뜨시도록 ᄒᆞ엿으라 서거푸지 아니토록 지성으로 밧드러라

　　　　　　　　　　　　　　　　　　-「여아 슬퍼라」(20세기 전반)

시부모젼 드러가서 예로셔 보올젹이 전전경경 조심ᄒ야 고이안고 고이서라 여

려스람 모인즁이 실픠흐기 시운이라 예흐고 드러안즈 여려부인 낭즈흐고 히히낙
낙 흐드라도 흔가지도 즐겨마라 타인이 모여노며 편쳔흐다 흐느니라

-「행신가」,(미상)

인달흐듸 옛법이 무엇신고 분하도다 여즈는 무슨죄로 부모실흐 셩장흐여 션인
지경 듸온후이 나무집이 보늬난고 (중략) 초로지기 업는살림 업는대로 고성이요
쳔셕만셕 잇난시집 잇난듸로 고성이라 실푸다 붕우드라 무졍식월 양유파는 장부
사시 불상흐고 도원도리 편시춘은 여자일신 가련흐다

-「화춘가라」,(미상)

인들인들 우리우리 여자행지 극분하다 우리엄마 흐신믈솜 시댁이 갈지라도 번
백사를 조심흐고 부모흉얼 듯지마라 말끗마다 조심흐고 말끗마다 조심흐라 흔말
을 잘못흐면 빅행실이 그릇듸고 흔발을 헛노흐면 낭패흐기 쉬운이라 사랑흐든
시부모님 유심흐기 살피어라 날마다 조심하고 때마다 조심흐라 아버님 흐신말솜
엄흐시고 엄흐시다 여자의 빅행실이 참을인자 재일이라 구고를 잘섬기며 봉재사
극공흐라 (중략) 극분흐고 통분흐다 여자유행 극분흐다 초로갓튼 인싱들아 나인말
솜 드러보소 백년을 산다히도 병든날과 잠든시로 역역히 다졔흐면 슴십해 못듸나
니 오홉다 우리여자 후싱이 남자로다 혼혼새이 닷시볼고

-「여자자탄가」,(미상)

구가의 하다소임 개초에 빠진다시 야야추추 부모생각 곁에사람 씨기난듯 잠시
반객 잇칠손가 존고사랑 깊을사록 조심더욱 할 일이요 친정견문 생각하여 화업순
순 애를씨니 일일이 고역이요 말마다 조심이라 이고상 이회포를 뉘를대해 풀어보
며 뉘를대해 원설하리

-「붕우소회가」,(미상)

셩덕구고 싀댁이나 조심이야 업실손가 동동촉촉 공경이요 혼졍신졍 째를맞춰
오난줌을 어이즈며 활발우슴 다우슬가 봉졔스 졉빈긱에 소임이 다수하니 사랑은
깁흐시나 일신이 약약흐고 셔의하기 그지업다

-「리씨회심곡」,(미상)

시어련 시봉하기 과연극난 어렵드라 조석반감 쑨안니라 의복거쳐 사시결래 써
써라 말싀하고 만일우후 잇실쎠나 빙사져픠 할쩌라도 사랑에 쥬의하야 약과미염
고엄간내 미미져겨 감찰하야 시간맞기 뒤릴약과 미염고엄 자조드리 여가보와 견
할지라 아모리 견작이 호민하나 의원이고 문병소님 듸졉상의 실수말고 우후평복

할찌라도 출입완전 하실동안 조석거쳐 진지식사 조심하야 감찰하소 그려찬코 실
수하면 다시우후 릭독될딕 미리방침 못한이력 후회자책 되난이라 뉘집자부 시병
타가 위급지경 당하여셔 칼을가져 단지하야 피방울로 입빅뒤라 그병우 회춘된일
효부칭창 장한이력 쉽고도 어렵드라

-「내척가사」(미상)

　유화슌슉 미호집은 별동션싱 고가로다 츙효졀의 유풍이오 청전소업 궁기로다
단아긔모 연당집은 셕문션싱 후손이니 순후흔 가문이오 청빅흔 셰덕이라 이르흔
우리쇠댁 가문이ᄉ 됴컷마는 여보소 말도마소 시집ᄉ리 다를손가 우리도 법가견
문 힝신범졀 알것마는 알슈업는 구고셩졍 홀지 광풍이요 거룩ᄒ신 여러쇠누 국가
의 간신이라 한달육당 이집졔ᄉ 밤좀자기 헛일이요 이십구일 무시긱은 한조셕이
될로다 셔급ᄒ고 속상ᄒ나 뉘을딕히 셜화ᄒ랴

-「긔슈곡」(미상)

　지가이 종부ᄒ고 출가이 종부ᄒ야 삼종도을 딱아느니 호졍출입 엄검이요 구고
봉양 ᄒ올젹이 효도효자 웃듬이요 군ᄎ뜻을 이을젹이 공경경자 관영이요 봉졔사
을 하올젹이 졍셩셩자 조심이요 졉빈긱 늬례할째 례돈롓자 조심이요 침선방즉
하든일도 분여이기 소임이요 싱남싱여 키운일도 분여이기 칙임이요 일가친척 우
이함도 분여이기 관긔로다 노비고용 거느임도 분여이기 치산이요 수신직가 모든
것이 빅짜구리 걸여스니 어난쩌가 늬시상고 골몰잇자 원수로다 진신갈역 ᄒ든바
람 칭찬듣기 가망업고 여궁법빅 말을마시 허물되기 십상팔구 외당이 랑군들은
무신식도 그리조하 약간실수 보기되면 눈불시기 무신일고 희육한심 쉬고나니 여
자권일 엿츅업다

-손종록 씨 부인 「화전가 3」(1955)

5.5. 양자(養子), 가문의 존속

　가부장제 사회에서 집안의 어른은 아버지이고 그 아버지는 자신의 가권을 아
들에게 물려주고 아들은 다시 아버지가 되었다. 그러므로 한 가문을 유지하기
위해서는 아들이 필요했다. 더구나 조선조에서 아들은 반드시 정실의 몸을 통

해 태어난 적자(嫡子)여야 했다. 정실이 아들을 낳지 못하거나, 아버지 된 자가 일찍 죽어 정실이 홀로 되었을 때, 차선책으로 삼은 것은 양자(養子)를 들이는 일이었다. 양자는 같은 집안의 친척 아이에서 골랐다.

조선시대에 양자를 들이는 일은 많은 문헌에서 드러난다. 그러나 여성의 발화를 통해 양자에 대해 언급한 것은 오직 남정일헌(南貞一軒, 1840~1922)뿐이다. 19세기 후반에 이르러서야 이러한 문제가 여성의 목소리로 드러났다는 점은 시사하는 바가 크다.

남정일헌은 혼인을 한 뒤, 아들을 낳지 못해 늘 하늘에 빌며 아들 낳기를 소망했으나 남편이 일찍 죽었다. 이에 홀로 살면서 시부모를 모시고 시동생을 돌보며, 시동생이 낳은 아이를 양자로 들일 계획을 세웠다. 조카를 아들 삼으면, 남의 자식이지만 효를 저버리지 않을 것이고 자신도 자애로 그를 대하리라 하였다. (남정일헌 「禱天曲」 「望子曲」)

그러나 양자 들이는 일을 더 이상 미루기 힘들게 되었을 때, 시동생의 아이가 양자를 삼기에 너무도 어렸다는 데 문제가 있었다. 어느 정도 자란 아이를 양자로 삼고자 하였으니, 이는 아이를 빨리 키워 가문을 맡기고자 하는 현실적 필요 때문이었던 것으로 보인다. 이에, 친척 중에서 양자를 구하기 위해 병든 시아버지가 먼 길을 가는데, 정해 놓고 가는 것이 아니라 어느 집이든 마땅한 아이가 있으면 구하러 가는 것이었다. 양자를 구하러 가는 것이 마치 어디에서 맞춤한 물건을 빌리러 가는 것처럼 보이기도 한다. (남정일헌 「尊舅以求 螟事行次 坡住州」)

그는 시아버지가 구해 온 양자를 키우는 심정을 노래했다. 자신은 포로(蒲蘆 혹은 과나螺蠃, 땅벌인 나나니벌)이고 양자는 명령(螟蛉, 나방이나 나비의 어린 벌레 혹은 뽕나무 벌의 새끼)이라고 했다. 이는 『시경』 「소아편」 '뽕나무 벌레 새끼들이 있거늘 나나니벌이 업는구나[螟蛉有子 蜾蠃負之]'라는 구절에서 온 것으로, 수컷만 있고 암컷은 없는 나나니벌이 뽕나무 벌레[螟蛉]나 메뚜기 새끼[阜螽子]를 데려다가 기르는 것에서 유래한다. 나나니벌이 뽕나무 벌레를 정성으로 기르니, 뽕나무 벌레가 나나니벌을 보고 배우며 관계를 형성하듯이 자신과 양자가 화목하게 살 수 있으리라 기대한다. 나아가 자신과 양자는 도리(桃李)의 관계라 하여, 복숭아와 오얏이 서로 의지하듯이 자신들도 의지해 살다 결국에는 남의 아들이 낳은 아들이 되리라고 했다. 양자를 내 아들로 삼기 위해 부단히 노력하는 어머니의 모습을 볼 수 있다. (남정일헌 「螟蛉曲」「桃李曲」)

　이러한 점은 우리가 일반적으로 알고 있는 열녀의 형상과 크게 다르지 않다. 다만 차이라면 아이를 낳지 못하는 슬픔, 아이 낳기를 기도하는 모습, 남의 아이를 데려와야 하는 슬픔과 갈망, 남의 아이가 내 아이가 될 수 있을까 하는 염려, 남의 아이를 내 아이로 만들고자 하는 노력과 마음다짐 등이 여성의 발화를 통해 솔직하게 드러난다는 점이다.

> 거울 속 외로운 난새 시름에 겨워
> 하늘에 밤낮으로 무얼 달라 비는가
> 마른 나무 다시 심어 새잎 나기 바라고
> 좋은 싹 옮겨 심어 결실 있기 바라네
> 번성하고 잘되기 어머니의 소원이요
> 아들 낳고 오래 살기 너의 복이네
> 복받아 잘되기는 사람의 힘 아니니
> 향불 피워 마음 다해 하늘에 비네
> 鏡裏孤鸞不勝愁　禱天日夜問何求　更培枯木祈生蘗　移養嘉苗望有秋
> 爾熾爾昌慈母願　曰男曰壽乃兒休　凡玆多福非人力　一炷心香仰玉樓
> 　　　　　　　　　　　　—남정일헌 「하늘에 비는 노래 禱天曲」(19세기 후반)

> 후사가 끊어짐은 가장 슬픈 일
> 하늘 이치 밝은데 이런 일이 있을까
> 법도 따라 집안 이을 양자 얻으니
> 등백도에게 자식 없음 어찌 근심했으랴
> 남의 자식 효자 없다 말하지 말라
> 어머니의 자애만을 끝내 다하리
> 어머니 계신 곳에 늦은 봄이 이르면
> 섬돌 아래 좋은 난초 바라보리라
> 人生絶嗣最爲悲　天理昭昭豈有斯　苟法稽家早繼胤　何憂伯道終無兒
> 莫云他子難望孝　惟存阿孃克盡慈　會到堂萱春暮後　佇看階下列蘭芝
> 　　　　　　　　　　　　—남정일헌 「자식을 바라는 노래 望子曲」(19세기 후반)

> 이 몸에겐 아들 없고 남편도 없어
> 시부모님 의지했으나 어머님 떠나셨네

시동생 낳은 아기 바랐으나 아직 어려
어느 때에 훌륭히 키우겠는가

다른 사람 아들 구해 양자 삼으려
병든 시아버님 길 떠날 때 얼마나 눈물 흘렸나
밤낮으로 빌었던 일 오직 이것인데
봉황의 새끼 어디서 향기 뿜고 있는가
此身無子又無夫 只恃舅姑竟失姑 望弟生兒兒未育 何時螟蛉負蒲蘆
他人育子我求螟 病舅登程淚幾零 日夜祈望惟在此 鳳雛何處生寧馨
　　　　　　　－남정일헌「시아버님이 양자 구하는 일로 파주로 행차하시다
　　　　　　　　　　　尊舅以求 螟事行次 坡住州」(19세기 후반)

나나니벌 어찌하여 나방의 알 업었는가
이레를 정성들여 벌 식구를 만든다네
처음에는 꿈틀대다 몸을 바꾸고
날개와 다리 생겨 모습 갖춰 나간다네
애벌레 변화되기 어렵지 않을까만
뽕나무 벌레 보고서 잘도 따르네
구멍 속을 파노라 애쓰는 걸 보고야
우리 모자 화목한 걸 알 수 있다네
細腰何事螟蛉負 七日勤斯始類蜂 初以蠢蝡能變體 乃生翅脚漸成容
豈如蘆蠋終難化 賴有桑虫幸善從 取看土窠榮苦意 吾人子母做和雍
　　　　　　　－남정일헌「양자를 노래함 螟蛉曲」(19세기 후반)

오얏과 복숭아 서로 서로 의지해
제각기 의지해서 정기 나누네
복숭아는 오얏 되어 꽃가지 무성하고
오얏은 복숭아 되어 열매 맺었네
뿌리가 단단하여 아름다운 이름 온전히 하고
옥동에 가지 번성하여 좋은 명성 떨치네
남의 아들 데려다 내 아들 삼았으나
오래오래 지나면 낳은 아들 되리라
李附於桃桃附李 各從所附借其精 桃還作李花枝茂 李變爲桃實葉成
根固慶坊全美號 樹繁玉洞擅芳名 取他人子爲吾子 久久當如己所生
　　　　　　　－남정일헌「도리곡(桃李曲)」(19세기 후반)

5.6. 열녀, 여성 인재 역설

여성작가가 열녀전을 쓰거나 열녀에 대한 자신의 인식을 남긴 경우는 그다지 많지 않다. 이는 고려 이후 수많은 열녀전이 창작되고 열녀 만들기가 지배층의 열망이었던 것과 비교된다. 18세기 후반 사대부 출신 여성작가는 어머니와 딸이 함께 남편, 아버지의 원수를 갚아 열녀가 된 경우를 입전했다. 이에 대해 여성작가는 의로운 모녀이며, 남자도 미치지 못할 용기 있는 행위였다고 했다. 그런데 19세기 전반 기녀출신 여성작가는 남편을 대신해 호랑이와 맞서다 죽은 여인의 절개를 칭찬하면서 그 희생정신을 높이긴 했으나 자신을 돌아보지 않은 열녀에 대한 측은함도 숨기지 않았다. (김운초 「題烈女金氏旅門」)

19세기 전반 사대부 출신 여성작가에 이르면 열녀전을 저술하기에 이른다. 이는 이전 시대에서는 없었던 일로 여성작가의 저술이 단편적 시문에 그치지 않고, 책 저술에 이르게 되었음을 뜻한다. 다만 열녀전의 특성상 기존 열녀전을 참고하여 취사선택을 했다는 특징이 있다. 지방의 명문 출신인 여성작가는 고려열녀전(高麗烈女傳)을 썼다. 한미한 집안 출신 혹은 결혼하지 않은 처녀들이 올바른 행실을 해서 공경할 만하기 때문이라고 했다. 나아가 두 임금을 섬기던 남자들이 이를 읽고 무안하고 부끄러울 것이라고 했다. 실학 가문 출신이며 자신이 여성 실학자였던 여성작가는 기존 열녀전과는 다르게 여성열전을 썼다. 무엇보다도 사대부처럼 절의나 부덕 위주로 선정하지 않고, 효부나 열절 외에도 충의, 지식, 의기, 문장, 재예, 여품, 검협, 여선, 마녀, 여불, 여승, 글씨 잘 쓰는 부인, 남자 소임을 한 여자, 여장군 등 학문과 재예에 뛰어났던 인물을 비중 있게 다루었다. 이러한 열녀전의 수록 목적은 '부인 가운데 어찌 인재 없으리오'라는 언급에서 집약적으로 드러난다. (황정정당 「書高麗烈女傳後」, 임윤지당 「崔洪二女傳」)

> 거친 산 고목에 까마귀떼 어지러운데
> 사나운 호랑이 가로막고 제 몸을 던졌네
> 금옥처럼 곧은 모습 서릿발 같은 절개
> 내가 있음 알지 못하고 오직 지아비만 알았네

古木荒山集亂鳥 前當猛虎遂損軀 金玉貞姿霜雪操 不知有我但知夫
　　　　－김운초 「열녀 김씨 정문에 써 붙이다 題烈女金氏旅門」(19세기 전반)

　여인의 열이란 바로 남성의 절개이다. 아아, 고려 5백 여 년에 역사에 보이는
자가 열 몇 부인인데, 모두 창졸간의 변고를 만나 자녀에 대한 사랑을 버리고 강포
한 사람들 속에서 몸을 깨끗이 지켜 죽은 사람들이 대부분이다. 혹은 위태로운
난리 가운데 남편을 구원하여 그 하늘이 내려준 성품을 보전한 사람들이니, 세상
의 장부가 되어 두 임금을 섬기던 자들이 이 전을 읽고 무안하여 마음에 부끄러움
이 없을 수 있겠는가. 그 가운데 나아가 보면 또 어떤 여인은 한미한 집안에서
나왔고, 어떤 여인들은 처녀로 있을 때 이러한 올바른 행실을 했으니 더욱 공경할
만한 것이다. 이를 태평시절에 개가하지 않은 여성(백주 노래를 부른 공강)이나
직녀(오작교의 직녀)와 어찌 같은 입장에서 그 우열을 논할 수 있겠는가. 그 늠름
한 기개가 가히 우주를 지탱하고 억만 년을 뻗치기를 하늘과 땅이 함께 다할 때까
지 할 것이니, 아아 장하도다. 내가 『고려사』를 보다가 열녀전에 이르러 특별히
그들의 전기에 감동받아 간략히 초해 소책자를 만들어 여성을 경고하고 이 글을
쓴다.

　女烈者卽男子之節也. 嗚呼 高麗享國五百餘年 見於史者十餘夫人 皆倉卒之
變 捨子女子之愛 多潔歸於强暴之中. 或救夫於危亂之間 以全其天界之性 則世
之爲丈夫而事二姓者 得無見此而靦然有愧於心者乎. 就其中 又或起於側微 或
在於處子時有此懿行 尤可敬也. 其如平世之栢舟烏鵲 其可同日而語其優劣哉.
其凜然之氣 可謂撐柱宇宙 彌亘萬億 如天壤俱弊 嗚呼壯哉. 予觀麗史 至於烈
女 特有感於他傳 畧草爲小冊子以警女子而以是書焉.
　　　　　　　　　－황정정당 「고려열녀전을 쓴 후 書高麗烈女傳後」(19세기 전반)

　최씨와 홍씨 두 여자는 삼가현의 무인(武人) 홍씨의 아내와 딸이다. 무인이 남에
게 죽임을 당하자 두 여자는 원수를 갚기로 하고 이렇게 맹세했다. 사람이 짐승과
다른 점은 효성과 절개가 있기 때문이다. 아내가 남편의 원수를 갚는 것은 절개요,
자식이 아버지의 원수를 갚은 것은 효도이다. 이제 남편이 불행히 남에게 죽임을
당했는데도 우리가 살기를 탐해서 원수를 갚지 않는다면 지하에 가서 무슨 낯으로
남편을 대하겠으며, 또 어찌 세상에 살아갈 수 있겠는가? 그리고 나서는 칼을
품고 원수의 집 주변을 엿본 지 여러 해 만에 원수를 만나게 되어 그를 찔러 죽였
다. 곧바로 고을 관아에 들어가서 자수했더니 그 고을 군수가 그 사정을 조정에
보고했다. 조정에서는 그 모녀를 의롭다 여겨 살인죄를 면해 주고, 각종 세금을
면제해 주면서 더 이상의 책임을 묻지 않았다. 뜻있는 선비는 이렇게 논평했다.

"두 여자가 한 일은 열절이고 효성이며, 게다가 용기 있는 행위로서 남자라도 능히 미치지 못할 것이다." 『시경』에서 "자식된 자여, 목숨을 버려도 변함이 없네."라고 한 것은 이 두 여자를 두고 한 말일 것이다.

　崔洪二女者 三嘉武人洪氏之妻及女也. 武人爲人所殺 二女欲爲報仇 相與語 曰 : 夫人之所以異於禽獸者 以其有孝節耳. 妻之報夫讐 節也 子之報父讐 孝也 今夫子不幸而爲人所害 吾等貪生而不報讐 則將何以見夫子於地下 且何以立於 世乎. 於是挾劍而窺讐家數年 乃得遇刺而殺之. 入縣告之 故太守以聞 朝廷義 之 赦殺人罪 復其戶 無所與. 君子謂二女之事烈而孝 且有勇焉 數男子不能及 矣. 詩云 彼其之子 舍命不渝. 二女之謂歟.

-임윤지당 「최씨와 홍씨 두 여성의 전 崔洪二女傳」(18세기 후반)

5.7. 비호 혹은 족쇄

　가족은 인간을 수호하는 낙원인 집을 공유하는 신성하고 친밀한 공동체이다. 그러나 모성과 결혼으로 구성된 가족이데올로기는 사랑을 억압으로 행사하고 구속을 친밀감으로 미화하여 가족 구성원에게 희생을 요구한다.

　가족은 사랑하는 만큼 굴레와 족쇄가 되고, 영원한 동지이지만 가장 가까운 적이 된다. 산업화와 근대화가 가속화되자 전통적인 의미의 가족은 균열되고 해체되는 징후를 드러낸다. (조경란 「잘 자요, 엄마」) 누군가의 희생을 통해 구축 되는 가족이라는 존재는 그 자체로 부당하고 비논리적이다. (이혜경 『길 위의 집』, 박완서 『아주 오래된 농담』 「부끄러움을 가르칩니다」) 가족이라는 공동체의 부당한 억압을 회의하는 여성인물은 오히려 가족이 없는 고아이기를 희망하기도 한다. (정이현 「소녀시대」 『너는 모른다』)

　그런데 가족을 굴레와 족쇄로 느낀다는 것은 오히려 가족에 대한 기대와 애 증이 있다는 증거이다. 가족을 전통적인 애증의 감정도 느끼기 어려운, 저마다 의 일상에 분주한 이방인들의 동거로 보는 관점에는 가족에 대한 보다 냉혹한 시선이 드러난다. (박완서 「어떤 나들이」, 오정희 「저녁의 게임」 「어둠의 집」 「야회(夜會)」) 각자의 내면에 다가서거나 간섭할 수 없는 철저한 타인이라는 인식은 잘 알고 있다고 느꼈던 가족들의 낯설고 이해할 수 없는 모습을 통해 극적으로 드러난다. (서하진 「요트」) 명문대 모범생인 줄 알았던 아들의 파렴치한 행동과 그런 아들을 감싸고자 거짓과 불법을 서슴지 않는 아버지, 그리고 그러한 상황을 방관하는 어머니로 구성된 가족은 '가족'이라는 외적 구성에만 연연할 뿐이다. (정이현 「어금니」) 자신의 가족이 모두 선하다고 맹신하며 그들의 잘못과 문제를 해결하기 위해 동분서주하는 어머니의 모습은 가족의 본질과 당위성을 회의하게 한다. (서하진 「착한 가족」) 남편이 이웃을 살해한 살인범으로 의심되는 상황, 열쇠를 잃어버려 집안에 들어갈 수 없고 도둑으로 몰리는 아이러니한 정황 등은 친밀한 구성체라는 통념 속에서 오히려 철저히 타자화되는 가족을 말한다. (정이현 「어두워지기 전에」, 「그 남자의 리허설」)

현대시에서 신성한 가족 숭배와 가족애의 결속은 개인의 삶과 사상과 꿈을 통합하는 원천으로 등장한다. 가족은 광활하고 황량한 세계 속에서 집이라는 구석을 짓고 삶의 자궁을 마련하여 성장과 안정의 성소(聖所)를 공유하는 혈연적인 공동체이며, 그 안에서 '겨울나기 동굴'을 짓고 함께 밥을 먹고 인생을 독려하며 사랑을 나눈다. 가족공동체는 바깥 세계가 혹독할수록 더 단단해지며, 일상과 소사(小事)를 공유하는 가장 견고한 단위로 존재한다. (신달자 「우리들의 집」, 김경미 「귀가」, 신현림 「가족의 사랑」, 성미정 「사랑은 갈치 같은 것」, 이선영 「가족」)

하지만 가족은 굴레와 족쇄의 의미를 갖는다. 가족 밖에서 '그토록 빛나던' 것들이 오히려 가족 안에서는 아름다움을 주목받지 못하며, 가족의 행복을 위한다는 맹목적인 명분은 '시퍼런 가시 자국'으로 남는다. 가족은 누추하고 쓸쓸한 관계이기에 함께 살지 않고 멀리서 '그리워만 하면서' 지내고 싶은 관계로 표현되기도 한다. 가족의 책임이 힘겨워 벌레가 되었던 카프카의 소설에서처럼 '벌레'가 되기를 자처하면서 상상에 빠지고, 가족의 훈기가 사라져 '삐그덕대는' 쓸쓸한 식탁만 남겨져 가족의 의미가 실종되었음을 드러낸다.

"나가줘요. 제발 나 좀 혼자 있게 내버려둬줘요. 시험이란 말예요, 시험."
미닫이가 짝 하고 금속성인 소리를 내며 닫히고, 불의에 떠밀린 나는 몸을 가누지 못해 툇마루 밑으로 동그라진다.
꽤 몹시 엉덩방아를 찧었는데도 아무렇지도 않다.
거부—완강한 거부, 딱해하는 것조차 거부당한 것이다.

그러나 나는 아무렇지도 않다. 홍, 하고 콧방귀라도 뀔 것 같다. 아들이나 남편의 굳게 닫힌 거부의 미닫이 앞에서 행여나 안을 엿볼 수 있을까 치사하도록 서성대는 일은 다시 없을 것 같다.

—박완서 「어떤 나들이」(1971)

그렇다고 내가 시집가는 게 양갈보 짓보다 더 도덕적이라고 판단했던 것은 아니다. 나는 양갈보 짓을 해서, 딸을 그 짓을 시키지 못해 환장한 어머니를 만족시키기도, 누나는 굶건 말건 저희들 배만 채우려는 아귀 귀신 같은 동생들을 부양하기도 싫었다. 나는 내 희생의 덕을 어느 누구도 보게 하고 싶지 않았다.

—박완서 「부끄러움을 가르칩니다」(1974)

"잘 안 보인다니까요."
"렌즈를 어쨌니, 또 잃어버렸구나. 그러기에 안 쓸 때는 꼭 물에 담가두랬잖니?"
렌즈를 빼버렸다는 것은 거짓말이다. //
"목욕탕에 있는 걸 쓰시지 그래요."
"더럽고 축축하더라."
그건 거짓말이다. 낮에 개수대를 뚫은 수선공이 쓴 수건을 새 수건으로 바꿔 걸었던 것이다.

—오정희 「저녁의 게임」(1979)

그러나 오늘밤 그 여자는 혼자였다. 어두운 방안에 우두커니 서서 그 여자는 잠깐 혼자 있다는 사실에 이유가 분명치 않은 당황함과, 예고 없이 불쑥 찾아온 방문객을 대할 때처럼 피해 의식에 사로잡혔다.
남편은 오늘 저녁 중동의 임지로 떠나는 직원의 송별연이 있다고 말했다. 몇 해째 남편의 귀가는 늦고 납득할 만한 이유 역시 늘 있어 그 여자는 남자들의 사회생활이라는 것에 대범하려 애써왔다. 고등학교 졸업반인 아들은 학교 수업 외의 과외를 받느라 밤이 늦어서야 올 것이고 딸은 오늘밤 돌아오지 않을 것이다. 등화 관제만 아니라면 여느 날과 다름없는 저녁이었다.

—오정희 「어둠의 집」(1980)

탁자를 등지고 서서, 바바리 코트를 입고 있는 비대한 중년 남자와 이야기하고 있는 길모는 꺼칠하고 낯설어 보였다. 명혜는 집 밖의, 전혀 우연한 장소에서 가족을 볼 때의 슬픔과 순간적으로 외면하고 싶은 감정을 예외 없이 맛보며 이마를 찡그렸다. 언젠가 번잡한 거리에서 뜻하지 않게 길모와 맞닥뜨렸을 때도 명혜는 그가 그녀를 발견하기 전 재빨리 고개를 숙이고 지나쳐 버린 적이 있었다.

—오정희 「야회(夜會)」(1981)

"그이가 벌써 들어오나 봐, 엄마, 어서!"

나는 자지러지게 놀라면서 어머니에게 덮어놓고 손짓부터 했다. 내가 어머니에게 어서 하라는 것은 발에다 아무거나 신었으면 하는 거였다. 나는 귀티를 좋아하는 그이에게 어머니의 시커멓게 튼 발뒤꿈치를 보이기가 싫었다. 어머니는 엉겹결에 부엌방으로 들어가는 것 같았다. 현관문을 따보니 수금 온 요구르트 장수였다.

—박완서 「티타임의 모녀」(1993)

나는 나 자신도 모르게 조금 남편의 시야에서 비껴 섰다. 남편은 나를 보지 못한 것 같았다. 똑바로 앞만 바라보고 있었다. 아침에 입고 나간 그대로의 차림인데도 집 밖에서 보는 남편은 낯설었다. 나는 순간적인 내 태도와 감정에 당황했다. 내가 조금 더 그를 바라보았거나 아주 작은 소리로라도 불렀다면 그는 알아차렸을 만큼 가까운 거리였다.

—오정희 「옛우물」(1994)

대학에 가서 윤기는 알았다. 가족이라는 단어의 어원이 라틴어 파밀리아이며, 파밀리아는 한 사람에게 속한 노예 전체를 뜻한다는 걸. 길중 씨야말로 이 어원에 가장 충실한 가장이었고, 윤기는 유일하게 반기를 든 노예였다. //

시집살이는 널뛰기나 다름없었다. 널 위에서, 남편은 부모를 부축하며 안전하게 바닥에 닿아 있었고, 윤 씨는 마음 둘 곳 없는 한 줌 검불이 가벼움으로 치솟아 올라, 현기증 나는 세월을 감당했다. 높은 데 홀로 선 막막함. 떨어지면 안 된다는 생각으로 발 끝에 힘을 주며 견뎠다.

—이혜경 『길 위의 집』(1995)

나는 그와 쾌락은 공유하되 다른 공유물은 갖고 싶지 않았다. 그건 순전히 나 혼자만의 결정이었기 때문에 그와 의논하지 않고 나만의 피임법을 철저히 지켰다. 또 하나는 아무리 그가 원해도 나 하기 싫은 건 안 하고 사는 거였다. 나는 그를 위해 밥 짓고 반찬 만들기가 싫었다.

—박완서 『아주 오래된 농담』(2000)

나는 가족들을 보고 있을 때면 이상하게 가슴이 두근거리고 식은땀이 나고 손발이 차가워지고 다리에 힘이 빠지고 배가 아프며 토할 것 같은 느낌이 드는 것을 발견했다. 그건 공포증이 나타날 때의 신체적인 증상과 너무나도 흡사한 것이

었다. //

예전에 알고 지내던 사람 중에서 자기 부인을 남들 앞에서 꼭 '가족'이라고 호칭하던 이가 있었다. 누군가를 다시 만나게 되면 나도 그 단 한 사람을 가족이라고 부르고 싶다. 하지만 나는 혼자 있어도 이미 가족이다. 가고 없어도 모든 것은 이미 내 안에 있기 때문이다.

—조경란 「잘 자요, 엄마」(2003)

엄마 아빠가 죽었을 때 내가 스무 살이면 좋겠다. 스무 살 넘은 어른을 고아라고 부르는 사람은 아무도 없겠지? 쓸데없는 동정은 딱 질색이다. 혼자가 되면 나는 우선 이 집을 팔 거다. (중략) 그러고 나서 제일 먼저 도착하는 비행기를 타고, 떠나는 거다!

—정이현 「소녀시대」(2003)

남편과, 나, 현우, 우리 가족을 향해 친척이나 지인들이 질시 섞인 부러움의 눈초리를 보내는 것을 잘 알고 있다. '너희는 대체 부족한 게 뭐니?'라는 질문을 면전에서 받아보기도 했다. 그럴 때마다 나는 겸손하고 사려 깊은 태도를 유지하려고 노력하며 손사래를 치곤 했다. //

-미성년자 건드리는 게 얼마나 복잡한데. 하필이면……

아무래도 그는 무용담을 함께 나누고 싶은가 보았다. (중략)

아무 말 없이 남편의 유리잔에 포도주를 따른다. 일을 수습하기 위해 그가 자행했을 여러 가지 '노력'에 대하여 얼마든지 짐작할 수 있었다. 용서할 수 있었다. 그가 현우의 아버지이듯 나는 그 아이의 엄마이므로.

—정이현 「어금니」(2007)

어머니의 손을 잡고 여자는 아침의 이야기를, 오후의 이야기를, 길었던 하루를 천천히 말하기 시작했다. 그래서 있잖아요…… 그 남자가 말이죠…… 나 정말 가기 싫었거든요, 그렇지만 어떻게 해요, 김 서방은 진짜 착한데 말이죠…… 안 신던 구두 신어서 발 아파 혼났잖아…… 그 애 엄마가 화가 나서는 글쎄, 제 뺨을 치려들잖아요…… 지우가, 그 애가 무슨 잘못이 있겠어요…… 지우가 그게 애가 진국이잖아요……

—서하진 「착한 가족」(2007)

"김상호, 김은성, 진옥영, 강미숙? 야, 좀 이상해. 아빠, 누나, 새엄마, 친엄마, 보통은 이렇게 저장하는 거 아니야?" //

가끔은, 자신이 하늘에서 뚝 떨어진 존재였으면 좋겠다는 생각이 들 때가 있다. 이 세상 모든 사람들이 전부 다 타인이라면, 그렇다면 좋겠다.

－정이현 『너는 모른다』(2009)

그 집에 들어서면
그 남자의 가슴 그 남자의 고뇌
그 남자의 시린 밤이 내게 건너왔다
내 축축한 침묵도 흘러갔을 것이다
건너오고 건너가고 그리하여
붉은 강물이 서로 마주 보며 흘러갔을 것이다
영하의 거리에서 우리가 맨손으로 지어 올리는
빛나는 겨울 궁궐
짐승들이 겨울나기 동굴 속으로 기어들 듯
그의 주머니 속에 백 년 살 듯
두 손이 마주 보며 영원을 지어 올리는 밤
나는 문득
김이 무럭무럭 나는 하얀 밥을 짓고 싶어.

－신달자 「우리들의 집」(2004)

삽 하나 들고
부드러운 것은 부드럽게 파헤치고
날카로운 것은 날카롭게 파헤치면
박물관 하나가 나타난다
관 속에 조용히 주워 있는데도
가족은
그가 살아 있다고 믿는 밤

신화를 쪼고 있는 부리 단단한 새도
잠들지 못하는 밤
흰 눈과 흰 뼈로 만나서
뿌드득뿌드득 소리를 내는 꽃밭이 아름답다

－이사라 「가족박물관」(2008)

어린 나이에도 눈치챌 수 있었지
가난과 싸움과 기도소리만 들끓는 집
되도록 조금이라도 늦게 들어가려고
언제나 가장 마지막까지 동네 아이들 붙잡고
땟물 낀 얼굴로 늦은 밤까지 놀지만
노는 틈틈이 어린 가슴을 파고들던
어둠보다 무섭고 캄캄한 불안이여 절망이여
술래잡기하던 아이들 집으로 모두 숨어버리고
술래인 나만 남았을 때부터
찾을 사람 없는 세상
돌아갈 곳 없는 세상
얼마나 무서운가를 알았네

—김경미 「귀가」(1989)

무의 익숙함에 편안함을 느끼고
무와 신앙사이에서 오락가락 하며
무의 한강변을 헤매다
무의 황폐함에 몸부림친 나를 위해
무의 지옥 속에서 기도하는
예수쟁이 너와 언니를 생각한다
"모든 일에 감사하는 데서 축복이 오고
남과 함께하는 가치로운 삶을 살아야 해"
맥주보다 기쁜 네 목소리
영혼을 일깨우는 너를 위해
'부드러운 눈물이고 떨림'인 하나님을
어렴풋이 느낀단다

아우야! 삶은 비참해도
가족의 사랑이 사람을 살아가게 하는구나.

—신현림 「가족의 사랑」(1996)

그래도 재경이 입속으로 하얗고 폭신한
갈치 살이 쏙쏙 들어가는 걸 보면

어찌 그리 예쁘고 대견한지
살 한 점 없이 깨끗하게 발린
갈치 뼈들을 보면 재경이
아빠와 재경이 엄마의 배가 절로
부르다 그렇게 갈치가 식탁에 오른 날이면
재경이를 재워놓고도 재경이
아빠와 재경이 엄마의 갈치 얘기는 끝이
없다 재경이는 갈치를 참 좋아하지
식성이 당신을 쏙 빼닮았지
벌써 몇 번씩 한 얘기를
하고 또 하면서 재경이
아빠와 재경이 엄마의 배는 꺼질 줄 모른다

—성미정 「사랑은 갈치 같은 것」(2006)

남편은 가끔 속이 아프다 목이 아프다면서 꿀차를 타 마시곤 한다
나는 더럭 겁이 나서
제발 아프다 소리 하지 말라고 한다
약을 먹어라 병원에 가보라 한다

나는 대개 머리가 아프다 허리가 아프다고 한다
남편은 버럭 제발 아프다 소리 하지 말라고 한다 병원에 가보라고 한다

감기 든 아기는 코맹맹이 소리로 떼를 쓴다
우리는 철렁 아가야, 아프지 마 아프지 마 한다

아프다는 말을 한마디도 안 하는 건강한 날에도
남편과 아이와 나는 제각기
프—으 프—으 프프
—프다, —프다고 한다

—이선영 「가족」(2011)

밖에선
그토록 빛나고 아름다운 것

집에만 가져가면
꽃들이
화분이

다 죽었다

- 진은영 「가족」(2003)

왜 이렇게 어수선한지 모르겠군요. 날 좀
내버려둬요.
가족을 버리겠다는 거냐?
가족이 나를 필요로 하진 않아요. 벌써 오래된 일이잖아요.
그건 네가 환상을 꿈꾸어 왔기 때문이야.
이제라도 뜻을 바꾸면 행복해질 게다.
행복? 그래요. 행복……
하늘은 매양 왜 저 모양인지. 나는 집을 나선다.
한곳으로 몰리던 바람이 저만치 날 밀어다 놓고 골목길
접어 사라진다.
멍든 곳을 훤히 드러낸 나무들 몸통은
어떤 힘으로 겨울을 버티는 걸까.
어머니. 이 손톱 끝을 좀 보세요. 아직도 가시에 찔린 자국이 시퍼런걸요.

- 이연주 「지리한 대화」(1991)

평생 당신이 갖지 못한 것만 꿈꾸신 아버지
자잘토실한 근심들로 광대뼈만 움푹 살진 어머니
아랑곳없이 쑥 쑥 뽀얗게 자라
처녀티 폴짝 벗고도
징그럽게 애비 꿈, 에미 잠 축내는
아귀 같은 딸년들 하나, 둘, 셋
대책없이 엉겨 덜그럭거리는 푸대자루

- 최영미 「우리 집」(1994)

누구냐, 이 집에서 내가 누구야. 헐거워진 틀니를 뺐다 꼈다 치통을 앓는 아버
지, 그만 좀 하세요, 아침마다 이게 뭐에요. 알타리무쪽을 씹다 숟가락을 던지고
내 배가 니들 집인디, 자식두 품안이제. 개불蘭을 닦는 어머니, 오늘도 나가실

거예요, 남들 보기도, 빽빽한 대문을 향해 내던져진 세간들의 상처를 밟고

　마당에 꽃핀 틀니나 세상 찬란하기만 한 아버지나
　끔찍한 개불알꽃이나 금간 어머니나
　오랫동안 다스려진 해묵은 증오라고
　세 번 등 돌리고 결국 살내음으로 세 번은
　한 패가 될 내 쉴 곳
　　　　　　　　　　　－정끝별 「흘러가는 집 날아다니는 가족」(1996)

　밖에선 바퀴벌레의 신음 소리
　아버지가 숨겨둔 약을 먹은 것입니다
　어머니 내 책상 위에
　아버지가 피운 모기향 좀 치우세요
　시집 위에 몸 약한 날벌레들
　다 떨어지잖아
　동생 문 열고 들어옵니다
　나는 문밖으로
　재빨리 나가려고……
　동생이 소리질렀습니다
　여기 또 있어
　　　　　　　　　　　　－진은영 「벌레가 되었습니다」(2003)

　불빛을 훔치려는 사람처럼
　문이 아닌 창 쪽으로 가서 집안을 들여다본다.

　남편과 큰 아이는 장기를 두고 있고
　접시에 남은 과일은 아직 물기 마르지 않았고
　주전자에서는 김이 오르고 있다.
　작은아이는 자는가

　나는 한 마리 나방인 듯이
　창문에 부대껴 서서 생각한다.
　그 익숙한 살림살이들의 낯섦에 대하여
　부르면 들릴 만큼 가까운 거리의 아득함에 대하여

내가 없는 세상의 온기 또는 평화에 대하여

－나희덕 「불 켜진 창」(2001)

스케치북 안에서 아버지는 외눈박이 거인이에요
엄마가 물을 주고 있는 꽃밭엔
갈라진 혓바닥 같은 꽃들이 다투어 피고 있어요
싸립문으로 구렁이가 들어와요
쉬, 쉭, 쉬이익
놀란 계집아이가 울음을 터뜨려요
목젖이 보이는 불안이 솥으로 뛰어들어요
뱀 껍질, 눈알, 크레용, 불안을 섞은
검은 솥이 통째로 끓어요
어디선가 비릿한 냄새가 스며들어요
문밖에서 흔들리는 종소리가 주문 같아요
외눈박이 거인이 팔팔 끓는 솥을
계집아이 머릿속에 쏟아 부어요
아이의 하얀 원피스가 피로 물들어요
그러자 스케치북 안에선
구렁이를 탄 계집아이가
오후 세 시로 날아가요!

－안현미 「오후 세 시」(2006)

아버지 칠순을 맞아 또 가족사진을 찍으러 갔다
분홍 한복만이 고운 어머니 옆에 어디를 쳐다보는지 알 수가 없는 검은 아버지
계시고, 딸과 막내딸은 벽지처럼 무늬를 그리고 배후에 서 있다 옆에는 존재하지
않는 가짜 창문 하나, 창문 밖에는 박제된 여름이 있다
(중략)
에미 애비 없는 세상에서 살고 싶다, 그리워하면서 그리워만 하면서

－김소연 「가족사진」(2006)

아침 6시 30분
사마귀 같은 의자가
식탁 위에 아침을 놓고 기다리고 있다.

체크무늬 교복에 담겨진 고3아들이
식탁 위에 차려진 밥상을 보고
의자에 앉는다.

첫 번째 의자가 식사를 하기 시작한다.

부장 손이 들어오는 팬티에 걸쳐진 딸이
두 번째 의자에 앉는다.
두 번째 의자가 딸을 먹기 시작한다.

가슴 한복판에 퇴직서가 꽂힌
아빠도 앉는다.
이혼서류의 엄마도 앉는다.
배고픈 의자들
삐그덕대며 씹기 시작한다.

식탁 위에 오고가는 말 하나 없이
네 식구가 조용히 사라져간다.
끄윽, 의자가 트림을 한다.

－정민아 「4인용 식탁」(2006)

5.8. 모성과 효 새로 쓰기, 대안 가족

모성에 대한 새로운 인식은 효에 대한 새로운 인식과 긴밀하게 상응한다. 여성작가들은 사회적으로 구성되고 학습된 모성신화를 거부했던 것과 같이 효 이데올로기가 억압적이고 비인격적으로 강요해온 인식을 거부한다. 희생적이고 이타적인 모성과 효가 서로 강요된 이데올로기로 구조화되어 지속되어왔음을 발견하고 절대가치로서의 효와 모성에 내재된 균열과 공포를 직시한다.

현대소설은 가족의 타자적 양상을 전폭적으로 수용하면서 모든 아이는 입양아이고 모든 부모는 양부모라는 의식에 닿게 된다. 이는 혈연이나 아버지 중심의 가족이 아닌 새로운 가족의 형성을 가능케 한다. 정해진 기한 동안만 부모와 자식이 되기로 하는 계약 입양 가족의 이야기는 가족이라는 굴레의 폭력성을 고발하며 자발적이고 주체적인 관계를 지향한다. (윤영수 「광고맨 강과 그의 사랑하는 아들」) 가족으로부터 상처받은 이들이 모여 각자의 결여를 채워주며 공동체를 형성하는 모습은 가족의 의미를 재고케 한다. (윤성희 「유턴지점에 보물지도를 묻다」) 어머니 중심의 수평적 모계 가족이나 자매애적 관계로 결합된 새로운 형태의 가족도 모색된다. (전경린 『엄마의 집』, 공지영 『즐거운 나의 집』) 조카의 배고픈 울음에 젖이 생성될 것 같은 모성을 느끼며 그를 친자식처럼 기르는 고모의 이야기나 의붓동생을 자신의 아이처럼 기르지만 그것이 특별하다 여기지 않는 주인공의 이야기는 '모성'을 버림받은 모든 불쌍한 이들에 대한 애정으로 확대시키며 새로운 대안 가족의 개념을 형성한다. (박완서 「카메라와 워커」, 전경린 『유리로 만든 배』) 모성의 사회화와 자매애의 확대로 특징 지워지는 새로운 대안 가족도 기획된다. (김연 『나도 한때는 자작나무를 탔다』, 공지영 『착한 여자』)

현대시에서 어머니의 어두운 눈을 뜨게 하기 위해 인당수에 빠지는 대신 점자 읽는 법을 가르쳐드리겠다고 말하는 것은 효 이데올로기의 허구를 고발하는 대표적인 표현이다. (김승희 「배꼽을 위한 연가5」) 새끼를 입에 물고 옮기는 어미의 표정에서 무한한 사랑이 아니라 '잡아먹거나 사랑하거나 드러내거나 숨기거나'의 적나라한 본능과 충돌하는 모성을 드러내면서 신성불가침한 모성에 대한 두려움과 공포를 숨기지 않는다. (김선우 「카르마, 동물의 왕국」) 이는 젊은 엄마가 아이의 손목을 잡고 걸어가면서 '아이야 겁이 난다 나는, 내가 너를 죽일까봐'라고 고백하는 것(김선우 「내 손이 네 목 위에서」)과 같은 맥락이라고 할 수 있다. 막 낳은 자신의 아이를 '아이인지 똥인지'라고 표현하는 엄마에게 '제기랄, 엄마는 너무 쓰고 너무 질긴 개껌이야'라고 말하는 아이가 등장하며 (조민 「남다른 취향」, 「Happy Birthday」), 모성과 효의 가치를 '늙어빠진 어머니가 벌렁 나자빠진' 모습을 보면서도 탯줄을 쥐고 절대 놓지 않는 자식의 착취로 희화화하기도 한다. (김언희 「가족극장, 중절되지 않는」) 이 시들은 모성과 효가 억압적인 가치로 강요되어왔던 점을 유쾌하고 전복적으로 비판하고 있다.

> 그때 나는 별안간 내 가슴에 퍼진 실핏줄들이 찌릿찌릿하면서 뿌듯해지는 걸 느꼈다. 아니, 실핏줄이 아니라 바로 젖줄이다. 나는 그렇게 확신했다. //

그때 내가 젖을 물릴 수 있었다손 치더라도 젖이 나왔을 리 없다는 걸 그 후 나도 알긴 알게 되었다. 그렇지만 그때 가슴이 찌릿찌릿하니 뿌듯하게 옷섶을 적시며 넘치던데 전연 아무것도 아니었다고는 도저히 생각할 수 없다. 조카에 대한 고모 이상의 것, 이를테면 모성이 아니었던가 싶다.

―박완서 「카메라와 워커」(1975)

"참, 그 얘길 안 했군요. 아이들에게 어른 남자는 아빠, 어른 여자는 엄마지요. 낮 동안 부모와 떨어져서 지내서 그런가 봐요. 처음엔 제대로 알려줘야 하지 않을까 했는데, 자라면 저절로 구분하게 되려니 싶어서 굳이 바꿔주지 않았어요. 내 아이가 아니라 우리 아이라는 의미도 있고, '내 아이'라는 소유 의식 때문에 많은 문제들이 생겨나잖아요? 소유하려 하니까 한쪽에선 소유당하지 않으려 하고, 그러니 부모 자식 간에 싸움이 벌어지고……. 그건 그렇고, 장가도 가기 전에 아빠 소릴 들어서 어떡하죠?"

―이혜경 『길 위의 집』(1995)

서른이 훨씬 넘어 처음 해 보는 일이 있다니, 책상을 가지고 이렇게 좋은 저녁을 맞다니, 밥이나 빨래, 그도 아니면 아이 키우는 일밖에 할 줄 모르던 그녀는 문득 생이 신비로웠다. 더구나 이제 이 '사람이 사는 집'에서 그녀는 모든 외로운 사람들에게 따뜻한 저녁의 식탁 등을 켜줄 수 있는 것이다.

―공지영 『착한 여자』(1997)

고등학생은 저녁에 일을 시키지 않았다. 대신 검정고시학원에 보냈다. 일 년 만에 고등과정을 마치더니 그 다음해에 대학에 입학했다. 날 닮아서 머리가 좋은 거야. 나와 W와 Q가 서로 우겨댔다. 우리 셋은 돈을 대학등록금을 대주었다. 우리와 비슷한 이름을 내건 만두가게들이 생겨나기 시작했다. 하지만 맛을 따라오지는 못했다. 고등학생이 대학을 졸업하던 해에 우리의 재산은 아파트 네 채와 소형차 네 대로 불어났다.

―윤성희 「유턴지점에 보물지도를 묻다」(2004)

아이에게 넌 의붓동생이야, 라는 말 따윈 하지 않을 것이다. 그러니 태생에 대해 아무 말도 하지 않을 결심이다. 아이는 언젠가 자라서 말할 것이다. 나는 사생아예요. 근친상간이나 강간이거나, 혹은 불륜이거나 배반이거나 그 외에 사생아라는 단어 속에 포함되는 온갖 그럴 만한 사연들…… 질문을 금지하는 엄마의 어렴풋한 모멸의 표정 속에서 아이는 온갖 추측을 떠올리며 성장하겠지만, 그 편이 진실보다는 아이와 나 사이를 한결 심플하게 규정한다는 생각이 든다.

–전경린 『유리로 만든 배』(2005)

뭐니뭐니 해도 아빠 엄마가 내게 준 가장 큰 선물은 '고등학교 졸업 때까지만 부모 자식 관계를 유지한다.'는 조항이라는 것을 나는 최근에야 깨달았다. 그 말은 곧 두 분이 나를 키워 준 공로를 평생 주장하지 않겠다는 뜻이기도 하기 때문이다. 멋쟁이 아빠 엄마 만세. 고아치고 나만큼 운이 좋은 아이도 별로 없음은 분명하다.

–윤영수 「광고맨 강과 그의 사랑하는 아들」(2006)

직장 생활 같은 결혼일 거야, 라고 했던 언니의 말이 아무래도 마음에 들었다. 섹스 없이, 서로 다른 언어를 사용하면서 깊은 마음을 제 속에 간직한 채, 아이도 만들지 않고, 친척도 없이, 나로 인해 아무도 상처 받는 사람도 없고, 더 이상 아무것도 이루려는 것 없이 함께 살아가는 일은 그리 어려울 것 같지 않았다.

–전경린 「천사는 여기 머문다」(2006)

일요일마다 엄마의 집은 지상 최고의 릴렉스 호텔이었다. 엄마와 나 사이에 아무런 억압도 강박도 불안도 결핍도 없는 휴식의 시간이 천천히 흘러갔다. 엄마는 모아둔 보따리를 풀듯 좀 많은 말을 했다. 엄마 자신을 내게 알리고 싶어했고 나를 더 많이 알고 싶어했다. 일요일에 나눈 그 많은 이야기들은 내가 혼자 있을 때도 몸속을 돌며 소곤거렸다.

–전경린 『엄마의 집』(2007)

인당수에 빠질수는 없습니다
어머니,
저는 살아서 시를 짓겠습니다

공양미 삼백석을 구하지못하여
당신이 평생 어둡더라도
결코 인당수에는 빠지지는 않겠습니다
어머니,
저는 여기 남아 책을 보겠습니다

나비여,
나비여,

애벌레가 나비로 날기 위하여
누에고치를 버리는 것이 죄입니까?
그대신 점차책을 사드리겠습니다
어머니,
점자 읽는 법도 가르쳐드리지요
—김승희 「배꼽을 위한 연가5」(2002)

어린 새끼를 입에 물고 옮기는 호랑이를 보았다
천천히 클로즈업으로 잡은 호랑이 입속의 호랑이를
보다가 밥 먹던 숟가락을 놓치고 말았다
먹잇감을 물었을 때나 새끼를 물었을 때나
이빨!

잡아먹거나 사랑하거나 드러내거나 숨기거나

그곳엔 이빨!

입에 물고 옮기는 호랑이나 입속의 호랑이나

어떤 서늘한 갈등이

등골을 버티고 있으리라는 예감이 지나갔다
—김선우 「카르마, 동물의 왕국」(2007)

신앙촌 고갯마루 버드나무는 자꾸 북쪽으로 휘어지고 아기 하나 등짐 지고 두 손에 보퉁이를 든 아직 젊은 엄마의 치맛자락을 붙들고 사금파리에 다친 어린 짐승처럼 기를 쓰며 우는 아이야 겁이 난다 나는, 내가 너를 죽일까 봐

인형 뽑기 유리 상자에 둥그렇게 매달려 엄마 아빠와 깔깔거리는 또래 아이들 뒤에서 아득하게 뒷걸음질 치며 아득하게 다가가며 기우뚱 기우뚱 흔들리는 네 얼굴을 보면 겁이 난다 아이야 내가 너를 죽일까봐 죽여줘야 할까 봐
—김선우 「내 손이 네 목 위에서」(2007)

미리 좀 가르쳐 주면 안 되겠지 언제 울 건지 언제 아플 건지 언제까지 개처럼 낑낑대야 하는지 안 되겠니 안 되겠지 아기인지 똥인지 혹인지 아무거나 낳기만

하면 되지 뭐 헤어숍 백화점 영화관 문 닫기 전에 빨리 힘이나 줘 낳을 거야 눌 거야 지울 거야

—조민 「남다른 취향」(2010)

배가 고파, 콧물도 핏물도 다 말랐어, 가래침도 더 이상 나오지 않아, 엄마를 엄마라 불렀거든, 젠장! 언제부터 엄마를 엄마라고 부르게 된 거야? 단어장에 꿰인 수백 장의 혓바닥도 외우고 엉덩이에 찍힌 퍼런 손자국도 다 지웠어, 젖꼭지마다 젓가락으로 구멍도 뻥뻥 뚫었거든, 근데 케이크는 왜 안 자르냐고! 하얀 피로 채운 하얀 케이크, 탯줄로 토핑한 빨간 케이크, 끄응, 그럼 여보라고 부를 거야, 여보라고 불러 줘, 끄응 배가 아파, 아침까지 기다렸는데 미역국도 한 그릇 안 주잖아, 벌써 검은 머리가 보이기 시작하는데 말야, 자궁 물도 다 빠지고 울음도 다 말랐는데 말야, 제기랄, 엄마는 너무 쓰고 너무 질긴 개껌이야, 어떡해! 난 지금도 다시 태어나는데!

—조민 「Happy Birthday」(2010)

어머니가 탯줄을 질질 끌며 간다
(배꼽을 싸잡고)
피투성이 내가 질질 딸려간다

내가 와락 탯줄을 잡아챈다
(살을 움켜쥐고)
늙어빠진 어머니가 벌렁 나자빠진다

—김언희 「가족극장, 중절되지 않는」(2000)

6

민족·국가

국가 혹은 나라는 국민·영토·주권의 삼 요소로 이루어진 사회집단이다. '국가'라는 어휘는 예전부터 사용되었으며 조선시대에 두루 걸쳐 나타나고, '나라'는 15세기 문헌에 '나라ㅎ'로 나타나며, '나라'와 '나라ㅎ'가 20세기 초엽까지 공존했다.

국가는 여성의 삶에 큰 영향을 미쳤다. 고려 때의 '공녀', 조선시대의 '환향녀(還鄕女)'. 1950년대의 '자유부인', '전쟁미망인', '양공주', 1960년대 후반의 '기생 관광', 1980년대의 '성의 상업화' 등이 그 대표적인 예다.

고전문학의 경우, 여성작가들은 한시문을 통해 가정 내부만이 아닌, 공적 영역에 대해 관심을 보였고 정치계에서 적지 않은 역할을 했으며 정치담론을 저술하기도 했다. 일상의 삶에서 정치가 직접적인 문제였기 때문이다. 규방가사의 경우, 일제강점기 국권 상실은 여성이 스스로를 역사의 주체로 인식하는 계기가 되었다. 만주로 이주한 사대부가문의 여성들이나 여학생들은 역사의 현장에서 남성과 동등하게 국권회복을 위한 독립운동에 참여하면서 스스로가 역사를 움직이는 주체임을 자각했다.

현대문학의 경우, 1930년대에서부터 6·25 전후의 상황까지 국가의 울타리로 상정된 남성이 부재하는 상황에서 여성인물이 인신매매와 강간, 극한의 노동과 육체적 고통에 놓이는 서사가 이어진다. 여성성은 역경을 이겨내는 구심점이었다. 여성시의 경우, 1950년대까지는 계몽적 인식 속에 국권과 국가 존립을 위한 공적 목소리를 대변하였으나, 1970년대 이후는 여성의 시선에서 국가의 가치를 어떻게 수호할지, 국가의 수호가 어떻게 인간을 억압하는지 성찰했다.

여성은 국가의 위기 상황에서 실질적 가장의 역할을 했지만, 권력과 자율권은 부정됨으로써, 분열 상태에 놓이게 되고, 억압되고 분열된 여성 주체는 정체된 사회를 교란하고 위협하는 힘이 된다. 여성시인들은 민족국가라는 미명으로 인간을 통제하고 감시하는 시스템을 인식하고 국가이데올로기의 폭력성과 맹목성을 비판하며, 그 시스템이 '매매춘 공화국'의 구조와 다르지 않음을 고발한다.

사회주의 이념이 해체된 이후인 1990~2000년대에 1980년대 사회변혁운동의 경험과 운동의 과정 속에서 묻어둘 수밖에 없었던 인간의 내면을 회고적으로 바라보는 문학적 양상을 후일담이라고 하는데, 여기에는 공동체적 열정과 이상에 대한 그리움, 개인적 욕망과 가치가 억압되었던 양상에 대한 비판, 투쟁을 다하지 못했다는 안타까움, 새로운 길에 대한 의지 등이 나타난다.

한편, 디아스포라는 공통의 주체성을 부여하는 민족 국가의 개념을 와해하고 이중의 정체성을 지닌 경계적 존재에 대한 관심으로 드러낸다. 특히 여성 디아스포라는 성적, 계급적 억압의 양상 속에서 보다 강렬한 정체성의 혼란과 인식적 충격을 보여준다. 또한 자국에서 겪는 여성문제가 모든 여성들의 보편적인 문제로 수렴되는 인식을 주제로 삼는다.

6.1. 국가 관련 어휘의 변화

국가의 의미　　　　　　'국가'란 어떤 이념에 의해 지배되는가에 따라
여러 가지로 정의된다. 『조선말대사전』의 경
우, '김일성 저작집'에 의거해 "국가는 독재기능을 수행하는 권력기관이다. 지
배계급이 사회에 대한 정치적 지배를 실현하는 권력기관, 일정한 영토 안의 주
민전체를 대상으로 하여 계급 또는 사회공동의 이익에 맞게 사회의 모든 성원
들의 활동을 통일적으로 조직하고 관리하는 포괄적인 정치조직이며 독재기능
을 수행하는 특수한 권력기관이다."라고 정의하지만, 일반적으로는 "일정한 영
토와 거기에 사는 사람들로 구성되고, 주권(主權)에 의한 하나의 통치 조직을
가지고 있는 사회 집단으로서 국민·영토·주권의 삼 요소를 필요로 한다." 등
으로 정의되며 이 경우 고유어인 '나라'와 동의어로 사용된다. '국가'는 예전부
터 보편적으로 사용되었으며 조선시대에 두루 걸쳐 나타난다.

> 國家의써 교化를 崇샹ᄒ며 (『가례언해(家禮諺解)』(1632))
> 글온 긔뎐 ᄀ툰 듸ᄂ 국가의 근본 싸히니 (『윤음언해(綸音諺解)』(1783))
> 국가의 큰 일은 (『오륜행실도(五倫行實圖)』(1797))
> 문호의 쇠쳬ᄒ 거슬 니ᄅ혀고 국가의 쥬셕이 되니 (『낙천등운(落泉登雲)』(연대
> 미상))

나라의 의미　　　　　　'국가'와 동의어로 '나라'가 있다. '나라'는 일정
한 영토와 거기에 사는 사람들로 구성되고, 주
권(主權)에 의한 하나의 통치조직을 가지고 있는 사회 집단을 의미한다. '나라'
는 15세기 문헌에 ㅎ종성 체언인 '나라ㅎ'로 나타난다는 점이 현재와 다르다.
'나라'와 '나라ㅎ'은 20세기 초엽까지 공존하였다.

> 國은 나라히라 (『훈민정음(訓民正音)』(1446))
> 내 나라 위ᄒ야 도죽 타다가 너 몯 베톤 이룰 츠기 너기노니 (『삼강행실도(三綱行
> 實圖)』 忠(1471))

國 나라 국 (『광주천자문(光州千字文)』(1575))

나라 다스리샤믈 진실로 힘뼈 ㅎ시ᄂ니라 (『두시언해(杜詩諺解)』· 중간본 1(1632))

上用的 나라에서 쓸 것 (『역어유해(譯語類解)』(1715))

진실노 그 계퓌 시러금 힝ᄒ던들 나라히 엇지 오늘날이 이시리오 (『어제유제주대
정정의등읍부로민인서(御製諭濟州大靜旌義等邑父老民人書)』(1781))

'나라ㅎ'의 유래를 '나'와 '-라ㅎ'의 결합으로 보고 '-라ㅎ'를 터키어나 몽고
어의 접미사 '-랑(laŋ)'과 관련시키기도 한다. 『광주천자문(光州千字文)(1575)』에
서는 '처(妻)'를 지시하는 어휘로 '바라'가 등장하는데 이것을 장소를 나타내는
어근 '바(所)'와 접미사 '-라'로 보기도 한다. -라'는 '-라ㅎ'이 변한 것으로 보
고 제주도의 옛 이름인 '탐라(眈羅)'의 '라(羅)', 일본말의 옛 도시를 나타내는 '나
라(奈良)'의 '라(良)'와 관련시킨다면 '-라ㅎ'은 장소와 관련되는 명사와 결합하
는 명사 파생 접미사라고 볼 수 있을 것이다. 그리고 '장소'와 관련된 명사와
결합하는 특성으로 미루어 어원적으로 특정 범위, 지역의 공간성을 의미하는
것으로 볼 수 있다.

현대국어에서 '나라'는 '국가'의 동의어로서 '국가/나라를 지키다', '국가/나
라를 세우다' 등과 같이 치환이 가능하다. 그러나 '나라'는 특정 범위나 지역을
가리키는 구체적인 공간성을 가리키는 것에서 '동화 나라, 난쟁이 나라, 과일
나라, 꿈나라' 등과 같이 일부 명사와 함께 쓰여 그 단어가 나타내는 사물의 세
상이나 세계를 이르는 확장된 의미로 쓰이기도 한다. 이 경우, '국가'로 치환이
불가능함을 볼 때 '국가'는 특정 지역, 범위라고 하는 구체적인 공간성의 의미
가 전제된 개념이라고 할 수 있다.

조국

국가를 지칭하는 다른 말로 '조국(祖國)'이 있
다. 조국은 말 그대로 해석하면 '조상의 나라'
가 된다. '국가, 나라'가 특정 범위나 지역에 통치 조직을 갖는 사회 집단을 의
미하지만 '민족, 조상, 동족, 국적, 원류(原流)' 등의 개념은 전제되어 있지 않는
반면, '조국'은 전술한 개념이 전제된 국가, 나라의 개념이라고 볼 수 있다. 『표
준국어대사전』에 기록된 '조국'의 사전적 의미는 다음과 같다.

1. 조상 때부터 대대로 살던 나라.
2. 자기의 국적이 속하여 있는 나라.
3. 민족이나 국토의 일부가 떨어져서 다른 나라에 합쳐졌을 때에 그 본디의 나라.
4. [북한어] 어떤 사상이나 현상이 발생한 나라.

1, 2, 3은 일반적으로 남북의 공통된 표현으로 특히 1은 '부모국' 혹은 '모국 (母國)', 2, 3은 '고국(故國)' 등의 의미로 볼 수 있다. 4의 사전적 풀이는 북한 고유의 자의적 표현이라고 할 수 있다. '조국'은 어떤 개인 혹은 집단의 원류(原流)를 전제한 개념이기 때문에 민족이나 국토의 일부가 떨어져서 다른 나라에 합쳐졌을 때 그 본래의 나라를 지칭하는 개념으로도 사용되며, 더 확장되어 어떤 사상이나 현상이 발생한 나라를 지칭할 때도 사용된다.

6.2. 국가와 여성의 삶

조선 후기의 고암(顧菴) 이경근(李擎根)이 자손들에게 효도(孝道)의 정신을 간직하게 하기 위하여 남긴 가훈집(家訓集)인 『고암가훈(顧菴家訓)』에서는 부모에게 효도하듯이 임금에게 충성을 다할 것을 충고하고 있다. 이처럼 개인의 행동은 언제나 가문의 존재와 관련지어 해석되었으므로 가문의 효자, 효녀, 열부의 배출은 가문의 명예였고, 그에 반하는 행위는 가문의 수치였다. 여성의 삶은 가문이라는 테두리 안에서 제약받았으며, 가문은 국가라고 하는 큰 테두리 안에서 제약받았기 때문에 국가의 흥망성쇠가 여성의 삶에 큰 영향을 미칠 수밖에 없었다.

공녀, 몽고로 끌려간 처녀들   삼국지에 의하면 동옥저는 고구려와의 전쟁에서 패한 후 미인을 바쳤으며, 신라는 당과의 원활한 외교관계를 위하여 723년(성덕왕23년)에 포정과 정원이라는 두 미인을 당현종에게 바쳤다. 본격적으로 공녀를 선발한 것은 몽고와의 전쟁을 겪은 후부터인데, 1225년(고종12년) 몽고 사신 저고여 피살사건을 구실로 몽고가 고려에 침입한 후 양국 간 강화가 성립된 다음부터, 몽고는 항복조건으로 어린 남녀 각 500명씩을 바치게 했다. 공녀의 선발은 공식적인 경우 외에도 사사로이 이루어지는 때가 많았는데, 원나라의 공녀 요구는 공민왕 초까지 약 80여 년 간 50여 회에 이르고 한 번에 10~50명씩 선발되었다. 한번 공녀로 선발되면 빠져나오는 것이 거의 불가능했으며, 왕족이 공녀로 선발되는 경우도 있었다. 공녀 선발이 시작되면 전국에 금혼령이 내려졌다. 13세 이상 16세 이하의 여성은 반드시 관청에 신고한 뒤 혼인해야 했다. 따라서 금혼령에 저촉되기 이전인 13세 미만에 혼인을 시키거나 아예 일찍 데릴사위를 맞이하기도 했는데, 이것이 조선으로 이어져 조혼의 연원이 되었다.

원이 요구한 공녀는 '처녀, 동녀(童女), 동녀 가운데 미모가 뛰어난 자' 등으로 표현되는, 결혼하지 않은 어린 미녀들이었다. 왕족과 귀족 출신 공녀는 황제의 후궁이나 고위관료의 처첩이 되었고, 그 외에는 왕실의 궁녀가 되거나 제왕 후비의 심부름꾼, 군인의 처 등이 되었다. 고려 공녀 출신으로 가장 출세한 인물은 기황후이다. 공민왕의 반원정책으로 원나라에 대한 공녀는 중단되었으나, 이후 명나라에서도 조선에 공녀를 요구했다. 명나라의 공녀 요구는 비정기적이었는데, 국초부터 1512년(중종16년)까지 모두 열두 차례가 있었다. 이 가운데 실제로 이루어진 것은 일곱 차례였으며, 이때 100명 정도의 공녀가 바쳐졌다.

조선에서 공녀를 선발하는 일은 진헌색이라는 임시관청에서 이루어졌다. 각 도에서 1차로 뽑힌 수백 명의 처녀들은 경복궁에서 명나라 사신의 입회 하에 다시 재심과 삼심을 거쳤다. 미녀라도 부유한 양가집 처녀가 아니거나 13세 이상 17세 이하로 규정된 연령을 초과할 경우 선발에서 탈락시키기도 하였다. 합격한 처녀의 부모와 형제에게는 관작을 올려주고 술과 비단, 쌀 등을 주었으나 대부부의 부모는 딸을 먼 타향으로 보내는 것을 꺼려 숨기는 일이 많았다. 명나라로 간 처녀들은 대개 왕실의 후궁이나 궁녀가 되었다.

환향녀의 비애　　　전통적으로 '가문(家門)'은 부계친족집단(父系親族集團)인 '문중(門中)'과 같은 의미를 갖는다.

이것은 '집, 집안, 가족 공동체' 그 이상의 것을 의미하며 가문마다 가훈(家訓), 가풍, 가법(家法) 등 집 구성원들의 행동을 규제하는 각종 규범들이 있었다.

따라서 병자호란, 정묘호란이 끝난 후 포로로 잡혀 간 부녀자들이 조선으로 다시 돌아왔을 때, 이들을 '고향에 돌아온 여인'이라는 의미로 '환향녀(還鄕女)'라 불렀는데 이들은 당시 사회적 문제가 되었다. 조정에서는 이들 환향녀가 몸을 더럽힌 수치감에 자결하거나 집에 돌아가기를 포기할까 염려하여, 혹은 가문에서 이들을 내쫓을 것을 우려하여 이들을 도성 밖 홍제동 개울에서 몸을 씻게 한 후, 그것으로 모든 치욕은 씻긴 것이니 이후 이 여성들의 정절 여부를 묻지 말 것을 명했다.

그러나 사대부 가문에서는 환향녀와의 이혼을 요구하였고, 이것이 정치의 쟁점이 되기도 했다. 1638년 신풍부원군(新豊府院君) 장유(張維)는 아들의 처가 환향녀로서 정절을 잃은 여자이므로 이혼을 허락해줄 것을 요구했다. 그러나 조정에서는 이 문제가 개인의 문제가 아니라, 환향녀 모두가 가족으로부터 버림받게 될 수 있는 안건이므로 불허해야 한다고 하여 결국 장유의 이혼 요청은 거부되었다. 이처럼 돌아온 여인들은 정절을 잃고도 살아 돌아온 부도덕한 여인으로 낙인 찍혀 평생 뒷방에 갇혔거나 자결을 종용받는 등 그 여생이 불행했다고 전해진다. 오늘날 행실이 나쁜 여자를 지칭하는 말인 '화냥년'은 청에 끌려갔다가 고향에 돌아온 '환향녀'에서 유래된 것인데, 국가의 힘이 약하여 부녀자를 강대국에 빼앗기고도 귀향한 그녀들을 당시, 그리고 그 이후 어떻게 처우했는지를 알 수 있다.

전쟁미망인 전후 한국 사회의 큰 문제 중 하나는 수많은 '전쟁미망인'의 존재였다. 미망인(未亡人)이란, '죽은 자의 아내'라는 의미를 담고 있지만 동시에 '아직 따라 죽지 못한 사람'이란 뜻으로, 남편이 죽고 홀로 남은 여자를 의미한다. 따라서 당시 전쟁미망인들은 살아 있는 것을 부끄러워해야 한다고 하는 사회적 편견 속에서 행동의 제약을 받았을 뿐만 아니라 가족의 생계를 책임져야 하는 실질적 가장의 역할을 해야 했다.

한국 최초의 여성 감독 박남옥은 전후 전쟁미망인들의 고충과 처지를 여성의 관점에서 '미망인'이라는 영화를 만들었다. 주인공은 남편이 죽고 살길이 막막해지자 남편 친구에게 매달려 그의 도움을 받고 또 새로운 남자가 나타나자 다시 쉽게 사랑에 빠지며, 남자 때문에 하나밖에 없는 딸을 남에게 맡기고 그와 동거에 들어갈 만큼 자신의 욕망에 충실한 여성이다. 이 영화는 전쟁미망인의 고독과 삶의 욕구를 표현한 것이지만, 가족의 생계를 위해 직업을 가져야 했으나 여성들은 일할 기회와 경제 활동이 매우 제약되었으며 그러한 사회적 환경 속에서 미망인들은 언제든 매춘에 나설 수 있는 '잠재적 매춘부'로 인식되었다. 그리하여 미망인들은 전통적으로 부계중심의 가족 구조에서 벗어나 어머니 중심의 '일탈된 가족 형태'의 확대를 가져옴으로써 전통적 질서와 기존의 사회구조를 불안하게 만드는 존재로 인식되었고, 미망인의 빈곤과 성적 욕망은 매매춘이나 첩의 역할로 채워질 것이라고 하는 사회적 편견 속에서 살아야 했다.

이러한 사회적 분위기는 여성들에게 정신적, 물질적 황폐화를 가져왔지만, 한편으로는 남성의 영역으로 여겨진 공적 영역에 적극적으로 진출할 수 있는 계기가 되기도 했다. 전통적으로 남성은 공적 영역인 직장과의 관계에서 정의되고, 여성은 사적 영역인 가정과의 관계에서 정의되어 왔다. 즉, 남성의 위치는 사회적, 경제적 구조에서의 위치에 의해 결정되었고, 여성은 가정 내에서의 위치에 따라 결정되었다. 그러나 전시와 전후에 여성들은 가족의 생계를 꾸려가기 위해 적극적으로 경제 활동에 나설 수밖에 없었고, 이는 남성의 영역으로 여겨졌던 공적 영역에서의 충돌을 의미했다. 어떤 방식으로든 이 시기 여성들의 공적 영역으로의 진출은 역사적으로 여성들이 남성의 영역을 침범하게 된 것을 의미한다.

자유부인

'자유부인'은 1954년 1월 1일부터 그 해 8월 6일까지 215회에 걸쳐 「서울신문」에 연재된 정비석의 소설이다. 휴전협정이 체결된 다음 해인 1954년경 사교춤이 유행하고, 전쟁미망인이 사회에 진출하면서 여성들의 전후(戰後) 퇴폐풍조가 사회문제화되었다. 이 작품은 전쟁 직후 국가의 통제력이 약화되면서 성윤리와 도덕성이 상실된 당시의 사회상을 사실적으로 보여주고 있다.

소설 내용 속 주인공인 오선영은 춤바람이 나고 유부남과 깊은 관계에 빠져

가정 파탄의 위기에 처하지만 남편의 넓은 아량과 이해로 다시 가정으로 돌아간다. 일본이 물러가고 미군정이 들어서면서 사회가 급속하게 산업화, 물질화되어 전통적인 가치관이 급격히 무너지던 당시, 오선영으로 대표되던 '자유부인'은 성적으로 자유분방하고 퇴폐적인 여성의 한 유형을 대변한다. 자유부인에 대한 사회적 반응은 한결같이 부정적이었으나 소설 『자유부인』을 읽고 여성들은 대리만족을 느끼며, 남성 중심의 사회 구조 속에서 아내나 어머니로만 규정되던 여성들의 성적 정체성을 일깨우는 계기가 되었다. 이처럼 유부녀의 탈선과 성개방이라는 파격적인 주제로 인하여 『자유부인』은 세간의 주목을 받으며 여러 번 영화화되었고, 속편이 제작되기도 하였다.

여성의 '섹슈얼리티(sexuality)'란 여성의 성적 욕망과 태도, 성적 행위와 정체성을 총체적으로 의미하는데, 한국 근대화 과정에서 나타난 '자유부인'과 같은 여성 지칭어는 이것을 충실히 반영하고 있음을 알 수 있다. 그 이후 자유부인은 가정 내 아내나 어머니로서 살아가는 여성들과 관련하여 '일상에서 벗어남, 자유, 탈선, 섹슈얼리티, 퇴폐' 등을 함의하는 지칭어로 사용되어 왔다.

양공주
전후에 전쟁미망인과 더불어 사회적으로 불온한 섹슈얼리티 집단으로 여겨진 여성은 이른바 '양공주', 즉 미군을 상대하는 여성들이었다. 양공주의 역사는 주한 미군의 역사와 함께 시작된다. 1945년 9월 미점령군이 인천항에 주둔하면서 38선 남쪽을 지배하게 되었고 1916년 일제에 의해 설치된 공창의 폐지령을 내렸다. 그러나 이러한 조치는 전쟁과 가난, 군부대의 주둔이라는 조건과 맞물려 오히려 양공주라는 존재를 만들어냈고, 전쟁 후 미군 기지 주변에 기지촌이 형성되었다. 일제에 의한 공창은 폐지되었지만 국가의 묵인 하에 미군을 상대로 한 사창이 번성하게 된 것이다. 이들 양공주를 부르는 말로 '바걸, 호스티스, 비즈니스 우먼, 위안부' 등과 같은 말이 생겨났다.

국가 발전과 여성
1960년대 후반 여성은 국가가 주도하는 경제 근대화 속에서 국가 경제 발전 프로그램인 가족계획사업에 동참하게 되었다. 국가 근대화와 경제 개발 정책의 일환인 가족

계획 사업은 여성에게 피임하도록 강권하고 현대적 피임 방법을 널리 보급시키며 출산율에 큰 변화를 가져왔다. 1960년대 초 평균 6.3명이던 출산율을 떨어뜨리기 위해서 국가는 자녀 하나 갖기 캠페인을 실시했고, 이것은 뿌리 깊은 남아선호사상을 없애는 데 중요한 기폭제 역할을 하기도 했다.

국가 경제 발전이 최우선시 되던 1960년대 여성의 성은 상품화되어 국가의 경제적 이윤의 영역으로 인식되었다. 당시 정부는 달러를 벌기 위한 방책으로 관광 산업에 관심을 가졌는데, 이때 주역으로 등장한 것이 상업적인 성을 바탕으로 한 '기생 관광'이었다. 1961년 11월에 군사 정권은 사회 정화를 명분으로 매매춘 행위 근절을 위한 '윤락 행위 등 방지법'을 제정했으나 특정 지역 내에서의 매춘이나 특수 관광호텔에서 외국인을 상대로 하는 매춘에 대해서는 원칙적으로 이 법의 적용을 보류했다. 1973년에 정부는 외채와 무역 적자를 줄이기 위해 매춘 여성들이 합법적으로 영업할 수 있도록 호텔 통과증과 외국인을 상대로 한 매춘에 허가증인 접객원 증명서를 발행해 주었다. 한국이 일본인 관광객을 통해 얻은 수입은 700억 원에 달했다.

또한, 여성의 성을 표현하는 영화도 경제적 가치가 충분한 상품이었다. 영화와 대중 소설에서 성의 상품화는 상업 자본가의 이익과 합치될 뿐 아니라 당시 국가 경제 발전의 논리에도 부합하는 것이었는데 여기에는 향락 산업이 번성하던 당시 사회가 반영되어 있다. 향락 산업의 번창은 군부독재에 이루어졌던 1980년대의 이른바 3S정책, 즉 '스포츠, 섹스, 스크린'의 활성화, 그리고 성의 상업화와 함께 이루어졌으며 이는 국가 권력의 지배를 위해 사용되었다.

6.3. 인재(人才), 정치의 근본

일반적으로 전통시대 여성작가들은 애정이나 가족에 많은 관심을 두고 사회나 정치 문제에는 별로 관심을 기울이지 않았다고 여겨진다. 조선조 전기 이래 여성들의 영역이 가정 내부로 한정되면서 공적 영역에 대한 관심을 보이지 않도록 제한되었는데, 이는 『소학』에서 부부 두 사람의 역할을 내외로 규정지은 것과 주자주의가 교조화된 때문이었다. 그러나 실제로는 정치계에서 여성의 역할이 적지 않았다. 여왕(女王)도 있었고 왕이 부재하거나 어릴 때, 권력을 행사했던 대비(大妃)도 있었다. 또한 여성들에게 있어, 가족 또는 지인들의 출사(出仕)와 기타 일상의 삶에서 정치는 직접 부딪히는 문제였다. 그러므로 여성들은 정치에 무관심할 수 없었고, 정치에 관심을 기울이고 정치담론을 저술하기까지 하였다.

18세기 후반에 이르면 노론(老論) 가문 여성작가에 의해 군신관계와 영조(英祖)대 정치에 대한 의론이 나타나서, 정치는 인재 등용에 달려있다는 주장을 편다. 요순(堯舜) 임금도 신하들의 힘에 의지했기 때문에 성군이 될 수 있었다는 것이다. 임금이 아무리 훌륭하더라도 홀로 모든 능력을 갖춘 것이 아니므로 임금의 책무는 좋은 신하를 찾아 제자리에 앉히는 것이고, 실제 정치는 그 신하들에 의해 이루어진다고 했다. 그러나 선택은 신하도 할 수 있다. 어진 신하들이 목숨을 걸고 폭군 곁에 남아 정치를 바로잡기 위해 끝까지 노력해야 할 필요는 없다고 하였다. 그런 만큼 신하는 운신의 폭이 있게 되고 이에 비례하여 더 강화된 책임을 지닌다. 결국 궁극적인 책임은 신하에게 있으며, 정치는 국왕이 아니라 신하가 하는 것이어서 나라가 위험하거나 멸망할 때 그 책임도 신하가 짊어져야 한다고 했다. (임윤지당 「治亂在得人說」)

이는 영조의 탕평책(蕩平策)을 비판하는 데로 이어진다. 이는 소인배(小人輩)가 추천한 무리는 역시 소인배라는 전제 아래, 노론만이 군자(君子)라는 시각을 기저에 깔고 있다. 군자와 소인은 벗이 될 수 없다. 이에 소인으로 조정에 채우게 되면 군자는 떠날 수밖에 없고, 군자와 소인을 억지로 같게 할 수도 없으며, 소인이 행한 잘못의 시비를 밝히지 않고 모호하고 불분명하게 둘 수도 없다고 했다. 이는 시비(是非)·선악(善惡)·군자·소인을 '조제(調劑)'하는 탕평이 근본적으로 불가능할 뿐만 아니라 옳지 않다고 말하는 것이다. 그런데 반탕평파가 소인배를 등용한 영조에게도 책임이 있다고 한 것과는 달리, 여성작가는 군주의 책임을 묻지 않고 그 소인배인 신하에게 책임을 돌렸다는 특징이 있다. (임윤지당 「論王安石」)

이른바 난리를 평정함은 마땅한 사람을 얻는 데 있다는 데 대해 말해보겠다. 요순과 삼대 이래로 거룩한 임금이 위에 있더라도 재주와 슬기가 뛰어난 신하가 아래에 있어 보좌한 뒤에라야 나라를 다스릴 수 있는 법인데, 그 까닭은 무엇인가? 혼자서 총명하다 해도 두루 들을 수는 없고, 혼자서 밝다 해도 두루 살필 수는 없기 때문에 밝은 임금과 어진 신하가 서로 만나서 위아래에서 서로 도운 뒤에라야 비로소 임금의 자리를 함께 보전하고 하늘이 준 직분을 수행하여 백성을 편안하게 할 수 있다. 이것이 자연의 이치이니 내가 사례를 들어 말해 보겠다.

요임금과 같은 지극한 성인도 네 사람의 신하가 있었으며, 게다가 민간에 있던 순임금을 천거해서 큰 정치를 맡아보게 한 뒤에 천하가 크게 다스려졌다. 순임금이 천하를 얻었을 때도, 고요, 기, 적, 설 등 스물두 사람이 있어 천하가 크게 다스려졌다. 하나라에 이르러 우임금이 왕위를 물려받았을 때는 순임금이 부리던 신하들을 기용하여 다스렸다. 어진 임금은 아버지의 신하와 아버지의 정치를 바꾸어 고치지 않아서 우임금을 이은 사람들은 그 다스림을 어지럽게 하지 않았다.

夫所謂治亂在於得人者 蓋自唐虞三代以來 雖聖君在上 又必有俊乂之臣 在下而輔佐之然後 乃能成其治. 此其故何哉 獨聽不能以徧聽 獨明不能以徧視故明良相得. 上下相濟 然後可以共天位治天職 以安天民者 乃自然之理也. 吾且試擧其槩而言之. 夫以唐堯之至聖 而有四岳 又擧舜於畎畝之中 使攝大政而後天下乃大治. 虞舜之有天下也. 又必有皐夔稷契等二十二人 而天下亦大治. 及夏禹氏受禪 亦臣舜之臣而致治啓. 又賢能不改父之臣與父之政 敬承繼禹之績而亦不墮厥治焉.

– 임윤지당 「난리를 평정함은 사람을 얻음에 있다는 데 대한 견해
治亂在得人說」(18세기 후반)

지금 안석은 경전의 도를 공부한 유학자로서 눈으로 선왕의 법과 정치를 보고 입으로는 성현의 남기신 가르침을 외웠으며, 뜻있는 임금을 만나 천하의 중책을 맡고 나라의 권력을 십 년이나 잡았으나 하나도 기념할 만한 좋은 일이 없고, 오직 자신과 뜻이 같은 사람을 좋아하고 뜻이 다른 사람을 미워하여, 신법이 행해질 수 있다고 말하는 자는 기뻐하여 친히 하고, 신법이 행해질 수 없다고 말하는 자는 미워하여 배척하니, 소인은 날마다 나아오게 하고 군자는 날마다 멀어지게 되었습니다.

구양수의 붕당론에서 이른바 '군자는 군자와 더불어 무리가 되고, 소인은 소인과 더불어 무리가 된다.' 라고 한 것이 진실로 옳은 말입니다. 이제 안석이 등용하는 사람은 모두 간교하고 음험하며 참소하고 아첨하며 가렴주구하는 무리들이니, 안석이 어찌 소인으로 귀결됨을 면할 수 있겠습니까?

今夫安石以經術儒者 目見先王之法政 口誦聖賢之遺訓 而遇有志之主 任天

下之重 而秉國十年 無一可紀之善 而惟喜同惡異 言新法之可行者 悅而親之 言
其不可行者 惡而斥之 致使小人日進 君子日遠. 歐陽公朋黨論所謂君子與君子
爲朋 小人與小人爲朋者 眞格言也. 今安石所進用 皆奸險讚諂 倍克之輩 則安
石亦安得免小人之歸也哉.

－임윤지당 「왕안석을 논함 論王安石」(18세기 후반)

6.4. 국권 회복, 역사의 주체

규방가사에서 여성이 스스로를 역사의 주체로 인식하는 계기는 일제강점기
의 국권 상실이다. 여성 자신이 역사의 현장에서 남성과 동등하게 역사를 움직
이는 주체임을 자각하고, 독립운동에 참여한다. 그동안 사회적 활동은 남성들
의 영역으로 인식되어 왔으며, 여성의 사회적 역할과 대외적 활동은 제한되었
다. 반면에 일제강점기 만주로 이주한 사대부가 여성들의 작품에서는 국권회복
을 위한 독립운동을 통해서 스스로를 역사의 주체로 자각하는 인식의 변화가
드러난다. (이호성 「위모사」, 평해 황씨 며느리 「원별가라」) 처음에는 여필종부의
이념에 따라 남편의 독립운동을 보조하는 역할에 머물렀으나 점차 여성의 사회
적 역할에 대해 자각하게 되면서 독립운동의 또 다른 주체임을 인식한다. 또한
근대 이후에는 새롭게 출현한 여학생 신분으로 학생독립운동에 참여하고 있다.
여학생이라는 공적 지위를 통해서 보다 적극적이고 능동적으로 사회적 역할에
대해 자각하고 있다. (조애영 「울분가」)

하물며 신평심이 남녀가 평등되니 심규이 부인네도 금을 버셔쌀고 이목구비
남과갓고 지각경뉸 마챵인디 직분디로 사업이야 남녀가 드르기소 직분디로 사업
이야 남녀가 다르기소 극분할사 이젼풍속 부인늬 일평싱은 선악을 물논ᄒ고 압직
밧고 구속ᄒ미 젼쥼살이 그안니요 사롬으로 삼겨나셔 홍낙이 무어시요 세계을
살펴보니 눈쑤억이 변쳑ᄒ고 별별이리 다잇구나 구라파 주열강국 예여도 만홀시
고 볍국이 나란부인 디쟝긔를 압셰우고 독입젼칭 성공ᄒ고

－이호성 「위모사」(1912)

규중여ㅈ 동서을 모르거든 무어슬 관계하리 우스며 딕답하야 여필종뷰라니 어
딕가면 안 싸르리 부모님 의향드러 가ㅈㅎ면 뉘 아니가리 (중략) 우리여ㅈ 만쥬에
거름ㅎ는 여러형제 어리셕은 힝위 다버리고 지금 이시딕 시십세기 문명한 빗흘어
더 남의뒤을 쌀치말고 만쥬일딕 부인 왕성ㅎ여 독입권을 갓치밧고 독입기 갓히들
고 압녹강을 건너갈졔 승전고을 울이면서 죠혼노릭 부을젹에 딕한독입 만만셰요
딕한 부인들도 만세을 놉히 부르면서 고국을 ㅊㅈ가셔 풍진을 물이치고 몃몃히
그리든 부모동기와 연아쳑당 상봉ㅎ고 그리든 졍회 셜화ㅎ고 만셰영낙 바라볼가
— 평해 황씨 며느리 「원별가라」(1916)

그때바로 광주에서 학생소요 사건이며 전국으로 번져가는 학생만세 사건이라
겨울방학 땡겨갖고 학생들을 가라하니 시골에서 유학온이 차비없어 못떠나고 일
주일이 지나서야 차비받아 귀향할제 대구역두 개찰구에 삼엄하게 경계망은 학생
들을 줄로엮어 차곡차곡 수색했네 삼사십명 학생중에 중앙고보 키다리가 감춰가
던 삐라뭉치 경관에게 들킨지라 차고때려 피투성이 포승질러 가는모습 물끄럼이
바라볼제 이를갈며 보았어라 여학생은 현이혼자 손가방만 수색당해 같이가던 학
생들과 파출소에 끌려가니 초만원을 일우어서 대구서에 압송되고 구류간이 차고
남아 복도에서 서성댔다
— 조애영 「울분가」(1930)

6.5. 국민 여성, 수호와 억압

여성의 수난을 통해 민족의 고통스런 역사를 들춰내는 서사적 원리는 매우
보편적인 기법이다. 국가의 울타리로 상정되는 아버지, 오빠, 남편 등이 부재하
는 상황에서 여성인물이 인신매매와 강간, 극한의 노동과 육체적 고통 가운데
놓이는 서사는 1930년대 식민치하 배경에서부터 6·25 전후의 상황까지 이어진
다. 그리고 상처 입은 민족과 무너진 국가를 회복해야 한다는 당위성 속에서
여성성은 모든 역경을 이겨낼 수 있는 억척스러운 구심점으로 환기되기도 한다.
자기 땅을 빼앗기고 쫓겨 간 간도에서 남편과 자식의 죽음을 목도하면서 자
신 역시 죽음에 직면하는 여성인물의 삶은 나라 잃은 식민치하의 현실이다. (강

경애 「모자(母子)」 『소금』) 애인이나 남편에게 유린당하거나 강대국의 남성에게 겁탈당하는 여성인물은 침략 받은 국가와 훼손된 민족에 대한 은유이다. (강경애 「어둠」, 「마약(痲藥)」, 『소금』, 윤정모 「에미 이름은 조센삐였다」) 이때의 여성은 쉽게 훼손되고 더럽혀질 수 있는 순결하고 연약한 어떤 것으로 표상된다. 짓밟힌 민족의 자존감을 회복해야 한다는 당위적 사안은 훼손되기 이전의 본래적 여성성, 즉 순결하고 무구한 여성성의 회복이라는 차원을 환기하면서, 훼손/순결, 상실/회복, 현실/이상이라는 여성성에 대한 이분법적 고정관념을 양산한다.

한 개인이기 이전에 민족 주체의 구성원으로 호명되는 여성 주체에는 민족과 가족을 위해 희생하는 억척스러운 수호적 모성의 이미지가 새겨진다. 어린 여성인물의 오빠이거나 애인인 젊은 남성인물은 자신이 지닌 이념과 가치의 실현을 여성인물에게 당부하고 떠난다. 여성인물은 남성인물이 꿈꾸는 민족 독립을 구현하고 사회주의 이념을 실현할 수 있는 가능성으로 제시된다. (박화성 「추석전야」, 「떠내려가는 유서」, 「하수도공사」, 「신혼여행」) 혹은 무너진 가정을 다시 세우고 가족들의 생계를 책임져야 하는 실질적 가장의 역할이 여성인물에게 부여된다. (강경애 「모자(母子)」, 「지하촌(地下村)」, 박경리 「불신시대」, 『토지』)

현대시에서 국가이데올로기를 향한 여성시인들의 목소리는 두 가지로 나뉜다. 첫째는 1950년대까지 계몽적인 인식 속에 국권과 국가의 존립을 열렬히 간구했던 시들이다. 이 시들은 국권을 회복하고 역사의 주체가 되어야 한다는 것에 대해 맹목적인 열망을 드러낸다. 한국전쟁에서 죽어간 미군을 미화하고 예찬하며, '꽃망울 같은 젊은이의 목숨'도 '대한민국의 아들'이라면 조국을 위해 내놓을 수 있어야 한다고 외치는 시들이다. 하지만 이는 여성시인들의 자발적 작품이라기보다는 당시 국가 시스템 속에서 창작을 요구받은 공적 목소리를 대변한 것이라고 볼 수 있으며, 여성의식이 개입된 시선이라기보다는 오히려 남성적 어조를 답습한 반공 애국시에 가깝다. (노천명 「조국은 피를 흘린다」, 「무명전사의 무덤 앞에-유엔 묘지에서」, 모윤숙 「국군은 죽어서 말한다」, 김명순 「유언」, 허영자 「조국」, 김남조 「이 소망을 보아라」)

1970년대 이후, 자의식을 갖고 성장한 여성시인들은 국가이데올로기를 향해 비판적인 목소리를 냈다. 민족국가의 존립을 강조하기보다는 역사와 세계의 조율 속에서 국가를 바라본다. 국가와 민족을 당위적으로 수호해야 할 가치로 인식해 '애국의 노래'를 드높이던 일변도에서 벗어나, 여성의 시선에서 국가의 가치를 어떻게 수호할 수 있는지 새롭게 성찰했으며 또한 국가의 수호가 어떻게 인간을 억압하고 있는지 비판적으로 통찰하게 된다. (고정희 「반지뽑기부인회 취지문-여성사연구 2」 「남자현의 무명지-여성사연구 3」, 허수경 「원폭수첩 2」 「국경」, 김선우 「나의 무한한 혁명에게」)

사흘 전부터 팔을 다친 데다가(그것도 타인 같으면 별 치료를 다할 만큼 많이 다쳤다) 이틀이나 공장에를 이를 갈고 다녔다. 게다가 어젯밤은 꼬박 세우고 오늘 저녁은 굶었다. 일 원 이십 전을 벌려고 어깨가 붓고 머리가 어지럽고 입안이 불같고 속이 메슥메슥한 것을 참았다.

-박화성 「추석전야」(1925)

"누이야! 너의 교육을 끝마쳐주지 못하고 가는 오빠는 네게 한 마디 말을 남긴다. 너는 허위와 가장이 많은 현재 학교의 교육만을 받으려 애쓰지 말고 공장 내에서 친히 당하는 실제의 교훈이 절실히 필요함을 깨달어라. 너는 여공이 되어라. 그리하여 두 아우를 무쇠 같이 키워다구. 이것이 나의 부탁이다."

-박화성 「떠내려가는 유서」(1932)

바늘끝에서 떠오르는 그날밤. 그날밤의 팽둥은 성난 호랑이 같이도 자기에게 덤벼들지 않았던가. 자기는 너무 무섭고도 두려워서 방안이 캄캄하도록 드리운 비단포장을 붙들고 죽기로써 반항하다가도 못이겨서 애를 배게 되지 않았던가.

-강경애 『소금』(1934)

남편의 죽음과 지금 자기네 모자의 죽음 얼마나 차이가 있는 죽음이냐
그는 얼결에 아들을 불으며 이아들로 하야는 결코 자신과 같은 인간을 만들지 않으리라 결심하였다. 그러고 아버지가 못다한 사업을 이아들로 완성하게 하리라 하였다.
"승호야!" 그는 가슴이 벅차서 이렇게 승호를 부르지 않고는 견디지 못하였다. 그러고 이까짓 눈 속 같은 것은 아무 꺼릴것이 없다고 부쩍 생각키웠다.

-강경애 「모자(母子)」(1935)

해종일 김매기에 그 몸이 고달팠겠고, 더구나 산에 가서 나무를 해오려기에 그 몸이 지칠대로 지쳤으련만, 또 아기에게라도 시달림을 받으니, 오늘날이라도 잠만 들면 깨지 못할 것 같다.

-강경애 「지하촌(地下村)」(1936)

새벽부터 남편이 자기를 이 되놈에게 팔았는가 하고 의문이 들었든 것이다. 하나 그것은 잠깐이고 어제밤에 남편이 정령 집에 갔는지, 여기 어디서 죽지나 않았는지, 만일 갔다더라도 보득일 데리고 얼마나 애를 태울까 하는 걱정이 다투어 일어난다. //

아가 아가…… 어쭉 일어나봐…… 홀제 남편은 어찌될 줄 알고 이제 등록한 아편쟁이가 될지 어떨지…… 고요히 숨이 끊어지고 만다.

—강경애 「마약(痲藥)」(1937)

"그 치욕은 나 한 사람만 겪은 게 아니다. 그 당시 처녀였던 이 땅의 수십만 여성이 다같이 겪은 난리였단다." (중략)

내 위로 오빠 한 분이 계셨다. 말하자면 그 오빠의 징용을 대신해서 내가 정신대로 자원을 했던 게지. 그렇게 자원하지 않아도 애국반에서 나를 가만 내버려두지는 않았을 게다. 그즈음은 주재소 주임, 면장, 면서기, 구장까지 처녀 공출에 혈안이 되어 있었으니까.

—윤정모 「에미 이름은 조센삐였다」(1982)

유식한 사람들 하나같이 전쟁을 미워하는 세대에
누구는 싸움이 좋을 건가
꽃 같은 청춘들을 누구는 싸움터로 보내고 싶을 거냐

기름진 강토(江土)는 전신 만창이 되고
어진 백성 짐승 모양 사뭇 잡아죽이는 마당
조국은 피를 흘리는데
우리 싸우지 않고 어찌하랴

누구보다 평화를 사랑하는 백성이기에
평화를 지키는 사람들이기에
모두 다 발 구르며 싸움터로 달리는 것이다

—노천명 「조국은 피를 흘린다」(1953)

일찍이 이방인의 모습이
이렇듯 반가운 적이 있었으랴
우리를 살리려 온 그대들은 바로 천사였어라

태평양을 건너 낯설고 빈한한 이 땅
별로 아름답지도 장하도 못한 건물을
총 들고 지켜주는 이역(異域)의 아침은
얼마나 어설펐으랴
홈식이 뭉클 치밀 때마다
보다 준엄한 정의가 있었다

이제 그대 영원한 평화의 사도 되어
동양 한구석 코리아에 조그만 면적을 차지하고
들국화에 싸여
푸른 하늘에 안겨
여기 누웠나니
-노천명 「무명 전사의 무덤 앞에-유엔 묘지에서」(1953)

누런 유니폼 햇빛에 반짝이는 어깨의 표지
그대는 자랑스런 대한민국의 소위였구나
가슴에선 아직도 더운 피가 뿜어 나온다
장미 냄새보다 더 짙은 피의 향기여!
엎드려 그 젊은 주검을 통곡하며
듣노라! 그대가 주고 간 마지막 말을……

나는 죽었노라, 스물 다섯 젊은 나이에
대한민국의 아들로 숨을 마치었노라
질식하는 구름과 원수가 밀려오는 조국의 산맥을 지키다가
드디어 드디어 숨지었노라.

내 손에는 범치 못할 총대 내 머리엔 깨지지 않을 철모가 씌어져
원수와 싸우기에 한 번도 비겁하지 않았노라
그보다도 내 피 속엔 더 강한 혼이 소리쳐
달리었노라 산과 골짜기 무덤과 가시숲을
-모윤숙 「국군은 죽어서 말한다」(1933)

조선아 내가 너를 영결永訣할 때
개천가에 고꾸라졌던지 들에 피 뽑았던지

죽은 시체에게라도 더 학대해다오.
그래도 부족하거든
이다음에 나 같은 사람이 나더라도
할 수만 있는 대로 또 학대해보아라
그러면 서로 미워하는 우리는 영영 작별된다
이 사나운 곳아 사나운 곳아.

―김명순 「유언」(1925)

굳센 남편과 어진 아내의
사랑과 화목을 보아라
가난한 애인들의 터질 듯 충만한 꿈을 보아라
고달픈 아낙네의 아기를 보아라
저 영롱한 눈을 보아라

조국이여
마침내 그대는 번영에로 가리니
자유에로 가리니

―김남조 「이 소망을 보아라」(1963)

먼 나라에 와서 부르는
그대 이름

아! 내 조국

그 음성 낮으나
잡티 없이 맑고

그 음성 짧으나
꽃불처럼 뜨겁고……

―허영자 「조국」(1995)

대범 이천만 중 여자가 일천만이요
여자 일천만 중 반지 있는 이가 오백만이라
반지 한 쌍에 이원씩 셈하여
부인 수중에 일천만원 들어 있다 할 것이외다

기우는 나라의 빚을 갚고 보면
풍전등화 같은 국권회복 물론이요
여권의 재앙 말끔히 거둬내고
우리 여자의 힘 세상에 전파하여
남녀동등권을 찾을 것이니
대한의 여성들이여,
반만년 기다려온 이 자유의 행진에
삼종지덕의 가락지 벗어던져
새로운 세상의 징검다리 괴시라

　　　　　　　　　—고정희 「반지뽑기부인회 취지문—여성사연구 2」(1987)

경북 안동 출신 남자현,
열아홉에 유생 김영주와 혼인하여
밥짓고 빨래하고 유복자나 키우다가
딱 깨친 바 있어
안동땅에 자자한
효부 열녀 쇠사슬에 찬물을 끼얹고
여필종부 오랏줄을 싹둑 끊으니
서로군정독립단 일원이 되니라
북만주벌 열두 곳에 해방의 터를 닦아
여성 개화 신천지 씨앗을 뿌리며
국경선 안과 밖을 십여성상 누비다가
난공불락, 왜세의 도마 위에
섬섬옥수 열 손가락 얹어놓고 하는 말
천지신명 듣거든 사람세상 발원이요
탄압의 말뚝에 국적 따로 있으리까
조선여자 무명지 단칼에 내리치니
피로 받아 쓴 대한여자독립원
아직도 떠도는 아낙의 무명지

　　　　　　　　　—고정희 「남자현의 무명지—여성사연구 3」(1987)

밀려오는 복통으로 잠 못 이뤄 퉁퉁
부은 두 다리 주무르는
경상남도 합천군 율곡면 원폭의 밤

칠흑 같은 어둠 저 너머
소녀는 실려가고 있었습니다
(중략)
트럭 꽁무니에 매달려 애원하던 소녀
온몸에 불을 뒤집어쓰고
남은 숨 모두어
통곡하던 소녀
살려주세요 난 아직 안 죽었어요

학도보국대 미쓰비시 군수공장 잡역부
검은 몸빼 목노발
검은 밥에 소금국
눈부신 꽃세월 마른버짐으로 피어나던
조선 소녀여

— 허수경 「원폭수첩 2」(1988)

　마을마다 독립군 하나 안 담은 곳 있으랴 조선땅은 그런 곳이라 허구한 날 찌든 땅 속 발바닥 실핏줄까지 쩔었다고 믿음까지 썩어지지 않을지니
　독립군 오래비 이녁이 깨금발로 가당찮게 가고자 한 곳 여기였어 기러기떼 해마다 가네 해동청 무진기상 해마다 거기로 가네
　문서로 남지 못한 청맹과니 역사여
　눈발 사무치게 뼈를 갈아내어도 국경까지 다 덮을 수 있으랴
　두엄 같은 믿음까지 갈아엎을 수 있으랴
　독립군 하나 언제나 담아왔던 조선의 마을
　두레의 황홀한 마을인데

— 허수경 「국경」(1988)

온 몸에 얼음이 박힌 채 살아온 한 여자의 일생에 대해
빈 그릇에 담기는 어혈의 투명한 슬픔에 대해
세상을 유지하는 노동하는 몸과 탐욕한 자본의 폭력에 대해
마음의 오목하게 들어간 망명지에 대해 골몰하는 시간이다
사랑을 잃지 않겠습니다 그 길밖에
인생이란 것의 품위를 지켜갈 다른 방도가 없음을 압니다
가냘프지만 함께 우는 손들

자신의 이익과 상관없는 일을 위해 눈물 흘리는

그 손들이 서로의 체온을 엮어 짠 그물을 검은 하늘로 던져올릴 때

－김선우 「나의 무한한 혁명에게」(2012)

6.6. 통제와 감시의 시스템

여성은 국가의 위기 상황에서 실질적인 가장의 역할을 수행하지만, 그녀들에게는 수호의 의무만 주어질 뿐 그에 부합하는 권력과 자율권은 부정됨으로써 여성인물은 분열된 상태에 놓이게 된다. 억압되고 분열된 여성 주체는 정체된 사회를 교란하고 위협하는 힘이 된다. 전쟁과 위험, 가난과 혼란 속에서 자신과 가족을 지키기 위해 강대국 남성에게 의탁하는 여성인물들의 행동은 부도덕하고 파렴치한 것으로 낙인찍히고 감시당한다. (박완서『나목』, 오정희「중국인 거리」「유년의 뜰」)

국가와 민족을 대표하는 국모(國母)의 수난과 죽음은 그들이 지닌 자긍과 위엄, 그들이 처한 멸시와 천대의 이율배반적 일대기를 통해 민족과 국가의 담론이 기획하고 배제시킨 여성성을 구현한다. 국모의 생애가 제대로 기억되지 못하는 상황은 국가 수립이 좌절되는 와중에 이중의 억압에 처했던 여성의 삶에 대한 형상화이다. (신경숙『리진』)

여성시인들은 국가가 우리가 반드시 수호해야 할 필연적인 가치라고 믿게 하는 국가 이데올로기 속에 국가가 자행하는 권력을 무비판적으로 받아들이게 하는 기제가 숨어있다는 것을 인식한다. 민족국가라는 미명으로 인간을 통제하고 감시하는 시스템이 강력하게 작동된다는 것을 인식한 것이다. 국가는 우리를 '애무한 적'도 있지만 동시에 우리를 '목 조른 적'도 있다는 것을 인식하면서 국가이데올로기의 폭력성과 맹목성을 비판하게 된다. (김선우「주홍 글씨」, 최영미「2008년 6월, 서울」, 김승희「솟구쳐오르기·5」)

더욱이 국가의 식민성과 무력함, 그리고 산업화와 도시화 등의 '개발'이라는 이름으로 여성을 착취하고 물화하고 상품화하여 '수출'을 감행하는 등 여성파괴

적인 개발을 지속하자, 여성시인들은 국가의 통제와 감시라는 시스템이 사실 '매매춘 공화국'의 구조와 전연 다르지 않음을 고발한다. (문정희 「딸아 미안하다」, 김선우 「열네 살 舞子」, 허수경 「여자아이들은 지나가는 사람에게 집을 묻는다」, 차정미 「매매춘 공화국 3」)

> "왜 자꾸 약을 올리는 거야. 미스 리를 그런 갈보년들 틈에, 더구나 양키들의 모멸의 시선 속에 두고 보는 것을 내가 참을 수 있을 줄 알아? 너는 딴 여자들과는 좀 달라야 해."
> 숫제 협박조였다. 그러면서도 그의 시선엔 어느 때보다도 강한 갈망이 이글댔다.
> —박완서 『나목』(1970)

> 잠시 후 요란한 사이렌을 울리며 미군 지프가 달려왔다. 겹겹이 진을 친 사람들이 순식간에 양쪽으로 갈라졌다. 헤드라이트의 쏟아질 듯 밝은 불빛 속에 매기언니가 반듯이 누워 있었다. 염색한, 길고 숱 많은 머리털이 흩어져 후광처럼 얼굴을 감싸고 있었다. 위에서 던져버렸다는군.
> —오정희 「중국인 거리」(1979)

> 남들이 뭐라는 줄 아세요? 하얗게 닦아 세워둔 고무신에 마악 발을 꿰려는 어머니의 앞을 오빠가 가로막았다.
> 뭐라고들 하든?
> 어머니는 치맛자락을 거머쥐고, 오빠는 바라보지 않고 건성으로 되물었다.
> 갈보래요, 늙은 갈보.
> 어머니의 눈가가 순간 확 붉어졌으나 곧 태연히 대꾸했다.
> 실컷 떠들라지.
> 아버지가 오시면 뭐라고 하실까요.
> 글쎄다.
> —오정희 「유년의 뜰」(1980)

> 리진이 남긴 서찰엔 왕비가 시해당하던 날 밤의 정황이 자세히 씌어 있었다. 그것뿐이었다. 콜랭은, 리진이 왜 텅 빈 궁궐을 죽음의 장소로 택했을까, 를 여태 생각해본 적이 없었다.
> —신경숙 『리진』(2007)

> 저 손은 언젠가 나를 애무한 적이 있다 저 손은 언젠가 내 목을 조른 적이 있다

저 손은 나에게 유리 구두를 신겨준 적이 있다 비좁게 짠 관짝처럼 복숭아뼈가
아팠다 발톱에 숨어 자라던 몇 장의 푸른 잎사귀마저 짓뭉개뜨린, 저 손은 언젠가
내게 마음을 떠먹여 준 적이 있다 마음 위에 피 흘리는 잎사귀들이 떠다니고, 저
손은 언젠가 내 긴 머리채에 사람의 몸에서 짜낸 향유를 부은 적이 있다 단검을
날리듯 날렵하게 물방울들을 훑어낸 적이 있다 동거를 하자고 말하며 내 머리채를
꼭꼭 땋아 내려준 적이 있다 저 손은 어머니의 국그릇에 독을 탄 적이 있으며
내 뱃속의 아이를 긁쇠로 으깬 적이 있으며 내 젖가슴을 잘라내 목련나무 그늘
아래 던진 적이 있다 저 손은 언젠가 시녀 같은 내 몸에 불을 매단 적이 있다
저 손은 언젠가 돌팔매질을 하며 나를 화형대에 매단 적이 있고

—김선우 「주홍 글씨」(2007)

광장엔 옛날 사진들이, 피 묻은 신문들이 붙어 있고
확성기에서 울려퍼지는 노래도
어쩜! 이십 년 전과 똑같지만,
큰길에서 느긋하게 나눠주는 선언문은
그때보다 두껍고 인쇄 상태도 좋다.
21세기의 IT강국에서 인쇄된
빨간 느낌표는 세련되었고
서 있는 얼굴들은 군사독재에 저항하던 80년대처럼
분노로 일그러지지 않았다.
종이컵 안에서 안전하게 타는 촛불처럼 온화한 눈빛.
목숨을 걸고 싸우지 않는,
외치다가 내가 죽을 구호를 모르는 건강한 입술.
어깨에 부딪치는 익명의 팔을 견디지 못하고 나는
내 옆의 젊은이에게 촛불을 건네주고 지하로 들어갔다.

—최영미 「2008년 6월, 서울」(2009)

목격자의 원죄, 목격자의 비굴, 목격자의 공포가
지상의 인간들의 날개를 찢고 있다,
깃털을 흩트리고 있다.

목격이 원죄를 형성해 버린 이 땅에서
우리 모두 원죄를 벗기 위해서는
보내라, 보내라,

가야 할 것들을 종말처리장으로 보내고,
죄가 경미한 사람들은 시청앞 광장 분수대에서
공개목욕을 시키자
공개목욕을 시키자

메아리 없는 거리에선
오렌지가 주렁주렁 익어가고
사이비가 사바사바 자라나고
성수대교가 무너진다, 무너진다, 무너진다

-김승희 「솟구쳐오르기·5」(1995)

딸아, 미안하다
오늘 나는 이렇게 말해야 한다
무능한 나라의 치욕과
적국을 향한 분노로 소리 지르다 말고
나는 목젖을 떨며 깊이 울어야 한다
기실 나는 민족을 잘 모른다
그 민족의 주체가 남성인 것도 모른다
(중략)
결국 강압과 사기로 세계에도 유례없는 성 노예 집단인
적국 군대의 종군 위안부로 보내진 내 딸아
민족보다도, 그 민족의 주체인 남성의 소유물이
상처를 입은 그 어떤 수치심보다도
내 딸의 존엄과 내 딸의 인격이 전리품으로 능욕당한
그 앞에 나는 무릎 꿇어 사죄한다. 진심으로
미안하다, 딸아

-문정희 「딸아 미안하다」(2004)

방마다 이름과 번호가 붙어 있었네 파라오에서도 내 이름은 마이코, 춤추는 마
이코, 옷이 발가벗겨져, 좁다란 방 안에 던져졌을 때, 춤추어라 마이코야, 죽음보
다 깊은, 내 나이 열네 살……

……하나 둘 셋 넷 다섯 여섯…… 입에서 코에서 밑에서, 온몸의 구멍에서 피가
터져 나올 때까지…… 춤추어라 마이코야, 온몸이 마비되어 황천을 보았네 검은

하늘 까무룩 찢기며 황천 물 쏟아져……

－김선우 「열네 살 舞子」(2007)

젖가슴이 작은 여자아이들은 머리에 꽃을 꽂고 거리를 서성인다 상어떼처럼 차들은 여자아이의 치마를 할퀴며 지나가고 검은 코끼리 같은 구름이 찢어진 치마 안에 손을 넣는다

덜 자란 아이들은 언제나 덜 자라 이 거리에서 돈을 벌지 못하고 아이들의 가슴에 든 지폐는 영혼을 팔아 바다를 사고 적막한 눈을 감고 바다는 오 오 거리에서 팔던 오뎅국물처럼 졸아든다

그리고 집을 묻는다 지나가는 사람은 술 취한 눈을 들어 여자아이를 바라본다 낡은 들보 같은 여자아이의 젖가슴에 손을 집어넣으며 지나가는 사람은 아이를 안는다

－허수경 「여자아이들은 지나가는 사람에게 집을 묻는다」(2001)

한국 여성은 외화획득을 위해 국내외에서
몸을 바치고 있으며 특히 한국의 기생,
호스테스가 대거 일본에 진출하여 밤낮으로 분투하는
애국충정은 참으로 훌륭한 것이다

몸 파는 일을 애국이라고
어린 딸자식 아내
늙은 어미마저 도매값에 팔아넘기고
짭짤한 관광수입 재미 좋다고
관광호텔 우뚝우뚝 솟는 나라
(중략)
정부의 이름으로
재벌과 관리의 이름으로
경찰과 포주와 펨프의 이름으로
기둥서방과 군림하는 남편
가부장의 이름으로
여자들의 맨몸뚱이 껍질을 벗기는 나라

－차정미 「매매춘 공화국3」(1989)

6.7. 후일담, 상처의 공유와 연대

사회주의 이념이 해체된 이후, 즉 1990~2000년대에 1980년대 사회변혁운동의 경험과 운동의 과정 속에서 묻어둘 수밖에 없었던 인간의 내면을 회고적으로 바라보는 문학적 양상을 후일담이라고 한다. 1970~80년대 공포와 치욕의 시간을 건너 1990년대 이르러서는 '서른, 잔치는 끝났다'라는 선언처럼 후일담 문학이 시작되었다.

후일담은 변혁운동 주체의 변화를 변절로 보면서 80년대의 공동체적 열정과 이상을 그리워하거나 (홍희담 「깃발」, 공지영 「동트는 새벽」, 「인간에 대한 예의」, 「무엇을 할 것인가」, 『고등어』, 최윤 「회색 눈사람」) 전체주의적 폭력성 속에서 개인적 욕망과 가치가 억압되었던 양상을 비판적으로 회고한다. (홍희담 「그대에게 보내는 편지」, 「문밖에서」, 신경숙 「딸기밭」『어디선가 나를 찾는 전화벨이 울리고』) 80년대를 바라보는 모순된 두 관점은 한 작품 속에서 각기 다른 비중으로 뒤섞여 제시되면서, 근거리에 놓인 사(史)적 공간인 80년대에 대한 해석과 조망이 불가해함을 말한다. 불온한 시대의 억압이 젊은이들에게서 개별적인 고뇌와 낭만적인 사랑을 앗아갔다는 지점은 오히려 주체적인 삶에 대한 갈망과 불가능해서 더 위대해진 사랑에 대한 열망을 부추기는 배경이 되기도 한다. (신경숙 「딸기밭」『어디선가 나를 찾는 전화벨이 울리고』)

80년대의 핵심에 있던 광주항쟁은 홍희담에 의해 지속적으로 조명되었는데, 그 시대의 전모에 대한 고발적 서사 안에는 위대한 '우리'를 위해 희생되어야 했던 개인에 대한 회한이 묻어난다. (홍희담 「그대에게 보내는 편지」, 「문밖에서」) 한 시대의 굴곡에 깊이 가담했던 자의 피해의식과 살기 위해 살짝 비켜 있었던 자의 죄의식이 뒤섞인다. 개인적인 것으로부터 집단으로 향해가는 여성인물의 시각은 근원적이고 원초적인 토대에 근거한 물음을 던진다. (홍희담 「김치를 담그며」) 논리적 접근이 불가능한 시대에 대한 해명은 특히 미친 자의 언술로 펼쳐지곤 한다. 항쟁의 시대로 기억이 고착된 채 수신자가 부재하는 편지를 쓰는가 하면 (홍희담 「그대에게 보내는 편지」) 살아남은 미친 소녀가 죽은 엄마에게 오빠의 죽음을 알리러 가는, 이중의 불가능한 소통 구조를 취하기도 한다. (최윤 「저기 소리없이 한 점 꽃잎이 지고」) 피해자라는 미명 아래 타자화되었던 시대의 주인공들이 독백을 통해 주체로 부활하는 구조는 여성적 서사의 특징이자 강점이다. 최윤은 80년대의 저항 정신과 아웃사이더 의식을 90년대를 살아가는 존재론적 불안 의식으로 착복함으로써 새로운 후일담을 제안한다. 정치범으로 잠적해야 했던 특이한 인물군과 그들의 도망자 의식에 전염된 '나'가 생성하는 신비롭고 따스한 공감과 소통은 80년대에 대한 기존의 단일한 해석 지평을 벗어난다. (최윤 「속삭임 속삭임」, 「문경새재」) 뿐만 아니라 최윤은 저항과 그로 인한 비일상의 정황을 중요시하면서 후일담을 6.25 전후의 사상적 대립 시기까지 확대한다. (최윤 「그의 침묵」)

현대시에서도 피비린내의 혁명과 시위와 항쟁이 끝난 자리에는 아직 끝내지 못한 노래가 후일담처럼 남아 있다. 이 시들은 국가를 향해 격렬하게 투쟁하였으되 미처 다하지 못했다는 안타까움과, 일정 성취하였으니 새로운 길을 모색해야 한다는 의지로 나뉜다. (최영미 「서른, 잔치는 끝났다」, 「광장을 지나며」) 1980년대의 뜨겁고 열렬했던 이념을 비판적으로 수용하면서 동시대를 함께 건너온 상처를 공유하고 연대하는 목소리가 시작되었으나, 한편으로는 여전히 진행 중인 국가이데올로기의 예민한 현실적인 문제들을 후일담 문학이 박제화해 버렸다는 격렬한 비판이 일었다. 그러나 국가와 사회의 변혁을 갈망하는 시들은 상처를 치유하되 문제의식을 공유하면서 후일담을 적극적인 기억과 기록의 형식으로 다시 쓰기 시작한다. (이원 「국경일」, 허수경 「머리에 흰 꽃을 단 여자아이들은」, 최승자 「세기말」, 정민경 「그날」)

"뒤에 타세요."

그녀들은 웃으면서 고개를 저었다. 뒤쪽에 도시락 가방이 꽁꽁 묶여 있었다. 그가 힘껏 페달을 밟았다. 새벽 공기를 가르며 달려갔다. 증기기관차의 김처럼 입김을 씩씩 뿜어내며 힘차게 달려갔다.

머리카락이 휘날렸다. 작업복 자락이 펄럭였다. 점점 멀어지면서 새벽 여명 속에 옷자락의 펄럭임만이 보였다. 수없는 펄럭임이었다. 그것은 깃발이었다.

― 홍희담 「깃발」(1988)

책갈피마다 선연한 핏자국들. 함성소리, 총소리, 눈물겹게 서로를 부둥켜안고 다독이던 광주의 위대한 시민들, 도서관 한모퉁이에 앉아 터져나오는 통곡을 틀어막으려 했지만 소용이 없었다. 그날 이후 정화는 날마다 허물을 벗는 세상을 보았다.

―공지영 「동트는 새벽」(1988)

몇 밤이나 지났나. 몇 십 밤이, 몇 백 밤이…… 벌써 어둠이 사방에 극성스럽게 와 있는데…… 나는 왜 이렇게 졸리기만 할까. 잠을 깨야지. 어서 잠에서 깨어나야지. 내 살은 꼬집어도 아프지도 않아. 비틀어도 피 한 방울 나지 않아. 그렇게 많이 걸었는데도 발가락 하나 부러지지 않았어. 아, 내 저주받은 창자는 어떻고. 시작해야지. 지금부터 정말 시작해야지. 그런데 무슨 시작이지. 벌써 여름이 한창이야. 아니면 여름이 이미 가고 있는지도 모르고. 그때는 늦봄이었는데.

―최윤 「저기 소리없이 한 점 꽃잎이 지고」(1988)

나는 거의 마지막 손질 단계에 있는 우리의 인쇄 책자를 생각했다. 주초에는 그 책에도 눈이 붙여지고 코가 붙여질 것이다. 이상한 흥분이 나를 사로잡았다. 나는 그리워하고 있었다. 사람을 그리워하는 것이 아니라 일을. 아무 일이나 그리운 것이 아니라, 비록 외곽에서의 잡일이기는 하지만 몇 달 전부터 내가 하기 시작한 바로 그 일을. 바로 그 인쇄소에서, 다른 사람 아닌 바로 그들과 일하는 것을.

―최윤 「회색 눈사람」(1992)

그러나 어떤 역사? 누구의 역사? 받쳐질 말에 의해서만 의미의 문이 열릴 그 말. 나는 그 뒤에 이어 아버지의 입을 새어나온 나머지 음절을 재구성해 내려고 여러 번 회상하기 어려운 아버지의 죽음의 장소로 되돌아갔다. 그 역시 헛도는 음반에서 새어나오는 잡음처럼 지지거리던 네 다섯 음절로 기억되는 소리.

―최윤 「그의 침묵」(1993)

이애, 우리가 한 몸일 때 그랬던 것처럼, 네게 해줄 속삭임이 이다지도 많은데, 이제는 어떻게 그 얘기를 해야만 할까. 울음처럼, 웃음처럼, 옛날 이야기로 혹은 미래의 이야기로, 기체의 이야기 아니면 액체의 이야기로?

―최윤 「속삭임 속삭임」(1993)

주유소 사무실의 열린 문틈으로 가느다랗게 흘러나오는 텔레비전 아니면 라디오 소리가, 그들의 여정이 점점 더 일상이 정해진 궤도에서 빗나가는 어떤 것으로 느끼게 했다. 그러나 그녀에게 생소하고 이상스럽게 보이는 것은 그들의 여행이 아니라 바로 그 소리였다. 확실한 현실이라고 믿어왔던 어떤 것이 갑자기 멀고도 기괴한 어떤 것으로 변하는 때가 있다. 마치 오래전부터 그녀는 이러한 도주의 길을 계속해 왔던 것처럼.

-최윤 「문경새재」(1993)

　나는 이민자를 결코 권오규만큼 사랑할 수 없다는 걸 처음부터 알고 있었다. 그녀는 사실은 더 매력 있고 더 재미있는 시간을 내주었지만, 권오규의 동생은 지루했고, 권오규는 내가 다 이미 알고 있다고 생각하는 고리타분한 이야기만 한 것도 사실이었지만 나는, 미안하다. 나는 그들의 지나온 삶을 생각할 수밖에 없었다. 내가 팔십 년대에 이십대를 고스란히 보냈듯 그들이 보냈던 이십대를 생각했던 것이다. 그리고 앞으로 내 삼십대가 다가오듯이 그들의 삼십대와 그들의 사십대를 시궁창 냄새가 풍겨오는 듯한 우리의 정치사와 함께 생각할 수밖에 없었다. (중략) 그저 막막하기만 하던 권오규의 기사 첫머리가 그제야 내 머리에 떠올랐다.

　여기, 시대와 역사와 인간에 대한 예의를 지켰던 한 사람이 있다.

-공지영 「인간에 대한 예의」(1993)

　세상에, 스물 한두 살의 나이에, 강가에 나가서 강물을 아름답다고 생각하는 것에조차 죄책감을 가졌던 세대가 또 있을까? 강물이 그런데 하물며 사랑이야.

-공지영 『고등어』(1994)

　"그때 인하랑 함께 갔어야 했어요. 사랑과 함께 갔어야 했어요. 한참 후에 나도 길을 잃고 헤매었지요."

　그는 나직하게 말을 이었다.

　"너무 많은 슬픔이 닥쳐왔지만 극복해내면 길이 보이겠지요."

　댁은 길을 찾을 수 있을지 몰라도 인하의 망가진 인생은 어떻게 하나요? 하고 영빈은 묻고 싶었다. 사랑하는 사람을 잃고도 어떤 진리를 찾으려 하나요? 어떤 진리가, 어떤 아름다움이 사랑하는 사람을 잃은 슬픔을 치유해줄 수 있나요? 물음은 계속해서 떠올라왔으나, 그러나 영빈은 묻지 않았다. 그의 자책과 동요를 본 것만으로도 넉넉해지는 심정이 되어 있었다.

-홍희담 「그대에게 보내는 편지」(1995)

　그때 그처럼 화사한 치마를 아랑곳없이 입고 다닐 수 있었던 사람은 유, 너뿐이다. 아무도 치마 따위는 입지 않는다. 아무도 머리에 롤 같은 건 말지 않는다. 사소한 일상에까지 스며 있던 억압. 웃다가도 슬몃 이렇게 웃어도 될까? 좋은 것을 가지게 되어도 이런 것을 가져도 될까? 마음껏 행복할 수는 없는 감정들이 그때 젊은이들이 공유한 감각이지. 웃음을 거두는 것, 좋은 것을 갖게 되고 행복하면 외려 불안한 것. 유, 너는 다르다. 내게 남아 있는 너의 이미지 속에 스며 있는 너의 투명함은 풀리지 않는 수수께끼. 어떻게 너는 그때 젊은이들이 마시는 공기 속에까지 포함되어 있었던 억압을 피해 그렇게 자유로울 수가 있었나.

─신경숙 「딸기밭」(1999)

"……구속자들이 손뜨개 양말을 받으면 얼마나 힘이 나겠어."
수연은 상대방으로 하여금 개인적인 것에서 집단적인 것으로 옮기게 하는 능력을 갖고 있었다. //
"(생략) 금방 죽어 나자빠질 것 같아도 김치는 꼭 담가 먹었지."

─홍희담 「김치를 담그며」(2001)

"그 시절엔 모두들 그랬어. 나도 오랫동안 연애하던 남자와 헤어졌어. 잘생기고 집안도 좋은 남자였는데 그와 결혼하면 행복할 것 같아서. 행복하면 죄스러울 것 같았지."

─홍희담 「문밖에서」(2002)

윤의 얼굴에 밤 불빛이 어른거렸다. 어떻게 그런 일이 있을 수 있어. 윤의 얼굴이 굳어졌다. 미루의 고통이 윤에게 그대로 옮겨진 듯했다.

─신경숙 『어디선가 나를 찾는 전화벨이 울리고』(2010)

물론 나는 알고 있다
내가 운동보다도 운동가를
술보다도 술 마시는 분위기를 더 좋아했다는 걸
그리고 외로울 땐 동지여!로 시작하는 투쟁가가 아니라
낮은 목소리로 사랑노래를 즐겼다는 걸
그러나 대체 무슨 상관이란 말인가

잔치는 끝났다
술 떨어지고, 사람들은 하나 둘 지갑을 챙기고 마침내 그도 갔지만
마지막 셈을 마치고 제각기 신발을 찾아 신고 떠났다
어렴풋이 나는 알고 있다
여기 홀로 누군가 마지막까지 남아
주인 대신 상을 치우고
그 모든 걸 기억해내며 뜨거운 눈물 흘리리란 걸

그가 부르다 만 노래를 마저 고쳐 부르리란 걸
어쩌면 나는 알고 있다
누군가 그 대신 상을 차리고, 새벽이 오기 전에
다시 사람들을 불러 모으리란 걸
환하게 불 밝히고 무대를 다시 꾸미리라

그러나 대체 무슨 상관이란 말인가

—최영미 「서른, 잔치는 끝났다」(1994)

1981년 5월에 나는 순결한 하얀 운동화였다
독재자가 차려준 축제를 거부하려 학교를 뛰쳐나와
남학생과 어깨 걸고 행진하던 그날 이후, 나는 변했다
얼마나 많은 날들이 강물을 적시었나
정처없는 밤의 다리를 건너
쓸쓸한 도시의 창문들을 지나, 나는 늙었다

내 앞의 길들을 토막내며 나는 걷는다
스무 살
서른 살
마흔의 내가
도서관에, 광장에, 까페에 앉아
누군가를 기다린다
그는,
그녀는 오지 않는다
1985년에도 1995년에도 그리고 2008년에도

—최영미 「광장을 지나며」(2009)

국경일이다

모든 문에 철제 셔터가 내려져 있다
상점들은 모든 내부를 밀봉해버렸다
횡단보도는 텅 비어 있다
그때 데모 진압차 하나가 정적을 헤집고
긴 경적을 울리며 급커브를 튼다

인도에는 있어야 할 사람이 없다

옥상 위에 매달려 있던 뻘건 십자가가
툭 떨어진다

—이원 「국경일」(1996)

칠십년대는 공포였고
팔십년대는 치욕이었다.
이제 이 세기말은 내게 무슨 낙인을 찍어줄 것인가.

한계가 낭떠러지를 부른다.
낭떠러지가 바다를 부여잡는다.

내가 화가 나면
나를 개 패듯 패줄
친구가 하나 있었으면 좋겠다.
오 맞아 죽은 개가 되고 싶다.
맞아 죽은 개의 가죽으로 만든 양탄자가 되고 싶다.
그리하여 이십일세기 동안
당신들의 발밑에 밟히며 넝마가 되어가고 싶다.
(사뿐히 즈려밟고 가시옵소서.)

—최승자 「세기말」(1991)

그날의 일기 속에는 불안 같은 흰 꽃을 단 여자아이들, 너의 품을 빠져나온 오랫동안 잠을 잔 혀는 아이들의 머리에 매달린 흰꽃에 입을 맞추고 흐르는 불처럼 창밖 너머 펼쳐진 숲을 건넌다 오 오, 그렇게 다시 시작되고 너의 품속에서 새로운 생을 끄집어내듯 나는 아프다 오 오 새로운 지문의 날들은 그렇게 시작되고 그때 너는 일기를 다시 쓰고 일기장 속에서 오래된 시간은 잠든다 오래된 시간은 얼마나 고요히 우리를 예언했던가 머리에 흰 꽃을 단 여자아이들이 순한 시간 속에서 사라질 것을 오래된 시간은 얼마나 고요히 예언하고 있었던가

—허수경 「머리에 흰 꽃을 단 여자아이들은」(2001)

나가 자전거 끌고잉 출근허고 있었시야

근디 갑재기 어떤 놈이 떡 하니 뒤에 올라 타블더라고. 난 뉘요 혔더니, 고 어린

놈이 같이 좀 갑시다 허잖어. 가잔께 갔재. 가다본께 누가 뒤에서 자꾸 부르는 거 같어. 그라서 멈췄재. 근디 내 뒤에 고놈이 갑시다 갑시다 그라데. 아까부텀 머리에 피도 안 마른 놈이 어른한티 말을 놓는거이 우째 생겨먹은 놈인가 볼라고 뒤엘 봤시야. 근디 눈물 반 콧물 반 된 고놈 얼굴보담도 저짝에 총구녕이 먼저 뵈데.

총구녕이 점점 가까이와. 아따 지금 생각혀도…… 그땐 참말 오줌 지릴 뻔 했시야. 그때 나가 떤건지 나 옷자락 붙든 고놈이 떤건지 암튼 겁나 떨려불데. 고놈이 목이 다 쇠갔고 갑시다 갑시다 그라는데잉 발이 안떨어져브냐. 총구녕이 날 쿡 찔러. 무슨 관계요? 하는디 말이 안나와. 근디 내 뒤에 고놈이 얼굴이 허어애 갔고서는 우리 사촌 형님이오 허드랑께. 아깐 떨어지도 않던 나 입에서 아니오 요 말이 떡 나오데.

고놈은 총구녕이 델꼬가고, 난 뒤도 안돌아보고 허벌나게 달렸재. 심장이 쿵쾅 쿵쾅 허더라고. 저 짝 언덕까정 달려 가 그쟈서 뒤를 본께 아까 고놈이 교복을 입고있데. 어린놈이…….

그라고 보내놓고 나가 테레비도 안보고야, 라디오도 안틀었시야. 근디 맨날 매칠이 지나도 누가 자꼬 뒤에서 갑시다 갑시다 해브냐.

아직꺼정 고놈 뒷모습이 그라고 아른거린다잉…….

-정민경 「그날」(2007)

6.8. 디아스포라, 반(反)국가 · 비(非)국가적 연대

디아스포라는 본래 항구적으로 모국을 떠나 다른 나라에 자리를 잡은 특정한 민족집단을 가리키는 용어였으나, 오늘날에는 유학생, 이주민, 이주노동자, 결혼이주여성, 망명자, 탈북자, 난민 등 다양한 양상의 경계적 존재들을 통칭하게 되었다. 문학 속에서 형상화되는 디아스포라는 공통의 주체성을 부여하는 민족 국가의 개념을 와해하고 이중의 정체성을 지닌 경계적 존재에 대한 관심을 드러낸다. 특히 여성 디아스포라는 그 성적, 계급적 억압의 양상 속에서 보다 강렬한 정체성의 혼란과 충격을 보여준다.

일제 강점기 간도 디아스포라는 피식민지 상황 속 민중의 궁핍과 억압은 물론 계급 투쟁과 민족 정체성이라는 복합적 주제를 내포한다. 특히 강경애는 간도라는 특별한 강제 이주 공간에서 여성의 성적·계급적·경제적 억압이라는 다층적 굴레를 포착한다. 남성인물들이 항일 투쟁과 사회주의 운동에 투신한 상황에서 여성인물은 경제적으로 착취당하고 성적으로 농락당하는 처절한 디아스포라가 된다. (강경애『소금』,「모자」,「마약(痲藥)」,) 겹의 고충 속에 놓여 있는 디아스포라 여성의 생활상은 우리 안의 배제와 착취, 타자화 양상으로 관심을 이끌면서 당시 위선적인 지식인에 대한 반성으로 이어진다. (강경애「그 여자」,「동정(同情)」,「원고료 이백 원」)

개발독재와 이념적 대치의 시대에는 개인의 자유가 국가 공동체에 의해 부정되면서 주체의 회복을 염원하는 망명적 디아스포라가 그려진다. 이들은 국가의 허구성과 그 억압적 실체를 고발하면서 비(非)국가적 공간을 지향한다. (윤정모「님」)

최근에는 디아스포라 자체가 여성화되는 경향과 맞물리면서 우리 안의 디아스포라인 연변 조선족, 결혼이주여성, 탈북여성의 이야기가 문학화되고 있다. 자신이 속해 있던 공동체로부터 이산을 강요당한, 이중의 정체성으로 경계적 존재로 살아가는 여성들의 이야기는 국민국가의 개념을 탈피하고 공동체적 주체성을 회의케 한다. (천운영『잘가라, 서커스』, 신경숙『리진』, 강영숙『리나』) 디아스포라의 상황에서 파생되는 혼혈의 문제는 공동체의 질서에 편입되지 못한 채, 낯선 표적으로 배척당하는 경계적 양상을 극대화한다. 그러나 자신의 다름을 자기 확인의 긍정적 매개로 삼는 이들은 지배적 집단에 굴복하지 않고 초국가적 연대를 지향해 나간다. (천운영「알리의 줄넘기」, 김인숙「안녕, 엘레나」)

최근 문학에서 디아스포라는 국가와 민족 이데올로기를 무화한다는 의미로 주목된다. 문학 속의 디아스포라는 민족성이나 민족국가라는 개념을 넘어서 다양한 문제의식으로 확산되어가고 있는데, 특히 여성 디아스포라의 경우는 성적, 계급적 억압의 양상 속에 정체성의 혼란을 보이거나 자국에서 겪는 여성문제가 모든 여성들의 보편적인 문제로 수렴되는 인식을 주제로 삼고 있다. 국가이데올로기의 남성성에 비해 디아스포라는 오히려 여성성에 가깝다고 할 수 있는데, 여성들은 탈제국주의 및 탈식민주의 의식을 생래적으로 지니고 있으므로 국경을 해체하거나 이방의 존재로 사는 일에 대해 저항이 적다고 할 수 있다. 여성시의 화자들은 세계라는 큰 지도(地圖) 속에서 전쟁과 생태와 인권 등의 문제를 바라봄으로써 오히려 일개 국가와 민족에 대해 비판적이고 성찰적인 시선을 가지며 (허수경「물 좀 가져다주어요」「늙은 새는 날아간다」, 최영미「글로벌 뉴스」), 관념적인 국경을 넘으면 모두가 하나의 세계라는 인식 속에서 전쟁과 제국주의와 천민자본주의를 비판적으로 고찰하고 있다. (나희덕「국경의 기울기」, 김승희「솟구쳐오르기 · 3」)

군중은 비 오다 그친 것처럼 잠잣하여 마리아의 놀리는 입술과 그 요리조리 굴리는 눈동자를 바라보았다. 어쩐지 자기들과는 딴 인종 같으며 따라서 열과 피가 없고 말하자면 어여쁜 인형이 기계적으로 말하는 듯한 — 그의 입 속으로 노동자 농민이 굴러 나올 때 황송 거북스럽고도 미안하게 생각되었다. 그리고 저가 어떻게 노동자 농민을 알게 되었는가? 하는 의문을 품지 않을 수가 없었다.

— 강경애「그 여자」(1931)

"형님 난 나갈래!"
그의 눈은 빛났습니다. 나는 전날 어떻게든지 기회만 봐서 도망이라도 하면 내 여비 같은 것은 담당해주마던 기억이 얼핏 떠오르며 지가 여비를 구하러왔구나! 하며 버쩍 싫은 생각이 들었습니다. 남편도 눈이 둥글해서 그를 쳐다보았습니다.
"가기는 어될 간단 말야 갑자기"
나는 불숙 이런 말을 하였습니다. 그리고 어제 수해구제음악회에서 三원을 기부하였는데, 또 돈 쓸 일이 나지 않는가?

— 강경애「동정」(1934)

그리운 고향을 등지고 쓸쓸한 이 만주를 향하여 몇 만의 군중이 달려오고 있지 않느냐. 만주에 와야 누가 그들에게 옷을 주고 밥을 주더냐. 그러나 행여 고향보다는 날까 하여 와서는 처자는 요릿간에 혹은 부호의 첩으로 빼앗기우고 울고불고하며 이 넓은 벌을 헤매이지 않느냐.

— 강경애「원고료 이백 원」(1935)

"교수님, 이 배는 정말 일본으로 가는 거죠?"
"일본? 아니지. 자넨 자네의 님을 찾아가는 거야. 알겠나? 님."

— 윤정모「님」(1985)

"생식력까지 통제하는 국가에서 더 이상 살 수 없었다." (중략)

"그래도 말이다. 죽을 때가 되면 나 태어난 곳으로 돌아가고 싶다. 당이고 민족이고 조국이고가 다 뭐냐. 나고 자란 곳이 고향 아니겠니."

—천운영 『잘가라, 서커스』(2005)

조선을 떠나기 전의 자기 자신이 아니라는 것을 깨닫자 리진에게는 고통이 밀려왔다. (중략) 웬만한 시선에는 익숙해진 리진이었으나 객관 마루에서 아낙의 젖을 물고 있던 어린애마저 다른 나라 사람 보듯 자신을 쳐다보고 있는 걸 느끼자, 고통이 밀려왔다. 프랑스에서와 마찬가지로 조선에서도 구경거리가 되었다는 것을 실감하는 순간이었다.

—신경숙 『리진』(2007)

잠시 후 리나는 다시 뒤를 돌아봤다. 스물두 명의 탈출자들은 더 이상 보이지 않았다. 리나는 또다시 저만치 앞 허공에 푸른 둑처럼 펼쳐져 있는 국경을 향해 달리기 시작했다.

—강영숙 『리나』(2011)

나는 동네 불량배에게 우연히 걸려든 먹잇감이 아니다. 나는 표적이다. 패거리들의 소속감을 확인시켜줄 표적. 낯선 것은 언제나 첫 번째 표적이 되는 법이다. 내 피부색과 눈꺼풀과 콧날은 저들과 다르다는 확실한 표시다. //

더블더치를 하려면 두 개의 줄넘기와 적어도 세 사람이 필요하다. 그래서 지금 줄넘기를 하나 더 사러 가는 것이다. 줄넘기를 사면 손잡이에 더블더치를 할 '우리'의 이름을 또박또박 적어 넣어야지. 나는 지금 '우리'를 만나러 간다.

—천운영 「알리의 줄넘기」(2007)

아이들 자라는 시간 청동으로 된 시간
차가운 시간 속 뜨겁게 자라는 군인들

아이들이 앉아 있는 땅속에서 감자는
아직 감자의 시간을 사네
(중략)
물 좀 가져다주어요
물은 별보다 멀리 있으므로
별보다 먼 곳에 도달해서
물을 마시기에는

아이들의 다리는 아직 작아요

언젠가 군인이 될 아이들은 스무 해 정도만 살 수 있는 고대인이지요, 옥수수를
심을 걸 그랬어요 그랬더라면 아이들이 그 잎 아래로 절 숨길 수 있을 것을 아이들
을 잡아먹느라 매일매일 부지런한 태양을 피할 수도 있을 것을
-허수경 「물 좀 가져다주어요」(2005)

전쟁이 났다
사람들은 국경을 지나간다
탱크는 길을 파고 비행기는 길을 막는다

가을이다
맑은 빛 나뭇잎은 전쟁이 난 마을 속으로 떨어진다
(중략)
전쟁이 나고 사람들은 제 목을 자르며 차가운 땅속으로 들어가고
늙은 새는 날아간다
-허수경 「늙은 새는 날아간다」(2001)

아이들은 장갑차를 타고 국경을 지나 천막 수용소로 들어가고 할미는 손자의
손을 잡고 노천 화장실로 들어간다 할미의 엉덩이를 빛은 어루만진다 죽은 아들을
낳을 때처럼 할미는 몽롱해지고 손자는 문 바깥에 서 있다 빛 너머로 바람이 일어
난다 (중략)
내 영혼은 오래되었으나 장갑차에 아이들의 썩어가는 시체를 싣고 가는 군인의
나날에도 춤을 춘다 그러니까 내 영혼은 내 것이고 아이의 것이고 내 영혼은 오래
되었으나
-허수경 「내 영혼은 오래되었으나」(2001)

유프라테스 강과 홍해가 마르고 닳도록
죽음의 행진이 멈추지 않는다
강한 자는 강자의 방식으로
약한 자는 약자의 방법으로
신의 이름으로 사형을 집행한다

예수와 마호메트가 태어나 묻힌 곳에서
예언자들이 평화를 설교했던 성지에서

왜 매일 총질이 끊이지 않는가
예언자들이 틀렸거나, 당신들이 틀린 거야

밥을 먹다 한 사람이 공중으로 날아간다
섬광과 굉음은 있지만, 살인자의 얼굴은 없어
우리는 안심하고 텔레비전을 켜고
첨단기술로 생중계되는 비극은 구경거리가 된다
　　　　　　　　　　　　　　－최영미 「글로벌 뉴스」(2009)

통조림된 울음들이 슈퍼마켓에 가득 차 있다
통조림된 분노들이 격납고 안에 가득 서 있다
통조림된 하늘들이 향수병 속에 가득 잡혀 있다
통조림된 눈물들이 사제폭탄을 들고
핏줄 속에 일렬로 서 있다

내 속의 검둥이가 말한다,
(나는 아무리 생각해도 혼혈이다,
검둥이가 있고 그것을 누르는 흰둥이가
또 있다)
금고 같은 삶을 원했느냐고
롯데 월드 같은 집을 원했느냐고
고속도로를 신나게 질주하는
관광버스 같은 삶을 살고 싶었느냐고
(중략)
당연의 제국이 있다,
돈이 돈을 끌어당기듯
힘이 힘을 끌어당기고
행복이 행복을 끌어당겨
당연의 제국에 해는 지지 않는다,
　　　　　　　　　　　　　　－김승희 「솟구쳐오르기·3」(1995)

국경은 수평으로 된 수직,
통로인 동시에 장벽이 되기도 하는 곳
(중략)

사랑하는 사람을 만나기 위해
사랑하지 않는 사람과 결혼하기 위해
누군가를 배신하기 위해
배신의 대가를 치르지 않고 살아남기 위해
위험하거나 안전한 장사를 위해
불법 체류의 삶을 위해
금지된 국경을 상징적으로 부정하기 위해
단지 권태를 달래기 위해
저 너머에 가 보고 싶다는 충동에 충실하기 위해
국경을 넘는 사람들

—나희덕 「국경의 기울기」(2011)

7

교육

여성에게 가해진 교육은 각 시대의 이데올로기를 반영하는데, 다양한 여훈서(女訓書)들은 조선시대의 대표적인 여성교육서였다. 조선 시대 여성에게는 가문의 영광을 중시하는 이데올로기가 국가적 차원에서 교육되었다. 효(孝)는 효녀 효부로 헌신할 것을 요구했으며, 특히 결혼 후 조상을 받들고 후사를 잇는 것이 중시되었다. 열(烈)은 여성에게만 요구되었으며 규제와 장려정책으로 인해 양반계층에서 수절이 생명보다 강한 절대성을 갖게 되었고, 나아가 계층에 상관없이 요구되는 가치가 되었다.

1890년대에 이르러 남녀불평등에 대한 비판과 함께 새로운 여성관이 나타났다. 그러나 이는 여성을 아이 양육을 위한 부차적인 존재로서만 인정하는 현모양처 교육론이었다. 또한, 여성의 교육이 남성 중심의 모성담론에 국한되었고, 식민지 정책을 효과적으로 수행하려 하는 일제의 의도와 맞물려 제국주의 모성론으로 이어졌다.

고전소설과 고전시가에는 여성을 구속하는 부도와 예법에 대한 인식이 드러났다. 혼인 이후 여성의 삶은 시집 중심으로 구조화되었고, 여성에게 정체성의 기반을 남편 가문의 며느리 역할에서 찾도록 했다. 이에 자신의 뿌리를 부정해야 하는 여성들은 남성보다 열등하다는 왜곡된 자아 정체성을 갖게 되어 부정적 여성의식으로 귀결되었다. 그러나 여성들은 그 부당성을 인식하고 이를 수행하는 어려움을 토로하기도 했다.

근대화와 개화 속에서 여성들은 교육을 통해 지식을 습득하면서 가부장적이고 유교적인 여성관을 탈피하게 된다. 신여성으로 등장한 여성작가들은 여성해방과 개인적 삶의 가치를 발견했다. 그러나 이는 민족해방이라는 식민지 현실의 목표에 부딪치게 되고, 이 갈등은 근대 여성 문학의 주요한 문제적 상황이 되었다. 현대에도 교육은 여성을 깨우치는 동시에 보편적 논리와 사회적 관습으로 옭아맨다. 여성인물의 저변 심리에 자리한 모순된 자기 인식과 일탈적 욕망은 교육이 부여한 왜곡된 여성성에 뿌리를 두고 있는 것으로 묘사된다. 여성시에서 교육과 관련된 상상은 자의식의 충족과 계몽에 대한 저항 사이에서 시작된다. '사람이 되고' '여자로 우뚝 서길' 원하는 외침이 그 선언이자 신호탄이었고, 배워야 한다는 절박한 외침이 뒤를 이었다. 하지만 교육과 지식이 여성의 자의식과 부딪쳐 본연의 자아를 가두고 날개를 꺾으려 할 때 그것은 적극적 거부의 대상이 된다.

일제 식민 치하에서 여성 교육은 체제 강화를 위한 도구적 교육이었으며 여성의 타자화를 심화시켰다. 일제가 행하는 허위와 위선의 교육에서 빠져나와 현실 속에서 자생의 방도를 모색하는 것이 현명하고 의미 있는 일이었다. 여성지식인과 여성교육이 일반화된 현대에도, 여성의 자아실현은 불투명하고 모호하며, 학교에서 배운 지식은 현실에서 무력하다. 실천적 자아를 실현할 수 없는 현실은 허무와 자조를 낳고, 살아남기 위해 애쓰는 여성인물의 궁극은 냉소적인 아이러니와 해방구 없는 결말로 뒤틀린다. 그리하여 현실이 되지 못하는 교육은 그 자체로 거부된다.

7.1. 여훈서(女訓書), 가문의 영광을 비추는 거울 만들기

조선 시대의 여성 교육　　　　조선 시대에 강조된 여성 교육의 이상은 '충 (忠), 효(孝), 열(烈)'이라는 세 가지 덕목이었다. 여성에게 효는 남성과 마찬가지로 도덕적 수양의 첫 번째 원리였는데 이것은 여성이 결혼 전에는 부모에게 효녀로, 결혼 후에는 시부모에게 효부로 자신을 헌신할 것을 의미한다. 특히 여성에게는 결혼에 의해 남편의 가정으로 편입된 결혼 이후의 효가 중요하다. 아내의 의무 중 첫째는 위로 조상을 받들고 아래로 후사를 잇는 것이다. 아들을 낳아 가문의 대를 잇지 못하는 일이 가장 큰 불효이며 무자(無子)는 칠출(七出)의 첫 조건이다.

　효란 자녀가 부모에게 경애의 감정에 토대를 두고 행하는 행위로서 이러한 행위는 동서고금을 막론하고 어디에나 존재하는 것이므로 유교 고유의 것이라 보기는 어렵다. 그러나 유교에서는 부모에 대한 효가 도덕규범의 기초이고, 더 나아가 국가로부터 가족에 이르기까지 최우선의 가르침으로 뿌리박혀 있다는 점에 그 독특성이 있다. 효란 본래 부모가 살아 있을 때 자녀가 지켜야 할 도덕을 의미함에는 변함이 없으나 유교에서는 사후의 영원을 바라고 효를 종교화하여 자손에게 반드시 조상의 제사를 지내도록 요구하고 있다. 따라서 현세의 부모에 대한 효는 '생명(生命)의 근원'인 조상에 대한 공경과 보은의 출발점이자 전제가 된다. 제사는 초혼(招魂)을 의미하며, 사후에도 현세에 돌아올 수 있다고 믿기에 조상에 대한 제사가 효의 하나가 되는 것이다. 또한, 제사를 행하는 주체는 자손이기 때문에 자손, 특히 아들을 낳는 것이 효의 하나가 된다. 부모가 살아 있을 때 정성을 다하고, 죽은 뒤에는 경애하는 마음으로 제사를 잘 지내며, 또한 아들을 낳아 제사가 끊이지 않도록 하는 것이 모두 효라고 생각되었다. 아내의 시부모에 대한 효는 남편에 대한 순종보다 더 중요하게 여겨졌다. 여훈서들은 시부모에게 공손하고 시누이와 동서들에게 화순하고서야 남편에게 합당하다고 가르친다.

　'충(忠), 효(孝), 열(烈)'이라는 우리나라 여성 교육의 이념 중 여성에게만 요구되었던 것이 '열'이다. 팔조금법 중 남아 있는 조목의 하나로 "婦人貞信不淫辟" 이라는 말이 있다. 여성들은 정숙하고 신의가 있어야 하며 음탕해서는 안 된다는 것이다. 고려 시대의 『고려도경』에 "男女婚娶 輕合易離"라고 지적한 데에서 혼인에 있어서 정절의 의무가 엄격하게 확립되어 있지는 않았음을 짐작할 수 있다. 삼국시대만 하여도 본시 천시되었던 개가가 고려시대에 있어서는 보편적인 일로 바뀌었던 것이다. 또한, 고려시대까지만 하더라도 열녀를 표창한 것과 마찬가지로 '의부'를 표창했었다는 것을 생각해 보면 '열'이 여성에게만 요구되는 덕목은 아니었던 것으로 보인다.

여자가 마땅히 지켜야 할 도리라는 의미의 '부도(婦道)'라는 말이 우리나라 문헌상 보이는 것으로 『태종실록』에 다음과 같은 기사가 있다. "부부는 인륜의 근본이다. 그러므로 부인에게는 삼종의 의가 있다. (중략) 정절을 잃고도 부끄러워 할 줄 모르는 풍속을 이루고 있다. 청컨대, 크고 작은 양반의 정실로서 남편을 세 번이나 달리 하는 자는 고려 시대의 법에 따라 자녀라고 기록해 둠으로써 부도를 바로 잡게 하소서"라고 하였는데, 이것은 오랫동안 '부도'라는 말로 쓰여 오던 것을 조선 건국 초에 다시 강조하여 사회기강을 바로 잡아 보려고 한 것임을 알 수 있다. 세조가 당시의 풍속이 문란해진 것을 우려하여 어서를 내리면서 모범적인 여성에 대해서는 특히 포상해야 한다고 하였다. 한편, 중종 때 홍문관의 '계' 역시 당시 사회적 풍기가 매우 이완되어 있어 우려할 만하다는 것을 지적하면서, 이 경우에 『소학』이 매우 유익한데 일반 서민과 여성들은 글을 읽을 줄 모르니 군서 중에서, 이를테면 『소학』이나 『열녀전』, 『여계』 같은 책을 한글로 번역하여 널리 반포하도록 하면 좋겠다고 한 것 등 조선사회는 기회 있을 때마다 사회의 풍기를 바로잡기에 힘썼다. 특히 여성에 대한 교육이 매우 중요하다고 보고, 관련 서적의 인쇄와 배포 및 강습을 통해서 '부도'에 대하여 주지시키려고 부단히 노력하였던 것으로 보인다.

정절 이데올로기의 정착　　　　　역사적으로 삼국 시대는 물론 고려 후기에 이르기까지 여성의 성적 생활은 그렇게 엄격하게 금지되지 않았었다. 고려 후기에 들어와 신흥사대부의 성장과 함께 유교적 여성관과 정절 관념이 강조되는 경향이 짙어졌으나 이상적 상으로 제시되고 있었을 뿐, 실천적인 뒷받침이 될 제반 강제조처들은 취해지지 않고 있었고 따라서 사회생활에 침투하지도 못했다. 즉 유교적 여성관에 규정된 정절 관념이 이상적으로 칭송되었으나 현실과는 유리되어 있던 상황이 고려 말 신흥사대부 계층이 실질적인 집권세력으로 등장하게 된 공양왕 원년에 재가에 대한 법적 제재를 시도하게 된 것을 계기로 해서 조선 왕조의 건국과 함께 변화를 맞이하게 된 것이다.

조선 건국 이래 계속되어 온 여성에게 가해진 규제와 장려정책은 외출 및 남녀교제에 대한 엄격한 제한, 음행에 대해 가중되어가는 엄벌, 자녀안(恣女案)에 등재된 여성의 신분격하, 삼강행실(三綱行實)의 거듭된 반포 및 이를 통한 교화(敎化), 열녀문(烈女門)을 통한 표창 등으로 많았으나, 가장 결정적인 것은 1485년(성종 16)에 반포된 "재가녀자손금고법(再嫁女子孫禁錮法)"이었다. 즉, 재가녀의 자손은 대소과거에 응시할 수도 없게 하여 관로(官路)에 금고(禁錮)하게 하는 것인데, 재가를 막는 데 철저하게 효과적인 방도였다. 그런데 "재가녀자손금고법"은 제정 직후에는 시행이 철저하지 못하였다. 양반계층에게 여성의 수절이 생명보다 강한 절대성을 갖게 된 것은 이 법의 제정과 이에 뒤이은 '위반자에 대한 처벌의 강화' 때문이었다. 이 강제조처들은 유교 이데올로기의 실천을 중요시한 신진사류들이 대거 등용된 중종 대에 특히 강화되었다. 실행부녀 및 간부를 모두 교수형에 처하는 법(處絞), 경외사족(京外士族)의 부녀로서 재가한 자에 대한 조사, 재가녀의 가장들에 대한 치죄, 재가녀의 부에 대한 파직 조치, 재가녀를 처로 삼은 자에 대한 징계 등이 그 예이다.

양반 신분이 혈통의 순수성에 의해 보장되고 그것을 모(母)나 처(妻)의 정절 여부와 직결되도록 한 것, 정절의 실천적 규범을 위반한 자에 대한 처벌 등이 정절 이데올로기의 정착을 위해 국가가 행한 강제의 내용이었다면 가족과 향촌 역시 감시와 처벌을 통해 그 강제를 실행하는 기구로서 기능하였다. 가족들은 가문 내의 여성들에 대한 감시 체제를 강화하고 위반자에 대해서는 사형(私刑)을 가했으며, 향촌은 향약의 주요 내용 중에 여성의 정절(특히 과부의 수절에 대한 감시)을 넣었다. 정절 이데올로기는 수절에 집중되었고 내외법, 외출규제, 복장규제 등과 같은 규범들은 수절을 강제하기 위한 보완적 역할을 하게 되었다. "재가녀자손금고법"의 직접적 대상이 양반층이었기 때문에 재가금지를 비롯하여 내외법, 외출규제와 같은 실천적 규범이 상민층에게까지 미쳤을지는 의심스럽다. 그러나 수절에 있어서만은 계층에 상관없이 광범위하게 요구되는 가치로 정착되었다.

여성 교육서의 역할   국가와 향촌의 양반집단은 양반의 사회경제
적 지배를 바탕으로 상호보완의 관계로 맺어져
있는데 이것은 유교 이데올로기의 확산이라는 면에서 가장 잘 조화되어, 정절
이데올로기의 경우, 향촌은 국가와 개인을 매개하는 고리의 기능을 수행하였
다. 즉, 국가가 제작한 교육서를 향촌의 사족, 가장, 명망 있는 촌로, 교수, 훈
장 등이 부녀와 어린이, 노비를 대상으로 그 대의를 가르치는 것이었다.

정절 이데올로기의 정착 과정에서 가족이 담당한 몫은 특히 아동기, 청년기
에 교육을 통해 그 가치를 내면화시키고, 나아가 가정 안에서 역할수행에 필수
적인 능력과 기질을 습득하는 데에 집중되었다. 자식이 말을 하게 될 때면 남아
와 여아의 사회화 과정은 뚜렷이 구분되었다. 5~6세경 남아는 할아버지나 아
버지로부터 장차 가부장으로서의 지식과 태도, 기능을 교육받고 『동몽선습』,
『소학』 등을 시작으로 교육에 들어가는 반면, 여아는 7세 정도부터 본격적으로
성별에 따른 역할 교육을 받는데 『내훈』의 모의장(母儀章)은 7세 때 남녀부동석
을 배운 이후, 15세에 이르기까지 외출금지, 내외법, 순종적 태도 등 여성에게
필요한 능력들을 배워야 한다고 이르고 있다. 이러한 내용들은 주로 어머니와
할머니의 지도 아래에서 전달되었다.

이 시기의 여성교육서들은 당시 여성에게 부과된 사회적 역할의 성공적 수행
을 위해 필수적인 기본 요소들을 포함하고 있는 이데올로기 교과서였다. 조선
사회의 이데올로기적 실천을 알 수 있는 생활 자료의 예로 여훈서(女訓書)를 들
수 있는데 16세기 이후에 저술된 여훈서 중 이러한 경향을 대표하는 것은 「규
중요람」(이퇴계), 「내훈여계서」(안동 김씨), 「우암선생 계녀서」(송시열), 「사소절」
(이덕무) 등이 있다.

이들 교과서에서 가족이 담당하는 사회화 내용을 살펴보면 정절, 역할수행
능력, 기질 형성의 세 부분으로 집약되어 있는 것을 알 수 있다. 정절 이데올로
기를 강화하는 부분은 직접적인 수절의 강조 외에도 투기, 축첩에 대한 관용,
내외법의 강조, 외출통제 등으로 이루어져 있다. 역할수행능력에 관해서는 두
부분으로 구성되는데 하나는 역할의 내용 및 수행지침으로서, 부모공경, 예절,
형제, 친척의 위계질서 준수 및 화목, 봉제사, 여공, 접빈객, 육아, 자녀교육,
노비 다루기, 음식, 의복 만들기, 간수하기 등 가정생활 전반에 걸쳐 있다. 다
른 하나는 여성의 역할에 부과된 일을 수행하기 위해 바람직한 여성의 행실,

행위, 성격 등에 대한 규정이다. 여성의 역할에 부과된 일의 성공적인 수행을 위해서는 남녀유별적인 기질의 형성이 필수적인 바탕이 되므로 여훈서들은 남녀유별적인 기질 함양의 가장 중요한 요소로서 남녀유별적인 언어법과 행동거지를 들고 이의 사회화에 주력했다. 여훈서에서 언어 장(章)은 가장 많이 언급이 이루어진 부분이다. 사회적 상호작용의 기본적인 수단이 언어이므로 이러한 폐쇄적, 소극적 언어법은 여성의 마음의 지평에 한계를 주고 주어진 규범에 고정시키는 기제가 된다는 점에서 내면화를 위한 주요한 수단이 되었다. 행동법에 있어서는 표정, 걸음걸이, 앉고 서는 것, 복장 등을 세세하게 규정하고, 단정하고 정숙하며 공경스런 몸가짐을 원리로 제시하고 있다.

7.2. 여학교, 현모양처 만들기

근대 이전 여성들은 칠거지악, 삼종지도와 같은 굴레 속에서 살았으나 개화사상이 사회전반에 침투된 1890년대에 이르러 남녀불평등에 대한 비판이 대두되기 시작하였다. 개화운동의 선두에 섰던 독립신문은 남녀차별과 여성 천대를 남성이 미개한 탓으로 돌리고 새로운 여성관을 제시하였다. 결국 독립신문의 새로운 여성관은 여성교육의 필요성과 맞물리면서 근대적 여성 교육관이 성립되는 데에 기초로 작용하였다. 특히 여성교육의 필요성이 강력하게 제기되었는데, 어머니가 자녀의 학교 교육 이전 시기에 가정에서 자녀의 교육을 담당해야 한다는 주장이 여성교육의 필요성을 설득력 있게 만들었다.

현모양처 교육론은 근대 이후 비로소 여성의 중요성을 인정하기 시작했다는 의미를 가지기도 하지만 남성과 동등한 존재로서 여성을 인정하는 것이 아니라 아이 양육을 위한 부차적인 존재로서만 인정하는 것이었다. 모성 이데올로기는 남성들의 기득권을 합리화하는 기제로 작용하였는데 시대적 전망이 불투명해지고 사회가 불안해질수록 모성신화는 재생산되었다. 즉, 남성의 영역인 사회가 암울해질 경우, 그 책임을 져야 할 남성은 현모양처 이데올로기를 내세워 그 현실적 책임을 여성에게 넘기고자 하는 것이다. 이로써 남성들은 사상적 교사자로서의 권위를 지킬 수 있고 정신적인 인물로서의 고결함을 지킬 수 있었기 때문이다. 여성들은 남성들의 위축된 권위를 세워주며, 자기희생의 미덕을 발휘하여 인재를 양육함으로써 직면한 현실적 문제를 극복할 것을 요구받고, 생존을 위한 경제적인 부양을 맡아야 하는 무거운 짐도 부과 받게 되었다.

국가의 위기와 맞물려 있던 근대화 초기 과정에서의 여성교육은 '국가를 부강시키는 힘의 원천이 여성의 힘에 있음'을 부각시키는 데 역점을 두었다. 이러한 여성 교육론의 핵심은 부국강병의 초석이 되는 가정에서 자녀 교육에 힘쓰는 어머니의 역할을 감당할 '문명한 현모양처' 교육에 있었다. 이것은 여성 개체에 대한 교육이 아니라, 여성 교육이 국가 발전과 사회 진흥의 원동력이라는 식의 남성 중심적 사고에 국한된 것이었다. 여성의 교육이 남성 중심의 모성담론에 국한된 것에 대한 비판은 신여성들에 의해 이루어졌다.

남성 중심의 모성담론은 식민지 정책을 보다 효과적으로 수행하고자 하는 일제의 의도와 맞물려 제국주의 모성론으로 이어졌다. 자녀 양육의 책임이 전적으로 어머니에게 있는 조선의 사회상을 간파한 일제는 조선인을 일본인으로 동화시키는 효과적인 방법으로 여성들에게 식민지 정신을 불어넣는 교육을 시키고 제국주의 모성론을 주입하는 여성 교육 정책을 수행하였다. 모성 이데올로기는 여성의 최대의 행복을 아이를 잘 키우는 데에 두기 때문에, 여성의 정체성을 훌륭한 어머니가 되는 것에서만 찾도록 강요하였다. 여성들의 자기 정체성 찾기의 대사회적 통로를 막아 버리고 훌륭한 어머니에 대한 사회적 보상을 충분히 해줌으로써 여성의 역할을 아이의 양육자로만 한정시킬 수 있게 하였던 것이다. 어머니의 역할이 유모의 역할이 아니라 부국강병을 이룩할 아이에 대한 교육을 감당하는 역할로 승격됨으로써, 여성은 교육의 혜택을 입게 되었다. 근대 이후 여성 교육의 핵심이 자녀 교육에 있었던 것도 같은 맥락에서 이해될 수 있다.

7.3. 부도와 예법, 여성의 구속

여성의 행동반경이 규문 안으로 제한되었을 뿐만 아니라 혼인 이후에는 친정과의 거리를 유지한 채 시집 중심으로 삶이 구조화되면서 여성의 삶은 시집의 울타리 안에서만 의미를 갖게 되었다. 그런데 시집살이 중심의 삶의 조건은 조선 여성으로 하여금 정체성의 기반을 자신의 뿌리가 아닌 남편 가문의 며느리 역할에서 찾도록 하였으며 이것은 부정적인 여성의식으로 귀결되었다. 혈통과 뿌리가 강조되는 사회에서 자신의 뿌리를 부정해야 하는 여성들은 남성보다 열등하다는 왜곡된 자아 정체성을 갖게 되는 것이다.

유교이념은 일반 여성에게 있어 지적 존재로서의 계발을 허용하지 않았으며, 여성을 자기표현의 주체로서도 인정하지 않았다. (「사씨남정기」) 여성교육서인 『여사서(女四書)』는 여성의 교육이라는 것이 궁극적으로 '제사를 받들고 손님을 접대하는 일[奉祭祀接賓客]'을 주임무로 하는 가정 내의 '어진 부인과 정숙한 여성'을 양산하는 기제였음을 보여준다. 부녀자들이 받은 교육은 철저하게 가부장적 질서에 순응하고 있었다. (「이생규장전」, 「유씨삼대록」, 「방한림전」)

조선시대 여성들에게 부과된 주요 규범은 삼종지의(三從之義)와 칠거지악(七去之惡)으로서, 교육을 통해서 여성들에게 내면화된다. 여성들은 부모 형제와 이별하고 타향에 와서 살아가는 출가외인의 관습이 삼종지도의 예법에서 연원한 것으로 의식한다. 삼종지의는 선현이 지은 윤리강령이므로, 이를 마땅히 행해야 할 도리로 내면화하고 있다. (「계녀가」, 안동 김씨 부인 「이부가」, 「경부록」, 「규방정훈」, 「규문전회록」) 이는 선험적으로 주어진 도덕이자 규범이므로 거역할 수 없으며, 운명적으로 순응해야 한다고 인지한다. (「평천 벽진리씨 딸래끼리 서로 통정」, 고성 이씨 「답사친가」, 감천 1동 딸과 며느리 일동 「평암산화전가」, 「기망회」)

한편, 여성들은 이러한 예법과 규범들에 순응하면서도, 이 중에서 특히 출가외인의 규범을 부당하다고 인식한다. 이는 자유를 구속하고 여성의 삶을 억압하는 규율로서, 자신을 길러준 부모의 은혜를 갚지 못하고 떠나야 한다는 점에서 인정(人情)에 맞지 않는다고 생각한다. 또한 그러한 규범을 수행하는 데 따르는 어려움을 토로한다. (김옥희 「소회가」, 숙부인 「화전답가」, 「형제이별가」, 이애례 「춘흥화전가」)

잇떠 교예 방츈화시를 당ᄒᆞ야 한님이 입번ᄒᆞ고 집의 업는 고로 이의 가랑을
쳥ᄒᆞ야 쥬비를 갓초와 놋코 술을 부어 잔을 날녀 즐기며 가곡을 갓초와 셔로 즐겨
비반이 낭ᄌᆞᄒᆞ더니 문득 시비 이르러 ᄉᆞ부인의 명을 젼ᄒᆞ고 가기를 직촉ᄒᆞ니 교녜
연망이 쥬안을 취ᄒᆞ야 업시ᄒᆞ고 이의 시비를 ᄯᅡ라 화원의 이르니 ᄉᆞ부인이 조혼
낫츠로 좌를 쥬어 안치고 그 미인이 엇던 계집이믈 무르니 교녜 이의 ᄃᆡ왈 그
녀ᄌᆞ는 져의 ᄉᆞ촌 아오믈 고ᄒᆞ니 ᄉᆞ부인이 졍식 왈 녀ᄌᆞ의 힝실을 츌가ᄒᆞᄆᆡ 구고
봉양과 군ᄌᆞ 셤기는 여가의 남녀 ᄌᆞ식을 엄슉히 가르치고 비복을 은혜로 부리ᄂᆞ니
녀ᄌᆞ 음률을 힝ᄒᆞ고 로릭로 소일ᄒᆞ면 가되 ᄌᆞ연 어지러워지ᄂᆞ니 그ᄃᆡ는 익이 싱각
ᄒᆞ야 두 번 그른 ᄃᆡ ᄂᆞ아가지 말고 그 녀ᄌᆞ를 집으로 보ᄂᆡ고 ᄯᅩ한 나의 말은 허믈치
말나 교씨 ᄃᆡ왈 비혼 ᄇᆡ 적고 좌실을 ᄭᆡᄃᆞ지 못ᄒᆞ옵더니 부인의 경계ᄒᆞ시는 말ᄉᆞᆷ을
듯ᄌᆞ오니 말ᄉᆞᆷ이 올혼지라 각골명심ᄒᆞ리이다

—「사씨남정기」(17세기)

　여인은 서생의 손을 잡고 한바탕 통곡하더니 곧 사정을 얘기했다. "저는 본디
양가의 딸로서 어릴 때부터 가정의 교훈을 받아 자수와 바느질에 힘썼고, 시서와
예법을 배워왔습니다. 그러니 다만 규중의 법도만 알았을 뿐이었습니다. 언젠가
낭군께서 붉은 살구꽃이 피어 있는 담 안을 엿보았을 때, 저는 스스로 몸을 바쳤으
며, 꽃 앞에서 한 번 웃고 난 후 평생의 가약을 맺었었고 휘장 속에서 거듭 만났을
때는 정이 백 년을 넘쳤습니다. 사세가 이렇게 되자 슬픔과 부끄러움을 차마 견딜
수 없었습니다. 장차 백 년을 함께 하려 했는데 어찌 횡액을 만나 구렁에 넘어질
줄 알았겠습니까? 끝내 이리 같은 놈들에게 정조를 잃지는 않았습니다만, 스스로
몸뚱이를 진흙탕에서 찢김을 당하고 말았습니다. 진실로 천성이 그렇게 만든 것입
니다만 인정으로는 차마 할 수 없는 일이었습니다."
　女執生手 慟哭一聲 乃敍情曰 妾本良族 幼承庭訓 工刺繡裁縫之事 學詩書仁
義之方 但識閨門之治 豈解境外之修 然而一窺紅杏之墻 自獻碧海之珠 花前一
笑 恩結平生 帳裏重遷 情愈百年 言至於此 悲慙曷勝 將謂偕老而歸居 豈意橫折
而顚溝 終不委身於豺虎 自取磔肉於泥沙 固天性之自然 匪人情之可忍

—「이생규장전」(15세기)

　양시 겁박ᄒᆞ여 결칙ᄒᆞ는 말을 드르니 심한골경ᄒᆞ고 ᄯᅩ 블안ᄒᆞ여 무빈을 ᄂᆞ초아
ᄃᆡ언이 업ᄉᆞ니 연휘 슉시 냥구의 굴오ᄃᆡ 싱의 말이 죡이 ᄃᆡ답ᄒᆞ염죽디 아니ᄒᆞ미냐
블승황괴ᄒᆞ니 욕ᄉᆞ무디로다 양쇼계 마디 못ᄒᆞ여 굴오ᄃᆡ 쳡이 한미흔 문호의 교훈
이 업시 싱댱ᄒᆞ여 ᄉᆞ덕을 아디 못ᄒᆞ나 삼죵을 딕히여 거의 큰 허믈을 면홀가 ᄒᆞ더
니 득죄ᄒᆞ미 이ᄀᆞ치 듕ᄒᆞ여 인눈의 용납디 못ᄒᆞ게 칙ᄒᆞ시니 일즉은 참괴ᄒᆞ고 일즉

은 황공ᄒ디라 엇디 감히 한셜을 베퍼 당돌ᄒ 죄를 더으리잇고 다만 소회를 무릅시
니 죽기를 무릅뻐 원민ᄒᄆᆞᆯ 고ᄒᄂᆞᆫ 바ᄂᆞᆫ 군휘 ᄒᆞ나홀 알고 둘흔 아디 못ᄒᄆᆡ 잇ᄂᆞᆫ
디라 녀지 힝실을 쳔누히 ᄒᆞ여 당하의 분주ᄒᆞᆷ 규힝이 아니어니와 쳡이 임의
군의 졔수 졔믜로 더브러 졍당의 시봉ᄒᆞ여 존괴 취팀ᄒ시ᄆᆞᆯ 기ᄃᆞ려 ᄉᆞ실의 믈너오
미 그째 녜를 다ᄒᆞ미오 밋 도라오매 군휘 녀ᄌᆞ로 더브러 동팀의 취몽이 깁허시니
쳡이 눈의 ᄒᆞ 번 보미 블힝커늘 이에 비례를 강잉ᄒᆞ여 군후의 취ᄒ 줌을 ᄭᆡ오리오
임의 군후와 더 녀지 ᄭᆡ디 못ᄒ 즉 쳡이 ᄯᅩᄒ 머믈 곳이 아니 〃 형셰 만분 민면ᄒᆞ여
월영각의 가니 군쥐 의혹ᄒᆞ여 연고를 무ᄅᆞ실ᄉᆡ 쳡은 군ᄌᆞ긔 외인이어니와 골육동
긔지간의 은휘홀 말이 업슬 거시오 ᄒᆞᆯᄆᆞᆯ며 ᄎᆞ시 혼자 둣덥허 그만홀 일이 아니라
군쥬긔 마디 못 곡졀을 베푸미 군후의 허믈을 챵누코져 ᄒᆞ미 아니오 서로 차악ᄒ
ᄯᅳᆺ이니 엇디 비쇼ᄒᆞ미 이시리오 왕시 명문지녀로 황명을 ᄭᆡ여 도라와 군후의 덕거
부뷔 되니 뎌의 힝싀 비록 궤비ᄒᄂᆞ 스스로 욕될 ᄯᆞᄅᆞᆷ이오 군후긔 해로오미 업거늘
큰변을 만난 사ᄅᆞᆷ ᄀᆞᆺᄒ실 분 아냐 군후의 부 〃 두 사ᄅᆞᆷ이 서로 속이며 속ᄂᆞᆫ ᄉᆞ이의
허믈이 쳡의게 도라와 그 소를 평안이 득디 못ᄒ게 ᄒ시니 본ᄃᆡ 군ᄌᆞ의 가듕이오
쳡이 군후의 슈해니 출하리 내치고 죽일디언뎡 사ᄅᆞᆷ 박멸ᄒᆞ미 이 디경의 미ᄎᆞ리오
쳡이 비록 용우ᄒ 구고와 부모의 명으로 결발 뉴칠 년의 칠거를 범티 아냣고 강샹
의 죄를 엇디 아냣거늘 거취와 ᄉᆞ싱을 반댱ᄀᆞᆺ치 ᄒ시니 인졍이 엇디 구ᄐᆡ여 즐거오
리잇고

　　　　　　　　　　　　　　　　　　　　　　　　　　　　-「유씨삼대록」(18세기)

　김 쇼져 덩의 들ᄉᆡ 츄밀이 경계 왈 군ᄌᆞ을 경ᄃᆡ하고 구고를 지효로 셤기고 슉흥
야ᄆᆡᄒᆞ야 셕일 슉녀를 효칙ᄒᆞ라 ᄒᆞ고 모친이 ᄭᆡ을 ᄡᅳ이며 슈건을 믜여 경계 왈
여아난 쥬야의 부즈런ᄒᆞ며 온슌비약ᄒᆞ야 군ᄌᆞ을 예로 셤기며 부모 영계을 잇지
말나 당부ᄒᆞ니 쇼져 슈명ᄒᆞ고 교ᄌᆞ의 오른이 방 공ᄌᆞ 슌금쇄약으로 뎡문을 잠으고
호숑ᄒᆞ야 도라온이 등화 츄동이 ᄒᆡ빗츨 가리더라

　　　　　　　　　　　　　　　　　　　　　　　　　　　　-「방한림전」(19세기)

　부뢰부뢰 조심ᄒᆞ여 처음갓치 하여서라 칠그지악 조심하고 삼종지도 힝하여라
부모명령 그령말고 가장훈게 복종ᄒᆞ라 가장이 별싀크든 자식을 좃난긋시 이그시
삼종지도 안일는가 부인도례 웃덤이라

　　　　　　　　　　　　　　　　　　　　　　　　　　　　-「게녀가」(미상)

　화쵹동방 져별당예 만복지원 깁은졍은 태산갓치 ᄭᅳᆺ어신이 뉘라서 말일손야 빅
연동거 그긔약이 십상에 무궁하다 옛법이 즁하거던 삼종지리 곤칠손가 도지요요

　　　　　　　　　　　　　　　　　　　　　　　　　　　　　　　　　　　　　교육　309

조혼이절 날가리여 신행하니 여자예 이거함은 원부모 이형재라 산천은 눈에설고
사람은 낫치선대 어난집에 가랴한고 이별이 만하든고 (중략) 여필종부 이거람이
고법에도 잇건마넌 부모형지 생각한이 그안이 가련한가

-안동 김씨 부인 「이부가」(미상)

삼종지의 몰나셔난 녀ᄌ일홈 쓸듸업닉 어려서난 아비좃고 출가ᄒ후 남편좃고
늘거셔난 ᄌ식좃닉 듸소스을 문의ᄒ고 졔다혼ᄌ 결단마소 어려실적 길은버릇 ᄌ
라나도 못곳치닉

-「경부록」(미상)

삼종지도 발겨잇고 전뎨지의 월싀업닉 칠거지죄 엄명ᄒ고 숨불긔ᄂ 은위로다
아마도 여ᄌ힝실 공경경ᄌ 웃듬이라 엇지하야 시속여ᄌ 이런교훈 어딕가고 초쥬
모양 쏫일어서 돌다물이 ᄋ려진다 제압무더 남의흉건 종슈싀가 비어리라 왼소리
반겨듯고 무시로 무릅일네

-「규방정훈」(미상)

구태여 우리들은 여자몸이 되고난이 개탄이고 가석하다 여필종부 삼종도난 고
법이라 피할손가 불가불 신행하니 출가외인 뜻박이라 원부모 이형제도 구채없이
이별되고 원조상 이친족도 부득사세 이별되니 생아구로 우리부모 혼정신성 가망
없고 학이점독 우리조상 추원보본 가망없고 돈목수족 우리친당 달락우에 가금없
다 시달리와 수달피도 어류으로 보본재를 지내오고 연작과 오작새도 반포상표
효성하고 홍안과 척영새도 항열이며 주금을 알건마는 우리피차 여자몸은 미물만
도 못할손가

-이씨 부인 「평천 벽진리씨 딸래끼리 서로 통정」(20세기 전반)

명문귀가 택취하여 군자호구 짝을지어 만복지원 보내시니 여필종부 삼종지의
성현의 유훈이라 내어찌 면하리오 친구가 왕래하여 휜초향기 받잡기를 백년갓치
알앗더니 신해년 춘정월에 난대없는 이작별이 생이사별 될듯하다 여류광음 이새
색이 수진하여 춘거추래 경물이 교환하니 말리의 이향회포 층가백출 하는구나
보고져라 보고져라 조상부모 보고져라 가고져라 가고져라 부모좌측 가고져라

-고성 이씨 「답사친가」(1914)

애홉다 우리들은 여자몸이 되었으니 삼강오륜 바탕삼고 삼종지도 잘지키며 부
모공양 힘껏하고 자녀교육 잘지키며 성심껏 낭군섬겨 치산을 잘하오며 그것이

제일이고 그사람이 제일일세

-감천 1동 딸과 며느리 일동 「평암산화전가」(1971)

여ᄌ뉴힝 이ᄌ친척 원부모난 선왕의절 실졔경의 교훈이라 삼종의 졍한 도를 우리드리 엇지ᄒ리 여필종부 법을 싸라 시듸으로 드러가니 슈다한 시부모의 째째로 즌 ᄉ셜과 박졍ᄒ신 가장게셔 항상ᄒ신 비졍지칙 일일이 여ᄉ흡ᄃ 삼ᄉ년을 못홀손가

-「기망회」(미상)

애셕자 차신니야 고가명문 김문가애 호기남아 되엿ᄊ면 일편영대 캐락할분 우리부모 듸를이어 활발지인 되련마는 전차양생 무산죄로 안여자로 태여나서 형국 중애 난초갓치 호절호시 도요춘광 죠흘지간 다보나고 장근이십 이안인가 규법내측 삼종지도 우리역시 못면하고 여필종부 이셩함애 운상견후 되룬흑발 금봉채로 언약한후 백발을 기다리고 규문내측 일을삼고 일생을 맛단말가

-김옥희 「소회가」(1931)

이팔청춘 좋은시절 부모슬하 자라나서 예법이 괴이하여 출가타문 들어올제 조선낙지 초전동에 명문대가 성문화족 일등현랑 군자따라 가가문전 들어와서 백년의탁 여자몸이 여필종부 법을따라 원부모 이형제로 모두혈친 동기같이 봉고효봉 자심이며 동기친척 화목이며 승승군자 화순공경 시종이 여일한중

-숙부인 「화전답가」(미상)

청천의 그력이ᄂ 지절로 나라가고 조양의 노는제비 형제상낙 하건마는 슬프다 우리형제 저시만 못하거든 오흡다 삼싱연분 중녀ᄒ고 원부모 빅리가고 이별형제 삼연이라 하인이나 보니여셔 편지나 ᄌ로ᄒ소 인졍의 입피피고 별노의 구름이라 촉쳐의 수심이요 만면의 비회로다 예법의 여ᄌ유힝 고이ᄒ고 읻달ᄒ다

-「형제이별가」(미상)

슬푸다 니의심회 이십이 못도야셔 부친을 여히오니 청쳔이 무심하고 귀신도 야속할ᄉ ᄎ흡다 우리ᄀ운 이러타시 편벽하랴 독보하신 문필직화 이러타시 헛거시라 고금쳔지 드문셩덕 젹덕여음 바이업다 깁고깁혼 셔벽촌은 시상도 젹젹하다 안동ᄊ 츙의졍은 뉘안이 몰아오리 이리져리 닫이면서 모여셔로 상의턴니 닌간의 무삼법이 모여이별 씩히난고

-「여자소회가라」(미상)

교육 311

가련(可憐)할손 우리 여자(女子) 수신제가(修身齊家) 좋건마는 삼종지도(三從
之道)6) 무삼일고 삼종지의(三從之義) 들어보소 제일(第一)은 재가종부(在家從
父) 제이(第二)는 적인종부(適人從夫) 제삼(第三)은 부사종자(夫死從子) 중대(重
大)한 구속(拘束)일세 백발(白髮)이 소소(疎疎)한들 자유생활(自由生活) 있을손가
　　　　　　　　　　　　　　　　　　　　　　　　　－이애례 「춘흥화전가」(1954)

7.4. 계몽과 자의식의 사이

　　근대 이전의 여성들에게 교육은 '여자 되기'와 '어머니 되기'라는 계몽적인
이데올로기로 작동해 왔다. 여성들은 근대화와 개화의 기류 속에서 비로소 교
육을 통해 지식을 습득하게 되면서 가부장적이고 유교적인 여성관을 탈피하게
된다. 학교와 유학 등을 통해 체계적인 교육을 받은 신여성으로 등장한 여성작
가들은 여성해방과 개인적 삶의 가치를 발견하게 되지만 이는 또한 현실의 벽
에 부딪치게 된다. 교육을 통해 습득한 지식들이 막상 현실에서 실현하기에는
요원한 이상적 가치들이었기 때문이다.

　　근대적 지식과 교육은 여성들을 개화하고 그들이 자의식을 추구하도록 길을
열어 놓았다. 근대 여성작가들은 여성이 인간으로서 느끼는 고유한 가치와 존
엄성을 깨닫고 그에 걸맞은 자유로운 의지와 행동을 주창한다. (나혜석 「경희」,
「어머니와 딸」, 김명순 「탄실이와 주영이」) 그러나 국가와 민족의 문제가 선결되지
않은 식민지 상황에도 눈을 뜬 여성 지식인은 여성의 문제에만 매몰될 수 없었
다. 그들에게 여성의 자의식 발현 문제는 상황에 따라 부차적인 것이 될 수도
있었다. 따라서 여성 지식인은 민족해방이라는 식민지 현실의 목표와 전통적
가부장제 틀 속에서 자신의 가치를 발견하고 세워나가야 하는 신여성으로서의
지향점 사이에서 갈등한다. 여성작가들이 여성의 인간적 가치와 자유를 역설하
면서도 신여성의 주체적 경제 행위와 독립적 행보를 무절제한 소비와 방종으로
비판하지 않을 수 없었던 이유는 이 때문이다. 여성이 남편과 아이를 돌보는
데 헌신하지 않고 자기중심적으로 행동하는 것은 가족과 민족의 생존을 위협하

는 반민족적 행위이며, 주변의 가난한 자를 돌보지 않고 자신을 위해 돈을 쓰는 것 역시 민족 공동체를 파괴하는 행위였다. (강경애 「그 여자」, 「원고료 이백 원」, 박화성 「비탈」) 여성인물들은 여성으로서 지닐 수 있는 욕망과 독립 의지를 설득력 있게 표방하다가도 식민지라는 현실 앞에서 더 이상 자신을 내세우지 못한다. 가부장제 식민 현실이 계몽된 여성을 억압하는 갈등의 양상은 근대 여성 문학의 주요한 문제적 상황이 된다.

교육과 지식의 이중성은 현재도 마찬가지이다. 교육은 여성을 깨우치는 동시에 보편적 논리와 사회적 관습으로 여성을 옭아맨다. 교육은 주체적인 힘과 지혜를 습득할 수 있는 유용한 수단인 동시에 관습적 틀과 지배 체제에 순응케 하는 억압의 기제이기도 하다. 여성은 남성 중심적으로 기획된 여성상으로 길들여지고, 자신의 육체를 불완전하고 열등하게 느끼도록 교육받는다. (오정희 「불꽃놀이」, 전경린 「거울이 거울을 볼 때」, 신이현 「내가 가장 예뻤을 때」, 은희경 「누가 꽃피는 봄날 리기다소나무 숲에 덫을 놓았을까」, 정이현 「비밀과외」, 「빛의 제국」) 아버지가 시키는 대로 빨간 구두를 신고 무용을 배우면서 '춤추는 여자의 교태'를 학습한 여성인물은 아버지가 자신의 몸에 심어둔 낯선 교태를 안고 그것과 상충하며 분열된 상태로 살아간다. (전경린 「새는 언제나 그곳에 있다」) 여성인물의 저변 심리에 자리한 모순된 자기 인식과 일탈적 욕망은 교육이 부여한 왜곡된 여성성에 뿌리를 두고 있는 것으로 묘사되곤 한다.

현대시에서 여성의 교육에 관련된 인식은 자의식의 충족과 계몽에 대한 저항 사이에서 시작된다. 가족과 모성이데올로기에 대한 '신성한 의무'를 벗어나 '사람이 되고' '여자로 우뚝 서길' 원하는 의지를 갖게 된 노라들의 외침이 그 선언이자 신호탄이었으며 (나혜석 「인형의 가」), 여자들도 배워야 귀머거리와 벙어리를 면할 수 있다는 절박한 외침이 뒤를 이었다. (고정희 「우리 봇물을 트자」) 하지만 교육과 지식이 여성의 자의식과 부딪치면서 본연의 자아를 가두고 살아있는 날개를 꺾어 '금 안'과 '사전'과 '정숙' 속에 가두려고 할 때, 교육은 적극적으로 거부해야 할 대상이 된다. (고정희 「여자가 되는 것은 사자와 사는 일인가」, 김승희 「제도」, 이영주 「여기, 공룡을 보아요」, 노혜경 「정숙한 여자」)

경희도 여자다. 더구나 조선사회에서 살아온 여자다. 조선 가정의 인습에 파묻힌 여자다. 여자란 온량유순(溫涼柔順)해야만 쓴다는 사회의 면목(面目)이고 여자의 생명은 삼종지도라는 가정의 교육이다. 일어서려면 압박하려는 주위(周圍)요, 움직이면 사방에서 들어오는 욕이다. 다정하게, 손 붙잡고 충고 주는 동무의 말은 열 사람 한 입같이 "편하게 전과 같이 살다가 죽읍시다." 함이다. 경희 눈으로는 비단옷도 보고 경희의 입으로는 약식 전골도 먹었다. 아아 경희는 어느 길을 택하여야 당연한가? 어떻게 살아야만 좋은가?

─나혜석 「경희」(1918)

　지금의 한마디 욕, 한치의 미움이 장차 내 영광이 되도록 내 모든 정력으로 배우고 생각해서 무엇보다도 듣기 싫은 '첩'이란 이름을 듣지 않을 정숙한 여자가 되어야 하겠다. 그러려면 나는 다른 집 처녀가 가지고 있는 정숙한 부인의 딸이란 팔자가 아니니 그 대신 공부만을 잘해서 그 결점을 감추지 않으면 안 되겠다.

─김명순 「탄실이와 주영이」(1924)

　군중은 마리아의 이런 태도를 바라보았을 때 이때껏 어여쁜 귀여운 마리아로만 생각했던 것이 잘못임을 깨달았다. 그리고 자기들이 극도로 미워하는 돈 많은 계집의 특성이 마리아의 전체에서 물결침을 느꼈다. 마리아의 하늘거리는 흰 치맛가의 가는 파동은 군중의 무지를 조롱하는 듯 비웃는 듯하였다. 이때에 군중의 머리에는 며칠 전에 미음 한 그릇 따뜻이 못 먹고 죽은 그들의 아내며 그들의 누이며 사랑하는 딸들이 마리아의 좌우로 나타나는 것을 보았다.
　자기들의 누이와 아내는 이 여자를 곱게 먹이고 입히기 위하여, 공부시키기 위하여 이 여자 살빛을 희게 하여주기 위하여, 못 입고 못 먹고 못 배우고 엄지손에 피가 나도록, 그 험악한 병마에 걸리도록 피와 살을 떠우지 않았던가?

─강경애 「그 여자」(1932)

　"내가 현대여성이 아니고 무엇일까?"
　하였다. 정은 고개를 끄덕이며
　"그렇지요. 수옥 씨는 물론 현대식 여성입니다. 머리를 지지고 전대에 없는 손목 금시계를 차고 뾰족구두를 신고 양속 의복을 입고 얼굴이 현대식 미인이겠다 스타일이 만점이겠다 과연 울트라모던이지요."
　정은 픽 웃으며 말을 끊었다. 수옥도 따라서 웃었으나 속으로는 일종의 모욕을 당한 듯이 분하기도 하였다.
　"그러나 말입니다. 수옥 씨는 다만 1933년 식의 여성이었다, 뿐이지 현재 실사회가 요구하는 여성은 아니란 말입니다. 수옥 씨는 현실에 어둡습니다. 현실과는 너무나 동떨어진 자리와 생각에 묻혀있습니다. 수옥 씨는 좁게 말하면 수옥 씨의 가정과 고향에 융화되지 못한 것이고 넓게 말하면 조선의 현실이 현재의 수옥 씨 같은 그런 여성을 요구하지 않는다는 말입니다. 그러니 수옥 씨가 어찌 현대여성 —즉 현 사회를 짊어진 한 사람— 사회생활의 개척과 성장을 맡을 한 분자인 그런 여성이 될 자격이 있겠소?"

—박화성 「비탈」(1933)

그러나 돈이 생긴 오늘에 그것도 남편이 번 것도 아니요, 내 손으로 번 돈을 가지고 평생의 원이던 반지나 혹은 구두나를 선선히 해 신으라는 것이 떳떳한 일이 아니겠니. 그런데 이 등신 같은 사내는 그런 것은 염두에도 먹지 않는 모양이 더라. //

"너도 요새 소위 모던걸이라는 두리해능년이 되고 싶은 게구나. 아, 일류 문인으로서 그리해야 하는 게지. 허허 난 그런 일류 문인의 사내 될 자격은 못 가졌다. 머리를 지지고 볶고, 상판에 밀가루 칠을 하구, 금시계에 금강석 반지에 털외투를 입고, 입으로만 아! 무산자여 하고 부르짖는 그런 문인이 되고 싶단 말이지. 당장 나가라!" //

K야, 나와 같은 처지에서 금시계 금반지 털외투가 무슨 소용이 있는 게냐. 그것을 사는 돈으로 동지의 한 생명을 구원할 수 있다면 구원하는 것이 얼마나 떳떳한 일이냐. 더구나 남편의 동지임에랴. 아니 내 동지가 아니냐.

—강경애 「원고료 이백 원」(1935)

"여자가 남편의 밥 먹으면 고만이지요."
"남편의 밥 먹다가 남편의 밥 못 먹게 되면 어쩌나요?"
"잘난 여자나 그렇지요."
"못난 여자가 그렇게 되면 어쩌나요?"
"그렇지 않을 데로 시집을 보내지요."
"누구는 처음부터 그렇게 시집을 간답니까?"
"여자가 더 배우면 무얼해요."
"더 배울수록 좋지요. 많이 아는 것 밖에 있나요." //

"어렵기야 어렵지만 잘만 하면 좋지. 영애는 독서를 많이 해서 문학을 하면 좋을 터이야. 사람은 개인으로 사는 동시에 사회적으로 사는 것이 사는 맛이 있으니까. 좋은 창작을 발표하여 사회적으로 한 사람이 된다면 더 기쁜 것이 없는 것이야."

—나혜석 「어머니와 딸」(1937)

한켠에는 여자 아이들 셋이 고개를 떨어뜨리고 서 있었다. 모두 치마 차림인 것으로 보아 체육복을 입고 오지 않아서 벌을 서는 게 분명했다. 계집애들은 줄창 피를 흘려. 사내아이들은 말했다. 체육시간에 불려나가 머리를 쥐어박히면서도 체육복으로 갈아입지 않거나 창백한 얼굴로 빈 교실을 지키는 계집애들은 일단 수상쩍게 보아야 한다고 했다. 그애들은 언제나 어깨를 오그려 가슴을 감싸쥐고 거북스러운 꼴로 뛰었다. 그래서 영조의 눈에는 흔들리는 가슴과 동그란 엉덩이만이 보였다.

—오정희 「불꽃놀이」(1986)

내 이름은 이미나. My name is MINARI. 중학생이 되어 세 번째 영어 시간쯤이었을 것이다. 아직 서로 이름도 알 수 없던 낯선 단발머리 여자애들은 까르르 웃어댔다. 그로부터 나는 미나리로 불린다. (중략) 남편은 여전히 나를 미나리라고 부른다. 그것은 여자에 대한 그의 취향인지도 모른다. 그가 미나리라고 부르면 나는 여전히 세 번째 영어 시간의 단발머리 중학생인 것처럼 느껴진다. 유순해지는 느낌이면서 동시에 너무 작은 스웨터를 껴입고 있는 것 같은 불편한 느낌……. //

아버지는 빨간 미제 구두를 신고 흰 레이스 드레스를 입은 나를 자전거 뒤에 싣고, 신작로를 지나고 철길 건널목을 지나 유치원에 입학시킨다.

—전경린 「새는 언제나 그곳에 있다」(1996)

나는 그날 정오를 지나면서 밋밋하던 몸뚱이에 젖가슴이 달린 존재가 되어버린 것이었다. 나로선 젖가슴이 등에 붙건 앞에 붙건 마찬가지로 받아들일 수 없는 비극이었다. 이런 이물질을 달고 어떻게 남은 생애를 살아갈 수 있을 것인가. 삶이 전과 같지 않을 것이었다. 나는 타인들로부터 깊숙이 숨겨야 할 육체를 윗부분에도 가진 것이었다. 그것은 피카소만큼 해체적인 것이다. 후에 피카소의 작업을 보았을 때, 나는 그날을 떠올렸다. 느닷없이 내게 젖가슴이 생겼던 삼월의 어느 일요일 정오를. 내가 서랍 속의 모든 옷을 상실했던 날. 그것은 내 생이 피카소적으로 울었던 날이었다. 그러니까, 입체적으로…… 평화는 깨어졌다.

—전경린 「거울이 거울을 볼 때」(1998)

교문을 나서는 아이들은 오늘 있었던 서약운동에 대해서 재잘댔다. 독실한 기독교 신자인 교장 선생님은 왜 이 운동에 동참해야 하는지에 대해 긴 방송연설을 했다. 순결서약과 함께 우리들의 영적 부도를 막고 청소년 범죄도 예방하게 될 것이라고 했다. 우리의 육체를 순결하게 지킬 때 모든 죄악이 이 땅을 떠날 것이라고 쉰 목소리로 연설을 마쳤을 때 여러 아이들이 감동받았다.

—신이현 「내가 가장 예뻤을 때」(1999)

밥상 위에 제 숟가락 하나 놓지 않는 소라가 팬티만은 식모에게 내놓지 않고 손수 빨다거나 언제나 무릎을 꼭 붙이고 앉도록 신경을 쓴다든가 그걸로도 모자라서 집에 남자 손님들이 오면 그 앞에서 혹 행동이 흐트러져 속옷이라도 보이게 될까 봐 반드시 바지로 갈아입는다든가 하는 것은 소라 어머니의 신경질적인 교육 때문이기도 했다. (중략) 소라를 모든 면에서 유능하게 키우고 싶었던 소라의 부모가 어리광같은 무책임한 소모적인 정서를 허락하지 않았다는 것이 소라가 불쾌한 희롱을 혼자 겪어내면서도 수선을 피우지 않은 한 가지 이유였다. 또 하나의 이유가 더 있었다면 그런 봉변은 아름다운 소녀에게만 생기는 일이었고 또 자신이 타인에게 성적 충동을 유발시키는 데 대해서 동의할 뿐만 아니라 이해도 할 수 있었기 때문이었다.

                              —은희경 「누가 꽃피는 봄날 리기다소나무 숲에 덫을 놓았을까」(2002)

너는 이번에도 손을 들지 않았다. 네가 그것을 입지 않은 이유는 심장이 옥죄어드는 갑갑한 느낌을 견딜 수 없어서였다. 선생님은 다음 시간부터는 꼭 브래지어를 하고 오라는 이상한 숙제를 내주었다. 숙제를 제대로 하지 않았다가는 팔뚝을 아프게 꼬집히곤 했으므로 어쩔 수 없이 너는 그것을 착용하기 시작했다. 그 후로는 이십오 년 동안 줄곧, 말이다.
공부를 열심히 해야만 하는 학생 vs 몸가짐을 조심해야만 하는 어린 여자.
세상에 태어난 이상, 인간이란 끊임없이 무언가를 '해야만 하는' 존재라는 것을 중학교는 너에게 가르쳐주었다.

                              —정이현 「비밀과외」(2004)

손님들이 오면 우리는 전부 강당에 집합해야 했죠. 그전에 일단 복장 검사를 받아야 했어요. 손톱은 아주 짧게, 때가 끼어 있어도 안 돼요. 교복 블라우스의 플랫칼라에는 티끌만 한 얼룩도 있어선 안 되고, 블라우스를 치마 밖으로 빼 입었다면 마이너스 십 점이죠. 재킷 단추에 새겨진 학교 로고가 뒤집혀 있으면 그것도 감점 대상이 되었는걸요. 한번은 어떤 애가 흰 커버양말 대신 맨발에 구두를 신고 강당에 왔다가 교도대원들한테 끌려 나갔어요. 다들 목졸린 생쥐처럼 눈만 내리깔고 있었죠. 그 당시 P시에서 싸움으로 짱 먹다 온 애였는데 그렇게 나가더니 다시 돌아오지 않았어요. 생활점수가 낙제였던 거죠. 좀 칠칠맞지 못해서 교도관한테 사사건건 죽어나던 애였거든요. C의 교도소로 갔다, 지리산 어디의 보호감호소로 갔다, 아니다, 이사장이 술집에 팔아버렸다, 애들 사이에서 별별 소문이 다 돌았지만 아직도 몰라요. 그 때 걔는 어디로 갔을까요. //
유희는 거기서 죽었고, 내 발로 거길 나왔지만 나는 거길 영원히 벗어나지 못한다는 거. 누가 더 안됐는지 잘 모르겠네요.

—정이현 「빛의 제국」(2004)

남편과 자식들에 대한
의무같이
내게는 신성한 의무 있네
나를 사람으로 만드는
길로 밟아서
사람이 되고저

나는 안다 억제할 수 없는
내 마음에서
온통을 다 헐어 맛보이는
진정 사람을 제하고는
내 몸이 값 없는 것을 나 이제 깨도다

—나혜석 「인형의 가」(1923)

엄마는 모순의 여성학자였어요
똑똑해라 배워라 바로 서라

남에게 폐를 끼치지 마라
여자의 이름으로 참지 말아라
아들 아들 노래를 하시면서
여자로 우뚝 서길
하늘에 빌었어요

—신달자 「여성학자—아, 어머니 · 24」(2001)

치맛자락 휘날리며 휘날리며
우리 서로 봇물을 트자
옷고름과 옷고름을 이어 주며
우리 봇물을 트자
할머니의 노동을 어루만지고
어머니의 보습을 씻어 주던
차랑차랑한 봇물을 이제 트자

벙어리 삼년 세월 봇물을 트자
귀머거리 삼년 세월 봇물을 트자
눈먼 삼년 세월 봇물을 트자
달빛 쏟아지는 봇물을 트자
할머니는 밥이 아니어라
어머니는 떡이 아니어라
여자는 남자에게 남자는 여자에게
한반도 덮고 남을 봇물을 터서
석삼년 말라터진 전답을 일으키자
　　　　　　　　　　　　　　　　　—고정희 「우리 봇물을 트자」(1987)

어린 딸들이 받아쓰는 훈육 노트에는
여자가 되어라
여자가 되어라…… 씌어 있다
어린 딸들이 여자가 되기 위해
손발에 돋은 날개를 자르는 동안
여자 아닌 모든 것은 사자의 발톱이 된다

일하는 여자들이 받아쓰는 교양강좌 노트에는
직장의 꽃이 되어라
일터의 꽃이 되어라…… 씌어 있다
　　　　　　　　　—고정희 「여자가 되는 것은 사자와 사는 일인가」(1992)

엄마, 엄마, 크레파스가 금 밖으로
나가면 안 되지? 그렇지?
아이의 상냥한 눈동자엔 겁이 흐른다.
온순하고 우아한 나의 아이는
책머리의 지시대로 종일 금 안에서만 칠한다.
내가 엄마만 아니라면
나, 이렇게, 말해버리겠어.
금을 뭉개버려라. 랄라. 선 밖으로 북북 칠해라.
나비도 강물도 구름도 꽃도 모두 폭발하는 것이다.
살아있는 것이다. 랄라.
선 밖으로 꿈틀꿈틀 뭉게뭉게 꽃피어나는 것이다

위반하는 것이다. 범하는 것이다. 랄라

─김승희 「제도」(1995)

이토록 많은 장벽을 넘어 우리는 전진했죠 엠마누엘 칸트와 하이데거와 니체
어울리진 않지만 일제하 민족운동사까지 총동원하여 지적이고 고상하게 손에 손
잡고 벽을 넘어서─

그러나 결정적인！ 그와 나 사이 마지막 한 겹
우리를 갈라놓는 유일한 장벽의 갈라진 틈이
자유로의 비상구가 아니었어.

내 팬티스타킹의 구멍이 보호해 준 것은 그와 나의
정숙일까 정숙의 갑옷일까?

─노혜경 「정숙한 여자」(1995)

엄마, 백과사전에 새가 있어요 그건 익룡이야, 지금은 없는 동물이야 아니에요
퇴화된 날개를 들썩거려요 무거운 바람 소리 삭은 뼈들이 달그락거려요 부서진
발가락이 찍혀 있어요 사전 안은 너무 추워요 새의 얼굴에 텅 빈 백지가 붙어
있어요 엄마, 갇혀 있는 이 새를 어찌할까요

아이가 사전 속으로 들어간다
(중략)
긴 다리는 날개처럼 펄럭거려요 두꺼운 사전을 뚫고 솟구치는 이 큰 새를 보아요

엄마, 내 몸에 뜨거운 음파가 들어와 하얀 알을 까네요 꾸물꾸물 배가 아파요
솜털에 덮인 나는 익룡알 모래사장에 묻혀 이제 겨우 숨을 쉬어요

사전을 덮는다 아이의 거대한 날개가 표지에 박혀 있다

─이영주 「여기, 공룡을 보아요」(2005)

7.5. 지식의 권력, 허무와 자조

일제 식민 치하에서 윤리와 가사 중심으로 행해졌던 여성 교육은 식민 체제 강화를 위한 도구적 교육이었으며 여성의 타자화를 심화시켰다. 이러한 식민치하에서의 교육이란 허위와 위선일 뿐이며, 일제가 행하는 교육의 장을 빠져나와 구체적 현실 속에서 자생의 방도를 모색하는 것이 더 현명하고 의미 있는 일이었다. (박화성 「떠내려가는 유서」, 강신재 「점액질」) 무엇이든 가능해 보였던 신여성의 모습은 단지 이상이었을 뿐, 현실에서는 남루하기만 하다. (박완서 「엄마의 말뚝 1」) 현실의 신여성은 오해와 편견에 시달리면서 집을 떠나 방랑하는 거칠고 힘겨운 삶을 살아야 했다. (정이현 「이십세기 모단걸-신 김연실전」) 능력과는 상관없이 적합한 외모로 취직되어 전공과는 상관없는 일을 하다가 사회생활의 기교를 터득하면서 승진하고 또 그에 걸맞은 외양의 추구로 흔히 말하는 성공한 여성 리더가 되지만 그 성공에는 또한 한계가 있게 된다. 속물적이고 속된 방식으로 살아남기 위해 애쓰는 여성인물의 궁극은 냉소적인 아이러니와 해방구 없는 결말로 뒤틀린다. (정이현 「트렁크」) 그리하여 현실이 되지 못하는 교육은 그 자체로 거부된다. (은희경 『새의 선물』, 배수아 『독학자』) 또는 졸업 후의 현실 세계를 부정함으로써 교육의 정체성과 목표를 회의하기도 한다. (정이현 「위험한 독신녀」, 구경미 「Sweet Town」)

현대시에서 여성이 교육을 통해 더 깊이 닦아야 할 것은 '학문'이냐 '항문'이냐고 묻는 자조적인 표현은 교육을 통해 쌓은 지식의 허무와 무용을 드러낸다. (문정희 「학문을 닦으며」) 여성이라는 이유로 사회적인 통과제의에서 소외되거나 검열의 대상이 되어야 했던 30년대의 '신여성'들처럼 현재도 여전히 남성중심적인 사회의 시스템 속에서 교육받은 여성들이 대상화되거나 이차적으로 수용되고 있음을 통렬히 드러낸다. (문정희 「그 많던 여학생들은 어디로 갔는가」) 또한, 여성교육과 지식인이 일반화된 오늘날에도 여성의 자아실현은 여전히 불투명하고 모호하며, 학교에서 배우고 익힌 지식이 막상 현실에서 무력할 뿐 아니라 실천적인 자아를 적극 실현할 수 없다는 점에서 현실에 대해 허무를 느끼고 자조하게 된다. (이사라 「무서운 책가방」, 진은영 「교실에서」, 최영미 「나의 대학」, 김이듬 「저물녘 조언」)

"누이야! 너의 교육을 끝마쳐주지 못하고 가는 오빠는 네게 한 마디 말을 남긴다. 너는 허위와 가장이 많은 현재 학교의 교육만을 받으려 애쓰지 말고 공장 내에서 친히 당하는 실제의 교훈이 절실히 필요함을 깨달아라. 너는 여공이 되어라. 그리하여 두 아우를 무쇠같이 키웠다구. 이것이 나의 부탁이다."

─박화성 「떠내려가는 유서」(1932)

그러자 나도 학교에서 법석을 하고 다짐을 해대며 내일 꼭 무엇 무엇을 해 와야만 한다고 하던 일들이 대수롭지 않은 것으로 비쳐오기 시작했다. 사실이지 청소용의 걸레를 삼 센티와 이 점 오 센티의 마름모꼴로 누벼 꿰매 석 장 지참해야 한다든가, 학생의 승차 허용 구간이 변경되었으니 내일부터 광화문에서 전차를 내려 걸어야 한다든가, 신사 참배는 방과 후에 하기로 되었다든가 하는 일이 무슨 그리 인생의 중대사란 말인가.

─강신재 「점액질」(1966)

"신여성이란 공부를 많이 해서 이 세상의 이치에 대해 모르는 게 없고 마음먹은 건 뭐든지 마음대로 할 수 있는 여자란다."

잔뜩 기대하고 있던 나는 신여성의 겉모양을 그려 보았을 때보다도 더 크게 실망했다. 신여성이 그렇게 시시한 걸 하는 건 줄 처음 알았다. 그러나 그걸 안하겠다고 할 용기는 나지 않았다. 기차는 칙칙폭폭 무서운 속도로 서울을 향해 달리고 있었다. //

어머니가 세운 신여성이란 것의 기준이 되었던 너무 뒤떨어진 외양과 터무니없이 높은 이상과의 갈등, 점잖은 근거와 속된 허영과의 모순, 영원한 문밖 의식, 그건 아직도 나의 의식내용이었다.

─박완서 「엄마의 말뚝 1」(1979)

나는 삶을 너무 빨리 완성했다. '절대 믿어서는 안 되는 것들'이라는 목록을 다 지워버린 그때, 열두 살 이후 나는 성장할 필요가 없었다.

누구의 가슴 속에서나 유년은 결코 끝나지 않는 법이지만 어쨌든 내 삶은 유년에 이미 결정되었다.

─은희경 『새의 선물』(1995)

"으흠, 내 보기에 연실씨는 아직 멀었소. 애송이에 지나지 않는단 말이오. 그깟 술잔조차 서로 채워주지 못하면서 무슨 남녀평등이오? 진정한 문학가라면 사상과 행동이 일치해야 하는 것 아니오? 인텔리 여자들이란 그저…… 쯔쯔." //

길을 떠난 그녀가 그뒤 어떻게 되었는지는 확실하지 않습니다. 입산 수도 끝에 한국 고백체 소설의 효시가 되었다는 설, 유부남과 연애하다 사생아를 낳았다는 설, 결국엔 행려병자가 되어 동경 시립 정신병원에서 생을 마감했다는 설 등등 미확인된 가설들이 조선 천지에 분분하였으나 진실은 오직 하나, 그녀가 흔적 없이 사라졌다는 것뿐. 모든 걸 끊고, 모질게 끊고 먼 길을 떠났다는 것뿐이었습니다. 아무도 간 적 없는.

—정이현 「이십세기 모단걸—신 김연실전」(2002)

첫 직장은 성형외과 병원이었다. 대학 취업 보도실에 붙은 공문은 대개 군필을 명기하고 있었고 그 외에는 중학생 보습 학원의 시간 강사 자리가 다였다. 병원 면접을 보던 날 압구정동에 처음 가보았다. 당락을 결정하는 사람은 원장 사모였다. 자연산인데 라인이 참 깔끔하게 떨어졌네. 토익이나 워드 자격증이 아니라 쌍꺼풀 때문에 직장을 얻게 되리라고는 짐작도 못 했지만 어쨌든 당시엔 일자리를 구했다는 사실 자체에 안도했다. 그곳에서 그녀는 연분홍색 가운에 코디네이터라고 새긴 앙증맞은 명찰을 달고서, 고객들이 원하는 부위와 시술 금액과 할인혜택을 알려주는 일로 팔 개월을 보냈다. 그 뒤에 썼던 어떤 이력서에도 그 시절의 경력을 굳이 밝히지는 않았다. 조수석을 돌아보았다. 무턱대고 길게 길러 포니테일로 묶은 머리, 군데군데 보푸라기가 일어난 더플코트와 가짜 프라다 백팩. 다시 그 나이로 돌아가라면 그녀는 단호히 고개를 저을 것이다.

—정이현 「트렁크」(2003)

롤 빗으로 앞머리를 둥글게 말고, 그 위에 헤어드라이어를 가져다 댄다. 뜨거운 열이 이마 위로 쏟아진다. 높이 세워진 머리칼을 손가락으로 살살 빗어 넘기면서 헤어스프레이를 힘껏 뿌린다. 옷장에 걸린 옷들 중에서 어깨에 사각의 커다란 패드가 들어간 구형 재킷과, 항아리 모양의 모직 스커트를 어렵게 찾아낸다. 1990년 2월, 대학 졸업을 기념하여 구입한 정장이다. 재킷의 소매에서 희미하게 좀약 냄새가 난다. 거울은 보지 않는다. (중략) 유행을 무시하며 살 수는 없는 줄 알았다. 이제는 그렇게 생각하지 않는다. 삶은 유행보다 더디게 지나간다. 채린과 나는 얼마나 더 이곳을 견딜 수 있을까. 하지만 위험하지 않은 길은 어디에도 없을 것이다. 이제 나는, 그녀에게 간다.

—정이현 「위험한 독신녀」(2004)

논리학으로 전공을 바꾸려는 일 년 가까운 기간의 시도가 결국 이루어지지 않은 것이 —그러나 이 이유는 정확하지도 않고 정직한 것도 아님을 밝힌다— 내가 대학을 떠나게 되는 표면적으로 직접적인 이유가 될 터이지만, 실상은 그것과 상관없이 내가 찾아 헤매던 것이 훌륭한 교사, 영혼의 토론자이지 대학이라는 거대 관료조직이 아닌 이상, 그것을 확신하게 된 이상 나는 이미 대학의 학생이 아닐 것이다.

－배수아 『독학자』(2004)

그녀는 대학 2학년 때 산업디자인에서 도시공학으로 전과를 했다. 많은 인간들이 여기서 저기로, 또 저기서 여기로 옮겨다닌다. 그러나 그녀의 전과 계기는 남달랐다. 같은 과 같은 학년에 난희라는 여자애가 있었다. 그 난희가 죽었다. 교통사고였다. 원인은 빗길에 안전운전을 하지 않은 운전자의 과실이었지만 운전자의 과실을 부추긴 것이 바로 지나치게 굽은 길이었다. 난희가 죽기 전까지 우리는 난희의 존재를 알지 못했다. 난희가 죽어서 우리는 난희를 알았고, 지나치게 굽은 길은 죽음을 유발할 수도 있다는 것을 깨달았다.

또 있다. 대학에 대한 환상 같은 건 처음부터 없었지만 학교 주변에 널린 판자촌을 보고서는 실망하지 않을 수 없었다. //

성냥개비로 도시를 만든단 말야? 학교도 있고 집도 있고 강도 있고 가로수도 있고 길도 있고 카페도 있어요. (중략) 학교 과제물이냐고 물었다. 주디는 휴학했어요, 하고 말한 뒤 한숨을 내쉬었다. 그러자 집 한 채가 무너졌고 강도 조금 범람해 길이 끊어졌다.

"저런!"

"괜찮아요. 다시 만들면 돼요. 성냥개비 도시니까."

－구경미 「Sweet Town」(2005)

나는 그 동안 확실히 학문보다
항문을 더 열심히 닦고 살았어.
그래서 세상이 더 깨끗해진 것도 아니야.
실제로 길 하나 따로 내지 못했어.
달맞이꽃 하나 새로 피우지 못했어.
(중략)
그러나 나는 오늘도 잘 모르겠어.
항문하고 학문 중에 무엇을
더 깊이 닦아야 하는지.

－문정희 「학문을 닦으며」(1996)

학창시절 공부도 잘하고
특별 활동에도 뛰어나던 그녀
여학교를 졸업하고 대학 입시에도 무난히
합격했는데 지금은 어디로 갔는가
(중략)
그 많던 여학생들은 어디로 갔을까
저 높은 빌딩의 숲, 국회의원도 장관도 의사도
교수도 사업가도 회사원도 되지 못하고
개밥의 도토리처럼 이리저리 밀쳐져서
아직도 생것으로 굴러다닐까
크고 넓은 세상에 끼지 못하고
부엌과 안방에 갇혀 있을까
그 많던 여학생들은 어디로 갔는가
　　　　　　　　－문정희 「그 많던 여학생들은 어디로 갔는가」(2001)

손때 묻은 책을 덮습니다
아무리 해도 길이 나타나지 않습니다
그래서 또 책을 폅니다
(중략)
텅 빈 책가방이 참다못해 다가와
죽었나 하고 나를 흔들어봅니다
나는 안개를 굳세게 붙잡고
그를 밀어냅니다

누에고치처럼
관 속에 누워 있는 나의 안개를
붙들고 벌벌 떱니다

그러나 책가방은 당당하게
장작개비 쪼개듯 나를 쪼개서
어느 사이에
쑤셔넣고 마구 달립니다
텅 빈 책가방 속에서 이리저리 부딪혀
나는 머리가 깨질 듯 아픕니다

이제는 책가방 속의 불운을 즐깁니다

—이사라 「무서운 책가방」(2002)

우리는 책을 덮고 창가로 가서 밖을 바라본다
백주대낮에는
하느님이 정하신 일만 일어나므로
(중략)
칠판에는 백묵으로 무언가 적혀 있고
어둠 속에서 글자들은
너무 멀리 있어 이름을 알 수 없는 별처럼
희미하게 빛난다

하루 종일 침묵한 입을 위해
우리는 서로에게
강철로 된 드롭프스를 넣어준다

—진은영 「교실에서」(2003)

이제 어쩌면 말할 수 있을지 모릅니다

우리 떠난 뒤에 더 무성해진 초원에 대해
아니면, 끝날 줄 모르는 계단에 대해
우리 시야를 간단히 유린하던 새떼들에 대해

청유형 어미로 끝나는 동사들, 머뭇거리며 섞이던 목소리에 대해
여름이 끝날 때마다 짧아지는 머리칼, 예정된 사라짐에 대해
혼자만이 아는 배신, 한밤중 스탠드 주위에 엉기던 피냄새에 대해

그대, 내가 사랑했을지도 모를 이름이여

나란히 접은 책상다리들에 대해
벽 없이 기대앉은 등, 세상을 혼자 떠받친 듯 무거 운 어깨 위에 내리던 어둠에
대해
가능한 모든 대립항들, 시력을 해치던 최초의 이편 과 저편에 대해
그대, 내가 배반했을지도 모를 이름이여

—최영미 「나의 대학」(1994)

나는 거지
아니다
교정을 배회하는 프티 부르주아
아니다
나는 인간, 아니다
지금은 알고 싶지 않다

가방 하나 칼 한 자루
어제는 인문관 근처에서
오늘은 학군단 컨테이너 뒤에서 쑥을 캤다
(중략)
나는 일주일에 예닐곱 시간 단순노동을 하고
시간제로 임시직으로 조합도 정년도 없이 살게 될 것이다
제도에 반항하는 척
난 얽매이지 않아 자유로워 스스로를 위무한다
(중략)
나는 프티 부르주아새끼들과 연합하여 문학
아니다
문학 비슷한 걸로 심포지엄
아니다, 말도 안 되는 헛소릴 지껄였다
확실한 건 늙은 개털들에게 대가리를 주억거리는 개년이 되었다는 거다
그러니 내게 물어보지 마라
졸업해서 뭐 합니까
내가 왜 그래야 합니까?
꼭 이렇게 살아야 해요?

－김이듬 「저물녘 조언」(2011)

8
일

일은 무엇인가를 이루기 위한 유목적(有目的)적인 활동으로서, 특히 생활에 필요한 물자를 얻기 위해 행하는 육체적, 정신적 노력행위를 의미한다. 자본주의 사회에서 일은 경제적인 보상이 주어지는 임금노동과 같은 의미로 사용된다. 예외적으로 경제적인 보상과 무관한 가사노동은 여성문학 속에서 비인간적이고 자동화된 일로 그려지는데, 가사노동으로 점철된 여성의 일상은 잠재적인 식모의 삶으로 형상화된다.

조선시대 여성들의 사회적인 직업은 기녀, 궁녀, 의녀, 종교인이 대표적이었는데, 이 가운데 특히 기녀는 다수의 문학작품을 생산한 전문 문학인들이기도 하였다. 신분적으로는 천민에 속하면서도 전문적인 예능인으로서 왕실과 당대 최고 지식인인 사대부 남성들을 상대한다는 직업적인 특수성으로 인해, 기녀들의 문학작품에서는 사랑과 사회적인 조건 사이에서 번뇌하는 정체성의 문제가 치열하게 다루어졌다.

근대 산업사회에서 여성의 노동이 공적 영역으로 들어오면서, 직업의 위계화와 계층화가 일어났다. 이에 따라 '식모'와 같이 가사노동을 대리하는 직업군이 생겨났는데 이들의 존재를 통해 여성들은 주부로서의 정체성과 자아와의 균열을 드러내기도 했다. 산업화와 도시화에서 밀려난 여성의 경우에는 저임금 노동자나 매춘부라는 하층 직업을 갖게 되었다. 여성작가는 이들을 전근대적인 가부장적 속박에서 벗어나도록 한 경제적인 주체로 서사화하면서 동시에, 매춘의 비인격성과 이 같은 노동구조를 배태시킨 권력층에 대한 비판 의식을 밀도 있게 그려내고자 했다. 또한 '산업의 역군'이라 불리우는 여성 노동자의 모습을 통해 경제개발이라는 명분과 기치 아래 유린된 삶의 가치들을 반어적으로 강조하기도 했다.

한편, 세속적 현실에 적응해야 하는 '샐러리맨'과 같은 직업에 대해서는 부정적 현실에 가담하고 있다는 의식이 투영되어 나타났다. 그런 의미에서 그 직업에서 벗어나기 위해 투쟁하는 '샐러리맨'이나 직업을 갖기 위해 안간힘을 쓰는 '백수'는 모두 자동화된 남루한 일상을 살아가는 현대인의 초상일 뿐이다. 그리하여 여성문학에서는 이러한 직업에 대한 적극적인 자의식보다 직장의 인간관계나 일상화된 일에서 느끼는 심리적인 문제가 오히려 비중 있게 다루어졌다. 반면에, 자아실현과 관련해 긍정적 의미를 부여받고 있는 것은 '소설가'와 '시인'을 포함한 창조적 일을 하는 직업이다. 이들 직업에는 현실의 조건을 치열하게 의식하고 시대의 상처를 통찰하고 치유하면서 자신의 균열을 봉합하고자 하는 작가적 자의식이 그대로 투영되어 있다.

8.1. 일의 의미와 관련 어휘

일의 사전적 정의

일이란 '무엇인가를 이루려고 어떤 장소에서 일정한 시간 동안 몸을 움직이거나 머리를 쓰는 활동'을 말한다. 어떤 계획과 의도에 따라 이루려고 하는 대상, 어떤 상황이나 사실, 해결하거나 처리해야 할 문제나 행사, 문젯거리가 되는 현상, 행위를 이루는 동작이나 상태를 이를 때에도 두루 사용된다.

'무엇인가를 이루려고 하는 활동'이라는 정의에서 알 수 있듯이, 일은 뚜렷한 목적을 가지는 것이 일반적이다. 그리고 그 목적은 일반적으로 생활에 필요한 물자를 얻기 위함일 때가 많다. 그리하여 좁은 의미에서 일은 경제적인 보상을 목적으로 하는 생업과 관련된 활동을 의미한다.

'일(事)'은 '이루다(成)'의 어근인 '이루-'와 동일한 어원을 가지는데, 어원에서도 '일'의 유목적(有目的)적인 특성이 잘 드러난다. 한국어와 동일한 어족에 속하는 터키어에서 '事'를 뜻하는 조어형(祖語形)은 'is'인데, 한국어의 '일'과 동원어(同源語)로 보인다. 흥미로운 것은 'is'가 바로 '손'의 의미를 갖는다는 것이다. 이렇게 본다면, 일은 어원적으로 손으로 하는 활동을 의미한다고 볼 수 있다. '손'은 우리의 신체기관에서 두뇌의 발달과 가장 밀접한 관련을 가진다. 인류가 직립보행을 하게 되면서, 두 손의 사용이 자유로워졌고, 이와 때를 같이하여 두뇌의 용적이 직립보행 그 이전보다 2배 이상 커졌다는 사실은 '손'과 '두뇌'의 밀접한 관련성을 잘 말해 준다. 이렇게 본다면, '손을 주로 사용하는 유목적적인 활동'이라는 일의 어원은 외견상으로 손을 사용한다는 일의 신체적 활동 양상뿐만 아니라 두뇌를 사용하는 정신적 활동까지 함축적으로 아우르는 개념이라고 해석될 수 있다.

일이 유목적적인 활동이라는 것은, 일이 본질적으로 보상을 목적으로 하는 활동이라는 것이다. 미래에 발생할 이익을 목적으로 이루어지는 활동이 바로 일인 셈이다. 따라서 일의 영역에서는 뚜렷한 목적이 설정되는 것과 함께, 이 목적을 이루기 위해 세부계획이 수립되고, 이를 위해 밟아야 하는 과정과 절차가 엄격하게 통제된다. 이는 당장에 발생하는 쾌락을 중심으로 이루어지는 '놀이'와 일의 가장 큰 차이점이기도 하다. 현대인에게 실존의 두 가지 양상이 있다고 할 때, 일상생활이 노동의 시간과 연결되고, 일탈의 시간은 노동의 현장을 벗어난 놀이와 여가의 시간이라고 구분 지우는 것은 일과 놀이의 이러한 대비적 성격을 지적한 것이라 하겠다.

그러나 문화인류학적으로 볼 때 일과 놀이의 성격이 뚜렷하게 구분된 것은 산업화 시대 이후이다. 농경시대에는 일이 다른 여가활동과 뚜렷하게 구분되지 않아서, 일과 여가, 휴식과 예술이 서로 뒤엉켜 있었다. 산업사회로 오면서 일이 분업화되고, 전문화됨에 따라 일의 성격은 점차 진부하게 되었고, 장인으로서 느끼는 개인적 성취감이나 기쁨, 공동체가 함께 즐기는 놀이로서의 일의 성격이 점차 없어지면서 일은 놀이와 배타적인 것으로 나아가게 되었다.

노동과 가사노동

'노동'은 몸과 마음을 움직이고 사용하는 활동이되, 특히 생활에 필요한 물자를 얻기 위해 육체적 노력이나 정신적 노력을 들이는 행위를 의미한다는 점에서 협의의 '일'과 동일하다. 다만 '일'이 넓은 의미에서 자원봉사 활동처럼 경제적 급부가 주어지지 않는 활동을 가리킬 때에도 쓰일 수 있는 반면에, '노동'은 주로 생계유지를 위해 필요한 재화와 비용을 벌어들이는 행위를 뜻한다는 점에서 차이가 있다. 자본주의 사회에서 일은 경제적인 보상이 주어지는 영역을 중심으로 재정의(再定意)되어, '임금노동=일'이라는 등식이 성립되었는데, 이러한 노동의 영역을 일의 구체적인 양태에 따라 세부적으로 유형화하여 구분한 것이 바로 '직업'이다.

노동이 이처럼 경제적인 보상을 그 본질적인 의미 특성으로 갖는데도 불구하고, 유독 경제적 보상과 무관한 특별한 노동이 있는데, 가사노동이 바로 그것이다. 가사노동은 일상의 가정생활에서 일정 수준의 청결과 안전을 지키면서 가정의 기능을 유지하기 위한 제반 활동을 의미한다. 가사노동의 양상은 매우 다양하다. 구체적으로 유형화해 보면, 가정을 유지하는 가족 구성원의 의식주를 위주로 하는 활동인 요리, 청소, 빨래, 장보기, 집안 가꾸기와 같은 일상유지노동(house work), 가족들의 감정을 돌보고 배려하는 감정적 지원 노동(support work), 가족 내의 어린이, 노인, 환자, 장애인 등을 보살피는 보살핌 노동(care work), 남편의 경력을 관리하고 자녀의 교육적 직업적 성취를 위해 지원하며,

가계를 운영하고 관리하는 지위생산 노동(status production work) 등이 언급될 수 있다.

또한 가사노동은 '사적(私的)'이라는 특성을 가진다. 사적인 영역인 가정에서 가족 구성원을 대상으로 하는 활동이기 때문에 어떤 사회적인 규칙이나 제약 등의 틀 속에서 행해지는 노동과 이질적이며, 사적인 생활영역에서 이루어지기 때문에 고립감, 분산성을 함의한다.

전통적으로 가사노동은 주로 여성들이 전담해 왔는데, 시대와 문화에 따라 가사노동의 내용과 성격이 변화되었다 하더라도, 여성에게 그에 대한 일차적인 책임이 주어졌다는 데에는 큰 변화가 없었다. 그러나 원시사회에서는 여성과 남성의 일에 뚜렷한 경계가 없었다. 수렵채집사회에 들어와, 남성은 사냥을 하기 위해 집밖으로 '멀리' 나가고, 여성은 집 '근처'에서 식물을 채집하게 되는 분업화가 일어나면서, 집과 근거리에 있던 여성이 가사노동을 맡게 되었다. 농업사회에 들어오면서 여성은 농업 생산뿐만 아니라 방적과 같은 수공업에도 종사하게 되었다. 남성들이 주로 강한 힘을 요하는 밭 갈기, 씨뿌리기 등을 담당했다면, 여성들은 솎아내기, 김매기, 솜 따기 등 잔손질이 많이 가는 작업을 하였다.

우리나라에서는 삼국시대 때부터 여성들이 길쌈을 했다는 기록이 있다. 조선시대 사대부 여성들은 육체노동을 천시하였으므로 일상생활을 영위하기 위한 육체노동은 노비가 전담하였으나 오직 길쌈의 경우는 예외였다. 상류층에서 보던 〈여사서(女四書)〉와 같은 교육서를 보면 길쌈이 오히려 권장되었던 것을 알 수 있다. 김만중의 모친에 대한 글인 『윤씨부인행장(尹氏夫人行狀)』이나 능주 구씨가 지은 『경자록(慶子綠)』, 허난설헌의 시 『빈녀음(貧女吟)』에서도 직조에 대한 자신의 일상사를 기술한 부분이 나온다.

> 공주의 손녀로 무남독녀로 귀히 생장했건만 병자호란에 남편 잃고 아들 형제를 길러내면서 손수 베틀에 앉아 명주를 짜고 아들의 책을 사기 위해 짰던 명주를 중도에 끊어 바꾸었다. (『윤씨부인행장(尹氏夫人行狀)』(1690))

> 농사를 짓지 않는 이 집안에… 저 물레에 목을 매어 한필 두필 내어 파니 한냥 두냥 이문 일네. (『경자록(慶子錄)』(17세기))

> 밤늦게까지 베틀에 앉아 쉬지 않으니, 베틀만 삐걱삐걱 차갑게 울어대나. 틀에서 또 한필 짜내건만 이번에는 누구의 옷이 되려나. (『빈녀음(貧女吟)』(1608))

마포와 면포가 주로 자가 소비를 위해 직조되었다면, 견포의 경우에는 일종의 사치품이었기에 일반 양인의 집에서는 가내수공업으로 직조되었다. 또한 직조는 조세납부에도 기여했는데, 가령 조선의 법제에 의하면 모든 양인(良人) 성년 남자의 경우, 병역 대신 연 2필의 면포를 납부해야 했고, 자가 소비와 납세를 위해 양인 가구에서는 최소 6필에서 10필을 생산해야 했다. 쌀과 함께 대표적인 조세품목이었던 물자가 바로 옷감이었고, 대외적으로도 중요한 수출 품목이었기 때문에 국가적으로 직조업이 장려된 결과, 민가의 여성에게 모범을 보여야 하는 사대부 여성에게도 길쌈의 경우에는 노동영역으로 인정된 것으로 보인다.

조선시대 여성직업으로 대표적인 것은 궁녀, 기녀, 의녀, 종교인 등이었다. 궁녀는 기원이 불명확하지만, 백제 멸망 시 삼천 궁녀가 낙화암에서 떨어져 죽었다는 이야기를 통해 보면, 이미 고대사회부터 있었던 것으로 추정된다. 고려시대에도 궁녀 제도에 대한 기록이 없어서 내용을 정확히 알 수 없으나, 주로 평민이나 노비, 첩 소생 등 하루계층 여성들 중에서 궁녀가 된 듯하다. 조선시대에도 궁녀는 내명부 소속의 천민이었지만, 정5품의 상궁에서 종9품의 세자궁 소속궁녀에 이르기까지 품계가 갖추어져 있었다. 궁녀는 한번 궁에 들어오면 죽을 때까지 궁에서 살아야 했지만 간혹 재해가 발생하면 궁녀의 원한 때문인 것으로 여겨져서 궁 밖으로 방출되기도 하였으나 결혼은 금지되어 있었다. 궁녀 신분을 벗어나 출세를 할 수 있는 유일한 길은 왕의 승은을 입는 것이었다. 조선시대에 궁녀가 승은을 입으면 정1품에서 종4품까지의 내명부 직첩을 받아 왕의 후궁이 되었으며, 그 자식이 왕위에 올라 왕비가 되기도 했다. 궁녀들은 조선시대 여성들 중에서 공부를 많이 한 지식인으로서 궁체라는 독특한 한글서체를 만들어 발전시켰을 뿐 아니라 『계축일기』나 『인현왕후전』과 같은 궁중문학을 탄생시켜 우리 문학사에 기여하기도 하였다.

기녀는 약방기생, 상방기생, 여악(女樂)으로 나누어지는데, 약방기생은 내의원(內醫院) 소속의 의녀를 말하고, 상방기생은 상방(尙房) 소속의 바느질 하는 침선비를 의미하며, 여악은 장악원(掌樂院) 소속의 기생으로서 노래와 춤을 익혀 궁중의 연회나 외국 사절의 접대에 동원되었다. 기녀는 신분적으로 비록 천민이었지만 궁정과 관청의 연회에 참여하고, 사대부를 상대로 하는 직업이었기 때문에 노래와 춤을 물론 시를 읊고 짓는 법을 아는 당대의 지식인이었다.

한편 의녀의 경우, 신분적으로는 최하위계층인 관비출신이었으나 문자를 읽고 쓸 수 있으며 의약에 대한 지식을 구비한 전문인의 속성을 가지고 있었다. 의녀의 사회적 활동은 매우 다양했는데, 기생으로서 연회에 참석하기도 하고, 여성을 대상으로 수사, 조사, 검거하는 형사로서의 일을 하기도 하며, 글자를 가르치거나 사약 나르는 일 등을 수행하기도 하였다. 의녀의 기녀화는 의녀가 관비였기에, 기녀들이 하는 공적 연회참석 활동의 부족한 수를 메우는 데에 매우 손쉽게 동원이 되었기 때문이었다. 전문인으로서의 능력 때문에 의녀들은 다른 관비들보다 다방면에서 활동할 수 있었다. 그리하여, 조선 후기가 되면 직분에 따라 전문성을 고려한 업무의 분화가 이루어졌는데, 진맥을 주로 하는 맥의녀와 침구를 전문적으로 수행하는 침의녀로 분화되기 시작했고, 영조 23년에는 약의녀가 등장하였다.

종교인의 대표적인 직업으로는 무녀가 있었다. 조선시대에는 유교윤리에 입각하여, 무녀나 무업이 매우 천시되었기 때문에 무녀들은 도성 안에서 살 수 없었다. 그러나 국가에는 국무(國巫)가 있어서 기우제나 왕실가족의 병 치료 등에 동원되기도 하였고, 일반서민들을 위해서는 한풀이, 질병의 치유, 점복 등을 함으로써 사회통합에 기여하기도 하였다.

조선후기에 들어와 농업사회에서 본격적인 근대 산업사회로 진입하면서 일터(공장)는 가정으로부터 완전히 분리되었다. 일터에서 돈을 받고 하는 임금노동은 남성이, 가정을 중심으로 이루어지는 가사일과 보살핌은 여성이 담당하는 것으로 일의 분업화가 급속히 가속화된 것이다. 그러나 다른 한편에서는 여성교육이 강조되면서 여성교육 기회의 확대가 이루어졌는데, 개화기에 입국한 기독교 선교사들의 의료선교 사업을 통해 간호사, 조산원 교육이 여성을 위한 근대적 교육으로 시행되었던 것이 그 예이다. 그리하여 개화기의 전문직 여성들은 교육계와 의료계에서 활동한 여성들이 주축을 이루게 되었다. 더 나아가 경제활동 분야에까지 여성의 인력이 미쳐서, 생산직, 사무직, 자영업에 참여하기도 하여, 은행부기, 회계, 체신사무, 상업계통의 상포무역(商鋪貿易), 농업계통의 농사감독, 목축, 의학상리(醫學商理), 격치교수(格致敎授) 등의 일이 여성들에게 추천되기도 하였다.

한국사회에서 근대 자본주의는 일제 식민통치와 궤를 같이 하여 이루어지는 독특한 양상을 띠었다. 일제 치하의 공업화는 식민지 통치 기반을 마련하기 위한 것으로, 식민치하 저임금 노동력을 근간으로 한 착취의 산업화 과정에서 여성노동력이 주요 노동력으로 적극 동원되었다. 일례로 방적, 식료품, 고무화학 등 당시 주요 경공업 부문에서 여성노동자는 80~90%까지 이르렀다. 이에 일제 치하에서는 직업여성의 절대 다수가 공장노동자를 점했다.

주부, 현모양처, 수퍼우먼 그리고 수퍼맘

일제강점기의 식민지 산업구조 아래, 가정이라는 사적 영역에서 공장이라는 공적 영역으로 여성 노동력이 대거 투입됨에 따라, 미혼 직업여성과 변별을 두기 위한 요량으로 '주부(主婦, housewife)'라는 용어가 사용되기 시작했다. 근대 성별분업이 가속화되면서 가사노동이 시장의 임금노동과 구분됨에 따라, 임금노동의 생업과 무관한 가사노동의 책임자로서의 여성이 새롭게 조명되면서 이를 가리키는 주부라는 신조어가 등장하게 된 것이라 할 수 있다. 주부라는 용어가 우리 문화에서 언제 사용되었는지는 정확하지 않지만, 1920년대 잡지에서 발견된 것으로 미루어 보아 일제 치하 일본으로부터 유입된 단어일 것이라 추측된다. 형태적으로도 '주부'의 '주(主)'가 일본에서 아내가 남편을 '주인(主人)'이라고 부르는 데에서 온 것이라 보이기 때문이다.

주부와 관련된 어휘로 '현모양처(賢母良妻)'가 있다. 현모양처는 일본에서 전업주부, 그 가운데서도 좋은 아내, 지혜로운 어머니의 자질을 갖춘 여성을 일컫는 표현이었는데, 일제강점기 당시 일본 사회에서 자본주의가 발전하면서 남성들이 대거 임금노동의 영역에서 일하게 되자, 경제활동을 하는 남편 중심의 가족에 알맞으면서, 가정 안에서 가사노동을 전담하는 전업주부의 이상형으로서 '양처현모' 상이 제안된 것이었다. 흥미로운 것은 이 단어가 당시의 조선사회로 들어오면서 어순의 변화를 일으켜 '현모양처'로 정착되었다는 점이다. 당시 조선의 산업화와 공업화는 일본에 비해 많이 취약했을 뿐더러 일본에 비해 가문과 혈통을 중시하는 유교적인 가치관으로 인해, 어머니 내지는 가모의 역할이 아내의 역할보다 더 비중 있게 여겨졌기 때문에 어순의 변화가 온 것으로 보인다. 경제력 있는 남편이 가정의 중심이 되는 부부 중심의 핵가족이 성립되면서 대두된 현모양처의 주부상과 함께, 여성의 활동반경은 가정 안으로, 그리고 보다 정서적인 역할로 고착되었다.

1950년대 한국전쟁 이후에는 한국의 산업화가 급격히 추진되는 과정에서 수

출지향적인 경제성장 정책 아래, 저임금 노동력인 여성 노동력이 대거 투입되었다. 이와 함께 현모양처 상에도 약간의 변화가 일어났다. 입대한 남자들을 대신하기 위해 여성노동에 대한 사회적 수요가 급증하면서, 주부로서의 직무뿐만 아니라 가정의 경제적 기반을 튼실히 하는 경제적 직무까지 현모양처의 자질로 부가된 것이다.

1960, 70년대 산업화 과정에서는 미혼여성을 중심으로 여성임금노동자가 급속히 증가하였다. 이 당시, 여성 노동시장은 농촌에 거주하는 기혼여성의 농업노동과 농촌에서 온 도시 미혼여성의 가내수공업 및 공장제조업으로 양분되는 양상을 보였다. 여성이 점한 상위직종으로는 교원, 사무직 등이 있었으나 매우 한정된 분포였다. 이 시기의 국가적인 근대화 프로젝트 아래 대규모로 생산공장에 편입되었던 생산직 여성노동자들은 국가 경제를 위해 희생한다는 맥락에서 비성화(非性化) 된 표현으로 '산업역군, 산업전사'라 불렸고, 가족과의 관계에서는 '책임 있는 딸'로 불렸으며, 계층적 위계상에서는 '공순이'로 불렸다. 이 시기의 국가관은 전통적인 가부장적 이데올로기를 확대시켜 이미지화한 것으로, 국가는 아버지나 남편의 이미지로, 장남은 재벌이나 기업의 이미지로, 그리고 노동자는 딸의 이미지로 제시하는 특징을 보였다.

1980년대 이후 산업사회 경제가 안정되면서 핵가족 중심의 가족이 다수를 점하게 되었다. 산업화를 통한 노동 중심의 사회구조가 조직되면서 남성 화이트칼라 노동자를 중심으로 한 중산층 가족이 두터워졌고, 높은 경제성장을 거듭하면서 남성 1인이 가족의 생계를 부담하고 여성이 가정사를 전담하는 양상이 두드러졌다. 이와 함께 기혼여성의 노동시장 진입도 확대되었는데, 이는 1970년대 이전에 버스 안내양, 식모 등을 주로 점했던 십대 여성노동력이 1970년대 이후, 취업보다 진학을 선택하게 되면서 미혼여성들이 비우고 간 생산직 일을 점차 기혼여성이 채워나갔기 때문이었다. 이와 더불어 일과 가정생활의 이중부담이 가시화되었는데, 직장생활과 가정의 이중역할을 성공적으로 수행할 수 있다는 바람과 통념에서 '슈퍼우먼'이라는 용어가 나타나기도 하였다.

1990년대부터는 사회 전 계층에서 여성의 노동진출이 확대되고, 여성에게 직장일과 가사노동에 대한 요구가 전면화되었다. 1998년 경제위기가 발생하자, 대량 해고, 해직이 일어나면서, 남성 1인 생계부양자 모델을 기초로 한 중산층의 가족규범이 그 지배력을 급속히 잃게 되면서, 가족 부양의 책임이 남녀 모두에게 있다는 인식이 확산되었다. 임금노동 지향성이 사회 전반적으로 강해짐에 따라 가족에서의 갈등상황을 줄이려는 회피의 전략으로 결혼지연이나 저출산의 양상이 두드러지게 나타났다. 저출산에서 한 단계 더 나아가 의도적으로 자녀를 두지 않는 부부를 일컫는 '딩크족(double income, no kids)'이라는 신조어도 미국에서 유입되었다. 가족부양의 책임이 남녀 공동의 일이라는 인식이 확립되면서 보육의 사회화, 가사의 상품화, 남편의 가사 및 육아참여의 필요성이 더욱 절실해졌고 이와 때를 같이 하여 가사노동에도 변화가 일어났다.

특히 2000년대 이후, 중산층 가정을 중심으로 가사노동에 큰 변화가 일어났는데, 전통적인 가사노동의 대표적인 영역이었던 일상유지 노동(house work)이 간소화 되는 대신, 어머니의 자녀 학업 지원노동 등 지위생산 노동(status produc -tion work)의 비중이 매우 높아졌다. 1990년대 기혼여성에 대한 암묵적인 요구와 바람이 '슈퍼우먼'이라는 용어에 함축되었다면, 2000년대 이후에 나타난 '슈퍼맘'이라는 신조어는 직장생활과 함께 자녀교육, 자녀 학업 지원노동의 직능이 기혼여성의 직무에서 얼마나 큰 비중을 차지하는지 잘 보여준다. 또한 '재테크 담론'이라는 말이 보여주듯이 사회적 지위 재생산을 위해 가계 재정 관리의 중요성이 높아지면서 투자 위주의 가계 관리가 매우 중요한 영역으로 간주되기 시작한 것도 2000년대 이후 가사노동의 큰 특징의 하나로 지적될 수 있다.

8.2. 오락(誤落)한 삶과 자존의식, 기녀

기녀는 공노비(公奴婢)로서, 관습도감(慣習都鑑 또는 장악원掌樂院)이 관장하는 경기(京妓)와 지방관아에서 관장하는 관기(官妓 혹은 外方妓)로 나뉜다. 이외에도 약방기생(藥房妓生)이라 불린 의녀(醫女)와 상방기생(尙房妓生)이라 불린 침선비(針線婢) 등 관비 출신 전문직 기녀도 있었다. 기녀는 기안(妓案)에 올라 관리되었는데 50세까지 신역(身役)의 의무를 지녔다. 경기들은 공식적 궁중연향과 왕실의 소소한 모임에 참석하기도 하고, 양반들의 사적 모임에 참여면서 성적 봉사의 수행을 하기도 했다. 외방기들은 사신 접대를 위한 연향, 지방 관아의 연향에 참여하면서도 실질적으로는 방기(房妓), 수청기(守廳妓)의 역할을 하여 사신이나 지방관리 및 군인에게 성적 봉사를 하였다. 이렇듯 기녀는 사대부와 정신적 교류를 하는 일급 문인 기녀에서부터 지방 관아 소속 성적 위안부에 이르기까지 다양한 위계가 있었다. 그러나 지배층 남성의 성적 착취의 대상이라는 점에서는 동일했다.

시문을 남긴 기녀는 고려시대에도 두어 명 있었으나 16세기 이후 본격적으로 등장했다. 기녀가 되는 것은 자신의 의지와는 상관없었다. 기녀는 천인(賤人)이었으며 관기(官妓)였고, 세습되었다. 곧, 노비종모법(奴婢從母法)에 따라 어머니가 기녀이면 딸도 기녀가 되었다. 또한 천인이나 가난한 양인 집의 딸들도 먹고 살기 위해 기녀로 팔리기도 하였고, 서얼로 태어난 여인들이 기녀의 길을 택하기도 하였다. 이 모든 것은 신분제와 가난이라는 굴레 때문이었다. 특히 기녀의 딸로 태어나 어린 나이에 기적에 들어 기녀의 일을 배우고 결국에는 어머니의 전철을 밟아야 했던 여인들은 자신이 오락(誤落)했으며 한(恨) 많은 삶을 눈물로 살아가고 있음을 밝히는 것을 주저하지 않았다. (강지재당 「憶昔」)

기녀들은 관기였기 때문에 관에서 시키는 대로 떠도는 삶을 살 수밖에 없었다. 고향을 떠나 나그네의 삶을 살았기 때문에 정서적으로 뿌리 없는 삶을 살았다. 타향살이는 짧게는 몇 달이었으나 길게는 18년이 이어지기도 했다. 그리하여 고향을 그리는 마음과 타향살이의 쓸쓸함을 읊었으며, 자신이 지나온 지명(地名)을 열거하기도 하였다. (태일 「四絶亭遇諸學士席上口吟」)

기녀들은 특정 남성과 사랑을 나누기도 하였다. 황진이(黃眞伊)와 소세양(蘇世讓), 매창(梅窓)과 유희경(劉希慶) 등을 대표적인 예로 들 수 있다. 관기라는 신분 때문에 그들을 따라 갈 수 없으므로 이별의 한, 그리움을 나타내는 작품이 많았고, 떠나보내는 안타까움과 끊어버릴 수 없는 정이 서럽게 나타났다. (황진이 「詠半月」)

이처럼 신분과 현실적 장애로 고통 받는 삶이었으나, 기녀들은 굳은 자존의식을 지녔다. 고려의 기녀들은 비록 기녀이지만 양가의 여성과 차이가 없다는 자부심을 피력하였고, 문인 지식층과 시적 교류를 나눌 수 있음을 과시하기도 했다. 조선조의 기녀들은 자신을 새장에 갇힌 학(鶴)과 같은 존재라 하였고, 자신을 함부로 대한 술꾼에게 절규하였다. 또한 시화(詩畵)의 능력이 뛰어남을 자긍심으로 삼았으며, 사대부와 어깨를 견줄 만하다고 하거나 시골의 썩은 선비보다 낫다고 하였다. 이러한 자긍심은 자신들이 상대하는 사대부의 어리석음을 비판하는 데에까지 나아갔다. (동인홍 「自敍」, 우돌 「呈宋佐幕國瞻」, 조운 「歌贈南止亭袞」)

이와 같이 기녀는 신분상으로는 중세 신분 구조의 최하층인 천민에 속하면서 직임상으로는 왕실과 최고 지식인 남성들인 사대부를 수행하였는데, 문학을 통해 이러한 특수한 존재인 자신의 내면을 표현하였던 것이라 볼 수 있겠다.

일반여성과 달리 기녀의 사회적 존재 조건은 한 가문이나 남성에게 귀속된 위치가 아니기 때문에, 기녀는 자신의 개인적 정체성을 치열하게 모색했다. 기녀시조에서는 개인적 내면세계를 표출하고 있으며, 분방한 자의식을 보여준다. (황진이 시조, 소춘풍 시조) 이들 기녀는 공적 영역에서 전문적 기예를 지니고 활동하는 직능인으로서의 자부심을 지니고 있다. 또한 기녀들은 남성과 동등한 사랑의 대상이 되어 진지한 사랑을 나누고자 한다. 기녀에게 사랑의 성취는 신분적 예속을 벗어날 수 있는 자기실현을 의미하며, 이 때문에 자기실현을 위한 사랑의 성취를 욕망한다. (군산월 「군순월이원가」)

> 옛날을 생각하고 또 생각하니
> 싸움터 병영의 봄 속에 자라났네
> 여덟 살에 어머님 따라
> 물결 타고서 남쪽 나루 건넜네
> 잘못 분성관에 몸이 떨어져
> 가련한 몸 맡겼네
> 어쩌다 일찍 마름꽃 거울 보며
> 오늘아침 비단옷 입었는가
> 憶昔復憶昔 生長柳營春 八歲隨慈母 乘潮南渡津
> 誤落盆城舘 句欄委此身 何曾拂菱花 今朝着綺羅
>
> ─강지재당 「옛 생각 憶昔」(19세기 후반)

> 삼월에 집 떠나 구월에 돌아오니
> 산수 길은 여전한데
> 이 몸은 햇빛 따르는 새 같아
> 강남 갔다 다시 북으로 날아오네
> 三月離家九月歸 泰山楚水路依依 此身奈似隨陽鳥 行盡江南又北飛
>
> ─태일 「사절정에서 여러 학사와 한자리에서 읊음 四絶亭遇諸學士席上口吟」

누가 곤륜산 옥을 다듬어
직녀의 빗을 만들어
견우와 이별한 뒤
푸른 하늘에 장난삼아 던졌는가
誰斲斷崑山玉 裁成織女梳 牽牛離別後 謾擲擲碧空虛
－황진이 「반달을 노래함 詠半月」(16세기 전반)

기생과 양가 여자
그 마음가짐 어떻게 묻는가
가련타 백주의 절개여
다른 마음 안 품으려 스스로 맹세했네
娼妓與良家 其心間幾何 可憐栢舟節 自誓矢靡他
－동인홍 「자서 自叙」(고려시대)

송광평의 철석같은 심지를 일찍 알았기에
잠자리 모시려는 마음은 원래 없었다오
다만 바라니, 하룻밤 술 마시며 시를 짓고
풍월 읊으며 좋은 인연 맺었으면
廣平鐵腸早知堅 兒本無心共枕眠 但願一宵詩酒席 助吟風月結芳緣
－우돌 「송좌막 국첨에게 올림 呈宋佐幕國瞻」(13세기 전반)

부귀와 공명은 이제 다 버리고
산수에서 즐겁게 노닐만 하리
그대와 함께 한 칸 집에 누워
가을바람 밝은 달 아래 흰 머리 이룹시다
－조운 「남곤대감께 올리는 노래 歌贈南止亭袞」(16세기 전반)

唐虞를 어제 본듯 漢唐宋 오늘 본듯
通古今 達事理ᄒ는 明哲士를 엇덧타고
저 설픠 歷歷히 모르는 武夫를 어이 조츠리
－소춘풍 『시전805』(15세기 후반)

靑山은 내 쯧이오 綠水는 님의 情이
綠水 흘너간들 靑山이야 變ᄒ올손가

綠水도 靑山을 못니져 우러예어 가노고

－황진이 『시전 2865』(16세기 전반)

이왕의 김학수을 군즈로 셤겨시니 김학수 회뵈ᄒᆞ여 향순의 도라가니 불싱이부
(不更二夫) 이닉 졀기(節介) 나도 이져 가나이다 아모리 긔싱(妓生)이ᄂ 힝실(行
實)이야 다를손가 (중략) 순순수수(山山水水) 멀고먼딕 도라가라 분부ᄒᆞ니 이군
불사(二君不事) 구든 졀기(節介) 나오리 ᄒᆞᆯ실비요 이부불경(二夫不更) 구든 졀기
(節介) 손여(少女)의 즉분(職分)이라 초슈오산(楚水吳山) 험한 기릭 이별ᄒᆞ고 도
라가면 젹젹한 빈 방안의 독슈공방 어이하며 십구셰 이닉쾅음 속졀업시 되어고나
연연한 이닉몸을 몃 쳘이(千里) 홀쳐다가 ᄉ고무친(四顧無親) 타도타향(他道他
鄕) 귀로망망(歸路茫茫) 이닉힝지 이다지도 바리시오

－군산월 「군슌월이원가」(19세기 후반)

8.3. 보이지 않는 노동, 식모

여성의 경제 활동은 가사노동의 영역에서 이루어졌다. 가사노동은 전통적으
로 유모, 침모, 행랑어멈 등으로 신분구조의 하위 영역에 있었고, 근대에 들어
서면서 가사노동을 직업적으로 담당하는 이들이 등장했다. 사회적 노동은 대개
바람직한 것으로 인식되어 흔히 '신성한'이라는 수식어가 따라붙지만, 일정한
보수를 받고 행해지는 가사노동은 허드렛일로 여겨졌다. 값싼 임금으로 부려지
던 이들은 서사(敍事) 안에서는 극도로 축소되어 있다. 근대 초기 여성작가에게
가사노동은 일상적 현실로 그려지지 않는다. 가사노동의 경우는 그리 어렵지
않아서 배운 여성은 더 잘 할 수 있는 것, 혹은 배운 여성은 할 필요가 없는
것으로 그려진다. (나혜석 「경희」, 임옥인 『들에 핀 백합화를 보아라』) 배운 여성에
게 가사노동은 일종의 유희거리로 대상화되는 것이다. 그렇기에 식모를 두는
지식인 계층의 여성작가에게 가사노동을 자기 대신 담당해 주는 식모는 일종의
'감추어진 여자'로 그려진다. 이들은 여성작가 바로 옆에서 관찰의 대상이 되기
도 하지만, 그 구체적인 노동의 현장이나 노동의 성격은 잘 묘사되지 않는다.

가사노동 종사자를 천박하고 게으른 존재로 그림으로써 가사노동 담당자를 폄훼하는 시선을 노출시킨다. (강경애『인간문제』, 박화성「고개를 넘으면」) 이들은 '파출부, 도우미' 등으로 그 명칭을 달리하여 등장하고, 속물적이면서 동시에 향수를 불러일으키는 존재로 묘사되기도 하지만 지식인이자 현대 여성의 영역은 아닌 것으로 인식한다. (박완서「꿈꾸는 인큐베이터」, 공지영「봉순이 언니」, 최정희「지맥」)

이러한 시선은 스스로 가사노동을 담당하는 주부의 역할을 할 때에도 그대로 이어진다. 가사노동이 일상적으로 그려지는 것은 1980년대 이후이다. 이전까지 가사노동이 '식모'의 것과 '지식인 여성'의 것으로 구분되었던 것에 비해, 이제 가사노동은 사회적 계급이나 역할과 상관없이 모든 여성의 가장 기본적인 노동으로 인식된다. 이때 가사노동은 반드시 해야 하는 일이지만, 여성을 옥죄는 올가미 같은 것으로, 끝없이 반복되는 일상의 굴레, 아무에게도 의식되지 않는 쓸모없는 일로 여겨진다. (은희경「아내의 상자」, 박완서『살아 있는 날의 시작』, 공지영『무소의 뿔처럼 혼자서 가라』) 다른 한편으로, 일상적이고 반복적인 일이지만 그 안에서 어떤 숭고함을 느끼기도 한다. (강석경『가까운 골짜기』, 김채원「겨울의 환」) 이는 근대 초기의 배운 여자들이 더 잘 소화해내는, 혹은 유희로 취급되는 가사노동에 대한 시선을 이어받고 있는 것이기도 하다. 직업으로서의 가사노동이 서사의 중심을 차지하지는 못하지만, 여성으로서의 정체성과 자아와의 균열이 가장 극단적으로 드러나는 것도 가사노동을 대하는 남녀의 차이가 나타날 때이다.

이러한 점은 현대시에서 여성 시인들의 자기인식을 통해 잘 드러난다. 여성 시인들은 스스로 모든 여성시를 '식모의 시'라고 자조적으로 비유하여 말하기도 한다. 여성들은 '행복하다고 치마에 똥 쌀 지경인 불행한 주부'로서 행복을 연기하면서 빨래통과 설거지통에서 인생을 보내며 잠재적으로 '식모'라는 직분을 가진 것과 다름없이 '어디든 가리지 않는' 질기고 뻔뻔하고 시뻘건 '고무장갑'처럼 살아간다. (양정자「행복에 겨운 주부」, 강기원「고무장갑」) 보이지 않는 고된 노동이자 창조력과 성취감이 없는 가사노동은 여성에게 가족과 모성의 이름으로 가치를 강요할 뿐, 신성한 가사노동의 주체가 아니라 비인격적이며 비하된 여성이 하는 일로서의 '식모'라는 직무에 대한 깊은 탄식을 숨기고 있는 것이었다. (문정희「그 많던 여학생들은 어디로 갔는가」, 김혜순「또 하나의 타이타닉 호」)

"애, 나하고 하자. 부뚜막에 올라앉아서 풀막대기로 저으랴? 아궁이 앞에서 때랴? 어떤 것을 하였으면 좋겠니? 너 하라는 대로 할 터이니, 두 가지를 다 할 줄 안다."

"아이구 그만 두셔요, 더운데"

시월이는 더운데 혼자 풀을 저으면서 불을 때느라고 끙끙하던 중이다.

"아이구 이년의 팔자." 한탄을 하며 눈을 멀건이 뜨고 밀짚을 끌어다 때고 앉았던 때라 작은 아씨의 이 말 한 마디는 더운 중에 바람 같고 괴로움에 웃음이다. 시월이는 속으로 '저녁 진지에는 작은 아씨 즐기시는 옥수수를 어디 가서 맛있는 것을 얻어다가 쪄서 드려야겠다.' 하였다. 마지못하여,

"그러면 불을 때세요. 제가 풀을 저을 것이니……"

"그래, 어려운 것은 오랫동안 졸업한 네가 해라." //

경희는 불을 때고 시월이는 풀을 젓는다. 위에서는 "푸푸", "부글부글" 하는 소리, 아래에서는 밀짚이 탁탁 튀는 소리, 마치 경희가 동경음악학교 연주회석에서 듣던 관현악주 소리 같기도 하다. 또 아궁이 저 속에서 밀짚 끝에 불이 댕기며 점점 불빛이 강하게 번지는 동시에 차차 아궁이까지 가까워지자 또 점점 불꽃이 약해져 가는 것은 마치 피아노 저끝에서 이끝까지 칠 때에 붕붕 하던 것이 점점 땡땡 하도록 되는 음율과 같아 보인다. 열심히 적고 앉은 시월이는 이러한 재미스러운 것을 모르겠구나 하고 제 생각을 하다가 저는 조금이라도 이 묘한 음감을 느낄 줄 아는 것이 얼마큼 행복하다고도 생각하였다. 그러나 저보다도 몇 십 몇 백 배 묘한 미감을 느끼는 자가 있으려니 생각할 때에 제 눈을 빼버리고도 싶고 제 머리를 두드려 바치고도 싶다. 뻘건 불꽃이 별안간 파란 빛으로 변한다. 아—이것도 사람인가 밥이 아깝다 하였다. 경희는 부지중 "재미도 스럽다." 하였다.

—나혜석 「경희」(1918)

"집에서는 누가 빨래 하시우?"

옥점이는 냉큼

"선…… 저 할멈이 해요, 왜?"

말끄러미 쳐다본다.

"옥점씨는 빨래 안 해보셨습니까?

옥점이는 잠깐 주저하다가,

"난 안 해봤어요."

뒤뜰에서 그의 어머니가

"아이 그게 빨래가 다 뭐유, 집안의 일을 손끝으로나 대 보는 줄 아시우? 호호"

—강경애 『인간문제』(1934)

"어디 가시랍쇼?"

나는 동무가 적어주던 종이쪽을 내어주어 버리려다가 전에 어릴 때 종종 거리에서 주소 적은 종이쪽을 들고 남의집살이를 가는 허줄한 여자들이 그 행방을 묻던 일을 본 일이 있어서 내가 꼭 허술히 보이던 그 여자들과 같기도 한 것 같아서 쪽지는 내어 안 주고 말로 일러 주었다. (중략)

그 아이가 안내하는 건넌방에 나는 작고 초라한 그 아이의 이불인 듯한 것과 또 그 아이의 허줄한 것들이 어즐부레하게 널린 것을 두루 살피며 다만 얼마라도 다른데 직업을 구하기까지는 그 을씨년스런 방에 있어야 할 것을 생각하고 마음이 쇳덩어리같이 가라앉았다. (중략)

"저 빌어먹을 년이 미쳤던가, 얌전한 사람 하나 얻어 보내랬더니 저런 하이칼랄 보냈구먼, 아이참 속상해 죽겠어."

나는 이 모욕에 어떻게 대꾸할지 몰라서 어리둥절해 있을 수밖에 없었다. 그는 이러한 나의 태도를 또 어떻게 해석을 했는지,

"아니 그래 남의집살이를 온 사람이 히사시개밀 하구 야단이니……여보 당신 어디 부레먹겠소."

—최정희 「지맥」(1939)

"참, 유모, 내 무어 좀 주까?"

설희는 핸드백에서 조그맣게 뭉친 종이를 꺼내어 공처럼 음전네에게 던진다.

"애개개. 이거 흰무리떡 아니라구."

음전네는 어이가 없다는 듯이 종이를 편 채 입을 헤벌리고 있다.

—박화성 「고개를 넘으면」(1955)

그렇지만 식모는 안 쓸 작정이에요. 원고를 쓴다구 하루 종일 쓰는 것두 아니구요. 쓰다가 읽다가 바느질도 하고 부엌일도 하구 해야 오히려 능률이 오르지요. (중략) 긴장하니까 못할 것두 아니구

—임옥인 『들에 핀 백합화를 보아라』(1957)

정신 똑바로 차리세요
행복에 겨워 치마에 똥 쌀 지경인
불행한 주부여!
등 뒤에 업혀서도 애기는 다 알고 있어요
그의 엄마가 늘 다른 생각에 잠겨 있다는 것을
얌전히 가만히 있는 듯 하지만

음흉하기 짝없는 부엌의 그릇들도
샛눈 뜨고 그의 여주인이
무엇을 하고 있는지 다 보고 있어요
정성 안 들인 밥과 찬들도
모두 말없이 반란하네요
마늘쪽보다 더 맵고 독한 시간이 출렁거리며
하수구 속으로 철철 흘러가는데
어떤 일을 해도 손에 제대로 잡히지 않고
방황하는 마음은 한바탕 뜬구름이 되네요
아무리 열심히 하는 척 해도
혼이 쏙 빠져나간
허허한 살림살이
한없이 힘겹고 쓰디씁니다.

-양정자 「행복에 겨운 주부」(1990)

너와 만날 때
나는 가장 뻔뻔해져
어디든 가리지 않는다
욕실이든 주방이든
이목구비 지워진 얼굴처럼
지문 없는 손가락으로 버무리는
가면의 시간들

백주에도
붉디붉은 손이다, 욕망이다
너는

-강기원 「고무장갑」(2006)

내가 씻은 쌀이 도대체 몇 톤이나 될까. 새벽에 일어나 쌀을 씻고, 솥을 닦고, 숟가락을 닦고, 화장실을 닦고, 다시 쌀을 씻는다. 닭의 뱃속에 붙은 기름을 긁어내고, 쌀을 씻고, 생선의 내장을 꺼내고, 파를 다진다. 다시 쌀을 씻는다. 망망대해를 떠가는 배, '또 하나의 타이타닉 호'표 압력 밥솥, 과연 이것이 나의 항해인가, 리플레이, 리플레이, 리플레이

우리집에 정박한 한국식 압력밥솥 '또 하나의 타이타닉 호'
불쌍해라, 부엌을 벗어난 적이 없다
밥하는 거 지겨워
설거지하는 거 지겨워

―김혜순 「또 하나의 타이타닉 호」(2000)

학창 시절 공부도 잘하고
특별활동에도 뛰어나던 그녀
여학교를 졸업하고 대학입시에도 무난히
합격했는데 지금은 어디로 갔는가

감자국을 끓이고 있을까
사골을 넣고 3시간 동안 가스불 앞에서
더운 김을 쏘이며 감자국을 끓여
퇴근한 남편이 그 감자국을 15분 동안 맛있게
먹어치우는 것을 행복하게 바라보고 있을까
설거지를 끝내고 아이들 숙제를 봐주고 있을까

―문정희 「그 많던 여학생들은 어디로 갔는가」(2001)

8.4. 경제적 주체로서의 몸 팔기, 직업여성

여성의 노동이 공적 영역화되면서 여성의 직업은 계층화, 위계화되었다. 전문적 직업인 의사, 간호부, 교원, 기자 등의 상층 직업, 유치원 보모, 전화교환수, 백화점 숍걸, 미용사 등의 중간 직업, 카페나 바의 여급 등 하층 직업으로 나누어진 것이다. 이때 하층 직업은 이른바 '직업여성, 아프레걸'로 불리었다. '직업여성'이라는 어휘 속에는 여성의 직업이 가지는 성격이 함축되어 있다. 남성들의 영역으로 여겨지는 직업군에는 특별한 지칭 없이 '여'라는 접두사가 덧붙여지지만, 여성만의 영역에 속해 있는 여성의 경우 '직업여성'으로 불린다. 직업여성은 노동자와 구분되는 의미로 성적 연상을 일으키는 용어이다. 직업여성이 사회에 본격적으로 등장하는 시기는 1930년대로 카페가 도시의 주요한 유희공간으로 등장하는 시기와 일치한다. 다방, 댄스홀, 요정의 접대 여성인 여급, '마담'이 등장한다. 카페 여급은 특히 남성작가들에게 다양한 시선으로 그려져서, 철저하게 남성 주체에 의해 대상화되지만, 여성작가의 경우, 남성에게 종속되지 않는 주체성을 가진 존재로 그려진다. 이런 차이를 보일 수 있었던 이유는 경제적 주체로서의 의식 때문이었다.

한국전쟁 이후, '양공주'라는 특수한 직업이 등장하였다. 1950년대에는 남성의 부도덕한 성욕의 희생자, 당당한 생활인, 가부장제에 맞서는 주체적인 여성으로 그려졌다. 남성작가들의 경우에는 가난하고 불쌍한 누이, 몸을 팔아서 가족을 먹여 살리는 어머니의 희생에 초점을 둠으로써 그들에 대한 연민의 감정이 작품 속에 나타나거나, 반대로 성매매 여성에 대한 폄훼와 대상화가 나타나기도 하였다.

1960~70년대에 이르면 직업여성은 남성서술자의 수치, 분노, 무력감의 시선 속에서 민족의 현실을 지시하는 부정적 기호였다. (한말숙 「별빛 속의 계절」) 이와 대조적으로 여성작가들에게 육체는 자신과 가족을 먹고 살게 해주는 수단으로 인식된다. (강신재 「해방촌 가는 길」, 박완서 『나목』) 자신과 가족의 생계를 해결할 경제력을 확보하면서 자신감과 당당함을 가짐으로써 오히려 전근대적, 가부장적 속박에서 벗어날 가능성을 확인한다. (최정희 『끝없는 낭만』) 그리고 양공주끼리의 결속감을 느끼며 여성의 연대를 꿈꾼다. 기지촌 여성들의 욕망을 그들 자신의 시선과 목소리로 그대로 보여주기도 한다. 이들도 보통 여성처럼 결혼을 통해서 자신이 구원되기를 간절히 갈망하지만 그 꿈이 좌절되는 비극적 여성으로 그려지는 것이다. (강석경 「낮과 꿈」) 특히 어린아이의 시선에서 양공주는 풍요로운 이국 문화의 담지자로 그려지기도 한다. (윤정모 『고삐』, 오정희 「중국인 거리」) 미국문화를 체화한 양공주의 새로움은 참을 수 없는 유혹의 근원으로서 새빨간 입술과 매니큐어, 빨간 블라우스, 뾰족한 구두, 미니스커트 등으로 작품 속에 묘사되었다.

경제개발을 강요하는 천민자본주의의 기치 아래, 여성은 가장 효율적이며 생산적인 '상품'이 되었다. '산업의 역군'이라는 허울 속에 국가의 명분과 강요로 몸을 팔고 웃음을 파는 일이 산업화 시대 여성에게 일종의 '직업'이 되었던 셈이다. (노천명 「기계 소리」) 도시화와 산업화로 밀려난 여성들은 경제적인 주역이 되기보다 그에 기생하는 몸 팔기라는 '합법적 매춘'을 하거나 저임금의 공장 노동자로 일했다. (고정희 「몸 바쳐 밥을 사는 사람 내력 한 마당」, 「우리동네 구자명 씨-여성사연구 5」)

현대시는 '직업여성'이라는 이름의 매춘부와 공장노동자로 여성을 착취했던 당대의 권력을 비판하는 것에 초점을 두면서, 그 시대의 개발과 생산성이라는 명분과 기치 아래 유린되었던 삶을 반어적으로 강조한다. 도착적인 시대적 상황 속에서 결국 가장 약자인 여성을 '위안부'와 '매음녀'라는 부정적인 방식으로 착취하고 비하했던 인식을 적극적으로 드러내고 있다. (차정미 「일지 3-미군과 위안부」, 이연주 「매음녀가 있는 밤의 시장」)

"당신의 말을 누가 하는데, 좋은 패트런이 생겼대지? 패트런을 가지는 것은 얼마나 부러운 일인가."

"무어 그렇지도 않아. 부르조아 옹이 때때로 정자옥 식장에 가서 점심이나 사 줄 뿐이지."

그는 역시 그 옹을 생각하였다. 그 옹에게 말하면 다소 뭉텅이 돈이 생길 듯하여 여자는 이 플랜을 남자가 승인한 것을 알았다. 그리하여 가지고 있던 여러 장 편지를 테이블 위에 던졌다.

"거기 러브 레터도 있나?" //

"당신과 같이 나도 당신을 사랑합니다마는 밝으나 어두우나 빵을 구하기 위하여 바쁩니다. 지금 이 편지를 쓰는 것도 넉넉한 시간이 없습니다."

─나혜석 「현숙」(1936)

"주책바가지, 쯧"

영식은 핥고 있던 초컬릿을 입에서 잠시 빼물며, 여느 때처럼 뇌까렸다. 그는 이영희를 미워했었다. 그녀가 걸을 때마다 수선스레 흔들리는 허리통에서부터 흡사히 쇠고깃간에 걸린 고깃덩이 같은 엉덩이가 흐느적거리는 것이, 질색이었다. 한때는 멋진 걸음걸이라고 무척 신기하게 여긴 적이 없는 것은 아니지만, 그보다도 말할 때마다, 생각을 품은 듯이 꿈적이는 적은 듯한 커다란 눈을 아름답게 여긴 일도 있기는 있다. 그러나 경자의 머리채를 휘어잡고 난리를 핀 후로는 영식은 도무지 그 눈이 구정물에 젖은 유리알같이만 보였고, 더구나 뒤흔드는 엉덩이를 보면 구역이 나올 것 같았다.

그 시뻘겋게 칠한 얄팍한 입술 사이로 쏟아지는 욕설 또한 정 떨어지는 것이었다.

─한말숙 「별빛 속의 계절」(1956)

'제비' '미스 제비' 그렇게 불리고 있는 것이 바로 자기이고, 그리고 그것은 취직 이래 하루같이 입고 다니는 자기의 곤색 옷에 연유하는 별명이라고 알았을 때 기애는 부끄러움으로 사지가 빳빳해지는 것을 느꼈다. 부지런히 빨아 다리는 흰 블라우스와 함께 내리 석 달은 입어온 기애의 진곤색 슈트는 부대 내에서 바야흐로 하나의 명물로 화해가고 있은 것이었다. 기애의 자존심은 분쇄되었다. '친구'를 만들지 않고, 그래서 초라하게 하고 있다는 것은 조금도 자랑이 될 수 없는 세계가 거기 있었다. 검소는 곧 무교양과 연결되었다. 그것은 견딜 수 없는 일이었다. 기애는 몸가짐을 달리하였다. '조오'의 접근을 용서하였다. 그리고 당연하게도 그를 이용하였다. //

그러한 장씨에게 기애는 무엇인지 비굴한 것을 느끼지 않을 수 없었다. 그것은 묘하게 돌아가는 일이었다. 장씨 자신 돈은 반갑고 귀하면서 돈이 되는 그 물건에 는 무언지 떳떳지 못한 것을 뉘우치듯이 딸에 대하여도 기특하고 고마운 반면에는 낙담이 되고 꺼려하는 무엇이 없지 않았다. 장씨의 이런 기분은 또 그냥 기애에게 반영되고 그러니까 장씨에게 느끼는 무엇인지 비굴한 그 느낌은 곧 기애가 기애 스스로에게 느끼는 비굴감이기도 하였다.

그리고 장씨는 기애에게 더 근본적인 문제에 관한 의혹을 품고 있는 까닭에 시시각각 가슴속에 자문자답을 하고는 결국 '우리 아이가 그럴 리가 없지' 하고 일시나마 단정을 내림으로써 기분을 돌리곤 하는 것이니까, 기애로 보면 자기의 실태를 끊임없이 그리고 전면적으로 모욕당하고 있는 셈이었다.

—강신재 「해방촌 가는 길」(1957)

그러나 이제 캐리 조오지의 말을 듣고 나니 정말 그의 말과 같이 생명과 바꾸는 한이 있더라도 우리의 애정을 결혼에까지 이끌어가야 하겠다는 결심 같은 것이 가슴 복판을 차지하고 들앉는 것이었어요. 밥을 못 먹는 한이 있더라도 굶으면서 라도 사랑하는 사람하고 결혼해야 할 것 같아 난 내가 캐리 조오지를 무척 사랑하 고 사모하고 보고 싶어 하고 있다는 것을 알았어. 내가 앓지 않고선 백일 수 없도록 그를 사랑하고 사모하고 보고 싶어 하고 있었다는 걸 알았어. //

캐리 조오지는 일주일에 한 번씩 놀러왔어요. (중략) 오는 때면 그는 자기가 그동안 읽은 책을 가져다 주었어요. 대개는 소설이었습니다. (중략) 그는 미술에 관한 책도 많이 읽는 모양이었어요. 로당의 유언집이며 레오날드 다빈취의 것이며 부로네루 등을 줄곧 이야기해 들려주기도 했어요. 캐리 조오지가 다녀가고 나면 나는 무척 많이 지식이 는 것 같은 흐뭇한 느낌을 가지게 되었어요. 그의 높이 풍기는 기품에 저절로 고개가 수그러져가는 나를 발견했습니다. 우리들은 언제나 방 밖에 나가지 않았습니다.
─최정희 『끝없는 낭만』(1958)

　　바로 맞은편에 곧바로 보이는 캔디 카운터에 다이아나 김의 단정한 옆얼굴이
보였다. 그녀는 열심히 손톱을 갈고, 린다 조는 크게 하품을 하고 나서 립스틱을
다시 칠하고, 아래층 책임자인 싸진 말콤은 수잔 정과 키득대고, 수로 셀 수 있을
만큼 드문드문 지 아이가 매장을 오갈 뿐 한산한 오후였다.
　　"저 여자 예쁘지."
　　"극성맞게 돈을 모으는 것도 알고 보니 다 애들 때문이었더라고 그러던데요."
　　"흥 나쁜 년, 어머니라는 이름으로 어떤 파렴치한 행동도 이해받을 수 있다고
믿고 있나보지. 낯가죽 두꺼운 쌍년 같으니라구."
　　"어머머…… 언니두 너무해요. 다들 갸륵하다고들 하던데."
　　미숙은 질겁을 하며 나를 흘겼다. 사람들이, 특히 착하고 어리석은 사람들이
어머니라는 이름에 너무 관대한 게 나에겐 견딜 수 없이 화가 났다. 난 그녀가
어머니라고 해서 그녀에 대한 내 모멸의 십분의 일도 상쇄시킬 수는 없었다.
─박완서 『나목』(1970)

　　나는 맞은편의 우리 집을 흘긋거리며 망설였다. 할머니나 어머니는 치옥이네를
양갈보집이라고 불렀다. 그러나 이 거리의 적산 가옥들 중 양갈보에게 방을 세
주지 않은 것은 우리 집뿐이었다. 그네들은 거리로 면한 문을 활짝 열어 놓고 거리
낌없이 미군에게 허리를 안겼으며 볕 잘 드는 베란다에 레이스가 달린 여러 가지
빛깔의 속옷들과 때묻은 담요를 널어 지난밤의 분방한 습기를 말렸다. 여자의 옷
은 더우기 속엣 것은 방안에 줄을 매고야 너는 것으로 알고 있는 할머니는, 천하의
망종들이라고 고개를 돌렸다.
　　치옥이의 부모는 아랫층을 쓰고 윗층의 큰방을 매기 언니가 검둥이와 함께 세들
어 있었다. 치옥이는 큰방을 거쳐야 하는 협실과도 같은 좁고 긴 방을 썼다.
때문에 나는 아침마다 치옥이를 부르러 가면 그때까지도 침대 속에 머리칼을 흩트
리고 누워 있는 매기 언니와 화장대의 의자에 거북스럽게 몸을 구부리고 앉아
조그만 은빛 가위로 콧수염을 가다듬는 비대한 검둥이를 만났다. 매기 언니는 누
운 채 손을 까닥거려 들어오라는 시늉을 했으나 나는 반쯤 열린 문가에 비켜서서
방안을 흘끔거리며 치옥이를 기다렸다. 나는 검둥이는 우울한 남자라고 생각했다.
맥없이 늘어진, 두꺼운 가슴팍의 살, 잿빛 눈, 또한 우물거리는 말투와 내게 한
번도 웃어 보인 적이 없다는 것이 그러한 느낌을 갖게 한 것이다. //

매기 언니의 방에서는 무엇이든 비밀이었다. 서랍장의 옷갈피짬에서 꺼낸 빌로 드 상자 속에는 세 줄짜리 진주 목걸이, 여러 가지 빛깔로 야단스럽게 물들인 유리 알 브로우치, 귀걸이 따위가 들어 있었다. 치옥이는 그 중 알이 굵은 유리 목걸이를 걸고 거울 앞에서 단호하게 말했다.

난 커서 양갈보가 될 테야, 매기 언니가 목걸이도 구두도 옷도 다 준댔어.

—오정희 「중국인 거리」(1979)

극장 기도는 미라를 죽인 이유를 순순히 말했다는데 '찌꺼기를 주었기 때문'이 그 이유였다.

"미군하고 실컷 놀다가 섹스도 찌꺼기로 주었다. 미군들 입던 옷이며 달러를 잘 주었지만 그것도 찌꺼기다. 그년은 양놈 찌꺼기만 내게 갖다 주었다. 이랬대"

"나쁜 새끼. 기둥서방인 주제에 힘없는 여자 기둥 뽑으려 했어. 찌꺼기 먹은 게 어디 저 하나야? 대한민국 전체가 남의 나라 찌꺼기 먹고 살았는데."

"죄는 밉지만 자존심은 있네."

—강석경 「낮과 꿈」(1983)

과수원 뒷산에서 미군들 여럿이 마을 처녀 원자를 눕혀놓고 번갈아가며 배를 탔고, 미군들이 떠나자 호미로 땅을 탕탕 치며 울던 원자가 마을에서 사라진 그 다음해엔 소문처럼 양공주가 되었는지 멋진 삐딱구두를 신고 자기집에 다니러 왔다. 그녀는 멋장이로 변한 원자를 보고 미군들이 처녀의 배를 타는 것은 그 처녀를 멋장이로 만들어주기 위한 고마운 요술이라고 믿어버렸다.

미군들이 떠난 후 경비대가 들어왔을 무렵부터 아이들은 자주 뒷산으로 올라갔 다. 사내아이들은 철모며 탄피, 군번을 주웠고 그것도 시들해지자 이번엔 전쟁놀 이를 일삼았다. 아이들은 카빈과 따발총을 각기 다르게 만들어서는 힘이 달리는 쪽은 언제나 따발총부대로 몰았고, 때때로 카빈부대는 얼굴에 밀가루를 바르고 쏼라대는 흉내를 내면서 따발총부대를 무자비하게 짓밟았다. 또 가끔은 무나 가지 를 잠지 위에 갖다 대고는 미군대장 자지라고 우쭐대가도 했다. 기집애들은 돌팍 에 발뒤꿈치를 올려세우고 제법 엉덩이까지 흔들며 신나게 노래를 불러댔다.

양갈보 똥갈보, 어디로 가느냐

삐딱구두 신고서 양놈한테 간단다

열 살 전후까지 정인은 그 노래를 불렀다. 그럴 때마다 얼른 삐딱구두가 신고 싶었고 그리하여 원자 처녀처럼 양놈한테 달려가고 싶었다.

—윤정모 『고삐』(1988)

공장은 소리쳐 시민들을 흔들어 깨우고
벌써 오늘의 전열(戰列)에 들어섰다
왕왕대는 기계 소리 동력의 피대(皮帶) 소리

음악에 끌려 다방으로 빠진다는 아써처럼
기계 소리에 신이 나 숙(淑)이는 공장으로 든다

한낮이면 날개를 펴 구경시키는
거리의 병든 공작들은
언제나 수치를 배울 수 있을는지

기계 소리 사람을 삼키려드는 속에
숙이는 영웅처럼 돌아간다

나를 뽑아달라는 지루한 연설보다
여공은 얼마나 잘하는 일이냐

모터가 돌아간다
장부책엔 생산량이 기입된다

　　　　　　　　　　　　　　　－노천명 「기계 소리」(1953)

어찌하여 구멍밥 먹는 놈은 거룩하고
구멍밥 주는 년은 갈보가 되는 거여?
까마귀 뱃바닥 같은 소리 하지를 말어,
구멍 팔아 밥을 사는 팔자 중에
지 혼 파는 여자 아무도 없어
구멍밥 장사는 비정한 노동이야
물건 대주고 밥을 얻는 비정한 노동이야
혼 빼주고 밥을 비는 갈보로 말하면야
여자옷 빌려 입고 시집가는 정치갈보
지 영혼 팔아먹는 권력갈보가 상갈보 아녀?
아 고것들 갈보 데뷔식도 아주 요란벅적해
금테 두른 이름표 하나씩 달고
염색머리에 유리잔 부딪치면서
정경매춘 꽃다발 여기저기 꽂아놓고

백성의 오복길흉이 마치
정치갈보 권력갈보 흥망에 달려 있는 것처럼
오구잡탕 거드름을 떨어 (장고, 쿵떡)
(정치갈보 몰아내고 민주세상 앞당기자)
                    －고정희 「몸 바쳐 밥을 사는 사람 내력 한 마당」(1992)

맞벌이부부 우리동네 구자명씨
일곱달된 아기엄마 구자명씨는
출근버스에 오르기가 무섭게
아침 햇살 속에서 졸기 시작한다
(중략)
고단한 하루의 시작과 끝에서
잠 속에 혼들리는 팬지꽃 아픔
식탁에 놓인 안개꽃 멍에
그러나 부엌문이 여닫기는 지붕마다
여자가 받쳐든 한 식구의 안식이
아무도 모르게
죽음의 잠을 향하여
거부의 화살을 당기고 있다
                    －고정희 「우리동네 구자명 씨－여성사연구 5」(1987)

* 위안부 소모 양이 미군에게 아무런 이유도 없이 온몸에 피멍이 들고 얼굴이 완전히
  짓이겨지도록 참혹한 폭행을 당함. 이에 동료 위안부 800여 명이 미군에게 사과를
  요구하며 항의시위를 벌임. －「경기매일신문」 1969년 12월 4일자
* 미군 바비조 존슨 하사가 위안부 김현숙 양을 발가벗긴 채 때려죽임. 이에 분노한
  동료 위안부 300여 명은 살인자 물러가라는 플래카드를 앞세우고 격렬한 항의시위
  를 벌임. －「대전일보」 1971년 7월 18일자
                    －차정미 「일지 3－미군과 위안부」(1989)

바람난 에미가 도망치고 애비가 땅을 치고 울고

애비가 섯다판에서 날을 새고
그 애비의 아이가
애비를 찾아 섯다판 방문을 두드리고

본드 마신 누이가 찢어진 속옷을 뒤집어 입고
지하상가 쓰레기장 옆에서
면도날로 팔목을 긋고

—이연주 「매음녀가 있는 밤의 시장」(1991)

8.5. 자동화된 남루한 일상, 샐러리맨과 백수

현대문학 속에서 그려지는 직업들은 대개 긍정적이지 않다. 직장생활은 세속적 현실에 적응해야 가능한 것으로, 직업인이라는 것 자체가 부정적 현실에 가담해 있다는 의식 때문이다. 그래서 직업에 자아실현이라는 긍정적인 기능을 부여하기보다는 부정적인 의식을 투사한다. 여성작가의 경우, 직업은 특히 더 부정적이고, 더 나아가 직업 자체를 의식하지 않기도 한다.

근대문학 초기에 여성의 직업은 기자, 잡지 편집인, 교원 등이 작품 안에 등장한다. 그러나 이들 직업에 대한 특별한 의식은 보이지 않는다. 직업을 가진 여성이 등장하는 작품에서도 인물은 직업 그 자체가 아니라 직업에서 파생된 다양한 내적 갈등을 그린다. 90년대에 들어서면서 전문직, 회사원이 등장한다. '세련된 감성과 지적인 자의식, 복합적인 내면 심리'가 특징인 이 인물들에게서도 직업에 대한 적극적인 자의식은 별로 드러나지 않는다. 직업 있는 여자와 없는 여자의 차이 역시 뚜렷이 발견되지 않고, '미래를 걸 만한 딱부러진 꿈을 가진 것도 아닌', 회사원들의 지루한 일상과 내면을 그린다. 성공적인 직장인이 되기 위해서는 기계적으로 살아야 한다는 것을 아프게 느끼는 이들에게 직업은 다 똑같은 것이고, 남루한 일상이다. (정이현 「트렁크」, 백영옥 『스타일』)

그런데 비천한 일이라도 계속 하는 까닭은 완전히 대조적인 두 가지 점에 기반하고 있다. 틀에 박힌 삶에서 벗어나려는 것, 혹은 틀에 박힌 삶을 살아가려는 것. 틀에 박힌 삶에서 벗어나기 위해 주어진 일에 의미를 부여하려 하지만, 그렇게 살아가는 삶은 모두 판박이처럼 동일하다. 이러한 삶은 선택의 여지가 없이 현대를 살아가는 사람들 모두에게 동일한 조건이다. 무엇인가 선택하고 살아가는 줄 착각하지만, 세계는 닫혀 있을 뿐이다. (김애란 「도도한 생활」, 「침이 고인다」)

이때, 직업을 가진 자와 직업을 가지지 못한, 혹은 직업을 가지려 하는 '백수'는 같은 위치에 서게 된다. '백수'는 직업이 있어야 한다는 암묵적인 당위성이 내포된 어휘이다. 경제적으로 풍요롭고 문화적 소비가 일상화되어 있는 젊은 세대에게 현재는 원하는 직업을 얻는 것도 힘들지만, 직업을 얻었다고 하더라도 자신들의 다양하고 풍요로운 취향을 일상에서 향유할 수도 없고 안정적이지도 못하다. 백수든 샐러리맨이든 매일매일 반복되는 일상은 그저 남루한 것으로 여길 뿐이다. 백수는 직업을 갖기 위해, 샐러리맨은 이 직업에서 벗어나기 위해 투쟁한다. (서유미 『쿨하게 한 걸음』, 박주영 『백수 생활백서』, 정한아 「달의 바다」)

이러한 의식이 극단적으로 투사된 것이 다양하고 기이한 직업들이다. 그물풀이, 오징어로 폐백용 장식 꽃을 만드는 여자, 화장품 판촉사원, 놀이 공원 매표원, 문신사, 횟집 주방장, 가축도살업자, 고물상, 허리띠를 본드로 붙이는 가내수공업자, 뜨개질사, 수의에 달 코사지를 만드는 일, 잡지 편집, 글자 오려 붙이기, 안마시술사 등은 모두 자신의 욕망을 억누르며 반복적인 일에 시달려야 하는 일로, 현대를 살아가는 일상인들의 남루함, 비루함을 은유하는 직업들이다.

> 주인 아줌마도 저녁때쯤은 지쳐서 나더러 어깨를 쳐달라며 같지 않은 것들이 옷들도 육실하게 입어싼다고 욕을 했다. 그렇지만 그것들이 옷을 입어쌓지 않고 벌거벗고 살게 되는 날이면 주인아줌마도 나도 밥줄이 끊어지고 만다는 걸 모를 리가 없다. 나는 미싱을 놀리며 언제고 양재를 배울 것을 꿈꿀 때가 제일 즐거웠다. 옷다운 옷을 만드는 일류 재봉사가 되어 일류 양장점에 고용될 날을 막연히 꿈꾸며 재봉틀을 놀리면, 이런 단조로운 작업도 한결 덜 지루했다.
> — 박완서 「도둑맞은 가난」(1982)

일찍 일어나는 새가 벌레를 잡는다는 고전적인 경구의 신봉자는 아니었으나 규정 시간보다 빠른 출근은 첫 직장에서부터 이어져오는 습관이었다. 조금만 서두르면 하루를 훨씬 여유 있게 시작하게 될뿐더러 예기치 않은 것들까지 덤으로 알 수 있게 된다. (중략)

열시에는 지사장 주재의 간부 회의가 있었다. 과장급 이상 각 팀의 책임자와 이사들을 포함하여 일고여덟을 넘지 않는 인원이 원탁에 둘러앉았다. 아르바이트생 소녀가 쟁반 가득 머그잔을 날라왔다. 그녀는 얼른 의자에서 일어나 습습한 놀림으로 좌중에 잔을 돌렸다. 커피 심부름 때문에 회사 생활이 힘들다고 징징대는 여자들은 신물나게 많았다. 그러나 조직 생활의 마인드가 그토록 부족하다면 일찌감치 결혼 정보 회사에 가입하여 집에 들어앉는 편이 유익하다는 것이 그녀의 견해였다. 먼저 백화점별 어제의 매출액이 보고되었고, 곧이어 그녀가 신제품 런칭 행사의 진행 상황을 중간 브리핑했다. 이번 봄 시즌에 출시되는 새로운 고농축 에센스는 극동 지역을 겨냥한 N사의 야심작이었다. 브랜든의 입장에서는 처음으로 맞는 능력 검증 무대가 될 것이다. 그녀 역시 브랜든이 부임한 한 달 전부터 이번 프로젝트에 집중하는 중이었다. 문제는 다시 피부 탄력이다, 로 시작되는 보도 자료도 직접 썼고 진행자의 섭외와 디엠 발송, 행사장의 구체적인 인테리어까지, 그녀가 일일이 챙겨야 할 일은 무척 많았다. 젊은 CEO답게 브랜든은 그녀의 보고 중간 중간 고개를 끄덕여 호응했으며 멋진 파티를 기대하겠다는 말로 코멘트를 대신했다.

ー정이현 「트렁크」(2003)

알람이 울린다. 어둠 속, 다급하게 깜빡이는 휴대 전화 불빛은 그녀가 하루를 시작하는 데 꼭 필요한 경보와 같다. 아침마다 그 작은 재난을 향해 손을 뻗는 그녀의 모습은, 한밤중 폭우를 만나 해변으로 쓸려 온 이방인을 떠올리게 한다. 그녀가 머리맡을 더듬어 불빛을 움켜쥔다. 손가락 사이로 푸른빛이 새어 나온다. 그녀는 휴대 전화를 쥔 채 죽은 듯 엎드려 있다. 누군가 그 모습을 본다면, 이제 막 출동하려 한 손을 들고 있는 슈퍼맨과 같다 말할지 모른다. 그러니 그녀가 아침마다 제일 먼저 하는 일이란, 주먹을 뻗는 것일지도 모르리라. 그녀가 자세를 튼다. 몸에서 관절 꺾이는 소리가 난다. 그녀는 베개에 얼굴을 묻으며 절망적으로 중얼거린다. 그리고 그 절망이란, 늘 한 가지 종류의 것뿐이다. 피곤하다. (중략) 그녀는 고민한다. 조금만 더 잘 것인가 말 것인가. 조금 더 잔다면 얼마나 잘 것인가. 직장까지 택시로 만 원이니 벌금 낸다 치고 딱 만 원어치만 자면 안 될까. 그냥 지각해버릴까. 당장의 숙면이 2만 원어치의 가치가 있다면, 그러면 자도 되는 거 아닌가. (중략) 그녀는 자신이 아침마다 일어나는 데 필요한 것 중 하나가 결심이 아닌 '주저'라는 걸 알고 있다. 그 주저의 순간, 자신에게도 삶에 대한 선택권이 약간은 있는 게 아닌가 하는 착각이 든다는 것도. 그녀가 화들짝 깨어난다. 그러고는 벌떡 일어나 정신병자처럼 외친다. 몇 시지? 늦은 건 아니지만 늦을지도 모르는, 세계 도처에 깔린 우리들의 난처한 시간—그 어디 즈음의 몇 시 몇 분이다.

ー김애란 「침이 고인다」(2006)

나는 스타벅스처럼 표준화된 공간을 싫어한다. 그러나 유희는 주로 이런 공간을 즐긴다. 스타벅스, 맥도날드, 버거킹, 피자헛, TGI 프라이데이스, 하얏트, 메리어트 등 세계 어느 곳에나 있어서 내가 있는 이곳이 어디인지를 잊게 해주는 곳. 그래서 나조차도 표준화된 인물인 것처럼 그럴 듯한 착각을 하게 만드는 곳.

—박주영 『백수 생활백서』(2006)

이력서라는 단어를 한자의 뜻 그대로 풀면 '신발의 역사를 담은 종이'쯤 되려나? 출생, 입학, 졸업, 입사, 퇴사로 이어지는 한 인간의 인생 여정. 그 여정이란 그동안 신발로 꾹꾹 밟고 지나온 길을 의미할 터이니 어쩌면 참 무서운 표현이었다. 오늘 내가 신고 나온 것은 아무런 무늬가 없는 7cm굽 검정 하이힐이었다.

—정이현 『달콤한 나의 도시』(2006)

나는 아르바이트를 시작했다. 인쇄소와 연결돼 학원 교재나 시험지를 만드는 일이었다. 처음엔 커피숍이나 호프집에서 서빙을 할 생각이었다. 이제 막 스무살이 된 내 상식으로 아르바이트란 무릇 그런 것이었다. 그러나 나는 구인 광고란에 적힌 '준수한 외모'라는 말의 진정한 뜻을 모르고 있었다. 나는 준수할까 말까 한 '귀여운' 외모로. 다른 일을 찾아 벼룩시장을 훑어 나갔다. 터무니없이 많은 돈을 준다는 곳과, 믿을 수 없이 적은 돈을 준다는 곳 사이에, A4지 한 장당 1,500원을 주는 곳이었다. 그 돈이 많은 건지 적은 건지는 알 수 없었지만, 워드 작업 정도면 나도 할 수 있을 거라는 생각이 들었다.

—김애란 「도도한 생활」(2007)

거울 앞에 다가간 나는 군데군데 비어있는 정수리를 바라보았다. 지난해부터 눈에 띄게 빠지기 시작한 머리칼은 이제 손에 쥐어도 한줌이 되지 않았다. 나는 무표정하게 그 희멀건 공터를 바라보았다. 한때 내가 목표로 여겼던 삶의 지점들은 이제 알아볼 수 없을 만큼 먼 곳으로 물러나 있었다. 대신 그곳에 닿을 때까지만 수용하기로 했던 굴욕들이 내 삶을 통째로 채워버린 것이다. 5년. 자그마치 5년이었다. 순간 끝장을 내고 싶다는 충동이 일었다.

—정한아 「달의 바다」(2007)

은영이나 나나 3D 업종에서 일하는 건 매한가지다. 패션지 기자나 명품업체 홍보실장이나 겉으론 화려해 보여도 실상은 그렇지 않다. 〈악마는 프라다를 입는다〉 같은 영화는 그저 영화일 뿐이란 소리다. 기사 딸린 회사차? 회사에 비치된 꿈의 옷장? 시골뜨기를 단박에 패셔니스타로 만드는 위대한 동료애? 그런 걸 바로

'자다가 봉창 두들기는 소리'라고 하는 거다.

─백영옥 『스타일』(2008)

　백수가 된 첫날 아침, 나는 평소와 같은 시간에 나와서 조조 영화를 한 편 보고 언젠가 꼭 가보리라 벼르기만 하던 카페에 들어가서 느긋하게 브런치를 먹었다. 그리고 따뜻하고 달콤한 커피를 들고 거리를 쏘다녔다. 회사를 그만뒀다기보다는 월차를 쓰는 기분이었다. 사실 그런 기분을 느끼려고 일부러 일찍 나오기도 했다.

─서유미 『쿨하게 한 걸음』(2008)

8.6. 상처의 응시와 균열의 봉합, 작가

　작가의 의식이 가장 많이 투영되어 자아의 실현과 관련되어 있는 직업은 '작가'이다. 이때 작가는 소설가, 시인을 포함하여 무엇인가를 창조해내는 일을 하고 있는 사람이다. 작가는 자신이 처한 현실적 조건을 더 치열하게 의식한다. 이때 현실적 조건은 대개 상처들인데, 이 상처의 근원에는 부정적 현실과 시대, 자신의 개인사, 감정 등이 있다. 작가는 자신의 상처를 정확하게 바라보고 그 상처를 치유하면서 자신의 균열을 봉합하는 방법으로 글쓰기를 택한다.

　여성이 글쓰기를 시작하면서 작가적 재능은 가족 특히 남편과의 관계를 방해하는 원인이 되기도 한다. (강신재 「안개」) 문학과 예술이란 도도한 세계이지만 감히 여자가 할 일은 아니었던 것이다. 그래서 더욱 여성들에게 글쓰기는 비루하고 속물적인 자신의 일상에서 벗어나 진정한 자아를 찾는 소망을 이루어줄 현실적인 일로 부상된다. (박완서 『살아 있는 날의 시작』) 그리고 개인적인 불행과 상처로 인하여 억눌렀던 감정을 언어로 분출함으로써, 과거를 기억하고 추도하는 역할을 글쓰기가 함으로써 새로운 삶을 시작하는 계기로 삼기도 한다. (박완서 『나목』, 신경숙 『외딴방』, 정이현 「삼풍백화점」) 더 나아가 시대가 준 상처에 아파하고 방황하던 인물이 시대를 건너는 지표를 발견하고, 사회와 소통하고 부정적 현실을 개선하고자 하는 의지를 다지는 계기가 글쓰기가 되기도 한다. (공지영 「꿈」, 공선옥 「떠도는 나무」, 김인숙 「바다에서」)

그런데 1990년대 이후 전통적 의미에서의 문학 혹은 예술의 가치와 위상이 이전과 달라짐을 의식하면서 작가의 존재 자체에 의문을 던지는 작품들이 창작된다. 작가는 자신과 타인의 삶의 아픔과 상처를 응시하고 공유하여 표현하는 성스러운 존재이기도 하지만, 무엇인가를 창조해내기 위해서는 끊임없이 타인들의 삶을 엿보고 그들의 삶을 베껴야 하는 보잘것없는 존재라는 자의식을 드러내는 것이다. (양귀자 「숨은 꽃」, 신경숙 「모여있는 불빛」, 권지예 「이것은 파이프가 아니다」)

　　현대시에는 여성의 뚜렷한 직업을 주제로 삼는 작품이 많지 않으나, 작가나 시인에 대한 시선은 메타시와 자기반영적 시의 형식으로 자주 드러난다. 이는 주로 자신의 시 쓰기에 대한 반성과 회의, 혹은 의지와 결단 등의 내용으로 표현된다. 시인이라는 직업이 현실에서는 일상과 불화하는 비현실적이며 비일상적인 일이라는 것에 회의하기도 하지만, 궁극적으로는 시인이라는 존재가 삶의 진실과 인간의 가치를 발견하는 직업적 소명을 갖고 있는 존재라는 자의식을 드러낸다. (김소연 「시인」, 문정희 「시인을 위하여」)

　　특히 '여성시인'이라는 이름이 붙을 경우에는 다른 사람들의 눈에 '잘난 척' '순진한 척' '이상한 척' 하는 직업으로 보일 수 있다고 생각하면서도, '시인'의 일이 땀에 전 청소부 아저씨의 마음과 늙은 작부의 마음을 뜨듯하게 울릴 수 있다고 여긴다. 또한 우리가 함께 살아갈 세계에 대해 희망을 버리지 않는 사람들을 대신해 '고백' 할 수 있는 존재가 되길 갈망하면서, 끊임없는 연단과 자발적인 욕망을 통해 사회와 소통하려는 의지를 견지해 나가는 시인이 될 것을 지향한다. (김민정 「피해라는 이름의 해피」, 진은영 「고백」, 최영미 「시」)

> 　　내 생애 전부를 실어 내기 위해 늘 내 이름자 밑에 괄호로 닫혀져 묶여 있는 '소설가'라는 호칭을 반납하고 흘러가 버린 다른 생애를 반환받을 수 있다면. 행여 그럴 수 있다면 이렇게 역 광장에 홀로 남겨져 타인들을 질투하며 서 있지 않아도 됐을 것을.
> 　　설령 내 이름자 밑에 따라다니는 괄호 속의 호칭을 원망하지 않는다 하더라도 가슴에 얹혀진 바위 하나를 들어내는 방법이 꼭 이래야 한다는 것은 원래 내 방식이 아니었다. 잘 감긴 타래에서 술술 실이 풀리듯 그렇게 글이 풀려 나오지 않는다 해서 훌쩍 어디로 떠나곤 하는 버릇에는 애시당초 길들여 있지 않은 사람이 바로 나였다.

글이 써지지 않아서, 혹은 좋은 글을 찾아서 여행을 떠난다는 동업자들을 볼 때마다 나는 그들의 허공에 들린 발을 염려하곤 했었다. 여행이 필요하다면 그것은 삶의 필요에 의한 것이며, 단지 소설만을 위해서 일상을 저버리고 떠나는 일은 마치 죽기 위해서 산다는 말처럼 부정하기 어려운 허장성세가 감추어져 있다는 것이 내 생각이었다.

나중에 하나의 여행이 온전하게 소설로 담겨져 나오는 수도 없지는 않았지만 그것 또한 삶의 필요가 먼저였고, 소설은 의외의 부산물인 경우에 불과했다. 성실하게 삶을 더듬다 보면 운 좋게 주어지는 그런 부산물. //

그러다 보면 언젠가는 이 세상살이가 돌아가는 이치의 끝자락이나마 만져 볼 수 있을지 모른다. 그리고 아직, 거기까지는 생각하고 싶지 않지만, 영원히 설명되어지지 않는 부분도 있을 것을 나는 안다. 하지만 그것은 거인의 초상을 그린 후, 그때 생각해도 늦지는 않을 것이다.

　　　　　　　　　　　　　　　　　　　　　　－양귀자 「숨은 꽃」(1992)

나는 그 시절 말할 수가 없었다. 알고는 있었지만 차마 입 밖으로 내뱉을 수가 없었다. 그것은 입 밖으로 후후 내뱉어버려도 무방할 그런 성질의 상처가 아니었다. 이제 와서 말하건데 그것은 십여 년 전 저 참혹했던 봄날의 학살 현장에 그가 있었다는 것이고 그리고 그곳에서 그의 지인들과 애인들이 죽었으며 그럼에도 불구하고 그는 살아남았다는 사실에 있다.

나는 그 시절 그것을 알고 있었다. 그러나 나는 모른 척했다. 나는 모른 척하는 것만이 내가 상처를 입지 않을 유일한 길이라고 믿었다. //

그런 글을 써놓고 나는 좀 허전했고 쓸쓸했고 무엇인가 진짜 내가 하고 싶은 말은 정작 하지 못한 듯한 느낌에 몇날을 시달리고 있었다.

나는 무엇을 말하고 싶었던 것일까. 나의 한이었나. 서른 살 내가 품을 수 있을 만큼의 또 다른 서른 살 여자의 한이었나. 한이란 또 무엇인가

　　　　　　　　　　　　　　　　　　　　　　－공선옥 「떠도는 나무」(1993)

글? 그래 그녀가 글쓰기를 시작한 것은 속마음을 털어놓은 친구를 못 믿게 되기 시작하면서부터였다. 그녀는 이 고장에서 다닌 중학교 시절에 교내의 등나무 아래에서 배미경이라는 반 아이에게 처음으로 속마음을 털어놓았다. 그 속마음의 내용은 사회선생님을 사모하고 있다는 것이었다. 지금은 그 사회선생님 모습도 성함도 잊었지만 그 당시의 그녀에겐 그보다 더 은밀한 속마음은 없었다. 혼자만 간직하고 싶은 비밀이었지만 그녀는 배미경이가 좋았고 배미경이와 뭔가를 함께 나누고 싶었다. 그녀는 다른 이는 모르는 비밀을 공유하는 것이 그 사람과 친한 것이라고

생각했다. 그래서 배미경이에게 이건 너에게만 얘기하는 것이야, 절대로 다른 아이한테 얘기하면 안돼, 라고 다짐을 받았다. 배미경이도 절대로 얘기 안 한다고, 자길 믿어도 좋다고 했었다. 그래놓고는 배미경이는 그녀가 해준 이야기를 며칠도 안 돼서 소문을 내버렸다. 그토록 소중한 가슴속 얘기가 또래 아이들의 시시한 농담 속에 섞여 아무렇게나 팽개쳐지는 걸 보고 그녀는 다시는 배미경이에게 속이야기를 하지 않겠다고 새겼다. 대신 그녀는 노트를 갖기 시작했고 배미경이가 비밀만 지켜주었더라면 배미경이에게 계속 털어놓았을 그녀의 내면생활을 글로 쓰기 시작했다. 그녀가 슬픈 일 괴로운 일 고민스러운 일들을 너무 열심히 노트에 적었던 탓일까, 언제부턴가 그녀가 적는 글들은 실제로 있었던 일 위에 생각이 보태지기 시작했는데 그러고 나면 글들이 생기가 돋고 그녀 눈앞에서 미화작용을 일으키기도 했다. 배미경이의 배반을 그녀는 그렇게 겨우 잊을 수가 있었다.

　　　　　　　　　　　　　　　　　　　　　　　　　－신경숙 「모여있는 불빛」(1993)

　　나는 마치 걸음마를 시작한 아이의 걸음걸이처럼 조심스럽게 천천히 두 손을 자판 위에 놓고 두드려보았다. 어쩌면 며칠 후 또다시 자다가 벌떡 일어나 Delete 라는 단추를 누를지도 모르겠지만, 누르기만 하면 머리가 모자라는 충실한 하인처럼 컴퓨터는 일초도 안 되어서 이 모든 걸 지워버릴지도 모르겠지만 그래도 나는 시작해보는 것이다. 내가 꾸는 그 악몽 같은 꿈들, 꿈에서 깨어나도 괴로운 90년대의 사람들, 그리하여 이제 90년대라는 금 밖에 서서 나는 다시 들여다보는 것이다. 우리의 꿈조차 지배하면서 아직도 건재한, 추억보다 선명하게 남은 배경들, 헤세를 읽고 김동리도 읽고 바르뜨와 바슐라르도 읽었지만 구호가 바로 작품이라고 생각했을지도 모르는, 살육과 절망만이 가득한 그때, 그 배경에 서 있던 그들, 젊었던 그들, 젊었던, 그들에 대하여…… 정녕 그것은 그저 꿈을 꾸던 사람들에 대한 꿈일 뿐일까.

　　　　　　　　　　　　　　　　　　　　　　　　　　　－공지영 「꿈」(1997)

　　한때 그녀는 소설 쓰는 일이 그녀에게 있어서만큼은 신성한 의미이기를 바랐다. 이 세상에 존재하는 그 수많은 소설들. 그렇지 않은가? 소설은 이미, 너무나 많다. 어떤 열성적인 독자라도 이 세상에 존재하는 소설—싸구려를 대부분 제외한다고 치더라도 그 나머지의 소설—모두를 다 읽을 수 없다. 그런데도 그녀가 그 수업이 많은 소설 더미 위에 자신의 소설을 더 얹어놓으려고 드는 것은, 그것이 세상을 빛나게 하리라는 기대보다는 자신을 사랑하는 방법이 되리라고 믿었기 때문이다. 쓸 수 있는 것이 있기 때문에 쓰는 것, 기록할 수 있기 때문에 기록하는 것, 생각할 수 있기 때문에 생각하는 것…… 그녀는 그것이 그것을 읽는 사람들과 대화하는 방법이 되리라고 믿었다. 그 대화가 세상을 살찌게 하지는 못할지라도, 적어도 그녀와 세상 사이의 교통수단은 되어줄 것이며, 교통할 가치가 있는 세상은 아직…… 아름답다.

—김인숙 「바다에서」(1997)

내 소설은 교통사고야. 우기면 장땡이지.
내 소설은 정화조야. 터지면 큰일나지.
내 소설은 방문판매야. 믿으면 안 돼.
내 소설은 쿵쿵따야. 맘만 먹으면 똑같은 거 계속해.
내 소설은 오징어야. 불붙으면 쫄거든.
내 소설은 소금이야. 웃기지도 않는 게 속에 염장 지르지.
내 소설은 꽃다발이야. 별 쓸모가 없거든.
내 소설은 커피야. 잠도 안 오고 생각만 많아져.
내 소설은 아파트야. 거기가 거기지.
내 소설은 반찬이야. 똑같으면 짜증나지.
내 소설은 우격다짐이야. 안 웃어도 계속하지.
내 소설은 미친년이야. 지멋대로지.
내 소설은 사이다야. 따고 나면 김빠지지.

"그래, 소설가들처럼 불쌍한 존재도 없는 거 같다. 자신의 과거와 사생활들마저도 대중들의 먹잇감으로 던져야 하다니. 사고로 죽은 아들 이야기를 가슴에 묻어두지도 못하고 결국 소설로 만들어내는 어떤 작가를 보고 참 작가들이란 무서운 존재들이구나 싶었어. 널 이해 못 하는 것도 아니야. 나는 백 번 널 이해해줄 수 있어. 널 한때 되게 좋아했고 세월도 이렇게 흐른 마당에, 인생이 뭐 별거냐. 다 이해해줄 수 있어. 너도 그게 직업 아니냐. 다 먹고 살자고 하는 일인데……."

—권지예 「이것은 파이프가 아니다」(2004)

옛날 사람들이 걱정하던 미래에 그들은 살고 있었다
달팽이처럼 자기 감옥을 지고 다니며 평생을
비전향장기수로 살아갔다고도 전해진다

사람들은 모가지째 떨어지는
동백에 비유하기도 했고
반인반수의 운명에 처해 있음이

분명하다 말하기도 했지만

보도블럭 틈새와 시멘트 벽 균열에서 비집고 나오는
풀 한 포기일거라는 예측도 빠뜨리지 않았다

─김소연 「시인」(2009)

그는 시인으로 많은 시를 썼다
그리고 그는 죽었다
이제 그의 시들만 살아 있다
많은 사람들이 그의 시를 읽고
또 많은 사람들이 그의 실족과 얼룩을 읽는다
하지만 진실로 그를 때릴 수 있는 것은 그의 시뿐이다
빼어난 언어, 꿈틀거리는 가락이
그를 향해 자꾸 질문을 던진다
(중략)
많은 사람들이 그의 시를 읽으며
가슴이 벅차고 숨이 멎는다

─문정희 「시인을 위하여」(2004)

너 그때 버스 터미널 지나오며 뭐라고 했지?
버스들이 밤이 되니 다 잠자러 오네 그랬어요
너 일부러 순진한 척한 거지, 시 쓴답시고?
그런 게 시였어요? 몰랐는데요

너 그때 「두사부일체」 보면서 한 번도 안 웃었지?
웃겨야 웃는데 한 번도 안 웃겨서 그랬어요
너 일부러 잘난 척한 거지, 시 쓴답시고?
그런 게 시였어요? 몰랐는데요

너 그때 도미회 장식했던 장미꽃 다 씹어 먹었지?
싱싱하니 내버리기 아까워서 그랬어요
너 일부러 이상한 척한 거지, 시 쓴답시고?
그런 게 시였어요? 몰랐는데요

─김민정 「피해라는 이름의 해피」(2009)

내 죄를 대신 저지르는 사람들에 대해
내 병을 대신 앓고 있는 병자들에 대해
한없이 맑은 날 나 대신 창문에서 뛰어내리거나
알약 한 통을 모두 삼켜 버린 사람들에 대해
(중략)
나 대신 이 세계에 대해 더 많은 것을 희망하는 이들과
나 대신 어두워지려는 저녁 하늘
들판에 우두커니 서 있는 검은 묘비들
나 대신 울고 있는 어머니에 대하여

—진은영 「고백」(2008)

나는 내 시에서
돈 냄새가 나면 좋겠다

빳빳한 수표가 아니라 손때 꼬깃한 지폐
청소부 아저씨의 땀에 절은 남방 호주머니로 비치는
깻잎같은 만원권 한 장의 푸르름
나는 내 시에서 간직하면 좋겠다
(중략)
사람 사는 밑구녕 후미진 골목마다
범벅한 사연들 끌어안고 벼리고 닳인 시
비평가 하나 녹이진 못해도
늙은 작부 뜨듯한 눈시울 적셔주는 시
구르고 구르다 어쩌다 당신 발끝에 채이면
쩔렁! 하고 가끔씩 소리내어 울 수 있는

나는 내 시가
동전처럼 닳아 질겨지면 좋겠다

—최영미 「시」(1994)

9
돈

돈은 '한 곳에 머물지 않고 돌아다닌다'는 뜻에서 동사 '돌다'에서 왔다고 보기도 하고, '돌[石]'에서 왔다고 보기도 한다. 또한 돈은 금으로 만든 동전이나 금속의 무게 단위로 사용되기도 했다.

고전문학에서는 여성이 자신을 위해 돈을 필요로 하는 때가 놀이를 위해 외출하는 경우 정도였고 대부분은 가정 경제를 위해서였다. 하지만 근대문학에서는 여성이 자신의 욕구를 충족시키기 위하여 경제 행위를 하면서 돈이 여성의 사회적 위치를 환기시키는 계기가 되었다. 그러다가 현대문학에서는 돈을 번다는 것이 가정 경제를 위해서라기보다는 남성으로부터 독립하고 여성 자신의 목소리를 내며 자유를 경험하게 하는 통로가 되었다.

특히 현대 자본주의 사회에서는 돈에 권력이 덧붙기에 여성인물들은 물질적 가치가 정신적 가치를 압도하는 상황을 비판적으로 인식한다. 남성 중심의 자본주의 사회가 지니고 있는 돈의 위력과 더러움에 비애를 느끼고 그 천박함을 비판하지만, 여성이 남성으로부터 자유로울 수 있는 힘의 원천으로 자본주의를 역이용할 수 있다는 당돌함이 제시되기도 한다. 아울러 돈은 정신이며 동시에 육체가 되어 자본주의라는 컴컴한 터널에서 모든 가치들이 혼돈을 거듭하고 있을 때에 홀로 맹위를 떨친다. 그리하여 여성은 하나의 자본으로 취급되고 상품화되는데, 남성 지배계급의 기호에 따라 선택·구매되는 여성의 자본적 호환성은, 매매춘, 포르노그래피 등의 특수한 상황은 물론, 맞선, 취업 등의 일상적 상황에 이르기까지 폭넓게 그려진다. 이렇게 여성은 자본과 돈의 종속적 타자이자 이중적 약자이기에 자본이라는 속악한 가치에 저항하는 동시에 그 자본을 위해 상품화되어야만 했던 상황에서 벗어나기 위해 목소리를 높여갔다. 여성과 자본의 호환성은 성녀/창녀라는 양극단의 이분법으로 여성을 분리시켰으며 여성을 대상화해 온 기존의 이데올로기를 고착화했고 제국주의적 욕망의 노예가 되는 것을 자본의 향유로 부추겼다. 이 지점이야말로 여성에게 가한 이중적 억압과 남성 이데올로기가 횡행한 이중잣대가 가장 노골적으로 드러난 부분이라 할 수 있다.

한편, 여성이 스스로 번 돈으로 마음에 드는 재화를 선택, 구매하는 것은 사회의 일원으로 참여하고 있다는 현장감을 부여하고, 이 소비는 다시 생산에 대한 열정을 확인함으로써 여성의 사회 진입을 견고케 하는 계기가 되기도 한다. 여기서의 소비는 단순한 낭비가 아니라 취향과 욕망의 적극적인 발현으로 볼 수 있다. 자신의 형편과 미래를 염두에 두지 않은 채 탕진해 버리는 돈은 오히려 돈의 가치를 무화시키는 것이며, 과소비는 구차한 현실을 벗어나고자 하는 여성의 욕망으로 상징되는 것이다.

돈의 명칭   '돈'은 국문 기록이 시작된 이래로 줄곧 돈이라고 표기되었고, 어형의 변화가 없었다. 『훈몽자회(訓蒙字會)』(1527)에서부터 돈을 '전(錢)'이라고 불렀음을 알 수 있으며, 화폐(貨幣)라는 말도 쓰인 내력이 오래된다. 금이니 황금과 같은 단어도 돈과 동일한 의미로 사용되며 방언에서도 다른 말을 쓰지 않는다.

돈의 어원에 대해서는 '한 곳에 머물지 않고 돌아다닌다'는 뜻에서 동사 '돌다(回)'에 어미 '-ㄴ'이 결합하여 돈이 되었다고도 하고, 돌[石]의 어원 '돌'의 끝소리 'ㄷ'이 'ㄴ'으로 변하여 돈이 되었다고도 하나 확실치 않다. 또한, 돈은 한자어 '전[錢]'에서 유래하였는데 옛날의 금전(金錢), 즉 금으로 만든 동전을 의미하거나 금은(金銀) 등과 같은 금속의 무게 단위로 사용되었다. 1냥(兩)의 10분의 1은 1돈[錢]이며, 1돈의 10분의 1은 10푼(分)을 의미하였으므로 돈[錢]은 한 푼의 열 배에 해당하는 무게를 의미했다. 따라서 '돈'의 원래의 의미는 금으로 만든 화폐, '금전'과 금속의 '중량'이라는 두 가지 뜻에서 유래되었을 것으로 추정된다.

화폐(貨幣)는 거래를 원활히 하는 데 쓰이는 매개물을 의미한다. 화폐는 물물교환시대에는 조개껍데기, 곡물, 베 등의 물품화폐가 사용되다가 이어서 금, 은, 동 등의 금속화폐가 사용되었다. 화폐는 어떤 물건에 대한 가치의 척도가 되며, 지급 혹은 축적, 저장 수단으로도 기능할 수 있기 때문에 물물교환보다 큰 유용성을 갖게 되었다. 오늘날에는 국가에 의해 통용이 운용되고 제한되는 지폐나 주화가 화폐로 사용되고 있다. 즉, 일반적으로 화폐는 물품 화폐→금속 화폐→지폐→신용화폐 등의 형태로 발전해 왔다고 할 수 있다.

화폐와 돈은 유사한 의미로 사용되지만, 돈이 화폐보다 더 넓은 의미로 사용된다. 즉, 화폐가 지폐, 주화 등 구체적인 매개물을 의미하는 반면, 돈은 화폐의 의미와 동일하게 '일반인들이 두루 사물의 값어치를 헤아리는 기준으로 삼고 어떤 사물의 대가로 주고받을 수 있도록 나라에서 일정한 모양에 일정한 값을 표시해 만든 물건'이라는 의미뿐만 아니라 '돈이 꽤 나갈 물건', '비싼 돈 주고 산 책' 등과 같이 물건의 값을 나타내거나 '돈 많은 집'처럼 재물이나 재산을 의미하기 때문이다.

이외에 돈의 의미에 대해서 조선말대사전에서는 '착취사회에서는 소수 착취자들의 치부의 수단으로, 근로자들에 대한 착취의 도구로 리용된다'라고 하고 '사회주의 사회에서는 인민경제의 계획적 운영의 도구로, 인민들의 물질적 복리를 끊임없이 늘이기 위한 수단으로 된다'라고 하며 이는 화폐의 의미와 동일하다고 정의내리고 있다. 또한, 돈은 자본을 통속적으로 이르는 말이라고도 하였다.

돈의 변천사

예로부터 사람들은 화폐의 존재와 의미를 불신하여 부정적으로 인식했음이 발견된다. 고려 무신란 직후인 12세기 말 임춘(林椿)의 공방전(孔方傳)에서 '공(孔)'은 둥글다는 뜻이고, '방(方)'은 '모가 나다'는 한자가 결합된 것인데, 엽전을 비유하여 '공방'이라 하며 겉으로는 둥그나 속이 모난 사람을 의인화하였다. 이러한 이야기를 통해 실질적으로 중요한 농업은 소홀히 한 채, 재(財)를 도모하기 위해서 장사를 하는 데에만 힘쓰게 되면 나라가 위태로워지고 결국 백성을 해롭게 하는 것임을 강조하였다. 화폐로 대표되는 돈에 대한 개념은 세월에 따라 변화하게 된다.

숙종 2년(1097)에 의천(義天)은 화폐론(貨幣論)에서 엽전(동전)을 만들어 쓰자고 하면서 엽전이 밖은 둥글고 안은 모난 모양을 하고 있는데 둥근 것은 하늘을 본뜨고 모난 것은 땅을 본뜬 것이라고 하였다. 이것이 의미하는 바는 하늘이 만물을 덮고 있는 것을, 그리고 땅이 가없이 없어지지 않게 하는 이치를 구현하는 것이라고 하면서 엽전의 생김새를 들어 화폐 긍정론의 근거로 삼았다. 그리고 이런 생김새를 한 화폐는 세상에 널리 퍼져 두루 쓰일 것이라고 하였다. 이 건의가 받아들여져 국내 최초의 엽전인 해동통보(海東通寶)가 만들어졌다.

또한, '상평통보(常平通寶)'는 '떳떳이 평등하게 널리 통용된다'는 뜻으로 본래 인조 11년(1633) 상평청(常平廳)에서 주조와 유통을 시도했는데 상용되지 못하였다. 그 후 숙종 4년(1678)에 다시 상평통보를 주조하여 서울과 서북 일부에 유통하게 하였는데, 점차 전국적으로 유통되었으며 조선 말기에 현대식 화폐가 나올 때까지 통용되었다. 상평통보는 구멍이 네모지고 사면이 둥근 모양을 하고 있는데, 둥글기 때문에 어디로든지 굴러다닐 수 있으나 누구나 차지할 수 있는 것은 아니라는 뜻도 내포하고 있다. 또한, 굴러가는 곳마다 반기지만 누구나 차지할 수 있는 것은 아니어서 엽전인 상평통보는 조그마한 쇠붙이에 불과하지만 이것을 두고 사람들이 다툰다고 여겼다. 이를 통해 새로운 경제 체제가 나타났고, 이로 인하여 이익을 추구하는 경쟁이 심해진 당시 세태를 읽을 수 있다.

언어 표현　　　　'돈'이면 못 하는 일 없이 무엇이든 할 수 있다는 생각은 이와 관련한 다양한 속담을 만들어 냈다. 돈의 위력을 강조하는 속담으로 '염라대왕도 돈 쓰기에 달렸다/염라대왕도 돈 앞에는 한 쪽 눈을 감는다', '돈이면 지옥문도 닫는다', '돈을 주면 배 속의 아이도 기어 나온다', '돈이면 나는 새도 떨어진다', '돈만 있으면 처녀 불알도 산다', '돈이 장사', '돈이 제갈량' 등이 있으며 '돈만 있으면 개도 멍첨지라'는 천한 사람도 돈만 있으면 다른 사람들이 귀하게 대접함을 비유적으로 이르는 속담이며, '돈이 양반이라', '돈이 없으면 적막강산이요, 돈이 있으면 금수강산이라' 등은 돈이 있어야 양반 행세도 할 수 있고 삶을 즐길 수 있음을 역설하는 속담이다.

돈의 위력을 강조하느라고 불가능한 상상도 하며 돈이면 아무리 어렵고 위험한 일이라도 무릅쓸 수 있다는 생각이 반영된 것으로는 '돈이라면 호랑이 눈썹이라도 빼 온다' 등이 있으며, 돈에 대한 애착을 표현하는 '돈에 대한 사랑은 돈이 자랄수록 자란다', '돈에 침 뱉는 놈 없다' 등은 사람은 누구나 돈을 소중히 여긴다는 것을 말한다. 따라서 '돈 떨어지자 입맛 난다'고 하여 돈을 다 쓰고 나면 더 간절히 쓰고 싶어지는 사람의 마음도 표현하였으나 '돈 나는 모퉁이 죽을 모퉁이'라고 하여 세상에서 돈 벌기가 가장 어려운 일이라고도 하였다.

그러나 돈 많은 사람을 존경하는 경우는 많지 않았으며 특히 양반이면서 돈을 벌어 모으기만 하고 쓰지는 않는 구두쇠, 자린고비, 수전노 등은 비난과 풍자의 대상이 되었기 때문에 돈을 대하는 태도에 대해 경고하거나 충고를 하는 속담과 격언도 많다. 돈은 버는 것보다 쓰는 것이 더 중요함을 강조하며, '돈은 더럽게 벌어도 깨끗이 쓰면 된다', '개같이 벌어서 정승처럼 써라'라고 하였다. 고려시대 무장인 최영의 부친이 남겼다는 '황금을 보기를 돌같이 하라'라는 말은 돈에 집착하지 말아야 사람의 도리를 바르게 지킬 수 있다는 교훈을 주며 널리 후대까지 전해졌다. '돈 주고 못 살 것은 지개(志槪)뿐이다'라고 하여 세상에는 돈보다 중요한 가치가 있음을 강조하였고, 돈을 모으는 것보다 자식의 교육에 힘쓰는 것이 중요함을 강조하여 '돈 모아 줄 생각 말고 자식 글 가르쳐라'라고 하였다. 돈보다 사람이 소중함을 강조하며 '돈으로 비단은 살 수 있어도 사랑은 살 수 없다'라든가 '사람 나고 돈 났지, 돈 나고 사람 났나' 등과 같은 말도 생겨났다.

그러나 '돈이 돈을 번다', '돈 놓고 돈 먹는다', '돈이 많으면 장사 잘 하고, 소매가 길면 춤을 잘 춘다' 등과 같은 속담이 생겨났는데, 이는 돈은 노력만 한다고 벌 수 있는 것이 아니고 돈이 돈을 벌어주기 때문에 밑천이 든든해야 이익을 많이 낼 수 있음을 강조한 것이다. 이 속담들을 변화된 경제구조를 반영하고 있다.

여성과 돈이 관련된 속담으로는 새로 벌지는 못하고 전에 모아 두었던 재물을 쓰기만 함을 비유적으로 이르는 말인 '과부 은 팔아먹기', 과부의 살림살이가 알뜰하고 규모가 있음을 말하는 '과부는 은이 서 말이고 홀아비는 이가 서 말이다(과부의 버선목에는 은이 가득하고 홀아비의 버선목에는 이가 가득하다)', 과부에게 높은 이자를 주고 돈을 빌리는 곤궁한 처지를 말하는 '과부의 대 돈 오 푼 빚을 낸다' 등이 있는데, 이들 속담 모두가 홀로된 '과부'는 강한 생활력을 갖고 재물을 잘 모은다는 사실을 전제하고 있다. 또한, 남존여비(男尊女卑)의 시대상을 반영하는 속담으로는 '노름에 미쳐 나면 여편네(처)도 팔아먹는다', '빚 값에 계집 뺏기' 등이 있으며, 가부장적 사회의 분위기를 잘 표현하고 있는 속담으로는 '사내는 돈을 잘 써야 하고, 여편네는 물을 잘 써야 한다', '사내는 죽을 때 계집과 돈을 머리맡에 놓고 죽어라' 등이 있다. 딸은 집안 살림을 맡아 하게 되므로 큰 밑천이나 다름없다는 뜻의 '첫딸은 금을 주고도 못 산다', '첫딸은 세간 밑천이다'와 같은 속담도 있다.

9.2. 재(財)로서의 돈

돈의 상징인 화폐는 과거로부터 현재에 이르기까지 형태는 물론이고 돈 자체에 대한 개념이 변화하면서 사람들의 삶에 큰 위력을 갖는 존재가 되었다. 그러므로 이에 대한 긍정적, 부정적 논의와 평가, 속담, 습속, 돈을 주제로 하는 문학적 상징 등이 존재하게 되었다.

돈의 긍정론과 부정론　　조선후기 실학자인 이익의 『성호사설(星湖僿說)』
에는 조선 후기의 실학자로서 학문을 현실에
이용하려는 실용적 관점이 제시되었는데, 특히 현실 문제를 다룬 몇몇 항목에는 그의 이러한 사상이 분명하게 표현되어 있다. 예를 들면, 과거제도에 국사(國史)를 보도록 주장한 것, 학문에서 문학보다 실용적인 현실 구제책이 중요하다는 것, 당시 유교 이외의 다른 사상의 의미를 인정한 것, 하층민의 생활 보장을 적극 주장한 것 등이 이에 속한다. 다만, 정치와 제도, 사회와 경제, 학문과 사상 등을 서술한 부분인 「인사문(人事門)」에서 화폐 문제에 대해서는 여러 대목에서 화폐 유통이 바람직하지 않다고 하였다. 화폐의 유통으로 돈을 갖게 되면서 시골 사람들의 생활이 타락하고 돈 많은 상인들의 독과점으로 인해 농민이 피해를 입는다고 하면서 상평통보를 회수하고 엽전 사용을 정지시켜야 질서가 회복된다고 하였다.

한편, 정조 12년(1788)에 우정규(禹禎圭)는 경세제민(經世濟民)의 방책으로 경세와 이재에 관한 45가지의 소책(疏策)과 의문(議文)을 모은 『경제야언(經濟野言)』을 정조에게 진상하였다. 여기서 돈, 즉 화폐는 막힌 재화를 유통시키고 쌓인 재화를 흩어지게 함으로써 국내의 물가가 균등하게 되도록 조절하는 구실을 한다고 하였다. 화폐가 있음으로 물건의 가격이 형성되어 수요와 공급의 균형이 이루어지고, 물물교환의 불편을 없애고 교역의 편리성을 더하니 일상생활에서 돈처럼 편리한 것이 없다고 하였다. 이밖에 문학 장르에서도 돈에 관한 문제는 많이 다루어졌다.

박지원(朴趾源)의 한문소설 「양반전(兩班傳)」은 가난한 양반을 주인공으로 하여, 돈으로 신분을 팔고 사는 조선 후기의 세태와 갈수록 심해진 양반의 횡포와 위선을 말하고 있으며, 「허생전(許生傳)」은 하릴없이 독서만 일삼는 허생을 주인공으로 아내의 핍박에 못 이겨 집을 나가 매점매석으로 돈을 버는 방법을 보여주면서 이와 같은 경제 활동이 나라를 병들게 할 수 있음을 지적하였다. 「흥부전」은 표면적으로 강조된 형제애와는 별개로 돈의 문제를 중요하게 다룬 국문 고전소설로 볼 수 있다. 화폐 경제시대로 진입한 당시의 빈민이 겪는 문제와 고리대금업의 문제를 보여준다.

현대에 와서는 돈, 자본의 본질과 사회구조와의 관계를 탐색하는 소설들이 등장했다. 염상섭(廉想涉)의 장편소설 『삼대(三代)』는 대지주이며 양반 행세를 하기 위해 족보를 사들이는 할아버지와 아버지 상훈이 신문물을 받아들였으나, 이중생활에 빠지고 재산을 탕진하는 과도기적 인간형으로 그려진다. 아들 덕기는 선량한 인간성의 소유자이나, 조부와 아버지의 부조리 속에서 재산을 지켜나가는 일에 한정되어 적극성을 잃은 우유부단한 인간형으로 그려진다. 부자 가문의 3세대를 대조적으로 그려 돈의 의미가 어떻게 달라지는가를 밝히고 있다. 채만식(蔡萬植)의 『태평천하(太平天下)』는 당시 일제 식민통치와 밀착된 악덕 고리대금업자를 통렬하게 풍자하고, 『탁류(濁流)』는 일제의 자본투입, 즉 돈으로 인한 허욕과 그 파멸, 그리고 희생되는 한 여인의 생애를 그렸다. 이처럼 현대문학은 돈과 관련된 복잡한 주제의식을 담아내면서 동시에 자본주의에 영합하는 문제를 동시에 다룬다고 할 수 있다.

여성을 위한 돈　　　　혼수(婚需)는 기원적으로 하나의 새로운 가족 단위가 필요로 하는 최소의 물품이라고 할 수 있다. 혼수는 일종의 '지참금(持參金)'으로 볼 수 있는데, 지참금은 돈뿐만 아니라 지참하는 재산 전부를 포함한다. 역사적으로 문화 정도가 높은 민족일수록 토지나 귀금속 또는 화폐 등을 주어서 여성을 출가시킨다. 혼인을 할 때 신랑 쪽에서 금전이나 재물을 선물로 보내면, 보답으로 신부 쪽에서도 무언가를 보내야 했는데 그것이 지참 재산의 기원이다.

우리나라의 경우 혼수에 대한 고대의 단편적인 기록을 찾아보면, 진수(陳壽)의 『삼국지(三國志)』의 고구려전(高句麗傳)에, "혼인 시 저녁에 사위가 집 밖에

와 딸과의 혼인을 청하면 처가에서 마련한 사위집으로 안내하여 딸과 함께 자도록 하는데, 사위는 이때 돈과 비단을 제공한다. 그리고 아이들이 자라면 사위는 처자를 데리고 자기의 집으로 돌아간다."라는 기록이 있다. 이것은 돈과 비단이 혼수의 일종으로서 사위가 일정 주거기간 동안 처가에 제공하는 비용이었을 것임을 추측하게 한다. 그리고 자녀가 다 자라서 시가로 가야할 경우, 여자도 시가에 일종의 혼수를 준비해 갔을 것이라고 짐작된다.

혼수가 비단과 같은 옷감을 중심으로 이루어지고 있음은 고려 말의 기록에서도 발견할 수 있다. 고려 말 우왕 때의 기록을 보면, 당시 귀천을 막론하고 혼수로 외국에서 수입한 호화로운 비단과 금은주옥을 장만하는 사치스러운 풍조에 대하여 비판하는 내용이 있다. 이것은 돈이나 금은보화 같은 화폐류의 재화나 비단 등이 수도였던 평양이나 개경을 중심으로 중요한 경제적 수단으로 이용되었음을 보여준다. 이런 점은 조선시대에까지 그대로 이어져, 당시에 희소성 있던 옷감의 중요성이 여전히 강조되었다.

더불어 조선시대의 생계방법은 농업이었기 때문에 토지가 혼수의 중요한 몫을 차지하였던 것으로 보인다. 이처럼 혼수는 여자가 시집에 들어가서 사는 데 필요한 옷감이나 옷, 옷장, 그리고 요나 이불 등과 같은 생활물품과 토지(땅문서)나 화폐가 중심이 되었고 그리고 몸종이나 노비까지 포함되었다. 「흥부전」에도 재물을 묘사하는 대목에서 "한단 영초단 각색 비단 한 필이 들어 있고, 길주 명천 좋은 베, 회령 종성 고운 베, 온갖 베와 한산모시, 장성모시 계추리 황저포 등 모든 모시와 (중략) 툭 타 놓으니 온갖 세간이 들었으되, 자개함롱 반닫이 용장 봉장 제두주 쇄금들미삼층장 게자다리 옷걸이 쌍룡 그린 빗접고비 용두머리 장목비"가 등장한다.

이는 현대의 혼수에 대한 관념에까지 영향을 미친다. 구체적으로 어느 시기에 시작되었는지 명확하지는 않으나 시가에 들어가 사는 것이 일반화되는 시기, 즉 유교의 확립으로 가부장권이 강화된 조선시대부터 나타났을 것으로 추정된다. 거주문화에 큰 변화가 있었음에도 불구하고 혼수는 여전히 여자 쪽에서 준비하는 것으로 인식되고 있다. 그래서 여성 혹은 처가에서 장만한 혼수에 대한 시댁이나 남편의 기대가 맞지 않아 불화가 생겨 사회적인 문제가 되기도 한다.

9.3. 치산(治産)의 결과물

사대부 가문의 여성들은 대부분 직접 노동을 하지는 않았다. 하지만 조선 후기에 이르러 몰락하는 양반이 많아지면서 그런 집안의 경제를 아내들이 도맡는 경우가 생겼다. 또한 남편이 당시의 변화하는 세태에 적응하지 못하고 방에 앉아 책만 본다든지 하여 식구들이 굶는 지경에 이르는 경우도 생겼는데, 그런 상황에서 아내는 무능한 남편을 대신해서 돈을 벌게 된다. 부잣집 외아들이었던 남편이 부모가 돌아가신 후 주색잡기로 방탕하게 지내다 재물을 탕진한다. 그러자 아내가 집안의 모든 일을 맡긴다는 증명서를 남편으로부터 받은 뒤, 5년 동안 열심히 길쌈하여 살림이 넉넉해진다. 하지만 정신을 못 차린 남편이 평양에 가 기생으로 인해 전 재산을 날리고 거지신세가 되자, 아내는 남장(男裝)을 하고 가서 그를 구해온다. (「이춘풍전」) 이는 여성의 치산(治産), 즉 경제활동이 중요해진 세태를 반영한 것이다.

한편, 교훈적 내용의 계녀가 계열 규방가사에서 돈은 집안 살림살이인 치산의 결과물로 나타난다. 여성들의 부덕을 논하는 문맥 속에서, 돈은 가사 경제를 담당하여 절용절약하고 알뜰히 살림을 하여 가산을 불린 결과물이다. 그리고 여성이 집안 살림살이를 잘 해내어 획득하는 돈은, 효경으로 부모를 봉양하고 궁핍한 이웃사람을 구제하는 데에 소용된다는 점에서 권장된다. (「복선화음녹」)

> 츈풍 안히 그동 보쇼 우스면셔 슈기 바다 함농 속의 넌짓 넛코 이날부텀 치산할계 침즈 길삼 다 ᄒ기다 오 푼 밧고 싀버션 짓기 흔 돈 밧고 쓰기 버션 두 돈 밧고 흔삼ᄒ기 스 돈 밧고 혼 옷 깃기 네 돈 밧고 창옷 지여 닷돈 밧고 도포 ᄒ기 엿돈 밧고 쳘뉵ᄒ기 일곱 돈 밧고 금침ᄒ기 한 양 밧고 볼긔 누비기 양 반 밧고 쳘뉵ᄒ기 두 양 밧고 겹옷 누비기 승 양 밧고 관디ᄒ기 봄이면 삼베 ᄂ코 하졀이면 모시 누비 츄졀이면 염식ᄒ기 동졀이면 무명 ᄂ코 일렁졀렁 사시졀 밤낫 읍시 힘쎠 ᄒ니 사오 연 닉의 의식이 풍족ᄒ고 가셰가 눈여ᄒ여 츈풍이 안히 덕으로 관망의복 칠례ᄒ고 고양진미의 츙복ᄒ고

- 「이춘풍전」 (19세기)

부모기 효양하여 철철이 가라입고 써난ᄉ람 옷실쥬고 쥬린ᄉ람 밥을쥬며 혼인

장사 못지니면 돈을쥬워 구지ᄒ고 궁코빈록 못ᄉ나니 닉집갓치 구지ᄒ고 가ᄉ이
허다소용 일용이 만여금이라 아달형지 급지ᄒ니 벼슬도 혁혁ᄒ다

—「복선화음녹」(미상)

9.4. 여성 노동의 화폐화와 여성의 주체화

여성 노동의 정당성과 주체성은 그가 노동의 급부로 받는 화폐에서 확인된
다. 현대소설에서 여성인물은 자신의 능력을 활용해 돈을 벌면서 남성으로부터
독립하고 자신의 목소리를 내며 자유를 경험한다. (강경애『인간문제』「원고료 이
백 원」, 강신재「안개」, 박완서『살아 있는 날의 시작』, 전경린『엄마의 집』) 이는 인간
으로서의 존엄과 가치를 누릴 수 있는 근간이 여성의 능력과 가치에 대한 현실
적인 인정에 있음을 말한다.

그 때 그는 간난이가 일상 하던 말을 얼핏 깨달으며, 세상에는 덕호와 같은 우리
들의 적이 많은 것이다. 그것을 대항하려면 우리들은 단결하지 않으면 안 될 것이
라던 그 말을 그는 다시 생각하였다. 선비는 어떤 힘을 불쑥 느꼈다. 그리고 간난이
가 가르쳐 주는 그대로 하는 데서만이 선비는 첫째의 손목을 쥐어 보리라 하였다.
흙짐을 져서 꽐아진 첫째의 등허리! 실을 켜기에 부르튼 자기의 손끝! 그리고 수많
은 그 등허리와 그 손들이 모여서 덕호와 같은 수없는 인간과 싸우지 않으면 안
될 것이라…… 하였다. 보다도 선비의 앞에 나타나는 길은 오직 그 길뿐이다.

—강경애『인간문제』(1934)

K야, 내가 요새 D신문에 장편소설을 연재하여 원고료로 이백여 원을 받은 것은
너도 잘 알지. 그것이 내 일생을 통하여 처음으로 많이 가져보는 돈이구나. 그러니
내 머리는 갑자기 활기를 얻어 온갖 공상을 다하게 되더구나.

—강경애「원고료 이백 원」(1935)

성혜는 자기 먼저 상 앞에 다가앉아 있다가 수긋하고 젓가락 끝으로 상 위에
동그라미를 자꾸자꾸 그리면서 원고료를 받았노라고 말하였다.

"으응? 뭐?"

형식의 의아해서 찌푸린 얼굴이 몹시도 아프게 성혜의 신경에 와 닿았다. 그는 관념해버린 사람의 침착함을 의식하면서 소설을 발표하게 된 경위를 설명하였다. 마음이 내키기에 적어본 것을 동무가 가지고 가서 어느 저명한 작가를 보였더니 발표가 되었다고…… 그러나 자기가 얼마나 열심히 얼마나 심신을 경주하여 작품을 고쳐 쓰고 고쳐 쓰고 하였는가에 관해서는 한 마디도 하지 않았다.

형식은 듣고 난 순간, 무엇을 어떻게 말해야 좋을지 모르는 듯한 얼굴을 지었다.

"으흥?" 하면서 못마땅한 듯한 또는 대수롭지 않다는 듯이도 보이는 싱거운 표정을 얼굴에 띄워 올리면서 젓가락을 집어 들었다.

—강신재 「안개」(1950)

하는 일이 잘돼 그 여자가 돈을 벌긴 최근의 일이었다. 한창 재미가 나고 손속이 날 때였다. 자주 나는 건 아니라도 싫증은 너무 일렀다. 일이 잘 안 될 때도 일 자체가 그 여자의 구원이었거늘.

텅 빈 실습실 한가운데서 그 여자는 막연한 패배감에 사로잡혔다. 그렇다고 돈벌이가 잘되고 나서 맛본 새로운 살맛까지 부인하고 싶진 않았다. 새로운 살맛…… 그게 뭐였을까. 그게 혹시 자유라는 거나 아니었을까. 그래 너는 돈을 벌 수 있음으로써 자유를 얻은 거야. 그 여자는 이렇게 열심히 자신을 선동했다. 그러나 그 여자 속엔 그런 선동에 넘어가지 않는 또 하나의 그 여자가 있었다.

"아유, 매력 없어."

그 여자는 고개를 우울하게 움츠리고 관념적인 갈등에 몰두하고 있는 자신을 비웃었다.

—박완서 『살아 있는 날의 시작』(1979)

엄마는 자신만의 집에서, 그림을 그리고, 돈을 벌기 위해 얼마간 일러스트 작업도 하고, 자신을 위해 요리를 하고, 넉넉하진 않지만 꼭 쓰고 싶은 데에는 돈을 쓰고, 언제든 외출하고, 어디든 가며, 누구든 만났다. 무엇보다 깊이 생각할 수 있는 충분한 시간을 가지고 있었다. 사유할 수 있는 삶이야말로 참으로 사치스러운 삶이 아닐까? 여자로 성장해 결혼하고 아이를 낳고 키웠고, 사랑도 한 뒤에 이젠 한 인간으로서 독립적으로 자신을 만끽하는 것이다. 그러고 보면 행복하지 않을 이유가 없었다.

—전경린 『엄마의 집』(2007)

9.5. 물질적 가치와 정신적 가치의 혼돈

　자본주의 사회의 권력은 돈에 있다. 현대소설 속 여성인물은 물질적 가치가 정신적 가치를 압도하는 이러한 상황을 비판적으로 인식한다. (백신애 「나의 어머니」, 「악부자(齷富者)」 「정현수」, 박화성 「눈 오던 그 밤」, 「추석전야」, 한말숙 「세계의 사람」, 박완서 「세모(歲暮)」, 정미경 「내 아들의 연인」) 남성의 권력 역시 자본주의 논리 안에서 배태된 것임을 여성의 경제권 소유와 남근 중심 섹슈얼리티의 전도를 통해 비판적으로 묘사한다. (양귀자 「귀머거리새」) 그러나 한편 여성이 남성으로부터 자유로울 수 있는 힘의 원천으로 자본주의를 역이용할 수 있다는 당돌함이 제시되기도 한다. (박완서 「공놀이하는 여자」)

　현대시에서 자본주의 시대 이후 돈은 정신이면서 육체가 되어 '자본주의는 형형색색의 어둠 혹은 바다 밑으로 뚫린 백만 킬로의 컴컴한 터널'(진은영 「일곱 개의 단어로 된 사전」)이라고 정의된다. 모든 가치는 자본주의라는 컴컴한 터널에서 빠져나오지 못하고 혼돈을 거듭하고 있으며 맹위를 떨치는 돈 앞에서 귀한 가치들은 오히려 천시된다. 도착적인 가치에 빠져 있다는 것을 알면서도 벗어나지 못하는 혼돈 속에서 정신과 도덕과 윤리를 판단하는 기준은 오직 돈과 물질적 가치로만 환산된다.

　화자들은 '똥과 예술'의 가치와 가격을 언제든 뒤바꿀 수 있는 '자본족'들을 위악적으로 자조하고, '생산'의 절대가치를 옹호하면서도 인간에 대한 '연민'을 잃지 않았던 '자본론'을 기억한다. (최승자 「자본족」, 최영미 「자본론」) '수표'의 가치에 '순수'로 대응하고, 지폐의 '푸르름'과 동전의 '질김'이 바로 돈이 기억하고 지향해야 할 가치임을 절실하게 표현한다. '엔도르핀'이 돌게 하는 것이 오로지 돈뿐인 이 세계에서 자본은 온갖 미명으로 피를 빨기 위해, 병을 앓는 시인의 약값을 더 올리고 빈혈을 앓는 우리의 '누르탱탱한' 살에 다시 피 뽑는 바늘을 꽂으면서 점점 더 '문학적인 삶'의 가치와는 멀어지게 하고 있음을 통렬하게 보여준다. (최영미 「시」, 김경미 「수표-이서」, 김지유 「쉿!」, 양선희 「악성빈혈」, 진은영 「문학적인 삶」)

　　"아, 영아 버려라. 내버려라. 더러운 그 은전을. 아, 버려라. 더럽다."

하고 몸서리를 치며 다시 엎뎌진다. 별안간 기침이 시작되었다. 그는 몸을 빙빙 틀며 괴로워한다. 어머니는 며느리를 붙들고 들어왔다. 어머니의 눈이 둥그레지 며 얼굴이 노랗게 질린다. 어린 남매의 울음 소리가 다시 터졌다. 막차가 처량한 소리를 지르고 달려온다. 영이가 내버린 은전은 마당에서 여전히 찬란하게 빛나 고 있다.

-박화성 「추석전야」(1925)

그래서 날마다 먹고는 식구가 단출한 얼마 안 되는 집안 일이 끝나면 우리 어머 니의 말씀마따나 빈둥빈둥 놀아댄다. 어떤 때는 회관에도 나가고 또 어떤 때는 가까운 곳으로 다니며 여성단체를 조직하기에 애를 쓰기도 하고 그렇지 않으면 하루 종일 또는 밤이 새도록 책상 앞에서 책과 씨름을 하는 것뿐이다. 한 푼도 벌어들이지는 못하지마는 어쩐지 나는 나대로 조금도 놀지 않는 것 같기도 하다. 그러나 우리 어머니는 종종

"아까운 재주를 놀리기만 하면 어쩌느냐!"

고 벌이가 없는 것을 한탄하시기도 한다. 벌이를 하지 않으면 아까운 재주가 쓸데 없는 것이라는 것이 우리 어머니의 생각이다.

-백신애 「나의 어머니」(1929)

그는 아내의 곁에 가 털벅 주저앉으며 손에 든 돈을 방바닥에 들여 놓았다. 그러 나 웬일인지 입술이 딱 붙고 떨어지지 않고 눈물이 뚝뚝 서너 방울 떨어졌다. 중도 에서 쌀을 팔아가지고 오려다가 돈을 아내에게 먼저 보이려고 그대로 온 것이 도로 후회도 나며 또 쌈지 속에 일 원을 감추고 삼 원만 내놓는 것이 부끄럽고 죄송한 것 같기도 하고 마음에 설레어서

'이까짓 돈에……'

'양심과 아내를 속이고 부끄러운 생각만 하게 되고……'

그는 이점이점 슬픈 생각이 들었다. 아내가 먼저 무어라고 입을 띠어 주었으면 하는 생각이 들었으나 아내는 조금도 움직이지 않고 누운대로 가만히 천정만 바라 보며 눈에서 눈물이 주르르 흘러 내려 있을 뿐이었다. (중략)

그는 가슴이 뭉클하여 아내에게 바싹 다가앉았다. 아내는 이미 숨이 끊어져 있 었던 것이었으나 경춘이는 오래도록 깨닫지 못하였다.

-백신애 「악부자(顎富者)」(1935)

다른 의사 같으면 십오 분 내외에 마치고 몇 날이던지 끌며 치료를 시켜 돈을 버는 것이었으나 현수는 그렇지 않았다. 아무리 오래 치료를 해 주고 공력을 많이

들여도 그는 자기의 직업의식을 떠나 손님 본위의 치료를 해주는 것이었다.

등에서는 땀이 개골물같이 솟아 내리면서도

'더운데 손님이 몇 날이나 어떻게 치료받으러 다니겠나 될 수 있는 대로 단시일에 맞춰야지.'

하는 생각에 자기의 전심전력을 다해 열심히 치료를 하며 시간 가는 줄도 모르고 있었다.

"아마도 내 이는 충치가 아니라 풍치인 듯한데 원 치료를 이렇게 오래 하십니까?"

신사는 현수의 맘속과는 반대로 기술이 부족하여 오래 끄는 줄만 알고 이렇게 화를 내었다.

—백신애 「정현수」(1935)

그러고 홍식의 부인이며 그 어린 것이 헐벗은 모양, 또는 뼈만 남은 응호의 얼굴이 무시무시하리 만큼 떠오르는구나. 남편을 감옥에 보내고 떠는 그들 모자! 감옥에서 심장병을 얻어가지고 나와서 신음하는 응호! 내 손에 쥐어진 이백여 원……이것이면 그들을 구할 수가 있는 것이다. 나는 아직까지 몸이 성하다. 그리고 헐벗지는 않았다. 이 위에 무엇을 더하라는 것은 허영 그것이 아니냐! 나는 갑자기 이때까지 어떤 위태한 꿈을 꾸고 있었다는 것을 확실히 알았다.

—강경애 「원고료 이백 원」(1935)

나는 대답도 하지 않고 책상에 엎대어 울기 시작하였다. 35원! 그것은 나의 한 달 생활을 지지하여 주고 보람있게 하여주는 삶의 기름이었다. 돈! 그것은 중한 것은 아니었다. 그것은 써가는 길이 값있는 것이라고 생각하고 있는 일이었기 때문에.

한 달에 오빠의 학비로 35원씩을 보내는 날은 나는 그날 종일을 기쁨과 희망에서 뛸듯이 만족하여하였고 나머지 5원에서 가장 어려운 어느 학생의 간단한 학용비를 주고난 후에는 내 자신이 큰 자선가나 된 듯이 은근이 좋아하고 혼자서 대견하여 하는 것이었다.

—박화성 「눈 오던 그 밤」(1935)

핸드백을 연다. 돈은 아직도 많은데 봉투가 없다.

나는 조용히 교실 뒷문으로 빠져나온다.

내가 섰을 때도 나올 때도 아무도 눈여겨봐주지 않는다.

강당 옆 교내매점에서 흰 봉투를 산다.

돈을 꺼내 센다. 그렇게 익숙하던 돈 세기가 퍽 어렵다.

때 묻고 구겨진 돈들을 추리다보니 성한 돈이 별로 없다. 어쩌자고 게다가 맨 백원짜리뿐이다.

처음으로 돈의 늙음이 추하고, 나는 그게 섧다.

나는 마치 절에 가실 때의 어머니처럼 돈을 매만지고 추린다. 오래오래 구겨진 곳을 쓰다듬는다.

매점 아가씨의 눈이 밍크의 눈처럼 깜짝도 안 하고 나를 비웃는다.

－박완서 「세모(歲暮)」(1971)

"어머니가 살아 계시면 그야 좋아하셨겠지. 하지만 욕심이 많으셔서, 별장 둘쯤 가지고는 만족 못하셨을 거다."

"어머, 어머, 또 짓겠어요, 그러면."

"아니, 별장 같은 걸로는 안된다는 얘기야. 그분 욕심 채워드릴려면 세계적인 업자가 되어야 할 거다."

"그런 사람은 얼마나 부잔데요?"

"얼마나 부잔가는 나중 문제다. 돈을 사회를 위해 어떻게 썼는가, 직원들에게 이익을 어떻게 배분했는가, 본인은 얼마나 작고 묵은 집에서 사는가가 문제다. 정 서방은 잘 알 테니까 물어보아라. 어떤 이는 학교를 세워도 이십일세기를 지도하는 훌륭한 인물을 길러내는 취지하에 세웠다더라. 정 서방도 제발 그렇게 되기 바란다고 전해다우."

"작은아씨, 그 사람은 어느 나라 사람이에요?"

"어느 나라 사람이건, 그런 사람은 세계의 사람이라 할 수 있겠지."

－한말숙 「세계의 사람」(1979)

돈을 세는 아내의 모습은 날이 갈수록 더욱 열렬해갔다. 이제는 숫제 온 방바닥에 지전을 흩뜨려놓고 앉아서 〈여기에서 천 원짜리만 추슬러 줘요〉 하고 명령을 내리는 새로운 버릇도 추가되었다. 그는 방바닥을 기면서 천 원짜리를 추려내었다. 그러면 아내는 그 돈을 몇 번이고 세어서 묶음을 지워놓았다. 어떤 때는 돈주머니에 가득찬 백 원, 혹은 오백 원짜리 동전을 방바닥에 와르륵 쏟아 놓고는 열 개씩 쌓아올리는 일을 시키기도 하였다. 조그만 돈탑을 만들어도 만들어도 바닥이 나지 않아 기어이는 아내의 짜증을 불러일으키는 일도 예사였다.

「뭘 하는 거예요. 그것 하나 제대로 못한다면 대관절 당신은 무엇을 할 수가 있어요?」

그와 아내는 이상야릇한 돈놀음을 마치고 나면 나란히 금침 속으로 들어갔다. 돈이 쏟았던 열정이 채 가시지 않았거나 미진한 날이면 아내의 뜨거운 허벅지가 그의 몸 위로 엎어졌다. 그러나 그때부터는 더욱 혹심한 치욕으로 쩔쩔매기 시작하는데 아내의 뜨거운 욕정을 감당할 어떤 힘이 도무지 솟아나 주지 않는 탓이었다. 거대한 산더미에 깔려 있는 듯 그냥 아내의 허벅다리에 눌려 괴로워하다가, 또는 면구해하다가 그는 슬몃 지치고 말아 가쁜 숨을 쉬기만 하였다.

－양귀자 「귀머거리새」(1985)

집에 가면 우선 헌이한테 전화부터 걸어야지. 헌이하고 잔 게 얼마 만인지. 어서 헌이하고 자고 싶었다. 헌이 자기한테 시키던 온갖 굴욕적이고 야비한 짓거리를 그에게 시켜가며 데리고 놀고 싶었다. 주객이 전도된 것이다. 주도권이란 이렇게 간단히 뒤바뀔 수도 있는 것을. 그의 비리비리한 팔뚝을 담뱃불로 지질 수도, 그로 하여금 방바닥을 기게 할 수도, 개처럼 헐떡이며 온몸을 핥게 할 수도 있을 것이다. 아란은 혼자서 미친 듯이 킬킬거렸다.

－박완서 「공놀이하는 여자」(1998)

……D는 지금 자신의 삶을 있는 그대로 받아들인다. 적어도 다른 방식의 삶을 갈망하는 것처럼 보이지 않는다. D의 그런 점이 나를 매혹했지만, 동시에 피곤하게 만들기도 한다. 그럴 때 우리, 가 다르다는 걸 느낀다. D가 가장 낯설게 느껴지는 건 D가 살고 있는 그 장소에서의 D가 아니라, 삶을 유영하는 D의 태도이다. 유희하는 인간이어도 될 순간조차 존재, 를 고집하는 그녀. 엄마 말처럼, 넘을 수 없는 벽과 넘을 수 없는 벽이 존재하는 게 아니라 넘을 수 없는 벽과 사실은 넘고 싶지 않는 벽이 있은 뿐인 걸까. (중략)

가난의 조건은 무엇일까. 돈이 없는 것? 아니면 돈이 없는 것에 대한 결핍감? 욕망의 가난? 기준을 어느 것에 두느냐에 따라 똑같은 상황에서 심한 결핍감을, 혹은 온전한 충족감을 느낄 수도 있을 것이다.

－정미경 「내 아들의 연인」(2006)

몇 행의 시라는 물건이
졸지에 만원짜리 몇 장으로 휘날릴 수 있는 시대에
똥이 곧 예술이 될 수 있고, 상품이 될 수 있는 이 시대에
쓰자, 그까짓 거, 까아아아아아아아아아아짓 거,
영혼이란 동화책에 나오는 천사지.

돈 엄마가 돈 새끼를,
자본 엄마가 자본 새끼를 낳는,

(오 지상을 뒤덮는 자본 종족) 이 세상에서
자본의 새끼의 새끼의 새끼의 새끼가 시일 수 있다면
(모든 시인은 부복하라)

—최승자 「자본족」(1993)

맑시즘이 있기 전에 맑스가 있었고
맑스가 있기 전에 한 인간이 있었다
맨체스터의 방직공장에서 토요일 저녁 쏟아져나오는
피기도 전에 시드는 꽃들을 집요하게, 연민하던,

—최영미 「자본론」(1994)

나는 내 시에서
돈 냄새가 나면 좋겠다

빳빳한 수표가 아니라 손때 꼬깃한 지폐
청소부 아저씨의 땀에 절은 남방 호주머니로 비치는
깻잎같은 만원권 한 장의 푸르름
나는 내 시에서 간직하면 좋겠다
(중략)
사람 사는 밑구녕 후미진 골목마다
범벅한 사연들 끌어안고 벼리고 달인 시
비평가 하나 녹이진 못해도
늙은 작부 뜨듯한 눈시울 적셔주는 시
구르고 구르다 어쩌다 당신 발끝에 채이면
쩔렁! 하고 가끔씩 소리내어 울 수 있는

나는 내 시가
동전처럼 닳아 질겨지면 좋겠다

—최영미 「시」(1994)

온몸으로 유리문 밀고 들어가
한 장의 전세금 수표를 내놓는다
동전만한 탈모증의 은행원 수표를 민다
—뒤쪽에다 이서하세요…… 주민번호와 전화번호와……

볼펜으로 수표 뒤에 가만가만 이서한다

> 마음이 절대 순수함. 자아실현을 위한 명상에
> 굳게 섬. 살아 있는 것들을 불쌍히 여김. 수줍음. 까불지 않음.
> 어떠한 일도 나를 더럽히지 못함.*

─김경미 「수표─이서」(2001)

잃은 돈 딴 돈 합치면 언제나 판돈보다 모자라는 화투판과는 달라요 주식거래소의 돈은 항상 넘쳐나죠 전광판 가득 돋아나는 살기, 핏줄보다 싱싱한 엔도르핀이 파란 숫자로 바뀌면 도처에 선혈이 낭자하죠 쉿!

─김지유 「쉿!」(2010)

자유의 손길로 평화의 댐을 쌓는데 동참하시고 싶은 시민 여러분께서는 제1부, 2부에서와 마찬가지로 이곳 케이비에스 본관 제 5스튜디오로 직접 오시든가, 중계차가 나가 있는 시청 앞과 명동 그리고 서울역으로 나가셔도 되고, 지방에 계신 분들은 각 지역국이나 지역방송총국으로 나가시면 됩니다. 성금 모금현장으로 직접 오시지 못하는 분들은 전화 783-2761-70번까지 10대의 전화를 이용하셔도 되고, 익명으로 기탁하실 분께서는 각 시중 은행 99번 창구에서 8004545번 지로를 이용하시면 되겠습니다. 시민 여러분의 계속되는 성원을 바랍니다.

보건사회부 고시가격 12,220원을 주고 수혈 받는 우리 삶의 누르탱탱한 몸에 채혈 바늘을 갖다 꽂는 이 막무가내의 힘.

─양선희 「악성빈혈」(1991)

그들은 결정을 서두른다.

폐병쟁이 시인을 위해 흰 알약의 값을 올리고
아직도 발자크처럼 건강한 소설가에게는
어미소를 먹인 얼룩소를 먹이도록.

잠든 이웃에게는 아름다운 나라의 산업폐기물이
트로이의 목마처럼 입성하는 도시들과
햄릿에서처럼
독극물이 고요한 한낮의 귓속으로 흘러드는 이야기를 선물하라.

─진은영 「문학적인 삶」(2008)

9.6. 여성과 자본의 호환성

여성의 몸, 나아가 여성은 하나의 자본으로 취급되며 상품화되었다. 현대소설에서 남성 지배계급의 기호에 의해 선택·구매되는 여성의 자본적 호환성은 매매춘, 포르노그래피 등의 특수한 상황은 물론, 맞선, 취업 등의 일상적 층위에서도 폭넓게 그려진다. (강신재 「해방촌 가는 길」, 정미경 「호텔 유로, 1203」, 정이현 「소녀시대」, 「낭만적 사랑과 사회」, 천운영 『잘가라, 서커스』)

자본주의의 거대한 체계 속에서 여성은 자본과 돈의 종속적 타자이자 이중적 약자이다. 이 상황 속에서 여성은 자본이라는 속악한 가치에 저항하는 동시에 그 자본을 위해 상품화되어야만 했던 상황에서 벗어나기 위해 목소리를 높여갔다. 자본주의가 여성을 소비하는 방식은 여성을 성적 상품으로 전시하고 착취하는 것이었다. 여성을 도구이자 사물로 전락시켜 '매매'의 대상이라는 경제 가치로 폄하시키는 비윤리적 폭력을 자행함으로써 여성의 몸에서 주체성을 박탈했다. 이 같은 여성과 자본의 호환성은 여성을 성녀/창녀라는 이분법적 양극단으로 분리시켰으며 여성을 대상화해온 기존의 이데올로기를 고착화시켰고 제국주의적 욕망의 노예가 되는 것을 자본의 향유로 부추겼다. 이 지점이야말로 여성에게 가한 이중적 억압 및 남성이데올로기가 횡행한 이중 잣대가 가장 노골적으로 드러난 부분이라 할 수 있다. 가장 불편하고 고통스러운 부분, 가장 말하기 어려운 진실에 대해 얘기하는 하위계층 여성들의 발화는 더욱 본질적인 저항이라 할 수 있다. (차정미 「나를 슬프게 하는 것」 「매매춘 공화국 3」, 이연주 「매음녀 3」, 양애경 「직업」, 김승희 「제국주의가 간다」)

> 복주는 안타까운 듯이 혀를 끌끌찼다. 속옷 하나만 입었는지 허벅다리까지 꺼멓게 뻘에 묻히고 팔뚝도 어깨까지 뻘칠을 해가지고 허리를 구부리며 연방 뻘을 파젖히며 무엇인지를 더듬어 찾고 있는 부인들의 모양은 사람이라는 것보다 짐승이라고 하는 것이 적당할 것 같았다.
>
> —박화성 「신혼여행」(1934)

'청년이 염세자살. 넉 달 전에 제대한 육군 중위가—'
이런 제목이었다. 그의 체취도 그의 입김도 느껴볼 길 없는 무정하고 생경한 전갈이었지만 그것의 주인공은 근수가 틀림없었다.

기애는 기사를 찢어서 백 속에 넣었다. 조금 후에 그는 눈이 부시게 난한 차림으로 용산에 있는 미군 장교 구락부 앞에 나타났다. 다짜고짜로 책임자를 찾아서 자기에게 일거리를 달라고 부탁하였다.

노래도 하고 춤도 곧잘 추지요. 타이프는 물론, 비서의 경험도 없지 않아요. 신체검사 표를 내일 가져올까요?

술 취한 것처럼 대드는 기애에게 능글능글한 미국인은 배를 흔들며 웃었다. 그 밤으로 취직이 되는 물론 않았지만 기애는 그 장교와 '스윙'을 추었다. 그리고 '마티니'를 반병이나 마셨다. 굽이 세 인치나 되는 금빛 구두를 그는 신고 있었다.

—강신재 「해방촌 가는 길」(1957)

단지 그가 부유한 집 막내아들이라는 이유 때문만은 아니다. 대대로 놀고 먹어도 될 만큼의 유산을 미리 받은 남자애들은 이 동네에 많다. (중략) 그런 남자들과 내가 함께 할 수 있는 일은 오로지 연애뿐이라는 것이다. 결정적인 순간에 부모 핑계를 대거나 결혼 얘기는 농담으로도 꺼내지 않는 남자들과, 그는 달랐다. 무엇보다, 그는 사랑한다는 둥, 너를 원한다는 둥 입에 바른 소리를 하지 않았다. 대신 자기 가족에 대한 찬찬한 설명과 함께 구체적인 미래의 계획을 들려주었다. 그의 아버지가 세운 계획에 따르면 그는 올해 겨울 방학쯤에 결혼하여 봄 학기부터는 가정을 이룬 안정된 상태에서 학업을 이어갈 예정이었다. (중략) 주사위를 던져야 하는 순간, 절체절명의 기로! 그 앞에 서서 나는 하늘과 땅에 걸고 성패를 겨루는 길을 택했다. 진정한 승부사는 건곤일척(乾坤一擲)한다, 는 경구를 가슴에 돋을새김하면서.

—정이현 「낭만적 사랑과 사회」(2002)

황봉구 아저씨는 이 기획사의 오너 겸 기획실장 겸 찍사인 모양이었다. 아저씨는 세일러복 입은 나를 긴 의자에 앉힌 다음 셔터를 눌렀다. 비스듬히 눕혀놓고 몇 컷. 그렇게 여러 방의 사진을 찍어댔다.

"빤스를 벗어야지?"

"네?"

"미소녀 헤어누드가 최고 인기잖아. 아, 얼른."

크게 어렵지는 않았다. 그저 시키는 대로 세일러복 치마를 들친 채 무표정하게 가만히만 있으면 되었다. (중략) 촬영이 다 끝났을 때는 밤 열한 시가 다 되어 있었다. 황봉구 아저씨는 그래도 프로였다. 미리 준비해놓은 불룩한 흰 봉투를 내게 건네주었다. 봉투 안에는 빳빳한 새 돈으로 만 원짜리 서른 장이 들어 있었다.

—정이현 「소녀시대」(2003)

나는 망설이지 않고 초인종을 누른다. 가슴이 두근거렸지만 두려운 건 아니다. 일생 동안 열등감 따위는 느껴본 적이 없는 듯한 목소리를 가진 남자라면, 날마다 숨쉬는 순간마다 느끼는, 내가 이 도시에서 열등한 존재라는 느낌을 흔적 없이 지워줄 무엇인가를 갖고 있을 것이다. 더 이상 만나지 않겠다는 내 말에 제 주먹만을 꼭 쥔 채 어두운 골목에 서서 울고 있던 남자. 말을 더듬지 않으면서도 더듬는다는 인상밖에 주지 못하는 남자는 결코 줄 수 없는 어떤 것을.

—정미경 「호텔 유로, 1203」(2004)

"여자들이야 러시아 여자들이 최고지. 몸매 하나는 죽이잖아. 한국에선 한 번 데리고 자려면 그게 얼만데. 경비까지 계산한다고 쳐도 열 번만 자면 남는 장사잖아. 근데 부부가 어디 열 번만 자? 여기서 괜찮은 여자 없으면 우리 러시아로 한 번 더 가자구. 어때 응?" //

하루 동안 여자와의 데이트 시간이 주어졌다. 데이트 후에 여자의 부모를 만나고 약혼식까지 올리면 맞선여행은 끝이 난다. 비용은 모두 남자 부담이다. 가이드는 모든 계산과 흥정은 여자에게 맡기라고 했다. 그래야 바가지 쓰는 법이 없다고. 돈을 맡겨서도 안 되며, 해 지기 전에는 돌아와야 한다고 가이드는 몇 번이나 강조해 말했다.

양돈장 남자는 상대를 결정하지 않았다. 남자는 러시아로의 맞선여행을 택했는지도 몰랐다. 붉은 점 남자는 아주 어린 여자의 손을 쥐고 나타났다. 재산에만 관심을 갖던 그 여자였다. 부의 재분배를 이야기하던 남자는 제 부를 나누어줄 가난한 여자를 찾지 못했는지 혼자였다. 그 남자를 여자들을 더 만나보겠다고 했다. 맞선이 성사되지 않을 경우 이틀을 더 머물 수 있고, 다섯 명의 여자를 더 만나볼 수 있었다. 추가 경비는 들지 않았다.

—천운영 『잘가라, 서커스』(2004)

X X 싸롱
급 호스테스 구함
침식 제공
월 수입, 60만원 보장

—차정미 「나를 슬프게 하는 것」(1993)

한국 여성은 외화획득을 위해 국내외에서
몸을 바치고 있으며 특히 한국의 기생,
호스테스가 대거 일본에 진출하여 밤낮으로 분투하는
애국충정은 참으로 훌륭한 것이다

몸 파는 일을 애국이라고
어린 딸자식 아내
늙은 어미마저 도매값에 팔아 넘기고
짭짤한 관광수입 재미 좋다고
관광호텔 우뚝우뚝 솟는 나라
벼 보리 베버린 논밭 뙈기
해마다 푸르른 골프장 되고
비밀 요정 우글우글거리는 나라
한국은 남성들의 천국이라고
관광안내 책자마다
화대 팁 액수까지 밝혀주는
동방의 얼굴 빤질빤질한 나라

　　　　　　　　　　　　　　　—차정미 「매매춘 공화국 3」(1989)

소금에 절었고 간장에 절었다
숏타임 오천원,
오늘밤에도 가랑이를 열댓번 벌렸다
입에 발린 XX. XXX
죽어 널브러진 영자년 푸르딩딩한 옆구리에도 발길질이다
그렇다, 구제불능이다
죽여도 목숨값 없는 화냥년이다
멀쩡 몸뚱어리로 뭐 할 게 없어서 그 짓이냐고?
어이쿠, 이 아저씨 정말 죽여주시네.

　　　　　　　　　　　　　　　—이연주 「매음녀 3」(1991)

매춘은 여자의 가장 오래된 직업이지요.
학구적으로 말하는 사람과
곁에서 끄덕이며 수긍만 하는 점잖은 사람과
난 여자였으면 좋겠습니다 거 편하게 돈 벌 수도 있구요
아이디어를 내는 사람

(중략)

여자의 팔 것이 그것밖에 없는 것처럼
인류의 역사까지 들추어내지 말아요
우리가 노동을 팔 때
손목이나 허벅지나 은밀한 마음까지
끼워서 드려야 사시겠어요.

—양애경 「직업」(1997)

니나리치가 너를 부른다
향기로운 너를 만들어 주겠다고
크리스찬 디오르가 너를 부른다
불란서 멋쟁이로 꾸며 주겠다고
피에르 가르댕이 너를 부른다
나이키가 너를 부른다
엘리자베스 아덴이 너를 부른다
환상 창조—이브 탄생
에스티 로더가 너를 부른다
너, 너, 너를!

—김승희 「제국주의가 간다」(2000)

9.7. 소비의 향유, 욕망의 발현

고전시가에서 여성이 자신을 위해 돈을 필요로 하는 경우는 놀이를 위한 외출을 하는 때였다. 여성들의 외출은 화전놀이와 화수회 등의 모임과 친정을 방문하는 귀령, 유람 등으로 나타난다. 이러한 외출과 놀이는 일정한 비용이 수반되는 행위로서, 집이라는 일상공간을 벗어나고자 할 때 돈의 필요성을 각별하게 의식하게 하였다. (「성회가」, 「화전가라 1」, 「계묘년여행기」) 이때 돈은 놀이에 필요한 비용인 음식과 여비를 마련하기 위한 것으로, 돈을 각기 추렴하여 비용을 마련하는 공동의 분담 작업이 이루어지기도 한다. 때로는 자신들의 놀이가 사회적으로 인정받지 못해 비용을 마련하기 어려운 점에 대해 애로점을 토로한다. 따라서 돈은 여성의 소비 욕구를 충족시키기 위한 비용으로서, 이 경우 돈은 여성 자신의 사회적 위치를 환기시키는 계기가 되기도 한다. (「경신년화슈가」)

현대에 와서는 여성이 스스로 번 돈으로 마음에 드는 재화를 선택, 구매하는 것이 사회의 일원으로 참여하고 있다는 현장감을 부여하고, 이 소비는 다시 생산에 대한 열정을 확인시킴으로써 여성의 사회 진입을 견고케 하는 계기가 된다. 여기서의 소비는 단순한 낭비가 아니라 취향과 욕망의 적극적인 발현이다. 한편 자신의 형편과 미래를 염두에 두지 않은 채 돈을 탕진해 버리는 여성인물의 극단적 행위는 돈의 현실적 가치를 무화시킴으로써 돈의 권력과 부패를 조롱하는 의미를 지닌다. (은희경 「연미와 유미」, 정이현 「소녀시대」, 정미경 「호텔 유로, 1203」 「시그널 레드」 「검은 숲에서」, 김애란 「큐티클」)

명찰흔 천전댁이 출반좌우 ㅎ는말이 거지도 내가멀고 귀령도 십년계라 중간내 낙엽도야 말이표풍 도야더니 오날날 이긔회가 그아니 꿈밧건가 싸인정회 펴쳐두고 한번노름 ㅎ여보서 츈삼월 일년가졀 때좃차 죠흘시고 (중략) 악양누 식후경은 고담에 들어더니 놀기도 ㅎ려이와 식공ㅅ 어이할고 각쳐럼 ㅎᄌㅎ면 돈업던 아니오나 쇽누가 관계대며 홍치가 아니로다 우리내 여ᄌ신셰 진실노 가통ㅎ다 우리문중 각쇼졔물 남ᄌ로만 삼겻으면 청암셕쳔 죠혼졍ᄌ 쇠털갓치 만혼날에 쥬찬이 낭ᄌㅎ대

— 「경신년화슈가」(1920)

우리 단취 극난하다 식듸들너 이상하다 고셔에 진션진미 이안이 젹당한가 셩하기도 모혓슨니 한번 셩회 업슬손가 분부형게 명영바ᄃ 문물을 떨어녀여 소임을 분부한니 쥬변한 두 유사가 거역업시 청명하여 열쇠를 놉히 들고 히룽말노 하난 말니 쓸듸업난 너에들이 문물축만 너난고나 힛ᄌ빅이 ᄌ물쇠를 덜컹덜컹 여러놋코 빅미일셕 너여쥬며 고직 불너 졍심하고 지화십원 너여쥬고 반찬 사라 분부한니 양반듸 하인놈이 거역 업시 등듸한이 음식도 졍결하고 육산포림 굉증ㅎ다

— 「셩회가」(1923)

돈을모아 쌀을받아 파릇파릇 햇나물에 비빔밥을 하엿으니 구시월 쇽찬배추 이 맛을 당할소냐 이째가 어느째고 생각하고 생각한이 춘풍삼월 좋은때라 만자천홍 불근꽃은 사랑키도 그지업다

— 「화전가라 1」(미상)

어와 우리 벗님네야 이가사를 들어보소 어느가사 지어난고 계묘년 초사일에 소풍노리 지엇엇네 동서남북 벗님내여 이웃동리 벗님네가 달다리 모은돈을 푼푼히 싸앗다가 적소성대 되온후에 소풍노리 가자서라 어느곳에 가자든가 승지명구 찾아가서 가야산 해인사로 구경주선 누구햇나 참으로 즐거워라

-「계묘년여행기」(1963)

그러나 언니가 부쳐주는 돈은 그렇지 않다. 한꺼번에 써버린다. 버버리 매장에 가서 코트를 사거나 기숙사 친구들에게 한턱낸다. 이태리 여행을 다녀온 적도 있다. 절대 생활비로는 쓰지 않는다. 언니가 내게 음식과 옷을 주었다고 생각하기는 싫었다.

언니의 호의는 어쩐지 오래 지니고 있기가 싫었다.

-은희경 「연미와 유미」(1996)

엄마 아빠가 죽었을 때 내가 스무 살이면 좋겠다. 스무 살 넘은 어른을 고아라고 부르는 사람은 아무도 없겠지? 쓸데없는 동정은 딱 질색이다. 혼자가 되면 나는 우선 이 집을 팔 거다. 안 그래도 동네 부동산 앞을 지날 때마다 문밖에 걸어놓은 시세표를 눈여겨보고 있다. 미도 아파트 55평 8억 5천, 저번 달보다 2천만 원 올랐다. 진짜 미쳤다. 그 돈을 깔고 앉아 밥 먹고 화장실 가고 지지고 볶고 싸우며 살다니. 나는 일단 용이오빠한테 빨간 포르셰를, 민지한테 작고 예쁜 오피스텔을 선물한 뒤 공항으로 갈 거다. 남은 돈은 전부 달러로 바꿔달라고 하면 은행 직원은 딱 벌어진 입을 못 다물겠지? 기분인데 팁으로 한 천 불 줄까 보다. 그러고 나서 제일 먼저 도착하는 비행기를 타고, 떠나는 거다!

-정이현 「소녀시대」(2003)

내 능력 이상을 요구하는 그것들을 사 모으면서 내가 뭐 많은 걸 바라는 건 아니다. 처음 그 칵테일 드레스를 가졌을 때의 느낌, 일상의 남루함이 일순에 사라지는 마술의 순간, 다른 모든 것들이 헛되고 헛되이 여겨지는 지나친 눈부심. 다만 그 느낌들을 찾아 헤매왔던 것 같다. 그것들을 가지게 되면 내가 그토록 경멸해 마지않던 엄마의 삶을 되풀이하게 될 것 같은 끔찍한 예감으로부터 벗어날 수 있을 것 같았고 회청색 수의 같은 옷만을 입은 채 일생을 보낸 엄마로부터 물려받은 유전자지도 따위는 지워져버릴 것 같았다. 시의 주변이 아니라, 세상의 주변이 아니라, 더듬는 언어가 아니라, 어쩐지 폐활량이 부족한 듯한 연약함이 아니라, 미약한 전화기 속의 목소리로도 세상의 중심에 서 있음을 느끼게 할 수 있는 그런

강인함을 획득하고 싶었을 뿐이다.

—정미경 「호텔 유로, 1203」(2003)

잊고 있었다.

난, 카트를 밀며 걸어가다 심장이 멈추고, 돌연사했으면 좋겠어. 복도 양쪽에 산더미처럼 쌓인 물건에 둘러싸여 눈을 감을 수 있다면, 내겐 그게 가장 행복한 죽음인 것 같아, 라고 K가 말했던 것을.

비오는 날, 환하게 불이 밝혀진 지하의 쇼핑센터에서 카트를 천천히 끌며 쇼핑을 하는 것이 유일한 취미, 라고 언젠가 말한 적도 있다. 자신은 삶의 물질적인 측면만을 사랑하며, 사람과의 관계란 늘 부서지기 위해 시작되는 것 같다고 덧붙이듯 말했지만, 나는 그의 취향보다는 그 솔직함에 점수를 주었다. 무대미술이 전공이고 예술감독이 직업인 사람이라면, 적어도 자신이 만든 무대 뒤에서, 쏟아지는 박수갈채 아래서, 심장을 움켜준 채, 천천히 쓰러지는 마지막을 꿈꿀 만도 하지 않은가. 그 말을 할 때, 그가 끌던 대형 카트는 이미 가득 차 있었는데도 그는 양쪽 진열대를 곁눈질하며 끊임없이 무언가를 집어넣고 있었다.

—정미경 「시그널 레드」(2006)

배달 서비스까지 부탁하고 주소를 적어주고는 봉투를 꺼냈다. 아까 화장품 코너에서 바디오일을 샀으니 봉투 속에는 백사십만 원이 남아 있을 것이다. 한 달 내내 지지리 말 안 듣는 아이들과 싸우며 피아노 건반을 두드려대다 월급봉투를 받으면 이렇게라도 써야 스트레스가 좀 풀린다. 똑같은 잔소리, 하루 종일 반복되는 멜로디, 죽어라 연습을 안 해와서 정말 한 대 패주고 싶은 사내자식들, 방음이 부실한 칸막이 틈으로 들려오는 저쪽의 피아노 소리가 뒤섞여 청각을 고문하는 소음, 이 똑같은 하루하루가 언제 끝날지 모른다는 아득함, 신경성이라며 의사도 포기한 지독한 변비. 월급날 하루만이라도 봉투 속에 든 만 원권을 획획 꺼내 쓰다보면 그 모든 것들에 약간은 복수한 듯한 심정이 든다. 다만 그래서이다.

—정미경 「검은 숲에서」(2006)

남자 종업원이 먼지 하나 없는 원목 테이블 위로 생수가 담긴 투명한 유리잔을 내려놓는다. 물 한 잔에 깃든 격식. 뭔가 대접 받는 기분이다. 아이스모카를 주문한 뒤 잡지 몇 권을 집어 온다. 통유리 너머로 스모그 싸인 서울 시내 전경이 훤히 보인다. 잿빛 한강, 빽빽이 들어선 빌딩과 다닥다닥 붙은 가옥들. 녹지는 아주 조금밖에 보이지 않지만, 비싼 찻값을 지불하고 전망을 구매했단 생각이 든다.

—김애란 「큐티클」(2008)

10
종교

원시 종교에서는 여성의 섹슈얼리티와 종교적 성(聖)스러움이 연결되어 있기에 여신의 형상은 풍요로움과 모성의 상징이었다. 또한 초기 불교에서는 여성 스스로 종교적인 성불을 위한 수행보다는 가족의 안녕과 윤회의 삶을 기원하는 현세 구복적 경향이 강조되었다. 이후 조선 시대 여성은 유교적 의례에서 철저히 소외된 반면, 주로 무속과 관련하여 굿이나 고사 등의 주체로서 의식을 주관하였다.

한국인의 종교 체험에서 가장 중요한 것이 무속신앙이라 할 때 정화수 한 사발에 기원과 축원을 담아 기도를 올리는 여성은 그 자체로 신앙의 메타포다. 그러므로 규방가사에서 '하나님'·'상제(上帝)'·'천지신명(天地神明)'·'명천(明天)'으로 호명되는 존재는 특정한 종교 체계 내에 있는 신이 아니라 추상적이고 범신론적인 신으로서, 여성들이 실존적 위기에 직면하여 정신적으로 의지하는 보편화된 절대자라 할 수 있다. 현대소설에서도 여성들은 종교에 의탁해 타인의 고통에 동참하고 때로는 대상 없는 기도를 통해 세상의 안녕과 평화를 기원하며 자신의 고통스런 생을 인내하고 극복하는 모습을 보여준다. 그래서 기원의 대상이 무엇이든 간에 억눌린 말과 마음을 담아내는 여인의 기도는 맺힌 한을 풀어내는 풀림과 해방의 말이 된다.

종교적 측면에서 가장 대표적인 여성 신은 바리공주인데, 바리공주는 무속의 무가에서 기원한 신으로 가부장제 사회에서 억압된 여성의식의 산물이다. 현대문학은 서사무가 바리공주에 대한 상상력을 통해 병든 세상에 대한 여성의 희생과 헌신, 치유와 구원의 가능성을 탐색한다. 여기서 바리공주는 가부장제 사회의 남녀차별을 극복하고 인류의 수난에 맞서는 여성 영웅이자 모성적 원리의 메타포라 할 수 있다.

무속과 더불어 기독교는 한국문학에 다양한 모티프를 제공하면서 여성작가들의 창조적 상상력을 자극해왔다. 그러나 전통사회와 반목하는 기독교의 독선과 위선, 부조리한 현실 앞에 무기력한 신의 존재와 더불어 여성에게 과도한 성적 죄의식이나 순종적 정체성을 강요하는 기독교적 보수성에 대해서는 비판적 태도를 견지한다. 또한 이브의 유혹과 순종, 악녀와 성녀의 이미지를 전복시킴으로써 여성의 수난사와 남성중심적 종교의 권위에 도전하는 시적 상상력을 펼쳐 보인다.

한편 죽은 신을 대신해 각자 마음속에 자신만의 샤먼(shaman)을 지니고 사는 현대인의 비일상적이면서 일탈적인 정서상태가 신경증 혹은 광기의 양상으로 표현되기도 한다. 특히 심리적 내핍에 시달리는 여성들은 자신의 고백에 귀 기울이는 사제(司祭)와 같은 이를 찾아 헤매고, 이들 앞에서 고해성사를 통해 영혼의 고통을 모면하고자 한다. 이 과정에서 치유책으로서의 샤머니즘이 신비주의나 주술적 요소와 결합하기도 하고 에로티시즘과 만나기도 한다. 마찬가지로 현대시에서도 신을 거부하고 절대자에게 저항하면서 종교적 지향을 포기한 여성들이 새로운 구원을 탐색해가는 모습이 나타난다.

출가(出家)

불교 관련 어휘로 '출가(出家, pabbajjā)'는 '밖에서 돌아다님'이라는 뜻에서 기원하였으며, 산스크리트어 프라브라자나(pravrajana)의 번역어 재가(在家)와 대칭되는 의미가 있다. 세속의 먼지를 떠난다고 하여 '출진(出塵)'이라고도 하고, '출세(出世), 출속(出俗)' 혹은 '출문(出門)'이라고도 한다. 이것은 집을 떠나 걸식 수행자가 되기 위한 입문의식으로, 번뇌의 삶인 세속에서의 인연을 버리고 오로지 불교 수행에 힘씀으로써 승려(僧侶)가 된다는 의미를 갖는다. 따라서 출가하여 수행하는 승려를 출가자(出家者)라고 하며, 남자 출가 승려를 '출가(出家)', 여자 출가 승려를 '출가니(出家尼)'라 불렀다. 불교가 사상적 바탕이 되어 건국되었던 고려는 승과를 두었으며 '출가(出家)'는 세속적인 의미에서도 '출세(出世)'를 의미했다.

'출가'는 이후 불교에 한정되어 쓰이지 않고 번뇌에 얽매인 세속의 인연을 버리고 성자(聖者)의 수행 생활에 들어가거나 세간을 떠나서 수도원으로 들어가는 일이라는 확장된 의미를 갖게 되었다. 현재『표준국어대사전』에서 다음과 같이 정의내리고 있다.

1. 집을 떠나감.
2. (불교) 번뇌에 얽매인 세속의 인연을 버리고 성자(聖者)의 수행 생활에 들어감.
3. (가톨릭) 세간을 떠나서 수도원으로 들어가는 일.

'출세(出世)'는 중생을 제도하기 위해 불보살이 중생의 세계에 나타남을 의미한다. 출가(出家)의 의미를 가진 출세(出世) 관련 어휘로 다음과 같은 불교 어휘들이 있다.

출세간도(出世間道) 열반에 이르기 위하여 속세와 번뇌를 버리는 보리(菩提)의 도(道).

출세간법(出世間法) 열반을 성취하기 위하여 삼승(三乘)에서 수행하는 사제(四諦), 십이 연기, 육도(六度) 따위의 행법(行法).

출세간상상지(出世間上上智) 에서 불보살의 지혜를 이르는 말.

출세간선(出世間禪) 출세간지를 드러내는 좌선 관법(觀法).

출세간주의(出世間主義) 출세간도(出世間道)를 주장하는 이론.

출세간지(出世間智) 성문(聲聞)과 연각(緣覺)의 지혜를 이르는 말.

출세간하다(出世間) 1. 속세와 관계를 끊다. 2. 생사의 세계를 벗어나 열반의 세계로 들어가다.

어부심

'어부심'은 물을 관장하는 용왕에 대한 신앙이 개인과 가정 차원에서 반영된 신앙이다. 용왕은 신격으로서 인간의 삶에 개입하는데 이러한 개입이 개인적 삶의 차원에서 이루어져 '가정' 단위에서 나타난 것이 어부심이다. 이처럼 어부심은 용왕에 대한 신앙이 마을 차원에서가 아니라 가정 차원에서 이루어졌기 때문에 여성들만의 고유한 영역이었다. 어부심의 연원은 언제부터인지 알 수 없지만 짧지 않은 역사를 가지고 있다. 이러한 오랜 전통은 이후에 유교적 제의가 일반화된 이후에도 계속 행해져서 여성들의 고유의 영역으로 존재해 왔다.

여성은 가신신앙(家神信仰)을 통해 가정과 아이들을 위하여 빌었는데 이러한 여성신앙이 구체화되어 나타나는 것이 어부심이라 할 수 있다. 가정의 안녕과 평안, 집안의 번영을 기원한다는 점과 유교적 제의와는 달리 여성에 의해 이루어진 주체적인 의식이라는 점에서 어부심과 가신신앙은 유사하지만, 어부심은 가신신앙과는 달리 신이 집 밖에 있다는 점에서 다르다. 용왕신앙은 물의 풍요뿐만 아니라 물에서 삶을 영위하는 사람들의 액운을 없애고 풍어와 마을의 안녕을 기원하는 오래된 신앙이다. 어부심은 '어부슴, 어부시(魚鳧施), 어부식(魚府食), 용궁맞이, 용왕제, 용왕먹이기, 용왕산제, 물산제, 액막이' 등으로 불리는데 물과 관련된 용어에서 보이듯이 어부심은 새벽에 강이나 바다에서 의식이 거행되었으며 집안의 여자, 즉 할머니나 어머니가 의식의 주체가 되어 집안의 여자에게서 여자로 전승되는 현상을 보이게 되었다.

기독교 관련 어휘의 출현

천주교가 유입됨에 따라 근대 시기에 역학서본들이 나타나기 시작한다. 역학서본이란 한문이나 백화문 등을 제외한 다른 외국어를 번역한 자료를 말하는데, 주로 만주어,

몽고어, 일본어 등을 번역한 것들과 기독교 관계 성서 중에도 영어 등의 서구어를 번역한 자료도 이 속에 포함된다고 할 수 있다.

19세기 말에는 외국인 선교사들에 의한 기독교 관련 성서 번역이 활발하였는데, 이들 번역본들에 나타난 영어나 기타 외국어 어휘의 영향으로 다수 어휘가 국어에 반영되어 나타나게 된다. 선교사 게일(James S. Gale)이 1931년에 편찬한 한영사전, 『The Unabridged Korean-English Dictionary(韓英大字典)』(3rd, 朝鮮耶蘇教書會)는 종교 어휘 번역어 사전인데, 여기에 다양한 종교 관련 어휘들이 나타난다. 게일의 초판 영한사전(1897)에 이은 제3판은 해방 이전에 나온 한영/영한사전 중 가장 방대한 어휘를 포함하였다.

이것으로 1930년대에 많은 양의 종교 전문용어들이 유입되었음을 확인할 수 있었으며 제1판에 비해 제3판의 어휘가 늘었다는 것은 새로운 말이 많이 생긴 것으로 생각된다. 반면에 1931년 사전에서 새로 보이는 말들은 개념어나 전문용어들이 많은데 신학교육이 시작되고 번역이 더 이루어지면서 나타난 변화라고 볼 수 있다.

근대 시기 국문 자료 중 『진리편독삼자경(眞理便讀三字經)』 등과 같은 각종 성서 언해에서는 기독교 관련 어휘 자료가 많이 포함되어 있다.

〈귀신 관련 어휘들〉

Demon n. 악귀(惡鬼): 귀신(鬼神)

Devil n. 마귀(魔鬼): 악귀(惡鬼)

God n. 하ᄂᆞ님(神): 텬쥬(天主): 샹뎨(上帝): (the Supreme Being) 대쥬재(大主宰): (gods in inferior sense) 신(神) There are innumerable local deites in Korea, as: 삼신(三神) -of birth. 조왕(竈王) -of the kitchen. 업쥬(業主) -of luck. 걸닙(土神) Messenger of the local -s. 셩쥬(城主) -of the house. 터쥬(家臣) -of the site. 산신(山神) -of the mountain. Also (山神靈) 룡신(龍神) The dragon -. 슈신(水神) Water -s. 화신(火神) Fire -s. 풍신(風神) Wind -s. 셩황신(城隍神) Tutelary -s. 관셩뎨군(關聖帝君) -of war, also 관운쟝(關雲長) and 관뎨(關帝).

Spirit n. 령혼(靈魂): 혼(魂): 생정(生靈): (incorporeal part of man, according to Confucianism) 혼백(魂魄): (intelligent being not connected with the body) 신령(神靈): 신(神): (heavenly being) 텬신(天神): (evil) 악귀

(惡鬼): (elf,) 요귀(妖鬼): 괴물(怪物): 요물(妖物): (masterfulness) 긔
세(氣勢): 호긔(豪氣): 용긔(勇氣): (energy) 원긔(元氣): (inward intent)
진의(眞儀): 신슈(神髓): 정신(精神): (alchohol) 경쥬(精酒): 쥬정(酒精).

종교 관련 어휘 해석의 변화

선교사 게일(James S. Gale)이 1931년에 편찬한 제3판 한영사전, 『The Unabridged Korean-English Dictionary(韓英大字典)』(3rd, 朝鮮耶蘇敎書會)는 초판과 종교 관련 어휘 의미 해석의 변화를 보여준다. 변한 부분은 초판에 없던 단어들이 대거 유입되었다는 것이다. 특수한 종교현상을 일컫는 용어들, 교리적인 추상어들이 늘었다.

> 귀신 鬼神 Spirits; demons. See 신.
> 신 神 A spirit; a demon; a god; —used by some Protestant sects for "God".
> 신인 神人 An angel; a spiritual personage; a mysterious being.
> 신접 神接 Devil possession.
> 신혼 神魂 The soul.
> 사귀 邪鬼 Evil spirits; demons; corrupt objects of worship. See 마귀.
> 악귀 惡鬼 An evil spirit; a demon.
> 여귀 厲鬼 A terrible evil spirit.
> 영 靈 The soul; the spirit. See 신.
> 영혼 靈魂 The soul. See 혼. Opp. 육신.
> 신격 神格 Divine personality.
> 신기 神氣 Vigor; spirit.
> 신성하다 神聖 To be sacred; to be holy.
> 신비하다 神秘 To be mysterious.

어려운 신학 용어들이나 종교학의 중심 개념들도 이 시기에 등장한다. '성스러움, 성스럽다' 등과 같은 표현은 아직 나타나지 않으나 '신비'와 관련한 용어들이 등장하며, '신화'라는 어휘도 사용되었다.

새로운 어휘 중에서 심령현상과 관련한 용어들이 등장하는데, 당시 '신령'은 전통적인 '산신령'의 의미가 아닌 새로운 의미를 갖는 어휘였음을 알 수 있다.

> 신령 神靈 Spirits [초판: 신령 神靈 Spirits of the hills; mountain spirits.]

영적 靈的 Spiritual. See 신령적.

그 외에 일본 신도(神道)가 우리나라에 도입되어 우리 종교 어휘에 영향을 준 양상과 개신교 예배에 관련된 어휘들이 대거 출현하고 있음을 알 수 있다.

신궁 神宮 A Shinto shrine. / 신관 神官 A Shinto priest. / 신당 神堂 A spirit shrine; a joss house. / 신전 神殿 A Shinto temple; a shrine; a sanctuary. / 신도 神道, 신도교 神道敎 Shintoism. / 신도가 神道家 A Shintoist.

마지막으로, 영험함에 대한 표현들도 다양해졌다.

신기롭다/신기하다 神奇 To be marvelous; to be supernatural.
영검스럽다 靈驗 To be miraculous; to be skilful-as a wizard. See 영하다.
　　[영검하다(동일)]
영귀접하다 靈鬼接 To be wonderfully gifted in knowledge; to know beforehand.
영이하다 靈異 To be strange and spirit like.
영절스럽다 靈切 To be subtle; to be ingenious; to be farseeing. See
영험 靈驗 The efficacy of a prayer.
영혜하다 靈慧 To be spiritual and enlightened.

10.2. 종교와 여성

고대 원시신앙　　한국의 원초적인 종교에 대한 것을 문헌상으로 정확히 확인하기는 어렵다. 다만, 인류학적으로 인간은 채집과 수렵, 농경 생활로 생활을 영위해 나가면서 필요한 바람들을 여러 가지 주술적인 방법으로 나타내 왔고 그것을 원시적인 종교성의 시초라고 본다. 그 원시적인 종교성이 농경시대에는 지모신(地母神)으로 나타났고 여성들은 무 (巫)의 사제로서 역할을 했다. 예를 들어 단군신화의 단군을 낳은 '웅녀', 고구려 시조인 주몽 설화의 '유화', 신라 시조인 박혁거세의 왕비 '알영' 등이 신화나

설화 속에서 토지를 관장하며 생산을 장려한 여신을 상징하는 것임을 알 수 있다.

바리데기 신화의 바리공주는 원시적인 무(巫)에서 여성신의 원초적 상징이라고 볼 수 있다. 죽은 넋을 위로하고 극락으로 인도하는 지노귀굿에서는 바리공주의 신화를 구송한다. 바리공주는 아버지에게 버림받았으나 부모의 병을 고치기 위해 이승과 저승을 넘나들며 온갖 고행을 견디면서 불사약을 구해 마침내 자신을 버린 부모를 살려내는 인물로, 무당이 모시는 여신이 되었다. 이것은 당시 무교의 여성주도적 성격을 증명해 주는 예라고 볼 수 있다.

초기 농경사회는 여성의 생식 능력 및 생산을 중요시했기 때문에 여신이 숭상되었으며, 현세적이고 구복적이며 즉물적인 종교적 성향을 나타냈다. 원시 종교에서는 여성의 섹슈얼리티와 종교적 성(聖)스러움이 연결되어 있었기에 여신의 형상에 대한 해석은 대부분 풍요로움과 모성의 상징으로 보았다.

삼국과 고려의 여성 종교

고구려, 백제, 신라 고대 삼국 이전 여성들은 무교에 기댄 신앙에 의지했으나 삼국시대에 중국으로부터 유입된 불교는 그 이후 삼국과 고려시대 여성들에게 인과응보, 보시·보은사상 등을 바탕으로 하는 윤리의식과 전생 및 윤회사상, 그리고 내세관을 심어주었다. 불교 유입 초기 왕비나 여왕과 같은 여성들에 의해 불교가 주도되었으나 아래로 확산되면서 서민 여성들의 의식세계에도 영향을 미쳤다. 따라서 그 이전 하층 여성 신앙의 바탕을 이루던 무교의 영향으로 초기 불교 신앙도 현세 구복적 요소를 추구하였다.

고려에 이르러 불교는 국가의 사상적 바탕이 되었고 국가적 불교 행사인 연등회와 팔관회 등을 통해서 여성들의 종교 활동은 더욱 활발해졌다. 고려에서 남자가 승려가 됨을 뜻하는 '출가(出家)'라고 하는 것은 세속적인 '출세(出世)'를 의미했으며, 여성은 승과에 응시할 수는 없었으나 여성 출가자들의 수가 많았다고 전해진다. 고려 여성들의 불교 신앙이 생활의 한 부분이었음은 장례를 불교식으로 거행하고 죽기 전 법명을 받아 승려가 되거나 일상생활에서도 불교의 규율에 따라 술과 육식을 피하고 아들을 출가시키기도 했다는 여러 기록에서 확인된다.

그러나 불교 사상은 남녀의 차별을 두지 않았음에도 불구하고 실제로 팔경법

(八敬法)이라고 하는 심한 남녀 차별법을 두어 여성의 출가를 엄격하게 제한하였다. 초기 불교는 현실에서 여성의 역할이나 가족관계, 승(僧)과의 관계에 대한 윤리만을 강조하였고, 여성 스스로의 종교적 성불을 위한 수행보다는 가족의 안녕과 윤회의 삶을 기원하는 현세 구복적 경향이 강조되어 종교 활동에서 소외되었다. 이와 같은 사실은 고려 후기에 들어서야 비구니 이름이 등장하며 일반인들을 대상으로 종교 활동을 했다는 기록을 통해 알 수 있다.

유교, 여성의 타자화

유교 사상의 유입은 국가의 통치 원리 및 교육제도, 그리고 사회 규범과 풍속을 정비하고 순화시키는 데 큰 영향을 미쳤다. 유교 사상은 특히 충, 효, 열 사상을 강조하였는데 이것은 여성들의 삶에도 영향을 미쳐 시간이 지남에 따라 여성들에게 유교적 규범을 강화하는 역할을 했다. 이미 삼국시대에 효, 열, 절 등의 유교적 부덕들이 김부식에 의해 언급되었으나 당시 모범으로서 제시한 것으로 보인다. 고려에 이르러 유교 사상에 바탕을 둔 부덕의 강조는 불교와 무교에 바탕을 둔 여성 신앙으로 인해 아직까지는 조선과 비교해 그리 심하지는 않았던 것으로 나타난다.

조선시대에 이르러 유교식 의례인 제사에서 여성은 타자가 되었다. 여성은 제사에 쓰일 음식을 준비하지만 제사가 행해지는 장소 근처에도 가지 못했다. 조선 시대에는 남성은 유교적 의례의 주체로서 의식을 집행했으나 여성은 철저히 소외된 반면, 여성은 주로 무속과 관련하여 굿이나 고사 등의 주체로서 의식을 주관하였다. 따라서 조선 시대는 여성을 중심으로 한 무속적 문화와 남성적 유교문화가 공존하게 되었는데 이것은 문화인류학적으로 가부장적인 종교가 있는 사회에서 보이는 현상이다.

천주교, 신 앞의 평등

17세기 초엽부터 서울은 외국과의 교류가 빈번했으며 지식인들은 서학의 과학기술과 함께 천주교 신앙에 관심을 갖기 시작했다. 1784년 조선천주교회 창설을 천주교의 본격적인 시작으로 보고 있으나 그 이전에 이미 천주교 사상은 그 저변을 확대하고 있었다. 유교적 질서에 매여 있던 18세기 후반 모든 인간이 신 앞에 평등하다는 천주교의 이념은 조선 사회를 뒤흔드는 위험한 사상이었다. 또한, 천주교는 천주를 왕이나 부모보다 우월한 존재로 여기며 조상의 제사를 거부하였고, 여성과 남성을 같은 인격체로 인정하며 일부일처제나 축첩 금지 등을 주장하였다.

당시 정권에서 소외된 남인들과 지배계층에 의해 억압받는 중간계층 및 부녀자들을 중심으로 천주교는 교세를 확장해 나갔는데, 초기의 여성신도들은 대부분 사대부가의 부녀자들이었으나 점차 중인과 하층계층의 여성으로 그 교세의 기반이 확대되어 나갔다. 근대 시기에 간행된 천주교 관련 문헌에 다음과 같은 것들이 있는데 그 종류와 수만으로도 포교 활동과 교세의 확장을 짐작케 한다.

령셰대의(領洗大意)』, 『예수셩교누가복음젼셔』, 『예수셩교요안늬복음젼셔』, 『셩교요리문답(중간본)』, 『마태복음』『예수셩교누가복음뎨ᄌ행젹』, 『예수셩교안늬복음』, 『현토한한신약셩셔(懸吐漢韓新約聖書)』, 『마가복음』, 『누가복음』, 『신명초행』, 『셩교졀요』, 『진리편독삼자경』, 『예수셩교셩셔말코복음』, 『텬당직로(天堂直路)』, 『텬쥬셩교례규(天主聖教禮規)』, 『주교요지(主敎要旨)』, 『예수셩교요안늬복음이비쇼셔신』, 『신약마가젼복음셔언히』, 『텬쥬셩교공과(天主聖敎工課』, 『셩교요리문답(聖敎要理問答)』, 『천주셩교공과(天主聖敎工課)』, 『대쥬보셩요셉셩월』, 『신약젼셔(新約全書)』, 『예슈셩교젼셔』, 『마가의 젼흔복음셔언히』, 『셩찰긔략(省察記略)』, 『텬쥬셩교공과(중간본)』, 『누가복음젼(路加福音傳)』, 『요한복음젼』, 『샹뎨진리(上帝眞理, 그리스도 셩셔)』, 『예수힝젹』, 『구셰론』, 『그리스도문답』, 『마태복음젼』, 『셩경직히』, 『찬미가』, 『구약공부』, 『약한의 긔록한 디로복음』, 『찬양가』, 『셩경도셜(聖經圖說)』, 『죠만민광(照萬民光)』, 『예수영히도문』, 『복음대지』, 『신약마가젼목음셔언히』, 『찬양가』, 『텬로력뎡(天路歷程)』, 『요한복음』, 『구셰진쥬』, 『진교졀요』, 『신약젼셔』, 『찬미가』, 『복음요ᄉ』, 『젼쥬셩교례규(天主聖敎禮規)』, 『부활쥬일례배』『마태복음젼』, 『텬쥬셩교십이단』, 『경셰론』, 『셩경직히』, 『바울이 갈나대인의계 흔 편지』, 『야곱의 공변된 편지』, 『셩교감략(聖敎鑑略)』, 『주교요지』, 『찬송시』, 『대한그리도인회보』, 『베드로젼셔』, 『후셔』, 『사도행젼』, 『로마인셔』, 『고린도젼셔』, 『고린도후셔』, 『필립보인셔』, 『데살노니가인젼후셔』, 『골노시인셔』, 『듸모데젼』『듸모데후셔』, 『듸도셔』, 『빌네몬』, 『히브리인셔』, 『요한일이삼유다셔』, 『에베소인셔』, 『쥬년첨례광익』, 『그리스도신문』 등

이처럼 여성 신도들이 증가함으로써 내부적으로 여성 종교 지도자가 나왔으

며 대부분의 포교 활동도 여성 신도들에 의해 이루어졌다. 천주교의 출현과 교세 확장은 종교적인 의미뿐만 아니라 여성의 사회 참여를 가능하게 하며 근대의식을 고취하게 한 중요한 전환점이 되었다. 이 때문에 여성 천주교 신자들이 신유박해 당시 받은 주요 죄목은 다음과 같았다.

> 이가상경 – 집에서 가출하여 서울로 올라옴
> 유리구로 – 거리로 뛰쳐나와 이집 저집 떠돌아다님
> 무혼 – 결혼하지 않음
> 가칭과녀 – 결혼하지 않은 여자가 거짓으로 과부라 함
> 취회각처남녀 – 각처의 남녀가 함께 모여서 집회를 가짐
> 내방취회남녀 – 안방에서 남녀가 모여 집회를 가짐
> 수세어주가 – 외국 남자인 주문모 신부에게서 영세를 받음

위의 죄목들은 남녀칠세부동석이라는 엄격한 유교적 질서를 어긴 것이었으며, 수녀가 되고자 하는 처녀들의 '무혼(無婚)'은 유교 사회에서 후사의 단절이라는 큰 불효를 의미했다. 또한, 이들의 결혼 거부는 여필종부, 일부종사, 삼종지도, 칠거지악 등 여성을 제약하는 유교 이념에 배치되는 것이었다.

이같이 천주교의 유입은 여성들로 하여금 유교 사상에 바탕을 둔 사회적 규범에 반기를 들게 하였고 새로운 가치관과 근대적인 의식을 지향하는 결과를 낳았다. 19세기 말경 최제우의 동학(東學)은 '인내천(人乃天)'으로 인간존중의 평등사상을 근본으로 하며 남존여비의 폐습을 타파하는 이념을 주장하였고, 몸소 두 계집종 중 한 사람은 며느리로, 또 한 사람은 양녀로 삼았다. 이것은 당시의 여성의 인권에 대한 자각과 진보적인 여성관을 보여주는 것이라고 할 수 있다.

10.3. 기원과 축원

종교에 관한 한 가장 순수하고 결백한 태도는 신의 섭리와 구원, 축복에 대한 믿음을 보존하는 것이다. 한국인의 종교 체험에서 가장 중요한 것이 무속신

앙이라 할 때 정화수 한 사발에 그런 기원과 축원을 담아 기도를 올리는 여성은 그 자체로 신앙의 메타포다.

규방가사에서 하나님·상제(上帝)·천지신명(天地神明)·명천(明天)으로 호명되는 존재는 특정한 종교 체계 내에 있는 신이 아니라 추상적이고 범신론적인 신이다. 이들은 여성들이 삶의 고난과 실존적 위기에 직면하여 정신적으로 의지하는 보편화된 절대자이다. 여성들은 절대자에 기대어 자신의 현재 고통과 발원을 토로하고 있으며, 이를 통해 위안받고자 한다. (최송설당 「슬지」「어느 여자탄」, 「영♀송별서」, 김옥수 씨 모친 「한탄가」)

이때 절대적 존재는 자연의 섭리, 선험적 운명의 의미와도 통한다. 따라서 절대적 존재를 향해 현실의 고난이 해결되기를 기원하면서도, 초월적 힘을 기대하기보다는 주어진 이치와 순리로 이해하며 스스로를 위안하고자 한다. 그리하여 절대적 존재를 통한 섭리에 대한 믿음은 세상에 대한 원망보다는 현실을 긍정하게 하며, 현재의 고통에 대한 보상에의 믿음과 미래에 대한 낙관 속에 현실을 극복해 나가는 원동력이 되고 있다. (「창회가」, 「녀자힝신가」, 능성 구부인 「현부인가라」)

현대소설에서 여성들은 종교에 의탁해 타인의 고통에 동참하고 때로는 대상 없는 기도를 통해 세상의 안녕과 평화를 기원하기도 한다. 뿐만 아니라 종교는 여성 자신의 고통스런 생을 인내하고 극복하는 최선의 방편이자 유일한 수단이 되기도 한다. 생존의 절박함이 종교적 지향으로 견고화되는 것이다. 그래서 기원의 대상이 무엇이든 간에 억눌린 말과 마음을 담아내는 여인의 기도는 맺힌 한을 풀어내는 풀림과 해방의 말이 된다. (임옥인 「노숙하는 노인」「잠근동산」, 박완서 「부처님 근처」, 「이별의 김포공항」, 「재수굿」, 한무숙 「이사종의 아내」)

그런데 현대소설에서 종교나 신앙은 인간의 삶과 죽음을 관조하고 수용하는 운명론적 세계관의 양상으로 드러나기도 한다. 이는 운명이 논리적인 이해의 대상이 아니라 초월적 신비의 영역에 속하므로 벗어날 수 없고 수용할 수밖에 없다는 태도와 관련된다. 때문에 여성인물은 자신의 상처를 삶에 내재되어 있는 본래적 속성으로 파악하고 자신을 둘러싼 불행과 비극에 대해 체념과 순종의 자세를 보인다. (손소희 「그날의 햇빛은」, 한무숙 「돌」「그대로의 잠을」, 「어둠에 갇힌 불꽃들」, 박경리 『토지』)

우리훤당(萱堂) 만셰후(萬歲後)에 삼상(三霜)을 맛치거든 만겁즁(萬刼中)에
잠긴신톄(身體) 칠원호뎝(漆園蝴蝶) 화(化)히가셔 추셰샹(此世上)에 싸인흔(限)
을 명명(明明)호신 샹뎨젼(上帝前)에 추례추례(次例次例) 발원(發願)호야 빅두
산하(白頭山下) 남향(南向)나라 삼쳔리(三千里) 화즁셰계(花中世界) 효ᄌ츙신
(孝子忠臣) 젹션가(積善家)에 쟝부(丈夫)몸이 되야나셔 ᄉ셔삼경(四書三經) 륙
도삼략(六韜三略) 추뎨셥렵(次弟涉獵) 능통(能通)커든 이부쥬소(伊傅周召) 스
승삼고 요순우탕(堯舜禹湯) 님군맛나 국가ᄉ업(國家事業) 다흔후(後)에 동셔양
(東西洋)의 위인(偉人)으로 류방빅셰(流芳百世) 호야불가

—최송설당 「술지」(1922)

아녀ᄌ 무식ᄒ야 옛효랄 부지ᄒ나 약간효심 업살손냐 강잉억졔 관심ᄒ여 조혼
다시 지나구나 반갑고 조혼소식 쳔신게 비럿더니 오쳔이 혼모ᄒᄉ 션악을 불분ᄒ
니 옥즁과셰 아니신가 통곡으로 흐란뉴슈 사히슈가 이럿튼가 빅방은 긔희업고
녕문회보 졍비소식 놀랍고 놀라와라 납월초 광경이여 쏘다시 닷쳣구나

—「어느 여자탄」(미상)

토목갓흔 네어미나 듀사야탁 옹망하고 명쳔게 발원함은 ᄂᆡ셜치 네가ᄒ여 빅ᄌ
쳔손 축원터니 신명이 도으시고 됴물이 살피시와 만금보벽 너히ᄂᆡ외 긔력이 압셔
온후 일연니 되듯마듯 미화이 열미실을 너를두고 이라미라 잉틱회경 쾌ᄉ로다

—「영ᄋᆡ송별서」(20세기 전반)

노구애 늘근심졍 것듯하면 서름이요 약간하면 눈물이라 뉵쳬는 늘거가고 마음
은 약해져서 얼핏하면 눈물이요 것듯하면 서름이라 썩어ᄲᅡ질 나애눈이 눈안애
쏘가인나 것듯하면 눈물소사 베개머리 다졋는다 원수로다 몹쓸팔자 큰것아니 죽
엿스면 무슨곳통 이슬손야 우리옥수 우리횡수 동방석에 명을빌고 석순의 복을타
서 만세만세 수만셰며 쳔새를 하나임젼 비나이다 (중략) 막연이 바라보고 비난이
다 비난이다 하나님젼 비난이다 모자상봉 하기하오 쳔신게 발원하여 어서속히
박사되여 모자상면 하기바라 쳡쳡이 싸인 소회 만나서 다말하자

—김옥수 씨 모친 「한탄가」(미상)

명명승뎨 구어보소 네힝신 굿칠ᄒ면 욕부듸 업게ᄒ고 이미흔 친졍부모 ᄂᆡ우ᄉ
싱각ᄒ야 졍와의 소견이나 녀공의 힘을써고 쟐난체 하지말고 이가ᄉ 익게보ᄋ
후싱의 녀ᄌ드라 흘평싱 ᄒ깃고야

—「창회가」(미상)

부귀을 부러마라 정성이 지극하면 지성이 감천ᄒ야 하날님이 긋키보고 그가운
ᄃᆝ 복우쥬며 천종녹이 중중하다 역이로 복을구ᄒᆡ 부귀을 탐치마라 하나님이 잘살
피여 불효ᄋᆞ는 복이엇다 쥬기을 바랄손야 효불효을 너아ᄂᆞᆫ야 불효자는 죄을주고
ᄃᆝ효자는 복을준다 그부모가 불효하면 그자식도 불효하다 아비어미 불효힝실 빈
운바가 그쑌이라 그자식이 온전ᄒ리 불효ᄒ든 그부모을 그자식이 천ᄃᆡᄒᄂᆞᆫ들 무삼
면목 할말업ᄂᆝ 전사을 싱각ᄒ니 불효하든 부모젼이 자식이 보물갑ᄂᆝ 부ᄃᆝ부ᄃᆝ
조심ᄒ고 부모젼이 효도히라 소소빅발 병든부모 무신약을 구ᄒ든지 효성이 지극
ᄒ면 명천이 감동ᄒ샤 봉ᄂᆝ산이 지척이요 부사약이 그안인가

—「녀자힝신가」(미상)

　　그 거적대기와 누더기를 둘러쓰고 언 땅바닥에서 노숙하는 노인을 본 다음 시간
부터 나의 기도의 줄은 끊어지고 어두운 문이 앞을 가로막는 것이었다.
　　'아아!'
　　나는 염원 대신 신음소리를 내면서 마룻바닥에 엎드리기도 했다.
　　'어떻게 하오리까?'
　　다른 모든 기원 대신 내 입에서는 이 한마디만이 새어나왔다.
　　'네 형제 중 지극히 적은 자 하나에게 한 것이 곧 내게 한 것이라 하고…'
　　한참 만에 나는 그런 음성을 들었다.
　　'행함이 없는 믿음은 죽은 믿음이니라.'
　　성경 구절이 마음에 떠올랐다.
　　이것은 또한 내가 기다리는 그 그리운 음성 그것이기도 하고 내가 그렇게 갈망하
는 바로 그 모습이기도 했던 것이다.
　　'사랑이 무엡니까? 주여, 그 사랑을 배우게 해주십시오. 그 사랑을 더듬어 알게
해주십시오!'
　　사실 이 무렵 내게 있어서의 유일한 기도의 제목은 '사랑' 그것이었던 것이다.
아니 앞으로 죽는 날까지도 내가 구해야 할 제목은 이 사랑이라고 믿고 있었기
때문이다.

—임옥인 「노숙하는 노인」(1957)

　　그날이 드디어 왔습니다. 그리고 모든 것은 그의 나름이었습니다. 나는 완전히
의지가 없는 한 개의 기계가 되어 그의 희망대로 움직였던 것입니다. 그리고 비극
은 왔던 것입니다.
　　그 비극의 마지막 순간에, 다시 말하면 내 죽음의 한 걸음 앞에서 그가 나를
구하려고 물속으로 나를 찾아 헤맸던 것입니다. 그리고 가버린 것입니다. 어처구

니 없는 일입니다. 이제 나는 그가 지워준 이 무거운 십자가를 지고 평생을 걸어가야 하는 것입니다. 다만 그이가 남겨준 이 헤아릴 수 없는 많은 부채를 갚아드리기 위하여 여기 이렇게 남아 있을 뿐입니다.

— 손소희 「그날의 햇빛은」(1960)

그래서인지 혜영의 그다지 견고하다고는 할 수 없던 신앙심이랄까, 사람 이상의 힘에 의존하지 않고는 버틸 수 없다는 자각과 더불어,

'이젠 돌아갈 곳도 믿을 사람도 없사오니 주여! 어찌 하시렵니까? 지금 아이같이 어리고 의지 없사오니 어찌 하시렵니까?'

어쩌면 천둥벌거숭이와 같은 딸아이보다도 더 약한 상태에 있는지도 모른다. 입속으로 부르는 159장의 찬송이 그대로 혜영의 심경을 고백한 것으로 느껴졌다.

— 임옥인 「잠근동산」(1963)

"나모라 다나 다라 야야 나막알약 바로기제 새바라야 모리사다바야 마하사다바야 마하가로 니가야 옴 살바바예수…"

이 소리 역시 아침마다 들어놔서 따라 할 수 있을 만큼 익숙하다. 그러나 마치 마법사의 주문 같아 그 뜻은 도무지 짐작도 안 된다.

언젠가 나는 어머니에게 그 뜻을 물어본 일이 있다. 어머니는 내 물음을 교묘히 피했다. 뜻이 뭬 그리 대단하냐고 하면서 이런 이야길 했다. 예전 어떤 아낙네가 싸움터에 나간 남편의 안부를 주야로 걱정하던 끝에, 깊은 산중의 고승을 찾아가 남편의 무사를 위해 자기가 할 수 있는 치성은 뭐냐고 물었단다. 고승은 그녀에게 매일같이, 앉으나 서나, 그저 정성껏 나무아미타불만 부르라고 일러줬다. (중략) 그러나 그녀는 정성껏 외고 또 외었다. 남편은 마침내 살아서 돌아왔다. 그가 넘긴 몇 번의 죽음의 고비는 도저히 부처님의 신통력 아니고는 설명할 수 없는 것이었다.

말의 뜻이란 겉모양 같은 거고, 거기 담긴 정성 믿음이 참알맹이라고 어머니는 말하고 싶은 거였다.

— 박완서 「부처님 근처」(1973)

"부처님, 석가모니 부처님, 그저, 비나이다. 그저, 그저… 부처님, 제 마음 아시지요. 네, 제 마음 아시지요."

비는 데 당해서 노파가 이렇게 말주변이 없어보긴 처음이다. 그러나 노파의 마음은 술술술 많은 말을 했을 때보다 오히려 빠르게 안정되어 오로지 경건할 따름이다. 부처님께서 저절로 다 아시고 다 들어주실 것 같다. 고맙다. 너무 고마워 노파

는 손녀를 불러 돈 남은 걸 다 달래서 불상의 무릎 위에 공손히 바친다. 그리고 다시 "부처님 제 마음 아시지요."를 되풀이하고, 절을 되풀이하고 불상을 우러른다. 불상은 네 마음 내 다 알고말고 하는 듯이 빙그레 웃고 있다. 노파의 마음은 법열과도 같은 희열로 빛난다.

-박완서 「이별의 김포공항」(1974)

부부가 나란히 돼지 대가리 앞으로 다가가더니 공손하게 여남은 번쯤 절을 하고 나서 고개를 깊이 숙이고 두 손바닥을 싹싹 문질러 빌기 시작했다. (중략)

그들에 비하면 과연 돼지 대가리는 예배 받을 만한 가치가 있었다. 그건 어떤 부처님이나 보살님보다 더 오묘한 거의 해탈의 경지에 다다른 무심한 미소를 띠고 이 부부를 굽어보고 있었다. 그래서 나는 종교라는 게 돼지 대가리의 미소로부터 얻은 영감에서 비롯된 게 아닌가 하는 엉뚱한 생각까지 했다.

-박완서 「재수굿」(1974)

한마님, 존고께오서는 오늘도 남산 밑 송도집에 행차하오시고 이제 어엿이 자부를 거느린 손녀는 아직 소년의 몸으로 아랫사람의 고임을 받아 마님 칭호 듣자오며 이 글월 적삽는 중 며느리가 오미자 화채 쟁반을 들여오오니 꿈인가 하오나 며느리 앞에 드러나면 부끄러운 이 심사는 여전하오니 백팔번뇌 주에 아내의 투심이 강작(强作)으로 참는다 하와도 으뜸인가 하옵니다. 체념과 체면치레로 살며 그저 자복(子福)만 누려 볼까 하나이다.

-한무숙 「이사종의 아내」(1978)

10.4. 여신 혹은 여성 영웅

종교적 측면에서 가장 대표적인 여성 신은 바리공주이다. 바리공주는 무속의 무가에서 기원한 신으로, 이 무가는 〈바리데기〉·〈칠공주〉·〈오구풀이〉라고 한다. 이는 죽은 사람의 혼령을 저승으로 보내기 위해 베풀어지는 사령제(死靈祭) 무의(巫儀)에서 구연된다.

〈바리공주〉가 여성 문학과 관련해 지닌 의미는 가부장제 사회에서 억압된 여성의식의 산물이라는 점에 있다. 아버지인 대왕은 7공주를 본다는 해에 혼인을 하는 잘못을 했으면서도 아들을 낳기를 바랐으며, 계속 딸을 낳자 7번째 아기를 딸이라는 이유로 버렸다. 이는 남아선호를 반영한 것이며 죄 없는 여성의 수난을 상징한다. 그럼에도 불구하고 바리공주는 부모를 위해 자신을 희생하는데 이것은 여성의 삶 자체가 고통과 희생이라는 뜻이 된다. 이러한 바리공주의 헌신적 희생과 고행으로 대왕과 왕비는 죽음이라는 징벌에서 구출되어 삶을 되찾는다. 그리고 죽은 사람을 살려내어 치병(治病)하였고, 저승세계를 여행하면서 많은 원귀(冤鬼)들을 천도하고 마침내 저승세계를 관장하는 무속 신이 됨으로써 신성성을 획득한다. 삶이 고달픈 많은 여성들은 자신들과 비슷한 삶의 궤적을 걸어간 바리공주로부터 위안을 받았을 것이다. 또한 죽음이 이승과 단절된 것이 아니라는 안도감 혹은 불안감과, 죽음에서 벗어나고자 하는 희망을 바리공주를 통해 간직했을 것이다. (「바리공주 오구풀이」)

이에 대해 현대문학은 신화 다시쓰기의 상상력을 통해 신과 인간, 세계의 창조 등에 관한 창조적인 해석을 덧붙이고 있다. 남성중심적인 신과 영웅이 세상을 지배하고 권력과 폭력으로 욕망을 이루려 할 때, 여신과 여성영웅은 세상을 구원하고 치유하는 존재로 등장하고 있는 것이다. 현대소설에서 서사무가 '바리공주'에 대한 서사적 상상력은 병든 세상에 대한 여성의 희생과 헌신, 치유와 구원의 가능성을 탐색하는 여정으로 구현되고 있다. 이들 소설에서 여성인물은 가부장제 사회의 남녀차별을 극복하고 인류의 수난에 맞서는 여성 영웅이자 모성적 원리의 메타포이다. 이렇게 여성소설은 종교적 신앙과 체험을 예술적으로 승화시키고 세상을 개혁하는 여성인물들을 통해 신화적 페미니즘을 구현하고 있다. (송경아 「바리-불꽃」, 「바리-동수자」, 「바리, 돌아오다」)

이런 관점에서 현대시는 스스로 수난을 자처하며 고행길에 올랐던 바리공주를 다양하게 변주한다. 아버지에게 버려졌지만 아버지를 살릴 약을 구해온 바리데기는 자신을 버린 이 세상을 원망하지 않고 끝내 구원해내는 여성 영웅의 이미지를 갖는다. 수난과 고행에 초점을 둘 때 바리데기는 자칫 효에 관한 내용이나 모성의 의미로 읽힐 수도 있지만, 여성시에서 바리데기는 여성 안에 내재한 욕망과 신성을 강조한다. (강은교 「바리데기의 여행노래」)

여성시인들은 바리가 시험과 고통의 연단을 통해 다른 생명을 살리는 일, 샘물을 약수로 바꾸고 죽은 자를 살려내는 신성한 힘 등 신비한 능력을 일상적인 여성들의 노동에서 얻었다는 점에 주목하기도 한다. (김선우 「어미목의 자살2」)

인간사의 고단한 삶과 비애 앞에서 머뭇거리지 않고 거침없이 자기 삶에 뛰어들어 욕망을 실현한 새로운 바리들, 이들은 기존의 수동적인 여성성을 적극적으로 새로 쓰게 하는 여신 혹은 바리의 모습으로 등장하고 있다. (김선우 「물속의 여자들」)

한편 근대 초 여성작가들은 여성주의와 기독교적 세계관의 합일을 통한 새로운 여성 표상을 창조하고자 했다. 신여성은 스스로 자신의 정체성을 '하나님의 딸'로 규정지었고, 신앙 안에서 창조의 원리를 깨닫고 예술을 통해 인간의 중요한 본성인 창조를 실천하고자 했다. 이것은 무엇보다 여성이 차별과 억압에서 벗어나기 위해 보편성을 획득해야 하는 존재여야 한다는 깨달음에서였다. 그래서 이 시기 여성작가에게 종교는 예술과 창조의 기원으로 이해되었다. (나혜석 「경희」, 김명순 「돌아다 볼 때」)

같은 맥락에서 현대소설은 순교자 모티프를 통해 종교적 이미지를 구현하는 경우가 많았다. 특히 여성의 수난 서사는 종교적 희생과 결부되어 의미를 부여받곤 했는데, 이때 여성은 남성적 야만과 폭력의 세계에서 수난 받는 순결한 희생자이자 거룩한 구원자가 된다. 종교적 구원의 근거가 되는 것은 바로 여성의 원초적 생명력이다. 여성은 기독교적 휴머니즘에 기반을 둔 자기희생과 헌신으로 사랑을 종교의 경지에서 실천하는 구도자적 인물로 등장한다. 이들은 세계의 황폐성에 저항해 스스로를 제물로 내놓고 작가는 이 같은 여성의 희생을 순결한 눈, 꽃의 이미지로 변주해 종교적 숭고와 신비의 차원에서 옹호한다. (임옥인 「구혼」, 김말봉 『화려한 지옥』『찔레꽃』, 박계주 「순애보」, 한무숙 『빛의 계단』)

더 나아가 여성작가는 남녀를 불문하고 순교자적 인물을 내세워 문학적 예수를 형상화하고 이들을 통해 타자를 향한 관용과 사랑이라는 종교적 화두를 던진다. 이들에게 세계는 신에 대한 인간의 신앙을 갖도록 일깨우는 유배의 장소이며 신이 자신의 모습을 드러내지 않는 부재의 공간이다. 부재하는 신을 대신해 이들은 타자지향적인 삶을 살고 사랑의 윤리를 실천한다. 여기서 세상의 낮고 약한 존재들을 품어내는 모성적 원리는 인류를 구성하는 힘인 동시에 주체와 타자, 삶과 죽음의 경계를 넘어서 상처와 억압을 풀어내는 종교적 원리로 확장된다. (나혜석 「회생한 손녀에게」, 최윤 「저기 소리없이 한 점 꽃잎이 지고」, 한말숙 『아름다운 영가』, 오정희 『새』, 최명희 『혼불』)

오구시왕님은 출천대효녀버리더기를 두시어서인도환생을 허실적에여보시요 당군님네갖가지 불사약과환생초로 우리대왕만병효춘 시길라요좌우 제신들이이 말쌈을 듣더니사재화단 베껴내여공서끌러 끈장띠고하계로 모세놓고겉매속매 끌러내여갖가지 불사약과환생초로 전신을 씻치시고은동우약물은 입에삼세번 적지시니자던 사람일어나듯 깨여나면아이구 잠도곤하구나아이구 잠도곤하구나내가 공주 일곱 탄생하고심화로 병이들어영결종천 허였더니그 뉘가날 살렸냐좌우 제신들이연유말쌈 하옵시니출천대 내효녀야아들주고 바꿀소냐버리더기는 애써발복하올적에부하로 탄하야왕신을 봉하리라불쌍하신 금일영혼은지노구 다노구간장석두노구에~석두노구 물으시오염불로 질을닦고왕생극락 연화대옥경대로 잘가시라고이정성을 아수갔읍네다.

ー「바리공주 오구풀이」 부분

경희도 사람이다. 그 다음에는 여자다. 그러면 여자라는 것보다 먼저 사람이다. 또 조선 사회의 여자보다 먼저 우주 안 전 인류의 여성이다. 이철원 김 부인의 딸보다 먼저 하나님의 딸이다. 여하튼 두말할 것 없이 사람의 형상이다.

하나님! 하나님의 딸이 여기 있습니다. 아버지! 내 생명은 많은 축복을 가졌습니다. 보십쇼! 내 눈과 내 귀는 이렇게 활동하지 않습니까? 하나님! 내게 무한한 광영과 힘을 내려 주십쇼. 내게 있는 힘을 다하여 일하오리다. 상을 주시던지 벌을 내리시던지 마음대로 부리시옵소서.

ー나혜석 「경희」(1918)

나를 이렇게 함이 결코 내 힘이 아니었다. 전혀 할머니의 복음(福音)이 내 속에 들어가 덩실덩실 춤을 추고 있기 때문이라고 한다. 나도 불가사의 중에 일대 고무(一大鼓舞)의 꿈을 꾸었던 것 같다. 여하튼 네 붉은 입술에서 떨어진 이 복음이 바짝 건조한 내 영에 펌프를 대어주었고 발발 떠는 내 육(肉)에 화재와 같은 활력을 준 것이다. (중략) 오냐 나는 네게서 받은 '할머니'로 만족하련다. 그러나 애손녀야, 나도 천사가 되고 싶다. 그래서 수만 명의 할머니가 되고 싶다.

ー나혜석 「회생한 손녀에게」(1918)

우리의 교양 중에 무엇이 결핍되었누. 역시 종교의 힘이다. 진정한 사랑의 힘이다. 엄숙한 심각한 신앙의 힘이다. 하느님을 알고 그 이상적 그 하느님 안에 머금은 도덕율 즉 사상의 조건을 지켜야만 하겠다는 의지가 없어서 그렇다. 모두가 농락이었다.

ー김명순 「돌아다 볼 때」(1924)

거의 열 발이나 뻗은 찔레꽃 동산이다. 이것은 이집에서는 제일 사람의 눈이 가지 않는 곳이요, 따라서 여기는 값 높은 화초도 심어 있지 않은 곳이다. 그러나 경애가 일찍 경험해보지 못한 신비스러운 이 향기! 발 아래 흰 눈처럼 깔려 있는 화판들!

보아주는 이가 없어도 홀로 피어 알아주는 이가 없어도 향기를 보내주는 찔레꽃!

경애는 정순을 보는 순간 그의 아름다운 용모가 마음에 들었다. 그러나 찔레꽃 앞에 와서 그는 비로소 정순의 값 높은 영혼을 보는 듯하였다.

-김말봉 『찔레꽃』(1937)

그녀는 소녀의 상체를 자신의 무릎 위에 뉘었다. 그러고는 소녀의 입에 자신의 입을 대고 그녀에게 오려고 죽음을 무릅쓰는 힘을 얻기 위해 소녀가 삼켰을 것이 분명한, 쓰라리고 독한 냄새의 액체를 빨아들였다. 그녀는 소녀에게 필요한, 소녀가 아마도 태어나서 한 번도 받아본 적이 없는 그런 입맞춤을 주는 자세로 여러 번에 걸쳐 아직은 소녀의 몸 안에 스며들지 못한 채 겉돌던 액체를 거두어주는 데 그녀의 힘을 모았다. 얼마 지나지 않아 소녀의 상체가 경련으로 들썩거렸고, 소녀의 몸은 소녀를 음해하는 독물을 뱉어냈다. 소진한 소녀는 의식을 잃은 듯 움직임이 없었다. 그러나 소녀의 심장에 귀를 대고 있는 그녀에게는 여린 박동소리가 들려왔다. 그녀는 아름다운 음악을 감상하듯 눈을 감고 손의 몸 저 먼 곳에서 울려오는 여리고 감미로운 북소리를 들었다.

-최윤 「저기 소리없이 한 점 꽃잎이 지고」(1988)

어떤 사람은 이 세상에 한번 태어나서 한번 죽고 마는 걸로 알고 있습니다. 또 어떤 사람들은 몇 억겁 년에 걸쳐서 몇 번 왔다가는 걸로 알고 있습니다. 저도 그렇게 생각합니다. 몇 세상을 황인종으로도, 흑인종으로도, 백인종으로도 바뀌어 태어난다고요. 태어나서 몇 전세의 은수(恩讐)를 갚으며 살기도 하지요. 지은 죄는 불멸입니다. 그러니까 조금 생각해보면 인종의 구별이나, 민족의 구별도 없는 거지요.

-한말숙 『아름다운 영가(靈歌)』(1993)

자신을 포기함으로써 인간 존재들은 가장 황홀하고, 영구적이고, 확고하며 끝없는 인생의 기쁨을 발견할 수 있다. 그리고 죽음이 바로 모든 생의 의미와 더불어 생명을 제공하는 것이다. 이것이 종교의 중심적 지혜이다.

-오정희 『새』(1996)

이윽고 나무는 광명한 날의 빛 속에 낱낱이 구분되던 사물들의 빛깔과 모양들까지 제 습기로 적시어 지운 어둠을 다 받아들여, 그것들과 서로 한 덩어리를 이루어 통류하게 되리라. 그리고 드디어 지하의 어둠과도 어우러져 일체로 교합을 하리라.

— 최명희 『혼불』(1997)

걸어오면서 나는 꿈을 기억해냈다. 그래, 그 꿈. 새로 태어난 갓난 아이. 어머니의 뱃속에서 온전히 열 달을 지내고 태어난 아이가 자기를 버림이 없이는 아무도 스스로를 버리지 않으리라는 것. 죽음은 죽음이 아니고, 원혼들은 떠돌다가 다시 시체 속에 들어가 온기 없는 눈으로 쏘다니리라는 것. 검은 바위 위에 내리꽂히는 푸른 번갯불이 데려가는 한 목숨이 우리 모두 위에 덮여서, 삶을 삶답게 만들고 죽음을 죽음답게 만들리라는 계시를. 천동이 옳았다. 그것은 신탁이었다.

— 송경아 「바리 — 불꽃」(1998)

멀리, 더 멀리, 될 수 있는 대로 서천서역국에서 멀리! 점점 더 빨리 달리면서 나는 내가 나이를 먹어가는 것을 느꼈어요. 아무것도 곁눈질 하지 못하고, 언제 찾아올지 모르는 추적자를 따돌리려 애쓰면서, 그렇게 세월을 흘려 보내면서 나는 성장했어요. 그 동안 인류가 성장했고, 그 동안 지(知)가 머릿속에 쌓여갔고, 그 동안 나는 깨닫게 되었습니다. 천도복숭아가 주는 죽음은 그렇게 달콤하지 않다는 것을. 하지만 그 지식과 죽음은 그 둥그런 과일의 마지막 조각을 삼키는 순간 온몸에 돌기 시작하는 것이 아니라, 순간도 영겁도 모두 거부하는 주제에 감히 삶의 찬란함을 탐내는 인간이라는 종족의 마지막 한 사람이 명부로 들어가는 순간 완성되는 것이라는 사실을.

— 송경아 「바리 — 동수자」(1998)

아마 네가 지금 그 상태로 혼을 갖는다면, 새로운 세계가 탄생할 게다. 내가 갈 길은 너와 다르단다. 나는 이제 내가 저지를 수밖에 없었던 잘못을 바로잡으러 떠나야 해. 단지 병을 옮겨버리기만 하는 것이 아니라 진짜로 치유할 수 있는 방법을 찾는 것이 내 희망이란다. 너처럼 완전히 새로운 존재, 죄가 없는 존재를 어떻게 내가 도울 수 있겠니? 내가 길에서 본 것은 환멸뿐이었다. 이곳에서 찾을 수 없는 것을 다른 곳에서 찾을 수 있을 거라고 생각하지 말아라.

— 송경아 「바리, 돌아오다」(1998)

그리고 밤이 오면
저 무서운 꽃밭에서 들리는

누구 머리칼 젖히는 소리
옷고름이 탁 하고
저고리에서 떨어지는 소리
새벽에도 그치지 않고
잠 속에서는 더 크게 크게
그렇구나, 나는 어느새
몹쓸 곳에 누워 있다.
(중략)
열 두 모랭이 눈감고 기어가면
어디서 울고 있는 신령님이라도
만나지 않으리.
꽃밭에서 아직
걷는 사람이여
어디에 누울까 누울까 말고
가벼히 떨어지는 옷고름 위에
하늘과 함께 나의 뼈를 뉘여다오.
가만히 소리나지 않게
발자국도 없이 一世紀를

－강은교 「바리데기의 여행노래」(1971)

바리공주 방울 흔들어 수문 열리자
시루떡 찌고 있는 명성황후가 보입니다
구름이 내려와 멍석을 펼치고
축문을 쓰고 있는 황진이 쪽진 머리
가르마 따라 흰 새 날고 바람 불어옵니다
난설헌이 어린 남매를 위해 소지를 사르다가
문득 눈을 들어 감나무를 봅니다
우듬지에 걸려 퍼덕이는 나비연
황진이가 다가와 장옷을 걸쳐줍니다
두 여자 마주보고 하하 웃습니다
명성황후 다가와 붉은 석류를 내밉니다
석류알 새금새금 발라먹으며
세 여자 찡그려 하하하 웃습니다

물보라치는 눈물,
이승을 혼자 노닐다 온 여자들이
휘모리 장단을 칩니다 지전 흩어지고
까치밥마냥 미쳐서
술잔 속에 한 하늘이 천년을 헤매었습니다

—김선우 「물속의 여자들」(2000)

그랬지 저 눈동자, 허공을 발라내어 아직 따뜻한 살점 당신 숟가락에 얹어주고
싶었지만 바리 내 어머니, 죽음은 한 쌍으로 날아들더라 저승을 헤매어 구해온
영약은 기진한 그네의 희보얀 젖줄기가 아니었을까 바리, 피곤에 지쳐, 불어터진
젖을 아비에게 물리고 한참 곤히 든 저 겨울나무의 쐐기풀 같은 육신이 아니었을까
생이라는 이름의 죽음이 더 지독하더라 거듭거듭 제 죄로 죽을병에 걸려 앓아눕는
아버지, 이제 그만 죽어주세요. 달같이 벗은 자작나무 온 몸에 열꽃이 돋아, 꽃잎
을, 하혈을, 마지막 꽃잎을, 강물처럼 쏟아내는 밤이 오고 있었는데

—김선우 「어미목의 자살2」(2000)

10.5. 이방의 종교, 이브의 항거

현대소설에서 종교, 특히 기독교에 대한 인식은 신의 시선과 긴장 속에서 생
산되고 있다. 남성작가들이 여성을 구속하고 단죄하기 위해 기독교적 가치관을
차용했던 것과 달리, 여성들은 기독교적 윤리와 세계관을 내면화하는 과정에서
수용과 저항의 이중적인 양상을 보인다.

기독교 서사는 한국문학에 다양한 모티프를 제공하면서 여성작가들의 창조
적 상상력을 자극해왔다. 그 가운데서도 창세기 신화와 실낙원 모티프는 다양
하게 인용되고 패러디되기도 했다. 이것은 여성작가의 비판적 시선이 기독교의
근원을 향해 있음을 말해준다. 이 같은 비판적 시선은 세계의 비극성과 부조리
에 대한 질문과 동의어이기도 하다. 현대소설에서 기독교 비판은 기독교의 원
죄와 교리, 전통사회와 반목하는 기독교의 독선과 위선, 비참하고 부조리한 현

실 앞에 무기력한 신을 향해 심각한 의문을 품는 것으로 드러난다. (김별아『축구전쟁』, 심윤경『이현의 연애』)

또한 종교에 대한 부정적 인식은 맹목적인 믿음을 지닌 인물이나 사이비 종교인에 대한 비판적 패러디에서도 확인된다. 소설은 종교가 인간의 연약한 심성을 파고들어 잘못된 믿음을 심어주는 것이라는 회의적 시선을 바탕으로 이를 조장하는 종교인의 그릇된 신앙과 패덕함을 문제 삼는다. (조경희「양(羊)」, 박경리「불신시대」, 윤정모「가자, 우리의 둥지로」, 양귀자「들풀」「유황불」, 김인숙「거울에 관한 이야기」, 이명랑「사령」)

여성작가는 특히 기독교적 윤리가 여성에게 감금과 억압의 기제가 되어왔던 점을 주목한다. 특히 금욕적인 기독교의 윤리는 성에 대한 과도한 죄책감을 강요함으로써 여성의 성을 억압하고 차별하는 근거로 활용되었기 때문이다. 이에 여성작가는 순종적 정체성을 형성하도록 여성을 속박하는 기독교의 보수성이 부당한 압박의 사슬이 될 수 있음을 보여주고자 했다. (김일엽「계시」, 김명순「탄실이와 주영이」, 한무숙「감정이 있는 심연」, 정연희『아가』『들에 핀 백합화를 보아라』)

여기서 여성인물들은 이방의 종교가 자신들의 삶을 구속하고 성적 자율성을 제한하는 데 대한 거부감을 드러내고 기독교의 가부장적 억압과 강박성에 항의하고 있다. 그리고 스스로의 신념과 자기 검열 없이 어떠한 신앙도 내면화하지 못한다는 주체의 강한 의지를 피력하고자 했다.

현대시에서 여성화자는 종교를 통해 희생과 구원이라는 키워드에서 시작해 1960년대 이전까지는 신성한 종교와 절대자로서의 신을 향해 절실한 신심을 쏟거나, 신을 향해 간절한 사랑을 고백하고 기도를 올리면서도 순종적인 태도로 '애꿎은' 기도만 올려야 하는 수동적인 자기 자신을 비판한다. (김남조「막달라 마리아 1」, 노천명「수녀」, 모윤숙「회색성모(灰色聖母)」) 그러나 1980년대 이후 시대의 급격한 변화에 따라 여성시에서 종교는 저항과 도전의 역설적 대상이 된다. 현실을 부패한 난장으로 만든 절대자에게 '삿대질'을 하면서 주기도문을 야유하듯 패러디하고 절대자의 권위에 도전한다. (고정희「오메, 미친년 오네」「새 시대 주기도문」)

또한 '이브'와 '마리아'라는 종교적인 여성들을 비판적으로 다시 읽음으로써 이브의 유혹과 순종, 악녀와 성녀, 막달라 마리아와 성모 마리아 등의 인물을 통해 종교라는 이름의 권위에 도전하기도 한다. 이들은 여성에게 씌워진 수난사에 대해 강하게 항거하거나 기존에 남성중심적이었던 종교의 권위를 조롱하거나 야유하면서 이곳의 질서를 거부하고 있다. (고정희 「매맞는 하느님-여성사 연구 4」, 김선우 「문지르다-聖가족」, 박서원 「부서진 십자가」, 「마리아가 목수의 아들 예수에게 주는 메시지」, 김언희 「성당」, 「더럽게 재수 없는」, 이영주 「나의 인사」, 박서원 「피에타, 영혼이 녹아내리는 고통-1천 년의 시간을 여는 여자」)

어느 청명하게 갠 날이라 평상시와 같이 김부인은 새옷을 입고 예배당에 갔다. 강단 위에 나타난 목사는 평일에 보던 목사는 아니었다. 고개를 돌려 생각해보고자 하였으나 아무래도 생각이 나지 아니한다. 그의 풍채는 늠름하고, 그의 태도는 엄숙하였다. 백의(白衣)를 입은 일위 노인(一位老人)이 도도한 진리를 말하려다가 「죄많은 세인들아, 너희의 정욕과 생가를 위하여 기도하지 말라」고 탁자를 두드리며 부르짖는 소리에 놀라 깨이니 예배당은 간 곳이 없고 텅 비인 방에 근심 가득한 등잔불만 침침한데 일원의 시체만 말없이 누워 있을 뿐이고 만호천문(萬戶千門)의 새벽을 보하는 닭의 소리만 그윽이 들려온다.

-김일엽 「계시」(1920)

그 학교에서는 이같이 공부 잘하는 어린 학생에게 온갖 사랑을 다 베풀고 어린 탄실도 학교에 대해서는 언제든지 적지 않은 돈을 기부도 하여서 학교와 탄실 사이가 지극히 친밀하였으나 탄실은 잠을 자다가도 가위를 눌르고 기도를 하다가도 소리쳐우는 큰 근심을 갖게 되었다. 그것은 자못 그때부터 예수교회에서는 그 교회를 금수강산에 선전할 욕망이 맹렬하여져서 사뭇 어린 생도의 믿지 않는 부모를 어린 생도로 하여금 울며불며 억지로 교회당에 끌어오게 하고 「회개하시오, 회개하시오, 모든 죄를 자복하고 오늘부터 예수를 믿읍시다」하고 모든 신자들이 그 쇠리에 뇌동해서 비 온 뒤에 음습한 땅에 버섯이 일어나듯이 연달아 일어나며 (중략) 큰 상사나 일어난 듯이 통곡을 했다.

-김명순 「탄실이와 주영이」(1924)

"죄를 짓지 않게 하는 데는 종교의 힘이 위대하다."
"그야 종교의 힘이 크지. 그러나 종교 자체가 얼마나 죄를 지었나도 반성해볼 필요가 있지 않니?"
"늘 종교를 이용한 사람에게 이용당하지 않게 해야 할 거야. 마음이 가난한 자는 복을 줄 수 있는 종교가 되어야 할 것이다."(중략)
나는 기독교 신자의 가정에 태어났기 때문에 어려서부터 성당에 가는 것은 한 버릇같이 되어 있었다. 음식도 먹어봐야 그 맛을 안다. 종교에는 사람을 매혹케

하는 비결의 힘이 있었다. 이 힘에 인이 백이면 좀처럼 떠날 수 없어진다. 어려서는 몰랐지만 나이가 차차 들면서 이 혼란한 세상을 종교의 힘으로 구원하지 못할 시대가 왔다고 생각하였다. 내가 보는 교회의 교역자들은 자기들이 천국의 일을 하는 사람이라는 신령한 맛을 잃고 교회에 취직한 것같이 속되어 보였다. 나는 어렸을 때 단발을 한 것이 죄라고 신부에게 고백한 것을 기억한다. 그래서 나는 혜숙이에게 내가 지금까지 보아 오던 교역자에게서 찾아보지 못하던 새로운 모양의 수녀를 찾으려고 애를 썼다.

－조경희 「양(羊)」(1949)

사람은 남으로써 죄를 지니게 된다는 것이다. 인생의 궁극의 목적인 영생에 이르려면 속죄를 하여야 한다는 것이다. 그녀의 말을 들으면 신은 지고의 사랑이 아니고 지고의 악의자라는 느낌이 더 커지는 것이다. 전아는 이 고모 아래에서 항상 죄에 떨며 살아왔던 것이 아닐까. 어쩌면 어린 그녀는 사랑이란 말보다 '죄'라는 말을 먼저 들었는지도 모르겠다.

－한무숙 「감정이 있는 심연」(1957)

그는 물잔과 약봉지를 들고 의자 있는 곳으로 갔다. 그는 이 세상을 포기(抛棄)하기 위하여 독배를 드는 것이 아니다. 그것은 본격적인 대결을 의미하는 것이다. 가정이라는 기본권을, 혈육이라는 천륜을, 사회의 질서를, 그리고 제삼자의 도덕을, 그 모든 것을 애정 하나의 방패로 물리치려는 여인의 저항인 것이다. 그는 자기의 죽음을 패배라고는 생각지 않았다. 도피라고도 생각지 않았다. 일종의 해결이라고도 할 수 있는, 그리고 그 곳에 영원한 가능성을 심을 수 있는 길이라고 생각했다.

－정연희 『아가』(1966)

그때 나는 비로소 온 방안을 가득히 채우고 있는 한 묶음의 소리들을 깨달았다. (중략) 자세히 들으면 웅얼대는 듯한 한 떼의 꼬마들 목소리도 있었으나 여자의 간간한 음성이 단연코 그것들을 눌러버렸다. 자, 따라해보세요. 예수님 사랑, 예수님 사랑. 옳지! 더 크게! 시이작!

저 소리를 지울 수 있다면, 나는 엉뚱하게도 어려서 읽었던 지우개 박사란 만화를 기억하였다. 뭐든 쓱싹쓱싹 지워버리면 완전히 무(無)가 되던 그 신기한 지우개로 저 소리들을 깡그리 지워 뭉갰으면.

－양귀자 「들풀」(1983)

여름이어서도 그랬지만 우리는 더 이상 좁은 망대 안에서는 놀지 않았다. 대신 갈 곳을 잃은 젊은 간수가 자리를 지키고 앉아 수척한 얼굴로 철길 위만 멍하니 내다보고 있었다. 나는 그 무렵에 꿈을 자주 꾸었는데 그것은 모두 악몽이었다. 내가 아침에 일어나 꿈 이야기를 하면 어머니는 내가 못된 아이와 어울려 다니느라고 마귀가 틈탄 것이라 말했다. 그리고는 마귀와 계속 어울려 다닌다면 마지막 심판날, 하늘이 내리는 불과 유황에 휩싸여 지옥으로 떨어지게 될 거라고 무서운 경고도 서슴지 않았다. 어머니가 들려주는 지옥의 유황불과 천국의 사다리 때문에라도 나는 밤마다 악몽을 꾸지 않을 수 없었다.

―양귀자 「유황불」(1984)

첫 번째 아이를 유산했을 때, 남편이 했던 기도를 나는 기억하고 있었다. 그는 세상에 나오지 못한 내 아이가 그의 신의 품에서 평화와 행복을 얻게 되리라고 기도했다. 아이를 추악한 이 세상이나, 내 태중에서보다 신의 품에 있게 한 것을 그의 신께 감사한다고도 말했다. 그에게, 유산이 된 나의 아이는 내 태중이라는 정거장을 잠깐 거쳐 천국에서 다시 천국으로 돌아간 아이였다.

―김인숙 「거울에 관한 이야기」(1998)

아버지 태양은 스스로를 없앰으로써 영원을 얻었으니, 그들은 언제나 존경으로 숭배를 마쳤다. 그들의 아버지는 언제나 축복처럼 둥글었기에, 그들은 새하얀 젖을 뿜는 어미의 둥근 가슴과 마주 본 서로의 눈 속에 또렷이 박혀 있는 둥근 눈동자를 좋아했다.

그들은 아버지를 사랑했다. 그러나 동시에 두려워했다. 변덕으로 들끓는 아버지의 비위를 맞추는 일이란 늘 고달프고 버거웠다.

아버지가 한 번 광증의 분노에 휩싸이면, 모든 것은 일시에 쓸려가거나 말라죽거나 잿더미가 되었다. 무기력한 어린애였던 그들은 아버지를 달래기 위한 제단을 더욱 높이 쌓아올렸다. 그가 요구하는 만큼의 희생을 기꺼이 바치고자 했다. 간택된 제물의 가슴에서 심장을 도려내어 날것으로 바쳤다. 피가 식지 않아 뜨거운 훈김을 뿜어내는 그것은 공포에 사로잡힌 그들을 위로하는 유일한 것이었다.

―김별아 『축구전쟁』(2002)

김목사가 보았다고 하지 않는가. 저리 장담하지 않는가. 천당에 갔다는데 무엇을 또 묻는단 말인가. 내 아이와 상기 도련님이 함께 올려져 있던 그 저울을 머릿속에서 지워버릴 수만 있다면 김목사의 꿈 아니라 더한 것도 나는 믿을 것이다.

남편은 안방에 마련된 영좌 앞에서 김목사가 피워올린 향을 내려다보고 있다.

흰옷을 입고 나타나 자신을 내려다보던 상기의 눈빛이 얼마나 그윽했으며, 빛무리
에 둘러싸여 하늘로 올라가기 전에 자신을 감싸안던 상기의 품이 얼마나 따뜻했는
지, 김목사 자신이 두 팔을 넓게 벌려 꿈에서 본 상기 도련님의 흉내를 내자 남편은
그제야 고개를 든다. //

　김목사가 안방에 부려놓은 천국은 이미 지옥이다. 비명과 잡아채는 손과 부러진
향과 쓰러진 병풍을 밟고 뛰어가 호숙은 관 앞에 무릎 꿇는다. 호숙의 눈물이 죽어,
닫혀버린 상기 도련님의 마른 입술을 축이고, 시신 위로 흘러내린 머리카락들이
감겨, 두 개의 암흑으로 남은 상기 도련님의 눈을 어루만진다.

—이명랑 「사령(死靈)」(2005)

　무력한 신의 영원한 침묵이야말로 인간이 믿음으로 뛰어넘어야 할 가장 큰 시험
대였다. 그러나, 세상은 너무나 어리석었다. 새로 산 집에 재앙이 깃들지 않게,
사업이 번창하여 부를 누릴 수 있게 기도해달라는 아우성들은 그가 사랑하는 신에
게 돌아갈 수 있는 날을 끝없이 멀게 할 뿐이었다. 무력한 신에게 무엇을 내놓으라
고 매달린단 말인가? 당당하게 낙원을 떠나던 태초의 인간은 어디로 사라지고
오로지 왕성한 번식력만 남아서 개체수만 감당할 수 없이 불어나고 있으니 이
모든 어리석은 입들이 하나로 모여 "주여 우리가 악을 이기고 당신을 영접하나이
다 이제 이 땅에 임하소서"라고 말할 날은 영원토록 오지 않을 것만 같았다.

—심윤경 『이현의 연애』(2006)

　　당신이 임종하시올 때
　　더욱 당신께의 귀의를 기원하였습니다
　　주여
　　더운 눈물이 돌 속으로 스며들고
　　음산한 바람이 밤새워 부는 무덤에까지
　　일체의 비교를 넘으신
　　당신의 죽으심을 섬기러 왔습니다
　　주여

—김남조 「막달라 마리아 1」(1955)

　　수녀원도 뒤 한적한 곳
　　'루르드 성굴(聖窟)'엔
　　성모 마리아상이 유난히 흰 밤

검은 묵주 손에 쥐고
조용히 나와 비는 한 처녀
말없는 무거운 마음을 누가 알리……

- 노천명 「수녀」(1938)

가시관의 성자를 안으신 어머니여
거룩한 호흡으로 한 세기의 제도를 반역하고
기이한 예언의 깃대를 잡은 승리의 처녀여
이제 당신은 나에게 무엇을 암시하나이까.

당신의 무릎에 머리 숙인 저는
젊은 피의 힘찬 노래 부를 거리의 처녀외다
이 괴롬을 이 정열의 치마에 싸인 나는
당신 앞에 애꿎은 기도만을 올려야하리까.

- 모윤숙 「회색성모(灰色聖母)」(1933)

오매, 미친년 오네
넋나간 오월 미친년 오네
쓸쓸한 쓸쓸한 미친년 오네
산발한 미친년 오네
젖가슴 도려낸 미친년 오네
눈물 핏물 뒤집어쓴 미친년 오네
옷고름 뜯겨진 미친년
사방에서 돌맞은 미친년
돌맞아 팔다리 까진 미친년
쓸개 콩팥 빼놓은 미친년 오네
오오 오월 미친년 오네
히, 히, 하느님께 삿대질하며
하늘의 동맥에다 칼을 꽂는 미친년

- 고정희 「오메, 미친년 오네」(1986)

권력의 꼭대기에 앉아 계신 우리 자본님
가진자의 힘을 악랄하게 하옵시매
지상에서 자본이 힘있는 것같이

개인의 삶에서도 막강해지이다
나날에 필요한 먹이사슬을 주웁시매
나보다 힘없는 자가 내 먹이가 되고
내가 나보다 힘있는 자의 먹이가 된 것같이
보다 강한 나라의 축재를 복돋으사
다만 정의나 평화에서 멀어지게 하소서
지배와 권력과 행복의 근본이 영원히 자본의 식민통치에 있사옵니다(상향~)
　　　　　　　　　　　　　－고정희 「새 시대 주기도문」(1992)

여자 속에 든 어머니가 매를 맞는다
여자 속에 든 아버지가 매를 맞고 쓰러진다
여자 속에 든 형제자매지간이 매 맞고 쓰러지며 피를 흘린다
여자 속에 든 할머니가 매 맞고 쓰러지고
피 흘리며 비수를 꽂는다
여자 속에 든 하느님이
매 맞고 쓰러지고 피 흘리며 비수를 꽂고 윽 하고 죽는다
여자 속에 든 한 나라의 뿌리가
　　　　　　　　　　　　－고정희 「매맞는 하느님－여성사연구 4」(1987)

구유를 얻기 위해 안식을 얻기 위해 혹은 문을 열기 위해

수정 구슬을 문지르고 엘리베이터를 문지르고 램프를 문지르고 거울을 문지르고

심장에 박힌 누군가의 별을 오래 문지르고

그곳으로 갔지 거울 속, 聖스러운 사랑만이 지상명령인 언덕을 이고 끌고

거울 밖에서 무언가 볼 수 있기 위해

거울 안쪽에서 누천년 거울을 닦고 있는 (마리아), (마리아), (마리아)
　　　　　　　　　　　　　－김선우 「문지르다－聖가족」(2007)

주여,
나에게 聖女가 되길 요구하지 마세요.

갈비뼈 앙상한 십자가 허리
망치로 내리친다 차례대로……
손목…… 무릎…… 발목……

주여,

당신과 나는 하나

내 뼈 맷돌에 갈리면 당신 뼈도 맷돌에 갈리고
당신 영광 이루어지면 내 영광도 다다르겠지요
　　　　　　　　　　　　　—박서원 「부서진 십자가」(1995)

主여
主여
主여
主여
主여
主여
主여
主여
主여
主여
主여
主여
씹새끼

　노란 위액을 흘리며 공이 날아온다 골고다 아기무덤이 먼저 골대에 골인한다
총을 멘 병사가 골대를 난사한다 철조망에 멍울꽃이 부서진 어린 유골들의 축제로
매음녀 막달레나로 살아난다 골대가 부활한다 붉은 노을이 살아난 막달레나를
가마니처럼 뒤덮는다 총을 든 병사는 숫자가 늘어난다 동네방네 TV, 신문에선
두더지잡기로 입맛을 다시는데 이런, 입맛이 가셔야 입맛을 알지 외로움으로 막달
레나는 붉은 노을을 뒤집고 불끈 일어선다 한번 튄 공은 여전히 튀지 主여 씹새끼
막달레나는 혀도 없다 胃도 없다 불면증으로 가려워 미치겠어. 도졌나봐. 도졌나
봐. 정신병원은 철조망이 없는 유일한 곳이야. 피부병이 생겨도 그만. 그만. 진짜

암흑이 없는 유일한 곳이야. 두더지도 없지. 독방에서 불이 나도 그만. 그만. 막달
레나는 자신을 느낀다 고독이여 영원하라 총을 든 병사는 총을 버리고 골대가
살아난다 골대는 어린 유골을 가지고

　　　　　　　　　―박서원 「마리아가 목수의 아들 예수에게 주는 메시지」(1995)

　　이토록 둥근

　　유방의 성당
　　의 돔

　　순교와 배교의 열 두
　　젖꼭지

　　……다시 한번 못이 되어 박혀줄 수 있겠어요, 나의 수족에?

　　제탁 위
　　촛대에 꽂힌 채
　　쾌락의 비지땀을 흘리며
　　녹아내리고 있는
　　희디흰
　　양초들

　　　　　　　　　　　　　　　　　　　　　　　　―김언희 「성당」(1995)

　　징글맞게 재수 없는 수태고지
　　구역질 구역질 애도의 헛구역질

　　성부와 성자와 성심의 이름으로

　　한번 박혀볼래?
　　박아줘?
　　더럽게 지분거리는 벌건 십자가의 이름으로

　　나는 내 자궁에 불을 지르고
　　그 불길에 담배를 붙이네

　　　　　　　　　　　　　　　　　　　　―김언희 「더럽게 재수 없는」(2005)

고해소 쪽문을 손가락으로 두들기는 당신. 우주의 비밀은 당신 머리통에서 점점 새까매집니다. 봉인된 글자 안에 나를 두고 나옵니다. 무엇을 고백해야 할까요? 이제부터 나는 아무것도 상관없이 서른입니다.

젊은 예수는 목을 오른쪽으로 꺾고 내려가지 못할 바닥만 쳐다봅니다. 나는 예수의 아랫도리를 천천히 만져 봅니다. 인사합니다. 안녕! 당신이 보여요! 나는 좀 더 친밀한 아프리카 취향입니다. 손등에서 햇빛의 투명한 뼈가 자라납니다.
　　　　　　　　　　　　　　　　　　　　　　　　－이영주 「나의 인사」(2010)

당신이 실패해서
스스로 그리스도가 되어놓고
어쩌자는 거야
　　　－박서원 「피에타, 영혼이 녹아내리는 고통－1천 년의 시간을 여는 여자」(2002)

10.6. 신경증과 세러피(Therapy)

현대인에게 죽은 신(神)의 자리를 대신하는 것은 '물신(物神)'에 의한 구원이다. 그러나 구원은 끝없이 유예되고 인간은 결코 채워질 수 없는 궁핍함 속에 살아간다. 이런 상황에서 병들거나 미치지 않고 이승의 삶을 살아가기란 녹록치 않다. 그래서 고통스런 삶의 순간들을 대면하며 살아야 하는 여성들은 각자 마음속에 자신만의 샤먼(shaman)을 지니고 산다. 슬픔과 우울을 운명처럼 짊어진 여성들의 신경증은 종교적 치유와 위안을 필요로 하기 때문이다. (김채원 「산중기」, 강석경 「지푸라기」 「순례자의 노래」, 함정임 「가난한 마음」 「당신의 물고기」, 조선희 「에덴의 건너편」 『열정과 불안』, 권여선 「사랑을 믿다」)

심각한 심리적 내핍 상태에 놓인 여성들은 고백에 대한 욕망과 갈증에 시달리다 고해성사를 할 사제를 찾아 헤맨다. 이때 사제(司祭)의 역할은 만인의 신경증을 상담요법으로 치료하는 정신과 의사일 수도 있고, 여성의 고백에 귀를 기울이는 다른 여성일 수도 있다. 이들에게 신의 존재 여부는 중요하지 않다. 자신들의 고해성사를 위해 최소한 영혼의 고통을 모면할 수 있기 때문이다. 현대소설은 이처럼 '습관적으로 복용하는 진통제'처럼 점을 보고 철학관을 찾아 자신의 위태로운 미래를 의탁하고 급기야 서로의 꿈을 사고 팔기도 하는 현대인의 불안 심리를 포착해 보여주고 있다. (김형경『사랑을 선택하는 특별한 기준』, 윤고은「박현몽 꿈 철학관」, 안보윤『오즈의 닥터』, 조경란「사소한 날들의 기록」)

한편 치유책으로서의 샤머니즘은 신비주의나 주술적 요소와 결합해 제의적 양상으로 드러나는 경우도 있다. 주술적인 신비를 통해 죽음을 위로하고 원령을 달램으로써 결별을 영원한 사랑으로 바꾸어놓기도 하고, 완전한 육체의 교합을 통해 유한한 인간의 육체에 연속성을 추구한다. 이 지점에서 육체의 고행과 수련을 통해 축적된 성적 에너지가 접신(接神)의 경지로 확장되기도 한다. 즉 종교가 존재의 자기구현이라는 의미 가운데 에로티시즘과 만나게 되는 것이다. (한무숙『유수암』, 서영은「야만인」,「살과 뼈의 축제」, 이혜경「꽃그늘 아래」, 이명랑「사령」)

현대시에서도 신을 적극 거부하고 절대자에게 저항하면서 종교적 지향을 포기한 여성들이 새로운 구원을 구하는 모습을 보인다. 종교적 심성과도 흡사한 이 심리상태는 비일상적이면서 일탈적인 정서로 드러나면서 신경증 혹은 광기의 양상으로 표현된다. 오히려 반종교적 심성과도 가까워서 반순결이나 자발적인 죄지음이나 '신들린' 모습으로 표출된다. 그리고 이때 종교와 신에 대한 사랑은 신성하고 숭고한 것이 아니라 '알록' 양산을 쓰고 드리는 속물적인 기도이거나, 육체적인 비유나 섹슈얼리티의 욕망으로 표현된다. (황인숙「지극히 속된 기도」, 김언희「마리아의 노래」) 구원을 향한 극단적인 상상은 광기를 넘어 광신에 가까운 '신들린' 모습으로 표현되는데, 이는 여성 내면에 억압된 열정과 격통 혹은 불안을 반증한다. (양정자「어떤 전도사」,「하나님」, 조용미「신들린 여자」)

> 불경의 말씀대로 끈끈하게 비린 육취(肉臭)를 풍기며 얽혀드는 색(色)이란 결국 공허한 것이나, 공(空)이란 또 비어 있기 때문에 만상을 어리는 것이고, 따라서 색도 역시 수시로 거기 깃들 수 있다는 것이리라. 말하자면 영원과 수유(須臾)와의 교환, 그리고 영원한 정신의 존엄과 수유를 불태우는 관능(官能)이 교차하는 것이라고나 할까? 그러므로 종교란 어느 것이고 간에 그 비의(秘義)에 있어 얼마만큼의 음밀(陰密)함을 지니는 것이고, 홍등가의 간드러진 가락 소리에 어쩌다가 처절한, 오히려 종교적인 것이 스미기도 하는 것이 아닐까?
>
> —한무숙『유수암』(1963)

'그의 소리는 무신론이냐, 유신론이냐의 문제가 아니라 신적 차원의 문제다. ˮ 그는 기성적(旣成的) 의미의 신, 대중들이 우상 그리스도를 통하여 실현하고자 하는 현실 부정적 의미의 신을 부정하고, 신이라는 관념을 보다 고차원적 순수한 세계로 끌어올리려고 한다. (중략) 그는 처음부터 인간의 모든 고뇌를 양어깨에 걸머진 채, 인간이 가진 정신력으로써 그것과 싸워 극복하는 곳에, 아니면 그 과정 속에 신이 있다고 생각하는 것이다. 때문에 여기서 문제가 되는 건 완전한 가치의 전도다. 문자 그대로의 이 세계를, 오직 자기의 의지와 정신력으로써 뛰어넘어 그곳에서 다시 새로운 세계를 발견해야 한다. 철두철미 자기가 자기 힘으로 신이 있는 곳까지 걸어가야 한다.'

–서영은 「살과 뼈의 축제」(1977)

나는 이 책을 읽는 도중 환희한 마음으로 한밤을 정좌하여 있어야만 하는 것 외에 어떤 것도 용납되지 못하는 엄밀한 사색을 몇 번이나 맛보았다. 인간이 자신을 성숙시키고 싶을 때 우리는 보통 철학, 문학, 예술을 요구한다. 그러나 선은 더 근본적인 자기주체를 다룬다는 것을 감안해 본다면 선적 방법이 얼마나 원초적인 것을 다루고 있으며 자신에게 당연한 것을 이해시켜 주는지를 이 책을 한 번이라도 읽는 자는 느끼리라. //

바다를 다녀온 후로도 거진 매일 나는 절에 올라가서 벼루에 먹을 갈고 도장에 묻은 인주를 서랍 속에 정리하여 넣는 일을 하였습니다. 그는 내게 선 긋기부터 연습시켰습니다. 나는 모든 것을 잊고 오로지 선 긋기에 몰두하려 했습니다. 사랑과 공부 외에 모든 것을 생략하며 살라고 그가 말하였지요. 어디에서나 자기 자신이 주인이 되면 있는 그곳이 다 진실이라고도 말하였습니다.

–김채원 「산중기」(1980)

"아주 영험하다는 말을 들었습니다만 그 눈을 보고 나도 모르게 신수를 봐달라고 했습니다. 마음이 답답했던 때였어요. 그런데 그 무당이 나를 한참 바라보더니 당신 눈이 무서워 못 쳐다보겠다, 하는 겁니다. 긴말도 않고 큰일을 할 사람이 왜 그러고 있느냐, 해요. 그게 무슨 뜻인지는 확실히 몰랐지만 무언가 쿵 하고 가슴에 부딪혀왔습니다. 그 뒤 저는 신앙을 갖게 됐습니다. 눈을 뜬 거죠. 이제 저는 제 일을 하고 싶습니다. 사람에게는 다 때가 있잖습니까. 제가 잠시 떠나겠다는 것은 남편에게 불만이 있어서가 아닙니다. 바람이 난 것도 아니고 신앙인으로서 참된 생활을 하기 위해섭니다. 그 원이 풀리면 일 년 뒤 틀림없이 남편 곁으로 돌아올 겁니다. //

아까 그 여자처럼 미륵 출현을 기다리며 가짜 화해를 하나요? 선생님처럼 내세를 그릴 수도 없어요. 예술은 내 뿌리를 찾으려는 노력이기도 한데 예술이 구원이 될 수 있을까란 물음이 절실할 때, 그토록 절망적일 땐 예술도 지푸라기같이 여겨져요. 그만큼 인생이 준열하달까. 그런 인생을 성찰해야 하기 때문에 예술로선 가짜 화해를 할 수 없어요. 아까 그 여자는 가짜 미친 상태에 있어요. 여자는 제 나름대로 희생하며 살았으나 뒤늦게 제 삶에 허망함을 느낀 거예요. 난 여자들에게서 그런 유형을 많이 봤지만 그 여자는 뻥 뚫린 구멍을 메우기 위해 지푸라기를 잡듯 미륵을 찾은 거예요.”

- 강석경 「지푸라기」(1986)

「초파일까지는 한 이십여 일 남았나 봐요」

종소리에 정신이 팔려 한 보 두 보 종소리의 간격을 세면서도 여진은 종소리에 가려 미처 노인이 듣지 못할세라 크게 소리친다. 종소리는 열 보정도 사이를 두고 점점 크게 울려퍼진다. 여진은 돌아오는 초파일에는 노인과 함께 분황사에 가려고 마음먹는다. 노인과 아이, 자기 것까지 고운 색의 등을 가질 것이다. 의진의 이름으로 하얀 영가등도 달 것이다. 그리고 의진을 땅에 묻고 돌아서던 그날부터 부적 삼아 가슴에 품고 다니는 옛 사람의 노래를 등불 아래서 읊을 것이다. 누이 잃은 오라비의 허망한 마음을 제 것인 양 섧게 토해낼 것이다.

- 함정임 「가난한 마음」(1996)

벌 받을 마음인 줄 알면서도, 언니에게 무슨 일이 생기기를, 그래서 영모 오빠를 제가 차지할 수 있게 되기를 빌었어요. 오빠를 차지할 수만 있다면, 벌 받는 것쯤은 무섭지 않았어요. 제가 받았어야 할 벌인데… 서연은 남은 꽃물을 한꺼번에 몸에 쏟아 부어 윤지의 말을 지워냈다. 명부로 빨려들어 가는 영혼처럼 하수구로 빨려들어가는 물. 물은 한국에서와 반대방향으로 소용돌이쳤다. 적도 아래쪽이라서 그렇다고 했다. 채 건져내지 못한 꽃잎 몇 장이 흘러내렸다. 물이 빠지는 바람에 욕조 안쪽 네 면에 붙은 그것은 발자국, 아주 작은 발자국 같았다.

- 이혜경 「꽃그늘 아래」(2001)

나는 진료실을 찾아오는 사람들에게서 이상심리를 발견해 내는 직업을 갖고 있지만 가끔 내 자신을 들여다보면 거기에도 줄잡아 스무 가지 정도의 이상심리가 포착된다. (중략)

히포콘드리아시스, 그러니까 건강염려증도 있고 피해망상까지는 아니지만 피해의식이 극성을 부릴 때도 있다. 기질적으로 조울증에 빠질 소인도 다분하다. 하지만 내 정신상태가 전반적으로 정상치에 머무는 것은, 이런 이상심리들이 모두 파편상태로 흩어져 있기 때문이고 이 이상심리로 인해 일상생활이 크게 지장 받는 수준은 아니기 때문이다. 비행기 공포증이 있다 해도 비행기를 꾸준히 타고 다니며, 중요한 모임에서 발표를 하기 전에 공연히 화장실을 들락거리지만 발표를 지레 포기할 정도는 아니다. 그 파편들 중에서 어떤 종류가 압도적으로 많아지거나 두세 가지가 전기선들처럼 치지직하고 합선돼 버리면 드디어 나도 내 진료실을 찾아오는 사람들처럼 이상국면으로 접어드는 것이다.

―조선희 『열정과 불안』(2002)

그렇게 해서 그 시절에 외면한 고통과 슬픔을 다시 체험해야 한다고 했다. 어떤 사건을 기억해내고, 그 기억에 얽혀 있는 슬픔이나 분노의 감정을 체험하고, 그것을 언어로 표현할 수 있으면 그것과 관련된 억압이나 신경증은 해소된다는 것이다. 모든 신경증은 정면으로 맞서지 못한 고통, 외면하고 회피한 예전의 고통이 뒤에서 다가와 뒤통수를 치는 현상이라고 책에서 읽은 적이 있었다. 그럼에도, 그토록 고스란히 감정이 살아나는 일은 놀라울 뿐이었다. 내가 어떤 감정적 반응을 보일 때마다 면담자가 5초 내지 10초가량 나를 가만히 내버려두는 이유도 그 감정을 다시 체험하도록 하기 위해서인 모양이었다.

이거야말로 뒤늦은 엄살이거나 새삼스러운 자기연민이구나 싶으면서도 나는 그 시간들을 견뎠다. 그 과정을 거쳐야만 다음 단계로 진입할 수 있을 것이고, 무엇보다 나 자신에 대한 정보를 정직하고 충실하게 면담자에게 건네줄 필요가 있었다. 그는 내가 건네는 정보를 이용해 나를 분석할 테고, 그가 분석한 토대 위에서 이 작업은 진행될 것이다. 나는 면담자가 찾아낸 내 문제가 무엇인지도 묻지 않기로 했다. 그것을 미리 아는 것은 미로와도 같은 무의식의 지층을 탐구해 들어가는데 도움이 되지 않으리라 판단했다. 내가 알고 있는 정신 분석과 심리학에 대한 이론들, 내가 해온 자신에 대한 분석조차 일단 책상 서랍에 밀어 넣는다.

―김형경 『사랑을 선택하는 특별한 기준』(2003)

진통제를 맞고 잠들어 있는 딸을 바라보면서 정연은, 자기는 신을 믿거나 영생을 믿은 적 없지만 딸은 반드시 믿음을 갖게 되었으면 좋겠다고 간절히 소망했다. 그것이 죽음의 문턱에 있는 딸의 그 절대적인 외로움과 두려움을 조금이나마 덜어줄 수 있을 것 같았다. 설령 일이 나쁘게 된다 해도 아이가 신앙심 깊은 노인들처럼 담담하게 '그곳에 먼저 가서 기다리겠다'는 심정으로 그 순간을 받아들일 수 있다면 좋겠다, 싶었다. 사실 그때 정연도 신이 있고 영생이 있기를 간절히 바랐다. 그것이 없다면 어디 가서 딸을 다시 만날 수 있을까

―조선희 「에덴의 건너편」(2006)

세 여자는 앞다투어 계단을 올라갔고 그녀는 계단을 내려왔다. 옥탑방 도사는 자신이 왕고모님으로 불린 사실을 모르겠지만, 그녀는 세 여자가 왕고모님 도사에게 어떤 선물을 받으러 가는지 알 수 있었다. 계단을 한 칸 한 칸 밟을 때마다 그녀는 뭔가에 들씌운 듯 중얼중얼 빌고 또 빌었다. 희귀병을 앓는 친지의 완쾌를, 유괴된 손자의 생환을, 바람난 남편의 귀가를, 자식을 앞세운 뒤 늙어가는 부부의 평안과 명랑을 빌었다. 그녀가 타인을 위해 뭔가를 이토록 절박하게 빌어본 적은 없었다.

─권여선 「사랑을 믿다」(2007)

"고객들이 나한테 꾸고 싶은 꿈을 의뢰하면 내가 꿈을 꾸고 그걸 다시 이야기해 주는 방식인데, 보통 꿈을 의뢰하고 다시 받기까지 일주일 정도가 걸리지."
"그러니까 사장님이 꿈을 꿔주고, 사람들은 꿈꾼 값을 주고, 그러는 겁니까?"
정말 잘 말해놓고도, 나는 다시 고민에 빠졌다. 말을 하면 할수록 더욱 더 모호해졌다.
"그러니까 사람들이 사장님께 돈을 주고 꿈을 꿔달라고 한다 그 말이죠?" "그렇지."(중략) 다음 날부터 나는 두 눈으로 확인하게 되었다. 오전 10시부터 시작된 고객 대기실의 번호표는 001부터 시작해서 100을 넘어가야 멈췄다. 새로운 꿈을 의뢰하거나, 의뢰했던 꿈을 찾아가는 사람들로 대기실이 내내 붐볐다. 꿈을 사는 것은 어떤 절박한 이유나 특이한 취향의 문제가 아니었다. 박현몽을 찾는 고객들 중에는 한가한 사람도 있고 바쁜 사람도 있고 돈이 남아도는 사람도 있고 빚을 내서 오는 사람도 있고 모든 것을 믿는 사람도 있고 아무것도 믿지 않는 사람도 있었다. (중략) 철학관은 습관적으로 복용하는 진통제와 같았다.

─윤고은 「박현몽 꿈 철학관」(2010)

그 기도는 지극히 속된 것이었다.
근사한 시를 쓰게 해달라는 것,
약간의 돈이 생기게 해달라는 것,
또, 나를 용서해달라는 것.

교회당 안은 조심스럽고 과묵한
그리고 눈어둡고 귀어두운 노인처럼
귀기울였다.

내가 가본 온 거리의 교회당들.
내 가슴속 거리의 창고에,

울릴까 말까 망설이는,
울릴 수 있을지 없을지 모를,
종들을 쟁여놓은 그 교회당들.

나는 기도했었다.
무구한 빗소리를 품고 있는 회색 구름 아래서
알록 양산을 쓰고.

—황인숙 「지극히 속된 기도」(1998)

본 적이 있어?
길바닥에 서서 애 낳는 여자
양수 한 방울 흐르지 않는 출산을?
신호가 바뀔 동안
껌을 짝짝 씹어가며
마른 아이를 낳아본 적이 있어?
부츠 속으로 흘러들어간 아이를
끄집어내어본 적이?
(중략)
신호가 바뀌면
씹다 만 껌을 다시 씹으며
뒤도 돌아보지 않고 횡단보도를 건너본 적이
있냐구, 넌?

—김언희 「마리아의 노래」(1995)

하나님만 믿으면 모든 게 잘 풀릴 텐데…… 그녀는 막무가내로 나를 목표로 돌진해왔네. 나를 바라보는 그녀의 눈에 연민이 찐덕찐덕 달라붙어 있었네. 그녀는 나만 보면 어린애같이 보채었네. 소원이라면, 죽은 사람 소원도 풀어주어야 한다는데……

어느 날 나는 그녀가 하고 싶어하는 대로 내버려두었네. 그녀는 아픈 내 배 위에 손을 얹고 열렬히 기도하기 시작했네. 기도가 점점 열렬해지면서 그녀의 입에서 침이 튀고 때때로 알지 못할 방언도 튀어나왔네. 나는 놀라서 나도 모르게 눈을 크게 뜨고 점점 광풍에 휘말리는 그녀를 바라보았네. 그녀의 몸이 둥둥 떠서 하늘을 날아다니는 것 같았네.

—양정자 「어떤 전도사」(2009)

그러나 꿈꾸던 불꽃 같던 영혼은 끝내 버릴 수 없어
그간 얼마나 괴롭고 고통스러웠으면
생면부지의 하나님 그렇게도 확고히 붙잡을 수 있었을까
마지막 지극한 고통의 심연 속에서야만
비로소 보인다는 하나님
이제 번민으로 비틀린 영혼 그에게 죄다 팔아넘기고
달덩이처럼 환하게 기쁨으로 빛나는
어쩐지 아주 낯설고 멀리 보이는
잃어버린 내 친구

-양정자 「하나님」(2009)

두꺼운 검은 윗도리와 긴 치마를 의식을 거행하는 사제처럼 입고서 여자는 길을 묻는 내게 까맣게 탄 얼굴로 천천히 늪 쪽을 가리켰다

무덤에서 나온 철릭 같은 검은 옷을 걸치고 무엇에 홀려 길 위를 떠도는 여자를 나는 알고 있었던가

검은 옷을 발끝까지 차려입고 방언과도 같은 말들을 중얼거리며 전철역이나 후미진 골목길 혹은 사거리의 한복판에서 힐끗힐끗 곁눈질을 하며 앓고 있는 병을 옮길 사람을 찾고 있는, 발걸음이 매우 빠른 어떤 여자를 나는 알고 있었던 것 같다

신들린 여자의 눈을 들여다본 적이 있다 신들린 여자의 다리를 붙들고 그 아래에서 울어본 적도 있다 신들린 여자의 순결한 자궁 속에 들어가 한세상 웅크리고 있어본 적도 있다

-조용미 「신들린 여자」(2004)

11
놀이

놀이라 함은 일상생활에서 벗어나 유희나 즐거움을 느끼기 위한 행위를 의미하며 노동이나 일과는 대립되는 개념이다. 놀이는 목적에 따라 전통적인 '화전놀이, 물놀이, 꽃놀이, 들놀이' 등으로 불리고 절차나 의례와는 관계없이 '모임, 야유회, 모꼬지, 소풍, 나들이, 단합대회' 등으로 칭해지기도 한다. 고대 사회에서 초월적인 존재에 대한 의례가 제의 형식으로 나타난다면 인간 상호관계를 통해 교류하며 공동체적 의식을 도모하기 위한 의례는 세속적인 잔치, 축제 형식으로 나타난다.

고전문학에서 볼 수 있듯 잔치는 여성들이 일상을 벗어나 아름답게 치장하고 술이나 차를 마시며 농담을 주고받기도 하고, 오랫동안 만나지 못했던 친정 식구나 친족들을 만나는 기쁨을 누릴 수 있는 장이었다. 특히 19세기 중반에는 '삼호정시사'의 탄생으로 '시사'라는 새로운 여성 문화 공간이 형성되었다. 이들은 서로 가정을 벗어난 공간에서 한시를 매개로 만나 시를 통해 교감하며 연대했다. 조선시대 여성들의 놀이 문화는 유명한 산과 고적지 등의 명승지 유람과 연회를 통해서 행해진다. 여성들은 풍문으로만 듣던 도회지 서울의 근대 문물을 체험하는가 하면, 성현의 유적지를 돌아보고 이에 대한 감상을 시문으로 남겼다. 이렇게 여성들은 유람을 통해서 일상공간에서 벗어나 타지를 유람함으로써 문화적 욕구에 대한 결핍을 해소했던 것이다.

근대 초 이런 기능을 한 공간은 공원, 강습소, 예배당, 공연장 등이다. 근대에 새롭게 선보인 이 공간들은 여성들의 집밖 출입이 제한된 상황에서 여성의 외출을 공식적으로 정당화해 주었고, 자연스럽게 남녀가 서로를 탐색하고 연애감정을 키우게 하는 역할을 했다. 이후 현대소설에는 극장, 영화관, 카바레 등이 대중문화와 연애문화를 표상하는 공간으로 등장하는데 이곳에서 여성들은 취향과 취미를 향유하면서 비일상의 시간을 체험했다.

한편 여성들끼리의 수다 역시 여성의 중요한 놀이 기능을 담당했는데 이를 통해 여성들은 일상에서 억눌러 왔던 감정들을 풀어냄으로써 자신의 현존을 돌아보고 다시 현실로 복귀할 수 있는 활력을 얻고 있다. 무엇보다 여성들의 수다는 타인의 고통에 동참함으로써 슬픔을 유희화하고 상대화시켜 대상과 평화롭게 공존하는 축제의 현장을 재현해낸다.

그러나 현대소설의 인물들은 불가항력적인 현실과 일상화된 불행에 대응하는 무력한 개인들로서, 이들은 무위와 잉여의 영역을 통해 놀이의 의미를 재발견한다. 삶에 대한 권태와 무료함, 무기력 자체가 이들에게는 놀이이며 유희인 것이다. 현대사회의 자유로운 고독을 즐기는 젊은 여성들은 폐쇄성과 익명성을 보장하는 사이버공간 안에서 신체와 정신의 감각을 자유롭게 풀어놓는다. 이 가상의 공간 안에서 그들은 얼굴을 알 수 없는 타자들과 문화적 욕망과 쾌락을 공유하지만, 이 역시 혼자 놀기라는 반(反)축제의 형식을 띠고 있다.

놀이의 행위에 들어가는 것으로 '잔치, 향연(饗宴), 연향(宴享), 주연(酒宴), 제전(祭典), 축제(祝祭), 제전(祭典), 축전(祝典), 만찬회(晚餐會), 들놀이, 야유회(野遊會), 대회, 파티, 리셉션, 행사(行事), 축하연(祝賀宴), 모임' 등을 들 수 있다.

'잔치'는 현재 가장 일반적으로 쓰이는 어휘이지만 '축제, 파티, 행사' 등으로 많은 경우 대체되고 있으며, 전통적으로 '화전놀이, 물놀이, 꽃놀이, 들놀이' 등과 같이 절차나 의례와는 관계없는 회합은 '모임, 야유회, 모꼬지, 소풍, 나들이, 단합대회' 등으로 그 목적과 경우에 따라 다양하게 불리게 되었다.

잔치의 의미

'잔치'는 연원이 오래된 어휘이다. 잔치의 사전적 의미에 나타난 공통적 특징은 다음과 같다.

① 좋은/경사스러운 일,
② 음식(잘 차려진)이 있어야 함,
③ 손님이 많이 청함

잔치는 의미가 확장되어 비유적으로 '결혼식'을 이르기도 하고, 잔칫날에 차리는 잘 차려진 '음식'을 의미하기도 한다. 그러므로 경사에 음식을 차려 놓고 손님을 청하여 먹으며 즐기면서 주인이 손님을 접대하는 방식이 보통 이상이면 그것은 잔치라고 일컬어진다. 잔치란 생일이나 혼사를 빌미로 취임이나 승진, 환영이나 축하를 계기로 음식을 마련해서 손님을 불러 여러 사람이 먹고 마시고 노래하고 춤추며 흥겹게 노는 일련의 과정을 가리키기 때문에 대표적인 놀이에 속한다고 할 수 있다. 이러한 의미에서 잔치의 범주를 연회·향연·주연·축제·들놀이 심지어 굿이라든가 시회(詩會)에까지 확대하고 있다. 각종 대회·현대적인 파티·리셉션·위안·경로·기념행사·축하자리에도 잔치라는 표현을 붙이기도 한다.

15세기에는 잔치의 고어 형태가 확인되지 않다가 후대로 오면서 보편적으로 쓰이고 있음을 알 수 있다. 잔치의 어원은 알기 어려우나 16세기에 '잔치'(『박통

사언해(朴通事諺解)』上)가 발견된다. '잔치'라는 어형은 16세기 이후 근대까지 계속 출현한다. 물론 '잔치'는 16세기에는 '잔치'(『번역소학(飜譯小學)』(1518))로, 17세기에는 '잔채'(『첩해신어(捷解新語)』(1676))로 변하기도 한다. '잔채'는 20세기 초의 『조선어사전(朝鮮語辭典)』(1920)과 『조선어사전(朝鮮語辭典)』(1938)에까지 실릴 정도로 세력을 갖고 있었으나, 『큰사전』(1957) 이후에는 방언으로 간주되고 있다.

이바지의 의미 중세국어에 '잔치'와 같은 의미로 '이바디'도 쓰였다. '잔치'의 고형이 15세기 문헌에 나타나지 않고 16세기 문헌에 나타난다면 '이바디'는 15세기 문헌에 등장하고 있음으로 볼 때 '이바디'의 역사가 더 오래된 것이 아닌가 짐작된다. '이바디'는 '이받-[供饌]'이라는 동사에서 파생된 명사인데 '이바디'는 '잔치'와의 유의 경쟁에서 밀려나 '연(宴)'의 의미를 잃게 된다. 그 대신 '공헌(貢獻)'이라는 추상적 의미의 '이바지'로 남게 되었고, '힘들여 음식 같은 것을 보내주는 일, 또는 그 음식'을 의미하게 되었다. 이러한 의미 변화는 유의 경쟁을 피하기 위한 것으로 이해되나 그 흔적이 일부 방언에 남아 있다. 강원도 일부 방언에서는 '잔치' 등의 의미로 '이바지'를 사용하고 있으며, "잔치에 음식을 이바지하다" 등에서 '이바지하다'와 같이 '-하다'와 결합하여 '힘들여 음식 같은 것을 보내주다'라는 의미를 가진 동사로 사용됨을 알 수 있다.

국어사 자료에서 '이바지'가 소급하는 최초의 형태는 15세기의 '이바디'이며, 이 어형은 18세기에 있었던 구개음화 현상을 경험하며 '디〉지'의 변화를 입어 '이바지'가 되었고 지금까지 이어져 오고 있다. '이바지'는 17세기에도 나타나는데, 이것은 경상도 방언이 반영된 것으로 남부지방으로부터 시작된 구개음화 현상이 이미 일어나 적용된 형태이다.

15세기의 어형 '이바디'는 '무더멧 神靈을 請ᄒ고 즁싱 주겨 夜叉羅刹 等을 이바ᄃ며(『석보상절(釋譜詳節)』 9(1447))'에 나타나는 '이받-'에 명사 형성 접사 '-이'가 결합한 것이다. '이받다'는 당시 '대접하다', '봉양하다' 등의 의미를 갖고 있었으며, 지금의 '이바지'에 소급된 형태들은 19세기까지는 '음식 대접'이나 '잔치' 등의 의미를 가지고 있었는데 20세기에 들어와 추상적인 '공헌'이라는 의미를 가지게 된 것으로 추정한다. 이렇게 된 이유는 16세기에 나타나기 시작한 '잔치'가 점점 자주 사용되었기 때문인 것으로 보인다.

간 고대 禮貌 업더니 盖天英氣실씨 이바디예 머리를 좃ᄉᄫᆞ니 (『용비어천가(龍飛御天歌)』(1447))

나히 스믈힌 제 급뎨ᄒᆞ야 나라히셔 이바디ᄒᆞ여 머기실 제 (『번역소학(飜譯小學)』(1517))

우리 오늘 이바디에 언멋 술을 먹거뇨 (『노걸대언해(老乞大諺解)』 下(1670))

請컨대 집의 안즈라 오날 져기 淡薄ᄒᆞᆫ 이바지를 쟝만ᄒᆞ고 (『중간노걸대언해(重刊老乞大諺解)』 下(1795))

각결이 밧틀 밀 ᄉᆡ 그 안히 밥을 이바지ᄒᆞ되 (『여사수지(女士須知)』(1889))

식량증산 운동에 크게 이바지를 하는 동시에 농민들에게도 모범을 보이고 (채만식 『민족의죄인』(1948))

모꼬지의 의미

이밖에 놀이나 잔치 또는 그 밖의 일로 여러 사람이 모이는 일을 '모꼬지'라고 하였다. 현대국어에서 널리 쓰이는 '모꼬지'와 '먹거지'는 "여러 사람이 모여서 벌이는 잔치 따위의 모임"이라는 뜻이다. 이 단어의 고형이 '몯ᄀ지'인 것으로 보아 '먹거지'는 '모꼬지'의 모음 'ㅗ'가 'ㅓ'로 비원순화된 결과라 할 수 있다. 한편 '못고지'는 어두음절의 원순모음에 제2음절의 모음이 원순동화된 결과이다. 그리고 19세기 문헌에 나타나는 '못거디, 못고디, 못ᄼᅩ디'의 '디'는 '지'의 'ㄷ'구개음화 과도교정 어형이다.

15세기에는 이 단어가 문헌에 나타나지 않다가 16세기에 '몯ᄀ지'가 나타나고 17세기 이후 19세기까지 '못ᄀ지, 못고지, 못ᄼᅥ지, 못거지' 등이 사용되었다. 20세기 문헌인 현진건의 소설 작품에 '먹거지'와 '모꼬지'가 나타난다. 특히 '모꼬지'는 대학가에서 널리 사용되어 현대국어에서 완전히 대중화되었다.

16세기 문헌에서부터 나타난 가장 오래된 어형 '몯ᄀ지'는 '몯-+ᄀ지+이'로 그 구성소를 분석할 수 있다. '몯-'은 '모이다'를 뜻하는 중세국어 단어 '몯다'의 어간이며, 'ᄀ지-'은 현대어의 '가지다'의 고어형으로 동사 'ᄀ지다'의 어간이다. 이 동사는 "갖추다", "구비하다"는 뜻을 가진다. 맨 끝의 '-이'는 명사 파생의 접미사이다. 이 구성 요소들이 가진 의미 그대로 '몯ᄀ지'의 뜻을 규정한다면 "모임

가지기"가 된다.

　'나의 침실로', '나는 해를 먹다'라는 이상화 시에 "마돈나 지금은 밤도, 모든 목거지에", "보기 좋게 잘도 자란 과수원의 목거지다" 등에서 '목거지'가 등장한다. 이 '목거지'는 '모꼬지'라고도 발음되는 대구 지방의 사투리로서, '여러 사람이 모여 흥청대는 잔치마당'으로 풀이하기도 한다. 그 이후 '목거지'를 '향연(饗宴), 잔치마당, 모임'의 뜻을 가진 대구 방언으로 처리하였는데 그 근거로 중세어(두서들마니 ᄯ리 婚姻흔 몯ᄀ지예 녀러와서, 몯ᄀ지ᄂᆞᆫ ᄌᆞ조ᄃᆡ 례도ᄂᆞᆫ 브즈런ᄒᆞ고 (『번역소학』 10(1517))의 '몯ᄀ지'를 들기도 한다. 또한 '들에 나가 노는 놀이'라 하여 '들놀이'가 있었는가 하면, 현재 '행사(行事)'란 시행하는 어떤 일이라는 의미에서 '경축 행사', '행사를 개최하다', '행사를 치르다', '행사에 참여하다' 등과 같이 '잔치'의 의미를 갖게 되었다.

　이밖에 잔치라는 의미가 가미된 '놀이'로서 특별히 융숭하게 손님을 대접하는 잔치라는 의미의 '향연(饗宴)', 국빈을 대접하는 잔치인 '연향(宴響)', 특히 술잔치의 의미가 가미된 '주연(酒宴)', 성대히 열리는 사회적인 행사나 제사 의식이라는 의미의 '제전(祭典)', 축하하는 의식이나 행사라는 의미의 '축전(祝典)', 손님을 초대하여 저녁 식사를 겸하는 잔치인 '만찬회(晩餐會)' 등을 들 수 있다.

축제의 의미　　'놀이'의 현재적 의미로 '축제(祝祭)'를 들 수 있다. 사전적으로는 축하해 벌이는 큰 규모의 행사를 의미하며, 혹은 축하와 제사를 통틀어 이르는 말로 쓰이기도 한다. 문화, 예술, 체육 등과 관련하여 성대히 열리는 사회적인 행사는 '제전(祭典)'이라고 하고, 축하하는 의미로 거행하는 의식은 '축전(祝典)'이라고 한다. 축하하는 자리, 혹은 축하하기 위해 베푸는 잔치를 의미할 때 '축연(祝宴)'이라고도 하고 '축하연(祝賀宴)'이라고도 한다. 이들 어휘를 살펴보면 '남자 무당' 혹은 '빌다, 기원하다' 등을 의미하는 '축(祝)'이나 '제사를 지내다, 사람과 신이 접하다' 등을 의미하는 '제(祭)' 등이 결합된 것을 알 수 있다.

　이처럼 사람들의 놀이인 잔치는 제의와 밀접하게 연관된다고 할 수 있는데 고대 신앙은 '굿'이라고 하는 제의를 수반하고 있었다. 조상에게 굿에 의한 제의를 드리고 나면 먹고 마시고 노래하고 춤추는 잔치가 뒤따랐다. 사람들은 힘든 일상에서 벗어나 축제나 잔치를 통해 활력을 찾고 놀이나 난장판을 통해 해소함으로써 다시 힘든 일상으로 돌아갈 수 있었다. 이러한 양상은 문화인류학적으로 어느 고대 사회에나 존재했으며, 질서나 규율로부터 해방됨으로 인해 긴장감을 해소하고 다시 일상의 질서로 회귀하는 과정이 반복되어 왔다. 한국의 고대 국가 중 부여의 '영고(迎鼓)', 동예의 '무천(舞天)', 고구려의 '동맹(東盟)' 등이 그러했다.

축제는 현재 외국으로부터 유입된 개념인 카니발(carnival), 페스티벌(festival), 파티(party), 페어(fair), 갈라(gala), 리셉션(reception) 등과 혼용되고 있다. 카니발(carnival)은 사육제(謝肉祭)라고 번역하기도 한다. 라틴어의 카르네 발레(carne vale : 고기여, 그만) 또는 카르넴 레바레(carnem levare : 고기를 먹지 않다)가 어원이다. 기원은 로마시대로 그리스도교의 초기에 해당하며, 새로운 종교인 그리스도교를 믿는 로마 사람을 회유하기 위하여 그들의 농신제(農神祭:12월 17일~1월 1일)를 인정한 것으로, 그리스도교로서는 이교적(異敎的)인 제전이었다. 이것이 그리스도교도에 의하여 계승되어 매년 부활절 40일 전에 시작하는 사순절 동안 그리스도가 황야에서 단식한 것처럼 고기를 끊기 때문에, 그 전에 고기를 먹고 즐겁게 노는 행사로 전승되었다.

페스티벌(Festival)은 보통 축제와 혼용되어 쓰이나 주로 종교적 축제에 대해 쓰이기도 하며, 음악, 연극, 영화제를 지칭하기도 한다. '갈라(gala)'라는 말은 이탈리아 전통 축제의 복장 'gala'에 어원을 두고 있으며, '축제, 잔치, 향연, 흥겨운'이라는 사전적 의미를 지니고 있다. 갈라 쇼는 축제처럼 흥겨운 축하 공연으로 해석될 수 있는데 주로 클래식 음악, 발레 등의 공연 예술과 피겨스케이팅 분야에서 행해진다.

또한 대표적인 놀이의 형태로 파티(Party)를 들 수 있다. 친목을 도모하거나 무엇을 기념하기 위한 잔치나 모임 등을 의미하며 모임의 목적, 종류에 따라 '생일파티, 회사설립기념축하파티, 댄스파티, 친목 파티, 디너파티, 오찬회, 칵테일파티' 등으로 다양하다. 리셉션(reception)은 어떤 사람을 환영하거나 어떤 일을 축하하기 위하여 베푸는 공식적인 모임을 의미한다.

놀이의 기원

고대 사회에서 초월적인 존재에 대한 의례가 제의 형식으로 나타난다면 인간 상호관계를 통해 교류하며 공동체적 의식을 도모하기 위한 의례는 세속적인 잔치, 축제 형식으로 나타난다. 그리고 이 두 가지는 제의절차라는 형식으로 구현되었다고 할 수 있다.

고대의 종교 의식은 풍요로움과 다산을 기원하는 제의인 굿과 잔치로 규정지을 수 있는데 제사장에 의해 신이 강림하는 공간에서 굿과 잔치가 벌어지고, 먹고 마시고 노래하고 춤추는 난장판을 벌임으로써 그 무질서 속에서 활력과 생명력이 되살아나게 하였다. 이러한 제의, 제전, 축제 등은 국가 체제 안에서 정비되어 고대 국가의 제천행사(祭天行事)가 되었고, 고려시대의 풍요제의인 팔관회, 연등제, 그리고 조선시대에 이르러 국가에 경사가 있을 때 대궐 안에서 베푸는 잔치인 진연(進宴)과 진작(進爵), 고려 초엽부터 조선 후기에 이르기까지 범국가적 벽사의례이자 축제 행사였던 나례(儺禮), 민간 차원에서는 대표적인 탈춤 가면무극인 산대도감극(山臺都監劇)과 별신굿, 동제(洞祭) 등으로 전개되었다.

이런 잔치들은 현대에 와서는 어떤 일을 실행한다는 의미의 '행사(行事)'나 사람들을 초청한 큰 모임이나 회의를 의미하는 '대회(大會), 축전(祝典)' 등으로 대체되었으며, 이것들은 절차를 갖춘 큰 규모의 잔치나 축제를 가리키게 되었다.

놀이의 사회적 기능

잔치나 축제는 손님의 품위나 격에 맞추어 초청하고 맞이하는 준비가 필요했는데 이것이 형식, 혹은 의례라고 할 수 있다. 이러한 형식과 잔치를 통해 만들어지는 난장(亂場)은 잔치의 양면이라고 할 수 있다. 본디 난장이란 여러 사람이 떠들거나 뒤엉켜 뒤죽박죽이 된 곳을 의미하는데 과거를 볼 때가 되면 오로지 급제를 위해 수 년 동안 공부를 한 수많은 양반집 자제들이 시험장으로 모여들어 질서 없이 들끓고 떠들어대던 과거마당을 '난장'이라고 한 것에서 기원했다.

이처럼 사람들은 난장이 되는 놀이판을 굿과의 관계 속에서 '굿잔치, 잔치판' 등으로 불렀고, 잔치를 통해 놀이판을 난장으로 만들면서 상하관계를 떠나 벽을 허물고 인간 상호의 관계를 풀어내기도 하였다. 잔치는 즐겁고 흥겨워야 한다는 전제는 잔치에는 술과 음식 그리고 손님의 초대와 더불어 노래와 춤을 포함한 풍류가 필수적으로 수반되었음을 의미했다. 또한, 이것은 잔치가 축제, 유흥, 놀이, 난장 등으로 정의될 수 있음을 의미한다. 잔치의 기능과 개념을 분명하게 정하기 어렵기 때문에 이를 일컫는 말도 다양해졌다. 잔치가 술과 음식을 연상시키고 노래와 춤으로 연결되면 그것은 주연, 향연, 연회, 축제, 대동놀이 및 집회, 대회, 행사, 축전 등을 일컫는 것이 된다.

또한, 지역민들의 공동체의식을 높이기 위해 전통적으로는 동제(洞祭)가 있었으며 이것은 향토축제로 이어졌다. 현재 마을단위 혹은 지역단위의 축제는 그 지역주민들의 참여로 주민의 주체성과 그 지역의 역사성이 강조되면서 축제의 중심에 굿의 옛 제의성(祭儀性)이 되살아나기 시작하였다. 지역별 큰 잔치들이 잠재된 풍요제의 흔적과 함께 현대적인 체육대회, 각종 전시회 및 행사 등을 곁들여 치르고 있다.

이처럼 과거로부터 현재에 이르기까지 일상생활에서 벗어나 이러한 일탈(逸脫)이 제도적으로 보장되는 것이 잔치의 기능이며, 제의라는 의식에서 놀이의 장으로 바뀌는 그 중심에 잔치가 있음을 알 수 있다.

11.2. 잔치, 가족 갈등의 해소

여성들의 활동공간이 규방으로 한정되어 있고 외부인과의 교류는 가까운 친족의 경우일지라도 자유롭지 못했던 상황에서 잔치의 자리는 여성들에게 규방 밖의 세계와 소통할 수 있는 장이었다. 고전소설 중에서도 장편소설에는 잔치의 장면이 빠짐없이 등장한다. 대체로 부모님의 수연(壽宴)이나 혼인 등 집안 대소사가 있을 때, 주인공들이 큰 공을 세워 나라로부터 잔치를 하사 받았을 때 벌이는 큰 잔치를 비롯하여 가족이나 친구의 전별이나 재회를 위한 작은 잔치 등이 벌어진다. (「유씨삼대록」, 「조씨삼대록」) 그 가운데 여성들이 평소와는 다르게 화려한 장신구와 비단옷으로 치장을 하고 내외 빈객들 앞에 나서게 되는 경우는 주로 큰 잔치가 벌어졌을 경우이다. 큰 잔치는 세력이 대단한 가문에서

나 벌일 수 있는 잔치였으며 표면적으로 집안 어른의 생신이나 혼인 등의 집안 일을 대외적으로 널리 알리고 축하를 받는 자리이면서 훌륭한 가문 구성원의 면면을 외부에 소개하여 가문의 세력을 과시할 수 있는 자리이기도 하였다.

잔치는 이처럼 여성들이 일상을 벗어나 아름답게 치장하고 술이나 차를 마시며 농담을 주고받기도 하고, 오랫동안 만나지 못했던 친정 식구나 친족들을 만나는 기쁨을 누릴 수 있는 장이었다. (「임씨삼대록」, 「청백운」)

> 하 뉵월의야 핑시 쾌차ᄒ여 니러나고 공의 부뷔 쏘흔 소복ᄒ니 한님 부뷔 연셕을 베퍼 녜복을 ᄀ초고 조모와 부모긔 강능의 슈를 올니 " 쇼졔 출가ᄒᆫ 긔년의 몸의 성장화복을 닙디 못ᄒ고 일양 남누ᄒᆫ 의샹과 시비의 복식으로 계하당말의 분주ᄒ여 쳔역의 즘겨시니 비록 옥이 진애에 무쳐시나 더옥 조호며 긔홰 수플의 빠여시나 더옥 빗나디 ᄆ춤ᄂᆡ 명쥬 벽희의 즘기고 빅벽이 돌 속의 금초이믈 면치 못ᄒ엿더니 금일 지극ᄒᆫ 셩효로 흉험ᄒᆫ 조모를 감동ᄒ여 위틱ᄒᆫ 병셰를 다 회츈ᄒ고 쥬식을 ᄀ초아 슈샹을 밧들매 공의 이듕ᄒ고 탄복ᄒ미 비길 곳이 업고 인 "의 갈치ᄒ믈 니로 긔록디 못ᄒᆯ디라 핑시 권으로조차 다시 봉관옥패를 ᄀ초고 홍샹취의로 옥비 향온을 밧드러 존당구고긔 진헌ᄒ니 녜도의 진션홈과 용모의 긔이ᄒ미 사름을 동ᄒ니 참졍이 그 손을 잡고 눈믈을 흘녀 칭찬 왈 현뷔 특이ᄒᆫ 셩효로 모친 ᄆᆞ음을 씌드ᄅᆞ시게 ᄒ고 위틱ᄒᆫ 병환을 무ᄉᆞ이 소복ᄒ시게 ᄒ여 금일 혼연ᄒᆫ 안식으로 ᄌᆞ손을 보시니 노뷔 감격ᄒ미 빅골의 삭일디라 엇디 흔갓 ᄌᆞ부라 ᄒ여 ᄉᆞ랑ᄒᆯ ᄯᆞᆫ이리오 지극ᄒᆫ 졍셩을 신명이 믁우ᄒ샤 금일이 이시니 진실노 효문공 놉흔 덕ᄒᆡᆼ을 현뷔 젼쥬 품슈ᄒ여 오가를 챵셩ᄒᆯ디라 엇디 귀듕ᄒ고 탄복ᄒ믈 금ᄒ리오
> ―「유씨삼대록」, (18세기)

> 흔 날 셰 신부를 마즐ᄉᆡ 듕당의 연셕을 잠간 열고 신부 대례를 마ᄌᆞ니 친권의 부인 쇼졔 닷토와 모드니 이날 한 녀 두 삼인이 단장을 잠간 일워 각각 존고를 뫼셔 좌의 ᄂᆞ니 화안월광이 찬란슈려ᄒ여 모든 가온대 셧기ᄆᆡ 모란이 됴림의 빗겨시며 모릐의 명쥬를 더졋ᄂᆞᆫ 둣 명월이 쳥공의 흐가ᄒ며 홍일이 부샹의 쇼소니 단일흔 광휘 일식의 조요ᄒ니 그 우히 업ᄉᆞᆫ 둣ᄒ디 오히려 혜션공쥐 이시ᄆᆡ 향염쇄 락ᄒ며 쳥월윤식흔 광치와 신이긔려흔 셩염묘질이 셰샹 미식뉴의 표연이 쒸여ᄂᆞ 니 비컨대 부운을 혜치고 일륜빅일의 조요흔 광치 바로 보지 못ᄒ니 만좌 탄복ᄒ여 그 혈육지신이 아닌가 의심ᄒ더라 일식이 반오의 삼 신뷔 니르러 막츠의 쉬여 일시의 힝례홀ᄉᆡ 삼인이 년보를 셔셔히 옴겨 빅현존당구고ᄒ니 졔좌 이목이 일시의 관광ᄒ미 부용화 셰 숑이 취우의 져져시며 모란홰 셰 숑이 금분의 빗겻ᄂᆞᆫ 둣

아리짜온 주태는 벽되 츈풍의 흔득이는 듯 셩안 영치는 츄슈의 무졍ᄒᆞ믈 우스며 아미의 어진 긔운과 관옥으로 무은 니마는 반월이 텬졍의 빗겨시니 곳츠로 삭인 낭협과 모란단슌이 일쳔주태를 먹음어 곤강의 조혼 옥이오 어엿분 거동과 긔이혼 품질이 빅태완젼ᄒᆞ니 화 원 냥인이 비록 한시긔 일이 층이 나리나 셜시는 두시로 샹우ᄒᆞ니 슉녀명염이 개개히 안치의 현요ᄒᆞ니 구고존당이 불승희힝ᄒᆞ여 하언을 스양치 아니니

— 「조씨삼대록」(18세기)

이러구러 셜부 일가 남녀노쇠 다 니르러 반기고 슈작이 지리ᄒᆞ여 산난ᄒᆞ미 동일 잔치ᄒᆞ여 즐기고 일가 노쇠 도라갈 쥴을 니져 연유슴일ᄒᆞ여 즐기니 희희낙낙 웃는 쇼릭 귀 슐고 닙이 알히도록 셜화ᄒᆞ더라 화잉 등과 미환관 등이 셜공 부부긔 빈례 문안ᄒᆞ니 좌즁이 녀ᄋᆞ와 동고흔 비지라 감히 쳔딕치 못ᄒᆞ고 스례 분분ᄒᆞ니 졔 시녀 황공무지ᄒᆞ더라

— 「임씨삼대록」(19세기)

츈삼월 샹슌의 니르러 이에 잔치를 베프니 츈희당 놉흔 박공의 구름 츳일이 표양ᄒᆞ고 동낙헌 너른 쓸히 년혼 부계 통챵ᄒᆞ니 찬난흔 오싴 곳츤 손 맛는 자리오 졍졔흔 팔텹병은 옷 곳치는 곳이라 시랑이 황은을 빗늬고 슈졍을 펴고져 ᄒᆞ야 빈긱을 널니 쳥ᄒᆞ니 쳥쟝소 푸른 개는 믹샹으로브터 오고 집금오 붉은 박회 구렁 밧긔 구을너 명공거경이 드토아 모히고 친왕의 년과 부마의 슬뷘 믈이 ᄯᅩ흔 샹명을 인ᄒᆞ야 일졔히 니르니 진쥬신이 흣딕 셔귀고 딕모잠이 셔로 막질녀 스〃연집의 이쳐로 셩ᄒᆞ기 쳐음이라 (즁략) 이쳐로ᄒᆞ야 두 날을 지닉고 졔 삼 일의 미쳐는 안히셔는 태부인이 진부인을 쳥ᄒᆞ야 화원의 겨근 돗글 베퍼 두견을 지〃며 하돈을 슬마 즐기고 밧그로는 시랑이 오뉴 붕빅를 다시 마자 가는 딕와 나준 노릭로 니화 쥬를 쳔〃이 부어 조용히 슈쟉홀식 (즁략) 한님 부인이 니러 잔을 드러 진부인긔 고왈 쳡이 상시의 우러르는 ᄆᆞᄋᆞᆷ이 져〃나 다르지 아니니 흔 잔을 드려 미흔 졍셩을 펴리이다 부인이 여러 번 스양ᄒᆞ거늘 쇼졔 굴오딕 쳡이 어러실 씩 부인 곳 아니면 아름다온 실과와 고은 옷슬 어딕 가 어더 보리잇가 드딕여 주질지녜로 잔을 드리니 진부인이 니러 답녜흐려 ᄒᆞ니 셜부인이 븟잡아 말녀 왈 져 아히 아르시기를 ᄋᆞ부의셔 언마 다르시리잇가 구틱야 무간흔 후의를 업시ᄒᆞ리잇고 진부인 이 마지 못ᄒᆞ야 도로 안쟈 손을 잡아 지삼 칭샤ᄒᆞ더라 시랑이 밧긔 나와 진부인 낙의ᄒᆞ믈 젼ᄒᆞ고 즁빈이 도라가미 닉당의 환입ᄒᆞ니 부인과 쇼미 못먹던 슐의 달ᄒᆞ여 두통이 고극ᄒᆞ야 흔 상의 누어 셔로 탓ᄒᆞ거늘 시랑이 친히 묵믹다를 권ᄒᆞ며 쇼왈 브졀 업순 일을 ᄒᆞ야 이런 슈고를 ᄒᆞ니 이졔는 상이나 벌이나 ᄒᆞ라 ᄒᆞ거든

흰 수발 닝슈로 흐리라 쇼졔 왈 닝슈 먹고 빙 알흐면 강귤을 먹이시기는 슈고롭지
아니흐리잇가 흐고 셔로 웃더라

—「청백운」(19세기)

11.3. 문화 공간의 탄생, 시사(詩社)

　　19세기 중반 여성 문화 공간이 서울 용산(지금의 원효로에서 마포로 넘어가는 삼
개고개) 삼호정(三湖亭)에서 이루어졌다. 김덕희(金德喜) 소유의 별장인 삼호정에
서 그의 소실인 김금원(金錦園)과 경춘(瓊春), 죽서(竹西), 운초(雲楚), 경산(瓊山)
등이 모여 거문고를 뜯고 시를 지으며 한껏 즐겼다. 당시 남성들의 시사는 많았
으나 여성들의 시사는 흔치 않았다. 그래서 이 모임을 '삼호정시사'라 부르게
되었다. 삼호정시사가 이루어질 수 있었던 이유는 마음이 맞기도 했지만 경제
적 여건이 갖추어졌기 때문이기도 하다. 또한 이들은 하나같이 시를 잘 쓰고
재기가 뛰어났으니 서로 어울리기에 부족함이 없었다. 그런데 이들은 양반의
서녀 혹은 기녀 출신으로 모두 소실이며 자식이 없었다. 이에 공부를 해도 쓰일
데가 없고 시를 써도 알려지지 못한 채 사라져버릴 것이라는 고립감과 소외감
에 고민했다. 그래서 모여 서로를 적극적으로 인정해 주었던 것이다. 여공(女工)
이 아니라 학문의 넓음과 시 짓는 재주로 서로를 높이 평가하고, 서로에게서
군자나 선비의 풍모를 찾아내고 스스로 성인의 경지에 이르기 위해 노력했다.
이들은 서로 두텁게 연대하였으며, 사회적인 관계를 맺었으며, 가정을 벗어난
공간에서 한시를 매개로 만나 시를 통해 교감했으며, 남성들의 요구가 아니라
자신들의 표현 욕구로서 시를 지었다는 점에서 의미를 갖는다. (김금원「龍山三
好亭」「湖東西洛記」, 김운초「一碧亭詩會-2」)

　　　서호의 좋은 경치 이 다락 앞에 모였으니
　　　마음내키는대로 올라가서 흥겹게 노네
　　　양쪽 기슭은 비단처럼 봄풀이 어우러졌고
　　　강물은 반짝이며 석양에 흐른다

구름 드리운 작은 마을엔 외로운 돛배 숨어있고
꽃 지는 낚시터엔 멀리 피리소리 슬프네
끝없는 이 풍경 모두 수습하니
아름다운 난간 머리에서 시 주머니 빛을 발하네
西湖形勝哉斯樓 隨意登臨作遨遊 兩岸綺羅春草合 一江金碧夕陽流
雲垂短巷孤帆隱 花落閒磯遠笛愁 無限風煙收拾盡 錦囊生色畵欄頭
        —김금원 「용산 삼호정에서 龍山三好亭」(19세기 전반)

해지도록 서로 기다리는 듯
한가한 구름 가다가 다시 오네
새는 안개 사이에서 물 잊었고
나무는 석양빛 깔린 산에서 깨어나네
정자는 호수 위 솟아있고
사람은 우주 속에서 함께 있네
맑은 이야기 끝나지 않으니
어느 결에 수심 얼굴 풀어지네
盡日如相待 閑雲去復還 鳥忘烟際水 樹醒夕陽山
樓出江湖上 人同宇宙間 淸譚猶未已 聯爾解愁顔
      —김운초 「일벽정 시 모임 一碧亭詩會—2」(19세기 전반)

때로 시를 읊었는데, 나를 따라서 창수하는 자가 네 사람이었다. 하나는 운초라
하는데, 성천인으로 연천 김상서 소실로서, 재화가 무리에서 뛰어나고 시로써 이
름을 크게 날렸다. 계속하여 찾아와 혹은 며칠 밤을 묵기도 했다. 또 하나는 경산이
라 하는 문화 사람으로 화사 이상서 소실로서, 다문박식하고 음영을 잘했다. 마침
이웃에 살아 서로 왕래했다. 다른 하나는 죽서라 하는 동향인으로, 송호 서태수
소실이다. 재기가 영특하고 지혜로우며 하나를 들으면 열을 알았고, 문장은 한유
와 소식을 사모했으며, 시 또한 기이하고 예스러웠다. 마지막 하나는 바로 내 아우
경춘인데, 주천 홍태수 소실로, 총혜단일하고 경사에 널리 통했으며, 시사 또한
여러 사람에게 못하지 않았다. 서로 더불어 따라 노닐며 시를 써 상을 채우니,
주옥같은 작품들이 서가에 가득하여 때로 낭독하는데 낭랑하기가 금을 던지고
옥을 부순 듯했다. 네 계절의 바람과 달이 스스로 한가할 수가 없었고, 강 하나의
꽃과 새 또한 근심을 풀 만했다.

有時吟哦 從唱酬者 四人. 一曰雲蕉 成川人 淵泉金尙書小室也. 才華超倫 詩
以大鳴 源源來訪 或留連信宿. 一曰瓊山 文化人 花史李尙書小室也, 多聞博識

工於吟詠 適因隣居相尋. 一日竹西 同郷人 松湖徐太守小室也. 才氣英慧 聞一
知十 文慕韓蘇 詩亦奇古. 一即吾弟鏡春 酒泉洪太守小室也. 聰慧端一 博通經
史 詩詞亦不多讓於諸人. 相與從遊 而錦軸盈床 珠唾滿架 有時朗讀 朗朗如擲
金碎玉. 四時之風月 不能自閒 一江之花鳥 亦應解愁也.

－김금원 「호동서낙기(湖東西洛記)」(1850)

11.4. 유람과 연회

조선시대 일반 여성들의 놀이문화는 유람과 연회를 통해서 행해진다. 유람은
유명한 산과 고적지 등의 명승지를 유람하는 형태이다. 그런데 여성에게 유람의
기회는 공식적으로 허용된 화전놀이, 화수회 등을 제외하고는 드문 일이었다.
여성의 장거리 외출은 근세 이후에 보편화 되었고, 주로 촌락이나 마을 등 거주
지역 단위의 모임을 통해서 여행을 떠나는 형태로 이루어졌다. 유람을 통해서
일상공간에서 벗어나 타지를 유람함으로써 문화적 욕구에 대한 결핍을 해소하
고 있다. 풍문으로만 듣던 도회지 서울의 근대 문물을 체험하는가 하면, 성현의
유적지를 돌아본다. (「금광유람가」, 「금오산채미정유람가」, 「유람기록가」, 「계묘년여
행기」)

또한 회갑연, 만수연 등 장수를 기리는 연회는 여성들이 오랜만에 친정으로
돌아와 친지 및 친구들을 만나 회포를 풀 수 있는 축제의 한마당이 된다. 성대
한 잔치가 열리고 친지의 장수를 축하하며, 친정의 가족들 및 친구들과 상봉하
는 기쁨을 누린다. (양동댁 「만수사」, 우씨 부인 자매 「형주씨 수연경축가」, 「수경가」)

원ᄒ던 금강순을 처처히 다본후의 희금강의 선유ᄒ고 총석정을 도로도라 원산
으로 올나가셔 인간을 구경ᄒ니 질비ᄒ고 장ᄒ도다 빅수정 물을먹고 정거장의
모도나와 경성으로 도착ᄒ니 정신이 쇄락ᄒ고 총독부의 올나셔니 젼싱인가 이싱
인가 황홀ᄒ고 난측ᄒ다

－「금광유람가」(20세기 전반)

절미한 금오산은 션산의 주산이요 흘입한 치미졍은 만고충신 유허로다 야은션싱 방촉싸라 치미졍 놀노가시 여광여치 조혼마음 칠보단장 구미낄지 유록도홍 온갖치복 철얼ᄎᄌ 늬여업고 발지갓탄 쳥홍양산 틔양공 반쳠가려 압서가라 돼서거라 도로이 연속ᄒᆞ야 쳥춘작반 가는거름 구미시즁 을픗지늬일보이보 순식간에 치미졍이 닷첫구나

—「금오산채미정유람가」(1928)

어와우리 노름계원 우연한 인연으로 몇몇분이 안을새와 계묘년 윤사월에 각동리로 열락하여 희망자를 뽀밧든가 하금댁이 계장대고 약방댁과 서암댁이 장장한 일년간에 그수고가 얼마인고 세월이 여류하여 갑진삼월 도라왓늬 때좃타 삼춘가절 유람갈날 정하자고 계장댁에 모여안자 일석담화 줄기다가 목적지를 정해노코 떠날때를 정하자니 중구난방 휴일염셔 모든사졍 다버리고 이십일날 졍일후에 농촌생활 하다보니 가소로운 여자몸이 삼일간 작정하니 농번기에 맹낭하나 한평생이 멀다해도 우고질병 다제하면 반백년이 못대나니 악가울사 우리청춘 삽사십이 댄다해도 시드러진 꽃송이요 이청춘을 허송하면 빅발이 차자오니 아니놀면 무엇하리

—「유람기록가」(1964)

금연틔세 신희로셔 존당회갑 안일년가 귀령부모 젼노듸로 분여셩면 ᄒᆞ온후의 동기숙당 그린 회포 오날ᄒᆞᆫ번 푸러볼가 싱긔복득 날을바다 고당을 차자드니 어화 조코 조홀시고 어와잇듸 어늣써요 칠월염쳔 칠일이라 유화셩 홀너가고 남북셩 발가온다 어제밤이 발근달은 소젹션의 노는거동 오늘오늘 우리집이 만세연 빅셜ᄒᆞ미 동서사방 글을날여 쳘리고붕 마잣던니 금안옥교 늬외긕이 구람갓치 모허고나 (중략) 사사헌지 당상이 화락한담 드옥조코 삼늠사여 기룬자여 친외손이 만좌고나 님지면 씸질며 신션인 박종지는 관관져구 첫소릭로 군ᄌᆞ호구 쪽을지어 금실우귀 거문고로 봉황루을 화답ᄒᆞ고 원남산쳔 수쳔만리 산악을 넘는다

—양동댁「만수사」(미상)

국왕공과 춘복춘추 벗님찾아 왓네 우리형어 회갑날이 손을잡고 춤을추고 하루 홍취 풀어보세 우수사려 어떤지고 여중학자 우리형아 슬프다 소상강 져믄밤에 상사곡을 노래할까 이십구일 중추가절 때도좋고 일기도 아름답고 우리형아 착한 성덕 천지가 아는바라

—우씨 부인 자매「형주씨 수연경축가」(미상)

어와 세상 사람들아 이런 경사 또잇는가 우리남매 숙질들아 한자리에 뭉치어서 할바아바 어미앞에 만수무궁 빌어보자 걱정끼친 우리형제 웃음으로 위로하자 길이길이 뛰어볼가 우쭐우쭐 춤을춘다 노래를 불러볼가 배움없이 한이로다 한없난 이경사에 마음대로 놀아보자

—「수경가」(미상)

11.5. 감정과 감각의 해방

놀이의 정신은 억압되었던 인간의 감정과 감각을 풀어내어 일탈의 해방감과 자유로운 창조력으로 충만하게 하는 데 있다. 인간은 놀이의 시공간을 경험함으로써 이성적 사고와 감성적 욕망 사이를 넘나들게 된다. 여성들은 놀이의 공간에서 일상성이 질식시킨 꿈과 열망을 되찾고, 생활의 권태와 피로를 풀어내는 전혀 다른 차원의 경험을 하게 된다.

근대 초 이런 기능을 한 공간은 공원, 강습소, 예배당, 공연장 등이다. 근대에 새롭게 선보인 이 공간들은 여성들의 집밖 출입이 제한된 상황에서 여성의 외출을 공식적으로 정당화해 주었고, 자연스럽게 남녀가 서로를 탐색하고 연애 감정을 키우게 해주는 역할을 하였다. 실제로 근대소설에서 이 공간은 여성인물이 새로운 세계를 향해 시야를 넓히고 감각을 해방시키는 장소로 기능하고 있다. (백신애 「나의 어머니」, 강경애 「축구전」, 박화성 「시들은 월계화」)

이후 소설에서 극장, 영화관, 카바레 등은 대중문화와 연애문화를 표상하는 공간으로 등장한다. 여기서 여성들은 취향과 취미를 형성하고 향유하면서 비일상의 시간을 체험한다. 영화가 상영되는 극장에서 여성인물은 영화가 유도해내는 꿈같은 매력에 의해 일상을 망각하고 몽환적인 축제의 시간을 보낸다. 새로운 감각과 정서를 향유할 수 있는 매개체인 영화와 그 영화의 관람은 여성에게는 현실 질서에서 용납되지 않은 은밀한 욕망을 투사하고 배설할 수 있는 거부할 수 없는 매혹이었다. 극장은 한편으로 연애 체험과도 깊은 관련이 있는데, 여성들은 극장을 연애에 대한 환상을 대리충족하거나 실제적인 데이트 장소로

이용하고 있기 때문이다. (한말숙 「안개」, 전경린 「맨 처음 크리스마스」, 하성란 「꿈의 극장」, 김윤영 「블루오션 연애학」, 조경란 「풍선을 샀어」, 강영숙 「어떤 싸움」)

한편 여성시에서 극장은 비루한 인생을 보여주는 스크린으로 등장한다. 일상과 비일상이 극적으로 만나는 극장에서 화자들은 삶과 연기(演技)가 결국은 동일하다는 시선으로 영화에 몰입하거나 방관한다. 극장은 현실로부터 도피한 일탈의 공간인 동시에 현실과 가장 적나라하게 만나는 공간이다. 자신이 살아가는 모습은 외로운 '여배우'의 열연이며, 인생은 '변두리 삼류극장'에서 상영하는 '공포와 멜로와 판타지'가 뒤섞인 영화와 같다는 것, 결국 인생의 무대에 올라보지도 못한 맨 뒤 구석의 '극장의자'가 '나의 영토'라는 것이 중심이다. (김혜순 「lady cine」, 박서영 「극장 의자」, 「평일의 극장」, 강영은 「첫사랑 극장」, 조유리 「지난밤 세 편의 영화를 보았다」)

또한 춤을 추는 동안 여성들은 반복과 순환이라는 일상의 굴레에서 벗어나 공중에 부양하는 듯한 해방감을 느낀다. 그래서 여성들은 춤을 추기 위해 카바레로, 나이트클럽으로, 그리고 백화점 문화센터로 향한다. 여성들에게 춤은 아내와 엄마로 살았던 시간의 먼지를 털어내고 오래된 꿈의 기억을 떠올리는 추억의 통로가 되기도 하고, 일상의 권태와 환멸을 견디는 유일한 방편이 되기도 한다. (장덕조 『다정도 병이련가』, 김인숙 「나비의 춤」, 김현영 「애완견」, 강영숙 「서로의 안부를 묻다」, 이명랑 『슈거푸시』)

목욕탕과 수영장처럼 일상에서 벗어나 휴식을 통해 감정을 내려놓고 감각을 풀어놓을 수 있는 곳이라면 어디든 여성들에게는 놀이의 공간이 되었다. 여성들은 이 같은 축제의 기억을 통해 다시 일상의 시간을 견디며 살아간다. (정연희 「천치」, 강영숙 「밤의 수영장」, 전경린 「평범한 물방울 무늬 원피스에 관한 이야기」)

시골인 만큼 여배우가 끼면 인기를 많이 끌 수가 있다고들 생각한 청년회 간부들은 여자인 내가 연극에 대한 책임을 질 것 같으면 다른 여자들 끌어내기가 편리하다고 기어이 나에게 전 책임을 맡기고야 만다. (중략) 그러나 아직 '트레머리'가 사 오인에 불과하는 이 시골이라 아무리 끌어내어도 남자들과 같이 연극을 하기는 죽기보담 더 부끄러워서 못하겠다는 둥, 또는 해도 관계없지만 부모가 야단을 하는 까닭에 못하겠다는 둥 온갖 이유가 다―많아서 결국은 여자라고는 아―무도 출연할 사람이 없이 되고 부득이 남자들끼리 하는 수밖에 없었다. 그래서 우리들은 밤마다 밤마다 ××학교 빈 교실을 연극 연습을 시작하게 되었다. 연습을 시키고

있는 나는 아직 예전 그대로의 완고한 시골인 만큼 '일반에게 비난을 받지나 않을
까……' 하는 여러 가지로 완고한 시골에서 신여성들의 취하기 어려운 행동에 대한
고려를 하지 않을 수 없어서 다른 위원들과 같이 여러 번 토론도 하여 보았으나
내가 없으면 연극을 하지 못하게 되는 수밖에 없다는 다른 위원들의 간청도 있어서
나는 주저하면서도 끝까지 일을 보는 수밖에 없었다.

—백신애 「나의 어머니」(1929)

그가 목적지인 S공원까지 왔을 때, 하늘을 찌를 듯이 올라간 백양나무숲을 바라
보면서, 희숙이가 와서 기다린 지가 오래지나 않았나 하는 불안과 어떤 감격으로
발길이 허둥허둥해졌다. 그러나 그가 S공원 안으로 들어와서 정자까지 왔을 때,
희숙이가 아직 안 와 있으므로 다행하면서도 섭섭하였다.

그는 정자 난간에 비껴 앉아 어디로부터 희숙이가 나타날지 몰라 두리번두리번
살펴보았다. 그리고 누가 이 공원에 놀러 나오지 않았나 하는 불안도 일어났다.

—강경애 「축구전(蹴球戰)」(1933)

이 청년은 박 집사의 아우로서 절대로 교회에 나오는 일이 없을 뿐 아니라 오
히려 배부인의 전도하는 말을 반박하건마는 웬일인지 베부인은 이 청년을 좋아
하였다.

그 원인은 첫째는 그가 총각인 것, 둘째는 그의 체격과 얼굴이 잘난 것, 셋째는
그의 말소리가 듣기 좋은 것, 넷째는 그의 성격이 남자답고 씩씩한 것. 이렇게
네 가지 조건이 구비한 청년을 미스 베인은 처음 보았다고 생각하였다.

그래서 주일날 저녁이 돌아오기를 기다리는 것은 그에게 있어 중요한 희망이
되어 있었다.

—박화성 「시들은 월계화」(1936)

"당신은 그래 날 아내라기 보다 돈으로 사온 여자루 생각하는 모양이지요. 기생
이나 그런것들허구 꼭 같이."

"기생? 누가 기생허구 같대? 그깐년들은 이제 진력이 났어."

"어머나"

"요세는 캬바레—나 나인클럽같이 고급으로 노신다는 사실을 알어." //

강이해는 요정을 자주 드나드는 동안 늙수그레한 기생들 가운데 흔히 이런소리
저런소리 객과 더부러 응수(應酬)를 잘하는 여자가 있는 것을 더러보았다.

그러나 이같이 아름다운 여학교출신이 단 한번본 남자와 더부러 예사롭게 가진
수작을 주고받을 수 있다는 것은 처음으로 발견한 새로운 사실이었다.

"재미있는 여자다"

강일해는 사변이후 한국의 여성들 가운데 새삼스레 나타나기 시작한 청신한 매력과 감각을 이 여자에게서 얼마든지 느낄 수 있었다.

-장덕조 『다정도 병이련가』(1954)

다른 어느 나라에도 이러한 풍속이 있을는지 모를 일이다. 입었던 옷을 서슴없이 활활 벗은 뒤에 알몸으로 모여들어 때를 씻는 이런 일이. 넓은 자리 한복판에 연못만한 물웅덩이를 만들어 김이 물씬물씬 오르게 해놓고 알감자 같은 발가숭이들이 너도나도 들어가서 휘정거리는 이런 일이.

일러 공중목욕탕이라고 하는 이곳은 사람들을 간단히 열중하게 만드는 곳이 아닌가. 때를 씻어낸다는, 극히 단순한 일에 처음부터 끝까지 이렇게 착실하게 열중할 수 있게 하는 힘이 무엇인지 신기할 뿐이다.

그 여자는 어렸을 때부터 이러한 공중탕을 좋아했다. 얼마든지 퍼내도 계속 충충해 있는 따뜻한 물과, 보오얀 수증기 저쪽에서 포근하게 졸고 있는 불빛과, 그 속에서 아득하게 울려서 들리는 물소리 사람소리, 그런 것들이 다 좋았다. 그리고 그 중에서도 더욱 좋았던 것은 따뜻한 물과 수증기 속에서 분홍빛으로 익어가는 사람들의 발가숭이 몸들이었고, 그것은 이 세상에서 볼 수 있는 그 어떤 것보다도 따뜻하고 다정한 것이었다.

-정연희 「천치」(1977)

영화가 진행함에 따라 관객석의 흥분은 점차 고조되는 것 같았다. 꼼짝도 하지 않고 화면에 빨려들어 가고 있는 정화는 소리치며 갈채하고 싶은 충동을 여러 번 눌렀다.

영화를 처음 보는 것은 아니나, '선셋 불르버드'(Sunset Boulevard)는 유독 그녀를 무아무중으로 몰아넣었다. //

정화는 의자에서 일어섰다. 전신이 감동되어, '악!'

하고 소리를 치고 싶었다. 영화관을 나오며 기준이 '굉장한 영화야' 했다. 정화는, "맥주라도 마셔야겠어. 너무 좋아서 가만히 있으면 숨이 막힐 것 같아."

-한말숙 「안개」(1980)

그때 그녀의 유일한 취미는 에프엠의 클래식 음악을 듣는 것이었다. 밥을 지을 때나 청소를 할 때나 또는 빨래를 할 때에도 그녀는 늘 라디오를 옆에다 두고 에프엠 방송의 클래식 음악을 틀어놓았다. 그리곤 제목도 알 수 없는 음악에 맞추어 고개를 끄덕이고 손을 가끔 흔들고 또는 발가락을 꼼지락거렸다. 그게 전부

다였다. 삶의 세월이 길어질수록 그녀는 자신이 한때 여왕나비로 나비의 춤을 춘 적이 있다는 사실조차 미심쩍어져갔다. 그것이 남아 있다면 그건 그저 사진 속의 기억일 뿐이었다. 열두 살 나이에 진한 분화장을 하고 눈썹을 그리고 푸른색 아이 새도우를 칠한 여왕나비의 사진, 곧고 예쁜 다리와 그 다리를 단단하게 세워준 작은 발의 기억, 그리고 넌 이 다음에 커서 꼭 무용가가 될 거라고, 흥분에 차서 말해주던 나비선생의 기억.

—김인숙 「나비의 춤」(1996)

그날 해변에 축제가 있었다. 방파제에 기대어 바다 위에 세운 무대에서는 악단 이 조악하고 신파적인 연주를 했고, 삼류 가수 몇이 노래를 불렀으며, 이어서 윗옷 을 벗은 청년들이 젖은 모래 가루가 묻은 맨발로 무대 위로 뛰어올라가 사나운 춤을 추어댔다. 음악은 아주 낡아버린 노래인 엘비스의 〈버닝 러브〉, 모대 아래서 도 남자 아이들이 광란을 일으켰다. 작은 해변을 따라 여름철에만 문을 여는 술집 들이 크리스마스처럼 현란하게 불빛들을 깜박이고 있었다.

—전경린 「평범한 물방울 무늬 원피스에 관한 이야기」(1997)

〈카니발〉이라는 영화는 중반부가 흘러가고 있다. 폭발음이 들릴 때마다 눈앞으 로 무수한 섬광들이 우르르 일어났다 사라진다. 소리가 나오지 않는 흑백 텔레비 전으로 불꽃놀이를 구경하는 것 같다. 등받이에 머리를 기대고 다리를 앞좌석의 등받이에 얹는다. 폭격과 총소리 사이사이 청년의 억눌린 듯한 소리가 간간이 섞 인다. 그래. 뛰어. 쏘라구. 젠장.

—하성란 「꿈의 극장」(1997)

극장 안엔 두 개의 톱밥 난로 주위로 겨우 서른 명 정도의 어른들이 뒷머리를 보이고 앉아 있다. 그 장면에서 어김없이 아주머니 몇몇이 눈물을 찍어내기도 하 고 손수건에 코를 풀기도 하며 조금씩 몸을 뒤친다. 나는 파랗게 곱은 손을 마주 비빈다. 이 장면은 네 번째로 보는 것이다. 매표 일을 정리하고 나면 화면엔 언제나 눈바람이 치고 아편쟁이 허장강이 나타나며, 가련한 문희가 쓰러져 운다.

—전경린 「맨 처음 크리스마스」(1998)

그래서 신지와 나는 매일 학원에서 만나 나이트클럽에 갔다. 여느 수험생 못지 않게 규칙적인 생활이었다. 사회 여건도 우리를 도왔다. 불경기라고 했다. 나이트 클럽에선 경쟁적으로 여자애들한테 클럽을 이용할 수 있는 쿠폰을 나누어주었다.

오만 원짜리부터 삼십만 원짜리까지 있었다. 괜찮은 여자들로 물을 좋게 해서 손님도 늘리고 매상도 올려보자는 것이었다. 나에겐 언제나 삼십만 원짜리 쿠폰만 들어왔다. 그의 매일 공짜로 춤을 추었다. 신지는 나와 함께 있어서 폼난다고 했다. 나는 앞으로도 계속 쿠폰을 받을 수 있도록 불경기가 영원히 지속되길 기도했다. 집에 돈이 없어서가 아니다. 내가 괜찮은 여자애라는 사실을 증명할 수 있기 때문이다. 내가 생각하는 진정한 액세서리는 바로 삼십만 원짜리 쿠폰 같은 것이었다.

-김현영 「애완견」(2000)

변두리 아파트촌 G체육센터 수영장은 일대 여자들의 해방구다. 수차례의 강습 시간과 자유수영시간 모두 레인이 비는 적이 없다. 회원의 대다수가 여자들이다. 여자들은 내가 써붙인 수영장 이용수칙을 쉽게 무시한다. 샤워를 하지 않고 풀에 들어가는 것은 몰상식한 행동이라고 했지만 그냥 들어가는 사람이 많다. //
심심한 오후 한낮이면 체육센터 로비에 있는 스포츠 용품점을 기웃거린다. 처음에는 스키용품이나 골프채, 등산모나 트레이닝복을 구경한다. 그러나 결국에는 최신 디자인의 수영복을 만지작거리고 서 있다.

-강영숙 「밤의 수영장」(2002)

넌 내가 가끔 카바레 같은 곳을 다니는 것을 모르지. 물론 춤을 추러 가는 거다. 카바레라고 하니까 호화스럽고 사치스러운 술집을 생각할지도 모르겠지만 그렇지 않아. 넓은 공간에 조명만 약간 어둡고 오는 사람들도 수수해. 어디서 따로 춤을 배운 건 아니야. 일 년 전에 마포 용강동 갈비집에서 일할 때 주방일을 같이 하던 여자가 있었어. 남편은 없고 애가 둘 있는 여자였는데 아주 얌전한 사람이었다. 여자가 어느 날 함께 가보겠냐고 하더구나. 머리가 복잡하고 어지러울 땐 가는 것도 괜찮다면서, 운동하러 가는 것과 똑같다고 하더구나. //
내 앞에 선남자도 시름이 없지는 않겠지. 하지만 그런 건 알 필요도 없어. 춤을 추는 내 몸매가 남의 눈에 어떻게 보이든, 그저 아무렇게나, 너무 튀지만 않게 흔드는 거야. 이렇게 하다보면 다방 한 귀퉁이에 하루 종일 서 있는 부끄러움, 빨리빨리 붙지 않는 저금통장을 잊을 수 있으니까.

-강영숙 「서로의 안부를 묻다」(2002)

이 춤은 카바레 가서도 못 써먹어요. 그럼 왜 배우는 거예요? 춤은 내가 나 스스로에게 거는 마법이에요. 장 보러 시장 갈 때도 이왕이면 춤출 때처럼 경쾌하게 걷는 거예요. 밥 할 때도 에라 나는 모르겠다, 곱추처럼 등 구부리지 마시고

놀이 455

이왕이면 춤출 때처럼 똥배 딱 집어넣고 가슴도 좀 앞으로 당당히 내미세요. 그릇
이다 냄비다 왜 싱크대 아래 깊숙이 넣어두고 매번 쭈그려서 그걸 꺼냅니까? 이왕
이면 그릇이건 냄비건 다 찬장 안에 넣어두세요. 냄비 꺼낼 때마다 뒤꿈치 바짝
들고 몸을 쭉쭉 펴보세요, 금방 달라집니다. 그렇게 몇 주일만 생활해보면 나 스스
로도 놀랄 만큼 아름다워질 수 있어요.

이제부터는 집에서도 스텝을 밟는 것처럼 흥겹게! 아름답게! 그렇게 생활해보세
요. 나도 즐겁고 나를 바라보는 주위 사람들도 즐거워져요. 나를 바라보는 사람들
까지도 행복하게 할 수 있는 거, 그게 바로 아름다움의 파워 아닐까요?

-이명랑 『슈거푸시』(2005)

그가 가장 좋아한다는 영화를 보러 비디오방에 갔다. 이 나이에 애들도 아니고
무슨, 싶긴 하지만 석달 된 상대와 데이트하기엔 아주 적절한 장소다. 벌써 네
번째다. (중략) 오늘은 그가 좋아하는 「그랑블루」를 보기로 한 날이다. 저번 주말
엔 신작영화 중에서 아무거나 골랐다. 물론 봐도 그만 안 봐도 그만인 영화였다.
여러 번 시찰 끝에 간택한 강남역 부근 비디오방은 중급 호텔 뺨치게 아늑했고
우린 둘다 영화에 별 관심이 없었다. (중략) 영화를 보는 틈틈이, 그는 내 블라우스
안을 탐색하면서도 영화에 대한 설명도 그때그때 잊지 않았고 휴대폰과 PDA도
가끔씩 체크해주었다.

-김윤영 「블루오션 연애학」(2006)

우리는 영화를 보러 갔다.

12월 마지막 날이었다. 성큼성큼 앞서서 걸어가는 J 뒤를 따라가면서 생각해보
니 대개 두 번째 데이트에서는 영화를 보러 갔던 것 같기도 하다. 십 년 동안 서울
을 떠나서 살지 않았더라면, 극장에 가자는 생각은 애초부터 하지 않았을 것이다.
J 또한 수년 동안 운동을 하느라 12월 마지막날 영화를 본 것은 그날이 처음이었다
고 했다.

-조경란 「풍선을 샀어」(2006)

지금까지 여자가 그나마 쉬지 않고 해온 일이라고는 씨네마떼끄에서 영화를
본 것뿐이었다. 다른 사람들처럼 동남아의 가난한 나라, 아프리카의 가난한 나라
어린이들을 위해 매달 일이만원의 후원금을 보내거나 교회에 헌금을 하는 대신,
여자는 이 오래된 건물에 있는 씨네마떼끄를 후원하기 위해 해마다 십 만원의
회비를 냈다. 그리고 씨네마떼끄에서 하는 모든 행사에 거의 다 참가했다. 장마철
이 끝난 한여름, 모두가 휴가를 떠난 뒤에도 여자는 극장에 와 소수의 관객들과

같이 앉아 영화를 봤다. 여자에게 영화란 영화 이상이었다.

-강영숙 「어떤 싸움」(2011)

여배우는 어떡하나
극장 문 닫히고 불 다 꺼지면 어떡하나
저 영화 속에 덩그러니 혼자 남겨지면 어떡하나
영화는 끝났는데 나는 자리에서 일어날 줄 모르네
지구를 도는 둥근 노래속에 몸을 맡긴 것처럼
내려올 줄 모르는 그녀
무서워! 하고 소리치면
무서워의 그 위에서 워 워 워 다시 시작하는 끔찍한 노래
팬텀레이디처럼
눈을 모로 뜨고 밤늦도록 제가 지어낸 얘기 들려주더니
내일인지 어제인지 모르는 그곳
저 노래의 메아리에 갇혀버린
저 여배우를 혼자 두면 어떡하나
이제 모두 나갈 채비를 하고 우산을 집어 드는데
영화관 밑에 그 밑에 하수구 속에 서식하는
서울쥐의 집으로 가야 하나 어떡하나
나는 노래의 최면에 걸린 것 같아요
최면술사의 손가락 끝에 시달려
여기 이렇게 스크린 장막 위를 떠돌아요
말하던 저 여배우는 어떡하나

-김혜순 「lady cine」(2008)

나는 순정한 눈빛을 가진 짐승을 만나러 간다
영화가 끝난 뒤 맨 뒷자리에 구겨져 앉아 있을 때

음악은 초조하게 스크린 밖으로 흘러나가고 불은 성급하게 켜졌고
청소부는 너무 빨리 상황을 정리하려고 했다

의자가 짐승처럼 나를 안아 줄 때
외로움은 잔혹하구나, 연인들이 하나 둘 극장을 빠져나간 뒤
맨 뒷자리 누군가에게 손목 잡힌 채 문득 생각한다

외로움은 극장 의자에서 시작되어
극장 의자에 앉아 있다가
극장 의자를 떠나는 것이라고

-박서영 「극장 의자」(2009)

내 손이 스카프처럼 그대의 목을 조를 수도 있으리라
관람객 없는 평일의 극장에서 잠깐 졸았을 때
지나가버린 것은 청춘
남은 것은 패배

사람들이 어떻게 죽어나갔는지
깜박하는 사이 시체들이 골짜기에 버려지고
깜박하는 사이 꽃밭이 태어나는 평일의 극장 안

프라하와 아우슈비츠, 박쥐와 마더
맨 뒤 구석자리가 나의 영토일 것
그곳에서 예의를 버리고 그대의 입술에 키스한다
가장 나중까지 남아서
누군가 나를 들어내 버릴 때까지

-박서영 「평일의 극장」(2009)

여보세요, 여보세요, 수화기 저편이 응답 없는 날, 나는 팝콘 봉지를 비우러
변두리 삼류 극장에 가요

자막에선 빗방울 튀기지 않는 비가 죽죽 내리는데 빗줄기처럼 극장 의자에 기대
어 앉아 (중략)
내가 사라진 벚꽃의 계절, 붉은 불이 켜지고 뉴스가 끝날 때 팝콘 봉지에서 벚꽃
이 터져요 환생의 벚꽃이 펄,펄,펄, 거리를 덮는데

여보세요, 여보세요, 죽은 여배우처럼 묵묵부답의 당신은 나는 어디 있죠?

-강영은 「첫사랑 극장」(2012)

동시상영 극장에서 세 편의 영화를 보았다
공포와 멜로와 판타지

(중략)

얼굴을 문지르는 잠깐 사이

갑자기 어른이 되어 찾아온 첫사랑

짧은 사랑 끝에 사람의 생간이

까마귀의 귀두로 둔갑하는

세 편의 영화가 시차도 없이 동시상영 되고 있었다

나는 어느 대목에서 혀를 꺼내 문 채 퇴장 당했을까

— 조유리 「지난밤 세 편의 영화를 보았다」(2009)

11.6. 수다, 유희와 공존의 원리

여성들은 놀이의 행위보다 함께 나누는 말과 소통을 즐긴다. 대화와 수다의 향연으로 공감과 연대를 공유하는 것이 여성 최고의 놀이일 것이다.

조선시대 이래 여성들의 집단적인 축제로는 화전놀이, 화수회 등이 있다. 화전놀이는 가장 보편화된 놀이문화로서, 마을 주변 명승지를 유람하며 풍경을 완상하고 화전(花煎)을 비롯한 음식을 함께 만들어 먹으면서 대화를 나누는 것이다. 여성들은 오랜만에 집밖으로 외출하여 일상의 직임에서 벗어나 정서적 해방감을 누린다. (「화수답가」, 「화전가라 2」, 「화전가 6」) 이때 여성들에게 놀이는 정서적으로 일상의 규범이 엄존하는 집안에서의 탈주라는 의미를 지닌다. 집밖으로의 외출을 통해 가사노동을 비롯한 일상을 지배하는 규율에서 놓여나 여자로서 살아가는 고충을 토로한다. 여성들끼리의 수다를 통해 일상에서 억눌러왔던 감정들을 풀어냄으로써 다시 현실로 복귀할 수 있는 활력을 얻고 있다.

이 수다에서는 일상에서 잠시 벗어나 자신의 현존을 돌아보며 무질서하게 터져 나오는 감정들을 토로한다. 여자로서 겪는 부당한 대우에 대한 직설적인 신세한탄과 권위적인 남성에 대한 비판들, 부녀자의 직분과 덕목에 충실하자는 다독임이 뒤섞여 있다. 시집 흉, 남편의 흉과 자식 자랑, 시집살이의 어려움과 가사노동의 고충에 관한 속내를 털어놓는가 하면, 자신들이 맡고 있는 직분의 중요함과 그것을 수행하는 자부심에 대한 확인에 이르기까지 동질감을 바탕으로 쌓인 감정을 풀어놓고 서로를 격려하며 위로한다. 이러한 수다를 통해 여성적 삶의 고충을 공감하고 여성 존재에 대한 자부심을 확인하기도 하면서 여성 간 친화적 연대의식을 확장해 나간다.

현대소설에서 여성들의 수다는 스스로의 힘으로 슬픔을 치유하고 타인의 고통에 동참하는 축제의 현장을 재현한다. 막힘없이 뚫리고 흐르는 수다 가운데서 여성들은 슬픔을 유희로 만들고 상대방과 평화롭게 공존한다. 수다를 나누는 사이에는 평등한 관계가 전제된다는 점에서 여성들의 무의미한 수다와 무목적의 연대는 치유와 초월의 한바탕 놀이판이 된다. (박완서 「주말 농장」, 김지원 「사랑의 예감」, 이혜숙 「뻐꾸기 우는 풍경」, 이혜경 「봄날은 간다」)

> 옥정봉아 정차한후 송암정상 좌정후에 딸내들께 호령하니 일시대령 받은음식 만반진수 융숭하다 상등과자 한근과 만반진슈 융숭하다 노름노리 살펴보니 어이없셔 웃음일다 쏘싹쏘싹 저웃노래 뒷개짜개 야단일다 구석구석 모여안자 시집흉이 야단일다 이팔시절 우리몸이 시집사리 헛불시고 여필종부 옛법대로 낭군짜라 시집가니 층층시하 엄한교훈 마음대로 말할손가 모상대 한집에서 말못하고 눈짓웃음 몇 달만에 한번기회 부모명영 만나보니 첩첩히 싸인소회 일야에다 말할손가 구석구석 만나랴니 이목거차 번거하다 시부모 원망보다 공명자가 원수로다
>
> —「화수답가」(1932)

> 강남에서 나온제비 옛주인을 찾아왔네 어와세상 딸래들아 꽃적굽기 슬시ᄒ라 아해불러 꽃따이고 정강택적 그러노코 꽃화ᄌ 기름유ᄌ 가루분ᄌ 합을ᄒ여 꾸을적ᄌ 꾸워내니 먹을식ᄌ 으뜸이라 맛시사아 이상하다 진유장에 숨씨던가 고르기도 노나먹내 이럿타시 먹은후에 빅옥잔에 술을부워 어비옥비 가득부어 옥손으로 권군할제 시장보시 먹고보시 이럿타시 먹은후에 정신을 ᄎ려보니 석양이 ᄃᆡ엿구나 따님이 하난말이 아연이 낭누ᄒ여 그렁저렁 노다가서 부유손질 후려잡고 심중소히 하올적에 우리이래 모여놀고 산지각각 헛어지니 타향에 일주같다 심중소히 배푼후에 집이라 돌아오니
>
> —「화전가라 2」(1949)

> 그 소래 듣고 보니 분하고도 애들하다 우리도 이세상에 남자나 되였으면 시세가 흥 때때마다 마음대로 노런마는 여자유행 얼마여서 규문생활 가련하다 시집사리 가는속에 고생인들 오족하랴 구름에 밧틀메고 등잔아래 배를 짤때 하지일과 동지

야에 뽕을따셔 침선방직 사시골몰 바쁜속에 청춘이 다늙었네 일년일차 이모임
마음인양 못들소냐 남여분명 달나셔도 심중소회 일반이라 여보소 벗님네야 이뇌
말삼 들어보소 격막심규 깁혼속에 셔려담은 하소연을 노래가사 지엇거든 이 자리
에 하소하세 좌중이 하는 말슴 그대답 박수친다 어느부인 남먼저 나셔던되 홋튼머
리 소복에는 얼굴도 서면하다 품속에 화전가사 양수로 바쳐들고 좌중에 다시향해
절 한번 구진 후에 낭낭한 목소리로 긴 가사 낭독하니 난중에 남편 잃고 독수공방
셔른 사정 마듸마듸 격은지라 좌석을 다울인다 마음약한 부인네는 소리내어 느끼
난데 그소래 긋치나니 만장박수 일어난다 (중략) 이몸을 비롯하사 우리네 여인네
는 자포자기 너무하야 부녀가락 빈멸하니 애달울사 예의동방 금수나라 한을한다
남여체격 달라스나 마음조차 다르릿가 옛날에 태임태사 부인도덕 기록하사 태교
로 길은아들 일대성군 되었으며 맹모에 삼천지교 벗임인들 모르릿가 일심도덕
직키는길 남녀엇지 다르릿가 오날노름 조혼경에 쇠락한 우리정신 지성일심 닦아
내여 부녀도덕 세워보세

―「화전가 6」(미상)

"산이 거기 있으므로 오르노라"도 제법 명언 축에 드는 모양이니 전화가 거기
있으므로 수다를 떨었노라고 해도 과히 구차한 변명일 건 없겠다.

늦잠에서 깨어난 화숙이 날카로운 손톱으로 후까시 넣은 머리를 긁적여 비듬을
털어내고 미용체조 흉내를 내 몇 번 발장구를 치고 나니, 슬슬 입 언저리가 근질근
질해지며 화장대 위에 약아빠진 애완동물처럼 몸을 사리고 대령해 있는 상앗빛
전화기에로 시선이 고정된다. 우선 수화기를 든다. 용건이나 상대방 같은 건 차차
생각해도 된다. 그런 것에 군색해본 적이란 일찍이 없었으니까. "쓰―" 언제 들어도
허겁지겁 반갑다. 마치 그 소리가 안 들렸을 때의 절망적인 단절감을 예측하고
두려워하고 있었던 것처럼. 계속 "쓰―" 입에 군침이 돈다. 혀와 턱뼈를 맹렬히
움직여 온갖 것을 저작(咀嚼)하고픈 욕망으로 전신이 발랄해진다. 그러나 식욕은
아니다.

저작하고픈 것이 밥이나 김치가 아니라 그녀와 그녀의 이웃의 소문과 무사안일
한 일상이었으니까.

다이얼은 어느 틈에 돌려져 있고 "여보세요" 하는 상대방의 목소리를 듣고서야
그녀가 누구에게 전화를 건 것인가를 안다. 누구란 것이 별로 대수롭지 않다. 그냥
그녀의 단골 수다쟁이 중의 한 사람이면 된다.

―박완서 「주말 농장」(1973)

"낙수 형은… 혹시 윤낙수 씨니?"

신옥은 벽 너머를 넘겨다보는 듯이 걸으며 장미에게 물었다.

"오, 너 아는구나. 어떻게 아니?"

"그이가 우리 여학교 때 미술 선생님이었다. 지금도 잘 생겼니?"

"오, 너 그런 걸 잘 생겼다고 그러는구나."

"그렇잖지? 나 고등학교 1학년 땐데 그 선생님이 국전에서 국무총리상을 타고서 우리 학교에 미술 교사로 왔었어. 애들이 참 좋아했다. 장가갔어도 상관 없더라구. 난 아니지만 선생님 좋아하고 그러는 애들 타입이 있잖니? 그런 애들이 난리를 쳤었다. (중략)"

"몰라. 우리 집은 경기도 성남시에 있으니깐. 작년에 집을 지었다. 방은 많으니까 한국에 오면 우리 집에 와서 지내라. 그런데… 저, 그럼 우섭 씨라는 사람은 하우섭 씨니?"

"오, 너 아는구나."

—김지원 「사랑의 예감」,(1997)

11.7. 반(反)축제, 무위 혹은 혼자 놀기

현대소설의 인물들은 불가항력적인 현실과 일상화된 불행에 대응하는 무력한 개인들이다. 그래서 이들은 무위와 잉여의 영역을 통해 놀이의 의미를 재발견한다. 삶에 대한 권태와 무료함, 무기력 자체가 이들에게는 놀이이며 유희인 것이다. 현대소설은 이제 최소한의 행동반경 안에서 적극적인 행위를 거부하며 무위를 일삼는 소위 '노는 인간'들을 등장시키고 있다. 이들은 하루 종일 '아무것도 하지 않으며 최소한의 양만 먹고 최소한의 몸만 움직'이거나, 그저 '몇 시간씩 게임 하고 글 조금 쓰고 다시 게임 하고 심심하면 책 읽'으며 지내다가, 무목적의 산책을 하는 무취미 무취향의 인간들이다. (구경미 「노는 인간」, 「봉덕동 블루스」, 「초지일관 그녀는」, 「그리고 싱가포르」)

현대사회의 자유로운 고독을 즐기는 젊은 여성들은 더 이상 놀이를 공동체가 함께 어울리는 광장에서 찾지 않는다. 오히려 그들은 폐쇄성과 익명성을 보장하는 사이버공간 안에서 신체와 정신의 감각을 자유롭게 풀어놓는다. 이 가상의 공간 안에서 그들은 얼굴을 알 수 없는 타자들과 문화적 욕망과 쾌락을 공유하며 소통하는 듯 보이지만 실상은 혼자 놀기를 추구한다. 네트워크에 접속한 인물들은 모니터 속 세상에서 현실과 다른 역할을 수행하고 나를 드러내지 않고도 익명의 타자들과 새로운 인간관계를 형성하며 자유롭게 욕망을 발산한다. 그리고 인터넷 쇼핑이나 사이버 연애를 통해 자기 충족적인 쾌락을 경험한다. 이것은 디지털 테크놀로지가 만들어준 엑스터시의 세계로서 이 새로운 유희공간은 여성에게 현실에서 억제되었거나 불가능했던 욕구들을 풀어내고 충족시킬 수 있는 기회를 제공한다. (김현영 「아이콘 있으세요」, 구경미 「하품」, 김미월 「너클」)

반면 유년의 놀이는 고단하고 궁색한 현실을 환기시키는 기호이자 그로부터 벗어나고 싶은 소망이 투영된 대상이라 할 수 있다. 어린 소녀들은 소꿉놀이, 연극놀이를 하며 현실의 고통을 잊기도 하고, 화장, 거울놀이를 통해 어른들의 세계를 모방한다. 그래서 유년의 놀이는 일상의 결핍을 내면화하고 생을 유예시키는 방편인 동시에 소녀들의 자아 정체성을 구축하는 수단이 되는 것이다. (오정희 「완구점 여인」, 「중국인 거리」, 「유년의 뜰」, 천운영 『생강』)

이처럼 여성들은 소통하되 소통하지 않는 유희를 즐기면서 광장에 나오기를 거부하고 자기만의 밀실에 자발적으로 유폐되는 성향을 보인다. 때문에 한편에서는 표피적이고 감각적인 장면에 몰두하게 되는 이 거대한 미디어의 세계에 대한 회의적 시선을 거두지 않고 있다. 나아가 이미지가 현실을 제압하는 미래 세계에 대한 비판적 상상력을 통해 시스템의 획일성에 포섭되지 않는 순수한 유희에 대한 가능성을 질문하고자 한다. (한유주 「그리고 음악」, 윤이형 「큰 늑대 파랑」, 「스카이워커」, 「완전한 항해」)

그런데 한편에서는 미장원, 갤러리, 카페 등의 거리에서 잉여의 시간을 소비하는 여성들 또한 존재한다. 이들은 엄밀한 의미에서 돌아다니며 탐구하는 '산책자'라기 보다 특별한 욕망도 없이 거리의 문화적 취향과 기호들을 무심히 향유하는 '뮤자르(Musard)'에 가깝다. 이들의 유일한 행위는 거리를 걸으며 부르주아의 취향을 체현하는 것이며 이들의 유일한 목적은 '아무 것도 하지 않는 것'이기 때문이다. 때로 이들은 낡은 추억 속 장소들을 배회하면서 파편화된 기억들을 수집하고 잃어버린 자신을 발견하기도 하지만, 많은 경우 도시의 삶에 안착하지 못한 불안과 우울을 해소하지 못해 거리를 부유한다. (박완서 「꽃 지고 잎 피고」, 양귀자 『희망』, 김인숙 『꽃의 기억』, 윤효 「미세스 랑콤」, 김윤영 「블루오션 연애학」,

김애란 「큐티클」, 강영숙 「죽음의 도로」, 「불안의 도시」 「라디오와 강」, 백영옥 『스타일』)

동물과 놀이공원을 배회하고 때로 무목적의 놀이를 반복하면서 여성들은 생의 무의미와 고통, 고립과 소외를 견디고자 한다. 그러다 목적지 없는 길 위에서 낯모르는 타인을 만나 서로 의지하며 고통의 연대를 맺기도 한다. 그러므로 이들의 행위는 의미 없는 놀이를 반복함으로써 삶을 유희화하여 불합리한 현실을 생의 조건으로 수용하고자 하는 것이라 할 수 있다. (김현영 「창백한 아프리카」, 윤성희 「악수」, 「계단」, 「유턴지점에 보물지도를 묻다」, 「안녕! 물고기자리」)

그러나 이들은 오히려 세상과의 거리두기를 통해 자기만의 리듬과 방식을 발견하며 비일상적 시선을 통해 삶의 이면의 풍경들을 포착해낸다. 따라서 이들 뮤자르들의 권태와 무기력이 의미하는 것은 세상의 속도감에 대한 저항이며, 집단적 규범에 종속되기를 거부하는 것이라 볼 수 있다.

현대시의 여성화자 역시 대개 혼자 노는 모습으로 자주 등장한다. 이 놀이들은 대개 슬픔의 정조를 지니며 삶에 대한 명상과 성찰을 동반하는 은유로 표현되고 있다. 몸부림치는 삶은 '부림나이트'에서 풀어야만 체감할 수 있는 삶과 같고 (안현미 「대낮의 부림나이트로 오실래요?」), 공놀이와 주사위놀이는 어디로 던져질지 모르는 우리 삶을 상상하게 한다. (이수명 「공놀이」, 이근화 「공놀이」, 진수미 「주사위 놀이」) 눈가리기놀이 또한 한 치 앞을 볼 수 없는 삶에 내재한 불안과 같고 (황인숙 「눈가리기 할까요?」), 소풍은 오히려 쓸쓸하고 어두운 삶의 국면들을 의미한다. (나희덕 「소풍」, 이민하 「카니발」) 혼자 하는 이 놀이들은 화자가 타인과의 소통을 갈망하면서도 마치 밀실에서 자위하듯 빠져있는 반축제의 놀이라 할 수 있다.

> 나는 급히 뛰어나온 계집애에게서 빨간 플라스틱 오뚝이를 받아 들었다. 그날 밤, 나는 죽은 동생의 꿈을 꾸었고 그 후 밤마다 완구점에 들러 오뚝이를 사 모았다. 그것은 마치 춥고 황량한 나의 내부에 한 개씩 한 개씩 차례로 등불을 밝히는 작업과도 같은 의미를 가지고 있었다. 때때로 나는 나의 속에서 끊임없이 지어지는 고치를 딱딱하게 감각했다. 그것들은 혹처럼 무겁게 가슴 속에 자리하고 있으나, 동그란 오뚝이를 손에 쥘 때 오뚝이의 빨간 막과 그 껍질이 부딪치는 소리를 느낄 수 있었다. 두 다리를 못 쓰는 여인과 갖가지 장난감들이 빚어내는 괴괴한 혼들림 속에서 위축되기 쉬운 나의 감정들은 위안을 받는 것이다.
>
> ─오정희 「완구점 여인」(1968)

이건 비밀이야.

매기언니의 방에서는 무엇이든 비밀이었다. 서랍장의 옷갈피 짬에서 꺼낸 비로드 상자 속에는 세 줄짜리 진주 목걸이, 여러 가지 빛깔로 야단스럽게 물들인 유리알 브로치, 귀걸이 따위가 들어 있었다. 치옥이는 그 중 알이 굵은 유리목걸이를 걸고 거울 앞에서 단호하게 말했다.

난 커서 양갈보가 될 테야, 매기언니가 목걸이도 구두도 옷도 다 준댔어.

　　　　　　　　　　　　　　　　　　　　　　　－오정희 「중국인 거리」(1979)

거울은 기울여 놓기에 따라 우리의 모습을 작게도 크게도 길게도 짧게도 자유자체로 바꾸어 비추었다. 언니와 나는 어머니가 없을 때면 낑낑대며 거울을 옮겨 놓고 그 앞에서 입을 크게 벌리고 노래를 부르거나 연극놀이를 했다. 비가 와서 밖에 나갈 수 없을 때 우리는 연극놀이를 했는데 내용은 늘 똑같았다.

　　　　　　　　　　　　　　　　　　　　　　　－오정희 「유년의 뜰」(1980)

문득 미장원 간판이 눈에 띄었다. 기분 전환을 하고 싶을 땐 뭐니뭐니 해도 머리 모양을 바꾸는 게 제일이야, 라고 하던 친구의 말이 떠올랐다.

형선의 단골 미장원은 시내에 따로 있었지만 당장 머리 모양을 바꾸고 싶단 생각을 걷잡을 수가 없었다. 아니, 그건 어떡하든 기분 전환을 하지 않으면 큰일날 것 같은 일종의 위기의식이었다. 그녀는 망설이지 않고 미장원 문을 밀고 들어갔다.

　　　　　　　　　　　　　　　　　　　　　－박완서 「꽃 지고 잎 피고」(1981)

그가 떠난 이후에도 내 집에서는 아침이 밝고 또 저녁이 물들었다. 달라진 것은 아무것도 없었다. 간혹 숙면을 위해 약을 먹곤 했지만, 그건 그가 내게 나타나기 전에도 있어왔던 일들이었다. 저녁은 평화롭고 조용했다. 멀리 호수가 보일 듯 말 듯한 내 집의 거실창에는 저녁마다 무수히 많은 자동차들의 불빛이 점멸하지만 그것들이 있는 힘을 다해 자신들의 집으로 달려가는 소리는 들을 수 없었다. 나는 연하게 뽑은 아이리쉬 크림 향의 커피를 마시며 미술 잡지나 화집을 들척거리곤 했다.

미술 잡지에 소개되는 괜찮은 전시평을 읽는 일과 구하기 힘든 화집 속에서 현대작가들의 작품을 만나는 일은 내겐 즐거운 일이었다. 평화롭고 조용한 저녁… 그건 언제든지 내가 원해왔던 풍경이었다. 그가 내게 나타나기 전에도, 그가 내게서 떠나간 후에도….

　　　　　　　　　　　　　　　　　　　　　　　－김인숙 『꽃의 기억』(1999)

그녀는 그 남자와 한밤중에 종종 동물원에 가곤 했다. 그 남자는 그녀가 결혼 전에 사귀던 사람이다. 딱히 동물원에 가기로 약속을 하진 않았지만 그녀의 집 근처에서 드라이브를 하다 보면 으레 그곳으로 향하게 마련이었다.

동물원 옆에 있는 놀이동산의 후문으로 올라가는 길은 작은 대관령처럼 구비와 경사가 심해서 그 길의 끝에 첨단 놀이 시설이 있다고는 도무지 믿기지 않았다. 신화에나 등장할 법한 숲속으로 주술에 걸린 채 빠져들어가고 있는 기분을 느끼게 하는 길이었다. 어느 봄밤, 그 길의 가로수로 심어진 벚나무의 새카만 줄기와 발광 (發光) 물질을 섞은 듯이 눈부시게 하얀 꽃, 그리고 그 위로 농염하게 흘러내리던 노란 달빛… (중략) 동물원을 둘러싸고 있는 산은 어둠에 휩싸여 하늘과의 뚜렷한 경계를 갖고 있지 않았다. 어둠 속에서 능선을 풀어헤친 산은 하늘마저 자신의 형상 안으로 끌어들이며 우주보다 더 크게, 무한히 팽창했다.

─김현영 「창백한 아프리카」(2000)

그날 새벽, 너는 보았다. 스스로 자기 몸의 스위치를 내리고 꺼져 있던 그가 다시 푸르르 깨어나 노트북 앞에 앉아 있는 것을. 그의 몸은 컴퓨터 모니터에서 새어나오는 푸르고 흰 빛에 온통 젖어 있었다. 〈이상한 나라의 폴〉이란 만화영화 에서 폴과 그의 친구들이 니나를 구하기 위해 대마왕이 사는 이상한 나라로 가기 위해 만들었던 구멍. 노트북에서 새어나오는 빛을 보고 너는 그 구멍을 생각했다. 그가, 그와 네가 있는 작은 방이, 온 세상이, 금방이라도 노트북 안으로 빨려들어 가버릴 것 같은 이상한 긴장감이 네 손 안에 잡혔기 때문이었다.

─김현영 「아이콘 있으세요」(2000)

백 원짜리 하나를 미끄럼대에 올려놓았다. 동전은 미끄럼을 타고 아래로 내려가 서는 모래에 박혔다. 나는 다른 동전을 또 하나 올려놓았다. 이번에는 중간쯤 내려 가다 멈추고 말았다. 멈춘 동전을 조준해 가며 다른 동전을 내려보냈지만, 멈춰 선 동전을 맞추진 못했다.

일곱 발짝에 한 번씩 동전을 파묻었다. 발로 흙을 헤집어가며 묻기도 하고 동전 을 세워 힘껏 던지기도 했다. 마치 씨앗을 심는 사람처럼. 혹시 동전이 뿌리를 내리고 가지를 뻗을지 모를 일이다. 얼굴에 새겨진 자국에 동전을 한참 동안 대고 있었다. 가지를 뻗거든 붉은색 열매를 피우거라. 나는 그렇게 중얼거리며 동전을 모래에 묻었다. 내 말에 대답이라도 해주려는 듯, 따뜻한 바람이 귀를 스쳤다. 누군가 내게 귓속말을 하는 것처럼 귀가 간지러웠다.

의자에 종이비행기가 놓여 있었다. 나는 종이비행기 위에 동전을 올려놓고 날렸 다. 무게를 이기지 못하고 비행기는 이내 추락하고 말았다. 하지만 날개 위에 올려

놓은 동전은 어디론가 없어진 뒤였다.

―윤성희 「악수」(2001)

　놀이동산엘 가자고, 가서 바이킹만 한 번 타면 모든 것이 좋아질 것 같다고 그는 말했다.
　놀이동산에 가는 동안 짙은 안개를 만났다. 우와, 마치 구름 속을 뚫고 지나가는 것 같아요.
　안개가 걷히면서 놀이동산 입구에 심어놓은 가로수들이 서서히 보이기 시작했다. 먼저 나무인 듯한 실루엣이 보이고, 그 다음으로 굵은 가지들이 보이고, 그 다음으로 잔가지들과 풍성하게 솟아난 푸른 잎들이 보였다. 주차장에 차를 세울 때쯤 안개가 말끔하게 걷혔다. 그는 놀이동산을 감싸고 있는 산자락을 보았다. 지금 눈앞에 보이는 풍경들은 온전히 자신만을 위한 것 같았다.

―윤성희 「계단」(2001)

　어디로 가야 하나.
　그녀는 초여름 햇빛에 눈살을 찌푸리며 거리를 둘러봤다. 길 건너편에 신축 백화점인 거대한 진주빛 건물이 서 있었다. 건물의 대형 광고판 속의 금발머리 처녀는 여름 숲의 요정 같다. 콧등에 박힌 옅은 주근깨와 딸기색 입술, 흰 치아, 품에 안은 흰 마아가렛 다발이 도시의 시선을 빨아들이고 있다. 그녀는 손목시계를 봤다. 오전 열한 시 정각이다. 그제는 도시 근교의 유원지 주변을 하염없이 걸어다녔고, 어제는 디즈니 영화를 두 번 봤다. 오늘도 어떻게 해서든 하루라는 시간을 흘려보내야 한다. 비수기인 여름에 사람을 구하는 곳은 없다. (중략) 그러나 그녀는 수입 화장품 코너 앞에서 자기도 모르게 멈춰섰다. 한껏 클로즈업된, 아마도 프랑스 여배우들인 듯한 모델들은 거짓말처럼 아름답다. 성숙하고 우아하거나 귀엽고 청순하거나 섹시하고 도발적인, 저마다 선명한 표정을 가진 그 여자들은 한결같이 행복을 표현하고 있다. 사십 세가 넘어서도 놀랍도록 아름답고 아버지 없이 당당하게 아이들을 낳아 키우는 그 여자들은 완벽하게 자족적이어서 신비롭게 느껴진다.

―윤효 「미세스 랑콤」(2002)

　생일 축하해, 언니. 나지막하게 중얼거렸다. 언니가 몇 년만 더 살았다면 틀림없이 내 스티커가 더 많았을 텐데. 치사해! 내 목소리가 라디오 음악소리에 묻혀버렸다. 여주휴게소에서 어묵을 한 그릇 사먹었다. 국물을 마시다 말고 나는 내게 말했다. 생일 축하해. 휴게소 벽에 걸려 있는 시계가 열두 시 삼십 분에서 삼십일 분으로 넘어가고 있었다. 사람들은 일출을 보러 동해로 향했다. 나는 다음 톨게이트에서 유턴을 한 다음 집으로 돌아왔다. 내일은 서해안고속도로를 달려볼까, 어느 휴게소의 어묵이 맛있을까, 이런 생각을 하면서.

―윤성희 「유턴지점에 보물지도를 묻다」(2004)

S가 놀이동산으로 놀러 가자고 했다. 거기 가서 롤러코스터 한번만 타고 오자. 그러면 막힌 가슴이 시원하게 뚫릴 것 같아. 가자, 응? (중략) 벤치에 앉아서 아이스크림을 하나씩 사먹으면서 우리는 롤러코스터를 타는 사람들을 구경했다. 뭐가 그리 재미있을까? S가 시큰둥하게 말했다. 참 내! 니가 우리 중에서 제일 신나게 놀았어. H가 가방에서 부채를 꺼내 S에게 부쳐주면서 말했다. 그랬지. 내가 제일 신나지. S가 자리에서 일어나 박수를 쳤다. 자, 그럼 다시 타볼까. 그렇게 해서 우리는 롤러코스터를 여섯 번이나 연이어 탔다.

―윤성희 「안녕! 물고기자리」(2004)

그런데 아가씨 안 가? 여자가 물었다. 어디로요? 어디든. 왔으니 가얄 것 아냐. 가봐야 할 일도 없어요. 그러니 가야지. 왜요? 할 일을 찾으러. 어디로 가요? 여기만 빼고 어디든. 왜요? 이 아가씨 왜요를 삶아먹었나, 왜 이렇게 왜요타령이야. 왜요를 어떻게 먹어요. 아무튼 사람이 할 일이 있어야지 할 일이 없으면 어떡해. 갈 데도 없어요. //

벤치에 앉아 있으면 갖가지 소음이 다 들렸다. 자동차 소리부터 취객의 고함 소리, 싸우는 소리, 흐느끼는 소리, 뭔가가 떨어져 부숴지는 소리를 쇠를 가는 기계음까지. 가만히 앉아 있어도 전혀 무료하지 않았다. 그 소리들이 심심하지 않게 해주었다.

―구경미 「노는 인간」(2005)

다음 날 그녀는 웹서핑을 즐겼다. 대형 쇼핑몰 프로젝트에 그녀의 이름도 들어 있었지만 마감이 임박해서야 디자인 가이드가 넘어올 게 뻔했으므로 아직은 한가하다고 할 수 있었다. 음악파일을 다운받아 들어보기도 하고, 여러 사이트를 돌아다니며 가격대비를 철저하게 한 다음 화장품을 주문하기도 했다. 아무거나 생각나는 이름을 적어 검색하기도 했다. 일기도 있고 어떤 게시판의 글 같은 것도 나왔지만 그녀가 아는 사람은 아니었다.

―구경미 「하품」(2005)

탁구 좋아해? 아니, 배드민턴은? 어릴 때 잠깐. 자전거는 탈 수 있어? 없잖아.

있으면? 오르막만 아니면. 오르막 없는 길이 어딨어. 그러니까 내 말이. 그러니까
뭐? 못 탄다고.

우리가 등산 간 적이 있던가? 너 등산 싫어하잖아. 넌 좋아하고? 아니. 다룰
수 있는 악기는 뭐야? 탬버린 정도? 특이하네. 실력 괜찮아? 봤잖아, 노래방에서.
어후, 그럼 스케이트는? 아니. 아니가 무슨 뜻이야? 부정의 의미지. (중략)

그럼 퀼트나 뜨개질은? 아니 바느질이라도 좋아, 할 수 있어? 단추 달기 정도는
해. 혹시 축구 야구 복싱 이런 거 좋아하는 건 아니겠지? 보는 건 괜찮아. 도대체
네가 좋아하는 스포츠는 뭐야? (중략)

넌 매일 놀면서 무슨 돈으로 먹고 사냐? 그러니까 조금씩 먹잖아. 많이 벌어서
많이 먹으면 되잖아. 그거나 이거나.

-구경미 「봉덕동 블루스」(2005)

하필 그와 마주친 곳은, 「인생(La vie)」이라는 그림 앞에서였다. 그것은 내가
가장 좋아하는 피카소의 그림 중 하나였다. 나는 전부터 현란하고 과시적인 그의
전성기 작품들보다 음울한 코발트블루로 뒤덮인 초기 작품들, 소위 청색시대 작품
들에 매료되었다. 재작년 유럽여행에서 우연히 피카소 미술관 몇 군데를 순례한
것을 계기로 요즘엔 그 시기 화집과 도록을 모으는 취미로까지 발전했다. 올여름
마침 시립미술관에서 피카소 전시회가 몇 달 동안 열려서, 나는 시간만 나면 들르
고 있었다.

-김윤영 「블루오션 연애학」(2006)

2001년 9월 11일……. 우리는 새로운 광경을 목도한다. 미디어란 얼마나 재빠른
가? 세상에서 가장 거대한 첫 번째 빌딩이 무너지고, 몇 분 지나지 않아 세상에서
가장 거대한 두 번째 빌딩이 무너지기도 전에, 무슨 일이 벌어지고 또 곪고 있는지
알아차리기도 전에, 카메라는 이미 그곳에 당도해 있다. 장면은 0과 1로 전환되어
잠시 대기권 밖을 떠돌다가 곧바로 세계 곳곳의 안테나로 흡수된다. 전광판, 텔레
비전, 갑작스런 호외. 우리의 세대는 너무나 공시적이다. 고통을 느끼기 위한 순간
의 여유도 만들어내지 못한다. 사람들은 거지의 바구니에 동전을 떨구듯 무심한
시선으로 그 장면을 본다. 장면은 간결하고, 아무런 부연도 하지 않는다. 장면은
감각 너머에 있다. 그것이 우리의 야만이다.

-한유주 「그리고 음악」(2006)

따지고 보면 피시방만큼 남의 눈으로부터 자유로운 곳도 드물었다. 이곳에 오는
사람들은 모니터 밖의 세상에는, 칸막이 너머의 인간에게는 관심을 가질 여유도

이유도 없었다. 네트워크 세상에서 그들은 저마다 왕이고 전사(戰士)며 공주이자 요정이었다. 악의 무리를 응징하고 제국을 건설하고 이웃나라 왕자들의 구혼도 받아주어야 했다. 할 일이 너무 많았으므로 남에게 신경 쓸 겨를이 없었다. 타인에 대한 무관심이 당연한 것으로 간주되는 이 피시방 특유의 생리는 나와 잘 맞았다. 게다가 신시아를 만나고 있노라면 시간도 빨리 갔다. 백사장이 여자애의 뺨을 꼬집었다. 그녀의 웃음소리가 높아졌다. 쇼핑을 계속할까요? YES.

—김미월 「너클」(2007)

내게 네일아트는 사치의 궁극처럼 느껴졌다. 손톱만큼 자기를 숨기기 힘든 것도 없으니까. 명품 가방으로도, 보석으로도 가릴 수 없는 게 손이니까. 그래서일까. 내 발로 들어온 가게인데도, 앉은 내내 죄지은 것 마냥 가슴이 콩닥거린다. 하지만 그건 설렘과 호기심의 박동이기도 하다. //

엷은 졸음이 몰려오며 어느 순간, '나는 케어 받고 싶다. 나는 관리받는 삶이고 싶다. 누군가 나를 이렇게 영원히 보살펴주었으면 좋겠다. 어린아이처럼—' 하고 고해하고 싶어졌다. 누군가 나를 오랫동안 만져주고, 꾸며주고, 아껴주자, 나는 아주 조그마해지는 것 같았고, 그렇게 조그만 세계에서 바싹 오그라든 채 잠들고 싶어졌다. 여자가 어떤 칼라를 원하느냐 물었다. 나는 펄이 들어간 살구색 매니큐어를 골랐다. 그리고 모든 과정이 끝났을 때, 불가사리 같은 손바닥을 좍 펴 보이며 속으로 환하게 외쳤다. '아, 손톱이 사탕 같아졌다!'

—김애란 「큐티클」(2008)

경기를 본 몇몇 기자들이 인터뷰를 청해왔다. 나는 벽 너머의 탕탕 선수들에 대해 이야기한 것이 그렇게 우스꽝스러운 방식으로 기사화될 거라고는 생각하지 못했다. 기사 속에서 내가 말하고 있었다. 드라키스신은 죽었고 트램펄린도 썩어버린 지 오래예요. 우리는 탕탕의 순수한 즐거움을 되찾아야 합니다. 중력을 거슬러 비상하는 일의 자유로움을 너무 오래 잊고 살아왔어요. 벽 너머의 사람들은 다릅니다. 그들의 종교는 자유로움 그 자체입니다.

—윤이형 「스카이워커」(2008)

어느 평일 아침 슬리퍼를 끌고 광화문 네거리를 지나 삼청동 입구까지 걸어갔다. 인도네시아에서 산 얇은 검정색 면바지를 입고 무거운 구식 필름 카메라를 목에 걸고 있었다. 충분히 자고 난 후라 몸은 어느 때보다도 가벼웠고 기분도 나쁘지 않았다. (중략) 한 블록 바로 뒤의 M갤러리 신관에서는 독일 출신 설치작가의

미술 전시가 열리고 있었다. 아직 아무도 서명하지 않은 흰 방명록이 눈에 들어왔다. 전시 팸플릿 한 장을 집어들어 정확하게 사각으로 접어 가방 속에 넣었다. (중략) 갤러리 일층의 커피숍에 들어가 커피를 시켰다.

—강영숙 「죽음의 도로」(2009)

툭. 드디어 비밀의 문이 열렸다. 비닐 재질의 핑크색 수첩. 딸애의 행적이 담긴 비밀의 문. (중략)

수첩을 이불 위에 올려두고 상자 속의 다른 물건들을 꺼낸다. 반짝이 스티커, 꽃무늬 메모지, 만화 캐릭터 엽서, 향기 나는 형광펜. 딸애는 특히 빨간색을 좋아했나보다. 핀이 부러진 진주귀고리는 즈이 엄마가 하던 것이고. 사진을 넣을 수 있는 목걸이, 색색의 보석이 박힌 머리핀, 알 수 없는 하얀 덩어리부터 만질만질한 돌멩이까지 자질구레한 걸 잘도 모아놓았구나. 애들 적에는 사소한 것들이 보석이 되기도 하지.

상자 하나를 다 비웠다. 다락방의 상자들은 숨겨두고 아껴먹는 간식과도 같다. 상자 하나를 열어 물건들을 하나하나 꺼냈다가 다시 집어넣어보면 한나절이 간다.

—천운영 『생강』(2011)

장바구니를 들고 와도 좋아요 입장료 3천 원만 내시면 검은 커튼이 쳐진 카운터에서 웨이터 클놈을 찾으세요 시장바구니에 담긴 생선처럼 한물간 스타들도 있어요 조용팔과 너훈아 패쓰김이 보이지요? 왕년의 스타들 노래를 들으며 휙휙 돌아버린 세상 우리도 빙빙 돌아봐요 파트너가 없으시다구요? 정육점 불빛 같은 조명 아래 남자들을 못 보셨군요? 거기 전깃줄의 제비처럼 양복을 **빼입은** 남자들이 총총히 앉아 있잖아요? 그들 모두 저격수를 기다리는 제비들이죠 장바구니에 담아온 장총을 꺼내세요 그리고 마음에 드는 제비를 향해 방아쇠를 당겨요 총알이 빗나가도 제비는 영락없이 당신에게 사로잡힐 테니 걱정 같은 건 붙들어매세요 이제 준비가 되셨나요? 아이들은 학교에서 학원으로 갈 테고 남편은 부림장에서 열심히 담 흘리고 있을 테니 안심하세요 그럼 시작할까요? 간드러지게 꺾이는 트로트에 맞춰 비듬 낀 일상을 털어버리세요 부림나이트가 왜 부림나이튼지 아세요 사모님? 반찬 걱정 돈 걱정 오만 걱정 다 잊어버리고 신나게 몸부림치는 곳이라서 '부림나이트'죠 '몸부림나이트'는 좀 저급하잖아요 우리 고급스럽게 (몸)復臨쳐봐요 한물간 삶도 살아있는 것처럼 느껴지신다구요? 그럼 내일도 대낮의 부림나이트로 오실래요? 싸모님!

—안현미 「대낮의 부림나이트로 오실래요?」(2006)

좁은 골목길에서 아이들이 공놀이를 하고 있다. 돌아서 가려는데 공이 굴러왔다. 나는 잠시 공을 내려다보았다. 진흙 한 점 묻지 않은, 초록빛 신발을 신은 둥근 달팽이였다. 달팽이들이 복귀하는 계절이었다. 고개를 끄덕이면서 나는 그것을 아이들 쪽으로 높이 띄워주었다. 아이들은 저마다 다른 곳을 보며 공을 향해 팔을 벌렸다.

—이수명 「공놀이」(2001)

아이들 공놀이를 하고 거짓말같이 공이 떠오르고 엄마는 멀리 그늘에서 고구마의 어린순을 다듬고 손끝에 핏물 곱게 들고 나팔꽃 지지배배 몰래 울고

지나갈 비가 지나고 거짓말같이 옷이 마르고

공원에는 시작되는 연인들 끝나는 연인들 쌍을 지어 날아오르고 못 본 척 즐겁게 춤을 추다가 그대로 멈출 수 있는 아이들 멈추지 않고 자라고 또 자라서, 내 오랜 엄마는 어둡고

팬지는 차갑게 웃고 지고

공놀이에는 무엇이 필요한가 왜 필요한가

—이근화 「공놀이」(2006)

아야야—
함부로 굴리지 마세요
다루는 법이 여간 미숙하지 않네요
당신의 짜디짠 슬픔 속으로
그렇게 동댕이치지는 마세요
육면의 단단한 살갗이지만
눅눅한 담뱃재며 눈물이 배어든다고요
당신의 절망 따위에 절여지긴 싫어요
(빌어먹을, 슬픔의 삼투압이라니!)
이봐요, 이러지 마세요
내 속에도 어쩔 수 없는
방류된 슬픔 하나 굴러 다녀요
점점이 맺힌 몸뚱어리인데요

이리 굴러도
저리 굴려져도
슬픔만이 또르르 튀어오르는 시간들인데, 아무리 그대—
나를 갖고 놀고 싶어도.
―진수미 「주사위 놀이」(1997)

손뼉 소리를 따라

라라라 웃음이 안개를
비누방울처럼 터뜨려요

오, 겁내지 말아요
웃음이 안개를
비누방울처럼 터뜨려요!

안개, 나의 대기
손뼉 소리를 따라.
―황인숙 「눈가리기 할까요?」(1990)

애들아, 소풍 가자.
해지는 들판으로 걸어가
저 넓은 바위에 상을 차리자꾸나.
붉은 노을에 밥 말아먹고
빈 밥그릇 속에 별도 달도 놀러 오게 하자.
살면서 잊지 못할 몇 개의 밥상을 받았던 내가
이제는 그런 밥상 하나
너희에게 차려줄 때가 되었나 보다.
가자, 애들아, 어서 저 들판으로 가자.
오갈 데 없이 서러운 마음은
정육점에 들러 고기 한 근을 사고
그걸 싸서 입에 넣어줄 채소도 뜯어왔단다.
한잎 한잎 뜯을 때마다
비명처럼 흰 진액이 새어나왔지.
―나희덕 「소풍」(2004)

오늘은 일요일. 소풍 가기 좋은 날. 김밥 대신 재잘재잘 잡담을 싸들고 포도밭을 지나 공원묘지를 지나 사냥터로 떠나요. 눈시울 붉히는 수평선은 보기 싫어요. 손목에서 째깍거리는 안전핀 따위 뽑아버리고 얼굴을 퐁당퐁당 던지며 가요. (중략) 보세요! 당신과 나 사이에 이제 막 분출되는 혓바닥도 공중으로 타들어가요. 운이 좋으면 다음엔 기타를 타고 기마사냥을 떠날 거예요

—이민하 「카니발」(2008)

12
죽음

한국의 전통적 죽음관은 시신의 훼손을 막으려는 풍습과 삶과 죽음을 연속적으로 인식한 순장제부터 죽음을 영원한 자유인이 되는 계기로 보는 불교, 모든 인간은 조상과 자손으로 존재가 영속된다는 유교적 의식 등에 나타난다.

한국문학에 나타난 죽음에 대한 주조적 태도는 애도이다. 죽은 자를 향한 상실감은 그의 부재를 인정하고 받아들이는 충분한 애도를 통해 극복될 수 있다. 제대로 애도하지 못한 죽음은 살아남은 자에게 죄책감을 부여하고 삶을 황폐화한다. 고전문학과 현대 문학은 죽음을 통해 삶의 의미를 양각화한다. 인간의 삶 자체가 죽음에 대한 지향이며 이것이 생의 본질이라는 인식은 긍정적인 생의 에너지로 전환된다. 죽음에 대한 격정적 태도를 넘어서 죽음에 대한 명상을 통하여 삶과 죽음이 연속적인 것이고 죽음은 곧 근원적인 집으로 돌아가는 것이라는 깨달음을 얻을 때 죽음의 공포와 불안에서 벗어나고 생을 관조하게 된다.

한편 문학에서 자살은 역설적으로 인간이 현실과 세계를 향해 가장 적극적으로 저항하는 행위라는 측면에서 형상화된다. 자살은 자기 존재를 가장 극적으로 증명하는 행동이자 인간 실존에 대한 근원적인 통찰을 사유하는 행동인 것이다. 고전문학의 여성인물들은 문제 상황에 봉착했을 때 스스로 목숨을 끊는다. 이는 자신의 의사를 표현할 통로를 확보하지 못하고 스스로 문제를 해결할 능력을 박탈당했던 당대 여성의 처지를 반영한다. 다른 의미에서 자살은 부당한 상황에 처한 여성이 자신의 존재를 드러내는 유일한 방법이었다. 그래서 문학에서 자살은 현실에 저항하는, 지리멸렬한 삶을 극복하려는 가장 강렬하고도 극단적인 방법으로 상상되곤 했다.

가부장제 사회에서 여성의 자살과 죽음은 열녀문이나 정절이데올로기의 표상으로 미화되기도 했지만, 주목되지 못한 지워진 역사였다. 여성의 죽음은 그 죽음을 목격하고 증언해 줄 증인이 없을 때 남성중심적 가치체계에 의해 왜곡된다. 현대소설에서 여성의 죽음과 삶은 또 다른 여성, 특히 딸에 의해 복원되어 애도된다. 어머니 실종 서사는 그의 죽음이 해명될 수 없음, 그의 삶이 이해될 수 없음에 대한 서사적 비유이다. 여성시는 지워진 여성들의 죽음을 '한국식 실종자'라고 표현한다. 엄마들은 결코 가문이나 가족에 종속되고 싶지 않다고 '선산'에는 절대 묻히지 않겠다고 선언하며 기존의 죽음의 형식을 부정함으로써 죽음조차도 자신만의 것일 수 없는 여성의 상황을 역설한다.

12.1. 죽음 관련 어휘와 의미

죽다, 죽음의 의미 동사 '죽다'라는 어휘에 대해 『표준국어대사전』은 다음과 같이 정의내리고 있다.

① 생명이 없어지거나 끊어지다.
② 불 따위가 타거나 비치지 아니한 상태에 있다.
③ 본래 가지고 있던 색깔이나 특징 따위가 변하여 드러나지 아니하다.
④ 성질이나 기운 따위가 꺾이다.
⑤ 마음이나 의식 속에 남아 있지 못하고 잊히다.

'죽다'의 파생 명사는 '죽음'인데 '생물의 생명이 없어지는 현상'을 의미하며 '죽다'의 일차적 의미인 '생명이 없어지거나 끊어지다'에서 파생된 명사임을 알 수 있다. 북한의 『조선말대사전』에서도 '특성이 죽다'란 예를 제시하고 있으나 『(금성판)국어대사전』에서는 사람에 한정하여 기술하고 있어 용례에서 차이를 보이고 있다. 이처럼 '죽다'는 조선 전 시대를 걸쳐 '죽다' 혹은 '죽다' 등으로 나타나는데 그 의미도 '흑룡(黑龍)' 등과 같은 환상 속 생물의 생명이 없어지거나 사라지는 경우에도 쓰였고, 부모나 남편(夫)의 죽음을 나타낼 때도 '죽다'라는 표현을 쓰고 있다. 현대국어에서 윗사람 혹은 존경할 만한 사람이나 사회적으로 저명한 사람의 죽음에 대해 '죽다, 죽음'이라는 표현 대신에 '운명(하다), 별세(하다), 서거(하다), 돌아가시다' 등의 표현이 사용되는 것과 비교하여 볼 때 당시 신분, 계층에 따른 표현의 분화가 아직 이루어지지 않았던 것으로 보인다.

> 黑龍이 ᄒᆞᆫ 사래 주거(黑龍卽㱙) (『용비어천가(龍飛御天歌)』(1447))
> 無量劫 부톄시니 주거 가ᄂᆞᆫ 거싀 일올 몰 보신들 매 모ᄅᆞ시리 (『월인천강지곡(月印千江之曲)』上(1449))
> 죽거지라 ᄒᆞ더라 (『속삼강행실도(續三綱行實圖)』 孝(1514))
> ᄯᆞᆯ 주그되 도라보디 아니ᄒᆞ니라(女死不顧) (『동국신속삼강행실도(東國新續三綱行實圖) 孝(1617))

夫ㅣ 주것거든 닐오딕 某官 某公 某封 某氏라 ᄒᆞ고 (『가례언해(家禮諺解)』 (1632))

富도 흔가지로 ᄒᆞ고 貧도 흔가지로 ᄒᆞ며 죽어셔는 棺槨을 흔가지로 ᄒᆞ며 (同富同 貧死同棺槨) (『여사서언해(女四書諺解)』(1736))

부모 싱아 ᄒᆞ오실 제 **죽은** 날을 나으시니 (『만언사(萬言詞)』(1798))

'죽다'에서 파생된 또 다른 명사로 '주검'이 있다. 주검은 어간 '죽-'에 명사 파생 접미사 '-엄'이 결합하여 이루어진 단어로 이 형태는 훈민정음 창제 초기 문헌에 '주검'으로 이른 시기부터 등장하기 시작했다. 이 형태는 20세기에 이르 기까지 계속 유지되었고 그 의미에도 변화가 없다.

吉蔗ㅣ어나 吉蔗는 주검 니르받는 귓거시라 (『석보상절(釋譜詳節)』(1447))

朴云이는 주검 지고 云山이는 도처가지고 미조차 오니 엳ᄌᆞ바ᄂᆞᆯ (『속삼강행실도 (續三綱行實圖)』孝(1514))

ᄂᆞ미 주검 殘毀ᄒᆞ욤도 律文에 이셔 오히려 嚴ᄒᆞ거든 (『가례언해(家禮諺解)』 (1632))

15세기 이후 16, 17세기에도 문헌에는 '주검'의 형태만이 발견되다가 18세기 이후 '죽엄, 쥭엄, 쥬검, 죽검' 등의 형태가 나타나는데, 이것은 표기상의 문제 일 뿐이지 본질적인 변화는 일어나지 않은 것이다. 즉, '주검'은 '죽엄'을 소리 나는 대로 표기한 것으로 볼 수 있고, '죽'과 '쥭'이 같이 나타나는 것은 18세기 이후 음소 /ㅈ/의 구개음화가 진행되면서 '주'와 '쥬'의 소리가 다르지 않았기 때문에 이 또한 소리나는 대로 표기한 것으로 볼 수 있다. '죽검'의 경우도 어간 말자음 'ㄱ'을 중철표기한 형태로 볼 수 있다.

'죽다'의 또 다른 파생명사 '죽음(死)'과의 차이는 '주검'은 명사를 만드는 접 미사 '-엄'이 결합한 반면, '죽음'은 '-음'이 결합했다는 점이다. '죽음'과 '주검' 이 어떠한 경로로 의미가 변화했는지, 어떠한 경로에서 차이가 나는 것인지는 분명하지 않으나 접미사 '-엄'과 '-음'에 의한 의미 차이라기보다는 동일한 어 간에서 파생한 명사의 의미를 구별하기 위해서 파생접미사를 서로 다르게 취했 을 것으로 본다.

죽음에 대한 다양한 표현　　　특별히 사람의 목숨이 끊어지는 것과 관련하여 '운명(殞命)하다, 사망(死亡)하다, 서거(逝去)하다, 별세(別世)하다, 작고(作故)하다, 타계(他界)하다, 임종(臨終)하다' 등의 표현이 있으며, 드물게 '영면(永眠)하다, 잠매(潛寐)하다, 영서(永逝)하다, 하직(下直)하다, 영결(永訣)하다' 등의 표현도 사용되기도 한다. 또한, 지금은 잘 쓰이지 않으나 과거 '기세(棄世)하다, 장서(長逝)하다, 승하(昇遐)하다, 붕어(崩御)하다' 등의 표현이 사용되었다. 종교적으로는 '열반(涅槃)하다, 입적(入寂)하다, 왕생(往生)하다, 승천(昇天)하다, 천당(天堂)가다, 선종(善終)하다, 소천(召天)하다' 등으로 표현하기도 하며, 은유적으로는 '가다, 돌아가다, 떠나다, 돌아가시다, 숨지다, 눈감다, 세상을 뜨다, 졸하다' 등으로 표현하기도 한다.

윗사람의 죽음　　　'운명(殞命)하다'는 사람의 목숨이 끊어지는 현상을 설명하는 동사이지만, 주로 '할아버지께서는 80세를 일기로 운명하셨습니다', '아버님께서는 운명하시기 전에 공평하게 유산 상속을 하셨다' 등과 같이 주체가 '할아버지', '아버님' 등 윗사람의 경우에 사용한다. 윗사람의 죽음에 대해 완곡하게 표현하는 것으로 사자(死者)에 대해 개인이 느끼는 존경이나 존중의 의미가 내포되어 있다.

'별세(別世)하다'는 윗사람의 죽음을 '세상을 떠나다'의 의미를 갖는 한자어를 사용하여 은유적으로 표현한 것이다. '별세하다'는 '운명하다'처럼 윗사람의 죽음을 높여 표현하는 것으로 두 표현은 동의적일 뿐만 아니라 그 쓰임도 거의 유사하게 겹친다.

　　은사께서 지병으로 별세하셨다/운명하셨다.
　　하은옥 선생이 어제 별세하여/운명하여 상가에 다녀왔다.
　　조모님이 별세한/운명한 후 내내 독신으로 지내 오셨다.

다만, 보통 나이 든 윗사람의 죽음을 알리는 부고(訃告)나 부음(訃音)에서 일반적으로 'OOO 별세' 등으로 표현하는데 '운명하다'가 사자(死者)에 대해 좀 더 개인화된 느낌을 표현한다면 '별세하다'는 사회적으로 지위가 있으며 나이가 든 윗사람의 죽음을 사실로 전달할 경우 사용된다.

'작고(作故)하다' 윗사람의 죽음을 높이는 말로 '사람이 죽다. 고인이 되었다'는 뜻을 갖는다. 주로 공적인 인물보다는 개인적 관계가 있는 사람에 대해 사용한다.

> 그분은 옥중에서 작고하셨다.
> 그는 어렸을 적 작고한 선친에 대한 기억이 거의 없다.
> 저희 주인은 얼마 전에 작고하셔서 우리 남은 식구가 살길이 막연합니다. (황석영 『영등포타령』)
> 밤중이라도 싫은 빛 없이 내게 젖을 물리셨다는 말을 듣고 내가 열 살 갓 넘어 그 어른이 작고하신 뒤에는 나는 그 산소 앞을 지날 때마다 경의를 표하였다. (김구 『백범일지』)
> 모친이 작고한 지 석 달 만에 꼬챙이같이 말라가며 죽던 석희가 생각난다. (이기영 『봄』)

반면, '사망(死亡)하다'는 사전적으로 '사람이 죽다' 등의 의미를 갖지만 '이번 상가의 화재로 13명이 사망했다고 경찰이 밝혔다' 등과 같이 죽음을 객관적으로 표현할 경우에 사용되며, 또한 '김씨와 부인이 보험기간 중 사망하면 각각 1억 7,000만 원, 1억 3,000만 원의 보험금을 받는다는 것이 주 계약 내용이다' (『조선일보』(2002)) 등과 같이 법률적으로 인간이 생명을 잃어 일반적 권리나 능력, 재산적 권리 등 이른바 인격을 상실하는 경우에도 사용된다.

공인(公人)의 죽음   '서거(逝去)하다'는 사회적으로 권위가 있고 저명한 인물들에 대해 공식적으로 사용되는 표현임을 알 수 있다. '서거하다'의 주체는 '김구 선생, 바흐, 교황, 대통령, 황제, 왕' 등이다. 사전적으로도 '서거(逝去)하다'는 잘 쓰이지는 않는 표현인 '사거(死去)하다'의 높임말로 정의되어 있다. '사거하다'는 유사한 환경에서 쓰이는 '사망하다, 죽다' 등과 유의경쟁에서 도태되어 더 이상 사용되지 않는 것으로 추측된다.

> 백범 김구(金九) 선생 서거 53주기 추모식이 서울 용산구 효창공원에서 열렸다.
> 바흐 서거 250돌을 기념하여 춤, 창작무대 활성화될 듯.

교황 니콜라오 1세의 서거 이후 레오 9세가 등장했다.
야당의 신익희 후보가 대통령선거 며칠 전에 서거했다.
지난주에 덴마크의 프레데리크 9세가 서거했다.

'타계(他界)하다'는 어휘적으로 보면 사람이 죽으면 인간계(人間界)를 떠나서 다른 세계(他界)로 간다는 뜻을 함축하는데 '죽다'를 은유적으로 표현한 말이다. 특히, 귀인(貴人)이 죽음에 대해 표현할 때 사용된다고 사전적으로 정의되어 있는데, 여기서 말하는 '귀인'을 현대적으로 해석하면 사회적으로 인지도가 있는 유명인, 예를 들면 모 그룹 회장, 총재, 작곡가, 종교인, 예술인, 정치인 등이 포함된다. 따라서 어떤 대상의 죽음에 대하여 개인의 인정적, 감정적 표현이 아닌 일어난 사실에 대한 설명이나 전달에 가깝다고 할 수 있다.

작곡가 OOO는 60세를 일기로 타계하다
얼마 전 타계한 시인을 기념하여 추모 시집이 발간되었다.
오늘내일하던 OOO 회장은 석 달을 넘게 앓다가 오늘 타계하였다

죽음의 비유적 표현　　　　'임종(臨終)하다'는 '죽음을 맞이하다'라는 사전적 의미를 갖는다. '죽다'는 '죽음'이라는 현상이 일어났음에 초점이 있지만, '임종(臨終)'이란 '죽다'의 대용적 의미뿐만이 아니라 말 그대로 '죽음에 임해 있음, 죽음에 임박함' 등의 의미를 갖는다. '죽었다, 죽은' 등의 표현은 가능하지만 과정적 표현인 '죽는다, 죽고 있다' 등은 가능하지 않기 때문이다. 그러므로 '그는 임종할 때 큰아들을 찾았다, 이것은 폐비마마의 임종하실 때 흘리신 피눈물이올시다' 등의 예문에서 살펴보면 주체가 죽기 이전의 상태를 묘사한 것을 알 수 있다. 또한, '임종하다'는 '부모가 돌아가실 때 그 곁에 지키다'라는 의미도 갖는다. '임종하는 사람 하나 없이 그는 홀로 죽었다.' 등의 예문과 같이 '죽기 이전 죽음에 임박한 상태'를 전제한 의미임을 알 수 있다.

죽음을 잠이 든 상태로 비유하여 '영원히 잠들다'는 의미의 '영면(永眠)하다', 지하에 숨어 잔다는 '잠매(潛寐)하다' 등이 있으며, 완곡어법으로 어디론가 영원히 가거나 떠나는 행위에 비유하여 '영원히 가다'는 의미의 '영서(永逝)하다, 하

직(下直)하다' 등으로 표현한다. '하직하다'는 본디 '먼 길을 떠날 때 웃어른 혹은 부모님께 작별을 고하다'의 의미를 갖는데 '세상을 하직하다'는 '세상을 떠나다'와 같이 어떤 이의 죽음을 은유적으로 표현하는 것이다. '영결(永訣)하다'는 산 사람과 죽은 사람이 영원히 헤어진다는 의미를 갖는다. 따라서 문법적으로 '-와/과' 등을 동반하거나 복수의 주어가 선행한다.

> 그 남자는 아내와 영결하였다.
> 어머니가 돌아가시니 모자가 영결하게 되었다.
> 그 장소에 모여 우리는 눈물로 그를 영결했다.
> 그 장군은 죽음을 각오하고 전장으로 떠나면서 가족들과 영결했다.

이밖에 세상을 버린다는 의미로 웃어른의 죽음을 의미하는 '기세(棄世)하다', 영영 가고 돌아오지 아니한다는 의미의 '장서(長逝)하다' 등과 임금의 죽음을 표현하여 먼 곳에 올라간다는 의미의 '승하(昇遐)하다', '붕어(崩御)하다' 등의 표현이 과거에 사용되었으나 지금은 거의 사용되지 않는다.

'열반(涅槃)'과 '입적(入寂)'은 불교와 관련된 용어로 석가나 수도승의 죽음을 가리키는 말이다. 파생어로 '열반하다', '입적하다' 등으로 쓰이며 '열반하다'의 경우 '열반에 들다' 등과 같은 표현이 더 일반적인데 이것은 '열반'이 모든 번뇌의 얽매임에서 벗어나 진리를 깨닫고 불생불멸의 법을 체득한 경지를 의미하기 때문이다. '소천(召天)'과 '선종(善終)'은 기독교와 관련한 용어로 '소천'은 말 그대로 '하늘의 부름을 받다'라는 의미를 갖고, '선종'은 특히 가톨릭에서 '임종 때에 성사를 받아 큰 죄가 없는 상태에서 죽는 일'을 가리킨다.

죽음의 이유에 따른 표현 그러나 죽음을 피할 수 있는 것이라 생각하지는 않았으나 이 세상에서 가장 억울한 것은 '제 명대로 못 살고 원통하게 죽는 것'이라고 보았다. 일찍 죽는 것 '요사(夭死)', 객지에서 죽는 것 '객사(客死)', 횡액으로 죽는 것 '횡사(橫死)', 원통하게 죽는 것 '원사(寃死)', 분하게 죽는 것 '분사(憤死)' 등을 모두 억울한 죽음으로 보았다. 그래서 하늘에서 받은 수명대로 오래 살다가 자식들이 지켜보는 가운데 편안하게 자리에 누워 죽는 것 '와석종신(臥席終身)'이 가장 바람직하다고 생각했고, 앞서

서술한 것 같은 죽음을 맞이하면 '원귀(冤鬼)'가 된다고 생각했다. 원귀가 된 영혼들은 '왕신, 몽달귀신, 손각시, 영산, 객귀(客鬼), 여귀(厲鬼)'가 되어 저승에서도 제자리를 찾지 못하고 구천을 떠돌게 된다고 생각했다.

12.2. 죽음에 대한 인식

우리나라는 죽음과 관련한 장사(葬事)와 상사(喪事)에 대해 고대부터 나름의 고유한 규범 절차와 의례가 있었다. 일정기간 염장 또는 가매장을 하거나 복상을 함으로써 죽음에 의한 변화를 받아들이고, 새로운 질서와 균형을 회복하고자 하였다. 역사적으로 불교, 유교, 무교, 민간신앙, 기독교 등 사상적 기반에 따라 죽음에 대한 인식과 의식이 달라지고 있음을 알 수 있다.

고대인의 죽음에 대한 인식　　고대인의 죽음에 대한 인식은 시신에 대한 존중과 순장제도의 오랜 지속에서 엿볼 수 있다. 죽은 시체를 귀중히 여기는 풍습은 죽은 자와 산 자가 이별하는 장례의식에서도 엿볼 수 있다. 고대로부터 시체를 훼손시키는 행위는 큰 형벌로 인식되었고 이러한 관념은 뿌리 깊게 전승되었다.

조선에 이르러 극형에 해당하는 형벌이 있었는데 그 중 가장 참혹한 것으로 능지처사(陵遲處死) 또는 능지처참(陵遲處斬)과 부관참시(剖棺斬尸)가 있었다. '능지처참'은 극악무도한 죄인에게 내려지는 극형으로 능지(陵遲)란 '경사가 완만한 구릉(丘陵)을 천천히 올라가는 것 같다'는 뜻의 형벌로, 산 채로 온몸을 도막내고 칼로 썰어 천천히 죽이는 형벌을 의미했다. 대개는 팔다리와 어깨, 가슴을 잘라 내고, 마지막에 심장을 찌르고 목을 베어 죽였다. 그러나 옛사람들은 이보다 더한 극형이 '부관참시'라 여겼다. 이는 사자(死者)에게 내려지는 형벌로 죽은 사람의 관(棺)을 갈라(剖) 시체(尸)를 꺼내 목을 베는(斬) 형벌이었다. 이러한 형벌은 망자(亡者)의 시신을 다시 파내 훼손하는 것이 얼마나 극악무도한 행위였는지를 보여준다.

순장은 현실에서의 풍요로운 삶을 죽은 후에도 누리도록 많은 부장품(副葬品)과 시종자(侍從者)들을 무덤에 함께 묻는 풍습을 이른다. 『삼국지위지동이전(三國志魏志東夷傳)』의 부여에 대한 언급을 살펴보면 순장한 사람이 많을 때에는 백여 명이었음을 언급하고 있으며, 여름에는 얼음을 사용해 시체가 부패하지 않도록 하였고 상(喪)을 당해 남녀가 모두 흰 옷을 입고 있었다고 기록하고 있다. 고구려나 백제에서는 순장을 금하였지만 신라는 지증왕 3년(502)에 이르러서야 금지했음을 미루어 볼 때 순장 풍습이 후대까지 지속되었음을 알 수 있다.

현세의 삶과 사후의 삶이 단절되는 것이 아니며 사자(死者)의 안식과 평안이 후손의 삶에 영향을 미친다고 하는 사고방식은 시신을 존중하거나 시체의 훼손을 막으려는 풍습과 순장을 만들어냈으며 이러한 관념은 조상에 대한 숭배로 이어졌다.

유교의 죽음관　　　　　　조상 숭배가 이론적, 사상적 체계를 바탕으로 인식된 것은 유교를 통해서였다. 유교는 사람들 사이의 질서, 윤리, 도덕, 규범 등에 더 관심을 가졌다. 따라서 유교는 효(孝)를 강조함으로써 나 자신은 단독자(單獨者)로 세상에 존재하는 것이 아니라 조상을 뿌리로 해 생겨났으며, 또한 자신으로부터 자손이 번성한다고 가르쳤다. 이로 인하여 가문이 영속성을 갖게 되며 조상과 후손의 관계는 제사로 맺어진다.

『중용(中庸)』에서도 사사여사생(事死如事生)이라고 하여 죽은 이 섬기기를 살아 있는 이 섬기듯이 해야 한다고 하였다. 국가나 가정에서 가장 큰 일(大事)이며 중요한 것을 제사라고 여겼기 때문에 엄격한 의식에 맞추어 경건하게 조상신을 받든다. 집마다 가묘를 두고 철철이 제사를 지내고 먼 여행을 떠날 때 아뢰고, 돌아온 뒤 아뢰며, 맛있는 음식이 생기면 우선 조상의 신위 앞에 올리고 먹고 계절의 신미(新味)도 빠뜨리지 않고 첫물을 올린다. 『예기(禮記)』는 상례와 제례의 사회적 기능은 조상의 은혜를 밝히는 데 그 의의가 있다고 하였다. 상례와 제례는 유교적 규범에 맞추어 조상을 숭배하고 사망에 의해 변화된 상황에서 가문 및 사회의 질서를 유지하기 위한 의식절차라고 볼 수 있다.

따라서 조선시대에 이르면 죽음과 관련된 의식으로 제사와 초상이 행해진다.

제사(祭祀)는 죽은 사람의 영전이나 신주, 위폐 또는 무덤 앞에서 음식을 차려놓고 격식에 따라 절을 하면서 정성을 나타내는 일 또는 그런 의식을 의미하며 그 어형은 15세기부터 나타난다. (혼 일후믄 讀誦이오 두 일후믄 祭祀 ㅣ오(『월인석보(月印釋譜)』)) 죽은 날이 되는 전날 밤과 그밖에 명절과 같이 일정하게 정해진 날에 자손들과 친척들이 모여서 의식을 치렀다. 초상(初喪)은 사람이 죽어서 장사지낼 때까지의 일을 의미하며, 3년상을 치르는 경우의 첫 번째 상을 의미하기도 한다.

불교와 민간신앙의 죽음관

불교에서의 죽음은 티끌 같은 세상을 탈출해서 영원한 자유인이 되는 계기이다. 또한, 사람이 죽는다는 것은 무(無)로 되는 것이 아니며 매미가 허물을 벗듯이 껍질을 훨훨 벗어 던지고 새로운 옷으로 갈아입는 것이라고 하였다. 낡은 허물을 벗는 것이 죽음이며, 새로운 옷으로 갈아입는 것이 윤회(輪廻)이므로 다음 생은 이승의 업(業)에 따라 결정이 된다고 하였다. 따라서 불교에서의 죽음은 다음 생으로 가기 위한 과정이므로 존재가 없어지는 것도 아니며, 두려워할 일도 아니기 때문에 생전에 착한 일을 하면 아미타불이 사는 극락세계에 다다를 수 있다고 하였다. 그러나 생전에 죄를 많이 지면 '지옥', 혹은 '아귀'에 가거나 개나 돼지, 소로 태어나 고통을 받게 된다고 하였다.

그러나 민간 신앙과 무속에서는 죽음을 안식이나 다른 세계로 간다는 생각보다는 재난, 공포로 여겼다. 따라서 오복 가운데 하나를 '수(壽)'로 생각했고 속담에 '개똥밭에 굴러도 이승이 좋다'라거나 돌잔치에 장수를 의미하는 실타래를 올려놓는 등의 풍속이 생겨났다. 특히, 무속에서는 죽음을 옥황상제가 관할하는 것으로 생각했다. 옥황상제는 하늘을 다스리는 신으로 무당들에 의하여 받아들여진 신이다. 죽음은 명부(冥府)에 의해 저승사자가 사자(死者)를 저승길로 안내해 염라대왕 앞으로 끌고 와 심판을 받게 함으로써 극락에 갈 것인지, 지옥에 갈 것인지, 혹은 이승으로 다시 갈 것인지를 정한다. 이처럼 무속 혹은 민간 신앙의 극락과 지옥에 대한 생각은 불교의 영향을 받았다고 볼 수 있다.

기독교에서는 죽음을 죄에 대한 결과로 보며, 여기에서의 죄는 원죄를 의미한다. 원죄는 인류의 조상인 아담이 범한 죄로 인해 인간이 태어나면서부터 지니게 된 것이다. 하느님의 계명을 독실하게 믿고 실천하며 착하게 산 사람은 천국(天國, 天堂)으로 가고, 예수 그리스도의 부활을 믿는 사람은 누구나 구원을 받게 되어 이 세상이 끝나는 날 그리스도와 함께 부활하여 영생을 얻게 된다고 본다.

12.3. 죽음에의 애도, 메멘토모리

죽음은 살아 있는 인간에게 가장 비일상적인 전제이다. 그러나 인간 실존의 의미는 생의 한가운데서 낯선 죽음을 바라볼 때 드러난다. 인간의 삶 자체가 죽음에 대한 지향이며 이것이 생의 본질이기 때문이다. 그러므로 소멸하는 삶에 대한 인식은 좌절이나 허무로 경도된다기보다는 긍정적이고 가치 있는 생의 에너지로 전환될 수 있다. 죽음의 충동이 삶의 충동으로 이어지는 것이다.

고전문학과 현대문학 모두 죽음에 대한 주조적인 태도는 애도이다. 죽은 자를 향한 그리움과 상실감은 그의 부재를 인정하고 받아들이는 충분한 애도를 통해 극복될 수 있다. 메멘토모리 즉 '죽음을 기억하라'는 경구처럼 죽음을 기억하고 애도함으로써 죽음에 침잠하지 않고 그 고통을 환기하여 삶의 의지로 체화함으로써 삶의 깊은 비의를 읽어내고자 하는 것이다. 그런 의미에서 죽음은 지금 이곳의 삶을 가장 강력하게 실감하고 체감하게 하는 문학적 은유라고 할 수 있다. 즉 죽음은 존재의 무화이며 시공간의 소멸이자 육체의 상실이지만 문학은 역설적으로 이 죽음들을 통해 삶의 의미를 양각화하고자 한다.

여성 한시문에서 죽음은 사랑하는 사람들의 상실이다. 여성작가들은 이를 대체로 '죽은 이를 애도하는 제망~문(祭亡~文)' '죽은 이를 곡하는 곡~(哭~)'라는 제목으로 형상화했다. 이들이 죽음을 애도한 대상은 주로 딸과 아들, 어머니 그리고 여자 친구였다. 그런데 이는 지극히 개인적 차원의 문제이다. 사대부들이 여성을 대상으로 한 제문에서 남성적 시각으로 여성을 칭송하며 이미지를 재현한 것과 같은 시도는 보이지 않는다. 여성작가들은 여성의 죽음을 죽음 자체로 애도하고 있을 뿐이다. 이념적 개입 없이 상실을 상실 그대로 마주한다.

품에 얼마 품어보지 못한 채 떠나보낸 어린 딸과 아들, 어린 나이에 잃어버린 어머니, 죽어 아무도 돌보는 이 없는 무덤 속의 친구 등이 슬픔의 대상이다. 그러므로 이들은 어찌할 수 없는 죽음의 횡포 앞에서 사랑하는 이를 잃은 나약하고 힘없는 인간의 한없는 비탄과 애 끊는 정을 솔직하게 나타냈다. 아무리 세월이 흘러도 희석되지 않을 여성의 슬픔이 솔직하게 표현되고 있는 것이다. (허난설헌「哭子」, 심정순「祭亡女文」, 강지재당「憶昔-5」「南山寒食哭翠艶墓」)

고전소설에 등장하는 여성인물들이 죽음에 대해 보여주는 태도는 기본적으로 슬픔이다. 그런데 관계 맺고 있는 주위 사람들의 죽음에 대해 슬퍼하는 것은 일반적으로 당연한 일이기 때문인지 여성인물들이 다른 사람의 죽음에 대해 슬퍼하는 것을 주제화하거나 주의 깊게 다룬 경우는 드물다. 다만 주목되는 양상이 한 가지 있다. 바로 같은 남편을 둔 아내들의 경우이다. 그들은 처와 첩의 관계일 때도, 위계상 같은 지위의 부인일 때도 있는데 고전소설에서 이들은 '적국(敵國)'이라는 적나라한 명칭으로 불릴 정도로 남편과의 관계에서나 집안의 헤게모니 장악에 있어 갈등 관계에 놓이기 십상이다. 그런데 국문 고전 장편소설에서는 이들이 서로 친밀하며 상호호혜적인 우호적 관계를 맺고 있는 경우가 많다. 그에 따라 적국의 죽음에 임해 망자의 덕을 기리며 슬픔을 토로하거나 곡기를 끊고 따라 죽는 극단적인 모습을 보이는 경우가 곡진하게 서술된다. (「소현성록」, 「조씨삼대록」)

현대소설에서 전쟁과 항쟁의 역사적 소용돌이 와중에 남편과 아들, 아버지와 오빠를 잃은 여성인물의 경우, 형식적인 장례나 정서적인 추모의 절차가 불가능함으로써 상실감을 승화할 여력을 갖지 못하는 것이 문제가 된다. 상실의 정황을 직면하지 못한 채 그것을 의식의 저편으로 감추려 할 때 살아남은 자의 삶은 깊은 우울과 자기 학대, 분노와 광기 속으로 침잠한다. (강경애「어둠」) 죽은 자를 떠나보내지 못하고 "삼킨 죽음"을 안고 "마지못해 죽지 못해" 살아가게 된다. (박완서『나목』)

상실을 딛고 주체적인 삶을 구성하기 위해서는 죽은 자에 대한 두려움 없는 회고와 추모, 자기 안의 슬픔에 대한 솔직한 인정과 토로가 필요하다. 여성인물들은 눈물과 통곡, 죽은 자와의 소통을 통해 삼킨 죽음을 토해내고 승화시킨다. (최정희「정적일순」, 박완서「부처님 근처」, 「엄마의 말뚝 2」, 「엄마의 말뚝 3」, 「나의 가장 나중 지니인 것」, 신경숙『외딴방』) 이때 죽음은 삶이 되고 절망은 희망이 된다.

그러므로 누군가의 죽음을 염려하고 그에 강박되는 것 역시 자기 내면에서 의도적으로 행하는 실존적 불안이다. (배수아 「시취(屍臭)」) 일상적으로 행해지는 죽음에 대한 충동과 탐구는 오히려 삶에 대한 인식과 가치를 재고한다. 낯선 죽음으로 이끌리는 경험들이 불가항력적인 매혹의 경지로 묘사되는 것은 이 때문이다. 여성인물들은 죽을 수도 있었던 순간을 끊임없이 회고하며 삶을 경험한다. 죽음은 비관적이고 자멸적인 시도가 아니라 삶을 전체적으로 조망할 수 있는 탐색과 생성의 맥락이다. (최윤 「물방울 음악」, 「창밖은 푸르름」, 김애란 「너의 여름은 어떠니」)

현대시에 드러나는 애도의 태도는 생명이나 목숨처럼 살아있음을 증명하는 구체적인 몸이나 숨에 주목한다. 시대적인 상황과 사건에 연루되어 죽음에 이르게 된 '목숨' '옆집 총각' '우리 애기'들을 향해 '숨'과 '입술'과 '눈물'과 '통곡'으로 애도하면서 그 죽음들을 이곳의 삶에 다시 깊이 뿌리내리게 한다. (김남조 「목숨」, 허수경 「상여길」, 고정희 「넋이여, 망월동에 잠든 넋이여」)

또한 일상이 되어버린 주변의 죽음들에 대한 애도는 일상적인 삶을 매일 새롭게 살게끔 환기하는 역설적인 표현이 된다. 죽음 자체에 대한 성찰, 다른 존재의 죽음에 대한 애도, 삶과 죽음에 대한 경외 등을 통해 죽음을 기억하고 예비하면서 삶의 가치와 죽음의 존엄성을 표현한다. (황인숙 「꿈같이 산다, 죽은 이들은」, 박서영 「죽음의 강습소」, 조은 「울음소리에 잠이 깼다」)

> 지난해에 사랑하는 딸을 여의더니
> 올해는 사랑하는 아들을 잃었네
> 슬프고 슬픈 광릉의 땅
> 두 무덤 마주보고 서 있네
> 백양나무 가지에 쓸쓸히 바람 불고
> 숲에선 도깨비 불빛 반짝이네
> 지전으로 너희 혼을 부르며
> 맑은 술을 너희 무덤에 붓는다
> 남매의 혼을 알아보고
> 밤마다 서로 따르며 놀겠지
> 비록 뱃속에 아기가 있다해도
> 어찌 잘 자라기를 바라리

헛되이 황대의 노래 부르며
피눈물을 흘리며 슬피 울음을 삼키네
去年喪愛女 今年喪愛子 哀哀廣陵土 雙墳相對起 蕭蕭白楊風 鬼火明松楸
紙錢招汝魄 玄酒奠汝丘 應知弟兄魂 夜夜相追遊 縱有腹中孩 安可冀長成
浪吟黃臺詞 血泣悲吞聲
　　　　　　　　　　　　 ─허난설헌 「자식들의 죽음을 곡함 哭子」(16세기 후반)

햇빛은 너무 뜨거워 참담하고
슬픈 바람은 소슬히 부네
옥 같은 모습과 얼음 같은 마음은
안개처럼 흩어지고 구름처럼 날아갔네
늙으신 부모님 계시니
홀로 앉아 피눈물 흘리네
사랑하나 보지 못하니
마음은 만 구비 맺히는구나
물어보자 푸른 하늘아
내가 무슨 죄를 지었기에
옥비녀 황금패물을
헛되이 무덤에 묻어야 하는가
산은 비고 나뭇잎 지며
강물결도 울면서 목이 맨다
백양나무는 슬프게 서 있고
찬 달빛은 교교히 비치네
길고 긴 한은
영원토록 스러지지 않으리
慘憺烈日 蕭瑟悲風 玉貌氷心 烟散雲空 鶴髮高堂 獨坐泣血
愛而不見 心曲萬結 借問蒼天 我何罪孽 玉釵金佩 空埋空室
山空木落 江波嗚咽 妻凄白楊 皎皎寒月 有恨悠悠 萬古不滅
　　　　　　　　　　　　 ─심정순 「죽은 딸의 제문 祭亡女文」(17세기)

열일곱에 어머니 돌아가시고
삼 년 지나도록 눈물 못 거두었네
쓸쓸히 북망산 찾아 올라

백양나무 앞에 한잔 술 따르네

十七違慈母 三年涕未收 迢迢北邙上 白楊對一杯

—강지재당 「옛 생각 憶昔—5」(19세기 후반)

한식인데 찾는 이 없어 두견새만 우니

바위꽃엔 이슬 맺고 눈물만 글썽

무덤 앞에 떠 있는 애처로운 조각달

춤추고 노래할 때 비춰 주었지

해 저물고 봄바람에 제비는 돌아오고

들꽃 핀 모습에서 그대 화장 남은 흔적

쓸쓸한 무덤에서 서러운 눈물 닦고 보니

깨진 비석 글자 없고 이끼 반쯤 덮었네

아름다운 그대 얼굴 봄을 독차지 했으니

번구와 만요 후신이던가

아름다운 노랫소리 예전과 같으니

황천에도 애끊는 이 있으리

寒食無人哭杜鵑 巖花垂露淚涓涓 可憐一片墳前月 曾照歌筵與舞筵

日暮東風鷰子回 殘粧空認野花開 凄淚㻞珊頻拭眼 斷碑無字半蒼苔

娉婷嫣娜獨占春 樊口蠻腰是後身 宛轉歌聲依舊否 九泉應有斷腸人

—강지재당 「한식날 남산 취염의 묘에서 곡함 南山寒食哭翠艶墓」(19세기 후반)

패 지삼 샤례ᄒᆞ고 이에 승상과 소부인을 잡고 허다 유언을 ᄆᆞᄎᆞᆫ 후 명이 딘ᄒᆞ니 향년이 팔십칠 셰라 일가 상하의 곡셩이 딘동ᄒᆞ고 승상과 두 부인이 소부인으로 발상ᄒᆞ야 곡벽ᄒᆞ고 비통ᄒᆞ믈 이긔디 못ᄒᆞ야 상슈를 ᄀᆞ초와 습념ᄒᆞ고 입관ᄒᆞ야 셩복을 ᄆᆞᄎᆞᆫ 후 소공이 드러가 모친ᄭᅴ 뵈올ᄉᆡ 부인이 통곡ᄒᆞ시니 승상과 소부인이 슬픈 안싴과 무궁ᄒᆞᆫ 눈물이 안싴의 뉴동ᄒᆞ야 말ᄉᆞᆷ을 일우매 목이 몌고 사름을 보매 뉘쉬 압흘 향ᄒᆞ니 속졀업시 옷깃과 ᄉᆞ매 저ᅟ 반향이 디나매 대부인이 눈물을 거두고 탄ᄒᆞ야 굴오ᄃᆡ ᄉᆞ성이 유명이라 셕파의 나히 만코 부귀 극ᄒᆞ니 낫브미 업ᄉᆞ디 묘모의 내 좌우의 이셔 제의 슬픈 거슬 금초고 묘혼 비ᄎᆞ로 날을 위로ᄒᆞ며 완호ᄒᆞ여 디극ᄒᆞᆫ 졍이 비록 ᄉᆞ랑ᄒᆞᄂᆞᆫ 아ᄋᆞ와 효도의 ᄌᆞ식이라도 밋디 못홀디라 내의 며ᄂᆞ리와 손지 날을 원ᄒᆞ미 이셔도 제 믄득 분ᄒᆞ고 애둘와ᄒᆞ여 서ᄅᆞ 쳐ᄒᆞ연디 칠십여 년의 불공ᄒᆞᆫ 일과 소기며 사오나온 일을 보디 못ᄒᆞ고 ᄌᆞ단ᄒᆞᄂᆞᆫ 일이 업ᄉᆞ니 샹이 언에 화려ᄒᆞ고 사름의게 슌티 아냐 허물을 드러내는 병이 이시나 그 진딧 ᄒᆡᆼᄉᆞ와 녜법이 엄흠은 성현의 유풍을 니어 녀듕영웅이 되엿족 ᄒᆞ던다라 이제 죽언

디 수일이로디 내의 슈죡이 업고 빅시 홍심이 업서 궁듕이 다 뷘둣ᄒ니 엇디 슬프
디 아니리오 승샹이 비읍왈 셩픠 ᄌᆞᆺ 맛당ᄒ이다 히ᄋ도 그윽이 싱각ᄒ니 사름의
셔모 되는 쟤 만ᄒ나 반드시 허물이 이시되 일죽 셕셔모ᄀᆞ티 어디로되 엄졍ᄒ고
인후ᄒ니ᄂᆞᆫ 업더이다 소부인과 화셕 두 부인이 다 쳥누를 쓰리며 슬프믈 이긔디
못ᄒ고 츳후로 승샹이 ᄉ시 곡읍을 폐티 아니며 듀야 슬허 일회당을 ᄎᆞ마 보디
못ᄒ야 말마다 눈믈을 드리워 샹감ᄒ미 극골ᄒ매 밋첫더니 니패 셕파 죽은 후
과도히 슬허 톄읍ᄒ고 곡긔를 그티니 쇠년의 원긔 쇠약ᄒ야 믄득 병 드러시여
일후 죽으니

─「소현셩록」(17세기)

픠 기리 샤례ᄒ고 부인이 나가고 노공이 드러와 문병ᄒ고 영 셜 이 픠 븟드러
휘루쳬읍ᄒ여 류관쟝의 한날 아니 죽으믈 낫게 너기는 졍이 이시니 희라 그 젹인으
로써 이러틋ᄒᄆᆞᆫ 실노 인심의 현슉ᄒ미 관인홈 곳 아니면 능히 니러치 못홀지라
진 초 이 공과 승샹 형뎨 다 모다 츰연ᄒᆞᆫ 심ᄉᆞ를 이긔지 못ᄒ더니 이늘 초혼의
명이 진ᄒ니 노공과 위부인이 비도ᄒ기를 마지 아니ᄒ고 진 초 이공의 슬허ᄒ미
ᄌᆞ못 과도ᄒ고 치샹 습념의 례법이 경슉ᄒ여 초샹을 맛ᄎᆞ미 영 셜 낭 인이 밥을
긋치고 쥬야로 우러 긔력이 위위ᄒ니 치빙 등 삼 네 모다 관위ᄒ나 텬명이 임의
다ᄒᆞᆫ 바의 심려를 허비ᄒᆞᄆᆞ로써 긔식이 엄엄ᄒ여 ᄉ오일 내의 망ᄒ니

─「죠씨삼대록」(18세기)

영실아 우리가 사형언도 받은것은 신문지상으로 벌써 알았겠구나 하지만 봐라
결코 우리는 죽지않는다. 언제든지나가서 어머니와 너를 대할날이 있을터이니 그
때를 기다려라 어머님께는 당분간숨겨다오 누이야!

최후심에서 사형언도를 받은 오빠에게서 이러한 편지가 왔든 것이다.

온세상이 메라고 떠들든지 그는 오빠의 이말을 믿고싶었으며 또한 믿어지든
것이다. 하나 결국은 사형을 당하고야 말지 않았나. 그는 신문을 와락당기어 올올
히 찢어 창밖으로 던졌다.

그칼이 오빠를 향하야살대같이날아오는것을 보았다.

「아이머니! 저놈이 사람을 죽여!」

영실이는 눈을 뒤집고 나는 듯이 의사에게로 달려드니, 의사는 어껼에 주츰물러
서다가발길로 탁차버렸다. 영실이는세멘바닥에 자빠졌으나 단숨이 일어나 달려
든다. 입술과 코이터져 왼얼골은 피투성이가 되어버렸다.

「이놈이놈─ 오빠를 죽여. 아구 오빠 오빠 호호호 저놈」

간담이 서늘하게 부르짖는다. 방안은 그제서야 영실이가 미친것을 알았다.

－강경애 「어둠」(1937)

「내사 이제 너희들을 다시 보겠느냐. 이북 땅은, 이북 땅은……폭격으로 말이
아니라는데 다아들 무사하기나 하냐. 기숙아, 병욱아, 기숙아, 병욱아……이북
땅은……」

노파는 누가 찾아와서 을러메면 어쩌랴 하는 불안도 잊어버리고 있었다. 노파는
광 속에 가서 호미를 찾았다.

강남콩과 완두콩을 심자는 생각에서였다.

터밭은 공산당들의 발과 마소에 밟혀 돌같이 굳었다.

－최정희 「정적일순」(1941)

그러나 무엇보다도 견딜 수 없는 것은 그 회색빛 고집이었다. 마지못해 죽지
못해 살고 있노라는 생활태도에서 추호도 물러서려 들지 않는 그 무섭도록 딴딴한
고집. 남의 내부에서 꿈틀대는, 사는 것을 재미나 하고픈, 다채로운 욕망들은 이
완강한 고집 앞에 지쳐가고 있었다. //

그날 이후 나는 어머니를 될 수 있는 대로 피하고 있었다. 어머니를 보면 살아
있다는 것이 송구스러워 절로 몸이 오그라들고 고작 어머니로부터 피한다는 게
은행나무 밑이었다. 나는 나도 모르게 은행나무 밑에서 하루하루 어머니에 대한
미움을 키우고 있었다.

어머니를, 지금의 내가 비참한 것만큼의 다만 얼마라도 비참하게 만들어주고
싶었다.

－박완서 『나목』(1970)

우리는 다정하고 오붓한 한 식구들이었다. 남자 둘, 여자 둘의. 그러나 어느
날 갑자기 두 남자 식구가 차례차례로 죽어갔다. 아주 끔찍한 모습으로. 그리고
그 끔찍한 사상(死相)으로 이십여 년 동안이나 여자들을 얽맸다. (중략)

형체를 알아볼 수 없이 산산이 망가진 상체의 살점과 뇌수와 응고된 선혈을
주워모으며 우리 식구는 모질게도 악 한마디 안 썼다. 그런 죽음, 반동으로서의
죽음은 당시의 상황으론 극히 떳떳치 못한 욕된 죽음이었으니 곡을 하고 아우성을
칠 계제가 못 됐다. 믿을 만한 인부를 사 쉬쉬 감쪽같이 뒤처리를 했다.

우리는 마치 새끼를 낳고는 탯덩이를 집어삼키고 구정물까지 싹싹 핥아먹는
짐승처럼 앙큼하고 태연하게 한 죽음을 꼴깍 삼킨 것이었다. //

나는 그들로부터 자유로워지고 싶었다. 삼킨 죽음을 토해내고 싶었다. 그 무렵

나는 낯선 길모퉁이 초상집에서 들리는 곡성에도 황홀해져 그곳을 떠나지 못하고 오래 서성대기가 일쑤였다. 저들은 목이 쉬도록 곡을 함으로써, 엄살을 떪으로써, 그들이 겪은 죽음으로부터 놓여나리라.

—박완서 「부처님 근처」(1973)

"그놈 또 왔다. 뭘 하고 있냐? 느이 오래빌 숨겨야지, 어서."

"엄마, 제발 이러시지 좀 마셍. 오빠가 어디 있다고 숨겨요?"

"그럼 느이 오래빌 벌써 잡아갔냐"

"엄마 제발"

어머니의 손이 사방을 더듬었다. 그러다가 붕대 감긴 자기의 다리에 손이 닿자 날카롭게 속삭였다.

"가엾은 내 새끼 여기 있었구나. 꼼짝 말아. 다 내가 당할 테니"

어머니의 떨리는 손이 다리를 감싸는 시늉을 했다. 그때부터 어머니의 다리는 어머니의 아들이었다.

—박완서 「엄마의 말뚝 2」(1981)

삼우날 다시 찾은 산소에서 나는 어머니의 성함이 한 개의 말뚝이 되어 꽂혀 있는 걸 보았다. 정식 비석은 달포쯤 있어야 된다고 했다. 말뚝에 적힌 한자로 된 어머니의 성함에 나는 빨려들듯이 이끌렸다. 어머니의 성함 중, 이름을 따로 뜻으로 읽어보긴 처음이었다. 참으로 신기한 일이었다. 어머닌 부드럽고 나직하게 속삭이며 아직도 내 의식 밑바닥에 웅어리진 자책을 어루만지는 것 같았다. 딸아, 괜찮다 괜찮아. 그까짓 몸 아무데 누우면 어떠냐. 너희들이 마련해준 데가 곧 내 잠자린 것을.

생전의 어머니는 깔끔한 대신 차가운 분이어서 한 번도 그렇게 곰살궂게 군 적이 없었음에도 불구하고 어머니의 생애만큼 먼 옛날의 작명(作名)이 나에게 그런 위무를 해주고 있었다.

어머니의 함자는 몸 기(己)자, 잘 숙(宿)자여서 어려서부터 끝자가 맑을 숙자가 아닌 걸 참 이상하게 여겼었다.

—박완서 「엄마의 말뚝 3」(1991)

저는 드디어 울음이 복받치는 대로 저를 내맡겼죠. 제가 그렇게 많은 눈물을 참고 있었을 줄은 저도 미처 몰랐어요. 대성통곡, 방성대곡보다 더 큰 울음이었으니까요. 제 막혔던 울음이 터지자 그까짓 은하계쯤 거부락지처럼 떠내려가더라구요. (중략)

전 그 울음을 통해 기를 쓰고 꾸민 자신으로부터 비로소 놓여난 것 같은 해방감을 느꼈어요. 그러고 나서 요 며칠 동안은 울고 싶을 때 우는 낙으로 살고 있죠.
－박완서 「나의 가장 나종 지니인 것」(1993)

무슨 말을 하려고 나를 불렀니?
끝낼 일이 있어.
무슨?
이게 마지막이야. 난 이제 열아홉도 아니고 서른셋이야. 이 글을 시작할 때는 글이 끝날 무렵이면 옛날 얘기를 했다고, 그리고 나니 기분이 나아졌다고, 그렇게 말할 수 있게 되기를 바랐어. 그런데 아니야.
……
언니 손에 달려 있어.
……
그날 아침 얘기를 해줘.
……
왜 내게 문을 잠그라고 했지?
……
왜 하필이면 나였어? //
오랫동안 나에게 중요한 모든 운명의 모습은 희재언니의 모습을 띠고 있었다. 그녀는 내게 밀물이었고 썰물이었다. 그녀는 내게 희망이었고 절망이었다. 그녀는 내게 삶이었고 죽음이었다……… 이 모든 것이 사랑이었다…….
－신경숙 『외딴방』(1995)

그러나 잠시 참을성 있게 자신의 몸의 반응을 살펴보면, 그 속에는 다소간 퇴행적인 심리가 작용하는 것을 알 수 있다. 그 음험하고 쌀쌀한 물살이 신임할 만한 어떤 것인 양 가장하고 몸을 맡겨버리고 싶은 그런 충동. 나는 내 발이 닿지 않는 그 지점부터 그만 가라앉을 모든 준비를 하는 것이다. //
시간이 갈수록 더더욱 비현실적으로 보이는 아내의 죽음의 처리를 놓고 고민하던 나는 유령처럼 하나하나 도착하는 그 물건 박스 속에 어두운 비밀의 단서가 숨어 있을 수도 있다고 생각했던 것이다. 그렇지만 그럴 필요가 없다는 것을 곧 알게 되었다. 그것들은 모두 눈처럼 희고 꿈처럼 가벼운 스티로폼에 휩싸여 묵직한 체구를 멍하게 감추고 있는, 아내의 죽음으로 인하여 욕구가 거세된, 물건들일 뿐이었다.
－최윤 「물방울 음악」(1995)

나는 거리의 끝을 향해 걷는다. 그러면서 오늘 나의 에너지가 되어버린 불안을 자세히 들여다본다. 무엇이 매일 이 에너지를 재생산하는지를 곰곰이 따져보려고 나는 천천히 걷는다.

　나는 방바닥에 눌러붙어 막대기로 쫓아내야 하는 축축하고 거대한 바퀴벌레로 변하는 전날의 꿈을 불러내 세밀히 들여다본다. 때로는 환각으로 때로는 환청으로 재생되는 거리 모퉁이의 전대미문의 살인 사건을 눈 깜짝하지 않고 관람한다. //

　밤거리를 배회하는 사람은 누구나 그들의 창밖에 머무는 검은색 승용차를 본다. 그러나 그 차창의 유리는 여러 겹으로 둘러쳐져 있어, 그 속에 누가 앉아 있는지는 보이지 않는다. 게다가 그 속에 탄 사람의 얼굴은 늘 바뀐다. 그래도 나는 그 안을 좀더 잘 들여다보기 위해, 매일 밤, 늦은 시간이면 집을 나서지 않을 수 없다.

—최윤 「창밖은 푸르름」(1997)

　P가 죽은 것이 그에게 더 다행으로 여겨지는지, 아니면 그 열차를 타지 않은 P가 무사한 것이 다행인지 그 구분조차도 이제 무의미해졌다. 그에게 죽음이란 과연 무엇인가. 죽음의 껍데기에 불과한 그에게. 죽음을 통해서만 인식하게 되는 P도 마찬가지다. 그의 의식 속에서는 P 또한 그와 같은 체계하에서만 존재할 수 있는 것이다. P의 삶이나 죽음, P의 고통이나 안락은 실제가 아니라 이제 그의 인식상에서만 의미가 있었다. 그가 P를 몰랐다면, 이 세상 태어나서 지금까지 한 번도 만난 일이 없이 완전히 모르는 사람으로 지냈다면, P는 실제로 세상에 태어나지도 않았던 것, 존재하지도 않았던 것이다. 그렇게 무의미했을 것이다.

—배수아 「시취(屍臭)」(2006)

　손발이 따로 놀고 숨이 찼다. 하지만 내가 물에 빠진 사실을 알아채는 친구는 없는 거 같았다. 몇몇은 나무 그늘에 누워 잤고, 또 몇몇은 물고기에 관심이 쏠려 있었다. 도움을 청하고 싶었지만 간신히 수면 위로 올라와도 숨을 쉬느라 소리칠 수 없었다. 내가 할 수 있는 일이란 그저 조용히 떠올랐다 가라앉기를 반복하는 것뿐이었다. 지금도 나는 그때 물속에서 느낀 아주 기이한 고요를 기억하고 있다. 가까스로 물 밖에 머리를 디밀었을 때 매미 소리가 무척 시끄럽게 들려왔던 것도. 어려서 그랬는지 몰라도 그 순간 누가 보고 싶다거나 지난 일이 주마등처럼 스쳐 지나간다거나 하지는 않았다. 다만 나는 그 상황에서 빨리 벗어나고 싶었다. 그리고 좀 외로웠다. 아무도 내가 죽어가고 있다는 걸 모른다는 고립감. 그리고 그걸 누구에게도 전하지 못한다는 갑갑함이 밀려왔다.

—김애란 「너의 여름은 어떠니」(2009)

요령(搖鈴)을 흔들며 조용히 지나는 덴 낯익은 거리들······
엄숙히 드리운 검은 포장(布帳) 속엔
벌써 시체된 그대가 냄새 납니다

그대 상여 머리에 옛날을 기념하려
흰 장미와 백합을 가드윽히 얹어
향기로 내 이제 그대의 추기를 고이 싸려 하오

—노천명 「만가」(1938)

아직 목숨을 목숨이라 할 수 있는가
꼭 눈을 뽑힌 것처럼 불쌍한
산과 가축과 신작로와 정든 장독까지
(중략)
매아미처럼 목태우다 태우다 끝내 헛되이 숨겨간
이 모두 하늘이 낸 선천의 벌족이더라도
돌멩이처럼 어느 산야에고 굴러
그래도 죽지만 않는
목숨이 갖고 싶었습니다.

—김남조 「목숨」(1953)

옆집 앉은뱅이 총각 밤 몰래 끌려가 앉은뱅이 되어 돌아오더니담 둘이 포개앉은
이웃집 처자 내게 고데 말 없이 소월 노래께나 적어 보냈지 심심한 한낮 배고픈
햇발을 이고 살그머니 담장으로 전해지던 소월 노래는 이른봄 아린 입술 들이밀던
개나리 되어 옆집 앉은뱅이 총각 상여에 가서 피었네 내 무슨 황진이라고 속곳
벗어 시린 상여 위에 얹어두고 싶었네 진눈깨비 내리던 상여길 남 몰래 눈물 흘리며
따라가며

—허수경 「상여길」(1988)

보고잖거 보고잖거
우리 애기 보고잖거
얼굴이나 한번만
봤으면 원 없겠네

영정 위에 후두두둑 쏟아진 눈물

불이 되고 칼이 된 눈물은
어머니 태아 주신 하늘로 올라가
궁핍한 목숨들 잠든 밤이면
사무치는 이 강산 황토흙 적시듯
이월 찬비 내린다, 너구나
삼월 단비 내린다, 너구나
사월 꽃비 내린다, 너구나
오월 큰비 내린다, 너구나
유월 장마비 내린다, 너구나
칠월 작달비 내린다, 너구나
팔월 장대비 내린다, 너구나
구월 소낙비 내린다, 너구나
시월 늦비 내린다, 너구나
동짓달 겨울비 내린다, 너구나
섣달, 눈비 내린다, 너구나

—고정희 「넋이여, 망월동에 잠든 넋이여」(1989)

죽은 이들은 산 사람들의 꿈에서 산다.
먹고, 웃고, 치장하고, 잠자고

산다,
노래하고, 투정하고, 한숨쉬면서,
없는 유산, 분배도 하면서.

내 머리통을 거주지로 삼은
죽은 이들이여,
행복하게 사시라.

—황인숙 「꿈같이 산다, 죽은 이들은」(1998)

어둠의 노른자위에 있는
나의 손 닿는 어딘가가 썰렁하다
이곳 어딘가는
세상을 버린 자와 닿아 있었다
가쁜 소리를 내던 문도 숨을 멎었다

한때 숨쉬던 흙덩이는
오열 속에 해체되고 있으리라

이웃들도 불을 켠다
아주 가까운 곳에서
누군가 죽었다

―조은 「울음소리에 잠이 깼다」(2003)

오전 여덟 시 상가를 지나친다
동네 입구의 전봇대에는 하얀 종이에
반듯하게 씌어진 喪家→가 붙어 있다
이 길로 가면 상가로 갈 수 있다
나는 지금 문상 가는 중이 아니다
그러나 태어나자마자 이 표식을 따라왔다
울면서도 왔고 졸면서도 왔다
사랑하면서도 왔고 아프면서도 왔다
와보니 또 가야하고 하염없이 가야하고
문상가는 줄도 모르고 나는 문상 간다
죽어서도 계속 되는 삶이 무덤 속에 누워
이 세상이 난리도 아니라며 또 꺼억꺼억 운다

―박서영 「죽음의 강습소」(2006)

12.4. 자살, 현실에 대한 저항

　삶에 대한 의지가 생명을 가진 유기체의 가장 기본적인 욕구라고 할 때 스스로 자신의 생명을 끊는 자살은 본능을 거스르는 자해 행위이다. 그러나 자살은 인간이 현실과 세계를 향해 가장 적극적으로 저항하는 행위다. 자기 존재를 가장 역설적인 방식으로 증명하는 행동이자 인간 실존에 대한 근원적인 통찰을 사유하는 행동이기도 하다.

고전소설의 여성인물들은 어떤 문제 상황에 봉착했을 때 자신의 목숨을 스스로 끊는 행위를 감행한다. 사랑이 실현될 가망이 없게 되자 주군과 동료들의 기대를 저버린 자신에 대한 자괴감으로 목을 매거나(「운영전」), 부부 사이의 갈등으로 분한 마음을 풀 길 없자 곡기를 끊고 죽음에 이르려 하거나(「유씨삼대록」), 정절 모해에 대한 억울함에 자진으로써 항변하고(「숙영낭자전」), 불륜이라는 이유로 받아들여지지 않는 자신의 사랑을 관철하기 위해 칼로 자신을 찌르고, 목을 매고, 우물에 몸을 던지고, 단식을 하는 등 끊임없이 자결을 시도한다. (「포의교집」)

시집살이 민요 중 '진주낭군가' 계열을 비롯한 일련의 노래들은 여성화자인 며느리가 고된 시집살이를 견디지 못하고 스스로 죽음을 택하는 내용으로 끝난다. (「전남 고흥 시집살이 민요」, 「전북 남원 시집살이 노래」, 진주 낭군가 계열 민요) 며느리의 죽음은 가부장제 아래에서 시집식구들의 박대와 억울한 모함 등 절망적인 현실로부터 벗어날 출구가 없을 때 스스로 자결하는 방식으로 나타난다. 이때 여성의 죽음은 누명의 억울함, 일방적인 소외 또는 억압의 부당함에 대한 항변으로서, 억압적인 현실을 알리고 그로부터 탈주하는 적극적인 저항의 방식이라 할 수 있다. 또한 여성 화자의 죽음 이후에 남편이 자책하며 자신의 부모를 원망하는 내용으로 끝맺는 각편들이 있는데, 이는 남편에 대해 자기 존재의 의의를 확인하고자 하는 것이라고 할 수 있다. (「전남 고흥 시집살이 노래」, 「전북 고흥 시집살이 노래」)

이처럼 문제 상황에 대하여 자살로써 대처하는 행위주체는 일견 현실도피적으로 비쳐진다. 그러나 이는 당대 여성들이 자신의 의사를 표현할 통로나 문제를 해결할 능력을 상대적으로 박탈당했던 사회적 약자의 위치에 있었음을 반영하는 한편 그럼에도 불구하고 부당한 상황에 대해 피동적으로 끌려가거나 감내로 일관하는 것에 그치지 않고 상황의 부당함을 드러내는 가장 적극적인 방편으로 택할 수 있는 것이 자살이었음을 보여준다.

이와 비슷하게 현대시에서 자살은 현실을 향해 극단적으로 저항하는 행위이자 가장 강렬한 삶의 방식을 갈망하는 극단적인 상상이다. (최승자 「비극」, 「수면제」) 여성시의 화자들은 다른 존재로 거듭나고 싶은 욕망과 새로운 삶을 꿈꾸기 위해 죽음을 연기(演技)하거나 가사(假死)에 빠진다. 하지만 극단적인 죽음인 자살의 상상을 통해 끝내는 이곳에서 살아가야 할 삶의 진정한 의미를 찾으면서

이 치명적인 상상을 통해 비루한 현실을 벗어나고 싶은 갈망을 해소하고 죽음의 두려움을 유희적으로 상상한다. (김승희 「자살자의 노래」, 김혜순 「상습적 자살」, 「lady phantom」, 문정희 「자살법」, 진은영 「줄리엣」, 이근화 「아이스크림」)

　　이때 소옥이 무릎을 꿇고 울면서 아뢰었습니다. "지난날 완사를 성내에서 하지 말자고 한 것은 제 의견이었습니다. 자란이 밤에 남궁에 와서 매우 간절하게 요청하기에, 제가 그 마음을 불쌍히 여겨 여러 사람의 의견을 배척하고 따랐던 것입니다. 그러니 운영의 훼절은 죄가 제 몸에 있지 운영에게 있지 않습니다. 엎드려 바라건대, 주군께서는 제 몸으로써 운영의 목숨을 이어 주십시오." 대군의 분노가 점차 풀어져서 저를 별당에 가두고, 그 나머지 사람은 모두 풀어주었습니다. 그날 밤 저는 비단 수건에 목을 매어 자결하였습니다.

　　小玉跪告泣曰 前日浣紗之行 勿爲於城內者 妾之議也 紫鸞夜至南宮 請之甚懇 妾怜其意 排群議從之 雲英之毁節 罪在妾身 不在雲英 伏願主君 以妾之身 續雲英之命 大君之怒稍解 囚妾于別堂 而其餘皆放之 其夜 妾以羅巾 自縊而死
　　　　　　　　　　　　　　　　　　　　　　　　　　　　 ―「운영전」(17세기)

　　명묘의 어시 니러 나간 후 쇼졔 다시 자리의 나아가 식음을 젼폐ᄒ고 날노 심녀를 허비ᄒ니 소오 일이 못ᄒ야셔 옥골이 환탈ᄒ고 긔뷔 쇼삭ᄒ여 명믹이 실 ᄀᆺᄒ니 니부인이 녀ᄋ의 뜻을 알고 어엿비 넉여 빅단 기유ᄒ나 쇼졔 다만 톄읍ᄒ고 슈식을 나오디 아냐 죽기로 뎡ᄒ니 홀일업서 부인이 졔ᄌ를 ᄃᆡᄒ여 타루 왈 이 아히 ᄋ시브터 셩졍이 편협ᄒ여 고집이 잇더니 셩도를 고쳐 온슌ᄒ 녀ᄌ 되니 내 진실노 긔특이 넉이더니 이제 어스의 치부ᄒ여 유감ᄒᆞᆯ믈 보고 참안이 넉여 조보야온 ᄆᆞ음의 죽으믈 결단ᄒ여 의리로 기유ᄒᆞᆯ믈 듯디 아니″ 죽으미 오라디 아닐노다 졔ᄌ 경녀ᄒ여 쇼민를 보고 대의로 히유ᄒᆞᆫ 즉 쇼졔 울고 왈 사ᄅᆞᆷ의 화복이 됴셕의 잇거늘 나ᄂᆫ 엇디 병이 들매 엇디 이런 의심을 ᄒᆞᄂᆢ ᄒᆞ고 죵시 식음을 나오디 아냐 뉵칠 일이 디나매 ᄌᆞ루 혼졀ᄒ니 비록 약을 쓰나 능히 ᄂᆞ리오디 못ᄒ고 졈″ 엄홀ᄒ기예 니ᄅᆞ니 승샹과 샤각뉘 모다 의원을 브ᄅᆞ고 빅초를 시험ᄒ나 약이 능히 당졔를 엇디 못ᄒ여 속슈무췩ᄒ니 샤어시 처음은 져의 거동을 보고져 치료홀 ᄯᆞ름이러니 진실노 위퇴ᄒᆞᆯ믈 보매 차악ᄒᆞᆯ믈 이긔디 못ᄒ여 의약을 긋치고 겻히셔 죠용이 구호ᄒ여 졍셩이 못 밋츤 ᄃᆡ 업스나 쇼졔 더옥 참괴ᄒ여 그 ᄆᆞ음을 플 길히 업스니 싱이 져를 속랴 ᄒ다가 도로혀 이런 경계를 당ᄒ여 뉘웃고 참담ᄒᆞ미 심댱을 버히는 둣ᄒ니 쇼져의 손을 잡고 ᄇᆞ야흐로 평싱 소회를 다ᄒ여 젼일 브졀업시 쇼년 유희로 그리ᄒ여시나 본심은 만″ 무타ᄒᆞᆯ믈 ᄀᆞᆫ졀이 기유ᄒ나 쇼졔 탄식

브답ᄒᆞ니 어ᄉᆡ 다시 ᄌᆞ가의 가슴 가온ᄃᆡ 무궁ᄒᆞᆫ 졍을 닐너 ᄉᆡᆼ을 ᄒᆞᆫ가지로 ᄒᆞ믈 ᄆᆡᆼ셰ᄒᆞᄃᆡ 쇼졔 다만 ᄆᆡᆨ〃히 말이 업서 비록 혼미ᄒᆞᆫ 가온ᄃᆡ나 어ᄉᆞ를 ᄃᆡᄒᆞᆫ 즉 붓들녀 니러 안자 공경ᄒᆞ믈 다ᄒᆞ고 ᄉᆡᆼ의 손이 다흔 즉 놀나기를 샤갈ᄀᆞᆺ치 ᄒᆞ니 졈〃 ᄉᆡ스럽고 두리믈 겸ᄒᆞ니 십여 일이 디나도록 증셰 날노 더ᄒᆞ더라 (중략) 쇼졔 붓들녀 겨요 니러 안자 긔운을 진뎡ᄒᆞ고 겨요 ᄃᆡ왈 쳡이 블쵸ᄒᆞᆫ 긔질노 군ᄌᆞ의 평ᄉᆡᆼ을 어즈러이니 일즉 죽고 이ᄀᆞᆺ치 즐기신 즉 엇디 다ᄒᆡᆼ치 아니리오 부뫼 슬하의 여러 ᄌᆞ녀를 두어 계시니 쇼녀 일 인은 족히 유뮈 대단치 아닐디라 일시 참샹ᄒᆞ시나 현마 엇디 ᄒᆞ리잇고 ᄒᆞ믈며 질병을 ᄆᆞ음으로 ᄒᆞᆯ 배 아니〃 엇디 ᄌᆞ분필ᄉᆞᄒᆞ리오 명이 박ᄒᆞ고 팔ᄌᆡ 긔구ᄒᆞ여 군ᄌᆞ의 영화를 참예치 못ᄒᆞᆯ ᄶᆡ니 슬허ᄒᆞ나 쇽졀 업도소이다 셜파의 피를 토ᄒᆞ고 혼졀ᄒᆞ여 업더디니 어ᄉᆡ 황망이 약을 나와 구ᄒᆞ나 ᄉᆡᆼ되 됴곰도 업고 졈〃 슈족이 어름 ᄀᆞᆺᄐᆞ니 부모형뎨 차악ᄒᆞ믈 이긔디 못ᄒᆞ여 샤각노와 흠긔 드러와 보고 슬허ᄒᆞ믈 마디 아냐 일개 모다 발상ᄒᆞ기를 ᄃᆡ령ᄒᆞᆯᄉᆡ 어ᄉᆡ 이ᄢᆡ 부인의 시신을 붓드러 간댱이 촌〃이 버히ᄂᆞᆫ ᄃᆞᆺᄒᆞ니

—「유씨삼대록」(18세기)

ᄯᅩ 이 ᄋᆡ들 니러나면 분명 죽지 못ᄒᆞ게 ᄒᆞ리라 ᄒᆞ며 가마니 츈ᄒᆡᆼ 동츈을 어로만져 왈 불샹타 츈ᄒᆡᆼ 남ᄆᆡ야 나를 그리워 어이 살니 가련타 츈ᄒᆡᆼ아 너의 남ᄆᆡ를 두고 어이 가리 ᄋᆡ닯다 나기는 십왕이나 가ᄅᆞ쳐 주소셔 ᄒᆞ며 츈ᄒᆡᆼ아 잘 닛거라 동츈아 잘 닛거라 슬프믈 니긔지 못ᄒᆞ여 원앙침 도도 베고 셤셤옥슈로 드는 칼를 드러 가슴을 질녀 죽으니 문득 텬양이 무광ᄒᆞ고 텬디 혼휴ᄒᆞ며 텬동소ᄅᆡ 진동ᄒᆞ거늘 츈ᄒᆡᆼ이 놀나 ᄭᆡ여보니 낭ᄌᆞ 가슴의 칼를 곳고 누엇는지라

—「숙영낭자전」(미상)

이생이 일이 난 줄을 알고 씨동을 불러 함께 외진 곳으로 가서 일이 어떻게 된 건지를 물었더니 씨동이 말했다. "서방님께서 떠나신 다음날, 양파의 조카딸인 희라는 아이가 이 일을 양파의 남편에게 바로 일러 바쳤습니다. 그 남편이 몹시 화가 나서 마침내 문에다 자물쇠를 단단히 채우고는 양파의 머리채를 움켜쥐고 이리저리 패대기를 치더니 끝내는 배 위에 걸터앉아서 커다란 식칼을 가지고 찔러 죽이려 했지요. 그런데도 양파는 조금도 두려워하지 않고 낮은 소리로 그 남편에게 말했습죠. '내가 중죄를 범한 것이 한두 번이 아니니 죽어도 무슨 원망이 있겠어요? 단지 그 칼을 나한테 줘서 내가 조용히 자결할 수 있게 해주세요. 서방님께 아내를 죽인 사람이라는 말은 안 듣게 하고 싶습니다. 힘들게 그리 말고 내가 손수 목숨을 끊게 해 주는 게 좋겠어요.' 이렇게 실랑이를 하고 있을 때 시아버지인 양 노인이 자물쇠를 부수고 들어가서 그 아들을 꾸짖고 칼을 빼앗아 땅에 집어

던졌죠. 이때 양파가 천천히 일어나 칼을 들어 목을 찔러 죽으려 했는데 헛손질만
하고 말았습니다. 그리고 다시 찌르려 할 때 양 노인이 놀라 칼을 빼앗았답니다.
양파가 또 옆에 있던 작은 칼을 집어 들자, 양 노인이 또 빼앗았지요. 오후 2시쯤이
나 됐을까? 양파가 방안에 아무도 없는 것을 보고는 시렁에 목을 매어 죽으려
하다가 동서인 희의 어미에게 구출되어 희의 어미가 방에서 양파를 지켰습니다.
그날 초저녁에 양파가 밖으로 나가 우물에 몸을 던졌지요. 우물이 깊었지만 다행
히도 표주박 두 개가 물에 떠 있어서 몸이 미처 빠지기 전에 여러 사람들에 의해서
구출되었답니다. 헌데 이때는 우물 안 돌에 얼음이 끼어 있던 때라 부딪쳐 온몸에
상처가 많이 났지요. 그날 새벽 또다시 우물에 몸을 던져서 물 긷던 사람들이 온
힘을 다해 구출해 냈더니 코와 입에서 물이 나오고 한참이 지나서야 깨어났어요.
이날 저녁 또 목을 맸으나 시아버지에 의해서 구출되었고요. 오늘 새벽에 또 목을
매었는데 다른 사람이 구해줘서 살아났어요. 그 뜻을 보니 반드시 죽기로 작정한
것 같았지요."

生知事出 乃引氏同 至僻赴 問事機 氏同曰 子書房主離之翌日 楊婆之侄名喜
者 以此事直告于楊婆之夫 其夫大怒 遂健鎖門戶 揪住楊婆之頭髮 顧之沛之 畢
竟據于腹上 將廚用大劍 欲刺而殺之 楊婆少不恐怵 低聲謂其夫曰 吾犯重罪 不
止一再 死何怨哉 但願以刀給我 我願從容自決 無使夫壻有殺妻之名也 幸勿施
勞 使我自盡 可也 如是之際 其媤父老楊斷鎖而入 責其子而奪劍擲於地 楊婆緩
緩而起 引劍自刎 手游虛過 再刎之際 老楊驚奪之 楊婆又引在傍小刀 老楊又奪
之 其申時量 楊婆瞰房乃無人 暗自經其頸於架下 被同婿喜母之救 自此居房守
之 其夕初昏 楊婆出外投井 井雖深而幸雙瓢浮水 身未及沒 而爲諸人救出 時値
氷塞 井石多觸 身多所傷 其曉又投井 汲水諸人 盡力救出 水從鼻口而出 半晷不
死 其夕又結項 爲媤父所救 今曉又結項 亦爲人所救 則其志必死乃已

-「포의교집」(19세기)

하루저녁 일하다가 무정하는 잠이 와서 마늘 한쪽을 묵었더니 간세같은 시누년
이 일렀든가 절렀든가 차고받고 야한이기야 에라 요거 못하겠다 뒷대밭으로 올라
가서 참대낚도를 손에다 들고 아릿바닥을 내려가서 낚은 것은 금복이라 뛰는 것은
졸복이라 졸복 한쌍을 낚어다가 짚불에다 사라묵고 사랑에 동동 임오방에 임오
비개를 돋아놓고 잠든 듯이 나는 가네 서울이라 학선배가 섭수자락을 뒤로 매고
보선발로 내려와서 아강아강 동승아강 너거 형님 왜 죽었냐 어제 그제 병이 들어
사흘만에 죽었다요 섭수자락을 뒤로 매고 보선발로 올라가서 서른서이 모인 중에
어른 선배는 제쳐놓고 아우 선배야 들어봐라 여동생이 둘만 되든 장가 갈라고
생각마라 체가집이 열두당군 우리집이서 열두당군 수물너이 당군 뒤에 조그마한

서당선배 서럽게나 울고 가네

　　　　　　　　　　　　　　　－「시집살이요」, 전남 고흥군 풍양면(미상)

　하늘겉이 높은 집이 다문 다문 다섯 갠수 나 하나를 남이라고 시누 깨논 옥동우
를 날 깼다고 탓을 허네 시누 끊은 목단꽃을 날 끊었다고 탓을 허네 죽을라요
죽을라요 목을 잘라 죽을라요 아홉가닥 가붓대님 목 잘라서 죽을라요 천이 앉어
천 말 허고 만이 앉어 만 말 해도 내 말 없이는 못 죽니라 서당 공부 가여서 한
자 씨고 두 자 씨고 삼석 자를 거듭 씽께 펜지 왔네 펜지 왔네 임 죽었다고 펜지
왔네 한 손으로 받아 갖고 두 손으로 피어보니 임 죽은 펜지러라 붓을라컨 입에
물고 책일라컨 옆에 찌고 신은 벗어 손에 들고 두 발개로 네 활개로 집이라고
들어오니 원아 원아 동상 원아 느그 올케 어디 갔냐 엊지녁에 깊은 잠이 아침까지
깊었다요 이 방 저 방 다 제치고 내 방문을 방긋 연께 죽었구나 죽었구나 목을
잘라 죽었구나 아홉가닥 가붓 댓님 목을 잘라서 죽었구나 무주비단 한 이불은
둘이 덮을 듯 피어놓고 원앙침에 잣베게는 둘이 벨듯이 도디 놓고 새벨 겉은 요강
대야 발질만치 도디나 놨네 원아 원아 동상 원아 칼 한 자리 들려도라 목을 질러
죽을란다 오랍시도 그 말 마소 뒷집이라 몬딸아기 셋째 장개 원헌다요

　　　　　　　　　　　　　　　－「시집살이 노래」, 전북 남원(미상)

　　죽고 싶음의 절정에서
　　죽지 못한다, 혹은
　　죽지 않는다.
　　드라마가 되지 않고
　　비극이 되지 않고
　　클라이막스가 되지 않는다
　　되지 않는다
　　그것이 내가 견뎌내야 할 비극이다
　　시시하고 미미하고 지지하고 데데한 비극이다
　　하지만 어쨌든 이 물을 건너갈 수밖에 없다
　　맞은편에서 병신 같은 죽음이 날 기다리고 있다 할지라도.

　　　　　　　　　　　　　　　－최승자 「비극」(1984)

　　대낮에 서른 세 알 수면제를 먹는다.
　　희망도 무덤도 없이 윗속에 내리는
　　무색 투명의 시간.

온몸에서 슬픔이란 슬픔,
꿈이란 꿈은 모조리 새어나와
흐린 하늘에 가라앉는다.
보이지 않는 적막이 문을 열고
세상의 모든 방을 넘나드는 소리의 귀신,
(나는 살아 있어요 살 아 있 어 요)
소리쳐 들리지 않는 밖에서
후렴처럼 머무는 빗줄기.

죽음 근처의 깊은 그늘로 가라앉는다.
더 이상 흐르지 않는 바다에 눕는다.

— 최승자 「수면제」(1981)

떠나는 건 쉬워—

처음엔 왼발을,
그 다음엔
오른발,
그리고 슬쩍 몸을 날리는 거야,
애욕처럼 진하게
두 눈을 감고—

그런데
아직
유서를 못 썼어,
나의 死因을 포장해 줄
극비의
설형문자를,

— 김승희 「자살자의 노래」(1983)

나는 어제 아파트 옥상에서
투신 자살하는 모션을 취했다
양쪽 다리를 난간에서 뗴었을 때
비명 소리가 먼저 산으로 가고

다음, 내 영혼이 뒤따라가는 것을 보았다
이제 곧 내 몸도 무덤으로 가게 되리라
(중략)
나는 오늘 무덤으로 먼저 떠난
내 말들로부터 사약을 받았다
문득, 구만 리 침묵의 무한 공중에서부터
회디흰 사약 사발이 내게로 두둥실 떠왔다
내가 두 손에 사약 사발을 받고
꿀꺽꿀꺽 마셨을 때
목젖을 타내리던 소리들이 먼저
산으로 갔다
다음, 영혼이 항문을 빠져 달아나는 것을
나는 알았다
이제 곧 내 몸도 무덤에 이르게 되리라

－김혜순 「상습적 자살」(1985)

방에 시체가 있다
내가 누군가를 죽였다
시체를 두고 나 여기 술 마시러 왔다
(중략)
나는 왜 방에다 불을 지르고 소리소리 지르다
그 사람의 몸에 물을 끼얹었을까
하루 종일 문 앞을 떠나지 않는
주인 기다리는 강아지같이 빤히 열린 그 눈알
그것을 닫고 오기는 했나?
두렵다
그럼에도 지금 이 자리
웃고 떠드는 나를 견딜 수 없다
아무래도 불꽃 머리칼 다시 길러야겠다
아무래도 나는 나를 다시 죽이러 가야겠다

－김혜순 「lady phantom」(2008)

마녀와도 같이 화장하고 잠들면 잠든 사이 놀러 나갔던 혼이 영원히 돌아오지
못한다고 해요. 돌아오긴 오는데 제 얼굴 도로 찾지 못해 그만 그대로 허공을 헤맨

다고 해요. 밤이면 홀로 일어나 짙게 짙게 화장을 해요. 벼랑 끝에 바쳐질 붉은 꽃처럼 화장한 몸뚱아리 하나 던져 놓아요. 이러이 그만 깨어나지 말기를 황홀히 기도하며.

-문정희 「자살법」(1987)

더는 못 기다려,
배가 고파

그녀가 스푼을 들며
말했다

죽음의 수프 그릇에서
김이 모락 피어났다

-진은영 「줄리엣」(2003)

클랙슨 소리가 연이어 났다 오토바이에 탄 남자 오토바이에 탄 여자 순서로 죽었다 죽을 힘을 다해 부딪쳐 봤어?

길거리에서 아이스크림을 먹고 있었다 아이들도 어른들도 쳐다보았다 죽는 순간 눈이 마주쳤을까, 한 슬픔이 다른 슬픔을 누르고……

뭔가 조금 홀린 듯했지만 내게도 희망은 있다 우리 함께 죽을까? 즐거운 포물선을 그리며

-이근화 「아이스크림」(2006)

12.5. 지워진 여성사, 가부장적 죽음관

여성인물의 죽음에는 가부장적 억압의 무게가 드리워진다. 남편으로부터 버림받은 채 무녀로 살다가 불에 타 죽고, 여성의 욕망이 인정될 수 없는 결혼제도에 갇혀 있다가 우물 속 시신으로 떠오르거나 추락하며 영원히 실종된다. 그

러나 여성인물의 죽음에서 타살 가능성은 배제되며, 자기혐오와 파괴적 이상충동에 이끌린 자살, 타락하고 방종한 삶의 결과인 사고사 등으로 곡해된다. (오정희 「목련초」, 박완서 『꿈엔들 잊힐리야』, 김형경 「담배 피우는 여자」, 신경숙 『엄마를 부탁해』, 한강 『바람이 분다, 가라』) 특히 국가적인 애도가 행해져야 할 왕비와 공주의 죽음이 미스터리로 남아 버리고 그 무덤이 경건히 모셔지지 않는 상황은 여성사 전반의 삭제와 왜곡을 웅변한다. (천운영 『잘가라, 서커스』, 신경숙 『리진』) 죽음으로부터 삶을 길러내는 방법이 진정한 애도라고 할 때, 애도를 하기 위해서는 그 죽음의 경위를 알아야만 한다. 그런데 현대소설 속 여성의 죽음은 그 죽음을 목격하고 증언해 줄 증인이 없거나 남성중심적 가치체계에 의해 왜곡된다. 이때 여성인물의 죽음과 삶은 또 다른 여성인물에 의해 추적되는데, 특히 그녀의 딸에 의해 복원되어 애도된다. 불에 타 죽어가는 어머니의 죽음을 지키지 못하고 도망쳤던 딸은 어머니의 원혼과 대면하며(오정희 「목련초」), 어머니의 주검을 발견하지 못한 딸은 실종된 어머니의 행방을 지금도 추적 중이다(신경숙 『엄마를 부탁해』). 죽음이 완료되지 못한 실종은 사실 애도가 불가능한 상황이다. 그러므로 어머니의 실종 서사는 그의 죽음이 해명될 수 없음, 그의 삶이 이해될 수 없음에 대한 인식이기도 하다.

현대시의 여성화자는 지워진 여성들의 죽음을 '한국식 실종자'라고 표현한다. 가부장제에서 여성의 자살과 죽음은 열녀문이나 정절이데올로기의 표상으로 미화되기도 했지만, 그 외의 죽음은 주목되지 못한 '실종'된 역사였다. 엄마들은 죽은 이후에는 결코 가문이나 가족에 종속되고 싶지 않아 '선산'에는 절대 묻히지 않겠다고 선언하면서 화장한 뼛가루를 찹쌀과 섞어 자연 속에 뿌려달라고 유언한다. 가루가 되어 '천 지 사 방 훨 훨' 날아다니고 싶다는 이 간절한 소망 안에는 죽음 이후 꿈꾸는 자유로운 삶에 대한 진실한 바람이 담겨 있다. 죽어서는 꼭 자신이 바라던 삶을 살고 싶다는 여성들의 각오에는 살아서는 자신이 원하는 삶을 살지 못했다는 한이 담겨 있다. (김승희 「한국식 실종자」, 김선우 「엄마의 뼈와 찹쌀 석 되」)

결혼이라는 제도에서 벗어나 있는 '독신 여성'의 죽음에 대한 사회적인 시선, 평생 모든 것을 허여하며 순종적으로 살아온 '여성 미라', 살아서는 다하지 못한 말을 품고 누운 여자의 시신, 깨끗하고 순결한 신부처럼 꽁꽁 싸맨 채 염을 기다리는 모습 등은 모두 여성들의 주변부적 죽음이자 가부장적 죽음관을 묘사하고 있다. (최승자 「어느 여인의 종말」, 김혜순 「모래 여자」, 황인숙 「碑銘」, 강기원 「염(殮)」)

어머니의 죽음에 대해 사람들은 끊임없이 수군거렸다. 부정을 탔기 때문에 불이 난 것이라고, 백골이 되지 못하는 것은 지노귀로 저승길을 터주지 않아서 그렇다고. 비가 오거나 안개가 자욱한 밤에는 만신의 구슬픈 원혼가가 들여온다는 소문이 종잡을 수 없이 입에서 입으로 퍼져 나갔다.

나는 성장한 후에도 자주 어머니의 꿈을 꾸고 어머니의 뼈에서 피어나는 목련을 보았다. 남편이 돌아오지 않는 밤마다 나는 목련을 꿈꾸고 그것을 그려야겠다는 열망으로 뿌리 깊은 증오를 눌렀다. //

내 속에는 어머니를 버리고 달아나던 날 밤의 자욱한 어둠이 급류가 되어 밀려들어오고 그 너머 어디선가에 흰 목련들이 소리를 내며 터지고 있었다.

　　　　　　　　　　　　　　　　　　　　　　　　－오정희 「목련초」(1975)

드디어 해가 중천에 떠올라 그 눈부신 빛이 우물 한가운데로 꽂혔다. 그때를 기다렸다는 듯이 머릿방아씨는 산발한 머리와 펼친 옥색 치마로 우물 안을 하나 가득 채우면서 떠올랐다. //

"무슨 말씀이신지요?"

"그전에 한 가지 짚고 넘어가야 헐 일이 있네. 내 어머니가 돌아가신 건 자네들 탓이 아니네. 억지로 탓을 하자면 다 익어 연시가 된 감이 나무에서 떨어질 적에 어찌 살짝 바람 한 점이 읎었겠나. 그러나 바람이 읎어도 감은 떨어지고야 말았을 걸. 과부가 애를 낳은 걸 시어머니한테 들켰으니 어찌 살아남길 바라겠는가. 내 어머니는 그러구두 살아남길 바랄 만큼 구질구질하지가 못했다네."

태임이는 비정하리만큼 싸늘하게 말했다.

　　　　　　　　　　　　　　　　　　　　　　－박완서 『꿈엔들 잊힐리야』(1990)

목격자. 그래요, 저는 한 여인의 죽음의 목격자였죠. 그래서 여러 차례 그 여인의 삶에 대해 증언해야 했습니다. 그 여인이 상습적인 흡연자였던 사실과, 이미 한차례 베란다 난간을 건너뛰어 저희 집으로 숨어든 일이 있다는 사실과, 그날 밤에도 역시 그 베란다를 건너뛰려 했다고, 그 남편이 뒤에서 민 것은 아니라고 경찰서에 가서 그렇게 증언했습니다. 경찰들은 저처럼 그 일을 믿을 수 없어하지는 않았습니다. 오히려 그런 상황에서도 담배를 끊지 못한 그 여인을 딱해하는 눈치였습니다. 그러는 내내 저는 그 여인과 함께 모욕당하고 있음을 느꼈습니다.

가슴속에 토해낼 수 없는 딱딱한 것들이 쌓이는 것 같았습니다.

—김형경 「담배 피우는 여자」(1995)

인주가 자살했다고? 당신이 그걸 어떻게 알지? 그 그림에 대해서 뭘 알지? 확신할 수 없는 일을 떠벌이며 무슨 만족감을 느끼려는 거야. 그가 내 말에 반박한다면, 인주가 스스로 눈 쌓인 절벽 아래를 향해 운전대를 돌렸다고, 분명하다고, 인주의 작업실에서 발견된 그림들이 그 증거라고 말한다면, 그를 죽일 수도 있었다. //
    그녀에게 그곳이 어떤 장소였느냐고 당신은 물었지요. 나는 대답하지 않았습니다. 그곳이 그녀의 죽음의 장소가 된 이유를 알고 있느냐고 당신은 고쳐 물었지요. 당신의 입술이 떨리고, 열기 띤 눈이 세차게 깜박이는 사이 나는 조용히 반문했습니다. 그 사람에 대한 모든 것을 알아내 당신의 머릿속에서 합한다 해도, 결국은 순수한 추측만으로 메워야 하는 빈 곳이 남지 않겠느냐고. 강석원이라는 사람이 쓴 당신이 동의하지 않는다는 저 책과 다름없이.

—한강 『바람이 분다, 가라』(2007)

나는 천천히 무덤 속으로 들어서고 있었다. 허물어진 계단을 밟아가는 내 발은 떨리지도 저리지도 않았다. 혼몽했던 정신이 맑아지고 있었다. 한 칸 한 칸 내딛는 걸음마다 힘이 솟아났다. (중략)
    손에 활을 든 이 사람은 공주를 호위하는 시위인 것 같아. 어깨에 메고 있는 검은 것은 철퇴겠지. 활과 철퇴를 들고 공주를 호위했던 시위가 공주의 관을 지키는 거야. 무사는 문을 지키고, 몸종들은 시중을 들고, 악사들이 음악을 연주하고, 내시들은 일산을 받쳐들고, 이곳은 무덤이 아니라 궁전인 거야. 들어봐, 퉁소 소리가 들리는 것 같지 않아?

—천운영 『잘가라, 서커스』(2005)

리진이 남긴 서찰엔 왕비가 시해당하던 날 밤의 정황이 자세히 씌어 있었다. 그뿐이었다. 콜랭은, 리진이 왜 텅 빈 궁궐을 죽음의 장소로 택했을까, 왜 그토록 끌고 다니던 불한사전에 독을 발라두었을까, 를 여태 생각해본 적이 없었다.
    벽난로 앞 흔들의자 위의 콜랭의 주름진 눈이 회환에 젖었다.
    외교관으로만 돌아가겠다고 했던 자신에게 왕비가 시해당하던 밤의 정황을 날날이 써서 남긴 것은 이권과는 상관없이 왕비의 죽음을 제대로 알려달라는 뜻이었나. 그랬나. 잡초가 무성한 궁궐을 죽음의 장소로 택한 것도 그 때문이었나. 그걸 왜 이제야 깨닫는단 말인가. 옛날로 돌아갈 수 없다는 마지막 편지를 보낸 이는 본인이었으면서도 콜랭은 그녀가 자신을 향해 단 한마디도 남겨놓지 않았다는 것에 애도보다는 좌절을 먼저 느꼈다. 그 좌절로 인해 콜랭은 리진이 남긴 왕비가 시해당하던 정황을 적은 편지를 아무에게도 보여주지 않은 채 찢어버렸다. (중략)

결국 그녀가 선택한 죽음을 아무것도 아닌 것으로 만든 사람은 나였는가. 지극히 가까운 몇몇 사람 외에는 그녀의 죽음을 아는 이 없이 그녀는 쓸쓸히 잊혀졌다. (중략)

단 한마디도 남기지 않은 게 아니라 무수히 많은 말을 남겼건만 그 자신이 알아듣지 못했음을 콜랭은 고통스럽게 깨달았다. 콜랭은 뺨에 대고 있던 사진을 붉게 타고 있는 벽난로의 불길에 던졌다.

— 신경숙 『리진』(2007)

—이름 박소녀. 생년월일 1938년 7월 24일. 용모 흰머리가 많이 섞인 짧은 퍼머머리, 광대뼈 튀어나옴. 하늘색 셔츠에 흰 재킷, 베이지색 주름치마를 입었음. 잃어버린 장소……

큰딸애가 너를 향해 실눈을 떴다가 졸음에 떠밀리며 다시 눈을 감네.

—엄마를 모르겠어. 엄마를 잃어버렸다는 것밖에는.

— 신경숙 『엄마를 부탁해』(2007)

윤의 얼굴에 밤 불빛이 어른거렸다. 어떻게 그런 일이 있을 수 있어. 윤의 얼굴이 굳어졌다. 미루의 고통이 윤에게 그대로 옮겨진 듯했다. 어떻게 그런 일이 있을 수 있을까. 나 자신에게 수도 없이 물었던 질문이다. 혼자 있을 때면 어떻게 그런 일이 있을 수 있어! 불쑥 고함을 지르게 된다. 어떻게 그런 일이 있을 수 있는가. 우리와 저녁식사를 하기로 했던 날 실종된 미래 누나의 그 사람은 이미 이 세상에 없을 것이다. 미래 누나가 미루에게 남긴 봉투엔 그 사람을 찾아다니다가 알게 된 일들이 빼곡이 씌어 있었다. 그 사람도 돌아올 수 없는 사람이 되었다는 것을. 그걸 받아들일 수밖에 없어 그런 선택을 한 것인가. 미래 누나의 그 사람은 우리와 저녁식사를 하기로 되어 있던 시간에 엉뚱하게도 학교로 찾아온 낯모르는 사람들과 기차를 탔다고 한다. 그렇게 실종되어 돌아오지 않고 있는 사람들이 수도 없이 많다는 것을 미래 누나를 잃고 그 사람을 대신 찾아다니는 미루와 동행하며 나도 알게 되었다. 실종된 사람들은 교통사고를 당하기도 하고 실족해 머리통이 깨져 숨을 거두기도 하고 아무 연고도 없는 고장의 저수지에서 배에 물이 가득 찬 채 발견되기도 했다.

— 신경숙 『어디선가 나를 찾는 전화벨이 울리고』(2010)

●부음

이상준 (골드라인 통상 대표), 오희용 (국제가정의학원장), 손희준 (남한 방송국)
김문수 (동서대학 교수)씨 빙모상 = 4일 오후 삼성 서울병원, 발인 6일 오전
5시

누군가 실종되었음이 분명하다

다섯 명씩이나!

순교 문화의 품위를 지키면서
손수건으로 입을 막고 다소곳이

남근 신의 가족 로망스 이야기
                                    —김승희 「한국식 실종자」(2000)

내 죽은 담에는 늬들 선산에 묻히지 않을란다
깨끗이 화장해서 찹쌀 석 되 곱게 빻아
뼛가루에 섞어달라시는 엄마 바람 좋은 날
시루봉 너럭바위 위에 흩뿌려달라시는

들짐승 날짐승들 꺼려할지 몰라
찹쌀가루 섞어주면 그네들 적당히 잡순 후에
나머진 바람에 실려 천.지.사.방.훨.훨.
가볍게 날으고 싶다는
찹쌀 석 되라니! 도대체 언제부터
엄마는 이 괴상한 소망을 품게 된 걸까
                                    —김선우 「엄마의 뼈와 찹쌀 석 되」(2000)

어느 빛 밝은 아침
잠실 독신자 아파트 방에
한 여자의 시체가 누워 있다.

식은 몸뚱어리로부터
한때 뜨거웠던 숨결
한때 빛났던 꿈결이

죽음 511

꾸륵꾸륵 새어나오고
세상을 향한 영원한 부끄러움,
그녀의 맨발 한 짝이
이불 밖으로 미안한 듯 빠져나와 있다.
산발한 머리카락으로부터
희푸른 희푸른 연기가
자욱이 피어오르고
일찌기 절망의 골수분자였던
그녀의 뇌 세포가 방바닥에
홍건하게 쏟아져 나와
구더기처럼 꿈틀거린다.

—최승자 「어느 여인의 종말」(1981)

모래 속에서 여자를 들어올렸다
여자는 머리털 하나 상한 데가 없이 깨끗했다
여자는 그가 떠난 후 자지도 먹지도 않았다고 전해졌다
여자는 눈을 감고 있었지만
숨을 쉬지도 않았지만
죽지는 않았다
사람들이 와서 여자를 데려갔다
옷을 벗기고 소금물에 담그고 가랑이를 벌리고
머리털을 자르고 가슴을 열었다고 했다
여자의 그가 전장에서 죽고
나라마저 멀리멀리 떠나버렸다고 했건만
여자는 목숨을 삼킨 채
세상에다 제 숨을 풀어놓진 않았다
몸속으로 칼날이 들락거려도 감은 눈 뜨지 않았다
사람들은 여자를 다시 꿰매 유리관 속에 뉘었다

—김혜순 「모래 여자」(2008)

그 여자를 반듯하게
편히 뉘어도 좋다.
잊지 말아야 할 것은
그녀 가슴 위에 공책 한 권.

그리고 오른손에 펜을 쥐어
포개어놓으라.

비바람이 뚫고 햇살이 비워낸
두개골 속을
맑은 벼락이 울릴 때,
그녀 오른팔 뼈다귀는
늑골 위를 더듬으리.
행복하게 삐거덕거리며.

—황인숙 「碑銘」(1988)

죽음으로
다 벗은 거 아닌가요
그 거친 천으로 당신은
나를 싸고 또 싸는군요
한 점의 맨살이라도
드러날까 두려운 듯

이리 깨끗하게
이리 많은 옷을 껴입고
신방에 든 신부처럼
눈 곱게 내리깔고
숨도 못 쉬는 채

—강기원 「염(殮)」(2006)

12.6. 근원적 집으로의 회귀, 삶의 존엄

　삶과 죽음이 연속적인 것임을 깨달을 때 죽음의 공포와 불안에서 벗어나 삶을 여유롭게 관조할 수 있다. 자연스러운 변화로서의 죽음관은 삶의 궁극적인 의미를 조망케 한다. 현대소설에서 죽은 남편의 혼과 마주한 채 그의 낯선 모습에도 놀라지 않으며 오히려 그 변화를 새롭게 인지하고 긍정하는 모습, 결혼으로 인한 가족 모임에서 수의를 펼치고 결혼 예단으로 수의를 꿈꿀 뿐 아니라 상징적인 죽음이라 할 수 있는 치매 상황에서 오히려 더 평화로운 안식을 누리는 이례적 상황은 죽음에 대한 친화적 인식을 드러낸다. (최정희 「산」, 박완서 「꽃잎 속의 가시」) 우물에 빠뜨린 금비녀가 금빛 잉어로 변하는 신화적 상상력 속에서 우물에 빠져 죽은 소녀가 친엄마를 만나는 존재론적 전환으로서의 죽음은 인간 삶의 유한성과 연약함을 극복한다. 여성의 육체가 동물성을 탈피하고 식물로 화하는 환상적 서사에서 식물이 된 여성의 죽음은 꽃이 지고 열매를 남기는 존재론적 전환의 의미로 해석된다. (오정희 「옛우물」, 한강 「내 여자의 열매」)

현대시에서도 죽음에 대한 명상은 삶을 진중하고 귀하게 성찰하는 동시에, 삶을 가볍게 여기고 욕망을 비우도록 사유하게 한다. 죽음은 근원적인 집으로 귀가하는 의미를 지니므로 죽음에 대해 깊게 사유할수록 죽음은 삶과 동일한 것, 또 하나의 다른 삶의 의미를 갖는다. 근원적인 집으로의 회귀로 죽음을 상상할 때 삶은 더욱 존엄해지며 성찰적이 된다. 지금 이곳에서의 삶을 '학교'로 상상할 때 죽음은 '귀가'로 표현된다. 근원적인 '집'으로 돌아갈 날짜를 세어볼 필요 없이 모든 존재는 궁극적으로 집으로 돌아가게 되어 있으며, 설령 모든 존재가 죽음을 향해서 살아간다고 할지라도 지금 이 순간의 삶에 최선을 다해야 하며 이 삶을 아껴서 살아야 한다는 존재론적 역설을 담고 있다. (이진명 「집에 돌아갈 날짜를 세어보다」, 나희덕 「풍장의 습관」, 정끝별 「죽음의 방식」, 이규리 「어느 날 라디오에서」, 조은 「언젠가는」)

> 그런데도 화백은 말없이 잠잠하다. 평소의 화백이라면 담배가 피우고 싶은데 불어 꺼진다고 짜증을 부렸을지 모르는데. 눈이 멋지게 내리긴 하지만 담뱃불을 꺼뜨리는 건 성가시다고 트집을 부릴지 모르는데. 어쩌면 이런 경우의 수화는 허허허, 큰 소리를 내어 웃을지도 모른다. 그런데 그저 잠잠하기만 하다. 남보다 두 배나 되는 키, 또 두 배나 되는 긴 팔 다리를 다 어디다 간수하고 그저 잠잠하기만 할까. 남보다 유난히 높은 목소리랑 다 어쩌고 그저 잠잠하기만 할까. 그저 잠잠하기만 한 이것을 죽음이라고 말하는 것일까. 눈길 한 번 건네주지 않고 잠잠하기만 한 이것을 죽음이라고 말하는 것일까.

> —최정희 「산」(1976)

오동의 보랏빛 꽃이 어둠 속에서 나울나울 피고 있었다. 별과 꽃이 난만한 밤에 그는 죽었다. 내가 존재하지 않을 어느 시간대에도 이 나무에는 이 나무에는 꽃이 피고 잎이 피고 새가 깃들이겠다.

나는 나의 생보다 오랠 산과 나무, 별들을 바라보았다. 비로소 먼 옛날 증조할머니가 내게 해준 말을 정확히 기억해내었다. 옛날 어느 각시가 옛우물에 금비녀를 빠뜨렸는데 각시는 상심하여 죽고 금비녀는 금빛 잉어로 변해…….

－오정희 「옛우물」(1994)

나는 홀린 듯이 싱크대로 달려갔다. 플라스틱 대야에 넘치도록 물을 받았다. 내 잰 걸음에 맞추어 흔들리는 물을 왈칵왈칵 거실바닥에 쏟으며 베란다로 돌아왔다. 그것을 아내의 가슴에 끼얹는 순간, 그녀의 몸이 거대한 식물의 잎사귀처럼 파들거리며 살아났다. 다시 한 번 물을 받아와 아내의 머리에 끼얹었다. 춤추듯이 아내의 머리카락이 솟구쳐올라왔다. 아내의 번득이는 초록빛 몸이 내 물세례 속에서 청신하게 피어나는 것을 보며 나는 체머리를 떨었다.

내 아내가 저만큼 아름다웠던 적은 없었다.

－한강 「내 여자의 열매」(1997)

"이왕이면 갖은 수의로 해달라고 했지."

언니가 이를 악문 듯이 야무지게 말했다. 언니답지 않게 도전적인 표정이었다. 갖은수의란 예로부터 내려오던 격식을 한 가지도 생략함이 없이 고루 갖춘 수의를 말한다. 그게 어쨌다는 갖인가. 더군다나 장손의 경사를 앞둔 집에 수의가 아랑곳인가. 그러나 언니는 자신이 일으킨 파문에 대해 조금도 신경을 안 쓰는 것처럼 늘어지게 하품을 하더니 일찍 자고 싶다고 했다. //

언니가 온 지 며칠 안 돼 신부 집에서 예단이 왔다고 보러 오라고 전갈이 왔다. 신랑 집의 집안네가 다 외국에 있으니까 접어두고, 직계만 하라고 했는데도 나한테까지 예단이 왔다는 것이었다. 언니하고 나하고는 같은 천의 아름다운 비단이었는데 언니는 두루마깃감까지 있고, 나는 치마저고릿감만 있었다. 알맞은 차별이어서 호감이 갔다. 언니는 연분홍이고 나는 황금빛인 것도 마음에 들었다. (중략) 고급비단 특유의 우아한 주름과 속삭임 같은 살랑임에 우리는 그동안 어긋났던 마음이 편안히 녹아드는 걸 느꼈다. 그러나 거울 속의 자신의 모습에 황홀한 눈길을 보내고 있던 언니의 입에서 나온 소리는 정말 너무 엉뚱했다.

"이런 옷감으로 수의 했으면 참 좋겠다. 그치?"

－박완서 「꽃잎 속의 가시」(1998)

나를 낳아준 집
죽음을 떠나 벌써 학교생활 서른아홉 해
해도해도 공부는 끝없고
새 과목 늘어가기만 한다
(중략)
그 집, 죽음말고 어디를 더 갈 데가 있겠는가
그 집, 죽음말고 어디가 우리를 품어주겠는가
집이 사랑으로써 우리를 학교에 보내 가르쳤으니
공부 다 마친 날
학교 입학하기 전의 일곱 살짜리 어린 아이의 명랑한 말씨로
집 앞에 당도해 대문을 열며 크게 인사할 것이다
학교 다녀왔습니다
이제는 얼마든지 쉬고 잘 수 있는 기쁨과 평안을 안고서 다시 한번
학교 잘 다녀왔습니다
그런 올올한 공부를 위해 오늘도 학교에 출석하였으니
집에 돌아갈 날짜를 세어본다는 일은 부질없다
집이 나를 꼭 부를 것이고
집으로 내가 태어난 죽음으로
왜 내가 가지 않겠는가 왜 우리가

— 이진명 「집에 돌아갈 날짜를 세어보다」(1994)

방에 마른 열매가 늘어나고 있다는 사실을
깨달은 것은 오늘 아침이었다.
책상 위의 석류와 탱자는 돌보다 딱딱해졌다.
향기가 사라지니 이제야 안심이 된다.
그들은 향기를 잃는 대신 영생을 얻었을지
모른다고, 단단한 껍질을 어루만지면 중얼거려본다.
지난 가을 내 머리 위에 후두둑 떨어져 내리던
도토리들도 종지에 가지런히 담겨 있다.
흔들어보니 희미한 종소리가 난다.
마른 찔레 열매는 아직 붉다.
싱싱한 꽃이나 열매를 보며
스스로의 습기에 부패되기 전에

내가 먼저 그들을 장사지내 주어야 한다는 생각이
때이른 풍장의 습관으로 나를 이끌곤 했다.

—나희덕 「풍장의 습관」(2004)

죽어가는 감나무의 감은 달다
죽어가는 감나무는
감잎도
감꽃도
애기감도 죄다 놓아버리고
헐겁게 겨우
달랑 감 몇쪽지만을 매달고 있다

죽어가는 소나무의 솔방울은 많다
죽어가는 소나무는
솔잎도
송홧가루도
솔향도 죄다 피워놓고
있는 힘껏
주렁주렁 솔방울을 붙들고 있다

온생을 저리 사뭇 다르게 앓고 있는

—정끝별 「죽음의 방식」(2008)

어느 날 라디오에서 유명 작곡가들의 미완성작만을 모아 틀어주고 있었다 생이나
죽음도 결국 미완이지만, 어느 날 나 죽은 뒤 누군가가 노트 뒤지고 컴퓨터 찾아내어
일기나 메모를 공개한다면, 미처 못 마치고 멈춘 동작들 보여준다면 어떨까
　(중략)
　나 죽은 뒤, 어느 날 라디오에서 나도 알지 못하는 내 수치가 흘러나온다면,
나 돌아오고 싶을까 헛간에 스미는 뱀처럼 저 몸 빌어서라도 다시 오고 싶을까
오면 안된다 애면글면 아무리 불러도 돌아오면 안된다 이미 나를 떠난 노래들,
제가 먼저 놀란다

—이규리 「어느 날 라디오에서」(2011)

내 삶이 얼마 남지 않았음
깨닫는 순간이 올 것이다
그땐 내가 지금
이 자리에 있었다는 기억 때문에
슬퍼질 것이다
수많은 시간을 오지 않는 버스를 기다리며
꽃들이 햇살을 어떻게 받는지
꽃들이 어둠을 어떻게 익히는지
외면한 채 한곳을 바라보며
고작 버스나 기다렸다는 기억에
목이 멜 것이다
때론 화를 내며 때론 화도 내지 못하며
무엇인가를 한없이 기다렸던 기억 때문에
목이 멜 것이다
내가 정말 기다린 것들은
너무 늦거나 아예 오지 않아
그 존재마저 잊히는 날들이 많았음을
깨닫는 순간이 올 것이다
기다리던 것이 왔을 때는
상한 마음을 곱씹느라
몇 번이나 그냥 보내면서
삶이 웅덩이 물처럼 말라버렸다는
기억 때문에 언젠가는

　　　　　　　　　　　　　　　　　　　　　　　－조은 「언젠가는」(2010)

13
말

전통적으로 언어는 남성들의 것이며, 여성들의 언어는 보편 언어의 특수한 형태로 여겨졌다. 웅변은 남성의 덕으로, 침묵은 여성의 덕으로 강조되어 왔다. 그래서 우리 사회에서 여성의 말은 '수다'로 치부된다. 여성은 집단 전체를 상대하는 듯한 연설적 대화를 하는 남성과 달리, 1:1의 상호 관계적 대화방식을 더 선호한다. 화법에서도 여성은 청자의 반응을 요구하는 의문문을 씀으로써 상대의 반응을 유도하여 친화적 대화를 시도한다. 이렇게 여성의 말은 경험공유적인 대화로 진행되어 상대에게 신뢰와 지지를 보내기에 치유적 성격을 띤다.

여성의 글쓰기 자체가 바로 여성들이 자기를 표현하는 행위이다. 작품 안에서 여성들이 주로 자기를 표현하는 수단은 편지(전화), 수다, 욕설이 되기도 하고 언어 외의 다른 방법이 동원되기도 한다.

편지는 고전문학에서 보내는 사람의 절박한 심정을 드러내는 수단이고, 받는 사람의 입장에서는 '간절히 기다리는 소식'이다. 여성에게 편지는 혼인 후 친정의 부모형제, 친구와 소통하는 유일한 수단이자 최소한의 소통 수단이다. 그렇기 때문에 편지는 소식의 왕래와 정서적 소통에 대한 절실한 욕망을 나타낸다. 현대문학에서 편지와 전화는 소통이 되지 않는 현실을 드러낸다. 편지와 전화는 모두 상대가 있는 상호적인 것이지만, 표현의 순간만큼은 직접적인 대화상황이 제거되어 있기에 독백처럼 보인다. 그리하여 아무도 들어주지 않는, 결국 혼잣말과 다르지 않는 말하기로 교유를 간절히 원하나 소통이 이루어지지 않는 현실에 대한 결핍을 드러내기도 한다.

반면 수다와 욕설은 고전부터 현대까지 여성들의 내면에 막혀 있는 것을 뚫는 해방의 역할을 한다. 여성문학에 등장하는 비어와 속어, 육두문자는 여성에게 강요되었던 침묵, 순응과 복종의 언어, 남성적 언어를 거부하는 저항의 언어이다. 여성들의 욕설은 여성들에게 내재해 있던 억압되었던 욕망을 배설하는 행위이며, 수다는 침묵이 강요되는 현실에서 여성들 간에 상처를 공유하고 치유하는 수단이다.

여성들은 넘쳐흐르는 감정과 드러내지 않고는 아물지 않는 상처들을 비언어적인 다른 수단을 동원하여 표현해 내기도 한다. 고전문학에서 노래와 춤은 일상의 규율에서 해방되어 느끼는 분방한 정서를 표출한다. 나아가 현대문학에서는 그림 그리기, 연주하고 노래하기, 춤추기를 통해 그리고 부르짖음을 통해 내면의 깊숙한 상처와 균열을 드러낸다.

언어와 성 사이에 존재하는 관계는 언어에 존재하는 가부장적 요소와 관련 있다. 여성이 어떤 방식으로 언급되고 언급되지 않는가, 여성의 말이 어떻게 폄하되고, 청취되지 않으며, 오해되고, 잘못 해석되며, 중단되고 무시되는가, 그리고 여성이 어떤 발화 방식을 선택하고 발전시켜 왔는가가 '언어와 성' 관계에 대한 사회언어학적 연구 대상이 된다. 성에 대한 전통적인 관점은 남성적인 것을 규범으로, 여성적인 것을 변칙으로 본 것인데, 이것은 언어기술에도 적용되었다. 그리하여 남성들의 언어는 규범적인 것으로, 여성들의 언어는 보편언어(남성언어)의 변칙적이고 특수한 이형태라고 보았다.

여성의 말하기, 수다　　　　여성의 자기 진술은 남성과 차이가 있다. 말하는 동기가 다르고 표현 방식도 다르다. 말하는 내용도 다르다. 말을 통하여 삶의 진실성이 전달되는 방식도 다르다. 이러한 차이는 경험이 다르고 그 경험에 의미를 부여하는 방식이 남녀 간에 서로 다른 데에서 기인한다. 그렇지만 이러한 차이는 차별로 이어져 남성의 언어와 여성의 언어가 단순히 다른 것이 아니라 각각 중요한 말하기와 쓸데없는 말하기로 나누어져 평가 받는다.

말하기의 한 양상인 '수다'는 할 일 없이 시간을 때우기 위해 하는 말 정도로 치부된다. '수다'의 사전적 정의는 다음과 같다.

　　　쓸데없이 말수가 많음. 또는 그런 말. (『표준국어대사전』)

이것은 우리 사회가 수다의 본질을 '쓸데없음, 말 많음' 등으로 보고 있음을 보여준다. 그리고 수다는 우리 사회에서 대표적인 여성적 말하기라고 여겨진다. 다음은 『표준국어대사전』에서 제시한 수다에 대한 예문들인데, 수다의 주체는 언제나 여성이다.

노파의 수다는 끝이 없었다.

두 여자는 만나자마자 수다를 떨기 시작했다.

대강 이쯤 해 둬야지 미적거렸다간 엄마의 수다는 밤새도록 계속될지도 몰랐다.
미지근한 난로나마 악착같이 둘러싼 여자들은 남이야 듣기 싫건 말건 거침없이
큰소리로 수다를 꽃피웠다. (박완서 『도시의 흉년』(1975))

홍씨 부인 역시 평소에 주절주절 수다를 떨 때와는 딴판으로 위엄 있는 소리로
호통을 쳤다. (박완서 『미망』(1990))

향적(鄕籍) 불명의 사투리를 곧잘 흉내 내는 민구의 수다가 들려 왔다. (이영치
『흐린 날 황야에서』(1993))

병원에 들어오자 마음이 놓이는지 여자의 수다가 단박 도졌다. (박완서 『오만과
몽상』(1994))

　사람은 누구나 자기의 의사가 있고 그것을 말할 권리가 있는데 과거 우리 사
회에서는 여성이 자신의 의견을 밝히는 일이 쉽지 않았다. 여자들은 지금까지
자아의 경계를 표현하는 방법을 배운 적이 없고, 전통적으로 자신의 호, 불호의
감정을 표현하거나 주체적 자아의식을 표현하는 것은 착한 여자의 덕목이 아니
며, 그런 여자는 남자들이 절대 좋아하지 않을 것이라는 사회적 관념 속에 매여
있었다. 결국 여성의 말하기의 문제는 개인적인 성격도 갖지만, 사회적인 구조
및 사회화와도 관련된 문제로서, 수다는 우리 사회의 뿌리 깊은 가부장제라는
사회구조 아래 있는 여성들의 막힌 숨통을 틔워 주는 말하기라고 볼 수 있는
것이다.

　여성이 다변(verbosity)이라는 것은 집안 대화나 여성 간 또는 남녀 간의 친교
적인 대화에서 나타난다. 남자는 공격적으로 대화를 주도하려는 경우가 많으므
로, 일반적으로 말이 많다. 여성의 다변성은 가사 관련 대화나 친교적 대화에서
나타나는 제한적인 현상이라고 볼 수 있다. 여성에게 대화는 우정의 중심에 놓
이는 것이기에 매우 중요하다. 여성은 사물 자체보다 사람과 느낌을 중심소재
로 많이 이야기하는데, 이런 주제들은 대화 참여자들의 공동 기여로 이루어지
는 협동적 대화로 이루어진다. 남성들이 대화 상대의 말을 무시하거나 서로 불
일치하는 경향을 보이는 데 반해, 여성은 서로 세우고 인정하는 경향을 보인다.

또한 여성의 대화는 단일 주제를 오래 끌어 나가면서 자신에 대한 많은 정보를 나누고 느낌과 관계에 대해 이야기한다. 남성들이 개별적으로 말할 때, 집단 전체를 상대하는 듯한 연설적 대화를 하는 데 반해, 여성들은 1:1로 상대를 대하는 듯한 태도를 보이면서 상호 관계적 대화방식을 더 선호한다. 여성은 문제 해결적 대화보다 경험 공유적 대화를 진행해 나가면서 신뢰와 지지를 보내기에 모든 여성의 대화는 치료적 성격을 띤다.

여성의 말하기, 욕(辱)   남을 흠집 내고 욕보이는 말을 '욕설(辱說)'이라고 한다. 욕 또는 욕설은 대가리, 주둥이 등과 같은 비속어, 남녀 성기 및 성행위에 대한 저속한 표현, 개와 같은 짐승을 비유하는 표현 등을 사용해 남을 욕보이는 말을 이른다. 그러나 같은 욕이라도 경상도 지역의 "이 문둥아!" 또는 호남 지역의 "이, 잡것", 그리고 서울지역의 "이 새끼"처럼 애칭(愛稱)으로 쓰이거나 농으로 쓰이는 것도 있다. 곧, 욕에는 공격성이나 가학성(加虐性)을 앞세운 비사교적인 부류가 있는 반면, 농으로 통하고 웃음을 유발하는 농욕 등 사교에 이바지하는 부류도 있는 것이다. 애칭욕은 인간관계와 말투에 전적으로 의존하지만 주로 농으로 기능하며, 농욕은 익살과 기지(機智) 등과 함께 기능하게 된다. 이 경우, 기지 내지 익살은 결과적으로 과장법, 역설법, 비유법 등의 수사법을 구현하며, 예기치 않은 즉흥성으로 듣는 이를 웃게 만든다.

여성들은 "이년의 개 같은 팔자!" 등과 같이 스스로를 욕되게 하는데, 이러한 경우 대부분 신세한탄, 팔자타령이 수반되며 민요에서도 여성들이 자조적으로 자기를 비하하는 양상이 나타난다.

> 전처소박…양첩놈아
> 정녜가심…썩이단놈아
> 대천바당…가운디들엉
> 질을유영…진밤새라 (제주 성산읍 온평리 민요)

이는 본처를 몹시 소박하면서 축첩한 남성을 저주하는 민요인데, 이처럼 부녀자들은 민요 구연을 통해 그들의 심정을 표현하고 사랑과 슬픔을 호소하며,

더 나아가 삶에 대한 의욕을 환기한다.

욕은 개별적으로 별도의 혹은 독자적인 표현이나 형식은 없지만 화자의 처지나 발화 맥락 그리고 주변여건 등에 따라서 다양한 기능을 발휘한다. 욕의 형식과 의미는 고정된 것이 아니라 매우 가변적이므로 다양한 대화 상황에 개입하는데, 독백 속에 끼어들기도 한다. 독백의 맥락 속에서 '욕쟁이'라고 불리는 화자는 욕설을 통해 마음의 앙금이나 감정의 응어리를 풀고 화를 삭이며 한을 풂으로써 감정을 다스린다. '시원하게 (욕)한판 했다'라는 표현은 이와 같은 욕의 기능을 가리킨 것이다. 이러한 욕설은 심지어 마음의 상처를 치유하는 행위로 여겨지기도 한다. 그래서인지 '욕쟁이 할머니, 욕쟁이 아줌마' 등의 존재가 우리 주변에는 심심치 않게 존재한다. 욕은 자아의 피해의식과 관련되기도 하는데, 정당하지 않은 가해를 당함으로 인해 마음이 상처받고 왜곡된 것을 표현하는 데에도 쓰인다. 욕은 그것을 향유하는 언중의 부류가 있기 마련이며, 일련의 화법처럼 우리의 언어생활 속에 자리하고 있다고 할 수 있다.

여성 어법의 출현　　　　일반적으로 격식체인 합쇼체는 남성의 말투로, 비격식체인 해요체는 여성의 말투로 여겨지는 경향이 있다. '-요'체는 중세에는 없던 것으로 근대국어에서 처음 출현하였는데 여성은 문말어미에서 해요체의 '-요'와 하우체의 '-우' 등을 사용함으로써 여성 특유의 종결어법을 구사했다. 그러나 현대국어에서 '-요'체가 일반화되고 있는 현상을 여성 어법의 세력이 확산되는 것으로 보는 것은 무리가 있다. 현대로 오면서 언중들은 격식체적 표현을 지양하는 반면, 친근하고 편한 비격식체 표현을 지향하는 경향을 나타내는 것으로 볼 수도 있기 때문이다. 다음은 근대국어시기에 나타나기 시작한 해요체의 예이다.

　　네의 부모 구존한야?
　　편모하로소이다.
　　몇 형제나 되넌야?
　　육십 당년 늬의 모친 무남독여 나 흔나요.
　　오늘밤 퇴령후의 네의 집에 갈거시니 괄세나 무딕 마라.
　　(춘향이 딕답하되) 나는 몰나요.

네가 몰르면 쓰것난야. 잘가거라. 금야의 상봉하자.
이고 늬 쓸 단여온냐 도련임이 무어시라 하시던야?
무어시라 하여요. 조곰 안져싸가 가것노라 이러난이 전역의 우리 집 오시마 허
옵데다.
글혜, 엇지 듸답하엿난야?
모른다 하엿지오.
잘 하엿다.

어만니 엇지 와겻소. 일후낭은 오실ㄴ 마옵소셔.
낡낭은 염여 말고 정신을 차리여라. 왓다.
오다니 뉘가 와요?
그져 왓다.
각갑하여 나 죽것소, 일너 주오… (『열녀춘향수절가』 이가원 주석본)

위의 글에서 춘향은 해요체와 하오체를 섞어 쓰고 있다. '나 흔나요'는 '나
흔나이오'는 하오체지만 '몰나요, 무어시라 하여요, 모른다 하였지오(=하였죠)'
는 해요체이다. 이러한 해요체는 당시의 다른 고소설에서 아직은 낮은 빈도로
나타나는데, 신소설의 대화에서는 여성에 의해 사용된 경우가 가장 많고, 남성
하인이나 부부간, 모녀간, 친한 남자 사이에서도 사용된 것이 간혹 발견된다.
비격식적인 구어체로 사용되던 해요체가 신분 제도의 붕괴로 평등사회로 변하
면서 '합쇼체', '하오체', '하게체', '해라체', '해체' 등과 같은 등분이 점점 단순
해지면서 두루낮춤의 '해체'와 간단하게 대비되는 두루높임의 '해요체' 기능이
확산된 것이라 볼 수 있다.
'-요'체가 여성어의 표지로 정형화된 것은 신소설 이래의 소설 대사에서부터
자리 잡았는데, 이러한 소설 대사로부터 간결하게 압축해서 의미 전달을 하는
신문시사만화에 이르기까지 여성 어미는 '-요'체로 나타나지만 남성 어미 표현
은 '-습니다', '-군', '-십쇼', '-구나', '-나?'처럼 다양하다. '하우체'의 '-우'는
하오체에 비견되는 것으로 상대방을 약간 높여 주면서 허물없는 사이에서 중장
년 여성 어법으로 많이 쓰인다. 또한, 의문문을 말할 때 남성은 권위적 느낌을
주기도 하는 반말체 어미 '-냐'체를 주로 쓰는 데 반해 여성은 '-니'체를 주로
쓴다는 것도 또다른 차이점이다.

여성 발화의 특징, 억양

여성은 후두가 남성보다 작기 때문에 성대가 남성에 비해 빠르게 진동함으로써 높은 음을 생성한다. 여성은 평서법의 종결 억양을 의문법의 상승 억양처럼 끝을 올려 말하는 경향이 있다. 이것은 억양에서 단정적 확신을 드러내지 않으려는 조심스러운 심리로부터 기인한다고 보이며, 이 때문에 상대방의 감정을 상하지 않게 하려는 배려라고 보일 수도 있지만 단호함, 자신감이 결여된 것처럼 보이기도 한다.

한국 여성의 평서법 억양은 남성과 뚜렷한 차이를 보이며 상승 억양으로 나타난다. 문장이 아직 종결되지 않은 연결어미에도 상승 억양이 나타나는 경우가 많으며, '-잖아요'로 끝나는 부가의문문, 수사의문문, '-구, -구' 혹은 '-죠' 등과 같은 해요체 종결형에서도 상승 억양이 나타난다. 이렇게 평서법과 의문법에서 모두 상승 억양을 쓰므로, 평서법과 의문법의 변별은 말을 다 듣고 난 뒤 상황적 맥락으로 변별해야 한다.

여성이 부가의문문 구조를 많이 쓰는 경향에 대해서 전통적인 연구들에서는 여성의 언어가 "불명료하고 불확실한 발화 스타일"이며 부가의문문 요소의 기능은 여성의 의존성에 대한 사고의 강화로 해석되거나, 공격적이거나 너무 자신만만하게 보이지 않으려는 바람의 표현이라 해석되기도 하며, 화자가 분명한 태도를 취하는 것을 피할 수 있도록 해주거나 분규에 휘말리지 않도록 하는 수단이라 해석되기도 한다.

한편 이러한 현상에 대한 사회문화적 해석은 여성이 단언 어법을 쓰면 되바라진 언행으로 보는 전통적 인식 때문에 남성들의 어법으로 인식되는 단언적 하강 억양을 쓰지 않고, 여성 스스로 상승 억양을 선택함으로써 '나의 서술이 불확실할 수 있으니 당신의 확인을 받고 싶다'는 공손 어법 또는 친화 어법의 전략을 선택하는 것이라 보는 것이다. 또 다른 해석은 청자의 동의나 반응을 지속적으로 유도하기 위한 대화 전략으로서 청자의 확인을 요구하는 부가의문문을 쓰는 대신 부가의문 부분을 생략하고 그 기능을 종결어미의 상승 억양에 얹어 실현한 결과로 보는 것이다. 이 입장에서는 여성의 접속어미나 종결어미 다음에 '그렇죠?, 그렇지 않아요?, 안 그래요?' 따위의 부가의문구가 생략된 것으로 본다.

여성의 화법 　　　　　　　어휘적으로도 여성은 '좀, 아마, 너무너무, 정말, 사실, 굉장히, 아주, 무지무지, 막, 참' 등과 같은 부사와 '어떻게, 어쩜, 어머머, 어머, 웬일이니, 세상에, 흥, 몰라몰라, 맞아, 계집애, 별꼴이야' 등과 같은 감탄사를 적극적으로 사용하여 감성어법을 실현함으로써 감정전달이 용이하지만 논리적 대화에서는 과장이나 감성적 느낌을 주어 바람직하지 않은 측면도 있다. '좀, 아마, 몰라, 글쎄……' 등은 특유의 애매어법(Hedge)으로 비쳐지며, '어머, 어째, 너무너무, 무지무지, 막' 등은 과장어법(hyperbole)으로 비쳐진다. 또한, '뚱뚱하다', '못생겼다' 등과 같이 외모혐오와 관련된 표현은 언어심리상 여성들이 꺼리는 어휘이며, 이러한 의미를 굳이 말하고자 할 때에는 비유와 완곡어법이 사용된다.

　또한, '-더라구요', '-거 있죠', '-거 같아요', '막', '너무 -잖아요?' 등의 표현도 여성 언어에 많이 나타난다. '-더라구요'의 회상 선어말어미 '-더-'는 회상이나 과거 경험을 보고(報告)할 때 쓰는 표현인데, 여성들이 이를 즐겨 쓰는 것은 상대에게 자기의 경험을 전달하고 보고함으로써 친화력을 높이려는 것으로 해석된다. 또한, 자기 경험을 마치 남의 경험을 이야기 하듯이 말함으로써 책임을 회피하기 위한 방안의 하나로 애매모호한 어법(Hedge)을 사용하는 것으로도 해석될 수 있다. '-거 같아요'도 같은 맥락에서 애매모호한 어법의 한 예로 이해된다.

　음운적 차원에서의 여성어의 특징 중 하나는 표준발음 지향성이다. 여성은 언어 교양을 과시하기 위해 개신형(改新形)이나 표준형을 사용하는 정도가 남성보다 강하다. 즉 남성은 자기 일에 침묵하면서 전념하기에 대화상대자가 적으나, 여성은 가사 중심이라도 발화 빈도가 높고, 더욱이 사회적 지위가 불안정한 여성이라면 신분 상승 욕구로 인해 언어 변화에 더 민감하여, 상류층 언어를 모방하는 경향이 크다고 보는 것이다. 사회언어학에서는 여성이 신분 상승 의식과 교양 과시를 위해 표준어를 지향하는 개신성을 띠는 반면, 남성은 지역사회에의 유대감을 유지하기 위해 방언형을 지향하는 보수성을 띤다는 이러한 견해가 일반적으로 받아들여지고 있다.

　한편, 언어심리적 연구에서는 여성의 표준어 지향이 자기 말투에 대한 자기 평가를 조사한 것에서도 드러난다고 한다. 여성이 남성보다 판정의문문이나 부가의문문을 세 배 이상 더 많이 사용한다고 한 연구에 의하면, 의문문이란 문장

유형이 본질적으로 청자의 대답을 요구하는 발화 행위이므로 상대방을 대화에 계속 끌어들여 반응을 유도할 목적으로 여성의 언어 속에서 자주 나타난다는 것이다. 또한, 의문문은 질문을 유도하는 힘을 지니기에 대화를 계속 진행시켜 나가는 데에 유익하므로, 상대적으로 남성보다 대화 주도에 있어서 열세에 있음을 의식한 여성들이 이를 만회하고자 질문을 하나의 대화 책략으로써 도입하는 것이라고 설명한다.

13.2. 소통의 욕망, 편지와 전화

여성심리학에서는 여성 누구나 부치지 않은 편지를 마음속에 가지고 있다고 본다. 여성들이 쓰는 편지의 수신자는 대개 자기 자신이기 때문이다. 여성의 언어가 소통을 지향하며 편지와 전화, 대화 혹은 고백으로 표현하는 것은 타인과의 교감과 소통을 원하는 친밀함과 자기표현의 욕망 때문이다. 여성이 욕망하는 소통이란 대상과 교감하거나 감정을 공유하는 것일 뿐, 편지와 전화라는 매체의 특성과는 무관하다. 수신인이 특정되지 않은 편지와 전화는 결국 혼잣말과 다르지 않은 것으로, 자신의 내면적 갈등을 스스로 풀어놓음으로써 그 갈등을 사유하여 자신의 마음을 정하거나 자신을 확인하는 수단이다. 등장인물과는 서로 소통하지 못하지만 결국 독자와 소통을 꾀하는 수단이 된다.

편지는 예로부터 소식을 전달하는 매개체였다. 한문학에서 편지는 두 가지 형식으로 나타난다. 산문으로 된 편지 그 자체와 편지로 써 보낸 한시이다. 짧은 한시로 된 편지는 당시 사대부계층의 보편적 문학 형식을 차용한 것이기도 하지만 보내는 사람의 절박한 심정을 간결하게 드러낸다는 특징이 있다. 또한 '편지'는 편지 그 자체로 존재하기도 하지만, 시와 산문을 통해 작가가 편지를 받았다는 사실을 드러내기도 한다. 여성작가들은 주로 친정 가족 혹은 남편 그리고 친구와 편지를 주고받았다. 편지의 내용은 떨어져 있는 가족을 그리는 그리움과 오랜만에 소식을 전해 받은 기쁨이 대부분이며, 이를 통해 위안을 얻었다. 그런데 여기에서 그치지 않고 혼인한 여성이 가난을 견디지 못하고 친정

오라비들에게 쌀을 빌려달라는 생존에 관계된 내용이나, 남편이 과거 시험에 매진하여 급제하기를 매섭게 독려하는 계층적 실존에 관계된 내용도 있다. 이러한 일련의 특징으로 인해, 편지는 '간절히 기다리는 소식'으로 자리 잡았다. (김호연재 「簡仲氏乞米」, 박죽서 「連見錦園書」, 최씨부인 「得寧衙消息」, 김삼의당 「與夫子書」)

규방가사 속 여성에게 편지는 혼인 후에 친정의 부모형제나 친구와 소통하는 유일한 수단이 되고 있다. 혼인 후 친정의 부모형제와 떨어져 지내며 안부를 궁금해 하지만, 부모형제를 만날 수 있는 기회는 매우 드물다. 이때 서신은 최소한의 소통 수단으로서, 서신에 대한 언급은 소식의 왕래와 정서적 소통에 대한 절실한 욕망을 나타낸다. (「붕우사모가」, 「여자자탄가」) 하지만 작품에서 실질적으로 친정의 가족들이나 친구와 편지를 주고받는 경우는 적다. 그리하여 편지는 모든 소통이 단절된 상황에서 최소한의 소통이라도 이룰 수 있기를 간절히 기원하는 욕망을 드러내는 기호이다. (김우락 「간운스」, 「성회가」, 「형제이별가」, 「원별이회곡」, 김순자 「여자탄식가」)

근대문학 초기에 여성작가들은 편지글의 형식으로 자신의 내면을 드러낸다. 소통을 조건으로 하는 편지는 작품 속에서 아이러니컬하게도 타인과 소통하는 매개가 아니라 아무도 들어주지 않는 자신의 내면을 자기 자신에게 토로하는 계기가 된다. (김일엽 「애욕을 피하여」, 임옥인 「전처기」, 강경애 「원고료 이백 원」) 그래서 편지를 씀으로써 정리되지 않는 자신의 신변을 정리하기도 한다. (신경숙 「풍금이 있던 자리」, 「감자 먹는 사람들」, 공지영 「사랑하는 당신께」) 외로운 인물은 편지를 쓰며 자신과 타인의 삶을 위로하려 하지만 그 누구에게도 답장을 받지 못한다. (장은진 「아무도 편지하지 않다」) 결국 편지는 소통을 전제로 하는 통신 수단이기는 하지만, 여성들의 문학작품 속에서는 자신의 내면을 일방적으로 드러내는 혼잣말로, 소통이 불가능한 상황을 드러낸다.

전화도 상대가 있는 말하기이지만 표현의 순간만큼은 상호적인 대화 상황이 제거되어 있기에 독백처럼 보인다는 점에서 편지와 유사하다. 갑자기 걸려온 전화는 잊었던 과거를 일깨우는, 끊어진 관계를 다시 이어주는 소통의 입구 역할을 한다. (양귀자 「한계령」, 신경숙 「외딴방」) 그러나 일방적으로 화자의 입장만을 전달함으로써 소통의 극단적 단절 상황을 장면화해서 드러내기도 한다. (윤영수 「벌판에 선 여자」) 특히 이 단절 상황을 더 극대화시키는 수단으로 새로운 통신 수단인 삐삐, 문자메시지 등이 이용되기도 한다. 이는 수신인이 지정되어 있으나, 그 수신인이 어떤 반응을 하는지 알 수 없는 부치지 않은 편지, 연결되지 않은 전화인 것이다. (정이현 「삼풍백화점」, 정한아 「마테의 맛」) 한편, 상대가 없는 자기표현인 일기는 정확하게 편지와 전화와 반대되는 소통의 상황을 보여준다. 일기는 자신의 내밀한 내면을 비밀처럼 간직하는 글쓰기이다. 그러나 일기를 살짝 펼쳐놓음으로써 다른 이에게 자신의 마음을 일부러 들켜 간접적으로 소통을 하기도 한다. (강석경 「숲 속의 방」, 김향숙 「스무 살이 되기 전의 날들」, 은희경 「빈처」) 이때 일기는 소통을 적극적으로 매개하는 역할을 한다.

이렇게 전화와 편지 그리고 일기는 실제 소통의 상황과는 다른 역설적인 상황을 연출한다. 이는 여성들의 말하기가 내용보다는 말하는 행위 자체, 즉 말하기 그 자체가 중요한 의미를 지님을 보여준다. '벙어리 그룹'으로, 말하는 주체보다는 대상으로 머물러 있었던 여성이 말을 하는 행위 자체가 스스로를 표현하고 주체화되는 과정을 보여주는 것이다.

현대시에 등장하는 편지와 전화 역시 대상을 상정하고는 있지만 그 대상이 누구이든 실제 수신인은 화자 자신이거나 독자이다. 편지와 전화는 소통과 관계를 간절히 원하는 극적인 표현방식이며, 구체적인 대상을 상정해 자신의 감정과 욕망을 고백하는 언어이다. 글로 다할 수 없는 백지를 보내거나 뜨겁게 사랑했던 시간들을 추억하며 천진하게 마음을 고백하고 내 살을 바느질하듯 한땀 한땀 글을 새겨서 쓰는 편지들은 모두 여성 안에 고여있던 말들이다. (신달자 「편지」, 나희덕 「낯선 편지」, 신해욱 「보고 싶은 친구에게」, 김이듬 「부치지 않은 편지」, 이원 「강물로부터 온 편지」, 강기원 「편지」, 문혜진 「시금치 편지」) 여성끼리 주고받은 편지의 언어일 경우에는 연대하는 여성과 여성사를 전하는 역사가 되기도 한다. (고정희 「황진이가 이옥봉에게-겨울편지」, 문정희 「어머니의 편지」) 편지가 시공의 차이를 갖는 것에 비해 전화는 시간의 동일성과 접촉의 직접성을 전제로 하기 때문에 절박한 어조와 구속성을 갖기도 하는데, 이때에도 통화 내용과는 무관하게 연결 혹은 접촉 자체에 의미를 두면서 대화의 내용은 유보된다. (최승자 「외로운 여자들은」, 신달자 「핸드폰」, 황인숙 「이제는 자유?」, 신해욱 「벨」, 정한아 「새벽의 전화」)

　　해가 사창에 뜨면 번번이 또 걱정하지만
　　빈손이라 배 채울 계책이 없답니다

두 오라버니 선두 쌀 아까워 마시고
누이동생 먹을 근심 해소하게 보내주시어요
日出紗窓輒復憂 空拳求飽計無由 兩兄莫惜船頭米 送解妹兒爲腹愁
　　　　　－김호연재 「오라버니께 쌀을 빌리는 편지 簡仲氏乞米」(18세기 전반)

벗이 나를 위로하려 재삼 편지 하니
몇 줄 안 되지만 뜻은 넘치네
좋은 술 아니어도 약이 되니
시든 꽃 비록 있어도 떨어지기 쉽네
몸에 병 있어 서로 찾지 못하는 것이지
사람의 마음이 어찌 홀로 있음 좋아하리
벗들이 문안하니 부끄러워
무리 떠나 속세 끊으려던 생각 도리어 옅어지네
故人慰我再三書 書不成行意有餘 薄酒猶賢當取樂 衰花雖在易歸虛
自從身病無相問 豈是人情好獨居 憨愧諸君勤問訊 離群絶俗計還疎
　　　　　　　－박죽서 「금원의 편지를 잇달아 받아보고 連見錦園書」(19세기 전반)

봄 창은 적막하고 빗속에 등불 비었는데
새벽이 되자 누군가 문 두드리네
오백리 산 넘어 온 사람이
한 달을 기다린 편지 전해주네
아버지 관청 일 편안하시고
오라버니도 잘 지낸다 하시네
삼동에도 보살펴 드리지 못함 슬프니
먼 하늘 바라보는 심정 어찌하리
春窓寂歷雨燈虛 五夜云誰叩幣廬 人自半千脩嶺外 書傳一朔渴望餘
高堂政體連平吉 仲氏文帷善起居 怊悵三冬違定省 遠天回首意何如
　　　　　－최씨부인 「관아가 편안하다는 소식을 듣고서 得寧衙消息」(18세기 전반)

　먼저 객지에서 생활하실 당신을 생각하니 슬프오나 진실로 그 뜻이 이루어질 것으로 믿습니다. 그렇지만 새벽 창가에 앉아 공부하고 과거에 합격하여 부모님께 영화를 뵈어 드리는 일이 이렇게도 늦을 수 있습니까? 여기 부모님은 평안하시고 집안도 모두 잘 있으니 멀리서 걱정하는 마음을 달래시기 바랍니다. 이 편지를 가져가는 사람은 우리 이웃에 살고 있으니 그이가 돌아올 때 자세한 일을 알려 주시기 바랍니다.

先玆悵然旅次之起居 固可想其貞利. 而鷄窓之志業 是何晚於榮親. 惟此堂上 平安 庭側渾康 此固可慰於遠懷也. 此人隣居者 於其歸也 細示之.

—김삼의당 「남편에게 보낸 편지 與夫子書」(18세기 후반)

슬푸고도 그리워라 구원야듸 년화봉에 우리부모 찾고져라 낙낙장송 바람되여 황천길을 찾고져라 벽사창천 쇠유듸여 무혀셔나 추즈갈가 츈ᄒ츄동 사시졀에 편지로나 반겻드니 십년이 다가도록 셔신좃차 끈허고나 날을어이 이즈신고

—「리씨회심곡」(미상)

시글ᄒ난 삽쌀개는 사정업시 짓난고나 급급히 나가보니 반가워라 우리옵바 엇지그리 매정흐고 동기정이 이래오니 알뜰이도 그리워라 안부를 무른후이 만지통장 바다보니 어머님 하서로다 치보고 나리보니 글시좃차 반가워라 말끗마다 훈게로다 엇지그리 다연흐고

—「여자자탄가」(미상)

원부모 이형제는 고법의 상시어니 옥슈을 셔로논하 눈물노 홋터진지 삼십여연 되엿고나 일연의 일이슌식 셔신으로 부쳐보나 (중략) 칠남믹 즈라날젹 부모님 놉흔은덕 긔화갓치 넘놀젹의 형뎨는 일그로셔 우익도 돈후ᄒ여 빅연으로 아랏더니 일조로 버린다시 천의의 어린몸이 이친거국 쯧ᄒ엿나 이쌍이와 슈오연의 음신이 돈졀ᄒ니 사싱존망 엇지알며 안면을 이져스니 지하긔약 미들손야

—김우락 「간운ᄉ」(1912)

산지각쳐 잇난 친우 역역히 싱각한이 도로혀 발광이라 무어시 유익하리 편지 씨려 경영하여 지필연묵 급히 차즈 사연을 맛츈 후에 소릭업시 살펴보고 밀밀이 중봉하여 명일빈달 하갓던이 규중심쳐 우리 여즈 임에 활동 법이 업고 홍안 좃츠 돈졀한이 붓칠기리 망연하다 깃츠 젼츠 조혼 세월 말이가 짓척이요 웃편젼보 통한 후로 셔신듯기 좃컨마난 으흡다 우리 상봉 어이 그리 극난한고 참으로 싱각한이 여즈유행 가련하다

—「셩회가」(1923)

반갑다 우리모여 그리든 싱면이야 즐거움이 그지업셔 노모게 편지ᄒ고 닉혼즈

분쥬회락 쥬야로 지축ᄒ지 모여셔로 일반일데 무슝한 소셜이야 졍일은 희농ᄒ니
그어듸 사난스람 지허황모 이겨셔 남의령슈 히졋난고 어엽슌 심회심슈 어느곳의
쥬측할고 슬푸다 안여힝싴 원부모 이형데 가당가당한 법이로되 슬푸다 우리부모
다만고류 늬한몸은 옛법이 무엇신가 과긱도 업난궐의 연여즈 한번오니 오셕조
돈졀ᄒ다 쳥쳔의 져기력아 셩쥬자 가거들낭 늬셔츌 발의붓쳐 나모게 견ᄒ여라
츄월싴 명낭ᄒ니 구곡의 한이딧쳐 골슈의 막혀셔라

—「원별이회곡」(미상)

가갸거겨 국문비와 셔ᄉ왕늬 편지ᄒ고 아영불너 히롱ᄒ고 작ᄃᄒ여 노든동유
남인북인 상ᄒ츈에 노기노기 모여들고 동작마에 이셔방셕 셧작마에 강셔방젹 면
면이 ᄃ졍ᄒ여 죠모상봉 만늬안지 치마귀을 홀려쥐고 셤셤옥슈 마죠잡고 가는묵
셩 겨우여러. 울며짜며 이별할졔 토일가고 계남가고 맛찔가고 쥴포가니 낙낙ᄒ
빅여길에 언지ᄃ시 함깃불고 오류명월 달뜨거든 상ᄉ불견 싱각할ᄀ 츄풍구월 알
늬시예 만지경찰 편지ᄒ리 쳘들고 쇠든마음 암암ᄉ지 싱각할ᄀ 여자된 우리팔ᄌ
원통ᄒ고 이달희라

—김순자 「여자탄식가」(미상)

그렇게 간절한 나의 만류를 들어보지 않고 고별의 말 한 마디 없이 떠나 버린
당신을 위하여는 이를 악물고 펜을 들지 않으려 하였습니다.
당신은 나에게 있는 기쁨은 남김 없이 모두 긁어 모아 가지고 갔습니다. 대신에
쓰라린 눈물을 선물로 주었을 뿐입니다.
그러니 당신이 떠난 동안에 눈물 없이 지낸 날이 있었을 리가 있습니까마는,
오늘은 더구나 스스로도 민망할이만큼 한없이 쏟아지는 눈물이 기어이 이 편지를
쓰지 아니치 못하게 합니다.

—김일엽 「애욕을 피하여」(1927)

K야 졸업기를 앞둔 너는 기쁨보다도 괴롬이 앞서고, 허망보다도 낙망을 하게
된다고? 오냐 네 환경이 그러하니만큼 응당 그러하리라. 그러나 너는 괴롬과 낙망
가운데서 단연히 깨달음이 있어야 한다. 그래서 기쁘고 희망에 불타는 새로운 길
을 발견해야 한다.
K야 네가 물은바 이 언니의 연애관과 내지 결혼관은 간단하게 문장으로 표현할
만한 지식이 아직도 나는 부족하구나. 그러니 나는 요새 내가 지나는 생활 전부와
그 생활로부터 일어나는 나의 감정 전부를 아무 꿈일 줄 모르는 서투른 문장으로

적어 놀 터이니 현명한 너는 거기서 버릴 것은 버리고 취하였다고.

－강경애 「원고료 이백 원」(1935)

일년 동안 제가 겪은 모든 괴로움을 이제 다시 새삼스럽게 적을 용기가 없지만, 이제 사랑하옵는 당신을 기리 여이어 버리고자 하는 이 시간에 쓰라린 추억담이 없을 수가 없습니다. 저는 이 편지로 당신과의 역사를 끝맺으려는 것입니다. 당신은 당신대로 저는 저대로 걷지 않으면 안 되는 이상 구구한 하소가 무슨 소용이 있겠습니까?

－임옥인 「전처기」(1941)

전화에서 흘러나오는 여자의 목소리는 지독히도 탁하고 갈라져 있었다. 얼핏 듣기에는 여자인지 남자인지 구분하기가 힘들 정도였다. 그 목소리를 듣자 나는 곧 기억의 갈피를 젖히고 음성의 주인공을 찾아보기 시작했다. //

나는 전화 저편의 여자가 순서대로 예의를 지켜 가며 나를 찾는 것에 건성으로 대꾸하고 있었다. 가스레인지를 켜놓고 무언가를 끓이고 잇던 중이어서 내 마음은 급하기 짝이 없었다. 급한 내 마음과는 달리 여자는 쉰 목소리로 또 한 번 나를 확인하고 나더니 잠깐 침묵을 지키기까지 하였다. 그리고는 대단히 자신 없는 목소리로 이렇게 말하였다. (중략)

"혹시 기억하는지 모르겠지만 난 박미화라고, 찐빵집 하던 철길 옆의 그 미화인데……"

－양귀자 「한계령」(1987)

마을로 들어오는 길은 아름다웠습니다. 저만큼 집이 보이는데 저는 바로 들어가지 못하고 마을을 서성이고 있습니다. 이 고장을 찾아올 때는 당신께 이런 편지를 쓰려고 했던 것은 아닙니다. 저는 당신과 함께 떠나려고 했지 않았습니까. 떠나기 전에 아무 것도 모르는 부모님과 작별을 하려고 온 것이었지요. 기차에 내려 저는 맨 먼저 수돗가에서 손을 씻습니다. 저는 항상 이 고장을 떠나거나 돌아올 때 항상 맨 먼저 손을 씻었습니다. 손을 씻으면 그 전에 있었던 곳의 일을 잊을 수 있다고 생각해서 그랬을까요? 아니면 단순한 습관이었을까요? 내 마음의 이 파문을 어떻게 설명해야 할지 모르겠습니다. 하지만 영문을 모르는 당신에게 어떻게든 제 마음을 전해 드려야겠지요. 어쩌면 당신께 이해 받지 못하는지도 모르겠습니다. //

이 글은 당신께 제 마음을 전해 드리고자 하는 것이었는데, 저는 아무래도 이 글을 못 끝낼 것만 같습니다. 당신과의 약속 날은 이제 나흘 남았습니다. 저와 함께 하기 위해 당신은 당신의 두 아이와, 아내 그리고 당신의 사십 평생이 있는 여기를 떠나려고 했지요. 여기에 올 때까지만 해도 당신이 마음을 바꾸면 어쩌나 걱정을 했는데, 저는 지금 못 가겠다 하고, 당신은 날을 받아 놓고 있다니. 지난 사흘 동안 저는 눈먼 송아지를 돌봤습니다. 어머니가 점촌 할머니의 상가에 가셨기 때문이지요. 어머니와 점촌 할머니는 나이 차도 꽤 나는데 늘 가까우셨던 것은 어머니가 열흘 동안 겪은 경험으로 인해서 점촌 할머니의 아픔을 이해하시기 때문인지도 모릅니다. 오늘도 더 쓰지 못하겠군요.

— 신경숙 「풍금이 있던 자리」(1992)

그날 밤도 나는 자정이 다되어서야 집에 왔다. 그런데 아무리 벨을 눌러도 그녀가 문을 열어주지 않는다. 아들 녀석 감기 치다꺼리에 피곤해서 잠이 깊이 든 모양인가? 할 수 없이 열쇠로 문을 따고 들어갔더니 과연 그녀는 일기장을 펼쳐놓은 채 그대로 엎드려 잠들어 있다. 워낙 고단했는지 오늘은 날짜만 써놓고 빈 칸이었다. 그런데 펼쳐진 일기장의 왼쪽 페이지가 갑자기 내 눈에 확 들어온다.

— 은희경 「빈처」(1995)

기계음이 계속해서 울렸다. 휴대폰 액정에 익숙한 번호가 반짝거렸다. 그녀가 일하는 학원이었다. 원장은 파트타임 강사들에게 시도 때도 없이 전화를 걸었다. 용건은 '퇴직금으로 차린 이 학원이 나에겐 전부다, 좀 더 관심을 기울여줬으면 좋겠다'로 시작해서 아이들의 수업태도와 쪽지시험 결과, 중간고사 대비 계획 같은 것들로 끝없이 이어지곤 했다. 지하철이 한강을 건널 때 그녀는 휴대폰의 전원을 꺼버렸다.

— 정한아 「마테의 맛」(2007)

나도 이 여행이 이렇게까지 길어지게 될 줄은 몰랐다. 길어봐야 한두 달 정도면 끝날 거라 예상했다. 여행이 길어진 건 다 편지 때문이었다. 나한테 온 답장을 읽기 위해서라도, 답장에 또다시 답장을 하기 위해서라도 여행을 일찍 끝내고 집으로 돌아갈 생각이었다. 그런데 불행하게도 아직까지 집으로 도착한 답장은 한 통도 없었다. 그러니 집으로 돌아갈 이유 또한 아직은 생기지 않은 것이다. 나중에는 어디 누가 이기나 보자, 라는 오기가 발동해 지금까지 오게 된 것도 있었다.

— 장은진 「아무도 편지하지 않다」(2009)

백지 한장 보냅니다
열흘 밤 열흘 낮을

마주하던 백지
점 하나 찍지 못한
이 마음 보냅니다

백지가 아닌 막힘이 아닌
비어 있음이 아닌
모름이 아닌
백지

─신달자 「편지」(1985)

오래된 짐꾸러미에서 나온
네 빛바랜 편지를
나는 도무지 해독할 수가 없다

건포도처럼 박힌 낯선 기호들,
사랑이 발명한 두 사람만의 언어를
어둠 속에서도 소리내어 읽곤 했던 날이 있었다

─나희덕 「낯선 편지」(2009)

나는 올리브 당신은 뽀빠이 우리는 언제나 언밸런스, 당신은 시금치를 좋아하고
나는 먹지 않는 시금치를 요리하죠 그래서 당신께 시금치 편지를 씁니다 내가
보낸 편지엔 시금치가 들어 있어요 내가 보낸 시금치엔 불 냄새도 없고 그냥 시금
치랄 밖에는 아무런 단서도 없지요 끓는 물에서 금방 건져 낸 부추도 아니고 흙을
툭툭 털어 낸 파도 아니고 돌로 쪼아낸 봉숭아 이파리도 아니고 숭숭 썰어서 겉절
인 배춧잎도 아니에요 이것은 자명한 시금치 편지일 뿐이지요

─문혜진 「시금치 편지」(2004)

열두 살에 죽은 친구의 글씨체로 편지를 쓴다.

안녕. 친구. 나는 아직도
사람의 모습으로 밥을 먹고
사람의 머리로 생각을 한다.
(중략)

답장을 써주기를 바란다.

안녕. 친구.
우르르 넘어지는 볼링핀처럼
난 네가 좋다.

—신해욱 「보고 싶은 친구에게」(2007)

   늦어도 올해 안에 말하려고 합니다 추워 보여서 손을 잡았던 건 아니고 그저 파문 없이 서로를 본다면 사랑하지 않고 지내는 거니까 처음 한국의 수도가 좋아진 때였죠 피로연이 열리는 골목을 못 찾아서 횡단보도를 다시 건널 때 불이 바뀌지 않길 달리는 차에 조금 부딪히길 바랐던 건 인정해요 정말 당신이 입었던 스웨터를 촘촘히 생각합니다 흉터가 있기 전의 얼굴은 미웠어요 음력 달력은 한 해를 두 번 시작하게 하고 난 처음을 놓쳤고 두번째에 맞춰 마지막 인사를 합니다 늦어도 올해 안에는 해명하고 싶었죠

—김이듬 「부치지 않은 편지」(2007)

나를 읽어주시겠습니까
구름 뚫고 눈 비 옵니다
다시 강물 위를 쳐다보고 있는 나를
당신만이 읽어주시겠습니까
겹겹의 강물을 읽어주시겠습니까
강물은 모래만큼이나 많고 반짝입니다
나는 강물로 뛰어 내렸습니다
신발을 벗어두고
다리 위로 올라섰습니다
신발의 앞을 어디로 향하게 할 지
잠시 망설였습니다
나를 배웅하는 시선이
하나는 있었으면 했습니다

—이원 「강물로부터 온 편지」(2012)

나는 네게 글을 보내지 않았다

바다는 가장 난폭한 순간에 정지해

바위를 세우고
나는 외눈처럼 외로운 시간에
내 가장 깊숙한 뼈를 뽑아든다
검은 피 찍어 쓰는 뼈의 붓 한 자루

나의 필법은
일필휘지의 유려함이 아니라 눌변의 온박음질
처음 재봉틀 앞에 앉았을 때
자꾸 우는 천 위에서 튕겨나가던 바늘
그런 보법으로
내 살가죽에 한 땀 한 땀 새기는 쐐기문자

―강기원 「편지」(2010)

그리운 이 자매,
저승의 겨울은 쓸쓸합니다
이곳이 비록 무릉시원이라 한들 기실
이승에 두고 온 산천만 하리요
오늘 조선의 딸들에게 나는
사랑과 결혼 얘길 쓰고자 합니다
(중략)
사랑하되 머물지 않으며
결혼하되 집을 짓지 않는 삶
거기에 해방세계 있기 때문입니다
사랑이 멍에라면 잘못 가고 있사외다
결혼이 집이라면 잘못 살고 있사외다

―고정희 「황진이가 이옥봉에게―겨울편지」(1990)

딸아, 나에게 세상은 바다였었다.
그 어떤 슬픔도
남 모르는 그리움도
세상의 바다에 씻기우고 나면
매끄럽고 단단한 돌이 되었다.
나는 오래 전부터
그 돌로 반지를 만들어 끼었다.

외로울 때마다 이마를 짚으며
까아만 반지를 반짝이며 살았다.
알았느냐, 딸아

이제 나 멀리 가 있으마.
눈에 넣어도 안 아플
내 딸아, 서두르지 말고
천천히 뜨겁게 살다 오너라.
생명은 참으로 눈부신 것.
너를 잉태하기 위해
내가 어떻게 했던가를 잘 알리라.
마음에 타는 불, 몸에 타는 불

－문정희 「어머니의 편지」(1992)

외로운 여자들은
결코 울리지 않는 전화통이 울리길 기다린다.
그보다 더 외로운 여자들은
결코 울리지 않던 전화통이
갑자기 울릴 때 자지러질 듯 놀란다.
그보다 더 외로운 여자들은
결코 울리지 않던 전화통이 갑자기 울릴까봐,
그리고 그 순간에 자기 심장이 멈출까봐 두려워한다.
그보다 더 외로운 여자들은
지상의 모든 애인들이
한꺼번에 전화할 때
잠든 체하고 있거나 잠들어 있다.

－최승자 「외로운 여자들은」(1989)

어느 극지에서도
너와 하나가 될 수 있지
직통 연결의 직접 관통
지구의 끝에서 울리는
너의 목소리

나는 지금
테헤란로 포스코 건물 앞에서
어느 해변 도로를 달리는 너의
웃음소리를 듣지만
사실은 손을 잡고 나란히 걷는

―신달자 「핸드폰」(2004)

수화기에서 술술
찬바람이 나오네.
점점 차가워지네.
서리가 끼네.
꼬들꼬들 얼어가네.
줄이 비비꼬이네.
툭, 툭, 끊어지네.
아, 이제 전화기에서
뚝 떨어져 자유로운 수화기.
금선이 삐죽 달린 그걸 두고
그녀는 어디든지 갈 수 있다네.
전화기에서
천리 만리 떨어진 곳도
갈 수 있다네.

―황인숙 「이제는 자유?」(1990)

이상한 전화가 왔다.

"기다려. 지금 갈게."
    *
기다려. 지금 갈게.
    *
식민지가 된 것처럼 나는 조용했다.

여분의 손에 수화기를 맡기고
두 손을 포함하여 나는
원래부터 그래야 했던 것 같았다.

―신해욱 「벨」(2009)

그가 다녀간 네 목소리의 표정을 훑어, 막무가내
꼭꼭 숨어라 네 숨 속의 한숨
네 얼굴 속의 얼굴 속의 얼 속의 굴

네 이름이 너를 이르지 않는다면
내 이름이 나를 부르지 않는다면

견딜 수 있겠니
무늬도, 스타일도 없는
사람들이 사랑이라고도 부르는
이 측량 무한의 자발적인 추위를?

― 정한아 「새벽의 전화」(2011)

13.3. 하위언어, 수다와 욕설

여성문학에 등장하는 비어와 속어, 그리고 육두문자들은 언어로 표현된 남성중심적 언어에서 밀려나 있던 것들 즉, '비천한 것들의 귀환'인 애브젝션 (abjection)의 언어이자 하위언어이다. 여성에게 강요되었던 침묵, 순응과 복종의 언어, 상징계의 남성적 언어 등을 모두 거부하는 여성들의 언어이다.

민요 가운데 큰어머니 노래 계열에서는 여성화자인 큰어머니이자 본처가 첩의 존재에 대한 적대감을 직설적인 욕설로 표출한다. (「경북 상주 큰어머니 노래」) 이는 남편을 빼앗은 첩에 대한 반감을 표출하는 것으로 거짓되고 부도덕하다고 의식하는 첩을 욕함으로써 첩에게 쌓인 감정을 풀어내는 것이다. 이 직설적이고 원색적인 욕설은 절제의 미덕에 대한 반기이자 칠거지악의 하나인 '투기하지 말라'는 가부장제의 규범에 대한 반감의 언어이다. 또 규방가사와 시집살이 민요에서 여성화자인 며느리에게 시집식구들이 등장하여 욕설을 하는 내용이 나타난다. 이는 여성화자인 며느리가 소외되고 구박받는 형상을 직설적으로 표현함으로써 부당하게 박대 받는 모습을 드러내고 있다. 이때의 욕설은 가족관계의 규범이 뒤틀린 현실을 드러내는 표현이 된다. (「부녀가」, 「경북 성주 시집살이 민요」)

'잡담, 수다, 울기, 웃기, 곡하기, 소설쓰기, 염불외기, 욕하기, 비명지르기, 신음하기, 딸꾹질하기, 주정하기'에는 여성의 침묵을 강요해왔던 남성들의 지배담론에 대한 강력한 저항이 반영되어 있다. (백신애 「광인수기」, 이선희 「도장」) 여성시인들은 비속체에서 흘러나오는 언어를 말하는 자기 자신을 '네이티브 스피커'라고 명명하면서 남성중심적 가부장제 사회가 강요해온 언어 질서를 전복한다. (노혜경 「네이티브 스피커」) 이는 여성들에게 내재해 있던 고유한 언어와 억압되었던 욕망을 전복하는 배설이자 여성의 무의식을 표출하는 새로운 언어라고 할 수 있다. (최승자 「Y를 위하여」, 「꿈 꿀 수 없는 날의 답답함」, 양정자 「배설」, 김민정 「고등어 부인의 윙크」, 손세실리아 「좆같은 세상」, 김언희 「벗겨내주소서」)

수다는 특히 여성의 소외와 고통을 이겨내게 하는 여성간의 연대가 이루어지는 여성 특유의 '나눔의 말'이다. (박완서 「나의 가장 나중 지니인 것」) 수다는 혼잣말 같은 형태로도 이루어지지만, 서로 감정을 공유하는 상태에서는 의미의 단절이 더 큰 공감을 형성하는 말 이상의 말이 되기도 한다. (윤성희 「매일매일 초승달」) 침묵이 강요되는 현실에서 여성들은 이 수다를 통해 상처를 공유하고 치유하는 것이다. 반면 아무도 들어주지 않는, 결국 혼잣말과 다르지 않은 수다는 교유를 간절히 원하나 이루어지지 않는 현실에 대한 소극적 저항이다. 상대가 있는 경우에도 그 상대는 나의 말을 들어줄 준비가 되어 있지 않고, (오정희 「어둠의 집」, 최윤 「속삭임 속삭임」) 관계와 교류를 원하는 인물이 지인들과의 소통이 불가하게 되면 아무나 붙잡고 들어주지 않는 이야기를 늘어놓는다. (윤영수 「벌판에 선 여자」) 이는 소통하는 방법을 잊은, 혹은 잃은 여성의 상황을 보여준다.

크당크당 큰어머님 정심진지 잣고가소 에라요년 물렀거라 그만밥도 나도있다 외씨걸은 전니밥에 부동팥을 던지놓고 박나물을 팍팍삶고 채나물을 책책삶고 가지가지 해아놓고야동꼬치 찜해놓고 가지나물 찜해놓고 박나물은 팍팍뽑고호박나물 뽑고지고 열무짐치 재리치고 못떨어젼 개상판에 후드러졌기 채리주네 가네가네 나는가네 칼걸이도 먹은맘을 울걸이도 풀고가네 크당크당 큰어머님 휘영청청 버드낭케 버들잎을 따가지고 키기미나불고 돌아가소 집에와서 생각하니 오리나무 북에다가 잣나무 바디집에 알그랑 잘그랑 비를짜다 첩의죽은 봄찌왔네 한손으로 받아가주 두손으로 피아보니 우리첩은죽었다네 옹골져라 쟁글져라 홍두께로 밀년

아 담뱃불로 찢을년아 오좀단지 빠절년아

─「큰어머니 노래」 경북 상주군 화서면(미상)

불숭하다 여즈신명 부모형지 다바리고 여필종부 업을쪼츠 싱면부지 나무가문
어른만코 법도만타 범갓탄 시아밧이 굿졍날가 쥬야걱졍 여시갓탄 널근시모 이리비
틀 져리비틀 벌쩌갓탄 시누졸기 들낭날낭 씻글쩻글 말믜같은 여러동셔 이리숙덕
져리숙덕 방정마젼 우릿가장 불고사졍 쳐즈박듸 이룻타시 엄한즈틴 북그럽고 어린
소견 하든일도 못 하깃고 오른일도 곌너가내 두석달이 못다가셔 죽일연아 솔일연
아 친정부모 궁쳔듸복 화젹놈아 도젹놈아 나무지물 가져와셔 늬즈석을 다리가라
친정졸기 벌쩌갓치 까막간치 범본다시 독불중군 영웅업고 던주집이 일싁업늬 쳘부
지흔 가장보소 만분스졍 모르고셔 지동기간 말만듯고 삼시스시 복긔픠듯

─「부녀가」(미상)

불거치라 더운날에 미거치라 지슨밭을 한골매고 두골매고 삼시골을 매고나니
다린정심 다나가고 이내정심 안나오네 정슴찾아 들어가니 정재있는 시어마님 그
거사 일이라고 낮을찾고 때를찾에 나라이년 물리쳐라 에라이년 둘러쳐라 시금시
금 시아바님 아가아가 며늘아가 밭이라고 및골맸노 아버님요 그말마소 불거치라
더운날에 미거치라 지슨밭을 한골매고 두골매고 삼시골을 매고나니 다린정심 다
나가고 이내정심 안나오요 에라이년 물리쳐라 에라이년 둘러쳐라

─「시집살이 노래」 경북 성주군 대가면(미상)

"히히……내 이야기 좀 드러보실라우 어제저녁에말요 맘먹고 한번 이야기해 보
지 안엇겟수"

"나도 좀 주시유"

"돈이 어듸 잇서"

"돈이 호주머니에 갓득 한 걸 죄다 봤는데 내 모를 줄 알구"

"홍 귀엽기두하다 은장도 갓흐면 못아지를 매서 옷고름에 차고단니겟다 못난
게 국으로 가만이 잇기나 하지"

"히히…… 나를 묵아지를 매서 옷소름에 차고단니겟대"

"조혼 소릴 드럿구려 그래 가만이 잇섯소?"

"가만 잇긴요 나도 막해냇죠. 첩의 딸들은 잘해줍듸다 잘해줘요"

"이년아 네 눈깔노 봣늬"

"보지 안쿠 못 봣슬가. 이담에 아들 번 돈은 못 쓸 줄 아시우"

"개 갓혼년 파닥지만 봐도 구역이 나서 죽겟는데 게다가 또"

이러케 중얼거리며 이러니 나가랴는 걸 내가 두 손으로 바지가랭이를 덥석 잡아 쥐고 느러지지 안엇수.

"가긴 어딜 가시유 날 죽이고 가시유"

그랫드니 내 손을 끈허저라하고 냅다갈기는구먼 이것점 보시유. 아직도 시퍼러케 멍이 들엇는데 손목만 부러보지 가만히 안처노코 멕여 살니라지

"아이 저런 몹시 마젓구려 그리 압흐지 안읍듸가"

맛동서는 무엇을 생각하는지 눈을 멀거니 뜩소 한참 잇드니 얼골을 붉히며

"별누 압흔 줄도 모르겟든데. 하도 오래간만에 그이 손길이 살에 와서 다으니가 압흔 것보다도……"

—이선희 「도장」(1937)

아—아, 아이고 무서워라. 하느님이 제 욕한다고 벼락을 내려칠라.

히히히! 벼락이라니 나는 입만 욕을 해도 마음속으로는 당신을 그리 밉게 여기지는 않는다오. 용서하시소.

아니다, 네—이놈 하느님아, 에이 빌어먹을 개새끼 하느님아, 네가 분명히 하느님이라면 왜 그 악하고 도둑놈의 년놈을 그대로 둔단 말이야. 당장 벼락 전통을 내려 년놈을 한꺼번에 박살시킬 일이지…… 아니올시다.

아이 무서워. 아니올시다.

거짓말이올시다. 일부러 하는 말이올시다.

그 년놈이 죄가 있을 리 있는가요. 다—내 팔자지요. 부디부디 벼락을 치지 말고 잘 살도록 해주시소.

하하하 웃기는구나. 우스워 죽겠네……

저 빌어먹다 낫잡 칠 하느님은 저를 위해 주고 겁내면 할수록 점점 더 건방이 늘고 심술이 늘어가더라.

—백신애 「광인수기」(1938)

도둑이 무섭다기보다는…… 하긴 쉰 살 먹은 여자가 강간을 무서워하다니 우습게 들리기도 하겠지요. 커튼을 바꿨다구요? 먼젓번 모임에는 안 오셨던가? 그때 바꿨던 건데…… 그땐 말도 마세요. 손님들이 얼마나 취했던지…… 우린 그날 〈과수원 길〉이란 아이들 노래를 불렀죠. 남편은 엉망으로 취해서 노래를 부르다 울어 버렸지요. 나 역시 눈물이 나왔어요. 눈송이처럼 흰 사과꽃이 날리는 과수원 길, 어쩌면 머리카락에 이슬처럼 맺히는 봄비가 내리는 날인지도 모르죠. 젖은 대기 속에서 풍기는 엷은 사과꽃 향기, 그런 것들은 어쩌면 영원한 향수 같은

게 아닐까요?

-오정희 「어둠의 집」(1980)

아, 세상의 모든 속삭임이 물이 되어 흐른다면…… 이애, 우리가 한 몸이었을 때 그랬던 것처럼 네게 해줄 속삭임이 이다지도 많은데, 이제는 어떻게 그 얘기를 해야만 할까. 울음처럼, 웃음처럼, 옛날이야기로 혹은 미래의 이야기로, 기체의 이야기 아니면 액체의 이야기로? 이애, 햇볕이 아직도 이렇게 따가운데…… 우리가 예전에 한 몸이었을 때처럼, 그렇게 얘기해 볼까.

-최윤 「속삭임 속삭임」(1993)

그땐 창환이 죽은 지 얼마 안 돼서이기도 하지만 뭔가 심상치 않은 일이 생길 것 같아 정신을 번쩍 차리고 일어났더니 형님이 뭐랬는 줄 아세요. 자식을 잡아먹고도 데모가 그렇게 좋으냐고 악을 썼죠. 언제는 언제예요. 육십 때라니까요. 형님 제발 육십하구 육이구하구 헷갈리지 좀 마세요. 그걸 어떻게 안 헷갈리느냐구요? 헷갈릴 게 따로 있지, 그걸 어떻게 헷갈려요. 전 형님이 육십하고 육이구하고 헷갈리는 거, 사일삼하고 사일구도 분간 못하는 거, 오일육하고 오일팔이 왔다갔다 하는 거, 정말 참을 수가 없어요. 어떤 때는 내 앞에서 일부러 그렇게 시침을 떼는 게 아닐까 싶어지면 형님하고 다시는 상종도 하기가 싫어져요. 그런 날짜는 그렇게 잘 외면서 증조모님 제삿날은 어떻게 그렇게 감쪽같이 까먹었느냐고요? 형님이 그렇게 나오실 줄 알았어요. 오금을 박는 데는 선수이시니까요. 좋아요. 솔직히 말씀드리죠.

-박완서 「나의 가장 나종 지니인 것」(1993)

"저 문 좀 없앴으면 좋겠어. 사람 죽기 딱 알맞다니까."
나비안경을 낀 여자가 깜짝 놀라 그녀를 쳐다본다. 주위에 섰던 두세 명의 여자도 동시에 그녀를 돌아본다.
"어느 유치원에 불이 났는데 백여 명이나 사상자가 났대요, 저 회전문 때문에. 서로 빠져나가려고 양쪽으로 힘을 주다가 문이 움직이지 않아서. 유리문이라 바깥 세상을 빤히 내다보이는데 말예요. 지옥이 따로 있겠어요?"
"백여 명이나? 끔찍해라. 언제? 신문에 났었어요?"
연희는 천천히 뇌까린다.
"저 틈서리에 끼이기도 하겠지요. 유치원 아이들 몸통이라면. 우리 아이 머리는 약간 곱슬이에요. 사내아이 머릿결이 얼마나 보드라운지, 사람들이 파마를 시켰냐고 묻는다니까요."

"댁의 아이가…… 그 문에 끼……"

"무슨 소리예요, 지금? 우리 애가 왜 문에 끼어요? 별 흉측한 소릴 다 듣겠네."

연희가 나비안경의 여자에게 화를 벌컥 낸다.

"아니, 댁에서 금방, 아이가 문에 끼었다고, 유치원에 불이 나서……"

"일본에서 말이에요. 몇 년 전에."

연희는 눈을 하얗게 흘긴다. 여자가 머쓱하여 그녀에게서 한발짝 물러선다. 놓칠 수야 없지, 모처럼 잡은 먹이를. 연희가 여자에게 한발짝 다가선다.

"친구가 안 오네…… 이십년 만에 만나는 고등학교 동창이거든요. 인생이 어떻게 펼쳐질지 세상에, 누가 알겠어요. 나는 대학에 나가는데 그 친구는 닭장수예요. 재래시장에서 닭모가지를 비트는, 하기야 닭은 사람이 직접 비틀어야 제 맛이 나죠."

"글쎄요. 난 여기 온 지 얼마 안돼서요."

"저기, 저 벽화 좀 보세요. 대단하죠?"

여자가 머뭇거린다. 이윽고 눈을 들어 연희가 가리키는 벽화를 바라본다.

"우리 집에 꽤 큰 유화가 있거든요. 웬만한 집 거실에는 걸지도 못 해요. 어찌나 큰지."

연희는 노래부르듯 흥얼거린다. 여자는 재빨리 몸을 돌려 매장 안으로 들어선다.

　　　　　　　　　　　　　　　　　　　　─윤영수 「벌판에 선 여자」(1995)

　　첫째가 말했다. "나는 말이다". 한참 후에 첫째가 다시 입을 열었다. 동생들은 아무 대답도 하지 않았다. "솔직히 죄책감이 들 때마다 안경을 벗고 세상을 본단다." 안경을 벗고 길을 걸으면 사람들의 눈, 코, 입이 뭉개져 보였다. 그러면 마음 깊숙한 곳에서 괜찮아, 하는 말이 들려왔다. "나는 말이야." 둘째가 입을 열었다. 그러자 첫째가 뭐야, 안 자는 거야, 하고 중얼거렸다. "죄책감이 한 번도 든 적이 없어. 그런데 가끔 엄마한테 종아리를 맞는 꿈을 꾸긴 해." 셋째가 자리에서 일어났다. "왜?" "오줌 마려." 화장실에 간 셋째는 오랫동안 돌아오지 않았다. "빠져 죽기라도 했나?" 첫째와 둘째는 셋째를 찾으러 갑판으로 나갔다. 셋째는 두 팔을 뻗은 채 갑판에 그려진 선을 따라 걷고 있었다. "넌 왜 내 신발을 신고 그러냐?" 첫째가 물었다. "나는 이렇게 큰 신발을 신고 걷는 게 좋아. 발에서 덜그럭덜그럭 소리가 나는 것 같아." 셋째는 언니들이 남기고 간 신발을 신고 자랐다는 이야기를 하지 않았다. 그 신발을 신으면서 언젠가 자신의 발이 신발 크기만큼 자라면 집을 나가야겠다고 결심한 이야기도 하지 않았다. 하지만 두 언니들은 셋째의 말이 무슨 뜻인지 알아들었다. "아직 소원 두 개가 남았어. 여기서 아홉 번째 소원을 쓸래." 바닷바람이 차가웠다. 아무리 밥을 먹어도 발은 자라지 않았다. "미안하다고 말해줘." 셋째는 말했다. 첫째는 아, 춥다, 하고 대답했다. 둘째는 밤에는 바다도 검게 변하는구나, 하고 중얼거렸다.

ㅡ윤성희 「매일매일 초승달」(2009)

너는 날 버렸지,
이젠 헤어지자고
너는 날 버렸지,
산 속에서 바닷가에서
나는 날 버렸지
(중략)
널 내 속에서 다시 낳고야 말거야
내 아이는 드센 바람에 불려 지상에 떨어지면
내 무덤 속에서 몇 달간 따스하게 지내다
또다시 떠나가지 저 차가운 하늘 바다로,
올챙이꼬리 같은 지느러미를 달고
오 개새끼
못 잊어!

ㅡ최승자 「Y를 위하여」(1984)

나는 한없이 나락으로 떨어지고 싶었다.
아니 떨어지고 있었다.
한없이
한없이
한없이
……………
……
…
아 쌍! (왜 안 떨어지지 ?)

ㅡ최승자 「꿈 꿀 수 없는 날의 답답함」(1981)

내 속엔 너무 많은 소리가 들어 있지
들어 있다구, 들어 볼래?

우선, 비명의 일종들. 으악악악악
꺄악악악악
샤람샬류유우우우우
아파요 때리지 마세요 엄마아아아 잘못잘못해써요
요오 오 오

(오랫동안 쉰다 침울한 기분으로)

비명부터 시작한 것은 실수였나봐
씨팔, 주는 것 없이 기분 나쁜 날엔(바로 지금)
기분 전환을 위해 난 각종 소리를 내지
오레호레호레 요루루루 둥기당뚱땅 오로로로 깍궁
난 지금도 소리를 내지(그렇구 말구)
찌기지기짜가자가쪼고조고오옹

이 많은 소리들은 어디서 왔을까
왜 국어사전엔 실려 있지 않을까

─노혜경 「네이티브 스피커」(1999)

평소 말 없고 얌전하여 오히려 걱정되던 우리반 정숙이
어느 날 우연히 나는 그 애 연습장 훔쳐보게 되었다
언니와 싸운 날
연습장 가득히 그 애는
온통 욕을 휘갈겨 썼다
개 년, 쌍 년, 똥 같은 년, 미친 년, 죽일 년, 망할 년, 여우 같은 년, 똥갈보
같은 년…… 썹할 년
나는 그것을 보고서 비로소 안심했다
그 애가 건전하게 잘 자라나고 있었으므로

─양정자 「배설」(1990)

한밤중에 목이 말라 냉장고를 열어보니 밤의 푸른 냉장고는 고장이 났고 나는
거기 머무를 수밖에 없었다. 어둠으로 불 밝히는 캄캄한 대낮, 갈퀴 달린 내 손톱은
빙산처럼 희게 빛나는 검은 저 삼각주를 박박 긁어대는데 내 음부에서 철철 피
흘렸다. 달콤 쌉싸래한 시럽, 붉은 고 촛농에 젖어 살빛 카스텔라는 곰팡 난 매트리

스로 푹 번져가는데 그 위로 삐걱, 삐걱 소리를 내며 꿈틀, 꿈틀거리는 이봐요 고등어 부인 씨…… 그녀는 한창 자위 중이었다.

―김민정 「고등어 부인의 윙크」(2005)

이튿날 대관령을 넘어 서울로 돌아오는 길에 마침 밥때가 되어 꿩만두 요리로 소문난 문막식당에 가 음식이 나오기를 기다리는데 통유리 너머 마당에서 수놈 시추 한 마리가 발정난 거시기를 덜렁거리며 암놈 시추 꽁무니를 하냥 뒤쫓고 있다 간절하고 숨찬 열정이다 뒤집어 생각하니 좆이란 게 죽었나 싶으면 어느새 무쇠 가래나 성실한 보습으로 불쑥 되살아나 씨감자 파종하기 좋게 텃밭 일궈놓는 짱짱한 연장이지 않던가 세상살이가 좆같기만 하다면야 더 바랄 게 무에 있겠는가 그 존재만으로도 벌써 엄청난 위안이며 희망이지 않은가

연인의 자궁 속을 힘껏 헤엄쳐 다니다 진이 빠져 땅바닥에 퍼져버린 수놈의 축 늘어진 잔등을 암놈이 유순히 핥아주고 있다 하, 엄숙하고도 황홀한 광경이다

―손세실리아 「좆같은 세상」(2006)

지긋지긋하다
똥구멍이빨간시도
씹다붙여준껌같은섹스도
쓰고버린텍스같은생도
지긋지긋해지긋
지긋하옵니다아버지
풍선의대가리를가르고돌을채우는일도
있지도않은구름다리를벌벌떨면서건너는연애도아버지
지긋지긋하옵니다뻐꾸기시계속에서
시간마다튀어나오는아버지의
면상도색다른털벌레도
지긋지긋하옵니다
가래처럼찐득거리는희망도
손가락이열개나달린이구멍도
저뱀자루도아버지지긋
지긋하옵니다
벗겨주소서

벗겨내주소서아버지
나를아버지
콘돔처럼아버지
아버지의좆대가리에서아버지

–김언희 「벗겨내주소서」(2000)

13.4. 몸의 언어, 춤과 노래

여성들은 말로 자신을 표현하기도 하지만, 몸으로 자신을 표현해 내기도 한
다. 여성들은 넘쳐흐르는 감정과 드러내지 않고는 아물지 않는 상처들을 다양
한 수단을 통해 드러낸다. 여성들에게 춤과 노래는 글쓰기와 유사한 몸의 언어,
표현 욕망의 행위들이다.

규방가사에서 노래와 춤은 주로 놀이의 현장에서 다수가 함께 행하는 것이
다. 놀이 또는 잔치가 진행되면서 흥취가 고조되는 가운데 감정을 풀어놓으면
서 저절로 우러나오는 행위이다. 여성들의 공동체적 놀이 현장에서는 일상의
규율에서 놓여나 느끼는 분방한 정서가 자연스럽게 노래와 춤으로 표출된다.
이에 노래와 춤은 규범에서 벗어난 정서적 해방감과 거기에서 오는 기쁨을 체
현하고 있다. (신승덕 「화전가 1」, 「계묘년여행기」, 「친목유희가」, 「화전가 6」, 김세양
「화수답가」) 특히 여성들은 노래를 자기표현의 문학행위와 동일한 것으로 인식
한다. 조선시대 이래 여성들이 향유해온 규방가사는 노래이자 문학으로서, 가
사(歌辭)를 짓는 것은 삶 속에서 느끼는 감회를 술회하는 자기표현행위로 인식
된다. (신승덕 「화전가 1」, 「계묘년여행기」)

현대 여성들 역시 말없이 자기 안에 도사리고 있는 갖가지 감정들을 분출한
다. 내적 감정의 외적 분출은 다양한 형태의 자기표현 수단을 통하여 시도된
다. 그림, (김인숙 「그림 그리는 여자」) 음악이나 노래(공선옥 「명랑한 밤길」, 김애란
「도도한 생활」, 김향숙 「떠나가는 노래」, 양귀자 「한계령」, 김형경 「피리새는 피리가 없
다」) 등의 문화 형식을 통하여, 벙어리의 기괴한 부르짖음을 통하여(최윤 「벙어
리 창」), 말더듬이의 기이한 작업을 통하여(천운영 「바늘」) 깊숙한 내면의 상처와

균열을 드러낸다.

온몸을 내던지는 격렬한 춤에서부터 아주 작은 몸짓의 율동까지, 목청이 터져나가는 울음 같은 노래에서부터 속삭이는 허밍의 낮은 웅얼거림까지, 말과 글이 되어 나오지 않는 여성 내면의 상처와 환희는 비언어적인 춤과 노래로 표현된다. (박연준 「음표들의 투신」, 정끝별 「무용가처럼」) 여성들은 조율하지 않았으나 불후의 화음을 내는 악기처럼 온몸을 다해 '내 입안에 가득한' '치솟아오르는' 노래를 부르고, (신해욱 「모르는 노래」, 김이듬 「세이렌의 노래」, 김윤이 「라라」) 오장육부 속속들이 맺힌 한을 푸는 공옥진의 춤처럼 분홍신을 신고 끝없이 자신의 삶을 온몸으로 체감하며 '강철의 리듬'에 맞춰 춤을 춘다. (김승희 「누가 나의 슬픔을 놀아주랴」, 이근화 「뮤직 박스」, 허수경 「나는 춤추는 중」) 춤과 노래는 여성에게 내재한 표현의 욕망을 말없는 말로 드러내는 몸의 언어라고 할 수 있다.

> 여자노름 소담하여 술은한잔 업을망정 맑은샘물 술을대신 표자박을 술잔대신 두견적을 안주삼아 옥수로 집어들고 서로권해 포식하니 청량일미 이아닌가 낫만 서로 향해보니 무미하기 짝이없네 정담도 좋거니와 가사하번 불러보세 이만한 모듬중에 청강일곡 업을손가 규중에 여자체면 소리높여 할수업고 나슥나슥 가는 복성 화전가로 화답하니 듣기도 좋거니와 재미도 좋을시고
>
> —신승덕 「화전가 1」(1948)

> 개중에 몇몇인사 춘흥을 못이기어 노래도 불러보며 넛풀넛풀 춤을춘다 이때에 아니놀고 어느때에 노잔말가 어화둥둥 조흘시구 지화자 조흘시구 자미잇게 불은 노래 만사가 박수로다 섬섬옥수 서로잡고 삼삼오오 짝을지어 혼안백발 중늘근이 언제그리 배왓난지 노래춤이 장단맞자 보기좃게 노난구나 어와우리 동유들아 이 내말삼 들어보소 저노인 거동보아 절문내들 노름보고 늙은풍정 만이잇어 춤과 노래 잘도한다 노름노래 다하자니 절구경 언제할고 (중략) 이번소풍 다녀온일 후 일에나 기렴하기 두서업난 단문으로 소풍노래 지엇스나 지여놋코 생각하니 일변 으로 부끄럽소 여러친우 보신후에 미소나 하지마소 눈가는데 보시고서 서로서로 수정하야 후일에 두고보면 이도쏘한 기렴되오 구경소회 다하자니 한이업고 끗치 업네 이만으로 줄이고서 후일계약 다시하세
>
> —「계묘년여행기」(1963)

> 종일토록 노닌 풍정 취흥이 도도ㅎ여 한편은 고담이요 한편은 가무로다 철기갓 은 샹ㅎ의복 밉시잇기 차려입고 춤츄고 노래ㅎ니 청아흔 말근곡조 구소에 사모친

듯 힝운이 머뭇머뭇 산천도 유의로다 예절을 볼작시면 양반의 부녀로서 가무가 가당ㅎ냐 현대로 보기ㄴ되면 늘거가난 우리들이 무산홍절 잇스리요 풍악소리 요란한ㄴ되 춤추고 노래ㅎ니 평양기생 이름나도 이에셔 못ㅎ리라

—「친목유희가」(1966)

　무심한 춘소식이 심산에 차자왓네 화산에 미친나비 새소리에 차자왓네 이중에 일곡정만 시름업시 흘너라 봄마다 지는꽃튼 늘거가기 서르라만 좌상에 백발노인 탄식소리 들어보소 일생에 푸른봄은 안연늘게 이마수겨 좌중에 있던부인 취흥을 못이겨서 춤추고 내다룬대 만좌에 우슴소리 노래마저 일어나니 이도역시 춘흥이라

—「화전가 6」(미상)

　생면부지 이곳의셔 지견친척 면색업고 보즐맛섬 작업긔로 어색도 ㅎ지만은 가츄 갓치 무관ㅎ고 듣기갓치 유젼ㅎ니 허물이 업슬지라 좌중에 둘어안자 술잔을 셔로권히 홍치를 자아ㄴ고 노회로 화답ㅎ며 웃음으로 쌴을짜니 션경낙지 따로잇나 이자리가 션경인듯 육셕늘근 개원분ㄴ 시초문 셜넌ㅎ고 신식호걸 가무도 넉넉ㅎ다

—김세양「화수답가」(미상)

　이모는 누나 방 창문이 나 있는 담 쪽으로 다가가, 대문을 두드릴 때의 조심스런 태도를 내던지고 누나의 이름 석자를 고음으로 부르기 시작했다. 세 번째의 부르짖음이 채 끝나기도 전에 누나 방문이 후다닥 열리고 이어 씩씩거리는 분노의 숨결과 함께 허겁지겁 내 방문을 가로지르는 발걸음 소리가 들여왔다. (중략)
　그리고는 빗장 여닫는 소리, 무언가 쿵 부딪히는 소리, 한숨 소리, 발자국 소리가 내 방문 앞에서 맞는다. 나는 죄라도 지은 것처럼 숨소리를 죽였다. (중략)
　다시 신발 끌리는 소리, 방문 여닫히는 소리. 침묵. 그리고 얼마 안 있어 마치 내가 들으라는 듯이 울려퍼지는 이모의 자유분방한 통곡 소리.

—최윤「벙어리 창」(1989)

　그녀는 입술을 떨며 안타깝게 귀를 기울였다. 아주아주 오랜 시간, 그녀는 혼신의 힘을 기울여 그 속삭임을 들으려고 애썼다. 그리고 그 오랜 귀 기울임 끝에 그녀는 보았다. 화판이었다. 그녀는 베란다 유리창에서 그녀의 전신상을 담은 화판과 화지를 본 것이다. 그려지기를 원하는. 참을 수 없는 욕망과 뜨거운 열정으로, 그러나 그 모든 것을 부드럽게 감싸안는 미소로…… 울음이 아닌, 미소로 그려질 것을. 그려질 것을…….

—김인숙「그림 그리는 여자」(1995)

나는 문신을 하는 동안에는 말은 삼간다. 자는 평소에도 말을 잘 하지 않는 편이다. 내 의사를 전달하고자 하는 발설의 욕구는 일종의 충치 같은 거였다. 혀 끝에서 거치적거리며 고통을 주는, 그러면서도 잇몸 깊숙이 박혀 늘 자신의 존재를 알리는 충치. 그것을 뽑아 세상에 보이려 하면 이미 더러운 냄새를 바스러져버리곤 했다. //

살에 꽂는 첫 땀. 나는 이 순간을 가장 사랑한다. 숨을 죽이고 살갗에 첫땀을 뜨면 순간적으로 그 틈에 피가 맺힌다. 우리는 그것을 첫이슬이라고 부른다. 첫이슬이 맺힘과 동시에 명주실이 품고 있던 잉크가 바늘을 따라 천천히 흘러내려온다. 붉은색 잉크는 바늘 끝에 이르러 살갗에 난 작은 틈 속으로 빠르게 스며든다. 마치 머릿속에서 맴돌던 말들이 입 밖으로 시원하게 나와주는 듯한 기분. 바늘땀을 뜰 때 나는 더 이상 말더듬이가 아니다.

－천운영 「바늘」(2000)

······그래도 못 잊어 나 홀로 불러보네 사랑은 아직도 끝나지 않았네······ 훨훨 날아가자 내 사랑이 숨쉬는 곳으로······ 나를 잠 못들게 하는 사람아······ 훨훨 훨훨 이 밤을 날아서······ 나를 잠 못 들게 하는 사람아······.

비오는 날이면 첫사랑이 생각나네요. 첫사랑이 생각날 때마다 마음이 괴로워요. 장마가 일찍 끝났으면 좋겠네요. 성심병원 수간호사······ 수와진 파초······ 불꽃처럼 살아야 돼 오늘도 어제처럼 저 들판에 풀잎처럼 우리 쓰러지지 말아야 해 모르는 사람들을 아끼고 사랑하며 행여나 돌아서서 우리 미워하지 말아야 해······ 이은미의 목소리로 듣죠, 서른 즈음에. 또 하루 멀어져간다 내뿜은 담배연기처럼 작기만 한 내 기억 속엔 무얼 채워 살고 있는지 점점 더 멀어져간다 머물러 있는 청춘인 줄 알았는데······//

그 길 너머 그 남자네 집이 보였다. 겨우 가라앉았던 심장이 다시 격렬하게 요동쳐오기 시작했다. 나는 노래 불렀다.

사랑했나봐 잊을 수 없나봐 자꾸 생각나 견딜 수가 없어 후회하나봐 널 기다리나봐······

나는 정미소를 나섰다. 나는 빗속에서 악을 썼다. 눈에서는 눈물이 쏟아졌다. 그러나 나는 노래 불렀다. 저기, 네팔의 선산에 떠오른 달이 보인다. 나는 달을 향해 나아갔다. 비를 맞으며 천천히, 뚜벅뚜벅, 명랑하게.

－공선옥 「명랑한 밤길」(2005)

나는 피아노가 물에 잠겨 가고 있다는 걸 깨달았다. 저대로 두다간 못 쓰게 될 게 분명했다. 순간 '쇼바'를 잔뜩 올린 오토바이 한 대가 부르릉—가슴을 긁고 가는 기분이 들었다. 오토바이가 일으키는 흙먼지 사이로 수천 개의 만두가 공기 방울처럼 떠올랐다 사라졌다. 언니의 영어 교재도, 컴퓨터와 활자 디귿도, 아버지의 전화도, 우리의 여름도 모두 하늘 위로 떠올랐다. 톡톡 터져버렸다. 나는 피아노 뚜껑을 열었다. 깨끗한 건반이 한눈에 들어왔다. 건반 위에 가만 손가락을 얹어 보았다. 엄지는 도, 검지는 레, 중지와 약지는 미파. 아무 힘도 주지 않았는데 어떤 음 하나가 긴소리로 우는 느낌이 들었다. 나는 나도 모르게 손가락에 힘을 주었다.

─김애란 「도도한 생활」(2006)

    살아서 날뛰어보세요
    답답한 오선지는 너무 오래됐어요
    모두들 빠짐없이 발을 떼고
    하늘을 향해 올랐다, 뛰어내리세요
    귀엽게 몸을 웅크렸다,
    펄쩍 뛰어올라 터져보세요
    생은
    지금 이 순간만을 위해 존재했어요
    공중에서 곡예를 하며
    아래로, 아래로, 바닥 너머로 날아들기 위해
    뼈가 돋고, 피를 모으고, 머리칼이 자랐답니다
    눈을 가능한 크게 뜨고 숨을 들이마시고
    장조로, 경쾌하게!
    그러나 너무 급하게는 말고,
    모데라토 모데라토, 씩씩하게 첨벙!

─박연준 「음표들의 투신」(2007)

    나, 귀처럼 쫑긋
    나, 들이를 나네
    나, 비처럼 裸波 裸波
    나, 풀대며
    나, 날아 배추밭에도 잠깐
    나, 물밭에도 잠깐
    나, 그네처럼 들명날명
    나, 돌다 해질녘

나, 무에 들러붙은
나, 방처럼 樂喜 樂喜
나, 뒹굴다
나, 락 꽃핀 무덤에 들어
나, 체로
나, 가고 싶어요 동 동 동

무용한 四肢를 접고
지루하고 지루한 이 무대를요

—정끝별 「무용가처럼」(2000)

커다랗게
커다랗게, 커어다랗게!

내 파도치는 입술 위의
돛단배

저 깊숙이
이지러진 동굴 휘돌아
치솟아 파도치는
내 입술의
돛단배

—황인숙 「노래」(1994)

모르는 노래가
내 입 안에 가득 고여 있어.

해야만 할 어떤 말들이
있었던 것 같은데.
(중략)
그렇지만 이건 이미
내가 있기 오래전에 끝난 노래들,

나를 지우고

나를 흉내 내는
무서운 선율.

－신해욱 「모르는 노래」(2005)

더 추워지기 전에 바다로 나와
내 날개 아래 출렁이는
바다 한가운데 낡은 배로 가자
갑판 가득 매달려 시시덕거리던 연인들
물속으로 풍덩
물고기들은 몰려들지, 조금만 먹어볼래?
들리지? 내 목소리, 이리 따라와 넘어와 봐
너와 나 오래 입 맞추게

－김이듬 「세이렌의 노래」(2007)

춤이란 뭐냐 하면
곱게 가다듬어서 되는 것이 아니고
오장육부가 움직여줘야
징그럽게 이뻐지는 것입니다,
당신의 오장육부가 건드리는 대로
춤을 추시오,
팔자병신은 팔자병신대로
문둥병신은 문둥병신대로
육갑이 풀리는 대로 춤을 추시오,
뒤엉키는 살아 있음의
신명나는 곡선대로—

－김승희 「누가 나의 슬픔을 놀아주랴」(1991)

기계들의 무의식 속에는 음악이 흐른다
강철을 자르는 강철의 속도와
강철을 다듬는 강철의 리듬에 맞추어
나의 발은 아름답다
(중략)
무의식의 자율성은 아름답다
길거리에서 벽과의 대면 식사

오수와 오후의 클래식
나는 거리를 지나는 불특정 다수로서
고개는 조금 수그린다
어떤 스텝을 밟을 것인가

-이근화 「뮤직 박스」(2006)

바람의 혀가 투명한 빛 속에
산다, 산다, 산다, 할 때

나는 춤추는 중

나 혼자 노는 날
나의 머리칼과 숨이
온 담장을 허물면서 세계에 다가왔다

나는 춤추는 중

-허수경 「나는 춤추는 중」(2011)

어학 참고문헌

⟨사전⟩

국립국어원 편, 『표준국어대사전』, 두산동아, 1999.

권오경·서은아, 『인터넷 통신어휘 사전』, 동인, 2002.

김광해 편, 『유의어·반의어 사전』, 한샘, 1987.

김민수·최호철·김무림, 『우리말 어원사전』, 태학사, 1997.

김병제, 『방언사전』, 한국문화사, 1995.

남광우, 『고어사전』, 교학사, 1997.

남영신, 『우리말 분류사전』, 한강문화사, 1989.

동아출판사편집부 편, 『동아국어대사전』, 동아출판사, 1981.

문화관광부·국립국어원 공편, 『21세기 세종계획 최종 성과물(CD)』, 문화관광부·국립국어원,
    2007.

민중서각 편, 『(최신)국어대사전』, 1991.

박영준, 최경봉 편, 『관용어사전』, 태학사, 1996.

박용수, 『우리말 갈래사전』, 한길사, 1989.

박재연, 『고어사전』, 이회문화사, 2001.

방종현, 『고어재료사전(전집)』, 동성사, 1946.

_____, 『고어재료사전(후집)』, 동성사, 1947.

사회과학원 언어학연구소, 『조선문화어사전』, 사회과학출판부, 1973.

서정범, 『국어어원사전』, 보고사, 2000.

신기철·신용철 편, 『새우리말 큰사전』, 삼성출판사, 1975.

안옥규, 『어원사전』, 한국문화사, 1996.

양주동, 『(현대)국어대사전』, 범중당, 1980.

_____, 『(정통)국어대사전』, 학력개발사, 1990.

연세대학교 언어정보개발연구원 편, 『연세한국어사전』, 두산동아, 1998.

우리말 편찬회 편, 『국어대사전』, 대한서적, 1990.

운평연구소 편, 『금성판 국어대사전』, 금성출판사, 1991.

유창돈, 『이조어사전』, 연세대출판부, 1964.

이기갑·고광모·기세관·정제문·송하진, 『전남방언사전』, 태학사, 1998.

이상규, 『경북방언사전』, 태학사, 2000.

이희승, 『국어대사전』, 민중서림, 1975

조영언, 『한국어 어원사전』, 다솜출판사, 2004.

주갑동, 『전라도 방언사전』, 신아출판사, 2005.

최학근, 『한국방언사전』, 명문당, 1987.

최학근, 『증보 한국 방언 사전』, 명문당, 1990.

한국문화상징사전편찬위원회, 『한국문화상징사전』, 동아출판사, 1994.

한국민족문화대백과사전 편찬부·한국정신문화연구원, 『한국민족문화대백과사전』 1~28권, 한국정신문화연구원, 1991.

한국사전편찬회 편, 『국어대사전』, 삼성문화사, 1991.

한국정신문화연구원 편, 『17세기 국어사전』, 태학사, 1995.

한글학회, 『우리말 큰사전』, 어문각, 1992.

한진건, 『한조동물명칭사전』, 료녕인민출판사, 1982.

〈저서 및 논문〉

강금숙, 『여성의 글 여성의 삶』, 국학자료원, 1999.

강명관, 「조선 가부장제의 성적 욕망과 기녀」, 『코기토』 62집, 부산대학교 인문학연구소, 2007.

_____, 「조선시대의 성 담론과 성」, 『한국한문학연구』 42집, 한국한문학회, 2008.

강명구·김수아·서주희·김보형, 「동아시아 텔레비전 드라마가 재현한 가족과 가족관계」, 『한국언론학회 학술대회 발표논문집』, 한국언론학회, 2008.

강숙자, 「유교사상에 나타난 여성에 대한 이해」, 『동양정치사상사』 3권 2호, 한국동양정치사상사학회, 2003.

강신항, 「현대국어의 가족명칭에 대하여」, 『대동문화연구』 49집, 성균관대학교 대동문화연구원, 1967.

_____, 「現代國語에 관한 語彙論的 研究」, 『동방학지』 46-48집, 연세대 동방학연구소, 1985.

_____, 『현대국어 어휘사용의 양상』, 태학사, 1991.

강영경, 「광복60년, 한국 여성 종교생활과 그 의식의 변화」, 『여성과 역사』 3집, 한국여성사학회, 2005.

_____, 「한국 여성사 연구의 현황과 과제-고려시대까지를 중심으로」, 『여성과 역사』 6집, 한국여성사학회, 2007.

강영봉, 『제주 지역어 조사 보고서』, 국립국어원, 2005.

강이수, 「해방 후 한국경제의 변화와 여성의 노동경험」, 『여성과 역사』 4집, 한국여성사학회, 2006.

강이수·신경아, 『한국여성 노동의 이해-여성과 일』, 동녘, 2001.

강이순 외, 『일, 가족, 젠더』, 한울, 2009.

강정희, 「여성어의 한 유형에 관한 연구」, 『국어학신연구』, 탑출판사, 1989.

강진옥, 「마고할미 설화에 나타난 여성신 관념」, 『한국민속학』, 한국민속학회, 1993.

강헌규, 「기생의 어원」, 『한글』 189호, 한글학회, 1985.

강현경, 「『계룡산유산녹(鷄龍山遊山錄)』 연구」, 『한국언어문학』 42집, 한국언어문학회, 1999.

고려대 민족문화연구원, 『한국민속의 세계』, 고려대학교 민족문화연구원, 2001.

고혜경, 『선녀는 왜 나무꾼을 떠났을까: 옛이야기를 통해 본 여성성의 재발견』, 한겨레, 2006.

곽은희, 「식민 구조의 작동 메커니즘에 내재된 놀이의 정치학-일제 말 식민지 여성의 놀이를
    중심으로-」, 『인문연구』 54집, 영남대학교 인문과학연구소, 2008.

구본관, 「어휘의 변화와 현대국어 어휘의 역사성」, 『국어학』 45집, 국어학회, 2005.

구현정, 「말뭉치 바탕 구어 연구」, 『언어과학연구』 32집, 언어과학회, 2005.

국립국어연구원, 『사전에 없는 말 신조어-2002년 이후 생겨난 새말』, 국립국어연구원, 2007.

국제한국학회, 『한국문화와 한국인』, 사계절, 1998.

권명아, 「여성 수난사 이야기, 민족국가 만들기와 여성성의 동원」, 『여성문학연구』 7집, 한국여
    성문학회, 2002.

권보드래, 「"연애"의 현실성과 허구성-한국 근대 '연애'개념의 형성」, 『문학 사학 철학』 14호,
    한국불교사연구소, 2008.

_____, 「기생과 여학생」, 『문학인』 2002 여름 창간호, 계진사, 2002.

_____, 「젠더와 양식; 신소설의 성(性), 계급, 국가 -여성 주인공에 있어 젠더와 정치성의
    문제-」, 『여성문학연구』 20집, 한국여성문학회, 2008.

권복순, 「건국신화의 하늘과 땅 -단군, 주몽, 혁거세, 수로신화를 중심으로」, 경상대 대학원,
    2000.

권수현, 「한국사회의 성문화와 가부장제」, 『한국사회의 성문화와 가부장제성폭력전문상담원
    교육자료집(발간자료)』, 한국성폭력상담소, 2006.

권순형, 『고려의 혼인제와 여성의 삶』, 혜안, 2006.

권순호, 「한국 여성의 놀이 문화: 가정주부의 놀이문화로서의 음악활동」, 『아시아여성연구』
    32집, 아세아여성문화연구소, 1993.

권영주, 「한국 근대 여성 작가의 자전적 글쓰기 양상 연구」, 국민대학교 석사학위논문, 2006.

김경미, 「18세기 양반여성의 글쓰기의 층위와 그 의미」, 『한국고전여성문학연구』 11집, 한국고
    전여성문학회, 2005.

_____, 「동아시아 고대의 여성 사상: 유교의 여성은 어떻게 만들어졌는가」, 『한국여성학』
    21권 1호, 한국여성학회, 2005.

_____, 「19세기 소설사의 한 국면-성 표현 관습의 변화를 중심으로」, 『한국고전연구』 9집,
    한국고전연구학회, 2003.

_____, 「선비의 아내, 그녀들의 숨은 노동」, 『여성이론』 11집, 2004.

_____, 「조선후기 성 담론과 한문소설에 재현된 섹슈얼리티」, 『한국한문학연구』 42집, 한국한
    문학회, 2004.

김경일, 『여성의 근대, 근대의 여성』, 푸른 역사, 2004.

_____, 「식민지 시기 신여성의 미국 체험과 문화 수용」, 『한국문화연구』 11집, 이화여자대학교

한국문화연구원, 2006.

김경훈, 「한국 개화기의 여성직업교육에 관한 고찰」, 『국제여성연구소 연구논총』 4권 1호, 중앙대학교 국제여성연구소, 1994.

김광해, 「어휘소간의 의미관계에 대한 재검토」, 『국어학』 20집, 국어학회, 1990.

김귀옥, 「전쟁과 여성」, 『여성과 평화』 3집, 한국여성평화연구원, 2003.

김규선, 「국어 친족어의 연구」, 경북대학교 박사학위논문, 1988.

김대환, 『한국인의 민족의식』, 이화여자대학교 출판부, 1985.

김동미, 「영한 번역의 '여성문체' 연구」, 세종대학교 박사학위논문, 2007.

김동수, 「신화를 통해 본 고대인의 조류관」, 『일본학보』 44집, 2000.

김두헌, 「조선첩제사소고」, 『진단학보』 11집, 진단학회, 1939.

_____, 『조선가족제도연구』, 을유문화사, 1949.

김미영, 「동성마을 정착과정에 나타난 친족이념의 변천양상」, 『실천민속학연구』 11집, 실천민속학회, 2008.

김미정·최선영, 「기혼여성의 자아와 가족질서의 균열-봉합: 기혼여성들의 명절, 제사 경험을 중심으로」, 『페미니즘연구』 5집, 한국여성연구소, 2005.

김미현, 「한국 근대 여성소설의 페미니스트 시학: 여성적 글쓰기를 중심으로」, 이화여자대학교 박사학위논문, 1995.

김병균, 「『華音方言字義解』에 나타난 한자 차용서의 어원 연구-친족 어휘를 중심으로」, 『어문논집』 29집, 중앙어문학회, 2001.

김복순, 「1950년대 여성소설의 전쟁인식과 '기억의 정치학'」, 『여성문학연구』 10집, 한국여성문학학회, 2003.

_____, 「근대초기 모성담론의 형성과 젠더화 전략」, 『한국고전여성문학연구』 14집, 한국고전여성문학회, 2007.

김선풍, 「민속상징을 통해 본 한국인의 의식특성」, 『사회과학연구』 6권 1호, 중앙대 사회과학연구소, 1993.

_____, 「한국(韓國)의 산간축제(山間祝祭)와 산간유희(山間遊戱) 고찰(考察)」, 『중앙민속학』 12집, 중앙대학교 한국문화유산연구소, 2007.

_____, 『한국축제의 이론과 현장: 松泉 金善豊 博士 華甲記念論叢』, 월인, 2000.

김성희, 『한국여성노동과 경제활동의 역사』, 신정, 2002.

김세은·유현옥, 「공적 영역과 여성의 글쓰기: 구한말 윤희순의 글을 중심으로」, 『미디어, 젠더 & 문화』 6, 한국여성커뮤니케이션학회, 2006.

김수경·유정선, 「〈이부인기행가사〉에 나타난 19세기 여성의 여행체험과 그 의미」, 『한국고전여성문학연구』 4집, 한국고전여성문학회, 2002.

김숙희, 「여성적 글쓰기의 또 다른 지평」, 『동덕 여성연구』 6집, 동덕여대 한국여성연구소, 2002.

김순옥, 「이혼에 대한 긍정적/부정적 시각 정립을 위한 고찰」, 『생활과학』 1집, 1998.

김양희, 『결혼과 가족』, 중앙대학교 출판부, 1997.

김언순, 「개화기 여성교육에 內在된 유교적 여성관」, 『페미니즘 연구』 10권 2호, 한국여성연구소, 2010.

김연숙·이정희, 「여성의 자기발견의 서사, '자전적 글쓰기'」, 『여성과 사회』 8집, 한국여성연구소, 1997.

김열규, 『韓國文化의 뿌리: 家門과 人間, 文化와 意識』, 일조각, 1989.

_____, 『기호로 읽는 한국문화』, 서강대학교 출판부, 2008.

김용숙, 「내방가사에서 나타난 여성의 결혼에 대한 의미」, 『여성학논집』 13집, 이화여자대학교 한국여성연구소, 1996.

_____, 『한국여속사』, 민음사, 1989.

김용욱, 「가족법상 「며느리」의 지위」, 『법학연구』 25권 1호, 부산대학교 법학연구소, 1983.

김용진, 「한국과 미국의 대중가요 가사에 나타난 '사랑'의 의미적 음상(音相) -코퍼스 언어학적 접근」, 『사회언어학』 15권 1호, 사회언어학회, 2007.

김원홍, 「국어 어휘의 의미변화에 대한 연구: 중세국어를 중심으로 하여」, 홍익대학교 석사학위논문, 1984.

김월덕, 「호남지역 여성주재형 마을굿의 상징성과 축제성」, 『한국민속학』 46집, 한국민속학회, 2007.

김윤선, 「또 다른 신여성 -노처녀, 제2부인, 동성애자」, 『한국의 식민지 근대화 여성 공간』, 여이연, 2004.

_____, 「한국 근대 기독교와 여성적 글쓰기」, 『한국여성철학회 학술대회 발표자료집』, 한국여성철학회, 2008.

김윤정, 「조선중기 가묘제와 여성제례의 변화」, 『국학연구』 14집, 한국국학진흥원, 2009.

김은경, 「한국전쟁 후 재건윤리로서의 '전통론'과 여성」, 『아시아여성연구』 45집, 2006.

_____, 「한국 진보 여성운동의 국가참여 형태에 관한 연구: 페모크라트의 등장과 여성운동의 제도화를 중심으로」, 연세대학교 박사학위논문, 2005.

김은아, 「조선전기 재산상속법제에서 여성의 지위」, 『법학연구』 28집, 한국법학회, 2007.

김은하, 「젠더의 프리즘을 통해서 본 신여성의 삶과 글쓰기」, 『여성문학연구』 4집, 한국여성문학학회, 2000.

김은희, 「일·가족, 그리고 성역할의 의미」, 『사회와 역사』 39집, 한국사회사학회, 1993.

김인자, 「한국 속담에서 본 여성」, 『국어국문학연구논문집』 15집, 효성여자대학교 국어국문학연구실, 1964.

김인호, 「고려 관인사회의 잔치와 축제」, 『동방학지』 129집, 연세대학교 국학연구원, 2005.

김재인 외, 『여성교육개론』, 교육과학사, 2001.

_____, 『한국 여성교육의 변천과정 연구』, 한국여성개발원, 2001.

김정란, 『말의 귀환』, 개마고원, 2001.

김종욱, 「한국전쟁과 여성의 존재 양상」, 『한국근대문학연구』 5권 1호, 2004.

김종태, 「어휘의 의미구조」, 『인문논총』 25집, 부산대학교, 1984.

김종택, 『국어어휘론』, 탑출판사, 1992.

김종훈, 『국어어휘론연구』, 한글터, 1994.

김주희, 「친족개념과 친족제의 성격」, 『조선전기 가부장제와 여성』, 아카넷, 2004.

김지영, 「근대 문학 형성기 '연애'에 대한 표상 연구」, 고려대학교 석사학위논문, 2005.

김진명, 『굴레 속의 韓國女性: 항촌사회의 여성 인류학』, 집문당, 1993.

김진우, 『언어』, 탑출판사, 2004.

김태곤, 「중세국어의 다의어 연구」, 『국어국문학』 104집, 국어국문학회, 1990.

_____, 『중세국어 다의어와 어휘변천』, 박이정, 2002.

_____, 『국어 어휘의 통시적 연구』, 박이정, 2008.

김태헌, 「개념적 은유와 문화적 맥락: 영어와 한국어의 개념적 사랑 은유를 중심으로」, 『언어학』 16권 1호, 대한언어학회 2008.

김혜숙, 「한국인 부부의 관계 변화에 따른 호칭어 사용 변화」, 『사회언어학』 12집 2호, 한국사회언어학회, 2004.

김혜순, 『여성이 글을 쓴다는 것은: 연인, 환자, 시인, 그리고 너』, 문학동네, 2002.

나익주, 「'정'과 '한'의 은유적 개념화」, 『한국어 의미학』 20집, 한국어의미학회, 2006.

_____, 「한국어에서의 성욕의 은유적 개념화」, 『담화와 인지』 10권 1호, 담화·인지언어학회, 2003.

남광우, 「중세어문헌에 나타난 순우리말과 한자대역어 연구 (1)」, 『어문연구』 8집 4호, 한국어문교육연구회, 1980.

_____, 「중세어문헌에 나타난 순우리말과 한자대역어 연구 (2)」, 『어문연구』 11집 3호, 한국어문교육연구회, 1983.

남성우, 『15세기 국어의 동의어 연구』, 탑출판사, 1986.

남윤주, 「여성과 국가이론」, 『여성과 사회』 5집, 한국여성연구소, 1994.

남풍현, 「국어 속의 차용어」, 『국어생활』 2집, 국어연구소, 1985.

노영희, 「한국과 일본 여성들의 기억 속의 전쟁」, 『比較文學』 49집, 한국비교문학회, 2009.

도민재, 「社會變化에 따른 祭禮의 諸問題 社會變化에 따른 祭禮의 諸問題」, 『유교사상연구』 16집, 한국유교학회, 2002.

동아시아고대학회, 『동아시아 여성 신화』, 집문당, 2003.

또 하나의 문화동인, 『여자로 말하기, 몸으로 글쓰기』, 또 하나의 문화, 1992.

려춘연, 「성적차별과 관련한 조선어어휘」, 『중국조선어문』 132집, 길림성민족사무위원회, 2004.

리득춘, 『조선어언어역사연구』, 역락, 2006.

모리모토 가츠히코, 「한일 양국의 가족 속담에 관한 비교 연구─은유와 환유를 중심으로」, 『한국언어문화』 32집, 한국언어문화학회, 2007.

문무영, 「국어 친족어 조어론고」, 『어문연구』 16권 2호, 한국어문교육연구회, 1988.

문무영, 「국어 친족어휘 연구」, 인하대학교 박사학위논문, 1989.

문숙자, 「조선후기 양반의 일상과 가족내외의 남녀관계 -노상추(盧尙樞)의 〈일기〉를 중심으로」, 『고문서연구』 28집, 한국고문서학회, 2006.

문옥표, 「가정 제례의 변용을 통해 본 현대 한국인의 가족관계와 젠더」, 『한국문화인류학』 40권 2호, 한국문화인류학회, 2007.

민현식, 「국어문화에 나타난 종교문화의 요소」, 『한국언어문화학』 2집, 국제한국언어문화학회, 2004.

_____, 「개화기 국어의 어휘 (Ⅱ)」, 『국어교육』 53집, 한국국어교육연구회, 1985.

_____, 「개화기 국어의 어휘 (Ⅲ)」, 『국어교육』 55집, 한국국어교육연구회, 1986.

_____, 「개화기 국어의 어휘 1」, 『국어학신연구』, 탑출판사, 1986

_____, 「개화기 국어의 어휘에 대하여」, 『국어생활』 4집, 국어연구소, 1986.

_____, 「국어의 여성어 연구」, 『아시아여성연구』 34집, 1995.

_____, 「국어 외래어에 대한 연구」, 『한국어의미학』 2집, 한국어의미학회, 1998.

박민선, 「고려시대 여성의 생활과 불교」, 이화여자대학교 석사학위논문, 1997.

박 주, 『조선시대의 여성과 유교문화』, 국학자료원, 2008.

박경란, 「長男夫婦가 인지하는 母·媤母와의 關係의 質」, 『인제논총』 8권 2호, 인제대학교, 1992.

박무영, 「남편의 '잉첩'과 아내의 '적국'」, 『문헌과 해석』 18집, 문헌과 해석사, 2002.

박미해, 「조선중기 수령의 가족부양으로 본 長子의 역할과 家의 범위」, 『사회와 역사』 75집, 한국사회사학회, 2007.

박민자·이경아, 「가족의 의미: 가족 가치와 규범을 중심으로」, 『사회과학연구』 10집, 덕성여자대학교 사회과학연구소, 2004.

박병철, 『천자문 훈의 어휘 변천 연구』, 『국어교육』 55, 56집, 한국국어교육연구회, 1986.

박부진, 「한국현대가족에서의 가부장의 지위」, 『여성가족생활연구』 7집, 명지대학교 여성가족생활연구소, 2004.

박상란, 「구전설화에 나타나는 성적 주체로서의 여성캐릭터 -"목화 따는 노과부"를 중심으로-」, 『한국고전여성문학연구』 12집, 한국고전여성문학회, 2006.

박순경, 『한국종교와 여성학』, 한국문화연구원, 1984.

박선미, 「조선시대 의녀의 사회적 기능」, 『한국교육사학』 18집, 한국교육사학회, 1996.

박성진, 「한국 속담과 일본 속담에 나타난 여성 차별 표현의 비교」, 계명대학교 석사학위논문, 2008.

박소라, 「한국어 남녀 언어 변화에 관한 연구: 1960년대, 2000년대 멜로 영화에 나타난 남녀 언어를 대상으로」, 서울대학교 석사학위논문, 2004.

박영수, 『지식 속의 지식 2730』, 석필, 1998.

박영순, 『한국 문화론』, 한림출판사, 2006.

_____, 『우리가 정말 알아야 할 한국문화』, 현암사, 2008.

박용옥, 『한국여성연구』, 청하, 1988.

박은숙, 「속담에 나타난 여성 혐오에 대한 연구」, 『어문학보』 4집, 강원대학교, 1979.

박은용, 「한국어 친족호칭어에 대하여-특히 그 어원을 통한 위계 서열을 중심으로」, 『여성문제연구』 8집, 가톨릭대학교 사회과학연구소, 1979.

박종갑, 「낱말밭의 관점에서 본 의미 변화의 유형」, 『한민족어문학』 21집, 한민족어문학회, 1992.

박지영, 「『신여성』지(誌)의 "독자투고"문을 통해서 본 "여성적 글쓰기"의 형성과정 -만들어지는 글쓰기, 배제된 글쓰기의 욕망」, 『여성문학연구』 12집, 한국여성문학연구회, 2004.

박창원, 『언어와 여성의 사회적 위치』, 태학사, 1999.

_____, 「언어와 여성 그리고 언어 규범」, 『언어와 여성의 사회적 위치』, 태학사, 1999.

박희경, 「모성 담론에 부재하는 어머니 모성 담론에 부재하는 어머니」, 『페미니즘 연구』 1호, 한국여성연구소, 2001.

배성우, 「〈가족〉 명칭 분절구조의 연구」, 『한국인과 한국어문학』, 푸른사상사, 2006.

배영기, 『결혼문화와 예절』, 학지사, 1994.

_____, 『결혼의 역사와 문화』, 한국학술정보, 2006.

배은경, 「구술생애사를 통해 본 산업화 시기 한국 어머니의 모성 경험 -경제적 기여와 돌봄노동, 친족관계 관리의 결합」, 『페미니즘연구』 8권 1호, 한국여성연구소, 2008.

배해수, 「〈존속〉 명칭에 대한 고찰」, 『한국어내용론』 1집, 국학자료원, 1994.

_____, 「[아들딸 항렬의 친척] 명칭에 대한 고찰」, 『한글』 218호, 한글학회, 2004.

백경희, 『한국가족의 변화와 여성의 역할 및 지위에 관한 연구』, 한국여성개발원, 2001.

백진아, 「경제위기에 따른 가족생활의 변화와 가족주의(III-2)」, 『사회발전연구』 7호, 연세대학교 사회발전연구소, 2001.

_____, 「한국 기혼여성의 가족 경험: 가족주의와 변형적 친밀성의 경험」, 『담론 201』 10권 3호, 한국사회역사학회, 2007.

_____, 「한국의 가족 변화: 가부장성의 지속과 변동」, 『현상과 인식』 107호, 한국인문사회과학원, 2009.

변원림, 『역사 속의 한국 여인』, 일지사, 1995.

변혜정, 「한국사회의 성문화와 가부장제」, 『발간 자료』, 2006권 1호, 한국성폭력상담소, 2006.

부산대학교출판부, 『여성과 여성학』, 부산대학교, 2006.

서대석, 「韓國 神話와 民譚의 世界觀 硏究」, 『국어국문학』 101집, 국어국문학회, 1989.

서민정, 「한국어 여성 지칭, 호칭어의 변화 양상」, 『우리어문연구』 30집, 우리어문학회, 2008.

서보월, 「경북지역 동성마을 친족호칭어의 분화 양상」, 『국학연구』 11집, 한국국학진흥원, 2007.

_____, 「친족호칭어의 방언 분화: 안동 동성마을 '가일'을 중심으로」, 『언어과학연구』 27집, 언어과학회, 2003.

서선희, 「1970년대 이래의 한국 가족의 변화와 앞으로의 변화 방향」, 『한국가족관계학회지』

4권 1호, 한국가족관계학회, 1999.

서영애, 『불교의 여성관』, 불교시대사, 2006.

서울대학교 규장각, 『譯語類解 ;譯語類解補』, 서울大學校奎章閣, 2005.

서정자, 「가사노동 담론을 통해서 본 여성 이미지−1910년대부터 1970년대까지 여성소설을 중심으로」, 『한국문학연구』 19권, 1997.

서지영, 「식민지 근대 유흥 풍속과 여성 섹슈얼리티−기생·카페 여급을 중심으로」, 『사회와 역사』 65집, 한국사회사학회, 2004.

_____, 「조선 여성들의 사랑−문학 속의 에로스와 규범: 밀회에서 열녀의 탄생까지」, 『조선 여성의 일생』, 글항아리, 2010.

서학순, 『조선어어휘편람』, 박이정, 2002.

성병희, 「喪葬禮에 있어서의 여성의 역할」, 『여성문제연구』 11집, 대구효성가톨릭대학교 사회 과학연구소, 1982.

_____, 「제례에 있어서 여성의 역할」, 『여성문제연구』 12집, 대구효성가톨릭대학교 사회과학 연구소, 1983.

성환갑, 「차용어와 고유어의 조화」, 『국어학신연구』, 탑출판사, 1986.

소강춘, 『전북 지역어 조사 보고서』, 국립국어원, 2005.

손상오, 「축제의 현상과 전례적 의미」, 『현대가톨릭사상』 15집, 가톨릭사상연구소, 1996.

손앵화, 「규방가사에 나타난 여성의식 연구: 놀이 기반 규방가사의 여성놀이문화를 중심으 로」, 전북대학교 박사학위논문, 2009.

손유경, 「나혜석의 구미 만유기에 나타난 여성 산책자의 시선과 지리적 상상력」, 『민족문학사 연구』 36집, 민족문학사학회, 2008.

손이정·이언영·이인성, 「대중 매체를 통해 본 골드미스의 상징성과 패션에 관한 연구」, 『복식』 57권 8호, 한국복식학회, 2007.

손인수, 『한국여성교육사』, 연세대학교부, 1977.

송성자, 『가족관계와 가족』, 1987.

송영순, 「모윤숙의 시에 나타난 전쟁과 여성의식」, 『여성문학연구』 10집, 한국여성문학학회, 2003.

송인자, 「조선시대 가족문화의 교육적 의미」, 『교육학연구』 40권 3호, 한국교육학회, 2002.

_____, 『개화기 여성교육론 연구』, 숙명여자대학교, 1994.

송철의, 『한국 근대 초기의 어휘』, 서울대학교출판부, 2008.

송화섭, 「지리산(智異山)의 노고단(老姑壇)과 성모천왕(聖母天王)」, 『도교문화연구』 27집, 한 국도교문화학회, 2007.

신규섭, 「축제 문화의 원형: 노루즈(신년제)의 상징체계」, 『世界文學比較研究』 27집, 세계문 학비교학회, 2009.

신중진, 『개화기 국어의 명사 어휘 연구』, 태학사, 2007.

신남주, 「1920년대 지식인 여성의 등장과 해외 유학」, 『여성과 역사』 3집, 한국여성사학회,

2005.

신복룡, 「한국사에 있어서의 女性의 지위」, 『最高女性指導者課程 講義 論集』 2집, 원광대학교 행정대학원, 1992.

신은희, 「그 신비한 춤 단군신화에 나타난 성 상징주의」, 『단군학연구』 6집, 단군학회, 2002.

신재홍, 「신라 사회의 모성과 향가」, 『한국고전여성문학연구』 14집, 한국고전여성문학회, 2007.

신지우, 『부처님과 여인들: 경전속에 나타난 불교의 여성상』, 장승, 1994.

신창호·서은숙, 『한국 사상과 교육 윤리』, 서현사, 2003.

신현숙, 「한국어 어휘목록의 유형과 특징」, 『자하어문론집』 8집, 상명대 국어교육과, 1991.

심재기, 「금기 및 금기담의 의미론적 고찰」, 『논문집』 1집, 서울대학교 교양과정부, 1970.

심진경, 「여성과 전쟁」, 『현대문학의 연구』 34집, 한국문학연구학회, 2008.

안인희, 「국어어휘의 의미론적 분류연구」, 『한글』 157집, 한글학회, 1976.

안호용·김흥주, 「한국 가족 변화의 사회적 의미」, 『한국사회』 3집, 고려대학교 한국사회연구소, 2000.

양동휘, 「낱말 내용과 분절에 대한 연구」, 고려대학교 석사학위논문, 1988.

양민정, 「초기 가문소설의 형성과 가문의식-창선감의록을 중심으로」, 『고소설연구12, 한국고소설학회, 2001.

양은용, 「변재천녀(辯才天女)신앙의 불교적 변용」, 『원불교사상과 종교문화』 37집, 원광대학교 원불교사상연구원, 2007.

양태식, 「어휘의 의미구조」, 『논문집』 20집, 부산 수산대학교, 1983.

_____, 『국어 구조의미론』, 태화출판사, 1984.

_____, 『국어 차원 낱말의 의미 구조』, 태화출판사, 1985.

엄혜진, 「1980년대 여성주의 성매매 반대 담론의 성격」, 『페미니즘 연구』 6호, 한국여성연구소, 2006.

연규동, 「근대국어 어휘집 연구」, 서울대학교 박사학위논문, 1996.

염미경, 「여성의 전쟁경험과 기억」, 『정신문화연구』 28권 4호, 한국학중앙연구원, 2005.

오영교, 「조선시대 문중의 여성교육과 임윤지당」, 『역사와실학』 17·18집, 역사실학회, 2000.

오태호, 「황석영 소설에 나타난 '성욕 주체'의 양상 연구」, 『국제어문』 36집, 국제어문학회, 2006.

우윤식, 「남성과 여성의 언어행위에 관한 사회언어학적 고찰」, 『外大論叢』 24집, 부산외국어대학교, 2002.

유미림, 「조선 시대 사대부의 여성관-'제망실문(祭亡室文)'을 중심으로」, 『한국정치학회보』 39권 5호, 한국정치학회, 2005.

유성곤, 「여성어에 관한 연구」, 『東西文化』 21집, 1989.

유영생, 「한국 여성노동참여에 대한 국가의 역할과 성격에 관한 일연구: 1960·70년대를 중심으로」, 이화여자대학교 석사학위논문, 1987.

유진월, 「『신여자』에 나타난 근대 여성들의 글쓰기 양상 및 특성 연구」, 『여성문학연구』 14집, 한국여성문학학회, 2005.

유창돈, 「명사사연구(名詞史研究) －이조(李朝語) 어휘사－」, 『아세아연구』 8집 3호, 고려대 아세아문제연구소, 1965.

유창돈, 「女性語의 歷史的 考察」, 『아시아여성연구』 5집, 1966.

유현숙, 「한국신흥종교의 여성과 소고: 천도교, 증산교, 원불교를 중심으로」, 이화여자대학교 석사학위논문, 1994.

육수화, 『조선시대 왕실교육』, 민속원, 2008.

윤난지, 「巫俗과 女性에 관한 一研究: 韓國女性의 役割 및 地位에 관련하여」, 이화여자대학교 석사학위논문, 1979.

윤선자, 『축제의 문화사』, 한길사, 2008.

윤영무, 『대한민국에서 장남으로 살아가기』, 명진, 2004.

윤정란, 「국가, 여성, 종교」, 『한국여성철학회 학술대회 발표자료집』, 한국여성철학회, 2008.

_____, 「한국 전쟁과 장사에 나선 여성들의 삶」, 『여성과 역사』 7집, 한국여성사학회, 2007.

윤혜원, 「개화기 여성 교육」, 『한국근대여성연구』, 숙명여자대학교 아세아여성문제연구소, 1987.

이 마이클, 『(세계의 축제) 문화기행』, 평단, 2003.

이경수, 「1950년대 여성시의 지형과 여성적 글쓰기의 가능성」, 『여성문학연구』 21집, 한국여성문학학회, 2009.

이경희, 「성의 생물학」, 『발간 자료』 1999권 1호, 한국성폭력상담소, 1999.

_____, 「홀로 된 여성노인의 성: 성욕표출과정에서 겪는 성의식과 변화」, 『한국심리학회 연차학술대회 논문집』 2007집, 한국심리학회, 2007.

이관식, 「'올아비(◇오라비)'의 '올-'의 어원」, 『어문연구』 26권 4호, 한국어문교육연구회, 1998.

이광규, 『한국가족의 구조분석』, 일지사, 1975.

_____, 『한국인의 일생』, 형설출판사, 1985.

_____, 『한국친족의 사회인류학』, 집문당, 1997.

이기갑, 『전남 지역어 조사 보고서』, 국립국어원, 2005.

이기문·김진우·이상억, 『국어음운론』, 학연사, 2007.

이남덕, 『한국어어원연구 I II III IV』, 이화여대 출판부, 1985.

이대형, 「모성 담론의 문화적 형성과 재현; 고대에서 근대전환기까지 모성 담론의 문화적 조명: 『삼국유사』에 나타난 모성의 형상화」, 『한국고전여성문학연구』 14집, 한국고전여성문학회, 2007.

_____, 「『삼국유사』에 나타난 모성의 형상화」, 『한국고전여성문학연구』 14집, 한국고전여성문학회, 2007.

이덕호, 「언어와 성의 연구 현황과 앞으로의 과제－특히 여성어 연구를 중심으로」, 『사회언학』 5-1, 1997.

이덕화, 「여성적 글쓰기로서의 자서전」, 『여성문학연구』 8집, 한국여성문학학회, 2002.

_____, 『박경리와 최명희, 두 여성적 글쓰기』, 태학사, 2000.

이동민, 「신라불교사에 있어서의 여성의 역할: 삼국유사를 중심으로」, 이화여자대학교 석사학
　　위논문, 1982.

이동욱, 「관계적 맥락에서 살펴본 전쟁의 죽음에 관한 여성주의 연구」, 『동덕 여성연구』 12집,
　　동덕여자대학교 한국여성연구소, 2007.

이문철, 『통과의례와 성』, 평단문화사, 2000.

이민훈, 「골드 미스가 경제를 움직인다」, 『Koreana』 21권 4호, The Korea Foundation, 2007.

이민희·최상진, 「라깡적 관점에서 여성(남성)에 대한 이론적 고찰: 성과 남녀관계를 중심으
　　로」, 『한국심리학회지 여성』 10권 3호, 한국심리학회, 2005.

이배용, 『우리나라 여성들은 어떻게 살았을까』, 청년사, 1999.

_____, 『한국 역사 속의 여성들』, 여진이, 2005.

_____, 「한국 근대사회 전환과 혼인제도의 변화」, 『이화사학연구』 23·24집, 이화여자대학교
　　사학연구소, 1997.

_____, 「한국사 속에서 여성의 공적영역과 사적영역」, 『여성학논집』 14집, 이화여자대학교
　　한국여성연구원, 1998.

이병근, 「개화기의 어휘정리와 사전편찬」, 『주시경학보』 1집, 탑출판사, 1988.

_____, 「근대국어시기의 어휘정리와 사전적 전개」, 『동양학』 22집, 단국대 부설 동양학연구
　　소, 1992.

이병도, 『한국고대사연구』, 박영사, 1987.

이병선, 『韓國古代國名地名研究』, 아세아문화사, 1982.

이복규, 『한국전통문화의 이해』, 민속원, 2007.

이상구, 「고소설에 나타난 성적 욕망과 좌절」, 『고소설연구』 25집, 한국고소설학회, 2009.

이상규, 「경북지역의 친족명칭」, 『여성문제연구』 13집, 가톨릭대학교 사회과학연구소, 1984.

이선미, 「한국전쟁과 여성가장」, 『여성문학연구』 10집, 한국여성문학학회, 2003.

이선애, 『아시아 종교 속의 여성: 아시아 여성의 현실과 신학』, 아시아여성신학자료센터, 1995.

이선옥, 「대중문화의 성상품화와 인권」, 『아시아여성연구』 42호, 숙명여자대학교 아시아여성
　　연구소, 2003.

_____, 「『여원』의 중심 담론과 여성들의 글쓰기 -여류현상문예를 중심으로」, 『여성문학연
　　구』 19집, 한국여성문학학회, 2008.

이성숙, 『여성, 섹슈얼리티, 국가』, 책세상, 2009.

이성임, 「조선 중기 양반의 성관념과 그 표출양상」, 『조선시대 사회의 모습』, 집문당, 2003.

이송희, 「한국 근대 여성사 연구의 성과와 과제」, 『여성과 역사』 6집, 한국여성사학회, 2007.

이수자, 『후기 근대의 페미니즘 담론: 노동, 몸 그리고 욕망의 변증법』, 여이연, 2004.

이숙인, 「'정음'과 '덕색'의 개념으로 본 유교의 성담론」, 『哲學』 67집, 한국철학회, 2001.

이숙인, 「유교 가족원리의 공동체적 의미」, 『동아시아 문화와 사상』 5호, 동아시아문화포럼, 2000.

＿＿＿, 「유교윤리와 한국여성」, 『여성신학논집』 1집, 이화여자대학교 여성신학연구소, 1995.

＿＿＿, 『동아시아 고대의 여성 사상』, 여이연, 2005.

이순구, 「기획특집: 고전문학 속의 가족과 여성; 조선시대 가족제도의 변화와 여성」, 『한국고전여성문학연구』, 한국고전여성문학회, 2005.

이순구, 「조선후기 양반가 여성의 일상생활 일례 I-『丙子日記』를 중심으로-」, 『조선시대의 사회와 사상』, 조선사회연구회, 1998.

이숭녕, 「중세국어의 가족호칭에 대하여」, 『동양문화』 6·7집, 대구대학교 동양문화연구소, 1968.

이승명, 『국어 어휘의 의미구조에 대한 연구』, 형설출판사, 1980.

이승복, 『고전소설과 가문의식』, 월인, 2000.

이승우, 「우리나라 사전 편찬의 역사와 현황」, 『출판저널』 17집, 한국출판금고, 1988.

이영자, 『불교와 여성』, 민족사, 2001.

이영재, 「21세기 초 한국의 혼인제도와 혼례관행」, 『실천민속학연구』 12집, 실천민속학회, 2008.

이옥경, 「조선시대 정절이데올로기의 형성기반과 정착방식에 관한 연구-이데올로기 비판론의 재구성을 통하여-」, 이화여자대학교 석사학위논문, 1985.

이옥련, 「인간의 친척 및 부부 호칭고」, 『아세아여성연구』 28집, 숙명여자대학교 아세아여성문제연구소, 1989.

이유경, 「고소설의 전쟁 소재와 여성영웅 형상」, 『여성문학연구』 10집, 한국여성문학학회, 2003.

이윤표, 「국어 친척어의 대조 분석」, 『한국어문연구』 창간호, 고려대학교 한국어문연구소, 1986.

＿＿＿, 「국어 친척용어의 연구」, 고려대학교 석사학위논문, 1985.

이은선, 「여성으로 종교(말)하기」, 『종교연구』 20집, 한국종교학회, 2000.

＿＿＿, 『잃어버린 초월을 찾아서: 한국 유교의 종교적 성찰과 여성주의』, 모시는 사람들, 2009.

이은영, 「한문 산문에 투영된 어머니 -18세기 팔모(八母) 복제(服制) 담론과 어머니 관련 글들을 중심으로-」, 『한국고전여성문학연구』 14집, 한국고전여성문학회, 2007.

이익환, 「어휘의 의미 변천과 사전」, 『사전편찬학 연구』 2집, 연세대 언어정보개발원, 1989.

이인경, 「구비설화에 나타난 여성의 성적 주체성 문제」, 『구비문학연구』 12집, 한국구비문학회, 2001.

이임수, 「한국문화의 원형에 대한 語源 연구」, 『문학과 언어』, 1999.

이임하, 「한국전쟁이 여성생활에 미친 영향-1950년대 전쟁미망인의 삶을 중심으로」, 『역사연구』 8집, 역사학연구소, 2000.

＿＿＿, 『여성, 전쟁을 넘어 일어서다』, 서해문집, 2004.

이임하, 『한국전쟁과 여성노동의 확대』, 고려사학회, 2003.

이재선, 『한국현대소설사』, 홍성사, 1979.

이재운, 『뜻도 모르고 자주 쓰는 우리말 1000가지』, 예담, 2008.

이재은, 『한국가족의 심리: 가족관계 및 집단성격』, 이화여자대학교 출판부, 1983.

이정옥, 「모성신화, 여성의 또 다른 억압 기제—일제 강점기 문학에 나타난 모성 담론의 한계」,
『여성문학연구』 통권 3호, 한국여성문학학회, 2000.

이정우, 『결혼과 가족관계』, 숙명여자대학교출판부, 1990.

이정희, 『여성의 글쓰기, 그 차이의 서사』, 예림기획, 2003.

이주미, 「여성 에세이를 통해 본 여성적 글쓰기의 특징」, 『여성문학연구』 8집, 한국여성문학학
회, 2002.

_____, 『여성의 자기서사 자기표현』, 제이앤씨, 2009.

이지영, 「녀(女), 남(男) 산신(山神)과 호랑이 신격의 상관성 연구 —호랑이의 양성적(兩性的)
측면 側面)에 주목하여—」, 『한국고전여성문학연구』 15집, 한국고전여성문학회, 2007.

이진희, 「강강술래놀이의 여성 여가 문화적 고찰」, 『한국여가레크리에이션학회지』 19집, 한국
여가레크리에이션학회, 2000.

이찬규, 「외래어 연구: 수용과정의 의미변화를 중심으로」, 중앙대학교 석사학위논문, 1988.

이창숙, 「국어의 여성어 연구」, 『江南語文』 10, 강남대학교 국어국문학과, 2000.

이태영 외, 『현대한국여성론』, 산민사, 1999.

이현지, 「유교적 가족관계관의 탈현대적 의미」, 『한국사회학회 사회학대회 논문집』, 한국사회
학회, 2003.

이현희, 「'ᄉᆞ랑ᄒᆞ다'의 의미축소 연구」, 『제효 이용주 박사 회갑 기념 논문집』, 한샘, 1989.

_____, 『한국 근대 여성 개화사』, 한국학술정보, 2003.

이형대, 「모성 담론의 문화적 형성과 재현; 고대에서 근대전환기까지 모성 담론의 문화적
조명: 규방가사, 민요, 계몽가사의 모성 표상」, 『한국고전여성문학연구』 14집, 한국고전여
성문학회, 2007.

이혜선, 「1920~30년대 新女性 '第二夫人' 연구」, 이화여자대학교 석사학위논문, 2007.

이혜순, 『한국 고전 여성작가 연구』, 태학사, 2000.

_____, 「18세기 "부재위모(父在爲母)" 담론과 모성 인식」, 『이화여자대학교 인문과학대학 교
수학술제』 15집, 이화여자대학교 인문과학대학, 2007.

이혜순·조동일, 「김부식의 여성관과 유교주의」, 『고전문학연구』 11집, 한국고전문학회, 1996.

이혜진, 「『女子界』 연구: 여성필자의 근대적 글쓰기를 중심으로」, 연세대학교 석사학위논문,
2008.

이혜영, 『한국어와 일본어의 젠더표현 연구』, 한국학술정보, 2009.

이화여자대학교, 『국어학연구 50년』, 혜안, 2002.

이화여자대학교 한국여성사편찬위원회, 『한국여성사: 고대—조선시대』, 이화여자대학교 출
판부, 1972.

이화여자대학교 한국여성연구원 편, 『유교문화의 전통과 변형속의 여성』, 이화여자대학교 한국여성연구원, 1995.

이화형, 『한국근대여성의 일상문화』, 국학자료원, 2004.

_____, 『뜻은 하늘에 몸은 땅에: 세상에 맞서 살았던 멋진 여성들』, 새문사, 2009.

이효원, 「여성과 종교: 아시아적 맥락; "불교를 통한 허스토리 복구의 일례: 조선시대 왕실의 불교신앙을 중심으로(민순의)에 대한 논평」, 『종교문화연구』 6집, 한신인문학연구소, 2004.

이효재, 『조선조 사회와 가족』, 한울, 2003.

이희재, 『한국의 전통의례』, 한국학술정보, 2007.

임돈희·Roger L. Janelli, 「한국 가족 변화의 의미」, 『비교민속학』 22집, 비교민속학회, 2002.

임동권, 「妾과 靑孀에 관한 婦謠」, 『아시아여성연구』 5집, 숙명여자대학교 아시아여성연구소, 1966.

_____, 『민속문화의 과제』, 민속원, 2008.

임선애, 『여성작가와 문학적 글쓰기』, 아세아문화사

임정연, 「1920년대 연애담론 연구-지식인의 식민성을 중심으로」, 이화여자대학교 박사학위논문, 2006.

임지룡, 「사랑의 개념화 양상」, 『어문학』 87집, 한국어문학회, 2005.

장미경, 「전쟁시(戰爭詩)에 나타난 여성의 양가성(兩價性)」, 『한국고전여성문학연구』 11집, 한국고전여성문학회, 2005.

장병인, 『조선 전기 혼인제와 성차별』, 일지사, 1997.

_____, 「조선시대 여성사 연구의 현황과 과제」, 『여성과 역사』 6집, 한국여성사학회, 2007.

장시광, 「대하소설의 여성과 법 -종통, 입후를 중심으로-」, 『한국고전여성문학연구』 19집, 한국고전여성문학회, 2009.

장영천, 『구조의미론과 낱말밭 이론』, 집현사, 1987.

장진경, 「초기 한국교회 여성의 무속성 연구: 1884~1910년을 중심으로」, 숭실대학교 박사학위논문, 2009.

장태진, 「현대여성어 연구」, 『아시아여성연구』 8집, 숙명여자대학교 아시아여성연구소, 1969.

장필화, 「결혼제도와 성」, 『한국여성학』 13권 2호, 한국여성학회, 1997.

_____, 「여성의 사회적 위치: 일, 가족, 국가와의 체계 분석을 위한 예비적 고찰」, 『여성학논집』 4집, 이화여자대학교 한국여성연구소, 1987.

전경옥, 『한국여성문화사』, 숙명여자대학교 출판국, 2004.

전남대 아시아문화원형연구사업단, 『동아시아인의 통과의례와 생사의식』, 전남대학교출판부, 2010.

전미경, 「1920-30년대 '모성담론'에 대한 연구-『신여성』에 나타난 어머니 교육을 중심으로」, 『한국 가정과 교육 학회지』 17권 2호, 한국 가정과 교육학회, 2005.

전성희, 『조선의 성 풍속』, 가람기획, 1998.

전영수, 「부부의 역할관계에 대한 연구」, 『가정대학 연구보고』 3집, 부산대학교 가정대학,

1977.

전재호, 「의미변천사 1」, 『어문논총』 13, 14 합본, 경북어문학회, 1980.

_____, 「국어 의미사 연구」, 『어문논총』 17집, 경북어문학회, 1983.

_____, 『국어어휘사연구』, 경북대학교 출판부, 1987.

정금선, 「韓國女性과 巫俗信仰의 現代的 意味」, 『여성문제연구』 7집, 대구효성가톨릭대학교 사회과학연구소, 1978.

정끝별, 「여성성의 발견과 '여성적 글쓰기'의 전략」, 『여성문학연구』 5집, 한국여성문학학회, 2001.

정달영, 「한국어의 친족 호칭어와 지칭어에 관한 연구」, 『한민족문화연구』 5집, 한민족문화학회, 1999.

정문영, 「문학과 정신분석: 정신분석학과 페미니즘: 라캉과 여성의 성욕」, 『인문학연구』 5집, 한림대학교 인문학연구소, 1998.

정종수, 「친족어의 은유 연구」, 한양대학교 석사학위논문, 1999.

정지영, 「1920-30년대 신여성과 '첩/제이부인'」, 『한국여성학』 22집 4호, 한국여성학회, 2006.

_____, 「조선 후기의 첩과 가족 질서-가부장제와 여성의 위계」, 『사회와 역사』 65집, 한국사회사학회, 2004.

_____, 「조선후기의 변두리 여성들: 과부, 재혼녀, 첩, 독신녀」, 『젠더, 경험, 역사』, 서강대학교출판부, 2004.

정창권, 『한국고전여성소설의 재발견: 암흑기 여성들의 삶과 문학』, 지식산업사, 2002.

정현숙, 「국가와 여성과의 관계에 대한 일고찰」, 『여성학논집』 6집, 이화여자대학교 한국여성연구소, 1989.

_____, 「현대 가족의 의미」, 『가정학회지』 11집, 덕성여자대학교 가정학회, 1993.

정형남, 「첩의 얼굴」, 『문예운동』 39집, 문예운동사, 1988.

정형호, 「여성 放尿를 통해 본 여성의 사회적 인식 변모 양상」, 『동아시아고대학』 4집, 동아시아고대학회, 2001.

정희정, 『한국어 명사 연구』, 한국문화사, 2000.

조경원, 「조선시대 여성 교육에 대한 철학적 고찰」, 『유교문화의 전통과 변형 속의 여성』, 이화여자대학교 한국여성연구원, 1995.

조미숙, 「식민지 작가의 신여성에 관한 글쓰기 연구」, 『겨레어문학』 34집, 겨레어문학회, 2005.

_____, 『여성의 문학, 문학의 여성』, 한국학술정보, 2010.

조세형, 「가사를 통해 본 여성적 글쓰기, 그 반성과 전망」, 『한국고전여성문학연구』 12집, 한국고전여성문학회, 2006.

조항범, 「국어 친족호칭어 연구의 현황과 과제」, 『국어학의 새로운 인식과 전개』, 민음사1991.

_____, 「국어 친족호칭어의 지역적 분포와 그 연계성」, 『개신어문연구』 9집, 개신어문학회, 1992.

_____, 『다시 쓴 우리말 어원이야기』, 한국문원, 1997.

조 형·이재경, 「국가에 대한 여성학적 접근」, 『여성학논집』 6집, 이화여자대학교 한국여성연
   구소, 1989.

조혜란, 「여성, 전쟁, 기억 그리고 〈박씨전〉」, 『한국고전여성문학연구』 9집, 한국고전여성문
   학회, 2004.

_____, 「조선시대 여성독서의 지형도」, 『한국문화연구』 8집, 이화여자대학교 한국문화연구
   원, 2005.

趙興胤, 「韓國神話 속의 女性文化」, 『샤머니즘 연구』 3집, 한국샤머니즘학회, 2000.

지경헌, 「부권의 기능과 가정윤리의 확립」, 『정신문화연구』 19권 2호, 한국학중앙연구원,
   1996.

차배옥덕, 『한국여성들, 무엇을 믿고 살았을까』, 집문당, 2005.

차옥숭, 「신종교에서 살펴본 여성해방성」, 『아시아여성연구』 41집, 숙명여대 아시아여성연구
   소, 2002.

_____, 「근대교육 형성기의 모성 담론 연구」, 고려대학교 대학원 박사논문, 2006.

천소영, 『한국어와 한국문화』, 우리책, 2005.

천혜숙, 「여성신화연구1 ―대모신 상징과 그 변용」, 『민속연구』, 안동대학교 민속학연구소,
   1991.

최기수·김태경, 「축제의 개념 및 역사적 변천에 관한 연구」, 『한국전통조경학회지』 14집,
   한국정원학회, 1996.

_____, 「'관계성'으로서의 섹슈얼리티」, 『여성문학연구』 10집, 한국여성문학학회, 2003.

최명옥, 「친족명칭과 경어법」, 『방언』 6집, 한국정신문화연구원, 1982.

_____, 「친족명칭의 의미 분석과 변이, 그리고 변화에 대하여」, 『조규설 교수 화갑 기념 국어학
   논총』, 형설출판사, 1982.

_____, 『경기 지역어 조사 보고서』, 국립국어원, 2005.

최명주, 「한국어에 있어 남녀 동위호칭의 대립관계 연구」, 이화여자대학교 석사학위논문, 1987.

최배영, 「朝鮮後期 서울 班家의 祭禮」, 『유교사상문화연구』 16집, 한국유교학회, 2002.

최병부, 「국어친족어의 의미연구」, 전북대학교 석사학위논문, 1985.

최신덕, 「사회변천과 한국가족」, 이화여자대학교 박사학위논문, 1975.

최양미, 「한국 근대의 전통적 교육관과 근대적 교육관의 갈등」, 이화여자대학교 박사학위논문,
   1991.

최원오, 「모성의 기원과 원형」, 『한국고전여성문학연구』 14집, 한국고전여성문학회, 2007.

최인학, 「설화의 산실」, 『한국인』 14집, 사랑방, 1995.

최재석, 『한국가족연구』, 민중서관, 1966.

_____, 『한국의 친족용어』, 민음사, 1988.

최창렬, 『어원 산책』, 한신문화사, 1993.

_____, 『우리말 어원연구』, 일지사, 1986.

최혜실, 「자유 주제 논문: 여성 고백체의 근대적 의미 —나혜석의 〈고백〉에 나타난 "모성"과 "성욕(sexuality)"」, 『현대소설연구』 10호, 한국현대소설학회, 1999.

최혜영, 「고대 그리스 사회의 종교: 여신과 여성」, 『여성과 역사』 8집, 한국여성사학회, 2008.

최홍기, 「친족제도의 유교화 과정」, 『조선전기 가부장제와 여성』, 아카넷, 2004.

표인주, 『축제민속학』, 태학사, 2007.

하정용, 「『三國遺事』所載 山神 關係記事와 그 性格에 대한 一考察」, 『종교와 문화』 9호, 서울대학교 종교문제연구소, 2003.

한국가족관계학회, 『한국 가족의 현재와 미래』, 하우기획출판, 1996.

한국고전여성문학회, 『고전문학과 여성화자, 그 글쓰기의 전략』, 월인, 2003.

한국민속학회, 『민속놀이, 축제, 세시풍속, 통과의례』, 민속원, 2008.

한국여성문학연구회, 「우리시대의 여성 글쓰기와 차이의 문제」, 『한국여성문학연구회 국제학술 심포지움』, 한국여성문학연구회, 1998.

한국여성문학학회, 『한국 여성문학 연구의 현황과 전망』, 소명출판, 2008.

한국여성불교연합회, 『불교의 여성론』, 불교시대사, 1993.

한국여성연구소, 『우리여성의 역사』, 청년사, 1999.

한길연, 「장편고전소설에 나타나는 어머니의 존재방식과 모성」, 『한국고전여성문학연구』 14집, 한국고전여성문학회, 2007.

한미라·전경숙, 『문화와 생활 중심의 역사 읽기—한국인의 생활사』, 일진사, 2011.

한상길·박선환·김용희, 『여성교육론』, 양서원, 2007.

한양명, 「여성 해방의 봄축제」, 『한국민속학회 2000년 춘계 학술발표대회 요지』, 한국민속학회, 2000.

한영화, 「고대사회의 성별 분업과 여성노동」, 『역사연구』 15집, 역사학연구소, 2005.

한정신, 『한국 사회와 여성 교육』, 숙명여자대학교 출판국, 2005.

한희숙, 「한국사 속의 섭정(攝政)을 통해 본 어머니 리더십」, 『숙명리더십연구』 6집, 숙명여자대학교 숙명리더십연구원, 2007.

함인희, 「한국전쟁, 가족 그리고 여성의 다중적 근대성」, 『사회와 이론』 9집, 한국이론사회학회, 2006.

_____, 「광복 60년, 가족제도와 여성 삶의 변화」, 『여성과 역사』 4집, 한국여성사학회, 2006.

_____, 「한국전쟁과 여성」, 『역사비평』 91집, 역사문제연구소, 2010.

허용호, 「'해산거리'의 여성 축제적 성격」, 『구비문학연구』 46집, 한국구비문학회, 1999.

허 윤, 「한국전쟁과 히스테리의 전유 —전쟁미망인의 섹슈얼리티와 전후 가족질서를 중심으로」, 『여성문학연구』 21집, 한국여성문학학회, 2009.

홍기령, 「신화적 사유 속의 모녀관계」, 『아시아여성연구』 45집 1호, 숙명여자대학교 아시아여성문제연구소, 2006.

홍사만, 「중세·근대국어 어휘의미 연구(8)」, 『언어과학연구』 19집, 언어과학회, 2001.

_____, 『국어 어휘의미의 사적 변천: 유의어의 의미 기술』, 한국문화사, 2003.

홍윤표, 『살아있는 우리말의 역사』, 태학사, 2009.

홍인숙, 「근대계몽기 여성 글쓰기의 양상과 '여성주체'의 형성 과정」, 『한국고전연구』14집, 한국고전연구학회, 2006.

_____, 『근대계몽기 女性談論 硏究』, 이화여자대학교 대학원 박사논문, 2007.

홍태한, 「서울 마을굿의 축제적 성격」, 『구비문학연구』 24집, 한국구비문학회, 2007.

황경숙, 『한국의 벽사의례와 연희문화』, 월인, 2000.

황영주, 「심청전 읽기로 본 한국에서의 근대국가와 여성」, 『한국정치학회보』 34권 4호, 한국정치학회, 2001.

황혜숙, 「여성신학: 성의 관점에서 본 한국역사와 종교(1)−고려와 조선초기의 한국여성들−」, 『세계의 신학』 52집, 한국기독교연구소, 2001.

_____, 「여성신화−성의 관점에서 본 한국역사와 종교(2)−중세한국여성들의 탄트릭 불교와 한글 운동−」, 『세계의신학』 54집, 한국기독교연구소, 2002.

Ausou, Marie−Christine · Melchior−Bonnet, Sabine, 『머리카락』, 한용택 역, 시공사, 2005.

Carmode, Denia Kardner, 『여성과 종교』, 강돈구 역, 서광사, 1992.

Kristeva, Julia, 『공포의 권력』, 서민원 역, 동문선, 2001.

M. LYNNE MURPHY, 『의미관계와 어휘사전』, 임지룡 역, 박이정, 2008.

McAfee, Noelle, 『경계에 선 줄리아 크리스테바』, 이부순 역, 앨피, 2007.

Sasson, Anne Showstack, 여성과 국가: 국가정책과 여성의 공,사영역의 변화, 한국여성개발원, 1989.

작품 출전

【한문학】

김지용·김미란 역저, 『한국 여류한시의 세계』, 여강출판사, 2002.

김지용 역저, 『한국 역대 여류한시문선 (상)』, 명문당, 2005.

김지용 역저, 『한국 역대 여류한시문선 (하)』, 명문당, 2005.

이능화 저, 김상억 역, 『조선여속고』, 동문선. 1990

이능화 저, 이재곤 역, 『조선해어화사』, 동문선, 1992

오세창 저, 동양고전학회 역, 『국역 근역서화징』, 시공사, 1998.

이혜순·김경미, 『한국의 열녀전』, 월인, 2004.

이혜순·정하영 역편, 『한국 고전여성문학의 세계 한시편』, 이화여자대학교출판부, 1998.

이혜순·정하영 역편, 『한국 고전여성문학의 세계 산문편』, 이화여자대학교출판부, 2003.

장지연, 『大東詩選 상』, 아세아문화사, 1980.

장지연, 『大東詩選 하』, 아세아문화사, 1980.

허경진 옮김, 『매창 시집』, 평민사, 1986.

허경진 옮김, 『삼의당 김씨 시선』, 평민사, 2008.

허경진 옮김, 『옥봉·죽서 시선』, 평민사, 1987.

허경진 옮김, 『운초·부용 시선』, 평민사, 1993.

허경진 옮김, 『최송설당·오효원 시선』, 평민사, 2008.

허경진 옮김, 『허난설헌 시집』, 평민사, 1986.

허미자 편, 『조선조여류시문전집 1』, 태학사, 1984.

허미자 편, 『조선조여류시문전집 2』, 태학사, 1984.

허미자 편, 『조선조여류시문전집 3』, 태학사, 1984

허미자 편, 『조선조여류시문전집 4』, 태학사, 1984.

【고전소설】

「구운몽」, 김병국 역주, 『구운몽』, 서울대학교출판부, 2007.

「만복사저포기」, 심경호 역주, 『금오신화』, 홍익출판사, 2005.

「명주보월빙」, 한국고대소설대계 1, 『명주보월빙』, 한국정신문화연구원. 1980.

「박씨전」, 김기현 역주, 『박씨전·임장군전·배시황전』, 고대 민족문화연구원, 1995.

「방한림전」, 장시광 역주, 『방한림전: 조선시대 동성혼 이야기』, 한국학술정보, 2006.

「배비장전」, 신해진 역주, 『조선후기 세태소설선』, 월인, 1999.

『사씨남정기』, 신해진 선주, 『조선후기 가정소설선』, 월인, 2000.

『삼한습유』, 조혜란 역주, 『삼한습유』, 고대 민족문화연구원, 2005.

『소현성록』, 조혜란·정선희·허순우·최수현 역주, 『소현성록』 1~4권, 소명출판, 2010.

『숙영낭자전』, 황패강 역주, 『숙향전·숙영낭자전·옥단춘전』, 고대 민족문화연구원, 1993.

『숙향전』, 황패강 역주, 『숙향전·숙영낭자전·옥단춘전』, 고대 민족문화연구원, 1993.

『심생전』, 실시학사 고전문학연구회 역주, 『이옥전집』, 소명출판, 2001.

『심청전』, 정하영 역주, 『심청전』, 고대 민족문화연구원, 1995.

『열녀춘향수절가』, 송성욱 역주, 『춘향전』, 민음사, 2004.

『운영전』, 이상구 역주, 『17세기 애정전기소설』, 월인, 2003.

『위경천전』, 이상구 역주, 『17세기 애정전기소설』, 월인, 2003.

『옥단춘전』, 황패강 역주, 『숙향전·숙영낭자전·옥단춘전』, 고대 민족문화연구원, 1993.

『옥루몽』, 김풍기 역주, 『옥루몽』, 그린비, 2006.

『완월회맹연』, 김진세 편, 『완월회맹연』, 서울대학교출판부, 1987.

『유씨삼대록』, 한길연·김지영·정언학 역주, 『유씨삼대록』 1~4권, 소명출판, 2010.

『이생규장전』, 심경호 역주, 『금오신화』, 홍익출판사, 2005.

『이춘풍전』, 신해진 역주, 『조선후기 세태소설선』, 월인, 1999.

『임씨삼대록』, 김지영·최수현·한길연·서정민·조혜란·정언학 역주, 『임씨삼대록』 1~5권, 소명출판, 2010.

『장화홍련전』, 신해진 역주, 『조선후기 가정소설선』, 월인, 2000.

『절화기담』, 김경미·조혜란 역주, 『절화기담·포의교집』, 여이연, 2003.

『조씨삼대록』, 김문희·조용호·정선희·전진아·허순우·장시광 역주, 『조씨삼대록』 1~5권, 소명출판, 2010.

『주생전』, 이상구 역주, 『17세기 애정전기소설』, 월인, 2003.

『창란호연록』, 김기동 편, 『필사본고전소설전집』 9·10권, 아세아문화사, 1980.

『청백운』, 김기동 편, 『필사본고전소설전집』 24권, 아세아문화사, 1980.

『포의교집』, 김경미·조혜란 역주, 『절화기담·포의교집』, 여이연, 2003.

『창선감의록』, 이래종 역주, 『창선감의록』, 고대 민족문화연구원, 2003.

『하진양문록』, 이대형 교주, 『하진양문록』 1~3권, 이회문화사, 2004.

『현몽쌍룡기』, 김문희·장시광·조용호 역주, 『현몽쌍룡기』 1~3권, 소명출판, 2010.

『현씨양웅쌍린기』, 이윤석·이다원 교주, 『현씨양웅쌍린기』 1~2권, 경인문화사, 2006.

『홍계월전』, 김기동·전규태 편, 『토끼전, 장끼전, 김진옥전, 홍계월전』, 서문당, 1984.

【고전시가】

고전자료편찬실 편, 『규방가사 Ⅰ』, 한국정신문화연구원, 1979.

권영철 편, 『규방가사 신변탄식류』, 효성여자대학교 출판부, 1985.

권영철 편, 『규방가사Ⅰ』, 가사문학관, 2002.

문화방송 라디오국, 『한국 민요대전』, 1992.

박을수 편저, 『한국시조대사전』, 아세아문화사, 1991.

이대준 편저, 『낭송가사집』, 세종출판사, 1998.

이대 한국어문학연구회, 「내방가사자료」, 『한국문화연구원논총』 15집, 이화여대 한국문화연
    구원, 1970.

임기중, 『역대가사문학전집』 1~50권, 아세아문화사, 1987-1998.

조애영, 『은촌내방가사집』, 금강출판사, 1971.

최송설당, 『송설당집』, 조선인쇄주식회사, 1922.

한국정신문화연구원, 『한국구비문학대계』 총 89권, 1980-1989.

홍재휴 주해, 『월촌가사』, 단양우씨 월촌판서공파 종중, 2001.

「화전가 1」(「화전가 5-3」), 고전자료편집실 편, 『규방가사Ⅰ』, 한국정신문화연구원, 1979.

「화전가 2」(「화전가 5-4」), 고전자료편집실 편, 『규방가사Ⅰ』, 한국정신문화연구원, 1979.

「화전가 3」(「화전가 5-9」), 고전자료편집실 편, 『규방가사Ⅰ』, 한국정신문화연구원, 1979.

「화전가 4」(「화전가 5-10」), 고전자료편집실 편, 『규방가사Ⅰ』, 한국정신문화연구원, 1979.

「화전가 5」(「화전가 5-16」), 고전자료편집실 편, 『규방가사Ⅰ』, 한국정신문화연구원, 1979.

「화전가 6」(「화전가 5-18」), 고전자료편집실 편, 『규방가사Ⅰ』, 한국정신문화연구원, 1979.

「화전가 7」(「화전가 5-20」), 고전자료편집실 편, 『규방가사Ⅰ』, 한국정신문화연구원, 1979.

「화전가 8」(「화전가(1)」), 한국어문학연구회 편, 「내방가사자료」, 이화여대 『한국문화연구원
    논총』 15집, 1970.

「화전가 9」(「화전가(2)」), 한국어문학연구회 편, 「내방가사자료」, 이화여대 『한국문화연구원
    논총』 15집, 1970.

「화전가라1」(「화전가라 5-2」), 고전자료편집실 편, 『규방가사Ⅰ』, 한국정신문화연구원, 1979.

「화전가라2」(「화전가라 5-5」), 고전자료편집실 편, 『규방가사Ⅰ』, 한국정신문화연구원, 1979.

「화전가라3」(「화전가라 5-11」), 고전자료편집실 편, 『규방가사Ⅰ』, 한국정신문화연구원, 1979.

「화전가라4」(「화전가라 5-12」), 고전자료편집실 편, 『규방가사Ⅰ』, 한국정신문화연구원, 1979.

【현대소설】

『가까운 골짜기』, 강석경, 민음사, 1989.

「가면」, 이경자, 『꼽추네 사랑』, 동광출판사, 1990.

「가버린 미례(美禮)」, 최정희, 『중앙』, 1934. 2.

『가시로 사는 여자』, 김이연, 문성, 1990.

「가을의 환」, 김채원, 『가을의 환』, 열림원, 2003.

「가자, 우리의 둥지로」, 윤정모, 『봄비』, 풀빛, 1994.

「감정이 있는 심연」, 한무숙, 『감정이 있는 심연』, 을유문화사, 1992.

「거울에 관한 이야기」, 김인숙, 『유리구두』, 창작과비평사, 1998.

『걸프렌즈』, 이홍, 민음사, 2007.

「겨울의 환」, 김채원, 『봄의 환』, 미학사, 1990.

「결혼전야」, 한말숙, 『여수』, 태창문화사, 1978.

「경희」, 나혜석, 『나혜석 전집』, 태학사, 2000.

「계시」, 김일엽, 『김일엽 선집』, 현대문학, 2012.

「고개를 넘으면」, 박화성, 『박화성 문학전집 3』, 푸른사랑, 2004.

『고등어』, 공지영, 웅진출판, 1994.

『고삐』, 윤정모, 풀빛, 1988.

「공놀이하는 여자」, 박완서, 『박완서 단편소설 전집 6』, 문학동네, 2006.

「광고맨 강과 그의 사랑하는 아들」, 윤영수, 『내 여자 친구의 귀여운 연애』, 민음사, 2007.

「광인수기」, 백신애, 『백신애 선집』, 현대문학, 2009.

「귀머거리 새」, 양귀자, 『귀머거리새』, 민음사, 1980.

「그 가을의 사흘동안」, 박완서, 『그 가을의 사흘동안』, 나남, 1985.

「그날의 햇빛은」, 손소희, 『손소희 작품집』, 지만지, 2010.

『그녀의 여자』, 서영은, 문학사상사, 2000.

『그늘, 깊은 곳』, 김인숙, 문예마당, 1997.

「그리고 음악」, 한유주, 『달로』, 문학과지성사, 2006.

「그린 핑거」, 김윤영, 『그린 핑거』, 창작과비평사, 2008.

「그림 그리는 여자」, 김인숙, 『유리구두』, 창작과비평사, 1998.

「그림자 외출」, 서하진, 『책 읽어주는 남자』, 문학과지성사, 1996.

『그 여름날의 치자와 오디』, 김연, 실천문학사, 2006.

「그 여자」, 강경애, 『강경애 전집』, 소명출판, 1999.

「그 집 앞」, 이혜경, 『그 집 앞』, 민음사, 1998.

「기쁘다 구주 오셨네」, 하성란, 『푸른 수염의 첫번째 아내』, 창작과비평사, 2002.

「기차는 7시에 떠나네」, 신경숙, 문학과지성사, 1999.

『길 위의 집』, 이혜경, 민음사, 1995.

「꼽추네 사랑」, 이경자, 『꼽추네 사랑』, 동광출판사, 1990.

「꽃그늘 아래」, 이혜경, 『꽃그늘 아래』, 창작과비평사, 2002.

『꽃을 던지고 싶다』, 이명랑, 웅진출판주식회사, 1998.

『꽃의 기억』, 김인숙, 문학동네, 1999.

「꽃잎 속의 가시」, 박완서, 『박완서 단편소설 전집 6』, 문학동네, 2006.

「꽃 지고 잎 피고」, 박완서, 『박완서 단편소설 전집 3』, 문학동네, 2006.

「꽃 진 자리」, 공선옥, 『명랑한 밤길』, 창작과비평사, 2007.

「꿈」, 공지영, 『인간에 대한 예의』, 창작과비평사, 1994.

「꿈꾸는 마리오네뜨」, 권지예, 『꿈꾸는 마리오네뜨』, 창작과비평사, 2002.

『꿈엔들 잊힐리야』, 박완서, 세계사, 2009.

「꿈의 극장」, 하성란, 『루빈의 술잔』, 문학동네, 1997.

『끝없는 낭만』, 최정희, 동학사, 1958.

「나는 사랑한다」, 김명순, 『김명순 문학전집』, 푸른사상, 2010.

「나비의 춤」, 김인숙, 『유리구두』, 창작과비평사, 1998.

「나의 어머니」, 백신애, 『백신애 선집』, 현대문학, 2009.

「나의 우렁총각 이야기」, 송경아, 『2005 올해의 문제 소설』, 푸른사상, 2005.

『나의 이복형제들』, 이명랑, 실천문학사, 2004.

「낙원빌라」, 전경린, 『물의 정거장』, 문학동네, 2003.

「낙조전」, 한말숙, 『별빛 속의 계절』, 휘문출판사, 1965.

「남풍」, 손소희, 『손소희 문학전집 1』, 나남, 1989.

「낭만적 사랑과 사회」, 정이현, 『낭만적 사랑과 사회』, 문학과지성사, 2003.

「낮과 꿈」, 강석경, 『숲속의 방』, 민음사, 1986.

「내가 가장 예뻤을 때」, 신이현, 『내가 가장 예뻤을 때』, 작가정신, 2006.

「내가 데려다줄게」, 천운영, 『그녀의 눈물 사용법』, 창작과비평사, 2008.

『내 마음의 포르노그라피』, 김별아, 이룸, 2000.

「내 생애 꼭 하루뿐일 특별한 날」, 전경린, 문학동네, 1999.

「내 아들의 연인」, 정미경, 『내 아들의 연인』, 문학동네, 2008.

「내 여자의 열매」, 한강, 『내 여자의 열매』, 창작과비평사, 2000.

『냉장고에서 연애를 꺼내다』, 박주영, 문학동네, 2008.

「너의 여름은 어떠니」, 김애란, 『비행운』, 문학과지성사, 2012.

「너클」, 김미월, 『서울 동굴 가이드』, 문학과지성사, 2007.

『노러브 노섹스 1, 2』, 윤효, 이룸, 2004.

「노숙하는 노인」, 임옥인, 『임옥인 소설 선집』, 현대문학, 2010.

「누가 꽃피는 봄날 리기다소나무 숲에 덫을 놓았을까」, 은희경, 『상속』, 문학과지성사, 2002.

「눈 오던 그 밤」, 박화성, 『박화성 문학전집 17』, 푸른사상사, 2004.

「님」, 윤정모, 『님』, 한겨레, 1987.

「다정도 병이련가」, 장덕조, 『다정도 병이련가』, 세문사, 1957.

「달의 바다」, 정한아, 『달의 바다』, 문학동네, 2007.

『달콤한 나의 도시』, 정이현, 문학과지성사, 2006.

「담배 피우는 여자」, 김형경, 『담배 피우는 여자』, 문학과지성사, 1995.

「당신이 말한 것에 대해 그녀가 말하는 것」, 이남희, 『수퍼마켓에서 길을 잃다』, R&D BOOK, 2002.

「도도한 생활」, 김애란, 『침이 고인다』, 문학과지성사, 2007.

「도둑맞은 가난」, 박완서, 『박완서 단편소설 전집 1』, 문학동네, 2006.

「도장」, 이선희, 『이선희 소설 선집』, 현대문학, 2009.

『독학자』, 배수아, 열림원, 2004.

「돌아다볼 때」, 김명순, 『김명순 문학전집』, 푸른사상, 2010.

「동트는 새벽」, 공지영, 『인간에 대한 예의』, 창작과비평사, 2006.

「들에 핀 백합화를 보아라」, 임옥인 외, 『임옥인 선집 / 손소희 선집』, 어문각, 1976.

「딸기밭」, 신경숙, 『딸기밭』, 문학과지성사, 2000.

「떠내려가는 유서」, 박화성, 『박화성 문학전집 17』, 푸른사상사, 2004.

「떠도는 나무」, 공선옥, 『오지리에 두고 온 서른 살』, 삼신각, 1993.

『리나』, 강영숙, 문학동네, 2011.

『리진1,2』, 신경숙, 문학동네, 2007.

「마약」, 강경애, 『강경애 전집』, 소명출판, 1999.

『마이 짝퉁 라이프』, 고예나, 민음사, 2008.

「마테의 맛」, 정한아, 『나를 위해 웃다』, 문학동네, 2009.

「매일매일 초승달」, 윤성희, 『웃는 동안』, 문학과지성사, 2011.

「맨 처음 크리스마스」, 전경린, 『환과 멸』, 생각의나무, 2001.

「머물고 싶은, 떠나고 싶은」, 이청해 외, 『2와 2분의 1』, 문학의문학, 2008.

「먼 그대」, 서영은, 『먼 그대』, 둥지, 1997.

「명랑」, 천운영, 『명랑』, 문학과지성사, 2004.

「명랑한 밤길」, 공선옥, 『명랑한 밤길』, 창작과비평사, 2007.

「명백히 부도덕한 사랑」, 은희경, 『행복한 사람은 시계를 보지 않는다』, 창작과비평사, 2006.

「모여있는 불빛」, 신경숙, 『감자 먹는 사람들』, 창작과비평사, 2005.

「모자」, 강경애, 『강경애 전집』, 소명출판, 1999.

「목련초」, 오정희, 『목련초』, 범우사, 2004.

「몸을 위하여」, 공선옥, 『내 생의 알리바이』, 창작과비평사, 1998.

「무궁화」, 정이현, 『낭만적 사랑과 사회』, 문학과지성사, 2003.

『무소의 뿔처럼 혼자서 가라』, 공지영, 문예마당, 1993.

「문경새재」, 최윤, 『속삭임 속삭임』, 민음사, 1994.

「문밖에서」, 홍희담, 『깃발』, 창작과비평사, 2003.

「물방울 음악」, 최윤, 『열세가지 이름의 꽃향기』, 문학과지성사, 1999.

「물 속의 방」, 강석경, 『숲속의 방』, 민음사, 1986.

「물 위에서」, 김인숙, 『제23회 이상문학상 작품집』, 문학사상사, 1999.

「미세스랑콤」, 윤효, 『베이커리 남자』, 생각의나무, 2002.

『미실』, 김별아, 문이당, 2005.

「미역과 하나님」, 이경자, 『절반의 실패』, 푸른숲, 2002.

「민둥산에서의 하룻밤」, 김형경, 『민둥산에서의 하룻밤』, 이수, 1999.

「바늘」, 천운영, 『바늘』, 창작과비평사, 2001.

「바다에서」 김인숙, 『유리구두』, 창작과비평사, 1998.

「바다엔 젖은 가방들이 떠다닌다」, 전경린, 『물의 정거장』, 문학동네, 2003.

「바닷가 마지막 집」, 전경린, 『마지막 집』, 이가서, 2003.

「바람의 넋」, 오정희, 『바람의 넋』, 문학과지성사, 1986.

「바람인형」, 배수아, 『바람인형』, 문학과지성사, 1996.

「바리, 돌아오다」, 송경아, 『엘리베이터』, 문학동네, 1998.

「바리-동수자」, 송경아, 『엘리베이터』, 문학동네, 1998.

「바리-불꽃」, 송경아, 『엘리베이터』, 문학동네, 1998.

「박현몽 꿈 철학관」, 윤고은, 『1인용 식탁』, 문학과지성사, 2010.

「밤과 요람」, 강석경, 『숲속의 방』, 민음사, 1986.

「밥그릇」, 이남희, 『수퍼마켓에서 길을 잃다』, R&D BOOK, 2002.

『백수 생활백서』, 박주영, 민음사, 2006.

「벌판에 선 여자」, 윤영수, 『착한사람 문성현』, 창작과비평사, 1997.

「벙어리 창(唱)」, 최윤, 『저기 소리 없이 한 점 꽃잎이 지고』, 문학과지성사, 2011.

『별들의 고향』, 김말봉, 정음사, 2005.

「병든 애인」, 배수아, 『그 사람의 첫사랑』, 생각의나무, 1999.

「봄날은 간다」, 이혜경, 『꽃그늘 아래』, 창작과비평사, 2002.

「봉덕동 블루스」, 구경미, 『노는 인간』, 열림원, 2005.

「부끄러움을 가르칩니다」, 박완서, 『박완서 단편소설 전집 1』, 문학동네, 2006

『부주의한 사랑』, 배수아, 문학동네, 1996.

「불꽃놀이」, 오정희, 『불꽃놀이』, 문학과지성사, 1995.

「불륜의 방식」, 서하진, 『라벤더 향기』, 문학동네, 2000.

「불타는 빙벽」, 손장순, 『손장순 문학전집 14』, 푸른사상, 2009.

「붉은 이마 여자」, 방현희, 『바빌론 특급우편』, 열림원, 2006.

『블루 버터플라이』, 차현숙, 고려원, 1996.

「블루오션 연애학」, 김윤영, 『그린 핑거』, 창작과비평사, 2008.

「비밀과외」, 정이현, 『오늘의 거짓말』, 문학과지성사, 2007.

「비탈」, 박화성, 『박화성 문학전집 17』, 푸른사상사, 2004.

「빈처」, 은희경, 『타인에게 말걸기』, 문학동네, 1996.

「사라진 마녀」, 권지예, 『꿈꾸는 마리오네뜨』, 창작과비평사, 2002.

「사랑을 믿다」, 권여선, 『내 정원의 붉은 열매』, 문학동네, 2010.

「사랑처럼」, 함정임, 『버스, 지나가다』, 민음사, 2002.

「사랑하는 당신께」, 공지영, 『인간에 대한 예의』, 창작과비평사, 1994.

「사령(死靈)」, 이명랑, 『입술』, 문학동네, 2007.

「산」, 최정희, 『문학사상』, 1976.1.

「산중기」, 김채원, 『초록빛 모자』, 나남, 1984.

「살과 뼈의 축제」, 서영은, 『서영은 중단편전집 1』, 둥지, 1997.

「살아남기」, 이경자, 『꼽추네 사랑』, 동광출판사, 1990.

『살아있는 날의 시작』, 박완서, 세계사, 2009.

「삼십세」, 윤효, 『서른 살의 강』, 문학동네, 2003.

『새』, 오정희, 문학과 지성사, 1996.

「새는 언제나 그곳에 있다」, 전경린, 『염소를 모는 여자』, 문학동네, 1996.

「새의 선물」, 은희경, 『새의 선물』, 문학동네, 1996.

『생강』, 천운영, 창작과비평사, 2011.

「서로의 안부를 묻다」, 강영숙, 『흔들리다』, 문학동네, 2002.

『성에』, 김형경, 푸른숲, 2004.

「세계의 사람」, 한말숙, 『행복』, 풀빛, 1999.

「세모(歲暮)」, 박완서, 『박완서 단편소설 전집 1』, 문학동네, 2006.

「세번째 유방」, 천운영, 『명랑』, 문학과지성사, 2004.

『소금』, 강경애, 『강경애 전집』, 소명출판, 1999.

「소녀시대」, 정이현, 『낭만적 사랑과 사회』, 문학과지성사, 2003.

「소년 J의 말끔한 허벅지」, 천운영, 『그녀의 눈물 사용법』, 창작과비평사, 2008.

「속삭임 속삭임」, 최윤, 『속삭임 속삭임』, 민음사, 1994.

「송곳」, 한무숙, 『생인손』, 문학사상사, 1987,

「수국」, 한무숙 외, 『해방기 여성 단편소설 2』, 역락, 2011.

「순결」, 정연희, 『순결』, 문화마당, 1999.

「숨은 꽃」, 양귀자, 『다시 시작하는 아침』, 푸르메, 2007.

『슈거푸시』, 이명랑, 작가정신, 2005.

「스카이워커」, 윤이형, 『큰 늑대 파랑』, 창작과비평사, 2011.

「시그널 레드」, 정미경, 『내 아들의 연인』, 문학동네, 2008

「시들은 월계화」, 박화성, 『박화성 문학전집 17』, 푸른사상사, 2004.

「시취(屍臭)」, 배수아, 『홀』, 문학동네, 2006.

「신과의 약속」, 한말숙, 『델레스 공항을 떠나며』, 창작과비평사, 2008.

「신혼여행」, 박화성, 『박화성 문학전집 17』, 푸른사상사, 2004.

「신화의 단애」, 한말숙, 『행복』, 풀빛, 1999.

『아가』, 정연희, 신태양사, 1966.

『아름다운 영가』, 한말숙, 삶과꿈, 1994.

『아무 곳에도 없는 남자』, 전경린, 문학동네, 1997.

『아무도 편지하지 않다』, 장은진, 문학동네, 2009.

「아이콘이 있으세요」, 김현영, 『냉장고』, 문학동네, 2000.

『아주 오래된 농담』, 박완서, 실천문학사, 2000.

「악수」, 윤성희, 『레고로 만든 집』, 민음사, 2001.

「안개의 둑」, 오정희, 『불의 강』, 문학과 지성사, 1977.

「안녕! 물고기자리」, 윤성희, 『감기』, 창작과비평사, 2007.

「알리의 줄넘기」, 천운영, 『그녀의 눈물 사용법』, 창작과비평사, 2008.

「야만인」, 서영은, 『서영은 중단편전집 1』, 둥지, 1997.

「야회(夜會)」, 오정희, 『야회』, 나남, 1990.

「어금니」, 정이현, 『오늘의 거짓말』, 문학과지성사, 2007.

「어느 여인의 하루」, 한말숙, 『신과의 약속』, 휘문출판사, 1968.

「어두운 열정」, 이남희, 『십삼월의 사랑』, 예감, 2004.

「어둠의 집」, 오정희, 『유년의 뜰』, 문학과지성사, 1998.

『어디선가 나를 찾는 전화벨이 울리고』, 신경숙, 문학동네, 2010.

「어떤 나들이」, 박완서, 『박완서 단편소설 전집 1』, 문학동네, 2006.

「어머니와 딸」, 나혜석, 『나혜석 전집』, 태학사, 2000.

『언젠가 내가 돌아오면』, 전경린, 이룸, 2006.

『엄마를 부탁해』, 신경숙, 창작과비평사, 2008.

「엄마의 말뚝1」, 박완서, 『박완서 소설전집 7』, 세계사, 2009.

「엄마의 말뚝2」, 박완서, 『박완서 소설전집 7』, 세계사, 2009.

「엄마의 말뚝3」, 박완서, 『박완서 소설전집 7』, 세계사, 2009.

『엄마의 집』, 전경린, 열림원, 2007.

「에미 이름은 조센삐였다」, 윤정모, 『에미 이름은 조센삐였다』, 당대, 2005.

「엘리제 초(抄)」, 박순녀, 『박순녀 작품집』, 지만지, 2010.

「여자가 여자일 때」, 이남희, 『수퍼마켓에서 길을 잃다』, R&DBOOK, 2002.

「연미와 유미」, 은희경, 『타인에게 말걸기』, 문학동네, 1996.

『열정과 불안』, 조선희, 생각의나무, 2002.

『열정의 습관』, 전경린, 이룸, 2002.

「옛우물」, 오정희, 『불꽃놀이』, 문학과지성사, 1995.

「오래된 연서」, 윤효, 『베이커리 남자』, 생각의나무, 2002.

「완구점 여인」, 『불의 강』, 문학과지성사, 1977.

「우렁각시는 어디로 갔나」, 권지예, 『꽃게 무덤』, 2005.

「『우리는 헤어졌지만, 너의 초상은』, 그 시를 찾아서」, 김연경, 『고양이의, 고양이에 의한, 고양이를 위한 소설』, 문학과지성사, 1997.

『우리들의 행복한 시간』, 공지영, 푸른숲, 2005.

「원고료 이백 원」, 『강경애 전집』, 소명출판, 1999.

「월운」, 한무숙 외, 『곽하신, 박용구, 오영수, 한무숙 선집: 신한국문학전집 21』, 어문각, 1973.

「위험한 독신녀」, 정이현, 『오늘의 거짓말』, 문학과지성사, 2007.

「유년의 뜰」, 오정희, 『유년의 뜰』, 문학과지성사, 1998.

「유리구두」, 차현숙, 『오후 3시 어디에도 행복은 없다』, 문학과지성사, 2000.

『유리로 만든 배』, 전경린, 생각의나무, 2005.

「유턴 지점에 보물지도를 묻다」, 윤성희, 『거기 당신』, 문학동네, 2004.

「육(肉)의 시간」, 김숨, 『간과 쓸개』, 문학과지성사, 2011.

「이것은 파이프가 아니다」, 권지예, 『꽃게 무덤』, 2005.

『이브의 거울, 차현숙, 『오후 3시 어디에도 행복은 없다』, 문학과지성사, 2000.

「이사종의 아내」, 한무숙, 『생인손』, 문학사상사, 1987.

『이현의 연애』, 심윤경, 문학동네, 2006.

「인간문제」, 강경애, 『강경애 전집』, 소명출판, 1999.

「인간에 대한 예의」, 공지영, 『인간에 대한 예의』, 창작과비평사, 1994.

「자각」, 김일엽, 『김일엽 선집』, 현대문학, 2012.

「자정의 결혼식」, 한지수, 『자정의 결혼식』, 열림원, 2010.

『잘 가라, 서커스』, 천운영, 문학동네, 2011.

「잘 자요, 엄마」, 조경란, 『국자 이야기』, 문학동네, 2004.

「잠근동산」, 임옥인, 『임옥인 소설 선집』, 현대문학, 2010.

「저녁의 게임」, 오정희, 『유년의 뜰』, 문학과지성사, 1998.

「저돌(猪突)」, 장덕조, 『해방기 여성 단편소설 1』, 역락, 2011.

「전처기」, 임옥인 『임옥인 소설 선집』, 현대문학, 2010.

「젊은 느티나무」, 강신재, 『젊은 느티나무』, 문학과지성사, 2007.

「점액질」, 강신재, 『젊은 느티나무』, 문학과지성사, 2007.

「정현수」, 백신애, 『백신애 선집』, 현대문학, 2009.

「제단」, 강신재, 『강신재 소설 선집』, 현대문학, 2013.

「주말 농장」, 박완서, 『박완서 단편소설 전집 1』, 문학동네, 2006.

「죽음의 도로」, 강영숙, 『아령 하는 밤』, 창작과비평사, 2011.

「중국인 거리」, 오정희, 『유년의 뜰』, 문학과지성사, 1998.

『즐거운 나의 집』, 공지영, 푸른숲, 2007.

「지맥」, 최정희, 『한국문학전집 14』, 민중서관, 1974.

「지붕과 고양이」, 신경숙, 『강물이 될 때까지』, 문학동네, 1998. (지붕으로 제목 변경)

「지진과 박쥐의 숲」, 김숨, 『투견』, 문학동네, 2012.

「지푸라기」, 강석경, 『숲속의 방』, 민음사, 1986.

「지하촌(地下村)」, 『강경애 전집』, 소명출판, 1999.

『찔레꽃』, 김말봉, 지와 사랑, 2012.

「착한 가족」, 서하진, 『착한 가족』, 문학과지성사, 2008.

『착한 여자』, 공지영, 한겨레신문사, 1997.

「창밖은 푸르름」, 최윤, 『열세가지 이름의 꽃향기』, 문학과지성사, 1999.

「창백한 아프리카」, 김현영, 『냉장고』, 문학동네, 2000.

「처의 설계」, 이선희, 『이선희 소설 선집』, 현대문학, 2009.

『천년의 사랑』, 양귀자, 살림, 2002.

「천 딸라 이야기」, 정연희, 『백조의 행진』, 문예사, 1970.

「천사는 여기 머문다」, 전경린, 『제31회 이상문학상 작품집』, 문학사상사, 2007.

「천치」, 정연희, 『꿈을 먹는 하얀 손』, 전예원, 1977

「첫사랑」, 전경린, 『물의 정거장』, 문학동네, 2003.

「청색 모래」, 강영숙, 『흔들리다』, 문학동네, 2002.

「추석 전야」, 박화성, 『박화성 문학전집 17』, 푸른사상사, 2004.

「축구전(蹴球戰)」, 『강경애 전집』, 소명출판, 1999.

『축구전쟁』, 김별아, 웅진닷컴, 2002.

「침이 고인다」, 김애란, 『침이 고인다』, 문학과지성사, 2007.

「칼날과 사랑」 김인숙, 『유리구두』, 창작과비평사, 1993.

「큐티클」, 김애란, 『비행운』, 문학과 지성사, 2012.

「타인의 고독」, 정이현, 『오늘의 거짓말』, 문학과지성사, 2007.

「탄실이와 주영이」, 김명순, 『김명순 문학전집』, 푸른사상, 2010.

「통증」, 은미희, 『이브들의 아찔한 수다』, 문학사상, 2012.

「트렁크」, 정이현, 『낭만적 사랑과 사회』, 문학과지성사, 2003.

「티타임의 모녀」, 박완서, 『박완서 단편소설 전집 5』, 문학동네, 2006.

「파도」, 강신재, 『젊은 느티나무』, 문학과지성사, 2007.

「평범한 물방울 무늬 원피스에 관한 이야기」, 전경린, 『평범한 물방울 무늬 원피스에 관한 이야기』, 강, 1997.

「푸른 폭포 너머로」, 서하진, 『책 읽어주는 남자』, 문학과지성사, 1996.

『풀이 눕는다』, 김사과, 문학동네, 2009.

「풍금이 있던 자리」, 신경숙, 『풍금이 있던 자리』, 문학과지성사, 2003.

「풍선을 샀어」, 조경란, 『풍선을 샀어』, 문학과지성사, 2008.

「플라스틱 섹스」, 이남희, 『플라스틱 섹스』, 창작과비평사, 1998.

「하루」, 김이설, 『아무도 말하지 않는 것들』, 문학과지성사, 2010.

「하품」, 구경미, 『노는 인간』, 열림원, 2005.

「한계령」, 양귀자, 『원미동 사람들』, 문학과지성사, 1987.

「해바라기」, 임옥인 『임옥인 소설 선집』, 현대문학, 2010.

「해방촌 가는 길」, 강신재, 『강신재 소설 선집』, 현대문학, 2013.

「현숙」, 나혜석, 『나혜석 전집』, 태학사, 2000.

「호텔 유로」, 정미경, 『나의 피투성이 연인』, 민음사, 2004

「혼명에서」, 백신애, 『백신애 선집』, 현대문학, 2009.

『혼불』, 최명희, 한길사, 1990.

「홀로어멈」, 공선옥, 『멋진 한세상』, 창작과비평사, 2002.

『황진이』, 전경린, 이룸, 2004.

「회색 눈사람」, 최윤, 『저기 소리 없이 한 점 꽃잎이 지고』, 문학과지성사, 1992.

「회생한 손녀에게」, 나혜석, 『나혜석 전집』, 태학사, 2000.
『휘청거리는 오후』, 박완서, 세계사, 2009.
『힘의 서정』, 임옥인, 삼중당, 1971.
「Sweet Town」, 구경미, 『노는 인간』, 열림원, 2005.
「13층, 수요일 오후 3시」, 방현희, 『바빌론 특급우편』, 열림원, 2006.
「1980년의 사랑」, 양귀자, 『귀머거리새』, 민음사, 1980.
「1984」, 하성란, 『웨하스』, 문학동네, 2006.
「2와 2분의 1」, 차현숙, 『오후 3시 어디에도 행복은 없다』, 문학과지성사, 2000.

【현대시】

「가엾은 性」, 양정자, 『아내일기』, 정민, 1990.
「가족」, 이선영, 『하우부리 쇠똥구리』, 서정시학, 2011.
「가족」, 진은영, 『일곱 개의 단어로 된 사전』, 문학과지성사, 2003.
「가족극장, 중절되지 않는」, 김언희, 『말라죽은 앵두나무 아래 잠자는 저 여자』, 민음사, 2000.
「가족박물관」, 이사라, 『가족박물관』, 문학동네, 2008.
「가족사진」, 김소연, 『빛들의 피곤이 밤을 끌어당긴다』, 민음사, 2006.
「가족의 사랑」, 신현림, 『세기말 블루스』, 창작과비평사, 1996.
「간음」, 박서원, 『난간 위의 고양이』, 세계사, 1995.
「강물로부터 온 편지」, 이원, 『불가능한 종이의 역사』, 문학과지성사, 2012.
「결혼기념일」, 이영주, 『언니에게』, 민음사, 2010.
「결혼 기차」, 문정희, 『양귀비꽃 머리에 꽂고』, 민음사, 2004.
「결혼식」, 노혜경, 『뜯어먹기 좋은 빵』, 세계사, 1999.
「고등어 부인의 윙크」, 김민정, 『날으는 고슴도치 아가씨』, 열림원, 2005.
「고무장갑」, 강기원, 『바다로 가득 찬 책』, 민음사, 2006.
「고백」, 진은영, 『문장 웹진 11호』, 2008.
「고혹」, 김명순, 『개벽』 6월, 1922.
「공놀이」, 이수명, 『붉은 담장의 커브』, 민음사, 2001.
「공놀이」, 이근화, 『칸트의 동물원』, 민음사, 2006.
「공진화하는 연인들」, 김행숙, 『타인의 의미』, 민음사, 2010.
「광장을 지나며」, 최영미, 『도착하지 않은 삶』, 문학동네, 2009.
「교실에서」, 진은영, 『일곱 개의 단어로 된 사전』, 문학과지성사, 2003.
「국경」, 허수경, 『슬픔만한 거름이 어디 있으랴』, 실천문학사, 1988.
「국경의 기울기」, 나희덕, 『시와 사람』 봄 제16권 1호, 2011.
「국경일」, 이원, 『그들이 지구를 지배했을 때』, 문학과지성사, 1996.
「국군은 죽어서 말한다」, 모윤숙, 『빛나는 지역』, 조선창문사, 1933.

「귀가」, 김경미, 『쓰다만 편지인들 다시 못 쓰랴』, 실천문학사, 1989.

「그날」, 정민경, 5.18민중항쟁 기념 제3회 서울 청소년 백일장 수상작, 2001.

「그녀와 프로이트 요법」, 김상미, 『모자는 인간을 만든다』, 세계사 1993.

「그녀의 동물은 질겨」, 김민정, 『그녀가 처음 느끼기 시작했다』, 문학과지성사, 2009.

「그녀의 레이스와 십자수에 대한 강박」, 김혜순, 『슬픔치약 거울크림』, 문학과지성사, 2011.

「그라베」, 김언희, 『말라죽은 앵두나무 아래 잠자는 저 여자』, 민음사, 2000.

「그리하여 어느 날 사랑이여」, 최승자, 『즐거운 일기』, 문학과지성사, 1984.

「그 많던 여학생들은 어디로 갔는가」, 문정희, 『오라 거짓 사랑아』, 민음사, 2001.

「극장 의자」, 박서영, 『문장 웹진』, 2010년 3월호.

「글로벌 뉴스」, 최영미, 『도착하지 않은 삶』, 문학동네, 2009.

「기계 소리」, 노천명, 『별을 쳐다보며』, 희망출판사, 1953.

「기도, 꿈, 탄식」, 김명순, 『생명의 과실』, 한성도서주식회사, 1925.

「기혼의 독방」, 김경미, 『쉿 나의 세컨드는』, 문학동네, 2001.

「깔깔 웃는 저 여학생을 바라보며」, 김혜순, 『아버지가 세운 허수아비』, 1985.

「꿈 꿀 수 없는 날의 답답함」, 최승자, 『이 시대의 사랑』, 문학과지성사, 1981.

「꿈같이 산다, 죽은 이들은」, 황인숙, 『나의 침울한 소중한 이여』, 문학과지성사, 1998.

「나는 춤추는 중」, 허수경, 『2011 미당문학상 수상작품집』, 문예중앙, 2011.

「나는야 폴짝」, 김민정, 『날으는 고슴도치 아가씨』, 열림원, 2005.

「나를 슬프게 하는 것」, 차정미, 『딸에게 주는 사랑노래』, 눈, 1993.

「나의 대학」, 최영미, 『서른, 잔치는 끝났다』, 창작과비평사, 1994.

「나의 무한한 혁명에게」, 김선우, 『나의 무한한 혁명에게』, 창작과비평사, 2012.

「나의 사랑 김철수」, 이근화, 『칸트의 동물원』, 민음사, 2006.

「나의 인사」, 이영주, 『언니에게』, 민음사, 2010.

「남다른 취향」, 조민, 『조용한 회화 가족 NO.1』, 민음사, 2010.

「남자현의 무명지 - 여성사 연구 3」, 고정희, 『지리산의 봄』, 문학과지성사, 1987.

「낯선 편지」, 나희덕, 『야생사과』, 창작과비평사, 2009.

「내 손이 네 목 위에서」, 김선우, 『내 몸속에 잠든 이 누구신가』, 문학과지성사, 2007.

「내 영혼은 오래되었으나」, 허수경, 『내 영혼은 오래되었으나』, 창작과비평사, 2001.

「넋이여, 망월동에 잠든 넋이여」, 고정희, 『저 무덤 위에 푸른 잔디』, 창작과비평사, 1989.

「네이티브 스피커」, 노혜경, 『뜯어먹기 좋은 빵』, 세계사, 1999.

「노란 샤쓰 입은 사나이와 빨간 구두 아가씨」, 정끝별, 『와락』, 창작과비평사, 2008.

「노래」, 황인숙, 『슬픔이 나를 깨운다』, 1994.

「누가 나의 슬픔을 놀아주랴」, 김승희, 『누가 나의 슬픔을 놀아주랴』, 미래사, 1991.

「눈가리기 할까요?」, 황인숙, 『슬픔이 나를 깨운다』, 문학과지성사, 1990.

「늙은 새는 날아간다」, 허수경, 『내 영혼은 오래되었으나』, 창작과비평사, 2001.

「다시, 불쌍한 사랑 기계」, 김혜순, 『달력 공장 공장장님 보세요』, 문학과지성사, 2000.

「단 한 사람」, 이진명, 『단 한 사람』, 열림원, 2004.

「대낮의 부림나이트로 오실래요?」, 안현미, 『곰곰』, 랜덤하우스코리아, 2006.

「대머리와의 사랑」, 성미정, 『대머리와의 사랑』, 세계사, 1997.

「더럽게 재수 없는」, 김언희, 『뜻밖의 대답』, 민음사, 2005.

「도마 위의 사랑」, 문혜진, 『질 나쁜 연애』, 민음사, 2004.

「童話가 있는 방」, 홍윤숙, 『日常의 時計 소리』, 한국시인협회, 1971.

「딸아 미안하다」, 문정희, 『양귀비꽃 머리에 꽂고』, 민음사, 2004.

「또 하나의 타이타닉 호」, 김혜순, 『달력 공장 공장장님 보세요』, 문학과지성사, 2000.

「마리아가 목수의 아들 예수에게 주는 메시지」, 박서원, 『난간 위의 고양이』, 세계사, 1995.

「마리아의 노래」, 김언희, 『트렁크』, 세계사, 1995.

「마지막 섹스의 추억」, 최영미, 『서른, 잔치는 끝났다』, 창작과비평사, 1994.

「막」, 김이듬, 『명랑하라 팜 파탈』, 문학과지성사, 2007.

「막달라 마리아 1」, 김남조, 『나아드의 향유』, 남광문화사, 1955.

「만가」, 노천명, 『산호림』, 한성도서주식회사, 1928.

「매맞는 하느님-여성사 연구 4」, 고정희, 『지리산의 봄』, 문학과지성사, 1987.

「매매춘 공화국 3」, 차정미, 『눈물의 옷고름 깃발삼아』, 동광출판사, 1989.

「매음녀 1」, 이연주, 『매음녀가 있는 밤의 시장』, 세계사, 1991.

「매음녀 3」, 이연주, 『매음녀가 있는 밤의 시장』, 세계사, 1991.

「매음녀가 있는 밤의 시장」, 이연주, 『매음녀가 있는 밤의 시장』, 세계사, 1991.

「머리에 흰 꽃을 단 여자아이들은」, 허수경, 『내 영혼은 오래되었으나』, 창작과비평사, 2001.

「모래 여자」, 김혜순, 『당신의 첫』, 문학과지성사, 2008.

「모르는 노래」, 신해욱, 『간결한 배치』, 민음사, 2005.

「목숨」, 김남조, 『목숨』, 수문관, 1953.

「몸 바쳐 밥을 사는 사람 내력 한 마당」, 고정희, 『모든 사라지는 것들은 뒤에 여백을 남긴다』,
　　창작과비평사, 1992.

「무명 전사의 무덤 앞에-유엔 묘지에서」, 노천명, 『별을 쳐다보며』, 희망출판사, 1953.

「무서운 책가방」, 이사라, 『시간이 지나간 시간』, 문학동네, 2002.

「무용가처럼」, 정끝별, 『흰책』, 민음사, 2000.

「문지르다-聖가족」, 김선우, 『내 몸속에 잠든 이 누구신가』, 문학과지성사, 2007.

「문학적인 삶」, 진은영, 『우리는 매일매일』, 문학과지성사, 2008.

「물소리를 듣다」, 나희덕, 『야생사과』, 창작과비평사, 2009.

「물속의 여자들」, 김선우, 『내 혀가 입 속에 갇혀 있길 거부한다면』, 창작과비평사, 2000.

「물 좀 가져다주어요」, 허수경, 『청동의 시간 감자의 시간』, 문학과지성사, 2005.

「뮤직 박스」, 이근화, 『칸트의 동물원』, 민음사, 2006.

「바리데기의 여행노래」, 강은교, 『허무집』, 서정시학, 1971.

「반지뽑기부인회 취지문-여성사연구 2」, 고정희, 『지리산의 봄』, 문학과지성사, 1987.

「발 없는 새」, 이제니, 『아마도 아프리카』, 창작과비평사, 2010.

「배꼽을 위한 연가5」, 김승희, 『왼손을 위한 협주곡』, 민음사, 2002.

「배설」, 양정자, 『아내일기』, 정민, 1990.

「버스정류소 앉아 기다리고 있는」, 정이랑, 『버스정류소 앉아 기다리고 있는』, 문학의전당,
  2011.

「벌레가 되었습니다」, 진은영, 『일곱 개의 단어로 된 사전』, 문학과지성사, 2003.

「벗겨내주소서」, 김언희, 『말라죽은 앵두나무 아래 잠자는 저 여자』, 민음사, 2000.

「벨」, 신해욱, 『생물성』, 문학과지성사, 2009.

「보고 싶은 친구에게」, 신해욱, 『생물성』, 문학과지성사, 2007.

「복숭아」, 강기원, 『바다로 가득 찬 책』, 민음사, 2006.

「부부」, 문정희, 『다산의 처녀』, 민음사, 2010.

「부부」, 양정자, 『가장 쓸쓸한 일』, 문학동네, 2000.

「부부관계」, 노혜경, 『새였던 것을 기억하는 새』, 고려원, 1995.

「부서진 십자가」, 박서원, 『난간 위의 고양이』, 세계사, 1995.

「부치지 않은 편지」, 김이듬, 『명랑하라 팜 파탈』, 문학과지성사, 2007.

「불귀 2」, 김소연, 『빛들의 피곤이 밤을 끌어당긴다』, 민음사, 2006.

「불 켜진 창」, 나희덕, 『어두워진다는 것』, 창작과비평사, 2001.

「불타는 여자」, 김종미, 『새로운 취미』, 서정시학, 2006.

「비극」, 최승자, 『즐거운 일기』, 문학과지성사, 1984.

「비련송」, 노천명, 『사슴의 노래』, 한림사, 1958.

「碑銘」, 황인숙, 『새는 하늘을 자유롭게 풀어 놓고』, 문학과지성사, 1988,

「사랑」, 김남조, 『목숨』, 수문관, 1953.

「사랑 5 - 결혼식의 사랑」, 김승희, 『빗자루를 타고 달리는 웃음』, 민음사, 2000.

「사랑, 그것」, 이선영, 『일찍 늙으매 꽃꿈』, 창작과비평사, 2003.

「사랑굿1」, 김초혜, 『사랑굿』, 한숲출판사, 2002.

「사랑아」, 홍윤숙, 『사는 법』, 열화당, 1983.

「사랑은 갈치 같은 것」, 성미정, 『상상 한 상자』, 랜덤하우스코리아, 2006.

「사랑은 야채 같은 것」, 성미정, 『사랑은 야채 같은 것』, 민음사, 2003.

「사랑의 예감」, 김지원, 『사랑의 예감』, 푸른사상, 2009.

「사랑하리, 사랑하라」, 김남조, 『평안을 위하여』, 서문당, 1995.

「사랑 혹은 살의랄까 자폭」, 최승자, 『이 시대의 사랑』, 문학과지성사, 1981.

「상습적 자살」, 김혜순, 『아버지가 세운 허수아비』, 문학과지성사, 1985.

「상여길」, 허수경, 『슬픔만한 거름이 어디 있으랴』, 실천문학사, 1988.

「새벽의 전화」, 정한아, 『어른스런 입맞춤』, 문학동네, 2011.

「새 시대 주기도문」, 고정희, 『모든 사라지는 것들은 뒤에 여백을 남긴다』, 창작과비평사,
  1992.

「생명의 시」, 문정희, 『한국현대여성시인』(김정란 著), 나남출판사, 2001.

「생활!」, 황인숙, 『나의 침울한, 소중한 이여』, 문학과지성사, 1998.

「서른, 잔치는 끝났다」, 최영미, 『서른, 잔치는 끝났다』, 창작과비평사, 1994.

「성당」, 김언희, 『트렁크』, 세계사, 1995.

「성인식」, 이영주, 『언니에게』, 민음사, 2010.

「세기말」, 최승자, 『내 무덤 푸르고』, 문학과지성사, 1993.

「세이렌의 노래」, 김이듬, 『명랑하라 팜 파탈』, 문학과지성사, 2007.

「소녀」, 노천명, 『산호림』, 한성도서주식회사, 1938.

「소녀는 던진다」, 이영주, 『언니에게』, 민음사, 2010.

「소녀닷컴」, 김민정, 『그녀가 처음 느끼기 시작했다』, 문학과지성사, 2009.

「소녀들−사춘기 5」, 김행숙, 『사춘기』, 문학과지성사, 2003.

「소녀를 위하여」, 김남조, 『평안을 위하여』, 서문당, 1995.

「소풍」, 나희덕, 『사라진 손바닥』, 문학과지성사, 2004.

「속눈썹이 지르는 비명」, 박연준, 『속눈썹이 지르는 비명』, 창작과비평사, 2007.

「솔직해집시다」, 김민정, 『그녀가 처음 느끼기 시작했다』, 문학과지성사, 2009.

「솟구쳐오르기·3」, 김승희, 『세상에서 가장 무거운 싸움』, 세계사, 1995.

「솟구쳐오르기·5」, 김승희, 『세상에서 가장 무거운 싸움』, 세계사, 1995.

「수녀」, 노천명, 『산호림』, 한성도서주식회사, 1938.

「수면제」, 최승자, 『이 시대의 사랑』, 1981.

「수표−이서」, 김경미, 『쉿 나의 세컨드는』, 문학동네, 2001.

「쉿!」, 김지유, 『액션페인팅』, 천년의시작, 2010.

「시」, 최영미, 『서른, 잔치는 끝났다』, 창작과비평사, 1994.

「시금치 편지」, 문혜진, 『질 나쁜 연애』, 민음사, 2004.

「시인」, 김소연, 『눈물이라는 뼈』 문학과지성사, 2009.

「시인을 위하여」, 문정희, 『양귀비꽃 머리에 꽂고』, 민음사, 2004.

「신들린 여자」, 조용미, 『삼베옷을 입은 자화상』, 문학과지성사, 2004.

「아욱국」, 김선우, 『내 몸속에 잠든 이 누구신가』, 문학과지성사, 2007.

「아이스크림」, 이근화, 『칸트의 동물원』, 민음사, 2006.

「악성빈혈」, 양선희, 『일기를 구기다』, 백성, 1991.

「암소공포증」, 김지유, 『시인시각』 2008년 겨울호.

「암컷」, 양애경, 『내가 암늑대라면』, 고요아침, 2005.

「어느 날 라디오에서」, 이규리, 『문학마당』 여름호, 2011.

「어느 여인의 종말」, 최승자, 『이 시대의 사랑』, 문학과지성사, 1981.

「어떤 전도사」, 양정자, 『가장 쓸쓸한 일』, 문학동네, 2000.

「어머니의 편지」, 문정희, 『별이 뜨면 슬픔도 향기롭다』, 미학사, 1992.

「어미목의 자살2」, 김선우, 『내 혀가 입 속에 갇혀 있길 거부한다면』, 창작과비평사, 2000.

「언젠가는」, 조은, 『생의 빛살』, 문학과지성사, 2010.

「얼레지」, 김선우, 『내 혀가 입 속에 갇혀 있길 거부한다면』, 창작과비평사, 2000.

「얼음을 주세요」, 박연준, 『속눈썹이 지르는 비명』, 창작과비평사, 2007.

「엄마의 뼈와 찹쌀 석 되」, 김선우, 『내 혀가 입 속에 갇혀 있길 거부한다면』, 창작과비평사, 2000.

「여기, 공룡을 보아요」, 이영주, 『108번째 사내』, 문학동네, 2005.

「여성학자—아, 어머니·24」, 신달자, 『어머니, 그 뼈똘뼈똘한 글씨』, 문학수첩, 2001.

「여자가 되는 것은 사자와 사는 일인가」, 고정희, 『모든 사라지는 것들은 뒤에 여백을 남긴다』, 창작과비평사, 1992.

「여자아이들은 지나가는 사람에게 집을 묻는다」, 허수경, 『내 영혼은 오래되었으나』, 창작과비평사, 2001.

「연애」, 강기원, 『바다로 가득 찬 책』, 민음사, 2006.

「연애에 대한 기억」, 강기원, 『바다로 가득 찬 책』, 민음사, 2006.

「연애의 법칙」, 진은영, 『우리는 매일매일』, 문학과지성사, 2008.

「열네 살 舞子」, 김선우, 『내 몸속에 잠든 이 누구신가』, 문학과지성사, 2007.

「열애」, 신달자, 『열애』, 민음사, 2007.

「염(殮)」, 강기원, 『바다로 가득 찬 책』, 민음사, 2006.

「오메, 미친년 오네」, 고정희, 『눈물꽃』, 실천문학사, 1986.

「오지게, 오지게」, 김언희, 『말라죽은 앵두나무 아래 잠자는 저 여자』, 민음사, 2000.

「오후 세 시」, 안현미, 『곰곰』, 랜덤하우스코리아, 2006.

「옷장 속의 사자와 마녀」, 김소연, 『빛들의 피곤이 밤을 끌어당긴다』, 민음사, 2006.

「외로운 여자들은」, 최승자, 『기억의 집』, 문학과지성사, 1989.

「우리 봇물을 트자」, 고정희, 『지리산의 봄』, 문학과지성사, 1987.

「우리 집」, 최영미, 『서른, 잔치는 끝났다』, 창작과비평사, 1994.

「우리동네 구자명 씨—여성사연구 5」, 고정희, 『지리산의 봄』, 문학과지성사, 1987.

「우리들의 집」, 신달자, 『오래 말하는 사이』, 민음사, 2004.

「울음소리에 잠이 깼다」, 조은, 『따뜻한 흙』, 문학과지성사, 2003.

「원폭수첩 2」, 허수경, 『슬픔만한 거름이 어디 있으랴』, 실천문학사, 1988.

「유언」, 김명순, 『생명의 과실』, 한성도서주식회사, 1925.

「음표들의 투신」, 박연준, 『속눈썹이 지르는 비명』, 창작과비평사, 2007.

「음화」, 김언희, 『트렁크』, 세계사, 1995.

「"응"」, 문정희, 『나는 문이다』, 뿔, 2007.

「이 생명을」, 모윤숙, 『빛나는 지역』, 조선창문사, 1933.

「이 소망을 보아라」, 김남조, 『풍림의 음악』, 정양사, 1963.

「이제는 자유?」, 황인숙, 『슬픔이 나를 깨운다』, 문학과지성사, 1990.

「인형의 가」, 나혜석, 『매일신보』, 1923.

「일곱 개의 단어로 된 사전」, 진은영, 『일곱 개의 단어로 된 사전』, 문학과지성사, 2003.

「일곱살」, 박연준, 『속눈썹이 지르는 비명』, 창작과비평사, 2007.

「일지 3 - 미군과 위안부」, 차정미, 『눈물의 옷고름 깃발삼아』, 동광출판사, 1989

「자본론」, 최영미, 『서른, 잔치는 끝났다』, 창작과비평사, 1994.

「자본족」, 최승자, 『내 무덤 푸르고』, 문학과지성사, 1993.

「자살법」, 문정희, 『찔레』, 전예원, 1987.

「자살자의 노래」, 김승희, 『왼손을 위한 협주곡』, 문학사상사, 1983.

「저물녘 조언」, 김이듬, 『말할 수 없는 애인』, 문학과지성사, 2011.

「저 붉은 구름」, 김혜순, 『한 잔의 붉은 거울』, 문학과지성사, 2004.

「저주」, 김명순, 『생명의 과실』, 한성도서주식회사, 1925.

「정숙한 여자」, 노혜경, 『새였던 것을 기억하는 새』, 고려원, 1995.

「젖이라는 이름의 꽃」, 김민정, 『그녀가 처음 느끼기 시작했다』, 문학과지성사, 2009.

「제국주의가 간다」, 김승희, 『빗자루를 타고 달리는 웃음』, 민음사, 2000.

「제도」, 김승희, 『세상에서 가장 무거운 싸움』, 세계사, 1995.

「조국」, 허영자, 『기타를 치는 집시의 노래』, 미래문화사, 1995.

「조국은 피를 흘린다」, 노천명, 『별을 쳐다보며』, 희망출판사, 1953.

「꽃같은 세상」, 손세실리아, 『기차를 놓치다』, 애지, 2006.

「주사위 놀이」, 진수미, 『달의 코르크 마개가 열릴 때까지』, 문학동네, 1997.

「주홍 글씨」, 김선우, 『내 몸속에 잠든 이 누구신가』, 문학과지성사, 2007.

「죽도록 사랑해서」, 김승희, 『세상에서 가장 무거운 싸움』, 세계사, 1995.

「죽음의 강습소」, 박서영, 『붉은 태양이 거미를 문다』, 천년의시작, 2006.

「죽음의 방식」, 정끝별, 『와락』, 창작과비평사, 2008.

「줄리엣」, 진은영, 『일곱 개의 단어로 된 사전』, 문학과지성사, 2003.

「즐거운 사랑」, 김상미, 『모자는 인간을 만든다』, 세계사, 1993.

「지극히 속된 기도」, 황인숙, 『나의 침울한, 소중한 이여』, 문학과지성사, 1998.

「지난밤 세 편의 영화를 보았다」, 조유리, 『우리詩』 2009년 11월호.

「지리한 대화」, 이연주, 『매음녀가 있는 밤의 시장』, 세계사, 1991.

「직업」, 양애경, 『사랑의 예감』, 푸른숲, 1992.

「집에 돌아갈 날짜를 세어보다」, 이진명, 『집에 돌아갈 날짜를 세어보다』, 문학과지성사, 1994.

「첫 뜨개질」, 양정자, 『아내일기』, 정민, 1990.

「첫사랑 극장」, 강영은, 『풀등, 바다의 등』, 문학아카데미, 2012.

「청춘에게」, 허영자, 『기타를 치는 집시의 노래』, 미래문화사, 1995.

「카니발」, 이민하, 『음악처럼 스캔들처럼』, 문학과지성사, 2008.

「카르마, 동물의 왕국」, 김선우, 『내 몸속에 잠든 이 누구신가』, 문학과지성사, 2007.

「키스」, 최정란, 『작가와 사회』 2009년 여름호.

「퇴근시간」, 문정희, 『문학과 경계』 2006년 가을호.

「파란 색 전주(前奏)의 웨딩마치」, 노혜경, 『뜯어먹기 좋은 빵』, 세계사, 1999.

「파 뿌리」, 문정희, 『양귀비꽃 머리에 꽂고』, 민음사, 2004.

「편지」, 신달자, 『모순의 방』, 열음사, 1985.

「편지」, 강기원, 월간 『현대시학』 10월 발표, 2010.

「평일의 극장」, 박서영, 『현대시』 9월호, 2009.

「평화로운 풍경」, 문정희, 『오라 거짓 사랑아』, 민음사, 2001.

「푸른 수염의 마지막 여자」, 김이듬, 『명랑하라 팜 파탈』, 문학과지성사, 2007.

「풍장의 습관」, 나희덕, 『사라진 손바닥』, 문학과지성사, 2004.

「피에타, 영혼이 녹아내리는 고통－1천 년의 시간을 여는 여자」, 박서원, 『모두 깨어 있는
    밤』, 세계사, 2002.

「피해라는 이름의 해피」, 김민정, 『그녀가 처음 느끼기 시작했다』, 문학과지성사, 2009.

「하나님」, 양정자, 『쌀개봉에서』, 오늘의문학사, 2009.

「학문을 닦으며」, 문정희, 『남자를 위하여』, 민음사, 1996.

「학살의 일부 7」, 김소연, 『극에 달하다』, 문학과지성사, 1996.

「한국식 실종자」, 김승희, 『빗자루를 타고 달리는 웃음』, 민음사, 2000.

「한다」, 김언희, 『트렁크』, 세계사, 1995.

「핸드폰」, 신달자, 『오래 말하는 사이』, 민음사, 2004.

「행복에 겨운 주부」, 양정자, 『아내일기』, 정민, 1990.

「행복한 생활」, 양정자, 『아내일기』, 정민, 1990.

「황진이가 이옥봉에게 －겨울편지」, 고정희, 『여성해방출사표』, 동광출판사, 1990.

「회색성모(灰色聖母)」, 모윤숙, 『빛나는 지역』, 조선창문사, 1933.

「흔적」, 박연준, 『속눈썹이 지르는 비명』, 창작과비평사, 2007.

「흘러가는 집 날아다니는 가족」, 정끝별, 『자작나무 내 인생』, 세계사, 1996.

「Happy Birthday」, 조민, 『조용한 회화 가족 NO.1』, 민음사, 2010.

「lady cine」, 김혜순, 『당신의 첫』, 문학과지성사, 2008.

「lady phantom」, 김혜순, 『당신의 첫』, 문학과지성사, 2008.

「Y를 위하여」, 최승자, 『즐거운 일기』, 문학과지성사, 1984.

「2008년 6월, 서울」, 최영미, 『도착하지 않은 삶』, 문학동네, 2009.

「4인용 식탁」, 정민아, 제4회 대산문학상 시 당선작, 2006.

「50대 남편」, 양정자, 『아내일기』, 정민, 1990.

찾아보기

【작품 색인】

■ **저자 약력**

• **김미현** : 이화여자대학교 국어국문학과에서 현대소설을 전공했다. 논저로『한국여성소설과 페미니즘』,『판도라 상자 속의 문학』,『여성문학을 넘어서』,『젠더프리즘』등이 있다. 여성문학을 젠더적 시각이나 문화론적 시각, 타자적 시각에서 탈경계적으로 연구함으로써 여성문학의 외연과 깊이를 확장·심화시키는 데에 관심을 갖고 있다. 현재 이화여자대학교 국어국문학과 교수로 재직 중이다.

• **최재남** : 서울대학교 국어국문학과에서 고전시가를 전공했다. 논저로『사림의 향촌생활과 시가문학』,『서정시가의 인식과 미학』,『체험서정시의 내면화 양상 연구』,『장르교섭과 고전시가』(공저),『조선후기 시가와 여성』(공저),『서포연보』(공역),『역주 목은시고』1-12(공역) 등이 있다. 현재 이화여자대학교 국어국문학과 교수로 재직 중이다.

• **최형용** : 서울대학교 국어국문학에서 국어학을 전공했다. 논저로『국어 단어의 형태와 통사』,『열린 세상을 향한 발표와 토론』(공저),『주시경 국어문법의 교감과 현대화』(공저),『현대어로 풀어 쓴 주시경의 국어문법』(공저),「파생어 형성과 빈칸」,「합성어 형성과 어순」,「국어 동의파생어 연구」,「유형론적 관점에서 본 한국어의 품사 분류 기준에 대하여」등이 있다. 문법의 경계 현상과 한국어 형태론의 유형론적 보편성과 특수성에 관심을 갖고 있다. 현재 이화여자대학교 국어국문학과 교수로 재직 중이다.

• **곽승미** : 이화여자대학교 국어국문학과에서 현대소설을 전공했다. 논저로『1930년대 후반 한국문학과 근대성』,『근대의 첫 경험』(공저),『일제 시기 근대적 일상과 식민지 문화』(공저),「『소년』소재 기행문 연구 -글쓰기와 근대문명 수용 양상을 중심으로」,「근대 계몽기 서사의 이국취향을 통해 본 문화의 재배치 과정」,「〈순애보〉에 나타난 관계의 미학으로서의 통속성」등이 있다. 근대 초기 다양한 서사와 통속성에 관심을 갖고 있다. 현재 이화여자대학교·연세대학교 강사로 재직 중이다.

• **김경숙** : 이화여자대학교와 서울대학교에서 한문학을 전공했다. 논저로『우리 한문학사의 여성인식』(공저),『조선 후기 서얼문학 연구』,『조선후기 지식인, 일본과 만나다』,『일본으로 간 조선의 선비들』,「여성 漢詩文에 나타난 '딸'의 형상화 고찰」,「紫霞 申緯와 그 시대 여성들 또는 女性像」,「조선후기 漢詩에 나타난 創新風 연구」등이 있다. 조선후기의 문학과 문화, 주로 서얼과 여성과 조선통신사에 대해 관심을 갖고 있다. 현재 한경대학교 강사로 재직 중이다.

• **박나리** : 이화여자대학교 국어국문학과에서 국어학을 전공했다. 논저로『초급 한국어 "듣기"(문화관광부)』(공저),「'-는 것이다' 구문 연구」,「'-다니'에 대한 한국어 교육문법적 기술방안 연구」,「음식조리법 텍스트의 장르기반적 구성담화 분석」,「장르기반 교수법에 근거한 학술논문 쓰기 교육방안」등이 있다. 국어의 문법화 표현, 다양한 텍스트 장르에 나타나는 텍스트 자질, 담화의 기능과 특징 등을 한국어 교육에 접목시키는 데에 관심을 갖고 있다. 현재 서울시립대학교 국제교육원 교수로 재직 중이다.

• **양현진** : 이화여자대학교 국어국문학과에서 현대소설을 전공했다. 논저로「손창섭 소설의 환상적 타자성 연구 -여성인물의 타자화 양상을 중심으로」,「현대소설에 나타난 여성 의복·장신구와 여성 의식 연구」,「한국현대소설에 나타나는 새의 이미지와 여성 의식 연구」,「김숨소설에 나타나는 눈의 상상력 연구」등이 있다. 현대소설의 장르적 실험 양상에 주목하고 있으며, 특히 여성적 시각과 의식의 독해에 관심을 갖고 있다. 현재 인천대학교 기초교육원 교수로 재직 중이다.

- **유정선** : 이화여자대학교 국어국문학과에서 고전시가를 전공했다. 논저로 『18 · 19세기 기행가사 연구』, 『한국시의 미학적 패러다임과 시학적 전통』(공저), 『규방가사의 작품세계와 미학』(공저), 「화전가에 나타난 여성의 놀이공간과 놀이적 성격-'음식'과 '술'의 의미를 중심으로-」 등이 있다. 기행가사와 규방가사에 관해 관심을 갖고 있다. 현재 가천대학교 강사로 재직 중이다.

- **이은정** : 이화여자대학교 국어국문학과에서 현대시를 전공했다. 논저로 『현대시학의 두 구도』, 『김수영 혹은 시적 양심』, 『공감-시로 읽는 삶의 풍경』(공저), 『한국여성시학』(공저), 「자궁의 시적 상상력과 여성주체의 전개 양상」, 「여성 민중주의 시인의 애도 혹은 사자후-고정희론」 등이 있다. 한국현대시의 젠더에 관한 주제, 현대시의 미학을 새로 밝혀나가는 방법론, 문학 텍스트를 삶 읽기와 글쓰기로 연동하는 문제 등에 관심을 갖고 있다. 현재 한신대학교 교양학부 교수로 재직 중이다.

- **임정연** : 이화여자대학교 국어국문학과에서 현대소설을 전공했다. 논저로 「근대 젠더담론과 '아내'라는 표상」, 「임노월 문학의 악마성과 탈근대성」, 「여성 연애소설의 양가적 욕망과 딜레마」, 「근대소설의 낭만적 감수성-나도향과 노자영의 소설을 중심으로-」, 「여성문학과 술/담배의 기호론」 등이 있다. 일제 강점기 지식 문화 담론의 근대성과 식민성, 한국문학의 감수성 형성 과정과 낭만주의 소설의 계보를 밝히는 데에 관심을 갖고 있다. 현재 이화여자대학교 국어국문학과 교수로 재직 중이다.

- **전진아** : 이화여자대학교 국어국문학과에서 고전소설을 전공했다. 논저로 『청백운 연구』, 『조씨삼대록』(공역), 『금오신화 전등신화』(공역) 등이 있다. 국문 장편소설과 한문 장편소설의 관련 양상 및 고전 장편소설의 미학에 관심을 갖고 있다. 현재 이화여자대학교 강사로 재직 중이다.

- **정선희** : 이화여자대학교 국어국문학과에서 고전소설을 전공했다. 논저로 『국문장편 고전소설의 인물론과 생활문화』, 『고전소설의 인물과 비평』, 『19세기 소설작가 목태림 문학 연구』, 『소현성록』(공역), 『조씨삼대록』(공역), 「17세기 후반 국문장편소설의 딸 형상화와 의미」, 「〈조씨삼대록〉의 악녀 형상의 특징과 서술 시각」 등이 있다. 국문장편 고전소설의 인물 형상과 서술 시각, 소설에서 드러나는 여성들의 생활과 문화에 대해 관심을 갖고 있다. 현재 목원대학교 국어국문학과 교수로 재직 중이다.

- **조경하** : 이화여자대학교 국어국문학과에서 국어학을 전공했다. 논저로 『국어의 후두음 연구』, 『열린 세상을 향한 발표와 토론』(공저), 「현대국어의 사잇소리 현상」, 「국어의 후두 자질과 유기음화」, 「'부엌' 계열 어휘의 변화에 관한 일 고찰」, 「온라인 게임 금칙어의 조어 방식에 관한 연구」 등이 있다. 현대국어의 공시적인 음운 현상, 언어의 변화, 언어에 반영된 사회문화적 요소에 관심을 갖고 있다. 현재 이화여자대학교 국어국문학과 교수로 재직 중이다.

- **조남민** : 이화여자대학교 국어국문학과에서 국어학을 전공했다. 논저로 「여성 신체어의 출현과 의식의 변화」, 「한국어 교육과정에 반영된 사회문화적 현상에 대한 연구」, 「여성어의 변화에 관한 연구」, 「여성 호칭어 '아주머니'계열 어휘의 의미변화에 대한 연구」, 「문화 표제어 설정과 문화 통합 교육의 내용 구성에 대한 방안」 등이 있다. 한국어 음성학과 음성, 어휘 측면의 사회언어학적 연구에 관심을 갖고 있다. 현재 한국기술교육대학교 교양학부 교수로 재직 중이다.

한국어문학 여성주제어 사전 3 – 제도와 이데올로기

2013년 6월 10일 초판 1쇄 펴냄

저 자 김미현 최재남 최형용 곽승미 김경숙 박나리 양현진
　　　유정선 이은정 임정연 전진아 정선희 조경하 조남민
발행인 김홍국
발행처 도서출판 보고사

책임편집 이경민
표지디자인 오동준

등록 1990년 12월 13일 제6-0429호
주소 서울특별시 성북구 보문동7가 11번지 2층
전화 922-5120~1(편집), 922-2246(영업)
팩스 922-6990
메일 kanapub3@naver.com
http://www.bogosabooks.co.kr

ISBN 979-11-5516-012-1 94810
　　　979-11-5516-009-1 94810(세트)

이 도서의 국립중앙도서관 출판시도서목록(CIP)은 서지정보유통지원시스템 홈페이지
(http://seoji.nl.go.kr)와 국가자료공동목록시스템(http://www.nl.go.kr/kolisnet)
에서 이용하실 수 있습니다. (CIP제어번호: CIP2013005863)

* 이 저서는 2008년 정부의 재원으로 한국연구재단의 지원을 받아 수행된 연구임.
(KRF-2008-322-A00076)